KATHLEEN E. WOODIWISS

Geliebter Fremder

Buch

Ashton Wingate ist mit seiner reizenden jungen Frau Lierin auf dem Weg zu seinem Familiensitz in Natchez, einer kleinen Stadt im Süden der USA. Plötzlich wird der Raddampfer, auf dem das frisch vermählte Paar reist, von Flußpiraten gekapert. In dem wilden Getümmel wird Ashton durch eine Kugel schwer verletzt. Hilflos muß er mitansehen, wie Lierin über die Reling des Dampfers geschleudert und von den Fluten des Mississippi mitgerissen wird. Alles Suchen nach ihr ist vergeblich; sie scheint ertrunken zu sein.
Doch dann begegnet Ashton Jahre später und unter dramatischen Umständen einer jungen Frau, die bei einem Unfall ihr Gedächtnis verloren hat. Sie sieht Lierin täuschend ähnlich, und Ashton ist sich sicher, daß es sich tatsächlich um die Vermißte handelt. Behutsam versucht er, ihre Erinnerung zu wecken, sie davon zu überzeugen, daß sie einander einmal geliebt haben. Wenn Lierin sich auch nicht erinnern kann, beginnt sie doch, den Fremden, der ihr Mann zu sein behauptet, in ihr Herz zu schließen.
Da taucht der zwielichtige Malcolm Sinclair auf und gibt vor, mit dieser Frau verheiratet zu sein. Er scheint beweisen zu können, daß es sich nicht um Lierin handelt, sondern um deren Zwillingsschwester Lenore. Doch Ashton spürt, daß Sinclair nur eine unerhörte Intrige spinnt, und gibt den Kampf um die geliebte Lierin nicht auf. Wie in einem dramatischen Schachspiel kontert er Zug um Zug die Finten seines gefährlichen Gegenspielers.

Autorin

Kathleen E. Woodiwiss wurde in Alexandria im amerikanischen Bundesstaat Louisiana geboren. Heute lebt sie mit ihrem Mann und ihren drei Söhnen in Minnesota. 1971 schrieb sie ihren ersten Roman. Inzwischen haben ihre Bücher eine Gesamtauflage von über 25 Millionen Exemplaren erreicht.

Außer dem vorliegenden Band sind von Kathleen E. Woodiwiss als Goldmann-Taschenbücher erschienen:

Shanna. Roman (3939) • Wie Staub im Wind. Roman (6503) • Der Wolf und die Taube. Roman (6404) • Wohin der Sturm uns trägt. Roman (6341) • Wie eine Rose im Winter. Roman (8351) • Tränen aus Gold. Roman (42695) • Was der Sturmwind sät. Roman (42814)

Kathleen E. Woodiwiss

Geliebter Fremder

Roman

Aus dem Amerikanischen von
Claus Fischer

GOLDMANN

Ungekürzte Ausgabe

Titel der Originalausgabe: Come Love A Stranger
Originalverlag: Avon Books, New York

Umwelthinweis:
Alle bedruckten Materialien dieses Taschenbuches
sind chlorfrei und umweltschonend.
Das Papier enthält Recycling-Anteile.

Der Goldmann Verlag
ist ein Unternehmen der Verlagsgruppe Bertelsmann

Ungekürzte Taschenbuchausgabe

Umschlaggestaltung: Design Team München
Umschlagfoto: Norma/Longaron, Barcelona
Druck: Elsnerdruck, Berlin
Verlagsnummer: 41433
SK · Herstellung: Heidrun Nawrot
Made in Germany
ISBN 3-442-41433-4

5 7 9 10 8 6 4

Für meine Tante Elizabeth,
deren Würde mein Leben reicher gemacht hat.
In Liebe,

K. E. W.

Hierhin will ich wandern,
Dorthin will ich segeln –
Rund um die ganze Welt
Und wieder zurück.
Die Hügel hinauf
Und wieder hinab:
Ewig will ich umherstreifen –
Bis ich zu Hause bin.

Prolog

Die friedvolle Ruhe über dem mondbeschienenen Fluß zerbrach unter dem Klang gedämpfter Stimmen und dem gleichmäßigen Stampfen einer mächtigen Maschine. Gurgelnd und doch in sanfter Harmonie mit den langen Seufzern der gewaltigen Kolben und dem Rauschen des Wassers unter dem Schaufelrad teilte sich die Strömung an dem massiven Rumpf des schwimmenden Palastes, der sich majestätisch um die Biegung schob, in seinem Kielwasser ein leuchtender Pfad aus silbrigem Schaum. Jedes Deck war mit Laternen geschmückt, so daß der ganze Raddampfer wie aus sich selbst heraus zu funkeln schien, doch im Steuerhaus weit vorn auf dem obersten Deck brannte nur eine Kompaßlampe und warf einen trüben Widerschein auf den Rudergänger, dessen Augen unablässig über die ölschwarze Wasseroberfläche weit voraus wanderten. Dicht neben ihm stand der Kapitän und warnte ihn mit leiser Stimme vor Sandbänken und Untiefen. Unter seiner Anleitung umschiffte der Dampfer mühelos, fast gelassen eine tückische Morastinsel und, etwas weiter flußaufwärts, einen langen, entwurzelten Baum.

Im hinteren Teil des Steuerhauses lehnte ein großer, breitschultriger Mann am Fensterrahmen. Ein leises Lächeln spielte auf seinen Lippen, während er durch das Deck unter seinen Füßen das verläßliche, stets unveränderte Pulsieren des Dampfers spürte. Eine junge Frau lag in seiner Armbeuge und schmiegte sich an seinen muskulösen Oberkörper, wohl wissend um den gedämpften Stolz, den er auf seine *River Witch* bei ihrer Jungfernfahrt den Fluß hinauf empfand.

Der Kapitän nahm die Pfeife aus dem Mund, wandte den Kopf

ein wenig und sagte über die Schulter: »Fährt sich gut für eine Neue, Sir.« Auch in seiner Stimme schwang eine Art mürrischer Stolz mit. »Noch etwas kantig, aber schon leichtfüßig wie ein aufgeschrecktes Reh.«

»Das kann man wohl sagen, Kapitän.« Geistesabwesend strich der große Mann seiner Frau mit dem Daumen über den Oberarm. »Das kann man wohl sagen.«

Der Kapitän widmete sich wieder seiner Pfeife. Dann fuhr er fort: »Die Kessel sind gut eingearbeitet, und die Kolben verursachen kaum mehr Lärm als ein Flüstern. Tagsüber müssen wir gut acht Knoten gemacht haben, und das bei einer ordentlichen Strömung. Der Fluß steht dieses Jahr etwas höher als üblich.«

Er beugte sich zum Rudergänger und deutete mit dem Pfeifenstiel auf eine dunkle Masse, die vor ihnen in der Nähe einer Biegung im Wasser trieb. »In der Biegung hältst du dich am besten dicht am Ufer. Sonst geraten wir mitten in den Kuddelmuddel da.«

Der große Mann achtete kaum auf die Bemerkungen des Kapitäns. Er blickte auf die Frau an seiner Seite hinunter und begegnete ihren lächelnden grünen Augen. Für einen Moment schloß er sie fester in den Arm, ihre Finger streichelten zärtlich seine Brust. Der Mann löste seine Augen von ihrem Gesicht. »Wir überlassen Sie jetzt wieder Ihren Pflichten, Kapitän. Sie finden mich in meiner Kabine, falls Sie mich brauchen sollten.«

»Gute Nacht, Sir.« Der Kapitän tippte mit dem Zeigefinger an seine Mütze. »Missus.«

Der Mann und die Frau verließen das Steuerhaus und stiegen die Treppe hinunter. Auf dem Unterdeck hielten sie inne, und ihre Silhouetten verschmolzen, als die Frau sich gegen seine Brust lehnte. Gemeinsam bewunderten sie den idyllischen Anblick des vom Mond versilberten Flusses und des weißen Schaumpfads, der hinter dem Schiff zurückblieb.

»Es ist wunderschön«, murmelte sie leise.

»Genau wie du, mein Liebling«, flüsterte er ihr ins Ohr.

Mit einer zarten Geste zeichnete sie die starken Konturen seines Kinns nach. »Ich kann es noch gar nicht glauben, daß wir wirklich verheiratet sind. Es kommt mir vor, als wäre es erst gestern gewesen, daß ich beschlossen habe, als alte Jungfer zu sterben.«

Ashton schmunzelte amüsiert. »War es denn nicht erst gestern?«

Sie lachte leise. »Na ja, einen Monat oder so liegt es wenigstens schon zurück.« Sie legte ihm die Arme um den Hals und preßte sich an ihn. »Rennst du eigentlich jede Frau in einem derartigen Tempo über den Haufen?«

»Nur, wenn sie mein Herz im Sturm genommen hat, so wie du.« Er blickte sie mit fragend hochgezogenen Augenbrauen an. »Bedauerst du es, nicht auf die Erlaubnis deines Vaters gewartet zu haben?«

»Absolut nicht!« versicherte sie ihm, ehe sie selbst fragte: »Und du? Tut es dir leid, daß du kein Junggeselle mehr bist?«

»Meine geliebte Lierin«, seufzte er, als seine Lippen ihren Mund berührten. »Ich wußte überhaupt nicht, was es heißt, zu leben, bis du mir begegnet bist.«

Plötzlich erklang unter ihnen ein leises Geräusch, und er hob den Kopf, um zu lauschen. Dem Geräusch folgte ein lautes Scheppern und dann noch lauteres Krachen. Ein markerschütterndes Kreischen hob an, daß ihre Trommelfelle schmerzten. Zischend entwich eine Dampfwolke aus den Kesseln und hüllte das Heck der *River Witch* ein. Langsam kam das Schaufelrad zum Stillstand. Der eben noch so stolze Dampfer wurde zu einem plumpen Floß, das sich breitseits zur Strömung drehte. Aus dem Kesselraum drangen Alarmschreie, und im Steuerhaus riß der Kapitän an der Schnur der Dampfpfeife, doch außer dem höhnischen Keuchen, mit dem der letzte Drück entwich, geschah nichts. Sofort griff der Kapitän nach der Glockenkette und zerrte daran, um jeden zu warnen, der das Signal hören konnte.

Die dunkle Masse treibender Unrat näherte sich und nahm allmählich eine mehr rechteckige Form an. Sie rammte die Seite des Raddampfers so heftig, daß eine Erschütterung durch das Schiff lief. Plötzlich sprang eine Horde Männer aus dem aufgetürmten Gestrüpp, das dazu gedient hatte, die jetzt deutlich erkennbare Barke zu verkleiden, und stürmte mit Enterhaken auf die angeschlagene *River Witch* zu.

»Piraten!« schrie Ashton. Fast im selben Augenblick erklang ein Schuß, und ein Geräusch wie von einer wütenden Biene streifte sein Ohr. Er duckte sich, zog seine Frau ebenfalls auf die Planken und wiederholte seinen Warnschrei, als die Briganten bereits das Unterdeck des Dampfers erklommen. Waffenschwenkend rannten sie an der Reling entlang auf die Gangways zu und kletterten auf die höher gelegenen Decks.

Jetzt krachte ein Schuß nach dem anderen, denn Passagiere und Mannschaft hatten die Gefahr erkannt, in der sie schwebten, und bemächtigten sich der nächstbesten Waffen. Die Decks glichen einem Tollhaus, als sich die mehr als dreißig Piraten auf die Reisenden stürzten und sie unter wildem Gebrüll in heftige Kämpfe verwickelten.

Ashton riß sich den dunklen Umhang von den Schultern und hüllte seine Frau darin ein, damit ihr weißschimmerndes Kleid keine so deutliche Zielscheibe mehr abgab. Tiefgeduckt bahnten sie sich einen Weg zur Gangway. Querschläger sirrten an ihnen vorbei, und Ashton preßte Lierin gegen eine Kabinenwand, um ihren Körper mit seinem eigenen zu schützen. Hinter ihm erklang das Geräusch rennender Füße auf den Planken, und er wirbelte herum. Ein messerschwingender Brigant stürzte sich auf ihn. Die Wucht des Angriffs warf Ashton mit dem Rücken gegen die Wand. Lierin schrie entsetzt auf und taumelte auf die Reling zu. Ein wildes Ringen entspann sich. Immer wieder versuchte der Pirat, Ashton die Klinge ins Fleisch zu bohren.

Inzwischen wurde an allen Ecken und Enden der *River Witch* gekämpft, während der Kapitän und sein Steuermann wieder die Kontrolle über das Schiff zu erlangen suchten. Der Bug scharrte über eine Sandbank, die sie vor kurzem umfahren hatten, und die Strömung ließ den Dampfer nach backbord treiben. Er rammte eine Schlamminsel und ruckte hart nach steuerbord. Rudergänger und Kapitän verloren das Gleichgewicht und prallten gegen die Wände des Steuerhauses. Der Rudergänger brach blutüberströmt zusammen, der Kapitän sank neben ihm auf die Knie, benommen und verwirrt.

Der plötzliche Ruck schleuderte Lierin über die Reling und weit hinaus in die dunkle Nacht. Sie stieß einen langgezogenen Schrei aus, der abrupt mit einem lauten Platschen endete. Ashton hatte das Gefühl, von einer glühenden Lanze durchbohrt worden zu sein. Die Angst verlieh ihm die Kräfte eines wütenden Stiers. Er schüttelte seinen Angreifer ab, sprang auf die Füße und trat ihm mit dem Stiefel ins Gesicht. Der Pirat erschlaffte, und Ashton stürmte an die Reling. Er schrie den Namen seiner Frau, während seine Augen das aufgewühlte dunkle Wasser nach einem Lebenszeichen von ihr absuchten. Ein weißer Fleck schien aus der Tiefe aufzusteigen. Im nächsten Moment stieß Lierin an die Oberfläche. Ashton riß sich die Stiefel von den Füßen, kletterte über die Reling und setzte zum Sprung in die schwarze Tiefe an. Doch in diesem Moment verspürte er einen heftigen Stoß in die Seite; er wurde herumgerissen, und der Knall eines Pistolenschusses hallte in seinem Kopf nach.

»Lierin! Lierin!« Er wußte nicht, ob er ihren Namen schrie oder nur dachte. Er wußte lediglich, daß er sie retten mußte. Sie war sein Leben, ohne sie spielte alles andere keine Rolle mehr. Er brach zusammen, und die Nacht schien dunkler als zuvor, während er verzweifelt versuchte, den Kopf zu heben. Wie durch einen Nebel sah er ein verzerrtes, bärtiges Gesicht, umrahmt von gelocktem schwarzen Haar. Mit hocherhobenem Messer lief der Pirat auf ihn zu, doch dann krachte auf einmal ein Gewehr, und der Brigant erstarrte mitten im Schritt. Sein Gesicht nahm einen ungläubigen Ausdruck an, während sich links in seiner Brust ein rotes Loch öffnete. Sein rechter Arm fiel herab, das Messer entglitt den nun kraftlosen Fingern. Um Ashton herum versank alles in Dunkelheit; er nahm schon nicht mehr wahr, wie der Pirat rückwärts die Gangway hinunterstürzte...

Lierin war nicht so zerbrechlich, wie sie wirkte, und der

Wunsch zu überleben, verlieh ihr ungeahnte Kräfte. Sie hatte nicht so lange auf die wahre Liebe gewartet, um sie sich jetzt so schnell und plötzlich wieder entreißen zu lassen. Mit jeder Faser kämpfte sie darum, an der Wasseroberfläche zu bleiben, während ihre nassen, schweren Röcke sie wieder in die schlammigen Tiefen zu ziehen drohten. Doch dann sah sie das Aufblitzen einer Piratenpistole, sah, wie ihr Mann zu Boden stürzte. Lierins Mut erlosch. Nur eine gähnende Leere blieb, wo noch vor wenigen Augenblicken Freude und Hoffnung geherrscht hatten. Die Strömung verfing sich in ihren Röcken, wirbelte sie herum und zog sie in das Dunkel unter ihren Füßen. Zum zweitenmal schlossen sich die kalten Wassermassen über ihrem Kopf, und sie besaß nicht mehr die Kraft, sich neuerlich nach oben zu kämpfen. Erst langsam, dann immer schneller sank sie in die düstere Leere, und ihre Arme hörten auf, sich zu bewegen.

Erstes Kapitel

Mississippi, 9. März 1833

Ein starker, böiger Wind hatte die Erde fast den ganzen Tag mit prasselnden Regenschauern gepeitscht, doch als die Nacht ihr finsteres Tuch auf das Land breitete, legte sich auch der Sturm. Lautlose Erleichterung überzog Hügel und Ebenen. Die Luft selbst schien in atemloser Spannung zu verharren, indes sich dicht am Boden ein unheimlicher weißer Nebel bildete. In ziellosem Suchen wanden sich die geisterhaften Dämpfe über Sümpfe und schwarzschattiges Dickicht, breiteten sich immer weiter aus, drangen in Höhlen und Furchen, umschmeichelten Baumstämme und -stümpfe. Hoch über den Nebelranken reckten sich knorrige, bemooste Äste in die Dunkelheit und ließen in einem fort kleine Wassertropfen in die brodelnde Masse fallen. Hin und wieder erschien der Mond hinter zerfaserten, dahinjagenden Wolken und schuf mit seinem silbrigen Schein eine unirdische Landschaft schwarzer Schatten, die sich ihm aus dem leuchtenden Dunst entgegenstreckten.

Ein verfallenes Backsteinhaus, halb erstickt in der Umarmung breitkroniger Bäume und genau wie der zugewachsene Hof davor auf allen vier Seiten eingezäunt von einem hohen, mit scharfen Spitzen bewehrten Gatter aus Schmiedeeisen, schien mit dem kleinen Wirtschaftsgebäude im Hintergrund zu verschmelzen. Gemeinsam trieben sie in dem See aus Nebel. Einen flüchtigen Augenblick lang herrschte reglose Stille.

Dann quietschte ein Scharnier, doch das Geräusch erstarb fast im selben Moment wieder. Ein Busch in der Nähe der Hintertür bewegte sich unnatürlich, und eine schattenhafte Gestalt erhob sich vorsichtig hinter dem Geäst. Erneut schien die Stille den Atem anzuhalten, als das Phantom den umzäunten Hof sorgfältig in Augenschein nahm. Dann eilte die mit einem schwarzen Umhang bekleidete Gestalt wie eine große Fledermaus durch die wirbelnden Nebelfetzen und kauerte sich an der Seite des Hauses nieder, wo das Gitterwerk zwischen zwei der steinernen Träger entfernt worden war. Hastig schlugen behandschuhte Hände über einem kleinen Häufchen Schießpulver Funken aus einem Feuerstein. Eine Stichflamme loderte auf und verwandelte sich gleich darauf in eine dichte graue Rauchwolke, die mit dem Nebel verschmolz. Drei langsam brennende Zündschnüre erwachten in der lodernden Flamme zum Leben und glühten auch noch weiter, als das Pulver bereits verbrannt war. Gleichmäßig fraß die Glut sich unter dem Haus in drei verschiedene Richtungen auf ebenfalls mit Schießpulver gefüllte Abflußrinnen zu, die wiederum zu mehreren Haufen aus ölgetränkten Lumpen und trokkenem Reisig führten. Das Zischen der kürzer werdenden Lunten vermischte sich mit einem nervösen Geraschel und Gequietsche, und als spürten sie die bevorstehende Katastrophe, flohen die pelzigen Bewohner des feuchten Zwischenraums aus ihren Nestern und Höhlen, um aufgeregt in der Nacht zu verschwinden.

Der verstohlene Schatten kehrte dem Haus den Rücken und hastete zu dem eisernen Tor. Er schlüpfte durch die ehemals von einer jetzt zerrissenen Kette gesicherte Öffnung und lief zum Waldrand hinüber, wo ein Pferd angebunden war und auf ihn wartete. Es war ein rassiger, großer Wallach mit einer weißen, sternförmigen Blesse auf der Stirn, ein Tier, wie geschaffen für gestreckten Galopp. Der Schatten saß auf und ritt davon, wobei er das Tier auf dem feuchten Boden hielt, damit das Hufgeräusch sie nicht verriet. Erst als er keine Vorsicht mehr walten zu lassen brauchte, trieb er den Wallach mit den Zügelenden zu rasender Flucht an. Wenig später hatte die Dunkelheit Roß und Reiter verschluckt.

Nach ihrem Verschwinden herrschte einen Moment lang totenähnliche Stille. Dann schien das einsame Haus stöhnend seine bevorstehende Vernichtung zu ahnen. Während glitzernde Regentropfen gleich Tränen von den verrotteten Dachrinnen fielen, drang aus seinem Inneren ein tiefes, verwirrtes Murmeln. Leise Schreie, qualvolles Wimmern und das irre, gedämpfte Kichern einer dem Wahnsinn anheimgefallenen Seele zerrissen die Nacht. Der ferne Mond verbarg sein Antlitz hinter einer dicken Wolke und setzte seine Wanderung über den Himmel fort, gleichgültig gegenüber Zeit und irdischen Belangen.

Das Dreigespann zischender Schlangen folgte in blindem Gehorsam seinem vorgeschriebenen Weg, bis jede ihr Ziel erreicht hatte. Dort setzte es größere Häufchen Schießpulver in Brand, die gleich darauf den Nebel rings umher mit flackerndem gelben Licht erfüllten. Die Flammen loderten auf und sprangen von den ölgetränkten Lumpen auf das trockene Reisig über, ehe sie gierig an den hölzernen Bodenbrettern zu lecken begannen. Hinter einem der Vorderfenster entstand ein trübes Leuchten, das rasch heller wurde, bis der Raum einem tosenden Inferno glich und die schwarzen Gitter vor den Fenstern sich als schmales, schwarzes Relief abzeichneten. Die Hitze nahm immer mehr zu, bis die Kristallscheiben zerplatzten und einen Scherbenregen ins Freie schütteten. Die Flammen züngelten aus den Fenstern und kletterten an den Backsteinmauern empor.

Die dumpfen, zusammenhanglosen Klagelaute, die aus dem oberen Stockwerk gedrungen waren, verwandelten sich in ein helles Kreischen der Angst und tiefe Schreie der Wut. Klauenartige Hände zerrten verzweifelt an den Gittern, während blutige Fäuste Fensterscheiben einschlugen. Etwas hämmerte dröhnend gegen die verriegelte Tür, und eine Sekunde später brach ein hünenhafter Mann die Füllung aus dem Rahmen. Er schützte seinen kahlen Schädel mit beiden Händen, als erwartete er, niedergeschlagen zu werden, und rannte weit in den Hof hinaus, ehe er sich umdrehte und das brennende Haus ehrfurchtsvoll anstarrte wie ein Kind, das Zeuge eines großartigen Schauspiels wird.

Ein Wärter stürzte aus der Hintertür und floh in die Dunkelheit, ohne sich um die anderen zu kümmern, die noch immer mit widerspenstigen Schlüsseln und versperrten Schlössern kämpften. Schluchzendes Flehen und klagende Schreie entrangen sich den Mündern der hinter den verriegelten Türen Eingesperrten und übertönten sogar das Tosen der Flammen. Ein stämmiger Wärter befreite die, denen ohne viel Mühe zu helfen war; ein anderer, weniger kräftiger, steigerte sich zu fast herkulischen Leistungen, weil er wußte, daß niemand sonst den in der Falle sitzenden Insassen des Irrenhauses beistehen würde.

Schon bald ergoß sich ein Strom abgerissener, verwirrter Menschen aus dem brennenden Haus. Die wenigsten waren vollständig angezogen. Einige hatten sich nur ein Hemd übergestreift, bevor sie aus ihren Zellen stolperten; andere waren klug genug gewesen, sich in ihre kostbaren Decken zu hüllen, die ihnen jetzt in der Kälte gute Dienste leisteten. Schutzsuchend drängten sie sich in kleinen Gruppen zusammen wie Kinder, unfähig zu verstehen, was über sie gekommen war.

Immer wieder stürmte der unerschrockene Wärter in das Inferno, um die Hilflosen aus den Flammen zu retten, bis die ersten Balken herabzustürzen begannen und ihm den Weg versperrten. Ein letztes Mal taumelte er aus dem brennenden Asyl, in den Armen einen gebrechlichen alten Mann, dann brach er auf dem Hof in die Knie und schnappte keuchend nach Luft. Erschöpft und am Ende seiner Kräfte, nahm er keine Notiz von dem aufgebrochenen Tor oder den Gestalten, die nach und nach das Weite suchten. Immer mehr entkommene Insassen flohen ins nahe Unterholz, und ihre dunkle Kleidung wurde rasch von der Schwärze des Waldes verschluckt.

Das sich immer weiter ausbreitende Feuer erhellte die Nacht mit einem rötlichen Schimmer, und schwerer grauer Rauch wälzte sich zum Himmel empor. Das ununterbrochene Brüllen der Flammen ließ die Ohren ertauben, und so vernahm niemand den Hufschlag, als der langbeinige Wallach zurückkehrte. Mit einem scharfen Ruck der Zügel wurde er von der dunkel gekleideten Gestalt auf seinem Rücken zum Stehen gebracht. Aus dem Schatten einer Kapuze musterten blitzende Augen die Gruppen der noch im Hof zusammengedrängten Insassen. Beinahe erstaunt drehte der Reiter sich im Sattel um und suchte den Kamm des Hügels in seinem Rücken ab. Seine schlanken Hände zerrten an den Zügeln, rissen den Kopf des Pferdes zur Seite, dann trieb ein Stoß der Fersen das Tier weiter, diesmal hinein in den Wald. Mit weit offenen Nüstern preschte der Wallach im Zickzack zwischen den Bäumen hindurch. Auch hier im dunklen Unterholz schien der Reiter seinen Weg genau zu kennen. Mit einem Sprung setzte das Tier über einen umgestürzten Baum und landete elastisch auf der anderen Seite, wobei Moos und Klumpen feuchter Blätter von seinen trommelnden Hufen spritzten.

Der heftige Gegenwind riß dem Reiter die wollene Kapuze vom Kopf und enthüllte langes, gelocktes Haar, das wie ein Banner flatterte. Störrische Zweige zerrten an den seidigen Strähnen und schnappten nach dem wehenden Umhang. Doch das Mädchen kümmerte sich nicht um diese kleinen Angriffe, sondern jagte weiter, wobei es einen gehetzten Blick über die Schulter warf. Immer wieder flogen seine Augen zu dem finsteren Pfad zurück, als rechnete es damit, von einer schrecklichen Bestie verfolgt zu werden. Ein Hirsch, der plötzlich zwischen den Bäumen hervorgeschossen kam, ließ die Reiterin erschreckt zusammenfahren, und sie trieb den Wallach weiter, ohne Rücksicht auf die Beschaffenheit des Weges zu nehmen.

Ein offenes Feld schimmerte durch die allmählich spärlicher stehenden Bäume, vom Mond gut ausgeleuchtet und nur hier und dort hinter einem Nebelstreif verborgen. Erleichterung dämpfte den wilden Herzschlag in der Brust des Mädchens. Die schwach an- und abfallende Wiese versprach einen leichteren Weg, auf dem das Pferd zu äußerstem Tempo angetrieben werden konnte. Ungeduldig hieb die Reiterin dem Tier ihre nackten Fersen in die Seite, und der Wallach reagierte mit einem weit ausgreifenden Satz nach vorn.

Plötzlich erklangen ein wortloser Warnschrei und das Geräusch von Bremsbacken, die sich gegen rotierende Räder preßten. Die Vorderhufe des Wallachs hatten die Erde noch nicht wieder berührt, als die Reiterin erkannte, daß sie ihn direkt in den Weg einer heranjagenden Kutsche getrieben hatte. Kaltes Entsetzen schüttelte sie, als die galoppierenden Zugpferde auf sie zuschossen, und für einen Sekundenbruchteil glaubte sie, ihren heißen Atem fühlen und ihre funkelnden Augen sehen zu können. Verzweifelt mühte sich der schwarze Fahrer, das Gespann zur Seite zu reißen und die Kutsche zum Stehen zu bringen, aber es war zu spät. Ein Schrei entrang sich der Kehle des Mädchens, wurde aber im nächsten Moment von einem hämmernden Schlag, der ihm die Luft aus den Lungen trieb, erstickt.

Das wilde Schlingern des geschlossenen Landauers hatte Ashton Wingate aus einem leichten Schlummer gerissen und beinahe von seinem Platz geschleudert. Er wollte schon an der geistigen Gesundheit seines Kutschers zweifeln, doch als die Karosse seitwärts durch den schlüpfrigen Morast rutschte, konnte er einen Blick auf den Zusammenstoß und seine Folgen werfen. Eine mit den Armen rudernde Gestalt wurde von dem taumelnden Pferd geschleudert und segelte wie ein verletzter Vogel durch die Luft, stürzte auf den Wegesrand und rollte in den Graben. Noch bevor die Räder der Kutsche sich zu drehen aufhörten, hatte Ashton schon seinen Umhang abgeworfen und war aus der Tür gesprungen. Er rannte die schlammige Straße entlang, wobei er die reglos halb im Wasser auf dem Grund des Grabens liegende Gestalt nicht aus den Augen ließ. Der Nebel wich auseinander, als er die Böschung hinunterrutschte und durch das kalte Wasser stapfte, ohne sich um den Morast zu kümmern, der an seinen Stiefeln saugte.

Er kniete nieder, ergriff die bewußtlose Reiterin unter den Armen, zog sie aus dem Matsch und lehnte sie gegen die aufgeweichte Böschung. Ihr Gesicht verschwand halb unter der verschlungenen Masse nasser Haarsträhnen. Er beugte sich zu ihr, konnte aber auch aus nächster Nähe keinen Atem von ihren Lippen spüren. Er nahm einen ihrer schlaffen Arme in die Hand und versuchte erfolglos, an dem zarten Handgelenk einen Puls zu finden. Rasch preßte er die Finger an eine Stelle neben der Kehle. Dort endlich fand er unter ihrer kalten Haut, was er suchte – die Gewißheit, daß sie lebte, wenigstens im Moment noch.

Ashton blickte auf und sah seinen Fahrer wartend oben am Wegesrand stehen. In den kälteren Monaten war es bei den Kutschern Brauch, sich ihre kostbare Bibermütze zum Schutz gegen den schneidenden Fahrtwind mit einem unter dem Kinn verknoteten Wollschal auf dem Kopf festzubinden. Jetzt drehte und wand er die Enden des Schals ängstlich in seinen mächtigen Händen und zog sich seine Kopfbedeckung dabei, ohne es zu merken, bis über die Ohren hinunter.

»Beruhige dich, Hiram, sie atmet noch«, versicherte Ashton dem Kutscher. Der gestürzte Wallach wieherte vor Schmerzen und warf sich in einem Versuch, wieder auf die Beine zu gelangen, nach vorn. Ashton deutete auf das verwundete Tier und rief: »Hiram! Hol deine alte Pistole aus dem Stiefel und erlöse das Pferd von seinen Qualen!«

»Yassuh! Das tue ich sofort!« Obwohl die Aufgabe kaum als angenehm bezeichnet werden konnte, war Hiram froh, sich mit etwas beschäftigen zu können.

Ashton beugte sich wieder über die Reiterin. Nichts deutete darauf hin, daß sie ihr Bewußtsein zurückerlangte. Der durchnäßte Umhang umschloß ihren reglosen Körper wie ein eiskalter Kokon. Ashton suchte nach den Seidenschnallen, die ihn zusammenhielten, und löste sie. Als er die Reiterin aus dem Tuch schälte, weiteten sich seine Augen überrascht. Selbst im unsteten Licht der Kutschbeleuchtung konnte er ausmachen, daß sie nicht mehr das knospende Mädchen war, für das er sie gehalten hatte. Das klatschnasse Nachthemd ließ keinen Zweifel daran, daß es sich um eine Frau handelte, zwar noch jung, aber eindeutig schon erwachsen genug, um ihn zu einer Korrektur seiner Annahme zu veranlassen.

Ein Schuß zerriß die nächtliche Stille. Ashtons Kopf ruckte hoch. Der Wallach hörte auf, mit den Hufen zu schlagen, fiel zurück und rutschte langsam die Böschung hinunter in das Wasser auf dem Grund des Grabens. Vor dem Hintergrund des mondbeschienenen Nebels zeichnete sich Hirams Silhouette mit hängenden Schultern ab. Ashton wußte, daß der Kutscher Tiere über alles liebte, aber die Umstände ließen zum Trauern keine Zeit, da ein weit kostbareres Leben auf dem Spiel stand.

»Hiram! Komm schon, wir müssen das Mädchen hier nach Hause schaffen!«

»Yassuh!«

Der Schwarze stürzte ihm entgegen, indes Ashton die verletzte Frau von ihrem nassen Umhang befreite und auf beide Arme nahm. Er hob sie hoch, ließ ihren Kopf an seine Schulter rutschen und kämpfte sich dann mühsam die steile, glitschige Böschung hinauf. Bei den letzten Schritten konnte Hiram ihm unter die Arme greifen, ehe er vorauseilte, um die Tür der Kutsche zu öffnen. Während Ashton einstieg, flehte der Kutscher den Himmel an, daß alles gutgehen möge. Der Tod war in den letzten zehn Jahren ein häufiger Gast bei den Wingates gewesen. Zuerst hatte er während einer Sturmflut, bei der ihr Haus in Carolina davongeschwemmt worden war, Ashtons Eltern das Leben genommen. Dann, vor drei Jahren, war er in der Gestalt einer Bande von Flußpiraten aufgetaucht, die Ashtons Schaufelraddampfer zerstört hatten und die Verantwortung dafür trugen, daß seine junge Frau ertrunken war. Hiram zweifelte nicht daran, daß weder er noch sein Herr besonders erpicht darauf waren, dem grausamen schwarzen Rächer in absehbarer Zeit erneut zu begegnen.

Ashton legte die junge Frau auf seinen Umhang und wickelte sie in das schwere, trockene Kleidungsstück.

»Ist sie… wird sie wieder gesund, Massa?« fragte Hiram und reckte den Hals, um seinem Herrn über die Schulter schauen zu können.

»Ich weiß es nicht, Hiram«, antwortete Ashton. Er setzte sich und hob die Bewußtlose auf seinen Schoß, um sie so auf der vor ihnen liegenden rauhen Fahrt vor weiteren Stößen zu bewahren.

Als er die scheinbar so zerbrechliche Gestalt in seine Arme schmiegte, nahm er einen Hauch von Jasmin wahr. Eine süße Erinnerung stieg in ihm auf, doch mit ungestümer Entschlossenheit schob er sie beiseite. Es konnte nicht sein, und er würde nicht zulassen, daß unerfüllbare Sehnsüchte seine Seele marterten.

Er strich der jungen Frau mit der Hand über das Gesicht, um es von dem Netz rotblonder Haare zu befreien. Das vom Schlamm besudelte Gewirr widerstand seinen Bemühungen, doch mit sanfter Beharrlichkeit trennte er ein paar der Strähnen voneinander und schob sie der Frau hinter das Ohr. Als er sich wieder zurücklehnte und der Schein der Laterne auf ihr Gesicht fiel, holte er scharf Luft. Wie erstarrt blickte er auf das Gesicht der Bewußtlosen.

»Lierin?« hauchte er, und ein schmerzhaftes Sehnen durchfuhr ihn.

Gleich einer Lawine brachen Erinnerungen an jene Zeit in New Orleans, als er seine junge Frau kennengelernt und geheiratet hatte, über ihn herein. Obwohl man ihm versichert hatte, daß sie tot sei, stieg jetzt der Gedanke in ihm auf, daß ein furchtbarer Fehler begangen worden sei und es sich bei der Frau in seinen Armen um niemand anderen als Lierin handelte. Wenn nicht, dann war die Ähnlichkeit zwischen den beiden jungen Frauen mehr als verblüffend.

Das rasch wechselnde Mienenspiel auf dem Gesicht seines Herrn empfand Hiram alles andere als beruhigend. »Massa, was ist los? Sie sehen aus, als wäre Ihnen gerade ein Geist erschienen.«

»Vielleicht ist es so«, murmelte Ashton. Eine alles überwältigende Hoffnung stieg in ihm auf, vermischt mit Furcht. Wenn dies wirklich Lierin war...

Dann wurde er sich wieder der Dringlichkeit des Augenblicks bewußt, und sein Tonfall verbarg die wachsende Angst in ihm, als er befahl: »Hiram! Auf den Kutschbock mit dir, und gib den Pferden die Peitsche, los!«

Der verwirrte Kutscher schlug die Tür zu und kletterte rasch auf den Bock. Ashton stützte seine Beine an dem gegenüberliegenden Sitz ab, während Hiram die Bremsen löste und brüllte: »Yeeaah! Auf geht's!«

Das Pferdegespann legte sich ins Geschirr und schoß los. Schon nach wenigen Metern stieg Dampf vom Rücken der Tiere in die kühle Nachtluft. In halsbrecherischem Tempo jagten sie um eine Kurve, als eines der Räder des Landauers in eine Furche geriet. Die Kutsche ruckte scharf zur Seite, und Ashton preßte seine kostbare Last an sich, als trüge er sein eigenes Herz in den Händen. Erfüllt von ungewohnter Freude, beugte er sich über sie. Er schloß die Augen und betete lautlos: »Oh, Gott, laß es Lierin sein... und laß sie leben!«

Das schwache Licht der Kutschlaternen verlieh ihrer bleichen Haut einen goldenen Schimmer, den ihre Kälte Lügen strafte. Die Schönheit ihrer Züge war fast schmerzlich. Seine Finger zitterten, als er sacht die verfärbte Schwellung auf ihrer Stirn berührte, jener Stirn, die er früher vielleicht mit liebevoller Zärtlichkeit geküßt hatte. Seine Gefühle waren ein gnadenloses Auf und Ab. Die Hoffnung, daß es sich bei der Frau in seinen Armen um die geliebte Lierin handeln könnte, hob ihn auf Gipfel der Glückseligkeit, von denen er im nächsten Moment in einen bodenlosen Brunnen der Furcht stürzte, weil er das Ausmaß ihrer Verletzungen nicht absehen konnte. Welch grausame Ironie des Schicksals, wenn er seine Frau wiederfände, nur um sie sogleich wieder zu verlieren. Ein weiteres Mal würde er eine solche Tragödie nicht überleben.

Ashton atmete tief ein und aus und versuchte, seinen wirren Gedanken einen Anflug von Logik und Ordnung zu geben. Waren es nur die Erinnerungen an seine tote Frau, die ihn narrten? Spielte sein Verstand ihm einen Streich, indem er ihn das in so teurer Erinnerung gehaltene Gesicht sehen ließ, wo es doch in Wirklichkeit ein ganz anderes war? War es nur sein viel zu früh dahingegangener Traum, der ihn glauben machte, Lierin in den Armen zu halten? Immerhin hatte er sie noch nicht einmal einen Monat gekannt, als sie den Bund fürs Leben eingegangen waren.

Mehrere seiner Freunde in New Orleans hatten ihn liebevoll auf den Arm genommen, weil er ihr wie im Fieber angetraut worden war, kaum daß er ihren Namen kannte. Dann hatte ihn die schwarze Hand des Schicksals gestreift, und er hatte zusehen müssen, wie seine Liebste in der düsteren Strömung davongetrieben war. Von jenem Moment an hatte er die Tage gezählt, bis sie zu einer Summe von drei Jahren, einem Monat und einer Woche minus einem Tag aufgelaufen waren. Und jetzt war sie wieder da – oder eine junge Frau, die Lierin unglaublich ähnlich sah. Er mußte zugeben, daß er sich irren konnte, und doch widerstand er diesen Zweifeln, obwohl er wußte, daß er Schmerz und Kummer damit seine Achillesferse bot.

Sacht strich er ihr mit den Fingern über die Wange und verhielt an der Schläfe, bis er das schwache Pochen ihres Pulses spürte. Er seufzte erleichtert, aber sein Herz hörte nicht auf zu hämmern.

Ein lautes Rufen Hirams zeigte an, daß sie sich der Plantage näherten, und Ashton spähte aus dem Fenster zum Haupthaus hinüber, das hell erleuchtet inmitten mächtiger Eichen lag. Belle Chêne erhob sich hinter hügeligem Gelände stolz wie ein französisches Schloß, zu beiden Seiten gestützt von weitläufigen Flügeln und flankiert von großen Bäumen. Ashton schoß der Gedanke durch den Kopf, daß er nun endlich seine Liebste nach Hause brachte.

Als der Landauer sich dem Gebäude näherte, bemerkte Ashton ein Dutzend und mehr Kutschen auf dem Zufahrtsweg sowie eine Reihe angebundener Pferde. Er konnte nur vermuten, daß seine Großmutter seine Rückkehr zum Anlaß genommen hatte, eine Party zu geben. Er streifte die Frau in seinen Armen mit einem zärtlichen Blick. Damit hatte seine Großmutter wohl nicht gerechnet. Mit einer bewußtlosen und derart unschicklich gekleideten Frau im Arm würde sein Eintreten ihr einen gehörigen Schreck einjagen. Nach seinem kurzen Werben und der anschließenden Hochzeit in New Orleans hatte Amanda Wingate die Abstecher ihres Enkels den Fluß hinunter immer mit Mißtrauen betrachtet, und siehe da, wieder einmal kehrte er von einer solchen Reise zurück. Natürlich würde dieser Vorfall Wasser auf die Mühlen der klatschsüchtigen Gesellschaft sein, doch das spielte für ihn keine Rolle.

Hiram zog die Bremsen, und die auf dem Zufahrtsweg angebundenen Pferde quittierten ihre Ankunft mit unruhigem Hufscharren. Vor der Veranda kam der Landauer knirschend und schaukelnd zum Stehen. Der Kutscher sprang vom Bock, riß die Tür auf. Ashton hüllte seine kostbare Last sorgfältig in seinen Umhang und preßte ihr Gesicht an seine Schulter, um es vor der kühlen Nachtluft zu schützen. Wieder stieg ein Hauch von Jasmin auf, setzte all die Sehnsüchte frei, die er drei Jahre lang unter Kontrolle gehalten hatte. Ihre Zeit zusammen mochte nur kurz gewesen sein, aber an Intensität und seelischem Reichtum hatte sie alles andere übertroffen.

»Schick einen schnellen Reiter zu Dr. Page«, rief Ashton über die Schulter, als er die junge Frau die Stufen hinauftrug.

»Yassuh!« antwortete Hiram rasch. »Ich schicke Latham, er ist schon so gut wie weg.«

Ashton überquerte die Veranda. Mit der linken Hand drehte er den Türknopf, mit dem rechten Fuß stieß er die Tür weit auf. Auf der anderen Seite hatte sich der Butler in gleicher Absicht genähert, da ihm die Ankunft der Kutsche nicht entgangen war, und stand nun nur wenige Schritte entfernt, als die Vordertür aufflog. Ashton trug seine Last über die Schwelle. Der normalerweise durch nichts zu erschütternde Willis stolperte rückwärts, stand da mit offenem Mund. Zweifellos handelte es sich um einen Anblick, auf den ihn nichts in seinem langjährigen Training in hochherrschaftlicher Etikette vorbereitet hatte.

»Massa Ash –« Seine Stimme brach, und er mußte sich räuspern, ehe er erneut ansetzte. »Massa Ashton, es ist schön, Sie wieder bei uns zu wissen, Sir...« Als eine Strähne rotblonden Haars aus den Falten des schwarzen Umhangs fiel, verstummte er ganz. Die vorbereitete Begrüßungsrede schien irgendwie nicht mehr zu der Situation zu passen, und er konnte seinem Herrn, der an ihm vorbei in die Halle schritt, nur mit fassungslosem Staunen nachstarren.

Amanda Wingate teilte das Ensetzen des Butlers, als sie ihre Schwester und mehrere Gäste aus dem Salon in die große Halle führte und sich zwischen Ashton und die Treppe schob. Ihre Aufmerksamkeit konzentrierte sich ganz auf das schlanke Bündel in seinen Armen und die verräterische rote Haarsträhne. Ihr Herz schlug schneller, und ihre Gedanken rasten, während sie auf ihren Enkel zutrat.

»Gütiger Himmel, Ashton!« Sie preßte eine zitternde Hand gegen ihren Busen. »Hast du uns schon wieder ein Schnippchen geschlagen und dir eine neue Frau genommen?«

Ashton wollte das Mädchen so schnell wie möglich nach oben bringen, doch er hatte das Gefühl, seiner Großmutter eine Erklärung für seinen Auftritt schuldig zu sein. »Es gelingt den wenigsten, dir ein Schnippchen zu schlagen, *Grand-mère«*, murmelte er, wobei er die Anrede benutzte, die seine Mutter der alten Dame voller Zuneigung vorbehalten hatte. »In diesem Fall allerdings...«

»Amanda«, flüsterte Tante Jennifer vorsichtig und legte ihrer Schwester eine Hand auf den Arm, »vielleicht sollten wir nicht gerade jetzt darüber diskutieren, was Ashton schon wieder angestellt hat. Zumindest nicht in Gegenwart der Gäste.«

Amanda unterdrückte die Fragen, die in ihr brannten, doch sie war noch immer durcheinander und besorgt. Die stille Reglosigkeit von Ashtons Last beunruhigte sie, und sie konnte sich nichts anderes vorstellen, als daß er eine schlafende Braut in ihr Zimmer trug. Sie spürte die Ungeduld, mit der er zur Treppe wollte, und beabsichtigte gerade, beiseite zu treten, als der Umhang ein wenig verrutschte und ihr einen Blick auf das Gesicht darunter ermöglichte. »Ausgesprochen hübsch«, meinte sie, ganz und gar nicht überrascht, daß er sich eine solche Schönheit zur Frau nehmen wollte. Dann weiteten sich ihre Augen, als der Umhang noch tiefer rutschte und dabei einen Teil des nur ausgesprochen spärlich bekleideten Körpers enthüllte. Mit einem kleinen Keuchen fügte sie hinzu: »Und außerordentlich unpassend gekleidet!«

Amanda warf einen raschen Blick in die Runde, um zu sehen, wer alles Zeuge des Schauspiels geworden war, und mußte zu ihrem Schrecken feststellen, daß sich eine ganze Gruppe ältlicher Matronen mit offenen Mündern um sie geschart hatte. Flüsternd und murmelnd begannen die Gäste Mutmaßungen anzustellen, die wie Wellen durch den Raum gingen, wobei die Worte *Nachthemd* und *Mädchen* gleich Schaumkämmen auf den Wellen ritten.

»*Grand-mère,* es ist ganz und gar nicht, was es scheint«, flüsterte Ashton eindringlich, um ihre Befürchtungen zu zerstreuen.

Amanda stöhnte leise auf: »Ich weiß nicht, ob ich die Wahrheit ertragen kann.«

Tante Jennifer beugte sich zu ihrer Schwester, um ihr Mut zuzusprechen. »Denk daran, Amanda, Papa hat uns immer ermahnt, auch bei den größten Widrigkeiten Haltung zu bewahren.«

Ein Mann trat auf Ashton zu, im Ohr nur das Wort *Mädchen,* und drängte ihn freundlich: »Komm schon, Ashton, laß sehen, wie deine neue Braut ausschaut. Es wurde sowieso höchste Zeit für dich, wieder zu heiraten.«

»Braut!« kreischte eine durchdringende Frauenstimme aus dem nächsten Raum. »Heirat!« Unruhe entstand unter den Gästen, als die Frau sich ihren Weg in die Halle bahnte. »Was geht hier vor? Laßt mich durch!«

Tante Jennifers Haltung war nicht mehr ganz so fest, und sie murmelte: »Mir scheint, das sind genau die Widrigkeiten, von denen Papa gesprochen hat.«

Eine große, schlanke Schwarzhaarige drängte sich durch die Schar der Anwesenden und musterte Ashton mit kaum verhüllter Neugier. Ihr Name war Marelda Rousse, und ihre dunklen Augen glitten an der feuchten roten Haarsträhne hinab, weiteten sich, als sie Ashtons nasse Hose erblickten und flogen dann entsetzt wieder zu seinem Gesicht empor. »Ashton, was soll das alles bedeuten? Du siehst aus, als hättest du dich mit diesem Mädchen im Sumpf gewälzt! Hast du wirklich wieder geheiratet?«

Die Wendung, die die Befragung genommen hatte, war Ashton mehr als unangenehm, zumal er nicht vorhatte, sein Herz in Gegenwart so vieler Menschen auszuschütten und von seinen Hoffnungen zu sprechen. Seine einzige Konzession bestand darin, daß er sie über den Zustand der Frau in seinen Armen aufklärte. »Es hat einen Unfall mit der Kutsche gegeben, Marelda, und das Mädchen hier ist von seinem Pferd geschleudert worden.«

»Sie ist in ihrem Nachthemd ausgeritten? Um diese Zeit?« rief Marelda. »Wirklich, Ashton, wie kannst du erwarten, daß wir dir eine solche Geschichte abnehmen?«

Ashtons Unterkiefer spannte sich, und sein Unmut wuchs. Marelda hatte sich schon viel geleistet, aber noch nie war sie so weit gegangen, daß sie sein Wort in Zweifel zog, vor allem nicht in seinem eigenen Haus und vor so vielen Menschen. »Ich habe jetzt keine Zeit für lange Erklärungen, Marelda«, sagte er kurz angebunden. »Man muß sich um das Mädchen kümmern. Bitte, laßt mich vorbei.«

Marelda öffnete den Mund, um sich zu beschweren, doch angesichts seines Stirnrunzelns blieben ihr die Wort in der Kehle stecken. Sie spürte Ashtons zunehmende Verärgerung. Es gab Zeiten, da war er fast grausam in seiner Zurückhaltung, und sie wußte, daß es nichts nützen würde, wenn sie weiter in ihn drang.

Amanda war es peinlich, daß sie sich selbst nicht besser in der Hand gehabt hatte, zumal ihr jetzt klarwurde, wie dringlich die Situation war. »Das rosa Zimmer im Ostflügel steht leer, Ashton. Ich schicke Willabelle hinauf, damit sie dir hilft.« Während ihr Enkel auf die Treppe zuschritt, winkte Amanda einem jungen farbigen Mädchen, das die ganze Szene von einer Balustrade aus beobachtet hatte. »Luella May, lauf und bereite den Raum vor.«

»Jawohl, Miss Amanda!« rief das Mädchen und eilte davon.

Ohne auf das Gemurmel in seinem Rücken zu achten, stieg

Ashton rasch die geschwungene Treppe zum ersten Stock hinauf. Vor drei Jahren hatte er davon geträumt, seine junge Frau über eben diese Treppe in sein Schlafzimmer zu tragen. Und nun war es vielleicht soweit, er hielt eine Frau in seinen Armen, die Lierin sein konnte. Wäre sie bei Bewußtsein gewesen, hätte er das Problem der Schlafzimmer mit einer kurzen Frage geklärt und wäre vom selben Moment an der Einsamkeit entronnen, in deren Umklammerung er sich seit jener tragischen Nacht befand.

Im Gästezimmer war Luella May bereits damit beschäftigt, das Himmelbett zu beziehen. Das Mädchen fuhr schnell noch einmal mit der flachen Hand über die blütenweißen Laken, um das Lager für die Verletzte zu richten, ehe sie zur Seite trat. »Sie müssen sich keine Sorgen machen, Massa Ashton«, versicherte sie ihm. »Mama wird jeden Moment hier sein, und sie weiß, was man für die Lady tun muß. Sie weiß alles über Heilen und Gesundmachen...«

Ashton schenkte dem Geschnatter des Mädchens keinerlei Aufmerksamkeit, er legte seine Last behutsam auf das Bett. Auf dem Nachttisch stand eine Schüssel mit Wasser und einem Tuch, und er begann sacht, den Schmutz von den bleichen Wangen der Bewußtlosen zu waschen. Als er damit fertig war, hielt er die Lampe dicht an das ovale Gesicht und betrachtete es genau. Welche Wahrheit mochte darin verborgen liegen? Seine Augen folgten dem Schwung der schlanken Nase hinunter zu den weichen, blassen Lippen. Die dunkel verfärbte Schwellung beeinträchtigte vorübergehend die Vollkommenheit ihrer Stirn, doch ansonsten war ihr milchweißer Teint makellos. Weiche braune Augenbrauen bildeten zwei zarte Bogen über schweren, langen Wimpern, und er wußte, sollte es sich tatsächlich um seine Frau handeln, dann waren ihre Augen von tiefem Smaragdgrün und so lebhaft wie junge Blätter, die im Wind tanzten. Das kräftige Haar war verfilzt, schlammverklebt und mit trockenem Laub und abgebrochenen Zweigen durchsetzt, aber all das konnte ihren leuchtenden Ton nicht verbergen. Vor ihm auf dem Bett lag das genaue Ebenbild des Wesens, das er in seiner Erinnerung so liebbehalten hatte. Es mußte einfach seine Frau sein!

»Lierin«, hauchte er ihr ins Ohr. Wie lange hatte er diesen Namen nicht mehr ausgesprochen? War es ein Fehler, ihn schon zum zweitenmal an diesem Abend laut zu denken?

Eine große Frau von ausufernden Proportionen betrat den Raum und unterzog die Lage einer kurzen Analyse, ehe sie dem Mädchen ihre Instruktionen erteilte. »Geh, hol das Nachthemd, das Miss Amanda heraussuchen wollte, und bring mir einen Bottich heißes Wasser, damit ich dieser Lady da ein ordentliches Bad bereiten kann.«

Luella May eilte aus dem Zimmer, und ihre Mutter trat ans Bett, um sich die Schwellung auf der Stirn genauer anzusehen. Ashton beobachtete sie vom Fuß des Bettes aus. Seine rechte Hand umklammerte den Bettpfosten so hart, daß die Knöchel weiß hervortraten.

»Was glaubst du, Willabelle?« fragte er ängstlich. »Wird sie wieder gesund werden?«

Die Haushälterin vernahm die Besorgnis in seiner Stimme, ließ sich in ihrer Untersuchung aber nicht stören. »Nun zerbrechen Sie sich deswegen mal nicht den Kopf, Massa. Wenn Gott will, ist das kleine Mädchen hier in ein paar Tagen wieder springlebendig wie ein junges Fohlen.«

»Bist du da ganz sicher?«

Willabelle wackelte nachdenklich mit ihrem weißbetuchten Kopf. »Massa, ich bin kein Doktor. Sie können nur abwarten und sehen, was passiert.«

»Verdammt!« Ashton drehte sich um und begann ruhelos hin und her zu gehen.

Überrascht von seinem Verhalten musterte die Haushälterin ihn mit neuer Besorgnis. Hier schien es um mehr zu gehen, als die Oberfläche erkennen ließ. Wenn das Wasser in Unruhe geriet, konnte man darauf wetten, daß unterhalb der wogenden Oberfläche ein Grund dafür existierte. Sie war dessen sogar noch sicherer, als Ashton wieder am Fuß des Bettes stehenblieb.

»Können wir denn gar nichts tun, bis Dr. Page eintrifft?« wollte er wissen.

»Yassuh«, antwortete die farbige Frau feierlich. »Ich kann sie baden und frisch machen, während Sie dasselbe für sich tun, Massa.« Gelassen ertrug sie sein gereiztes Stirnrunzeln, denn sie wußte, daß sie ihm nach bestem Wissen und Gewissen geantwortet hatte.

Widerstrebend gab Ashton nach, ihm fiel kein Gegenargument ein. Er nahm seinen Umhang und ging zur Tür, wo er stehenblieb und noch einen Blick zurück auf das Bett warf. Die junge Frau regte sich nicht. Er spürte, wie sich kalte Furcht in ihm ausbreitete. »Geben Sie gut auf sie acht, Willabelle.«

»Genau das habe ich vor, Massa«, schwor sie. »Machen Sie sich darüber keine Sorgen.«

Ashton schloß die Tür hinter sich und schritt langsam den Korridor entlang. Neben der Balustrade hielt er einen Moment lang inne, legte die Hand auf das polierte Geländer und senkte nachdenklich den Kopf. Gab es eine Antwort auf die vielen Fragen, die ihn quälten? Er wußte, es wäre einem Wunder gleichgekommen, hätte Lierin nach ihrem Sturz in den Fluß das weit entfernte Ufer erreicht, doch falls es ihr gelungen sein sollte, warum hatte sie sich dann nie mit ihm in Verbindung gesetzt? Die *River Witch* war auf der Sandbank liegengeblieben, bis man sie notdürftig wieder repariert hatte, so daß seinen Männern genügend Zeit zur Verfügung stand, um den Fluß einige Meilen weit in beiden Richtungen abzusuchen – doch ohne jedes Ergebnis. Wenn sie wirklich nicht ertrunken war, warum hatte er dann in den drei seither verstrichenen Jahren nicht ein einziges Wort von ihr gehört?

Als er keine plausible Erklärung fand, die seiner Hoffnung neue Nahrung gegeben hätte, legte er den Kopf in den Nacken und rollte ihn hin und her, um den Schmerz zu besänftigen, der dort wie eine Klammer saß. Um die nagenden Zweifel zu verdrängen, konzentrierte er seine Aufmerksamkeit auf seine Umgebung. Er hatte das Haus erbaut, nachdem er zu einigem Wohlstand gelangt war, und nun fragte er sich, wie Lierin sein Heim wohl gefallen mochte, ob sie hingerissen sein würde, wie schon so viele vor ihr, oder ob es im Vergleich mit dem Anwesen ihres Vaters in England unvorteilhaft abschneiden mußte.

Sein Blick wanderte über den hellen Marmorboden im Erdgeschoß und das in zarten Tönen gehaltene Gemälde, das die geschwungene Wand bedeckte. Dinge, die er seit Monaten kaum mehr wahrgenommen hatte, fielen ihm plötzlich wieder auf, und er entsann sich einiger Begebenheiten, die seinem Gedächtnis längst entfallen waren. Hoch über der umlaufenden Balustrade hing ein Kristalleuchter von einer reich mit Stuck verzierten Decke, an der Lichtreflexe dahinhuschten und einander über die Schnörkel und Blumen jagten, die sich zu einem kunstvollen Muster vereinigten. Nichts erinnerte mehr an den Schaden, der eines Abends entstanden war, als eine betrunkene, zu rohen Scherzen aufgelegte Flußratte aus Under-the-Hill eingebrochen war und, Ashtons Abwesenheit ausnützend, die Dienerschaft in Angst und Schrecken versetzt hatte, als sie die Stuckverzierungen als Zielscheibe benutzte. Es war Amanda gewesen, die den Schurken in die Flucht geschlagen hatte, indem sie eine geladene Pistole auf ihn richtete. Nach seiner Rückkehr hatte Ashton die Halle von ausgesuchten Handwerkern mit größter Sorgfalt restaurieren lassen; dann war er zu dem ruppigen Burschen gegangen, dem er die angerichtete Zerstörung verdankte und hatte ihm die Rechnung präsentiert. Damit die Chancen etwas gerechter verteilt waren dort unten in dem Rattenloch am Fluß, hatte er noch einen zweiten Mann mitgenommen und dem Taugenichts sowie sechs seiner Saufkumpane eine unvergeßliche Lektion erteilt: Wenn ihr Radau machen wollt, dann bleibt unter euresgleichen am Flußufer und bezahlt eure Rechnungen, sobald sie fällig werden, vor allem, wenn ihr in der Schuld von Ashton Wingate steht, der sich gelegentlich auf die äußerst kompetente Unterstützung seines riesigen schwarzen Aufsehers, Judd Barnum, verlassen kann.

Ashton begab sich auf den Weg in seine Suite, doch auch dort vermochte er seiner Ängste nicht Herr zu werden. Mit mechanischen Bewegungen entledigte er sich seiner feuchten Sachen, wusch und rasierte sich und zog frische Kleidung an, ehe er wieder zum Gästezimmer ging. Willabelle schob ihn sacht aus der Tür, da sie mit dem Mädchen noch immer alle Hände voll zu tun hatte. Widerstrebend ging er nach unten, wo er im Salon von einem Spalier neugieriger männlicher Gesichter erwartet wurde.

»Rück schon mit der Geschichte heraus, Ashton, alter Knabe«, drängten sie ihn.

»Wer ist sie?«

»Wo hast du sie aufgetrieben?«

»Stammt sie hier aus der Gegend?«

»Was hat sie da draußen so ganz allein gemacht, mitten in der Nacht?«

»Stimmt es, daß sie nur ein Nachthemd anhatte?«

Die Fragen stürmten auf ihn ein wie ein Schwarm aufgescheuchter Fledermäuse. Mitleidheischend hob er eine Hand und bedachte die Gäste mit einem schiefen Lächeln. »Gentlemen, bitte. Ich bin kein Wahrsager. Im Moment weiß ich noch nicht einmal, wie sie heißt. Sie ist nicht von hier und dürfte, soweit ich es beurteilen kann, auch keinem von euch bekannt sein. Warum sie da draußen in einem Nachthemd herumgeritten ist, kann ich auch nicht erklären, es sei denn, sie wäre vielleicht aus einem brennenden Haus geflohen. Ich kann nur sagen, daß sie uns ziemlich überrascht hat, als sie da auf einmal aus Mortons Wäldern brach.«

»Wie man hört, soll sie ja eine richtige Schönheit sein, Ashton. Wie schaffst du es nur, immer so viel Glück zu haben?«

Glück! Beinahe hätte er laut geschrien. Wie konnten sie ein solches Wort auch nur denken, wo er doch seine große Liebe verloren hatte und sie dann in dem Augenblick, da er sie wiederfand, beinahe schon wieder getötet hätte? »Erst wenn ich weiß, daß es ihr wieder gutgeht, kann man von Glück sprechen.«

»Aye, das stimmt«, sagte ein älterer Mann. »Wenn sie ernsthaft verletzt sein sollte, wird euch eure Frivolität noch leid tun.«

Marelda warf Ashton von der anderen Seite des Raums her irritierte Blicke zu, weil er es nicht für nötig befunden hatte, sich sogleich zu ihr zu gesellen. Sie erwog eine ganze Reihe von Schachzügen, mit denen sie ihm ihr Mißfallen vor Augen führen könnte. Ihm für längere Zeit die kalte Schulter zu zeigen, war einer davon, schien allerdings mehr auf Zeitverschwendung hinauszulaufen, da er sie ohnehin nicht wahrnahm. Hätte es sich um einen anderen Mann gehandelt, wäre sie einfach gegangen, aber Ashton zeichnete sich durch außergewöhnliche Attraktivität aus. In der Tat, ein Mann von solcher Ausstrahlung war selten. Selbst in weniger schmeichelhafter Kleidung als dem maßgeschneiderten Frack, den er jetzt trug, wirkte er einfach atemberaubend, und sie gedachte nicht, die Bande zwischen ihnen zu zerschneiden. Schließlich hatte sie durch ihre Hartnäckigkeit schon eine ganze Menge erreicht.

Mit der Entschlossenheit einer Reitereskadron in vollem Galopp steuerte sie auf ihren Gastgeber zu. Sie hatte viele Stunden vor dem Spiegel damit zugebracht, einen hübschen Schmollmund zu üben, und als sie sich jetzt bei Ashton einhakte, ließ sie ihn eine besonders gelungene Ausführung sehen.

»Eigentlich sollte ich mit dir schimpfen, weil du dir einen derart erschreckenden Auftritt ausgedacht hast, Ashton«, sagte sie.

Ashton nahm die hastigen Entschuldigungen der anderen Männer entgegen und sah zu, wie sie sich wieder zerstreuten. Ganz zweifellos gingen sie davon aus, daß Mareldas Vorwurf zu einem Krach unter Liebenden führen würde; es war erstaunlich, wie sie es fertigebracht hatte, sich selbst zur Frau seines Herzens aufzubauen. Allerdings mußte er zugeben, daß er als Witwer ihrer warmen Aufmerksamkeit und den häufigen Besuchen vielleicht etwas zu wenig Bedeutung beigemessen hatte. Seine duldende Nachsicht in diesem Punkt hatte wahrscheinlich mancher unwillkommenen Spekulation Vorschub geleistet. »Es tut mir leid, Marelda. Es lag nicht in meiner Absicht, eine Szene herbeizuführen.«

Marelda wandte leicht den Kopf, damit er einen besseren Blick auf ihr Profil werfen konnte. Sie wußte, daß sie hübsch war und mit ihren rabenschwarzen Locken und den glänzenden dunklen Augen fast jedem Mann das Herz zu brechen vermochte. »Ich nehme an, du konntest nichts dafür, daß die liebe Kleine sich dir in den Weg geworfen hat, aber du scheinst immer diese Wirkung auf Frauen zu haben...« Dann schoß ihr plötzlich ein Gedanke durch den Kopf, und sie fragte: »Oder ist sie noch ein Kind? Sie wirkte so klein...«

Ashton schüttelte langsam den Kopf. »Nein, sie ist beileibe kein Kind mehr!«

»Und das ist dir natürlich nicht entgangen«, die Spitze war nicht zu überhören, »nachdem du sie ja im Nachthemd gesehen hast. Sie wußte mit Sicherheit, was sie anziehen mußte, um deine Aufmerksamkeit zu erregen.«

Die Bemerkung trug ihr einen nachsichtigen Blick ein, der fast eine Spur Ironie zu enthalten schien. Sie konnte sich des Eindrucks nicht erwehren, daß er sich innerlich über sie amüsierte, aber schon hatte die Eifersucht ihre scharfen Krallen in sie geschlagen und gedachte nicht, sie wieder loszulassen. Endlich antwortete Ashton mit einem trägen Schulterzucken: »Tatsächlich hat sie einen Umhang über ihrem Nachthemd getragen.«

»Trotzdem, darunter war sie praktisch nackt!«

»Ganz wie du meinst, Marelda«, erwiderte Ashton mit leisem Sarkasmus. »Es ändert nichts daran, daß es sich um einen Unfall handelte.«

»Natürlich«, spottete Marelda. »Sie hat nur gewartet, bis sie wußte, daß es auch ganz bestimmt deine Kutsche war, bevor sie hineingeritten ist.«

»Ich bin sicher, bald wird Dr. Page hier sein und alle Zweifel an ihrer Verfassung beseitigen.«

Hinter ihm erklang ein hohes Kichern. Sie wandten sich um und stellten fest, daß sie einen Zuhörer gefunden hatten, und zwar in Gestalt von M. Horace Titch, einem pummeligen kleinen Mann, dessen dunkle feuchte Augen stets den Eindruck erweckten, als stünde er kurz vor einem Tränenausbruch. Im Moment genoß er es offensichtlich, ihnen eine Nachricht bringen zu können. »Doc Page kann nicht kommen«, sagte er.

Ashton kannte Titch als einen ermüdenden Zeitgenossen, der sich um jedermanns Angelegenheiten kümmerte, nur nicht um seine eigenen. Amanda ließ ihm lediglich aus Freundschaft zu seiner Schwester, die mit ihrem gesunden Menschenverstand eine beträchtliche Erbschaft und die Familienplantage vor der Unfähigkeit ihres Bruders gerettet hatte, immer wieder eine Einladung zukommen. Titch verfügte nicht über einen Bruchteil der Talente und Fähigkeiten seiner älteren Schwester und war ganz entschieden der letzte Mensch auf Erden, den Ashton heute abend sehen wollte.

»Der Doc ist zu den Wilkins hinausgefahren«, verkündete Horace bereitwillig. »Die Missus steht kurz davor, einen weiteren Balg zu werfen, und bei dem Ärger, der sich beim letztenmal ergeben hat, wollte Doc Page kein Risiko eingehen. Wenn man bedenkt, wie viele Mäuler sie schon zu stopfen haben, wäre es wohl am besten, sie würden das Gör verlieren, wie mir scheint.«

Ashton lächelte ohne Wärme. »Schade, daß bei Ihrer Geburt nicht jemand mit einem so selektiven Verstand anwesend war, Horace.«

Titch lief knallrot an, und mit seinem senkrecht vom Kopf abstehenden schwarzen Haar wirkte er mehr denn je wie ein erbostes Stachelschwein. »Ich rate Ihnen, Ashton, halten Sie Ihre Zunge im Z-Zaum«, stotterte er. »Ver-vergessen Sie nicht, daß eine Menge von der Baumwolle, die Sie auf Ihrem Bo-Boot transportieren, mir gehört.«

Ashton lachte scharf. »Ich mache mit Ihrer Schwester Geschäfte, Horace, und sie verdient durch mich mehr als mit jedem anderen Schiff auf dem Fluß. Sollte es ihr je in den Sinn kommen, lieber mit jemand anderem handelseinig werden zu wollen, so wird schnell ein anderer Pflanzer an ihre Stelle treten.«

»Daran solltest du nicht einmal im Traum denken, Ashton«, sagte Corissa Titch und gesellte sich zu der kleinen Gruppe. Etwas vorlaut und unfeminin, lag es ihr überhaupt nicht, den Mund zu halten, wenn etwas zurechtgerückt werden mußte. »Ich weiß, wie ich am meisten aus unserer Ernte herausholen kann«, sie starrte ihrem Bruder in das noch immer gerötete Gesicht, »selbst wenn Horace keine Ahnung davon hat.«

Titch fing einen Blick aus den haselnußfarbenen Augen seines Gastgebers auf und entdeckte darin ein amüsiertes Funkeln. Da es ihm nun nicht mehr möglich war, die Drohungen auszustoßen, an denen ihm soviel lag, stampfte er wütend davon und schwor sich lautlos Rache für diese Schmach. Corissa zuckte mit den Schultern, eine Geste stummer Entschuldigung, und folgte ihrem Bruder, denn sie wußte, daß er nun in tiefstem Selbstmitleid schwelgen würde. Manchmal fragte sie sich, wohin seine Depressionen ihn eines Tages noch bringen mochten.

Ein Diener blieb bei Ashton stehen und bot Champagner an. Ashton benutzte die Unterbrechung, um seinen Ärger zu bezähmen. Er nahm zwei Kelche von dem Tablett und reichte Marelda einen davon. Sie hob den ihren zu einem wortlosen Toast, und für einen Moment geriet ihr Herz aus dem Takt, als sie sich neuerlich seiner Attraktivität bewußt wurde. Sein Gesicht war scharf und klassisch geschnitten, die Haut von Wind und Sonne mit einem Bronzeton überzogen. Sein Mund wirkte gelegentlich warm und ausdrucksvoll, dann wieder fest und verschlossen. Abgesehen von den unter schweren Wimpern liegenden, mit grauen Sprenkeln durchsetzten braunen Augen waren seine Wangen wohl das Faszinierendste an ihm. Die Haut lag straff über gutgeformten Wangenknochen und festen Muskeln, die hervortraten, wenn er wütend wurde.

Sie bedachte ihn mit einem Lächeln von glühender Wärme und liebkoste seine langen braunen Finger. »Willkommen zu Hause, Liebling. Ich habe dich vermißt. Ich habe dich entsetzlich vermißt.«

Seine Wimpern verbargen den kühlen Ausdruck in seinen Augen, als er in sein Champagnerglas starrte – in Gedanken bei Lierin – und erst nach einer ganzen Weile erwiderte: »Es ist immer gut, nach Hause zu kommen.«

Marelda fuhr mit den Fingern unter sein Revers, und als sie die harten Muskeln seiner Brust an ihrem Handrücken spürte, löste das eine eigenartige Erregung in ihrer eigenen Brust aus. »Ich mache mir immer solche Sorgen, wenn du zu einer deiner Unternehmungen nach New Orleans aufbrichst«, murmelte sie. »Danach bist du häufig so anders, so ruhelos. Warum kannst du nicht einfach zu Hause bleiben und dich um deine Plantage kümmern wie jeder andere Pflanzer auch?«

»Judd erledigt diese Aufgabe mehr als befriedigend«, gab Ashton zurück, »und ich habe nicht die geringsten Vorbehalte dagegen, das Anwesen in seinen Händen zu lassen, während ich nach potentiellen Kunden für meinen Schiffahrtsbetrieb suche.«

»Du hältst große Stücke auf Judd Barnum, nicht wahr? Tatsächlich bist du sogar der einzige Pflanzer hier in der Gegend, der einen Schwarzen als Aufseher hat.«

»Darf ich dich daran erinnern, daß ich außerdem auch als einer der erfolgreichsten gelte, Marelda? Judd hat mehr als einmal bewiesen, daß man ihm und seinem Sachverstand trauen kann.«

Doch Marelda ließ nicht locker. »Es hat nur den Anschein, als könntest du mit einem weißen Aufseher mehr aus deinen Farbigen herausholen.«

»Täusch dich da nicht, Marelda. Judd achtet darauf, daß sie arbeiten, und zwar hart arbeiten, aber sie bekommen genug zu essen und ausreichend Zeit zur Erholung nach den Stunden draußen auf den Feldern. Wenn man bedenkt, wie gut es allen auf Belle Chêne geht, besteht nicht der mindeste Anlaß, etwas an der Art, wie ich die Plantage leite, zu ändern.« Ashton trat einen Schritt zurück und deutete eine Verbeugung an. »Wenn du mich jetzt bitte entschuldigen würdest. Ich glaube, ich habe Latham zurückkommen hören und möchte gern wissen, was für eine Nachricht er bringt.«

Marelda hob die Hand, um ihn zurückzuhalten und sich ihm als Begleitung anzubieten, doch da hatte er schon auf dem Absatz kehrtgemacht und war verschwunden. Manchmal konnte sie es einfach nicht fassen, wie er es fertigbrachte, einen Raum durch seine bloße Gegenwart mit Leben und Freude zu erfüllen, und noch weniger, daß er, wenn er wieder ging, alle Freude mit sich zu nehmen schien.

Ashton betrat die Küche im selben Moment, in dem der Junge aus dem Stall hereinstürmte. Japsend verkündete Latham, daß der Doktor nicht vor morgen früh kommen könne, allerdings aus einem ganz anderen Grund, als angenommen worden war.

»Das Irrenhaus ist abgebrannt, Massa Ashton«, rief der Junge, »außer dem Wirtschaftsgebäude ist alles Schutt und Asche. Ich hab's mit eigenen Augen gesehen, als ich den Doktor suchen gegangen bin.«

»Das Irrenhaus?« Amanda und ihre Schwester traten in die Küche. »Oh, wie grauenvoll!«

»Der Doktor sagt, er muß sich um die Verletzten kümmern, und deswegen kann er nicht kommen«, erklärte Latham. »Ein paar sind verbrannt, aber die meisten haben's lebend ins Freie geschafft.«

»Die meisten?« fragte Ashton.

Latham zuckte mit den Schultern. »Die Irren, sie sind entweder verbrannt oder abgehauen. Sie sind noch nicht alle gezählt worden, Massa Ashton.«

»Hast du Dr. Page gesagt, daß wir ihn hier so schnell wie möglich brauchen?« beharrte Ashton.

»Yassuh!« antwortete der junge Farbige nachdrücklich.

Ashton wandte sich an die Köchin, die am Herd stand. »Können Sie dem Jungen etwas zu essen geben, Berta?«

Die alte Frau kicherte und deutete auf den mit Speisen beladenen Küchentisch. »Wir haben mehr als genug für den Kleinen, Massa.«

»Du hast es gehört, Latham«, meinte Ashton. »Bedien dich.«

»Danke, Sir!« antwortete Latham begeistert. Er griff nach einem Teller und stürzte zum Tisch, der unter den aufgetürmten Köstlichkeiten schier zusammenzubrechen drohte.

Ashton trat an den Herd und starrte mit einem Stirnrunzeln in die Flammen. Die Verbindung zwischen der Nachricht, die der

Junge gebracht hatte, und Lierins spärlicher Kleidung beunruhigte ihn. Das Irrenhaus lag ein gutes Stück von der Stadt entfernt, von den Wäldern, aus denen sie aufgetaucht war, dagegen nur wenige Meilen. Wenn sie nicht aus dem Irrenhaus geflohen, sondern von der Stadt auf dem Weg nach Belle Chêne gewesen war, warum hatte sie sich dann so eigenartig gekleidet und ihr Pferd so rücksichtslos angetrieben?

»Diese armen, verwirrten Seelen«, meinte Tante Jennifer mit einem traurigen Kopfschütteln.

»Wir müssen ihnen gleich morgen früh eine Wagenladung Lebensmittel und Decken schicken«, regte Amanda an. »Vielleicht steuern auch einige der Gäste noch etwas bei. Bestimmt brauchen sie Kleidung und Bettwäsche...«

Tante Jennifer legte das Gesicht in nachdenkliche Falten. »Ashton, glaubst du, das verletzte Mädchen könnte aus dem Irrenhaus sein?«

Sein Kopf ruckte hoch, und er starrte seine Großtante überrascht an, vermochte ihr aber keine Antwort zu geben. Es war Amanda, die ihm zu Hilfe kam.

»Was bringt dich denn auf diesen Gedanken, Jennifer?«

»Weil doch darüber geredet worden ist, daß sie aus einem brennenden Haus geflohen sein könnte, und jetzt hören wir, daß die Anstalt ein Raub der Flammen geworden ist.«

»Vermutlich nur ein Zufall«, meinte Amanda. »Ich bin sicher, das Kind wird alles erklären können, wenn es erst wieder zu sich gekommen ist.«

Zufall, das war genau das richtige Wort, dachte Ashton. Die beiden Vorfälle konnten nicht wirklich miteinander in Verbindung stehen, noch durfte er ernsthaft in Erwägung ziehen, Lierin könnte sich an einem derartigen Ort aufgehalten haben.

Ein weiteres Mal suchte er das Gästezimmer auf und verharrte einen Moment lang auf der Schwelle, um seine Augen an das schwache Licht zu gewöhnen. Im Kamin flackerte ein kleines Feuer. Auf der Kommode neben dem Bett stand eine Kerze unter einem Glassturz und warf einen gelblichen Schimmer auf die junge Frau im Himmelbett. Ihr zartes Gesicht lag still und unbewegt, und für einen Augenblick glaubte Ashton, das Herz bliebe ihm stehen; dann jedoch entdeckte er das sanfte Heben und Senken ihrer Brust und vermochte wieder zu atmen.

Willabelle erhob sich aus einem Schaukelstuhl in der Ecke und trat an das Bett. »Ich habe schon auf Sie gewartet«, sagte sie.

»Wie geht es ihr?« fragte er, als er näher kam.

»Sie ist noch nicht aufgewacht, Massa Ashton, aber sie scheint sich etwas entspannt zu haben. Sie hat ziemlich was abgekriegt, und auf dem Rücken befindet sich eine Narbe, die ich mir nicht erklären kann, beinahe so, als hätte jemand sie geschlagen.« Sie streichelte die schlanke Hand, die auf der Bettdecke lag. »Luella May hat mir geholfen, ihr die Haare zu waschen, dann haben wir sie gebadet und abgetrocknet und ihr ein schönes, frisches Nachthemd angezogen. Sauber und gemütlich im Warmen zu liegen, hilft ja vielleicht schon ein bißchen.«

»Ich möchte gern eine Weile mit ihr allein sein«, murmelte Ashton.

Willabelle musterte ihn überrascht. Sein geistesabwesender Gesichtausdruck ließ erkennen, daß man ihm jetzt besser keine Fragen stellte, aber aus Sorge um ihn ging sie nicht sofort. Er hatte so schwer unter dem Verlust seiner Frau gelitten, daß die Wirkung, die dieser Vorfall auf ihn hatte, sie einfach beunruhigen mußte. »Miss Amanda war vor kurzem hier, und sie könnte es vielleicht sonderbar finden, wenn Sie hier oben allein mit einer Fremden sind.«

»Ich muß mit ihr reden, sobald sie zu sich kommt.«

Die lakonische Antwort verriet nichts von seinen Gefühlen, und Willabelle unternahm keinen weiteren Versuch, in ihn zu dringen. Sie ging zur Tür, wobei ihr noch etwas einfiel. »Ich nehme an, es wird Sie interessieren, daß Miss Marelda Vorbereitungen getroffen hat, heute nacht hierzubleiben.«

Ashton seufzte schwer. Eine Nacht brachte keine größeren Probleme mit sich, aber Marelda neigte dazu, ihre Besuche so lange auszudehen, bis es ihr selbst ins Konzept paßte, wieder abzureisen.

»Rufen Sie nach mir, wenn Sie mich brauchen, Massa«, murmelte Willabelle und schloß die Tür hinter sich.

Als ihre Schritte auf dem Gang verklungen waren, wandte Ashton sich wieder dem Bett zu. Er konnte die Einsamkeit wie einen Schmerz in seiner Brust spüren, während seine Augen langsam über die liegende Gestalt glitten. Sie lag auf dem Rükken, das lange, rote Haar fiel über das Kopfkissen. Er streckte die Hand aus und berührte ihre Finger, die sich glatt und weich anfühlten. Die Nägel waren lang und gepflegt, genau wie die Lierins. Sie erinnerten ihn an einen Abend auf der *River Witch*. Er hatte über dem Hauptbuch gesessen, und Lierin war ihm spielerisch mit den Fingernägeln über die nackte Brust gefahren. Dann hatte sie an seinem Ohr geknabbert und ihre kaum verhüllten Brüste über seinen Nacken streifen lassen. Angesichts solch süßer Verlockungen waren die trockenen Zahlen in dem Buch zur Bedeutungslosigkeit zusammengeschrumpft.

Wie von selbst tauchten andere Erinnerungen an Lierin auf, und jetzt widerstand er nicht länger; er setzte sich auf die Bettkante und ließ seine Gedanken wandern, wohin sie wollten. Er entsann sich eines Nachmittags in einem Hotelzimmer in New Orleans. Sonnenlicht war durch die herabgelassenen Jalousien gesickert und hatte den blütenweißen Baldachin über dem Bett, auf dem sie eng umschlungen lagen, aufglühen lassen. Lierins Jasminduft hatte seine Sinne berauscht. Die Zartheit ihrer weißen Haut, ihre festen Brüste, die schlanken Gliedmaßen hatten ihn immer wieder dazu verführt, sie zu berühren, zu schmecken, zu besitzen; und in der kurzen Zeit, die ihnen verblieben war, konnten sie nicht genug voneinander bekommen. Falls es möglich sein sollte, eine solch tiefe, leidenschaftliche Liebe noch zu bereichern, dann hatten sie genau das getan. Zwar hatte er Ähnliches schon vorher mit anderen Mädchen erlebt, doch auf die Schätze der wahren Liebe war er vor Lierin nie gestoßen.

Der Schatten der Türe, verlängert von dem aus der Halle einfallenden Licht, wanderte über die Decke und riß Ashton aus seinen Gedanken. Er wandte sich um. Vorsichtig trat Marelda in den Raum.

»Ashton? Ashton, bist du hier?« rief sie leise, wobei sie zum Bett hinüberblickte, als er sich langsam erhob. »Oh, da bist du ja. Ich habe mich schon gefragt, ob ich im richtigen Zimmer bin. Ich habe niemanden gesehen...« Sie hielt inne und blickte sich um, als sie plötzlich zu begreifen schien; dann starrte sie mit harten Augen auf die Frau im Bett, bevor sie Ashton mißtrauisch ansah. »Ich dachte, daß außer dir wenigstens noch eine dritte Person anwesend wäre, Ashton. Es geziemt sich nicht –«

»Keine Angst, Marelda«, unterbrach er sie mit einer Spur von Sarkasmus. »Ich bin nicht über sie hergefallen.«

»Wirklich, Ashton, du weißt doch, wie diese Klatschmäuler sind«, sagte Marelda verletzt. »Wenn das ans Tageslicht käme, würde man dich von hier bis Vicksburg durch den Dreck ziehen.«

»Wenn was ans Tageslicht käme?« Ein leises Lächeln spielte um seine Mundwinkel. »Daß ich hier allein bei einer bewußtlosen Frau sitze, die meine...« Er biß sich auf die Lippe. Beinahe hätte er verraten, was in ihm vorging. Wie konnte er nur so leichtsinnig sein, bei all den Fragen, die noch einer Antwort bedurften? Doch er hatte schon zuviel gesagt und wußte, daß Marelda ihm keine Ruhe lassen würde, bis er den angefangenen Satz zu Ende gebracht hatte.

»Deine was?« fragte Marelda schneidend. »Was ist diese kleine Schlampe für dich?« Sein gleichgültiger Blick brachte sie nur noch mehr in Rage. »Verdammt, Ashton, ich will es wissen!«

Er ging zur Tür und schloß sie, damit ihre Stimme nicht das ganze Haus anlockte. Dann sagte er: »Am besten nimmst du dir einen Stuhl, Marelda. Was ich dir zu sagen habe, wird dir nicht gefallen.«

»Raus damit!« schrie sie.

»Ich glaube, die Lady dort«, er lächelte entschuldigend, »ist meine Frau.«

Zum zweitenmal an diesem Abend verfiel Marelda in einen Zustand, der an Panik grenzte. »Deine *Frau?*« Sie schien unter dem Schlag dieser Enthüllung zu taumeln und mußte nach der Lehne eines neben ihr stehenden Stuhls greifen. Dann fuhr sie in etwas weniger schrillem Ton fort: »Ich dachte, du hättest nicht wieder geheiratet.«

»Habe ich auch nicht.«

Völlig verwirrt runzelte sie die Stirn. »Was willst du damit sagen?«

Mit einer beiläufigen Geste zum Bett hinüber erklärte er: »Ich will damit sagen, daß ich glaube, dieses Mädchen ist meine Frau, Lierin.«

»Aber... aber ich dachte, du hättest gesagt, sie sei ertrunken«, stammelte Marelda.

»Davon war ich auch überzeugt, bis ich ihr Gesicht gesehen habe.«

Marelda betrachtete ihn einen langen Moment mit stetig wachsendem Mißtrauen. Schließlich schob sie das Kinn vor und trat ans Bett, hob die Kerze und hielt sie dicht an das Kopfkissen, um die liegende Frau genauer in Augenschein nehmen zu können. Als sie die Schönheit ihrer Rivalin bemerkte, verengten sich ihre Augen vor eifersüchtigem Haß. Wäre sie allein gewesen, so hätte sie dem bleichen Antlitz mit größtem Vergnügen noch einige zusätzliche Verletzungen beigebracht, denn diese Frau hatte ihr schon zu viel Schmerz und Kummer bereitet. Oder doch nicht?

Ihr wurde klar, daß Ashtons Worte mehr auf Mutmaßungen als auf Tatsachen gründeten. Sie wandte sich um und benutzte die Unsicherheit, die er zweifellos noch empfinden mußte, als Waffe gegen ihn. »Dir muß doch klarsein, daß du dich irrst, Ashton. Deine Frau ist seit drei Jahren tot. Du hast selbst gesagt, daß sie über Bord gegangen ist und du sie nicht retten konntest, weil man dich angeschossen hatte. Ist dir bewußt, was für ein ungeheurer Zufall es sein müßte, wenn diese Frau wirklich *deine* Frau wäre? Du mußt doch zugeben, es ist mehr als unwahrscheinlich, daß Lierin von Natchez kommt und ausgerechnet mit deiner Kutsche zusammenstößt. Bestimmt hat irgend jemand das alles so arrangiert, damit du denkst, Lierin sei noch am Leben, und ihr alles gibst, worum sie dich bittet. Sollte mich gar nicht wundern, wenn dein kleiner Liebling, egal wer sie wirklich ist, just in diesem Moment jedes Wort hört und versteht, das wir hier wechseln.« Marelda maß die junge Frau mit einem verächtlichen Blick. »Dann müßte sie allerdings eine außerordentlich talentierte Schauspielerin sein, sonst hättest du ihr Spiel ja von Anfang an durchschaut.«

»Marelda«, sagte er matt, »es ist Lierin.«

»Nein!« explodierte sie. »Es ist irgendeine Schlampe, die es auf dein Geld abgesehen hat.«

»Marelda!« Seine Stimme wurde hart. »Lierin benötigt mein Geld nicht. Ihr Vater ist ein reicher Kaufmann in England, und sie verfügt selbst über Besitztümer in New Orleans und Biloxi, die ihre Familie ihr hinterlassen hat.«

»Oh, Ashton, bitte, sei doch einmal objektiv«, flehte Marelda, sie hatte entschieden, daß eine andere Taktik ihn vielleicht eher beeinflussen könnte. Sie ging auf ihn zu und wollte ihn in die Arme nehmen, aber er schob sie ungeduldig von sich. Ein Schluchzen stieg in ihre Kehle, und Tränen flossen ihr über die Wangen. »So überzeugt, wie du davon bist, daß es sich um Lierin handelt, so überzeugt bin ich davon, daß sie jemand anderer ist. Wenn sie es wäre, Ashton, was hat sie dann drei Jahre lang daran gehindert, mit dir in Verbindung zu treten? Würdest du ihr Versteckspiel als Erfüllung ihrer ehelichen Pflichten ansehen?«

»Es besteht wirklich keine Notwendigkeit, das alles hier und jetzt zu diskutieren«, sagte er. »Wenn sie wieder zu sich kommt, wird alles seine Erklärung finden.«

»Nein, das wird es nicht, Ashton, denn natürlich wird sie behaupten, du seist ihr Mann, aber das kann nur eine Lüge sein, ersonnen von irgendeinem geldgierigen Verstand.«

»Ich würde Lierin so oder so erkennen.«

Dramatisch richtete Marelda sich hoch auf wie jemand, der allein gegen die ganze Welt steht. Ashton verschloß sich mehr und mehr, sie brauchte Zeit zum Nachdenken. »Ich lasse dich jetzt in Ruhe... bei ihr... Ich gehe in mein Zimmer, aber ich werde nicht schlafen. Vergiß nie, Ashton, wie sehr ich dich liebe.«

Ein heroischer Märtyrer auf dem Weg in den Flammentod hätte den Kopf nicht höher tragen können als Marelda, während sie aus dem Zimmer schritt. An der Schwelle zögerte sie für einen Moment, um Ashton Gelegenheit zu geben, sie aufzuhalten. Dann schlug sie die Tür mit einem lauten Krachen, das bestimmt überall im Haus zu hören war, hinter sich zu. Ashton stellte sich vor, wie sie durch die Gänge rauschte, unterwegs zu ihrem Zimmer, und wartete auf das zweite Türknallen. Er sollte nicht enttäuscht werden. Das Geräusch hallte im ganzen Haus nach, und wenig später war in der Halle das Klappern hohe Absätze und das verwirrte Geschnatter weiblicher Stimmen zu hören. Die Tür wurde aufgerissen, Ashton konnte sich ein Lächeln nicht verkneifen, als er die beiden ältlichen Schwestern völlig außer Atem ins Zimmer stürzen sah.

»Gütiger Himmel, Ashton!« rief seine Großmutter, nach Luft schnappend. »Was ist in dich gefahren? Warum rennst du durch das Haus und knallst die Türen zu?«

»Komm, Amanda, sei nicht zu streng mit ihm«, redete Tante Jennifer ihr gut zu. »Natürlich ist er sehr erregt, wo doch Dr. Page erst morgen früh kommen kann und er sich solche Sorgen um das arme Ding macht.« Sie blickte ihren Neffen Zustimmung heischend an. »Habe ich nicht recht, Lieber?«

Doch Amandas Befürchtungen ließen sich nicht so schnell aus der Welt schaffen. »Ich hätte ihn bitten sollen, nicht noch einmal den Fluß hinunterzufahren«, lamentierte sie. »Immer wenn er nach New Orleans reist, passiert etwas. Es ist fast schon wie ein böses Omen.«

»*Grand-mère*, bitte, beruhige dich doch«, versuchte Ashton Amanda zu besänftigen. Er nahm sie bei den Händen und zog sie an den Kamin. »Ich muß dir etwas sehr Wichtiges mitteilen.«

Sie betrachtete ihn mißtrauisch. »Erst sagst du mir, warum du die Türen zugeschlagen hast; wenn mich deine Erklärung überzeugt, werde ich mir auch den Rest anhören.«

Ashton schmunzelte und legte ihr zärtlich den Arm um die schmalen Schultern. »Wirst du mir glauben, wenn ich dir sage, daß es Marelda war, die die Türen zugeknallt hat?«

»Marelda?« Amanda zeigte sich höchst erstaunt über diese Behauptung. »Aber weswegen denn, Ashton?«

»Weil ich ihr gesagt habe, daß es sich bei dem verletzten Mädchen um Lierin handelt...«

»Lierin? Deine Frau Lierin?« fragte Amanda unsicher. »Aber Ashton... Sie ist tot.«

»Sie ist ertrunken, Lieber.« Tante Jennifer klopfte ihm tröstend auf den Arm, überzeugt, daß er vorübergehend nicht ganz bei Sinnen war.

»Nein, sie ist hier. Sie lebt! Ich weiß nicht, wie es ihr gelungen ist, dem Tod zu entrinnen, aber sie ist hier. In diesem Zimmer!«

Beide Frauen schienen wie vom Donner gerührt, als sie an das Bett traten. Tante Jennifer griff nach der Kerze und hielt sie so, daß die kleine Flamme die bewußtlose Frau beleuchtete.

»Sie ist hübsch«, bemerkte Tante Jennifer.

»Exquisit«, korrigierte Amanda besorgt. Sie riß sich zusammen, denn sie wußte, daß sie angesichts der neuesten Entwicklungen nicht die Ruhe verlieren durfte. Ashton hatte so lange gelitten, daß er vielleicht ein ähnlich aussehendes Mädchen für die Frau hielt, der er noch immer in so tiefer Liebe zugetan war. Wie konnte sie sicher sein, daß er sich nicht nur in Phantastereien über seine verlorene Lierin hineinsteigerte?

Sie hatte eine Idee. In Ashtons Gemächern hing ein Gemälde von Lierin. Vielleicht konnte es helfen, Klarheit in diese Angelegenheit zu bringen. »Ashton, Lieber, ich habe den Eindruck, das Mädchen hat eine gewisse Ähnlichkeit mit dem Porträt von Lierin. Warum holst du es nicht einfach her und gibst uns die Möglichkeit zu einem Vergleich?«

Ashton fügte sich dem Wunsch seiner Großmutter und kehrte wenig später mit dem Porträt in der Hand zurück. Ein Blick auf das Gemälde hatte ihn darin bestärkt, daß es sich bei Lierin und der Bewußtlosen nur um ein und dieselbe Frau handeln konnte.

In seiner Abwesenheit hatten die beiden Schwestern mehrere Lampen rings um das Bett postiert und die Dochte höher gedreht, so daß genug Licht zur Verfügung stand, um einen genauen Vergleich zu ermöglichen. Tante Jennifer lehnte das Gemälde neben das Kopfende und trat dann einen Schritt zurück, um es gemeinsam mit Amanda sorgfältig zu studieren. Die Frau auf dem Porträt trug ein gelbes Gewand und Schleifen vom selben Farbton im rotblonden Haar. Selbst auf der spröden Leinwand schienen ihre smaragdgrünen Augen vor Lebenslust zu funkeln, und doch, bei aller Ähnlichkeit mit der Frau im Bett, es fehlte etwas.

»Der Künstler scheint eine gewisse Wärme bei seinem Modell eingefangen zu haben«, murmelte Amanda, »aber wenn dieses Mädchen hier Lierin sein sollte, dann ist das Gemälde ihr nicht gerecht geworden. Ihre Züge sind weit zarter und vollkommener als auf dem Porträt.«

Ashton unterzog das Gemälde einer genauen Musterung, doch die Abweichungen schienen so geringfügig, daß sie nur in der Unfähigkeit des Künstlers ihren Ursprung haben konnten. Tante Jennifer war offenbar zu demselben Schluß gelangt, denn sie sagte: »Wir können von einem Porträt keine Vollkommenheit erwarten, Amanda. Meist muß man schon zufrieden sein, wenn wenigstens die Augen und die Haare die richtige Farbe haben.«

»Du hast das Gemälde erst nach Lierins Tod erhalten?« erkundigte sich Amanda, und als Ashton nickte, fuhr sie fort: »Aber woher und von wem?«

»Ihr Großvater hat in seinem Testament festgelegt, daß ich es erhalten sollte. Ich habe es erst nach seinem Tod zu Gesicht bekommen, doch soweit ich weiß, waren es ursprünglich zwei. Bei dem anderen handelt es sich um ein Bild ihrer Schwester Lenore. Als die Somertons Richter Cassidy besuchten, kurz bevor ich Lierin kennenlernte, haben sie ihm die beiden Bilder aus England mitgebracht.«

»Es ist wirklich zu schade, daß du nie Gelegenheit hattest, die ganze Familie kennenzulernen, Ashton«, meinte Tante Jennifer bekümmert.

»Ich finde es eher schade, daß ich Lierin nie kennengelernt habe«, erklärte Amanda. »Wie oft habe ich Ashton gesagt, daß es seine Pflicht ist, Erben zu zeugen, damit der Familienname fortgeführt wird, und dabei sah es lange Zeit so aus, als bedeute seine Freiheit ihm mehr als eine Familie. Als er dann endlich heiratete, geschah es so plötzlich, daß mir beinahe das Herz stehengeblieben wäre, und dann ... puff!« Sie schnippte mit den Fingern. »Er kehrte nach Hause zurück, verwundet und ... als Witwer.«

»Du mußt Geduld haben, Amanda«, tadelte Tante Jennifer sie sanft. »Ashton wird zwar nicht jünger, zugegeben, aber mit vierunddreißig gehört er noch nicht zum alten Eisen.«

»Was spielt das noch für eine Rolle«, spöttelte Amanda. »Er scheint es mehr darauf abzusehen, ein Imperium zu errichten, als eine Familie zu gründen.«

»Meine Damen, ihr zerreißt mich ja in der Luft wie zwei alte Hennen, die sich um eine Grille zanken«, protestierte Ashton schmunzelnd. »Habt Erbarmen!«

»Erbarmen, sagt er!« Seine Großmutter starrte ihn aus den Augenwinkeln an, mußte aber trotz allem lächeln. »Ich bin derjenige, der darum bitten sollte.«

Als die letzten Gäste aufgebrochen oder wenigstens zu Bett gegangen waren, verschloß Ashton das Haus und begab sich in seine eigenen Gemächer. Eine ruhig brennende Lampe wies ihm den Weg durch das Arbeitszimmer und den Leseraum. Im Schlafzimmer begrüßte ihn ein wärmendes Kaminfeuer. Willis hatte ihm vorausschauend schon ein heißes Bad im angrenzenden Raum bereitet, einer kleinen Kammer, die ausschließlich der Körperpflege diente. Er legte seine Kleider ab, ließ sich in das dampfende Wasser sinken und lehnte sich zurück, um nachzudenken. Die Asche einer langen schwarzen Zigarre wuchs, während er über die Ereignisse des Tages grübelte und hin und wieder geistesabwesend graue Flocken in eine Porzellanschale schnippte, die neben einer Kristallkaraffe und einigen Gläsern auf einem Tisch bei der Wanne stand. Er lehnte seinen Kopf gegen den hohen Rand der Wanne und sah zu, wie der Rauch langsam zur Decke aufstieg, indes eine ganze Reihe lange unterdrückter Bilder vor seinem geistigen Auge vorbeizog. Es war ein eigenartiges Gefühl, sich ihnen hinzugeben und sie ganz unbefangen zu genießen, ohne das quälende Gefühl, alles verloren zu haben.

Er konnte sich noch ganz klar und deutlich an den Morgen erinnern, an dem er Lierin zum erstenmal gesehen hatte. In Begleitung einer älteren Frau war sie eine Geschäftsstraße in New Orleans entlanggeschlendert. Sie hatte ihn sofort so gefangengenommen, daß er eine wichtige Verabredung ignorierte und ihr in einiger Entfernung mehr als sechs Blocks weit folgte. Sie schien ihn nicht zu bemerken, bis sie vor einem Putzwarengeschäft stehenblieb und ihn unter einem seidenen Sonnenschirm hervor mit fragend hochgezogener Augenbraue musterte. Doch sehr zu seiner Enttäuschung hielt auf einmal ein viersitziger Landauer neben den beiden Damen, und sie verschwanden aus seinem Gesichtsfeld, ohne daß er vermocht hatte, sich vorzustellen oder in Erfahrung zu bringen, wo sie wiederzufinden waren.

Niedergeschlagen hatte er sich an seine Verabredung erinnert und einen Einspänner angehalten, damit er ihn zum Haus von Richter Cassidy brachte. Es hatte ganz und gar nicht nach einer angenehmen Unterredung ausgesehen, und er war auf eine hitzige Debatte vorbereitet gewesen. Der Richter hatte seinen Dampfer beschlagnahmen und die Mannschaft unter der Beschuldigung der Piraterie festnehmen lassen, und Ashton gedachte, geharnischte Proteste vorzubringen. Angeblich existierte sogar Beweismaterial für die erhobene Anklage, doch wie sich wenig später herausstellen sollte, handelte es sich um Fälschungen.

Nach seiner Ankunft in Cassidys Residenz wurde er umgehend in das Arbeitszimmer des ehrenwerten Richters geführt und hatte gerade angefangen, ihm gehörig die Leviten zu lesen, als aus dem Nebenzimmer ein wütender und ganz eindeutig weiblicher Protest drang und ihm das Wort abschnitt. Natürlich hatte er nicht wissen können, daß des alternden Richters Enkelin aus England zu Besuch bei ihm weilte und daß es sich dabei um dieselbe Frau handelte, die er am Vormittag so eindringlich bewundert hatte. Als sie in den Raum stürmte, löste sein Zorn sich in Rauch auf und wich der Freude über diese glückliche Fügung. Lierin wiederum war nur einen Moment lang überrascht, ihm unter diesen Umständen wiederzubegegnen, ehe ihre Empörung erneut die Oberhand gewann und sie ihn lautstark wegen seines ungebührlichen Benehmens einem Vertreter der Justiz gegenüber herunterputzte.

Ashton nahm die Strafpredigt mehr als dankbar hin. Seit dem ersten Blick in die funkensprühenden grünen Augen von Lierin Somerton hatte er gewußt, daß einem Leben ohne sie ein wesentlicher Teil seiner Bedeutung vorenthalten bleiben würde. Ihre Schönheit übertraf die jeder anderen Frau in seinem Bekanntenkreis. Die leuchtenden Augen, die schmale, gerade Nase und der weiche, ausdrucksvolle Mund strahlten eine Vollkommenheit aus, die Ashton gänzlich in ihren Bann schlug. Er starrte sie so lange an, bis sie unter seinen ganz offen bewundernden Blicken in Verlegenheit geriet und errötend verstummte. Später hatte sie ihm gesagt, daß sie noch nie einem solchen Strahlen und einer so aufrichtigen Wärme in den Augen eines Mannes begegnet sei.

In etwas geziemenderer Weise hatte Ashton sich bei ihrem Großvater entschuldigt und ihm in allen Einzelheiten den Grund für seinen Einspruch auseinandergesetzt. Richter Cassidy hatte ihn, offensichtlich amüsiert über seine Vernarrtheit in Lierin, zum Abendessen eingeladen, weil er den Fall angeblich noch etwas detaillierter mit ihm besprechen wollte. Tatsächlich aber war ein ganz anderes Motiv für die Einladung ausschlaggebend gewesen, wie er später zugab, nämlich der Wunsch, daß eine seiner Enkelinnen sich in seiner unmittelbaren Nähe niederließ, damit er ihre Gesellschaft häufiger genießen konnte, als wenn sie einen Engländer geheiratet hätte, so wie ihre Mutter. Des richterlichen Wohlwollens gewiß, hatte Ashton Lierin sodann mit sorgfältig kontrolliertem Eifer den Hof gemacht.

Ashton stieg aus der Wanne und trocknete sich ab. Er zog einen langen Hausmantel aus Samt an, schenkte sich einen Drink ein und nahm ihn mit hinaus auf den Balkon. Die kühle Nachtluft trug den frischen, scharfen Geruch der großen Pinie neben dem Haus herbei, und Ashton atmete tief ein und aus. Es war schön, wieder zu Hause zu sein. Er setzte sich rittlings auf die Brüstung, lehnte den Rücken an eine schmale Säule und verlor sich erneut in Erinnerungen.

Lierin hatte viele Dinge in seinem Leben verändert. Lange Zeit hatte er den Gedanken an eine Heirat gemieden wie die Berührung mit einer ansteckenden Krankheit, aber dann war ihm die Vorstellung, New Orleans ohne Lierin verlassen zu müssen, geradezu unerträglich erschienen. Er konnte nicht mehr sagen, wann er sie zum erstenmal in Gedanken als seine zukünftige Frau gesehen hatte, aber sehr bald schien es ihm die dringlichste Angelegenheit der Welt geworden zu sein. Als er dann um ihre Hand anhielt, vermochte er sich, im Gegensatz zu seiner sonstigen Gewandtheit, kaum richtig auszudrücken, so sehr fürchtete er, sie könne darauf bestehen, daß er sein Werben noch länger fortsetze und warte, bis auch ihr Vater der Verbindung seinen Segen erteilt habe. Doch zu seiner Überraschung fieberte sie der Hochzeit genauso entgegen wie er selbst, und er hatte eine eigenartige Demut empfunden, als er sah, wie ihre Augen zu strahlen begannen. Dann hatte sie sich ihm stürmisch an den Hals geworfen und jubilierend ausgerufen: »Oh, ja! Ja! Oh, ja, ich will!«

Trotz ihrer beiderseitigen Entschlossenheit gab es immer noch einige Probleme zu überwinden. Die Tatsache, daß Lierins Vater in England weilte, bedeutete, daß er ihre Eheschließung nicht sanktionieren konnte, und es schien mehr als zweifelhaft, daß er es auch nur in Erwägung gezogen hätte, wäre er da gewesen. Lierin hatte vorgeschlagen, diesen Punkt doch einfach mit ihrem Großvater zu klären, obwohl ihnen allen bewußt war, daß sie damit vielleicht den Zorn ihres Vaters auf ihre Häupter zogen. Lachend hatte Ashton gedroht, sie zu verführen und zu schwängern, falls man den alten Herrn erst davon überzeugen müsse, wie sehr sie eines Ehemanns bedurfte.

Auch in seinem Wesen waren einige Änderungen vorgegangen. So hatten ihm Blumen nie viel bedeutet, doch bei einem Spaziergang, als Lierin angesichts ihrer vielfältigen Schönheit in Entzücken ausgebrochen war, offenbarten sich ihr Duft und ihre Zartheit zum erstenmal auch ihm. Im Lauf der Jahre hatte er so manches Mal im Westen die Sonne untergehen sehen und die Farbe des Himmels in diesem Moment bewundert, doch als sie beide vom Fenster ihrer Hotelsuite aus diesem Naturschauspiel zusahen, wurde das Ereignis zum überwältigenden Ende eines rundum idyllischen Tages, gekrönt von Lierins Lachen, ihrer sanften Stimme und der Seligkeit, die ihr Gesicht in ihm auslöste.

Ashton setzte sein Glas auf der Balkonbrüstung ab und zog an seiner Zigarre, während er die dunkle Nacht mit Blicken zu durchdringen versuchte.

Nach einer Woche unvergleichlichen Entzückens war das frisch verheiratete Paar an Bord der *River Witch* gegangen, um flußaufwärts nach Natchez zu fahren und der Verwandtschaft die übliche Aufwartung zu machen. Anschließend wollten sie dann wieder nach New Orleans zurückkehren, weil Lierins Vater und ihre Schwester sich zu einem Besuch angekündigt hatten. Lierin wurde nicht müde, Ashton vor ihrem Vater zu warnen. Robert Somerton war einer von den Engländern, die nicht sonderlich viel von den vulgären Amerikanern hielten. Die einzige Ausnahme hatte ihre Mutter, Dierdre, dargestellt, der er in tiefer Liebe zugetan gewesen war. Da Dierdre ihren Vater und ihr Zuhause nur ungern verlassen hätte, hatte Somerton bis zu ihrem plötzlichen Tod in New Orleans gelebt. Dann war er mit seinen beiden kleinen Kindern nach England gereist und dort geblieben, bis seine Tocher Lenore sich mit einem jungen Adligen aus der Karibik verlobte. Da nun neuerlich eine Reise nötig geworden war, um den zukünftigen Bräutigam in seinem Inselparadies zu besuchen, hatte Somerton sich Lierins Wünschen gefügt und sie zu ihrem Großvater gebracht, indes ihre Schwester und er selbst weiterreisten, um die Hochzeitsfeierlichkeiten vorzubereiten.

Das Problem wäre daher in erster Linie gewesen, Robert Somerton klarzumachen, daß, während er die Hochzeit der einen Tochter vorbereitete, die andere sich in einen völlig Fremden verliebt und ihn geheiratet hatte. Da aber die Fahrt nach Natchez mit einer Tragödie geendet hatte, fand das Treffen zwischen Ashton und Lierins Vater nie statt. Die Todesnachricht hatte New Orleans erreicht, bevor Ashton von seinen Wunden so weit genesen war, daß er selbst an eine Reise denken konnte. Als er endlich reisefähig war, lag der Richter auf dem Totenbett. Die Pflegerin informierte Ashton, daß die Somertons, empört über die Eigenmächtigkeit des Richters, umgehend nach England abgereist waren, wobei sie sich nicht einmal danach erkundigt hatten, ob der junge Ehemann seine Verwundung überleben würde oder nicht.

Eine kühle Brise fuhr Ashton unter den Hausmantel und streifte seinen nackten Körper. Er wandte das Gesicht und spürte die Feuchtigkeit des Nebels auf seinen Wangen. Ein frischer, beinahe salziger Hauch, wie damals auf dem Fluß, als sich der letzte glückliche Augenblick seines Lebens in immerwährenden Schmerz verwandelt hatte. Obwohl sein eigenes Schiff und viele andere den Fluß in beide Richtungen Meile um Meile vergeblich abgesucht hatten, war mehr als eine Woche verstrichen, ehe er sich endlich in das Unausweichliche fügte. Zwar hatten sie mehrere aufgedunsene Piratenleichen gefunden, von Lierin jedoch keine Spur, nicht einmal ein Kleidungsstück oder ein Taschentuch. Ashton war keine andere Wahl geblieben, als sich endlich mit der tragischen Tatsache abzufinden, daß der Strom ein weiteres Opfer verschlungen hatte, während er in träger, gefühlloser Arroganz dahinfloß. Drei lange Jahre hatte der Verlust seiner Frau Ashtons Tage überschattet. Nun endlich gab es wieder Hoffnung. Morgen früh würde sein Leben einen neuen Anfang nehmen.

Lierin war zu Hause.

Zweites Kapitel

Sie wurde sich ihrer selbst in einer einzigen, langsamen Regung bewußt, erwachte aus völliger Leere zum Leben, ohne von einer früheren Existenz vor diesem gegenwärtigen, unbestimmten Augenblick zu wissen. Sie befand sich in einem zeitlosen Vakuum, in dem es kein Denken und keine Erinnerung gab. Gleich einem Embryo trieb sie in Dunkelheit dahin, lebend und atmend, doch von der Welt getrennt durch einen verschwommenen Film, der sie außerhalb ihres Seins umschloß. Dahinter herrschte Licht, ein fernes, lockendes Glühen. Gemächlich trieb ihr Verstand aufwärts, der Oberfläche des Bewußtseins entgegen, aber als sie sich dieser undeutlichen Grenze näherte, wo die ersten Strahlen der Wirklichkeit in sie eindrangen, verspürte sie einen heftigen Schmerz wie von Krallen, die sich in ihre Schläfen bohrten. Vor dieser quälenden Folter schreckte sie zurück und schwebte knapp unterhalb jener Schwelle, nicht willens, die Bande zu einer gleichgültigen, schmerzlosen Vergessenheit zu zerreißen und statt ihrer die scharfen Schläge des vollen Bewußtseins hinzunehmen.

Eine Stimme trieb auf sie zu wie durch einen langen Tunnel und erreichte sie mit verzerrten, gedämpften Worten, die sie zu einer Entscheidung verleiten wollten. »Können Sie mich hören?« Das fragende Murmeln gewann an Lautstärke, als es wiederholt wurde. »Madam, können Sie mich hören?«

Ihre Pein nahm zu, als sie gegen ihren Willen nach oben in den Bereich konkreten Mißbehagens gezogen wurde, und sie gab ein schwaches, protestierendes Stöhnen von sich. An einem Marterpfahl hätte sie kaum größere Qualen gelitten, denn ihr ganzer

Körper schmerzte, als wäre er grausam mißhandelt worden. Eine große Müdigkeit lastete auf ihren Gliedern, und als sie sich zu bewegen versuchte, mußte sie gegen eine schier unüberwindliche Starre ankämpfen. Sie öffnete die Augen, bedeckte sie aber sofort wieder mit einer Hand und wandte den Kopf, denn durch das Fenster stachen die Strahlen der aufgehenden Sonne.

»Schließt die Vorhänge«, sagte jemand. Es war der Mann, der auf ihrer Bettkante saß. »Das Licht tut ihren Augen weh.«

Die schmerzliche Helligkeit wich tröstlichen Schatten. Die Hand, mit der sie ihre Augen bedeckt hatte, wanderte wie von selbst weiter und berührte eine empfindliche Stelle an ihrer Stirn. Sie zuckte zusammen. Eine Schwellung, aber sie konnte sich nicht erinnern, woher diese stammen mochte. Sie blinzelte, bis der in ihrer Nähe kauernde Schatten allmählich die Form eines alten Mannes mit einem grauen Bart annahm. Auch seine Koteletten waren mit Weiß durchsetzt, und das Gesicht wies zahlreiche Falten auf. Dem munteren Funkeln der Augen hinter den drahtgerahmten Gläsern der Brille hatten die Jahre allerdings nichts anhaben können.

»Ich hahe schon gedacht, Sie fühlten sich in unserer Gesellschaft nicht wohl, junge Lady. Zu Ihrer Beruhigung, ich bin Dr. Page. Man hat mich herbestellt, damit ich mich um Sie kümmere.«

Sie öffnete den Mund, um zu sprechen, doch ein heiseres Krächzen war alles, was sie hervorbrachte. Mit trockener Zunge fuhr sie sich über die spröden Lippen. Der Arzt langte hinter sich, wo eine große schwarze Frau mit einem Glas Wasser stand. Er legte seiner Patientin einen Arm um die Schultern, hob sie ein wenig an und setzte ihr den Rand des Glases an die Lippen. Als sie ihren Durst gestillt hatte, ließ er sie wieder auf das Kissen sinken und legte ihr ein kühles, feuchtes Tuch auf die Stirn. Der pulsierende Schmerz ebbte allmählich ab, und sie schaffte es, die Augen offenzuhalten, ohne zu blinzeln.

»Wie fühlen Sie sich?« fragte Dr. Page freundlich.

Statt einer Antwort runzelte sie nur die Stirn, bevor sie ihren

Blick suchend durch den Raum wandern ließ. Sie lag in einem großen Himmelbett, mit einem ganzen Berg von Kissen im Rükken. Über ihrem Kopf strahlte eine plissierte Sonne aus pinkfarbener Seide von einer ovalen Tapisserie mit gestickten Rosen, die den Rahmen des Baldachins ausfüllte. Die Wände des Zimmers waren mit einem frischen Blumenmuster in den Farben Pink, Hellgelb, Zartgrün und Hellbraun bedeckt. Die Übergardinen waren aus rosa Seide, mit Quasten und geflochtenen Schnüren besetzt. Die Polster der über den Raum verteilten Stühle waren ebenfalls rosa und hellgrün gehalten.

Alles in allem handelte es sich um ein lebendig und geschmackvoll eingerichtetes Zimmer, aber ein Gefühl wachsender Orientierungslosigkeit untergrub das kurze Wohlbefinden der jungen Frau, denn sie befand sich in einer ihr völlig fremden Welt. Nichts, was sie sah, schien ihr vertraut. Kein Möbelstück, kein Geschirr, kein Rahmen oder Bild. Nicht einmal das Baumwollnachthemd, das sie trug, oder die Leute, die im Zimmer standen. Sie sah zwei ältere Damen, die bei den Fenstern Aufstellung genommen hatten, und eine große schwarze Frau mit einer gestärkten weißen Schürze und einem sauber verschnürten Kopftuch, die neben dem Stuhl des Arztes wartete. Hinter ihnen stand noch ein zweiter Mann, mit dem Gesicht zum Kamin, einen Feuerhaken in der Hand. Solange sie ihren steifen Muskeln nicht eine schmerzhafte Bewegung abverlangte, konnte sie von ihm nur den Hinterkopf, ein weißes Seidenhemd und eine hellgraue, gestreifte Hose erkennen. Seine Haltung erregte leichte Neugier in ihr, denn im Gegensatz zur Aufmerksamkeit der anderen wandte er ihr den Rücken zu, als wollte er auf Distanz zu ihr und ihrem Publikum bleiben.

Eine junge Farbige betrat den Raum, in den Händen ein Tablett mit Teegeschirr aus Porzellan und einer Tasse mit Fleischbrühe. Dr. Page nahm die Tasse und reichte sie seiner Patientin. »Trinken Sie das, wenn Sie können. Es wird Ihnen wieder zu Kräften verhelfen.«

Hilfreiche Hände arrangierten die Kissen so, daß sie sich in einer halb sitzenden Position befand. Sie nippte an der heißen Brühe und hob dann den Blick über den Rand der Tasse, um den Raum noch einmal genauer in Augenschein zu nehmen. »Warum bin ich hier?«

»Sie sind mit einer Kutsche zusammengestoßen und hierhergebracht worden, nachdem Ihr Pferd Sie abgeworfen hatte«, sagte Dr. Page.

»Mein Pferd?«

Der Arzt informierte sie über den Vorfall, ließ ihr Gesicht dabei aber nicht aus den Augen. »Es tut mir leid, Madam. Das Tier mußte getötet werden.«

»Getötet?« Sie versuchte, sich an den Zwischenfall zu erinnern, doch die Anstrengung verstärkte nur das Hämmern in ihrem Kopf, bis es ihr unmöglich wurde, weiter nachzudenken. Sie preßte die Finger gegen die schmerzenden Schläfen. »Es scheint mir nicht mehr einzufallen.«

»Sie sind böse gestürzt, junge Lady. Entspannen Sie sich, und genießen Sie die Ruhe. Bald werden Sie sich wieder erinnern können.«

Neuerlich flog ihr Blick durch den Raum, suchte verzweifelt nach etwas Bekanntem. »Wo bin ich hier?«

»Auf Belle Chêne.« Dr. Page beobachtete sie genau, als er fortfuhr: »Der Plantage von Ashton Wingate.«

»Ashton Wingate?« Sie sah ihn fragend an. Sie spürte die Neugier, die ihr von allen Anwesenden entgegengebracht wurde, als warteten sie nur auf ihre Reaktion.

Der Mann in der grauen Hose hängte den Feuerhaken an den Ständer und drehte sich um. Seltsamerweise empfand sie ein stechendes Gefühl der Angst, noch bevor sie sein Gesicht sehen konnte. Sie preßte sich in die Kissen und beobachtete ihn wachsam, als er den Raum durchquerte. Obwohl sie ihr Gedächtnis durchforschte, entdeckte sie keinen Grund für ihr plötzliches Unbehagen. Das frische, hübsche Gesicht hätte eher Bewunderung in der Brust einer Frau auslösen sollen. Statt dessen geschah etwas in diesem Moment, das ihr Herz aus dem Takt brachte und wie mit einem eisigen Hauch berührte. Als der junge Mann am Fuß des Bettes stehenblieb, suchte sein Blick den ihren, und kaum daß sie in seine Augen starrte, ließ sie wie betäubt die Tasse sinken.

Ein eigenartiges Lächeln spielte um seine Lippen. »Ich verstehe das Wunder, das dich mir wiedergegeben hat, noch nicht ganz, aber ich bin trotzdem von tiefer Dankbarkeit erfüllt, meine Liebe.«

Entsetzt starrte sie ihn an und fragte sich, wer von ihnen beiden den Verstand verloren hatte. Ob er betrunken war? Nein, diesen Eindruck erweckte er ganz und gar nicht. Im Gegenteil, seine stolze, aufrechte Haltung deutete auf einen Mann, der sich im Vollbesitz seiner Fähigkeiten wußte. Warum aber sprach er dann mit ihr, als würde er sie kennen?

Falls Ashton vorher noch die leisesten Zweifel verspürt haben sollte, so schwand jegliche Unsicherheit auf einen Schlag, als er in ihre dunkelgrünen Augen blickte. Diese Augen kannte er, sie gehörten seiner Frau. »Ich habe einen ziemlichen Schrecken bekommen, als ich dir gestern abend begegnet bin«, sagte er. »Ich dachte, du wärst tot, und jetzt, nach drei langen Jahren, bist du plötzlich wieder da, und ich stelle zu meiner Freude fest, daß ich kein Witwer mehr bin.«

Es war sie selbst, die den Verstand verloren hatte! Es mußte so sein! Warum sollten die anderen ihn reden lassen, wenn er nur Unsinn von sich gab? Sie begann zu zittern und zog sich weit in sich zurück, um einen sicheren Hort zu suchen, an dem sie Zuflucht vor ihrem Ungemach finden konnte. Die Angst, von einer Geisteskrankheit befallen zu sein, schüttelte sie so heftig, daß sie ihre Glieder kaum noch unter Kontrolle halten konnte. Der Druck auf ihre Schläfen nahm zu, bis die Schmerzen unerträglich wurden, und sie wand sich auf dem Bett hin und her, beide Hände gegen den Kopf gepreßt und die Augen fest geschlossen, um die feindliche Welt aus ihrem Gesichtsfeld zu verbannen.

»Lierin!« Der Name hallte hohl durch den Nebel, der Ton lag irgendwo zwischen Flehen und Befehl. Trotzdem löste er keine

Erinnerung in ihr aus, sondern verwirrte sie nur noch mehr. Sie fand keinen Anker für ihre Gedanken, keinen Haken, an den sie sich klammern und der sie aus der undurchdringlichen Schwärze des Unbekannten zog und mit intaktem Erinnerungsvermögen auf festem Boden absetzte. Es gab nur diesen Moment und die kurze Spanne seit ihrem Erwachen. Was sie gesehen und gehört hatte, schien sie wie ein Keil zu spalten. Der Raum drehte sich, als wäre sie ein Kreisel, und sie preßte sich mit weitausgebreiteten Armen gegen das Bett, um in dieser auf den Kopf gestellten Welt irgendwie Halt zu finden, doch ihre Anstrengung war nutzlos, und sie versank in einem dunklen, bodenlosen Strudel.

»Rasch!« sagte Dr. Page zu Willabelle. »Bring mir das Riechsalz aus meinem Koffer.« Er hob die Hand und bedeutete Ashton, nicht näher zu treten. »Sie hat einen Schock erlitten. Lassen Sie ihr Zeit.«

Ashton zog sich zurück und sah hilflos zu, wie die junge Frau litt. Der Doktor schob eine Hand unter ihren Kopf und hielt ihr mit der anderen eine mit weißem Puder gefüllte Phiole an die Nase. Die ätzenden Dämpfe vertrieben die Nebel; sie öffnete die Augen und sah den Raum wieder mit klarer, stechender Intensität. Jede Einzelheit trat wie auf einem Relief hervor, und sie sah, daß ihr Peiniger den Bettpfosten mit solcher Heftigkeit umklammerte, als wäre er selbst die verwirrte, gequälte Seele.

Schwach und erschöpft ließ sie sich zurücksinken, ohne zu merken, daß sie die Satindecke und das spitzenbesetzte Laken abgeschüttelt hatte. Ihre Haut war feucht von Schweiß, und sie genoß die Kühle, die durch ihr Nachthemd drang, doch als sie die brennenden Augen des jungen Mannes bemerkte, erkannte sie, daß auch der kräftige Stoff ihren Körper kaum verhüllte. Ihre Wangen begannen zu glühen. Nicht genug damit, daß dieser Schurke sie in die Enge trieb, er belästigte sie auch noch mit seinen Blicken. Rasch zog sie die Decke wieder über sich. Dann fragte sie heiser: »Könnte ich noch etwas Wasser haben?«

»Natürlich, mein Kind«, antwortete Dr. Page und wollte nach dem Glas greifen.

Sie wies seine Hilfe höflich zurück und führt das Glas mit zitternder Hand selbst an den Mund, wobei ihre Augen wieder die Gestalt am Fußende des Bettes suchten. Er war ein großer Mann mit breiten Schultern und schmalen Hüften. Das Seidenhemd verhüllte kaum seinen harten, muskulösen Oberkörper, die enganliegenden Hosen betonten die langen, sehnigen Oberschenkel. Er war weder dünn noch zu beleibt und schien in hervorragender körperlicher Verfassung zu sein. Kein Zweifel, er hätte allen Grund gehabt, eingebildet zu sein.

Sie reichte dem Arzt das Glas, und da sie das Bedürfnis verspürte, endlich Klarheit in ihrem Verstand zu schaffen, fragte sie eher schüchtern: »Sollte ich irgend jemanden in diesem Raum kennen?«

Dr. Page fiel das Kinn herunter; und als er Ashton anblickte, stellte er fest, daß dessen Erstaunen mindestens genauso groß sein mußte. Tatsächlich war der Herr von Belle Chêne ganz durcheinander. Er hatte fest daran geglaubt, daß die Frau dort auf dem Bett Lierin war, die Geliebte, mit der er vor den Altar getreten war. Ja, er hätte sein Leben darauf verwettet. »Bist du nicht Lierin?«

Sie runzelte die Stirn. Bestürzt und widerstrebend reagierte sie mit einem unsicheren Schulterzucken. »Ich... ich... weiß wirklich nicht, wer ich bin.«

Innerlich zitternd wartete sie auf seine Antwort, voll Furcht, daß er sie aufgrund dieses Geständnisses für verrückt halten würde. Sie sah den Schock, der sich auf seinem Gesicht abzeichnete. Während er sie anstarrte. Die anderen Anwesenden schienen nicht weniger erregt.

Tante Jennifer trat ans Bett und tätschelte der jungen Frau tröstend die Hand. »Aber, aber, meine Liebe. Ich bin sicher, es wird Ihnen sogleich wieder einfallen.«

»Jenny, niemand vergißt seinen Namen«, tadelte Amanda. »Das Mädchen braucht nur etwas Ruhe.«

»Vielleicht ist es damit nicht getan, Amanda«, sagte Dr. Page nachdenklich. »Es gibt tatsächlich so etwas wie Gedächtnisverlust. Amnesie heißt der Fachausdruck. Soweit ich darüber informiert bin, kann sie entweder als partieller Erinnerungsverlust auftreten, dann vergißt der Betroffene ein Ereignis oder eine kurze Spanne seines Lebens. In anderen Fällen ist der Ausfall umfangreicher, und die Patienten vergessen ihren Namen, wo sie wohnen, ja, die ganze Geschichte ihres Leben und behalten nur ihre Fähigkeit, zu schreiben oder zu lesen und so weiter. Ganz selten kommt es sogar vor, daß jemand alles vergißt und sich an gar nichts erinnern kann, was vor dem Augenblick des Erwachens lag.« Der Doktor spreizte hilflos die Hände. »Ich muß gestehen, ich bin mit meinem Latein am Ende. Ich habe nie einen Fall von Amnesie erlebt.«

»Wenn Sie schon mit Ihrem Latein am Ende sind, Franklin, was soll dann erst in diesem armen Ding vorgehen«, erklärte Amanda besorgt. Sie hatte gedacht, die Frage der Identität könnte schnell geklärt werden, sobald die junge Frau das Bewußtsein wiedererlangte, und nun fragte sie sich, wie all das wohl auf Ashton wirken mußte.

»Amanda, Sie können nicht erwarten, daß ich alles weiß«, antwortete der Arzt.

»Keine Ausflüchte mehr, Franklin«, ermahnte Amanda ihn, wobei sie ihm wie einem ungelehrigen Schüler auf die Schulter klopfte. »Finden Sie heraus, woran das Mädchen leidet und heilen Sie es, mehr verlange ich nicht.«

»Ich fürchte, ganz so einfach ist das nicht, Amanda«, gab der Arzt zu bedenken. »Für Amnesie gibt es die verschiedensten Ursachen. Ein Schock. Eine Krankheit. In diesem Fall vermute ich, daß sie von dem Unfall herrührt, aber nach meinem Wissen gibt es keine bestimmte Heilmethode.«

»Aber es wird doch vorübergehen?« fragte Ashton.

Dr. Page zuckte mit den Schultern. »Es tut mir leid, Ashton. Ich kann wirklich nicht sagen, was geschehen wird. Vielleicht wird sie ihr Erinnerungsvermögen nach ein paar Tagen der Ruhe wiedererlangen; es kann aber auch eine Weile dauern. Oder es kommt nie zurück. Wir können nichts tun als abwarten.«

Die junge Frau auf dem Bett starrte den Arzt an. Sie hatte das Gefühl, einen schrecklichen Alptraum zu erleben, dem sie nicht zu entrinnen vermochte. »Meinen Sie, ich könnte wirklich diese Lierin sein und es nicht einmal wissen?«

»Ashton besteht darauf, daß Sie Lierin Wingate sind«, informierte Dr. Page sie sanft. »Wir anderen können das nicht beurteilen, weil keiner von uns sie je kennengelernt hat.«

Sie streifte den jungen Mann mit einem unsicheren Blick, während sie den älteren fragte: »Soll der da Ashton sein?«

»Er *ist* Ashton«, stellte Amanda fest. »Das zumindest weiß ich mit Sicherheit.«

Die junge Frau wandte sich an Ashton, und ihre Verblüffung war nicht zu übersehen, als sie sich erkundigte: »Aber wissen Sie bestimmt, wer ich bin?«

Seine Augen blickten zärtlich, als er antwortete: »Kann ein Mann seine eigene Frau vergessen?«

»Frau?!« entfuhr es ihr überrascht. Panik stieg in ihr auf, als sie erkannte, in welcher Lage sie sich befand. Wenn seine Worte der Wahrheit entsprachen, war sie mit einem ihr völlig Fremden verheiratet. Zitternd verbarg sie ihr Gesicht hinter den Händen und schloß die Augen. »Aber ich kenne Sie ja nicht einmal!«

»Madam, darf ich mich vorstellen?« Seine gelassene Reaktion erregte ihre Bewunderung. Noch immer sah er sie zärtlich an, dann grinste er unvermittelt und verbeugte sich tief. »Ashton Wingate, zu Ihrer Verfügung, schöne Lady, und dies sind«, er deutete auf die beiden älteren Damen, »meine Großmutter Amanda Wingate und ihre Schwester Jennifer Tate.« Mit einem Kopfnicken zu der Farbigen hinüber fügte er hinzu: »Und das ist unsere Haushälterin Willabelle.« Als er fortfuhr, klang seine Stimme etwas ernster. »Ich glaube, Tante Jenny und Willabelle werden Ihnen ebenfalls meine Identität bestätigen, wie meine Großmutter es ja bereits getan hat. Sie können Ihnen auch erklären, daß sie vor drei Jahren über meine Eheschließung mit Lierin Somerton informiert worden sind.«

Ihre Verwirrung steigerte sich noch. »Aber wenn wir seit drei

Jahren verheiratet sind und Ihre Verwandten hier mit Ihnen im selben Haus wohnen, wieso wissen sie dann nicht, wer ich bin?«

»Das ist ganz einfach. Sie haben dich nie kennengelernt.«

Sie hob die rechte Augenbraue. Während sie darauf wartete, daß er fortfuhr, überlegte sie, was für ein Spiel er wohl mit ihr treiben mochte. Immerhin war er der einzige, der behauptete, sie identifizieren zu können.

Ashton erkannte ihre Skepsis und versuchte, ihre Befürchtungen auszuräumen. Er begriff ihren Zustand nicht ganz, doch zweifelte er nicht daran, daß sie die Frau war, die er genug geliebt hatte, um sie zu heiraten. »Wir waren gerade auf dem Weg hierher, als unser Raddampfer von Piraten überfallen wurde. Während des Kampfes bist du über Bord gegangen, und ich habe mir eine Kugel eingefangen. Meine Leute haben dein Fehlen gar nicht bemerkt, bis ich mein Bewußtsein wiedererlangte. Über eine Woche lang haben sie den Fluß und die Ufer abgesucht, konnten dich aber nicht finden. Wir mußten annehmen, daß du ertrunken warst.«

»Und drei Jahre lang haben Sie mit dieser Annahme gelebt?« wollte die junge Frau wissen.

»Erst gestern abend wurde ich eines Besseren belehrt.«

Sie wollte ihm nicht um jeden Preis widersprechen, aber es gab noch einige Punkte, die der Erklärung bedurften. »Möglicherweise ist Ihre Frau tatsächlich gestorben, Sir, und ich bin jemand anderer, der eine gewisse Ähnlichkeit mit ihr besitzt. Drei Jahre sind eine zu lange Zeit, um sich genau an das Aussehen eines Menschen zu erinnern.«

»Ashton, Lieber, zeig ihr das Porträt von Lierin«, schlug Tante Jennifer vor. »Vielleicht kann es mithelfen, sie zu überzeugen.«

Er nickte, nahm das Gemälde vom Tisch und hielt es der jungen Frau hin. Ihr Gesichtsausdruck ließ sein Herz nicht gerade höher schlagen.

»Sehe ich so aus?« fragte sie und blickte ihn verwirrt an.

»Liebes Kind!« Amandas Erstaunen kannte keine Grenzen

mehr. »Wollen Sie behaupten, Sie hätten keine Ahnung, wie Sie aussehen?« Sie nahm einen kleinen Handspiegel vom Schminktisch und reichte ihn dem Mädchen. »Hier, das bist du, meine Liebe«, sagte sie und lächelte. »Wie du siehst, bist du von dem Unfall noch etwas angeschlagen, aber nichtsdestoweniger doch ziemlich hübsch.«

Die junge Frau starrte in den Spiegel und sah das Gesicht einer Fremden. Die schmerzhaften blauen Flecken und Schwellungen auf Stirn und Wangen waren ihr zwar vertraut, doch erkannte sie ihr eigenes Antlitz nicht wieder. Kritisch musterte sie die feingemeißelten Züge, die Augen und die hoch angesetzten Wangenknochen. Das rotblonde Haar fiel ihr in einer wilden, unordentlichen Mähne über die Schultern. Voller Neugier und Erstaunen wanderte ihr Blick zu dem Porträt zurück. Das Gemälde konnte durchaus als Beweis dafür genommen werden, daß sie sich unter Menschen befand, die sie vor dem Unfall gekannt hatten, denn die große Ähnlichkeit zwischen den beiden Gesichtern war nicht zu übersehen. Sie untermauerte den Anspruch des jungen Mannes am Fußende ihres Bettes.

»Das geht mir alles zu schnell«, beklagte sie sich flüsternd. Eine tiefe Müdigkeit ergriff von ihr Besitz. Mit einem zitternden Seufzer ließ sie sich wieder in die Kissen sinken.

»Ruhen Sie sich aus, meine Liebe«, riet ihr Dr. Page. »Hier sind Sie in Sicherheit, und man wird sich um Sie kümmern.«

Der Arzt legte ihr ein kühles, feuchtes Tuch auf die Stirn und halb über die heißen, schmerzenden Augen, dann stand er auf. »Und nun, Amanda, zu dem Frühstück, das Sie mir versprochen haben!«

Er ging zur Tür, gefolgt von den drei Frauen. An der Schwelle wandte er sich noch einmal um, und als er den Kummer auf Ashtons Gesicht sah, hatte er nicht das Herz, auch ihn zum Gehen aufzufordern. »Bleiben Sie nicht zu lange, Ashton«, sagte er nur.

Die Tür schloß sich hinter ihnen, und die beiden Zurückgebliebenen blickten sich an. In den müden Augen der jungen Frau stand mehr als nur eine Spur Unsicherheit. Ashton betrachtete das Gesicht, das ihn so oft in seinen Träumen erschienen war, und er verspürte das starke Begehren, Lierin in seine Arme zu reißen und an sich zu pressen. Mit bemerkenswerter Zurückhaltung ließ er sich auf der Bettkante nieder und nahm lediglich ihre Hand.

»Meine geliebte Lierin, ich sehne mich so sehr nach dem Augenblick deiner Genesung. Ich weiß, du bist die Frau, die ich geliebt habe, und wenn Gott will, wirst du es auch bald wissen.«

Langsam, als fürchte sie, ihn zu verletzen, entzog sie ihm ihre Hand und verkroch sich bis zum Kinn unter der Bettdecke. »Sie nennen mich Lierin, aber der Name ruft keinerlei Erinnerung in mir hervor. Ich erinnere mich an gar nichts, außer an die paar Momente, seit eine Stimme mich aus der Bewußtlosigkeit zurückgeholt hat. Ich muß nachdenken...« Sie runzelte die Stirn. »Aber ich habe nichts, worüber ich nachdenken könnte. Ich bin müde, der Kopf tut mir weh. Der Doktor hat gesagt, ich soll mich ausruhen... Und das werde ich auch tun.« Sie streifte seinen Handrücken mit den Fingerspitzen. »Ich kenne Sie nicht, Ashton.« Ein unsicheres Lächeln glitt über ihre Lippen. »Vielleicht ist das hier mein Zuhause, und Ihre Worte entsprechen der Wahrheit. In meinem derzeitigen Zustand kann ich mich nicht gegen allzuviel wehren. Wenn es Sie zufriedenstellt, akzeptiere ich den Namen Lierin – bis zu dem Augenblick, in dem ich möglicherweise feststelle, daß es sich nicht um meinen eigenen handelt.« Sie senkte die Lider, bis alle Gegenstände im Raum miteinander verschmolzen und nur noch sein Gesicht zu erkennen war. »Ich möchte jetzt schlafen, Ashton.«

Sein sehnsüchtiger Blick sog ihre Schönheit in sich auf, ihre Gegenwart linderte den Schmerz der vergangenen Jahre, in denen er geglaubt hatte, sie nie wieder anschauen zu können. Er beugte sich vor, berührte ihren Mund sanft mit seinen Lippen und stand dann auf, um den Raum zu verlassen. Er bemerkte nicht, wie sich ihre smaragdgrünen Augen öffneten und ihm nachblickten, bis er die Tür hinter sich geschlossen hatte.

Draußen verharrte er mit geschlossenen Augen, bis sich sein

wild hämmerndes Herz beruhigt hatte. Als er endlich wieder gleichmäßig atmen konnte, ging er mit bedächtigen Schritten hinunter zu den anderen ins Eßzimmer.

Seine Großmutter blickte auf, als er in den Raum trat, wartete aber, bis er am Kopfende des Tisches Platz genommen hatte, ehe sie das, was sie beschäftigte, zur Sprache brachte. »Ich habe das Porträt ja mit eigenen Augen gesehen«, sagte sie, »und bin der Meinung, daß du guten Grund hast, sie für Lierin zu halten, aber gibt es nicht auch Zweifel bei dir? Bedenken, daß es sich nicht um Lierin handeln könnte?«

»Ich kann mir nicht vorstellen, daß sie jemand anderer sein soll«, seufzte er. »Wenn ich sie anschaue, sehe ich Lierin.«

»Was weißt du über ihre Schwester?« erkundigte sich Tante Jennifer.

Ashton schwieg, während Willis einen silbernen Teller mit Schinken auf den Tisch stellte. Er nahm sich eine Scheibe und antwortete: »Lenore lebt inzwischen wahrscheinlich auf einer Plantage in der Karibik. Als ich Lierin kennengelernt habe, schmiedete sie gerade Pläne für ihre Hochzeit, aber ich kann wirklich nicht sagen, was nach der Rückkehr nach England aus ihr wurde. Ich habe nie wieder etwas von ihnen gehört.«

Amanda trank einen Schluck Kaffee aus ihrer Porzellantasse. »Du darfst nicht vergessen, daß deine überstürzte Heirat uns allen einige Ungelegenheiten bereitet hat, Ashton. Ich bin sicher, es war ein ziemlicher Schock für Robert Somerton, im selben Moment von der Hochzeit seiner Tochter und von ihrem Tod zu erfahren.«

»Wir hätten es ja wiedergutgemacht, *Grand-mère*«, sagte Ashton, »aber wie du weißt, hat die Katastrophe alle unsere Pläne durchkreuzt.«

»Das bringt mich zu einem weiteren Punkt, Ashton: Warum hat es so lange gedauert, bis Lierin dich zu finden versucht hat? Wo hat sie die ganze Zeit gesteckt?«

»Marelda hat mir dieselben Fragen gestellt.«

»Na ja, du mußt zugeben, daß sie einer Antwort bedürfen«,

meinte Amanda. »Ist diese Amnesie eine immer wiederkehrende Krankheit? Hat sie vielleicht deswegen keinen Versuch unternommen, dich aufzuspüren?« Sie blickte Dr. Page an. »Was glauben Sie, Franklin?«

»Das bezweifle ich.« Der Arzt ließ ein Stück Zucker in seinen Kaffee fallen, dann räusperte er sich, als wäre das, was er zu sagen hatte, ihm peinlich. »Sie alle wissen, daß das Irrenhaus abgebrannt ist, aber wissen Sie auch, daß die Behörden immer noch nach einigen der überlebenden Insassen suchen?«

Ashton warf Page einen scharfen Blick zu. »Was hat das mit Lierin zu tun?«

Der Arzt stützte seine Arme mit den Ellbogen auf die Tischkante und faltete die Hände, als wollte er beten. Er suchte nach einem Weg, sich auszudrücken, ohne Ashton zu erzürnen. »Wenn Sie die Umstände des Unfalls genauer unter die Lupe nehmen, den Ort, an dem er sich ereignete, die Nähe zum Irrenhaus und Lierins seltsame Kleidung, kommt Ihnen da nicht der Gedanke, daß sie vielleicht aus der Anstalt entflohen sein könnte?«

Ashtons Miene wurde eisig. »Wollen Sie damit andeuten, meine Frau sei verrückt?«

Dr. Page versuchte dem steinernen Blick des Plantagenbesitzers standzuhalten. »Wer weiß schon genau, was vor drei Jahren wirklich passiert ist, Ashton? Lierin könnte einen schweren Schock erlitten haben.« Er sah, wie sich die Kiefermuskeln des jungen Mannes spannten, und wußte, daß er auf dünnem Eis wandelte. Er fuhr schnell fort, um dem Sturm vielleicht doch noch zuvorzukommen: »Ashton, hören Sie mir zu. Manchmal werden die Leute schon wegen Bagatellen ins Irrenhaus eingeliefert, nicht selten sogar, wenn eigentlich gar kein Anlaß dazu besteht. Es ist, als würde man lebendig begraben. Sie können in dieser Hölle verrotten, ohne daß ihre Verwandten überhaupt wissen, wo sie stecken.«

Aus der Halle drang das Klappern von Absätzen, und Ashton brachte den Arzt mit einer Handbewegung zum Schweigen.

»Das ist Marelda. Ich möchte nicht, daß sie etwas von unserem Gespräch erfährt.«

»Keine Sorge, Ashton«, versicherte Dr. Page ihm. »Ich habe das Mädchen auf die Welt geholt und kenne es gut genug, um mir genau zu überlegen, welche Waffen ich ihm in die Hand gebe.«

»Dann verstehen wir uns ja«, meinte Ashton.

Die schwarzhaarige Frau rauschte in den Raum, eingehüllt in raschelnde Seide, und blieb dicht am Türrahmen stehen, um den Anwesenden Gelegenheit zu geben, die Früchte ihrer kunstvollen Morgentoilette zu bewundern. Als endlich aller Augen auf ihr ruhten, schritt sie um den Tisch herum, küßte die beiden älteren Frauen auf die Wange, warf ihrem Gastgeber ein Lächeln zu und glitt auf den Stuhl zu seiner Rechten.

»Wie fühlst du dich heute morgen, Ashton?« fragte sie, fuhr aber sogleich fort: »Ich schließe aus der Anwesenheit von Dr. Page, daß du oben bei deinem Gast gewesen bist.« Sie blickte den Arzt an. »Wie geht es Ihrer Patientin denn, Doktor? Ist sie schon wieder bei Sinnen?«

»Sie hat ein Trauma erlitten«, antwortete Dr. Page langsam.

»Bestimmt kein allzu schweres, möchte ich wetten«, bemerkte Marelda mit so viel Sarkasmus, wie sie glaubte, sich gestatten zu dürfen.

»Das kann nur die Zeit beantworten.«

Die dürren Worte des Arztes waren nicht dazu angetan, sie zufriedenzustellen, so daß Marelda reihum jeden mit langen Blicken bedachte. Tante Jennifer wurde das Schweigen als erster unangenehm, und sie versuchte zu erklären: »Was Franklin meint, ist, daß Lierin im Augenblick Schwierigkeiten hat, sich zu erinnern, und daß es einige Zeit dauern kann, bis sie ihr Gedächtnis wiedererlangt hat.«

Mareldas Augen wurden kalt und hart. »Lierin?« Ein eisiges Lächeln geisterte über ihre Züge. »Ich nehme an, sie kann sich gerade noch daran erinnern, Ashtons Frau zu sein; alles andere hat sie bequemerweise vergessen.«

Ashton hob seine Tasse, damit Willis ihm Kaffee nachschenkte. Endlich wandte er Marelda widerstrebend seine Aufmerksamkeit zu. »Lierin konnte sich nicht einmal daran erinnern. Ich mußte ihr sagen, wie sie heißt.«

Marelda, inzwischen fast grün vor Eifersucht, wußte kaum noch, was sie sagte. »Du meinst, sie kann sich nicht einmal mehr an ihren Namen erinnern? So was habe ich ja noch nie gehört.«

Amandas schmale Lippen kräuselten sich zu einem Lächeln. »Nimm's nicht tragisch, Marelda. Franklin hat in seiner ganzen Laufbahn noch keinen Patienten mit solchen Symptomen gehabt.«

»Das wundert mich gar nicht. Sich vorzustellen, daß jemand seinen eigenen Namen vergißt. Allein der Gedanke daran ist geradezu lächerlich.«

»Nicht so lächerlich, wie Sie vielleicht denken, Marelda«, sagte Dr. Page. »Schließlich gibt es sogar eine medizinische Bezeichnung für ihren Zustand. Amnesie mag nicht sehr verbreitet sein, aber sie existiert.«

»Aber wie können Sie sicher sein, daß sie diese... diese... Amnesie hat«, argumentierte Marelda. »Ich meine, sie könnte ja nur so tun als ob.«

Der Arzt antwortete mit einem langsamen Heben und Senken der Schultern. »Ich schätze, ich kann keiner Sache wirklich sicher sein, aber ich sehe auch keinen Grund, warum sie uns etwas vorspielen sollte.«

»Wenn sie gerissen genug ist, werden Sie das auch nie.« Marelda bemerkte, wie Ashtons Gesicht sich verhärtete, und erkannte, daß sie ihre Gangart mäßigen mußte, wenn sie ihn nicht vollends verärgern wollte. Sie sagte rasch: »Andererseits kann ihr Leiden natürlich auch echt sein.«

»Im Augenblick besteht jedenfalls noch keine Notwendigkeit, dem Mädchen zu mißtrauen«, sagte Dr. Page. Er legte beide Hände flach auf den Tisch, dann nickte er Ashton und den beiden älteren Frauen zu. »Ich muß Sie bitten, mich jetzt zu entschuldigen. Nach einem so herrlichen Frühstück merkt man erst richtig, daß man müde ist, wenn man in der Nacht zuvor kein

Auge zugetan hat. Wahrscheinlich werde ich auf der ganzen Fahrt nach Hause vor mich hindösen.« Er stand auf. »Ich sehe später noch einmal nach Lierin. Achten Sie darauf, daß sie viel schläft und ordentlich ißt. Mehr kann ich Ihnen im Moment nicht raten.«

Ashton erhob sich ebenfalls. »Ich denke über die Sache nach, die wir vorhin besprochen haben, Dr. Page. Da ich sowieso nach Natchez muß, kann ich mich dort auch gleich mal umhören, obwohl ich nicht viel davon erwarte.«

»Ich hoffe, alles wendet sich zum Besten«, sagte der Arzt aufrichtig.

Marelda war erbost, daß Ashton sie nicht über seine Absichten informiert hatte, und konnte es nicht unterlassen zu fragen: »Willst du deine kostbare kleine Blume etwa ganz allein lassen?«

Ashton schenkte ihr ein spöttisches Lächeln. »Meine liebe Marelda, ich war sicher, du würdest dich auf Belle Chêne auch während meiner Abwesenheit bestens amüsieren, aber wenn du darauf bestehst...«

Der leise Spott verfehlte sein Ziel nicht, und Marelda – sich des Stachels in seinen Worten wohl bewußt – korrigierte ihn hochmütig: »Ich habe mich auf die Kleine im ersten Stock bezogen, Ashton, Liebling.«

»Entschuldige mich bitte, Marelda.« Er verbeugte sich knapp, ehe er zusammen mit Dr. Page das Zimmer verließ.

Marelda nahm schmollend ein paar Bissen zu sich, dann seufzte sie. »Ich wünschte mir, Ashton würde endlich vernünftig.«

»Vernünftig?« Tante Jennifer machte aus ihrer Verwirrung keinen Hehl. »Wie meinst du das, meine Liebe?«

Marelda wies unmutig zum ersten Stock hinauf. »Ashton bringt diese kleine Landstreicherin mit in sein Haus, legt sie in ein schönes Bett und behandelt sie wie einen Ehrengast.« Mareldas Stimme nahm an Lautstärke zu: »Und dann behauptet er auch noch, sie wäre sein langverschollenes Weib.«

Tante Jennifer beeilte sich, ihren Neffen zu verteidigen.

»Meine Liebe, du weißt, Ashton würde nie darauf beharren, daß sie seine Frau sei, wenn er nicht voll und ganz von der Wahrheit seiner Worte überzeugt wäre.«

»Ich behaupte, das Mädchen ist eine Intrigantin, die nur wie seine Frau aussieht«, entgegnete Marelda.

»Was immer sie auch ist«, schaltete Amanda sich ein, »sie hat ernste Verletzungen erlitten und verdient wenigstens ein paar Tage Ruhe.«

Dramatisch hob Marelda Hände und Gesicht zur Zimmerdecke und rief eine unsichtbare, mystische Macht an. »Oh, teuflisches Schicksal, wie oft willst du noch deinen grausamen Stachel in mich schlagen? Ist es nicht genug, daß ich einmal beiseite geschoben worden bin? Mußt du mich gleich zweimal bestrafen oder gar dreimal? Wieviel muß ich noch erdulden?« Ihre Stimme ließ ein kaum unterdrücktes Schluchzen durchklingen, und sie stützte die Stirn auf die Knöchel der geballten Hände, weswegen ihr auch der bestürzte Blick entging, den Jennifer ihrer Schwester zuwarf, welche wiederum die Hände zu einem lautlosen Applaus hob.

»Marelda, meine Liebe, hast du je erwogen, zur Bühne zu gehen?« fragte Amanda. »Du hast eine solche Gabe, dich auszudrücken.«

Marelda ließ sich auf ihrem Stuhl zurücksinken und schmollte. »Wie ich feststelle, bin ich die einzige, die der kleinen Landstreicherin noch nicht ins Garn gegangen ist.«

Ein Funkeln trat in Amandas Augen. Sie tupfte sich die Lippen mit ihrer Serviette ab und schüttelte verärgert den Kopf. »Bitte hör auf, dem Mädchen solche Namen zu geben. Allen Anzeichen nach diffamierst du damit nämlich die Frau meines Enkels, und du solltest inzwischen wissen, daß mir die Loyalität zu dieser Familie über alles geht, Marelda, sogar über unsere Freundschaft.«

Selbst in ihrem Eifer, einem Unrecht entgegenzuwirken, das nur sie sehen konnte, merkte Marelda, daß sie Gefahr lief, einen wertvollen Bundesgenossen zu verprellen. Sie hob eine Hand an die Stirn und begann zu weinen. »Bitte entschuldige, Amanda.

Bei dem Gedanken, Ashton ein zweites Mal zu verlieren, bin ich ganz außer mit. Meine Angst ist so groß, daß ich mich zu einer Dummheit habe hinreißen lassen.«

Amanda stimmte ihr schweigend zu, hielt es aber für besser, das Thema zu wechseln, um sich weitere dramatische Szenen zu ersparen.

Die Frau, die sich bereit erklärt hatte, auf den Namen Lierin zu hören, hielt ihre Hände vor das Gesicht und starrte die dünnen Finger an. Am dritten Finger der linken Hand trug sie einen dünnen goldenen Reif, der davon zeugte, daß sie eine verheiratete Frau war. Der Anblick wirkte sich ganz und gar nicht heilsam auf ihren Seelenfrieden aus, und sie überlegte, wie sie den Erklärungen des fremden Mannes je Glauben schenken konnte, wenn sie sich überhaupt nicht wie seine Frau fühlte.

Die Vorhänge waren noch immer zugezogen, sperrten das Morgenlicht aus und hielten den Raum in kühlem Halbdunkel. Lierin verspürte plötzlich das Bedürfnis, den warmen Sonnenschein auf ihrer Haut zu fühlen, in seinem Licht zu baden und ihre Ängste von den tröstlichen Strahlen davonspülen zu lassen. Vorsichtig schob sie sich auf die Bettkante zu. Bei jeder Bewegung schmerzte ihr ganzer Körper, als würde er in Stücke gerissen, aber sie biß die Zähne zusammen und rutschte weiter. Mühsam richtete sie sich auf, dann hielt sie einen Moment inne und preßte die Hände gegen die Schläfen, bis das Hämmern in ihrem Kopf zu einem dumpfen Schmerz abflachte. Vorsichtig schob sie die Beine aus dem Bett, verlagerte ihr Gewicht auf die Füße und lehnte sich Halt suchend an das Bettgestell, weil der Raum sich um sie zu drehen begann. Als der Schwindel vorüber war, tastete sie sich langsam zum Fußende vor. Sie schlurfte mehr, als daß sie ging, und ihre Hand verlor nie den Kontakt mit der Matratze, um die unsichere Gehweise auszugleichen. Am Ende des Bettes angelangt, schlang sie beide Arme fest um den massiven Bettpfosten und ließ ihre Stirn gegen das kühle, feingeschnitzte Holz sinken, während sie darauf wartete, daß ihre Kraft zurückkehrte.

Als sie sich wieder kräftig genug fühlte, nahm sie allen Mut zusammen und tat einen Schritt fort von dem sicheren Bett. Ihre Knie waren so weich, daß sie einzuknicken drohte, aber mit aller Willenskraft vermochte sie auf den Beinen zu bleiben und sich langsam durch den Raum zu schleppen, indem sie ein Etappenziel gegen ein anderes austauschte.

Am Fenster schob sie die schweren Vorhänge zur Seite und schützte ihre Augen mit dem Handteller gegen die durch die Kristallscheiben hereinflutende Helligkeit. Die Sonne berührte sie wie ein warmer, teilnahmsvoller Freund. Lierin lehnte ihren Kopf gegen den Fensterrahmen und ließ den Blick über den riesigen, sauber gemähten Rasen wandern. Große Bäume mit breiten Ästen formten mächtige Dächer, durch die das Sonnenlicht rieselte. Obwohl der Winter die Zweige entlaubt und dem Rasen seine gesunde Farbe entzogen hatte, war doch erkennbar, daß dem Anwesen sorgfältige Pflege zuteil wurde. Ziegelrote Wege schlängelten sich vorbei an sauber gestutzten Büschen und Efeubeeten, die um dicke Baumstämme angelegt waren. Hinter einer schnurgerade getrimmten Hecke aus immergrünem Blattwerk erhob sich ein Gartenhaus mit reichverziertem Dach. Gut abgeschirmt vor neugierigen Blicken, schien es wie geschaffen für Liebende auf der Suche nach Zurückgezogenheit.

Lierin wandte sich um und stützte sich mit der Hand an der Lehne eines Stuhls in ihrer Nähe ab, bevor sie den Rückweg zum Bett antrat. Als sie sich von dem Möbelstück löste, fing sie aus den Augenwinkeln plötzlich eine Bewegung zu ihrer Linken auf. Ein wenig erschrocken wandte sie rasch den Kopf. Sofort schossen wieder glühende Pfeile durch ihren Schädel, ließen sie für diesen Moment der Unachtsamkeit bezahlen. Mit einer Hand tastete sie nach dem Stuhl, mit der anderen bedeckte sie ihre Augen, bis das Wüten hinter ihrer Stirn aufhörte und sie wieder zusammenhängend denken konnte. Als sie die Augen öffnete, erblickte sie ihr Ebenbild in einem großen Spiegel. Voller Neugier wollte sie auf den Drehspiegel zutreten, aber diese Anstrengung verlangte mehr Kraft, als sie aufzubringen vermochte. Sie gab der wachsenden Erschöpfung nach und blieb in einiger Entfernung stehen, hoffend, irgend etwas in ihrem Abbild zu entdecken, das die Rückkehr ihres Erinnerungsvermögens beschleunigte.

Was sie sah, beeindruckte sie nicht sonderlich. Im Gegenteil, sie gelangte zu dem Schluß, daß sie so schrecklich aussah, wie sie sich fühlte. Was sich in ihren Wangen an Farbe fand, beschränkte sich auf eine Seite und schillerte dort in bläulichem Purpur. Ihre Stirn wies die gleiche Verfärbung auf, nur noch stärker. Die Prellungen kontrastierten scharf mit ihrem hellen Teint. Das wirre Haar und die sorgenvoll geweiteten Augen verliehen ihr das Aussehen eines verwahrlosten Kindes. Obwohl nichts in ihrem Verstand sie mit einem bestimmten Alter in Verbindung brachte, ließ der Körper unter dem enganliegenden Nachtgewand erkennen, daß sie bereits voll zu weiblicher Reife erblüht war. Offenbar führte sie sonst ein aktives Leben, denn alles an ihr schien schlank und fest zu sein.

Mehrere Sprachen gingen ihr flüssig von der Zunge, und Zahlen bereiteten ihr nicht die geringsten Schwierigkeiten, doch die Ursache für beides blieb ein Geheimnis. Sie wußte, wie man einen Tisch deckte, welches Geschirr bei welchem Anlaß benutzt wurde, beherrschte den anmutigen Knicks und die komplizierten Schritte der verschiedensten Tänze, aber ihr Verstand vermochte nicht, die Quelle all dieses Wissens offenzulegen.

»Lierin Wingate?« flüsterte sie. »Bist du wirklich die, die ich sehe?«

Ihr Verstand antwortete nicht, doch sie vergaß die Frage ohnehin im nächsten Augenblick, als sie Schritte auf dem Korridor hörte. Jemand klopfte leise an die Tür. Lierin sah sich suchend nach einem Versteck um, da sie nicht wollte, daß man sie im Nachthemd erblickte. Ihre Kehle war zu eng, um ihr mehr als ein heiseres Krächzen zu ermöglichen, was aber nicht ausreichte, den Besucher vom Betreten des Zimmers abzuhalten, denn schon einen Herzschlag später flog die Tür auf. Lierin fuhr herum. Die plötzliche Bewegung brachte sie aus dem mühsam aufrechterhaltenen Gleichgewicht. Der Raum kippte zur Seite, und im Fallen sah sie Ashton auf der Schwelle stehen, anscheinend ganz und gar nicht überrascht, sie im Zimmer herumwandernd vorzufinden. Sie preßte die Lippen gegeneinander und bereitete sich schon auf die Wucht des Aufpralls vor, als sich zwei starke Arme um sie schlossen und sie an eine breite Brust zogen.

Sie waren allein im Zimmer. Als Lierin mit dem äußeren auch ihr inneres Gleichgewicht wiedergefunden hatte, wurde ihr klar, daß sie Ashton in ihrer derzeitigen Verfassung hilflos ausgeliefert war. Sie versuchte, sich aus seinen Armen zu winden, wobei sie sich des Drucks seiner harten Schenkel gegen ihre eigenen nur zu bewußt war, doch gegen seinen stählernen Griff gab es kein Aufbegehren. Dieses Gefühl verstärkte ihre Furcht noch. Nun zweifelte sie nicht mehr an ihrer eigenen Gesundheit, sondern an der seinen! Er mußte den Verstand verloren haben, sich ihr in Rufweite seiner Verwandtschaft derart aufdringlich zu nähern!

Mit einer Hand stemmte sie sich gegen seine Brust, die andere formte eine schwächliche Faust und hämmerte auf ihn ein. »Nein! Bitte! Das dürfen Sie nicht!«

Doch gegen seine Kraft reichte ihr Widerstand nicht aus. Ihre Füße baumelten in der Luft, als er sie einfach hochhob und zum Bett hinübertrug. Entsetzt malte sie sich den Kampf aus, der gleich stattfinden würde und nur mit ihrer Vergewaltigung enden konnte. Sie kniff die Augen zusammen. Als er sie auf die Matratze legte, krallten ihre Finger sich in die Decke und zerrten sie bis zum Kinn hinauf.

»Wenn Sie mich haben wollen, dann nur mit brutaler Gewalt«, fauchte sie zwischen zusammengebissenen Zähnen. »Ich werde mich Ihnen nicht freiwillig hingeben, Sie Ungeheuer!«

Sie hörte, wie er leise in sich hineinlachte, dann spürte sie eine kühle Hand, die ihr das Haar aus der Stirn strich. Zögernd öffnete sie die Augen. Er lächelte sie an und setzte sich neben sie aufs Bett.

»Meine liebste Lierin, nichts wäre mir lieber, als mit dir noch einmal aus dem Becher der Leidenschaft zu trinken. Aber wenn es soweit ist, wird Gewalt nicht nötig sein. Bis dahin, Liebste, bitte ich dich, besser auf dich achtzugeben. Du bist noch nicht wieder bei Kräften, und wenn du dich weiterhin übernimmst, wird das deine Genesung nicht gerade beschleunigen.«

Sie wußte nun, daß sie nichts zu befürchten hatte, und seufzte erleichtert. Ashton musterte ihr blasses Gesicht, bemerkte die dunklen Schatten um die Augen und das leichte Stirnrunzeln, das auf einen steten Schmerz schließen ließ. Er tauchte ein Tuch in den Waschzuber, wedelte es durch die Luft, um es abzukühlen und legte es ihr dann auf die Stirn. Dankbar empfand sie, wie das dumpfe Bohren in ihrem Kopf nachließ. Nach einem langen Moment blickte sie zu Ashton auf und entdeckte in seinem Gesicht so viel Liebe und Sorge, daß ihr Herz weich wurde.

»Sie haben eben gesagt, *wenn* es soweit ist«, murmelte sie. »Meinten Sie nicht, *falls* es einmal soweit ist?«

Er hob das Tuch hoch und wischte ihr eine feuchte Locke von der Stirn, ehe er mit dem Finger sanft die Konturen ihrer Wange und des Kinns nachzeichnete. Dann stützte er sich mit der freien Hand auf der anderen Seite ihres Körpers ab und beugte sich über sie. Obwohl er sich eines leichten Tonfalls befleißigte, stand in seinem Gesicht nicht die mindeste Heiterkeit, als er endlich antwortete: »Meine liebe Dame, ich gehöre nicht zu den Menschen, die einfach so drauflosplappern, und es gelingt mir im allgemeinen zu sagen, was ich meine.«

Lierin spürte, wie sie rot wurde. Mühsam löste sie ihren Blick von seinen Augen und unternahm einen heroischen Versuch, das Thema zu wechseln. »Sie haben mich also hierhergebracht?«

Er nickte. »Und auf dieses Bett gelegt, wie vor ein paar Minuten.«

Sie senkte die Augen, um nicht wieder seinem unnachgiebigen Blick zu begegnen. »Was habe ich angehabt, als Sie mich herbrachten? Ich sehe im ganzen Raum keine anderen Kleider.«

»Dein Gewand war ziemlich dreckig und zerrissen, deswegen habe ich es waschen lassen, damit es sauber ist, wenn du es wieder haben möchtest oder brauchen solltest.«

Sie legte die Stirn in Falten. »Gewand?«

Er zupfte am Ärmel des Nachthemds, das sie anhatte, und sie fragte erstaunt: »Ein Nachthemd?« Ihre Hand fuhr über den groben Stoff. »So wie dies hier?«

Er schüttelte langsam den Kopf, und ein Lächeln bog seine Mundwinkel nach oben. »Etwas... nun, sagen wir, weiblicher... oder eher... bräutlicher... wie man es in der Hochzeitsnacht trägt.«

Ihre Verwirrung wuchs, zwischen den Augenbrauen entstand eine kleine Falte. »Bräutlicher?«

Mit offensichtlichem Vergnügen begann er, das Kleidungsstück detailliert zu beschreiben. »Viel dünner. Keine Ärmel und hier sehr tief ausgeschnitten... hier ebenfalls...«

Neuerlich stieg ihr purpurne Röte ins Gesicht, als ihr Blick seinem Finger folgte. Obwohl er sie nicht berührte, blieb ihr doch jedesmal fast der Atem stehen.

»Mit leichtem Spitzenbesatz hier... und hier, an den Seiten.«

Sie wollte etwas sagen, mußte sich aber erst räuspern, bevor sie ein Wort herausbrachte. »Sie... Sie haben mich gebadet?«

Er stand auf und blickte einem Moment lang träumerisch zum Fenster hinüber, bevor er amüsiert antwortete: »Nein, leider hat Willabelle das übernommen und mir verboten, dabei zuzusehen.«

Lierin atmete erleichtert auf. Wenigstens hatte sie einen Rest ihrer Würde vor diesem zudringlichen Fremden bewahren können.

Ashton schlenderte zum Kamin hinüber und sagte dabei: »Ich werde ein paar Stunden fort sein, aber in der Zwischenzeit wird Willabelle sich hier um alles kümmern. Wenn du etwas benötigst, brauchst du es ihr nur zu sagen.«

Er griff nach dem Feuerhaken und drehte die Holzscheite im Kamin um.

Unvermittelt verdüsterte sich Lierins Welt. Bitter wie Galle schoß die Furcht in ihr hoch, als etwas Schlankes und Dunkles die weiße Wand ihres Gedächtnisses aufzuschlitzen schien. Vor ihrem inneren Auge tanzten chaotische Visionen, aus denen sich langsam ein Gesicht herauskristallisierte, verzerrt vor Entsetzen und für immer erstarrt in einem lautlosen Schrei. Sie wimmerte und krümmte sich, versuchte, dem Alptraum zu entrinnen, der auf ihr lastete.

Ashton vernahm die gequälten Laute, warf einen Blick über die Schulter und fand seine Frau gegen das Kopfende des Bettes gepreßt, die Augen glasig vor Grauen.

»Lierin?« Er trat einen Schritt auf sie zu, aber sie schüttelte nur wild den Kopf, unfähig, sich der Erscheinung zu verschließen.

»Geh weg!« schrie sie. »Bitte!«

»Lierin, was ist denn?« Völlig verwirrt tat er noch ein paar Schritte, blieb aber stehen, als er sie über das Bett kriechen sah.

»Geh weg! Laß mich in Ruhe!« schluchzte sie flehend. »Bitte, geh weg...«

»Schon gut, Lierin.« Ashton zog sich zurück. »Ich gehe ja jetzt.« Er hängte den Feuerhaken wieder an den Ständer und ging zur Tür, während Lierin erschöpft auf dem Bett zusammenbrach. Ihr abrupter Stimmungswechsel hatte ihn völlig aus dem Gleichgewicht geworfen, denn er vermochte keine plausible Erklärung dafür zu finden. Er trat hinaus auf den Korridor, schloß leise die Tür hinter sich und stellte auf einmal fest, daß er die Luft angehalten hatte. Erst jetzt bemerkte er das rasende Schlagen seines Herzens und das Gefühl kalter Furcht in seiner Magengrube.

Als die Damen sich nach dem Mittagessen in ihre Zimmer zurückzogen, verfiel das Haus in schläfrige Ruhe. Vor allem Marelda war froh, allein sein und über eine Lösung für ihr Dilemma nachdenken zu können. Das kleine, ledergebundene Bändchen mit Gedichten, das aufgeschlagen auf dem Nachttisch lag, vermittelte ihr jedoch keine Erleuchtung. Im Gegenteil, die lyrischen Liebesbekenntnisse machten sie wütend. Sie raffte den Schal enger um ihre Schultern und marschierte in dem großen Raum auf und ab wie eine Tigerin im Käfig. Schließlich blieb sie am Nachttisch stehen, griff nach dem Büchlein und blätterte darin vor und zurück, wobei sie hier und da einen oder zwei

Verse las. Ihr Zorn kochte über, und sie schleuderte das anstößige Bändchen mit einem Zähneknirschen in die hinterste Ecke des Raums.

»Ein verborgener Trumpf, deine Herzkönigin zu übertreffen«, zischte sie. »Was sind diese Dichter doch für Idioten!« Ein weiteres Mal marschierte sie den weichen, dicken Teppich hinauf und hinunter. »Ich habe dem Süßholzgeraspel von vor Liebe blinden Verehrern zu viel Glauben geschenkt. Jetzt bin ich gezwungen, die Wirklichkeit als den kalten und bitteren Feind zu sehen, der sie ist.« Ihr Gesicht verzerrte sich vor Haß. »Diese kleine Schlampe hat ihre Hilflosigkeit so geschickt ausgespielt, daß sie meinen Ashton dazu gebracht hat, sie für seine Frau zu halten! Wenn ich nur eine ebenso brillante Intrige anzetteln könnte, damit er *mich* als seine wahre und einzige Liebe sieht.«

Sie hielt inne und starrte in das erlöschende Kaminfeuer, das träge an den Überresten der Eichenholzscheite leckte. Die schrumpfenden Flammen schienen ihre Hoffnungen darzustellen, einst hell und groß, jetzt kraftlos und verblassend.

»Verdammt!« Sie nahm ihre erregte Wanderung wieder auf. »Das kleine Miststück schafft es noch, uns alle aufs Kreuz zu legen. Es sei denn... es sei denn, es gelingt mir, ihre Behauptung als Lüge zu entlarven. Wie konnte es ihr nur gelingen, Ashton so schnell den Kopf zu verdrehen? Ob sie Lierin gekannt und ihren Plan schon vom Tag ihres Todes an verfolgt hat?«

Sie biß sich auf die Unterlippe und starrte zur Tür hinüber. Ihr Zimmer lag am anderen Ende des Gangs, an dem sich auch das ihrer Nebenbuhlerin befand.

»Vielleicht sollte ich sie mir gleich mal vorknöpfen...« Ihre dunklen Augen begannen zu glänzen. »Schaden kann's ja nicht. Ich habe nichts zu verlieren, aber alles zu gewinnen.«

Vorsichtig öffnete Marelda die Tür und spähte in den Korridor hinaus. Bis auf die entfernten Geräusche aus der Küche lag das Haus ruhig da. Sie glitt aus ihrem Zimmer und eilte den

Gang hinunter. Die Tür zum Gästezimmer stand einen Spaltbreit offen, und als Marelda sie aufstieß, erhob sich Luella May von einem Stuhl neben dem Fenster.

»Was tust du denn hier?« wollte Marelda wissen.

Erschrocken über den verärgerten Tonfall der Frau blinzelte Luella May mehrmals heftig, ehe sie ihre Stimme wiederfand. »Eh, Massa Ashton hat mir aufgetragen, hier Wache zu halten, während er fort ist. Nur für den Fall, daß sie Angst kriegt oder so.«

»Ich werde dich für eine Weile ablösen.« Mareldas Kopf wies mit einer scharfen Bewegung auf die Tür. »Geh. Ich werde klingeln, wenn ich dich brauchen sollte.« Die junge Dienerin nickte ängstlich und durchquerte hastig den Raum. »Vergiß nicht, die Tür zu schließen«, rief Marelda ihr nach.

Sie setzte sich auf einen Stuhl neben dem Bett, stützte das Kinn auf die Hand und studierte die andere Frau. Sie sah eigentlich ganz unschuldig aus, wie sie da inmitten der spitzenbesetzten Kissen lag und schlief, die Satindecke bis zum Kinn hinaufgezogen. Ein bizarrer Gedanke tauchte auf und schuf sich allmählich Raum in Mareldas Verstand, und bevor sie ihn als krankhaft wieder verwarf, erwog sie einen Moment lang ernsthaft, eins dieser kostbaren kleinen Kissen zu nehmen und die niederträchtige Betrügerin damit zu ersticken. Niemand würde es je erfahren, und selbst wenn es sich wirklich um Lierin handelte, die dort schlief, konnte es Marelda nur recht sein, sich ihrer für immer entledigt zu haben.

»Für immer...«, murmelte sie leise und voller Genuß.

Der leise Glockenschlag der Standuhr auf dem Kaminsims drang in Lierins Träume und erinnerte sie daran, daß sie noch immer keine Nische im Leben gefunden hatte. Sie hob die rechte Hand an ihren schmerzenden Kopf und betastete vorsichtig die Beule auf der Stirn, wobei sie sich fragte, ob eine weitere kühle Kompresse den Druck wohl lindern würde. Auf dem Nachttisch stand eine Karaffe mit Wasser, und Lierin richtete sich mühsam auf, um nach dem danebenliegenden Tuch zu greifen.

»Wurde auch allmählich Zeit, daß Sie aufwachen. Offensichtlich sind Sie einen regelmäßigen Tagesablauf nicht gewohnt.« Mareldas scharfe Stimme erschreckte Lierin.

Sie stützte sich auf die Ellbogen, mußte ihre Augen aber sofort wieder schließen, denn die Schmerzen warfen sich mit neuer Gewalt auf sie. Nach einer Weile vermochte sie die Lider ein wenig zu heben und sagte: »Sie bringen mich in Verlegenheit, Madam.«

Marelda grinste höhnisch. »Das bezweifle ich stark.«

Der Sarkasmus der Frau war nicht zu überhören. Lierin konnte sich nicht entsinnen, sie zu kennen, und mit Sicherheit erinnerte sie sich an keinen Grund für ihre Feindseligkeit. »Ich fürchte, ich verstehe nicht. Wer sind Sie, und was wollen Sie von mir?«

»Ich bin Marelda Rousse, und ich will, daß Sie jedem sagen, wer *Sie* sind und warum Sie sich hier eingeschlichen haben.«

Lierin preßte eine Hand gegen die Stirn, während sie die Worte der anderen zu begreifen versuchte. »Madam, ich fürchte, ich habe keine Ahnung, wie mein Name lautet, und selbst wenn mein Leben auf dem Spiel stünde, könnte ich Ihnen nicht sagen, warum ich hier bin.«

Marelda lachte kalt, und ihre Stimme war scharf wie eine Messerklinge, als sie sagte: »Meine Liebe, wie auch immer Sie heißen mögen – Ihr Schauspiel hat einen völlig verunsicherten Mann bereits dazu gebracht, daß er Sie für seine Frau hält, obwohl Lierin Wingate seit drei Jahren tot ist.«

»Mein Schauspiel?« Lierins smaragdgrüne Augen öffneten sich weit und schlossen sich dann wieder, wobei sie sich in die Kissen zurücksinken ließ. »Ach, Madam«, seufzte sie, »wenn dies nur ein Schauspiel wäre, dann würde ich darum beten, daß es das letzte sein möge und ich die Bühne anschließend verlassen könnte. Dann hätte dieser Mummenschanz endlich sein Ende gefunden. Ich bin so durcheinander, daß mir nur der Schlaf hin und wieder Erlösung bringt.«

»Und natürlich würde niemand in der Familie auch nur im Traum daran denken, Ihren Schlummer zu unterbrechen, um Ihnen die eine oder andere unangenehme Frage zu stellen«, entgegnete Marelda giftig.

Lierin runzelte die Stirn und fixierte die andere mit einem scharfen Blick. »Glauben Sie ehrlich, ich hätte mir diese Prellungen selbst beigebracht und mich dann freiwillig vor eine heranrasende Kutsche geworfen?«

»Ich kenne eine Menge Leute, die noch viel mehr tun würden, um das zu kriegen, worauf Sie es abgesehen haben«, schnappte Marelda. Sie senkte den Blick auf ihre langen, sorgsam gepflegten Nägel. »Obgleich Sie nicht müde werden, über die Beeinträchtigung Ihres Gemüts zu lamentieren, scheint Ihr Verstand doch immer noch schnell genug zu reagieren, wenn man ihn mit Ihren Lügen konfrontiert.«

Lierin wandte den Kopf zur Seite. »Ich weiß nicht, warum Sie mir mit so viel Haß begegnen. Ich kann es zwar nicht beschwören, aber mir scheint, als hätte ich Sie bis zu diesem Moment noch nie gesehen, und ganz bestimmt will ich Ihnen nichts Böses.«

Marelda konnte die Sanftheit und Schönheit Lierins nicht länger ertragen und stand auf, um aus dem Fenster zu starren. »Nichts Böses, sagen Sie?« Ihre Stimme triefte vor Hohn. »Wenn Sie wirklich die sind, die zu sein Sie vorgeben...«

Lierin wurde der Unterhaltung müde und protestierte schwach: »Nicht ich, sondern Ashton hat mir diesen Namen gegeben. Ich selbst kann nicht sagen, ob er stimmt oder –«

Marelda fuhr ärgerlich herum und schnitt Lierin das Wort ab. »Wenn Sie wirklich seine Frau sein sollten, dann haben Sie mir das Messer schon einmal, zweimal, dreimal in den Rücken gestoßen. Ich war es, ich, seine ursprünglich auserwählte Braut, die damals betrogen wurde, als er gen Süden nach New Orleans reiste und dort eine andere Frau fand, die er so begehrte, daß er sie auf der Stelle heiratete und sich um meine Tränen nicht scherte. Dann kehrte er als Witwer zurück, und es dauerte Monate, ehe ich mir wieder Hoffnungen machen durfte.« Marelda ging am Fußende des Bettes auf und ab. »Seine Trauer war so groß, daß er nur noch in seinen Erinnerungen lebte. Obwohl ich ihn zu trösten versuchte und ihm stets zur Seite stand, hat er mich überhaupt nicht wahrgenommen. Ich habe ihm weniger bedeutet als die einfachste Küchenmagd. Endlich entwickelte er sich wieder zu einem normalen Menschen, ich durfte neuerlich hoffen. Gestern abend hatten wir uns hier zusammengefunden, um seine Rückkehr zu feiern. Ich hatte mich so sehr danach gesehnt, in seinen starken Armen zu liegen und ihn willkommen zu heißen. Er kam, o ja, doch *Sie* lagen dort, wo mein Platz gewesen wäre. Selbst wenn Sie also unschuldig wären, wenn Sie wirklich Lierin wären, was ich hiermit nicht sagen will, dann hätte ich dennoch wiederum verloren.«

»Es tut mir leid«, murmelte Lierin leise.

»Es tut Ihnen leid!« fauchte Marelda, und dann fuhr sie etwas gedämpfter fort: »Wie süß Sie Ihre Entschuldigungen hervorwimmern, aber mich legen Sie mit Ihrem gezierten Unschuldsgetue nicht herein. Genießen Sie Ihren Auftritt, meine Liebe, aber ich werde die Wahrheit ans Tageslicht bringen, und wenn ich jeden einzelnen Stein auf meinem Weg umdrehen muß. Wenn Ihre Lügen Ihnen das Genick brechen, werde ich es sein, die zuletzt lacht. Auf Wiedersehen, meine Teuerste, schlafen Sie wohl – wenn Sie können.«

Sie wirbelte herum und eilte mit raschelnden Röcken zur Tür, die sie aufriß und wieder hinter sich zuschlug, ein letzter Donnerschlag, bevor das Gewitter weiterzog.

Der haßerfüllte Angriff hatte Lierin zutiefst erschüttert. Sie wußte nicht, ob Mareldas Anklage gerechtfertigt war oder nicht, aber im Augenblick konnte sie sich nur schwer vorstellen, die Ursache eines solchen Aufruhrs zu sein.

Drittes Kapitel

Ashton Wingates Kutsche ratterte durch die wassergefüllten Furchen, die sich gleich Pockennarben über die Straße zogen, und bog in eine scharfe Kurve. Vorbei an breiten, rostbefallenen Toren jagte sie die gewundene Straße zu den Ruinen des Irrenhauses hinauf. Das Verandadach hing bedenklich schief von der Vorderseite des ausgebrannten Hauses herunter und stellte eine Gefahr für jeden dar, der sich ihm näherte. Auch die rauchgeschwärzten Mauern wirkten einsturzgefährdet. Als das Dach in sich zusammengefallen war, hatte es große Teile des Mauerwerks mit sich gerissen, so daß die Silhouette des Hauses jetzt spitzzakkig in den Himmel stach und das zweite Stockwerk kaum noch zu erkennen war. Die dunkel klaffenden Öffnungen der Fenster wirkten durch die von der Hitze verkrümmten Rahmen wie in Agonie erstarrt. Die Bäume, die zu dicht an dem brennenden Haus gestanden hatten, waren nun seltsam gestutzt und standen wie riesige, schwarzgewandete Trauernde um ein Grab. Noch immer schlängelten sich Rauchfäden unentschieden über den Trümmern, als verließen sie nur ungern ihr rußiges Schneckenhaus.

Auf dem Hof waren Zelte errichtet worden, um den Obdachlosen vorrübergehend Schutz zu bieten, und ein paar Wärter mühten sich damit, im Hinterhof, nahe dem Wirtschaftsgebäude, eine große Persenning aufzuspannen. Ein Lagerfeuer flackerte unweit des herabgebrannten Gebäudes, das kaum noch groß genug war, um den Wärtern Unterkunft zu bieten, geschweige denn den Insassen. Eine Handvoll verstörter Seelen zeigte sich magisch angezogen von den Flammen, wurde aber von einer stämmigen, grimmig aussehenden Matrone mittels einer Rute daran gehindert, sich ihnen zu sehr zu nähern. Die Frau schwang die lange Peitsche mit unparteiischer Inbrunst und erwischte daher nicht selten auch jene, die sich, mit Blechtellern in der Hand, zusammengerottet hatten, um auf die Essensausgabe zu warten. Die Verwirrung dieser unschuldig Gestraften war kaum geringer als die der anderen, die benommen auf dem Gelände herumirrten, ohne irgend etwas von ihrer Umgebung wahrzunehmen. Eine Gruppe eher gewalttätig veranlagter Insassen war mit Ketten an dicken Pflöcken festgebunden worden.

Der Anblick des Hofs deprimierte Ashton, denn er empfand starkes Mitleid mit den Insassen, deren Behandlung offensichtlich einzig von der Lust und Laune des Pflegepersonals abhing. Nie hätte er jemanden, den er liebte, zu einem solchen Schicksal verdammen können. Im Gegenteil, schon jetzt spürte er eine Abneigung gegen die ruteschwingende Matrone und fragte sich, ob er das Gelände wohl wieder verlassen würde, ohne sich mit ihr auf einen Streit eingelassen zu haben.

Er stieg aus der Kutsche und begab sich mit Hiram zum Gepäckraum, aus dem sie Nahrungsmittel, Kleider und andere Hilfsgüter luden. Einer der Wärter rief ihnen einen Gruß zu und eilte herbei, um das kleine Tor zu öffnen, als sie schwerbepackt darauf zutraten. Ein paar jüngere, kindlich wirkende Insassen folgten dem Wärter zögernd. Als Ashton sich durch das Tor schob, klopften sie ihm auf den Rücken, als wäre er ein langvermißter Freund. Er gab jedem einen Korb, und der Aufseher befahl ihnen, die Lebensmittel ins Wirtschaftsgebäude zu bringen, wo der Koch seine Arbeit verrichtete.

»In den nächsten Tagen kommt noch mehr«, informierte Ashton den grauhaarigen Aufseher. Der Mann hatte einen gequälten Gesichtsausdruck, doch schien er die entzündeten Blasen auf seinen Unterarmen und Händen gar nicht zu bemerken, bis Ashton ihn darauf hinwies. »Sie sollten etwas gegen Ihre Verletzungen tun.«

Der Mann hob die Arme und starrte die Verbrennungen an, als

sähe er sie zum erstenmal. »Sie schmerzen nicht, Sir. Die meisten dieser armen Menschen hier können nicht auf sich selbst aufpassen.« Die Art, wie er das R rollte, hatte etwas Gälisches an sich. »Sobald sie was zu essen bekommen haben und wissen, wo sie schlafen können, kümmere ich mich um meine Probleme.«

Ashton zuckte zusammen, als er die Rute wieder niedersausen hörte. »Bis dahin werden Ihre Schutzbefohlenen vielleicht keine Haut mehr haben, um die sie sich sorgen könnten«, meinte er.

Der Mann folgte Ashtons Blick und schien erst jetzt zu bemerken, wie die Frau mit ihrer eigenartigen Peitsche auf die Insassen eindrosch. »Miss Gunther!« bellte er scharf. »Ist Ihnen nicht klar, was diese Leute mit Ihnen anstellen könnten, wenn sie einmal begreifen sollten, wie Sie sie behandeln? Und in Anbetracht der Tatsache, daß Sie dauernd meine Anweisungen ignorieren, hätte ich dann vielleicht große Lust, sie einfach gewähren zu lassen.«

Seine Drohung schien ihre Wirkung nicht zu verfehlen, denn die Frau ließ widerstrebend die Rute sinken. Zufrieden wandte der grauhaarige Mann sich wieder an Ashton und streckte ihm die Hand entgegen. »Heiße Peter Logan, Sir. Ich arbeite seit etwa einem Jahr hier in der Anstalt, und nachdem es beim Personal zwei Vermißte gibt, führe ich jetzt die Oberaufsicht, sehr zu Miss Gunthers Unmut.« Er hob die Schultern und ließ sie wieder sinken, als wüchse ihm alles über den Kopf. »Bevor diese Sache passiert ist, dachte ich, einiges dazu beigetragen zu haben, daß es den armen Teufeln hier etwas bessergeht.«

»Wissen Sie, wie es dazu kommen konnte?«

Peter Logan stopfte die Schöße seines übergroßen, zerknitterten Hemds in die Hose und zögerte einen Moment, bevor er antwortete. »Sicher kann man da nichts sagen, Sir. Wir haben alle geschlafen, mit Ausnahme vom alten Nick, der seine Nachtrunde drehte, und ich schätze, der läuft jetzt noch da irgendwo in den Wäldern herum.«

»Hat es Tote gegeben?«

»Nach der oberflächlichen Zählung fehlt uns ein halbes Dutzend der Insassen. Vom alten Nick ist nirgendwo eine Spur zu finden. Einer der Wärter hat heute morgen das Weite gesucht. Ich nehme an, er konnte es nicht ertragen, all die Verrückten frei im Hof rumrennen zu sehen und sich selbst mitten unter ihnen zu befinden.« Logans Mund wurde hart. »Natürlich müssen wir erst die Asche durchsuchen, dann können wir Genaueres sagen.«

Ashton runzelte die Stirn. »Es wird behauptet, ein paar hätten die Gelegenheit genutzt, um zu fliehen.«

»Ja, stimmt, Sir, das wird behauptet. Manche Zeitgenossen haben wirklich einen herzerwärmenden Charakter.«

»War jemand hier, um sich zu beklagen?« wollte Ashton wissen.

Der Mann lachte abgehackt und schüttelte den Kopf. »So ungefähr jeder, der Ihnen einfällt, Sir. Heute morgen hat sich hier ein Mr. Titch herumgetrieben und wollte wissen, ob es möglich wäre, daß einige unserer Schützlinge nach Natchez abgehauen sind und welchen Gefahren die braven Bürger sich doch jetzt ausgesetzt sähen.«

»Ich fürchte, Horace Titch hat nichts Besseres zu tun, als überall nach dem Schlechten zu suchen und soviel Ärger wie nur eben möglich zu verursachen.«

Der Wärter warf einen flüchtigen Blick in die Runde, dann senkte er die Stimme und beugte sich zu Ashton. »Ich sehe, Sie haben das Herz auf dem rechten Fleck, Sir. Ich erzähle Ihnen jetzt was, da sträuben sich Ihnen die Nackenhaare und vielleicht die des Sheriffs gleich mit, sollte er sich endlich mal hier heraus verirren.« Er pochte Ashton mit einem behaarten Knöchel auf die Brust. »Ich habe da nämlich einen Verdacht. Da hinten bei dem Teil, der nicht ganz abgebrannt ist, habe ich mehrere Zündschnüre gefunden, und daher glaube ich, daß es sich nicht um einen Unfall handelte, sondern um einen Anschlag auf die armen Leute hier. Und noch was... Den Boden in der Küche habe ich gestern selbst geschrubbt, und als ich heute morgen da reingehe, sehe ich Blut vor dem Herd und Spuren, als wäre etwas mittendurch gezogen worden. Der Schürhaken lag in der Esse, und an der Wand fehlte ein großes Messer. Ich möchte wetten, irgendwas Übles ist dort vorgegangen, aber ich bin nicht sicher, und außer mit Ihnen habe ich auch noch mit niemandem darüber gesprochen.«

»Der Sheriff ist ein Freund von mir. Was Sie mir da erzählt haben, wird ihn interessieren. Wenn das Feuer gelegt worden ist, dann sollte der Schuldige gefaßt werden und dafür bezahlen.«

»Aye, wer immer der Schurke war, er hätte noch einen zweiten Mann anstellen sollen, um die Spuren zu beseitigen, die er zurückgelassen hat. Der Sheriff wird sich über einen Mangel an Beweisen nicht zu beklagen haben.«

Ashton ließ seine Augen über die schmutzigen Gestalten gleiten, die sich um das Feuer drängten. »Wie ich sehe, haben Sie auch Frauen hier.«

»Irrsinn und Unglück beschränken sich nicht auf Männer, Sir«, antwortete Logan lakonisch. »Sie schlagen zu, wo es ihnen gefällt, sogar bei Kindern.«

Ashton hatte Dr. Page versprochen, sich umzuhören, aber er tat es nur mit größtem Widerwillen, denn es kam ihm vor, als wäre allein die Frage, die er jetzt stellen wollte, Lierin gegenüber illoyal. »Werden von den Frauen welche vermißt?«

»Wie's der Zufall will, Sir, fehlt tatsächlich eine. Ich glaube, sie ist aus dem Haus geflohen, aber ich bin nicht ganz sicher. Wer hat seine Augen schon überall? Vielleicht hat sie es mit der Angst zu tun bekommen und ist wieder hineingelaufen.« Er hielt einen Moment lang inne und kaute auf seiner Unterlippe. »Eine seltsame Frau war das. Eigentlich schien sie gar nicht so schlecht dran zu sein, aber dann gab es wieder Augenblicke, in denen sie zu einer Tobsüchtigen wurde. Wenn sie etwas auf die Palme brachte, hätte sie einen am liebsten totgeschlagen.«

Ein eisiges Kribbeln lief Ashton die Wirbelsäule hinunter. Er wußte noch immer nicht, warum Lierin derart in Panik geraten war, bevor er sie verlassen hatte. Bestimmt gab es einen plausiblen Grund dafür, aber dennoch scheute er vor weiteren Fragen zurück.

»Der vermißte Wärter hat sich ihrer ein wenig angenommen«, fuhr Logan fort und enthob ihn so einer Entscheidung. »Hin und wieder hat er ihr eine Kleinigkeit mitgebracht, einen Kamm oder was zum Anziehen. Wenn sie sich in der richtigen Stimmung befand, bot sie gar keinen so üblen Anblick.«

»War sie jung?« fragte Ashton und erwartete die Antwort des Aufsehers mit angehaltenem Atem.

»Ziemlich jung, würde ich sagen, aber ein Ort wie dieser läßt einen Körper schnell alt werden, wenn Sie verstehen, was ich meine. Wer kann schon sagen, wie alt jemand hier ist? Immerhin war sie jung genug, um noch ihre natürliche Haarfarbe zu besitzen...«

»Und wie war die?«

»Rotblond, wenn ich mich recht erinnere.«

Ashton starrte den Mann an. Er zwang sich, ganz ruhig zu bleiben und das Thema zu wechseln; er wollte nicht durch übermäßiges Interesse die Neugier des Mannes erregen. »Was werden Sie nun tun?«

»Keine Ahnung, Sir. Es gibt einen Platz in Memphis, aber ich weiß nicht, wie ich sie alle hinkriegen soll.«

»Kein Problem«, meine Ashton nach kurzem Überlegen. »Ich kann Sie und Ihre Schützlinge mit einem Raddampfer hinbringen lassen«, erklärte er dem überrascht dreinblickenden Aufseher. »Ich habe gerade einen auf Dock liegen.«

Logan zeigte sich ehrlich erstaunt über diese großzügige Geste. »Und das würden Sie wirklich für diese Leute tun?« Mit einer Handbewegung umfaßte er das ganze Lager und die zerlumpten Gestalten, die es bevölkerten.

»Ihr Schicksal schien nie besonders viel mit mir zu tun zu haben – bis heute. Ich möchte mich nicht nur darauf beschränken, ein paar Körbe mit Essen und Kleidung zur Verfügung zu stellen.«

Ein Grinsen trat auf Logans Gesicht. »Wenn Sie Ihr Angebot wirklich ernst meinen, Sir, dann nehme ich es liebend gern an. Wann immer Sie wollen, wir sind bereit.«

»Ich kümmere mich um die nötigen Arrangements und gebe Ihnen Bescheid, wann der Dampfer seeklar ist. Es kann sich nur um ein paar Tage handeln. Die Ladung muß noch gelöscht und dann müssen neue Vorräte an Bord gebracht werden.«

Peter Logan warf einen Blick auf die provisorischen Unterkünfte, die erst am Morgen errichtet worden waren. »Die Zelte da habe ich von der Eisenbahn geliehen, aber man hat mir gesagt, daß ich sie noch vor Monatsende zurückgeben muß. Ich hatte keine Ahnung, wie es danach weitergehen sollte. Jetzt sieht es so aus, als wären meine Gebete erhört worden. Ich kann Ihnen gar nicht genug danken, Sir.«

Die beiden Männer gaben sich die Hand, und Ashton kehrte zu seiner Kutsche zurück. Als er im Inneren Platz genommen hatte, seufzte er tief auf. Wahrscheinlich war es am besten, wenn Logan seine Horde von Ausgestoßenen nach Memphis brachte. Dann konnte man mit ziemlicher Sicherheit davon ausgehen, daß er und Lierin sich nie mehr begegnen würden.

Die Sonne verschwand bereits mit einem lebhaften Farbenspiel am Horizont, als Ashton endlich alles in Natchez erledigt hatte und seine Kutsche wieder die Zufahrt von Belle Chêne hinaufrollte. Kaum hatte Luella May den Heimkehrer erspäht, informierte sie das ganze Haus. Marelda überprüfte ihre Erscheinung rasch noch einmal im Spiegel, sie tupfte sich ein paar Spritzer ihres Lieblingsparfums auf die Schläfen und hinter die Ohren. Sie war wild entschlossen, Ashton so heftig wie möglich in ihren Bann zu schlagen und plante daher, ihren Aufenthalt im Haus zu verlängern, damit sie um das kämpfen konnte, was ihr von Rechts wegen gehörte. Falls es ihrer Nebenbuhlerin gelingen sollte, ihn endgültig davon zu überzeugen, daß sie seine Frau war, hatte sie selbst das Spiel verloren. Die Einladungen nach Belle Chêne würden seltener werden. Ashton würde sich wieder in den hingebungsvollen Ehemann verwandeln, an den sie sich von früher erinnerte, und jeder anderen Frau nur noch ein paar Anstandsminuten schenken.

Marelda verließ ihr Zimmer und schritt den Korridor entlang, blieb aber dann im Schatten neben der oberen Balustrade stehen, als sie die gemurmelten Begrüßungen im Erdgeschoß hörte. Ashton trat in die Halle, gefolgt von Luella May und Willis, die mehrere schmuck verpackte Schachteln trugen. Der Anblick der großen Kartons aus den besten Schneidereien der Stadt entfachte Mareldas Eifersucht zu neuer Glut. Es hatte den Anschein, als beabsichtigte Ashton, seine sogenannte Frau in kostbare Roben zu kleiden.

»Miss Lierin schläft noch«, informierte Luella May ihn. »Seit Sie weg sind, hat sie kaum die Augen aufgemacht. Dr. Page war hier, und er hat gesagt, sie ist noch immer völlig erschöpft.«

»Dann werde ich sie lieber nicht stören«, meinte Ashton und bedeutete den beiden Bediensteten, die Schachteln auf einer Kommode abzustellen. »Willabelle kann die Sachen später hinaufbringen.«

Luella May setzte ihre Päckchen ab und konnte nicht umhin, mit den Fingern über die seidenen Bänder zu streichen. »Da müssen Sie Miss Lierin aber was wirklich Hübsches gekauft haben.«

»Nur das Nötigste für den allerdringendsten Bedarf, bis Miss Gertrude uns den Rest schickt. Er soll Ende dieser Woche geliefert werden.« Er berührte einen der kleinen Kartons mit dem Zeigefinger und lächelte schief. »Zumindest sah es beim Verlassen des Ladens so aus, als hätte ich nur das Nötigste mitgenommen.«

Luella May und Willis zogen sich aus der Halle zurück. Marelda strich ihr Kleid glatt und fuhr sich über das Haar, bereit, Ashton entgegenzugleiten, wenn er im ersten Stock anlangte. Doch er hatte gerade die ersten drei Stufen genommen, als im hinteren Teil des Hauses eine dröhnende Baßstimme erklang. Zu Mareldas größter Enttäuschung kehrte Ashton um und stieg die Stufen wieder hinab. Ein hünenhafter Schwarzer erschien in der Halle und wurde von Ashton mit einem herzhaften Händedruck begrüßt, was von enger Freundschaft kündete.

»Judd! Schön, dich zu sehen.«

»Willkommen zu Hause, Sir.«

Mareldas Lippen kräuselten sich in tiefem Widerwillen, während sie die beiden von ihrem Versteck aus beobachtete. Sie konnte die Bande zwischen ihnen nicht verstehen und schwor sich, daß der Schwarze als Aufseher abgelöst und seiner Freundschaft mit Ashton ein Ende gesetzt werden würde, sobald sie als Herrin auf Belle Chêne einzog. Derartige Vertraulichkeiten mit Bediensteten waren entwürdigend.

»Ich habe mir ein paar Gedanken über die Aussaat gemacht, die ich gern mit dir besprechen würde«, sagte Ashton.

»Wenn Sie erst Miz Lierin sehen wollen, kann ich später wiederkommen, Sir«, bot der Schwarze an.

»Luella May sagt, sie schlafe noch, und ich will sie nicht stören. Komm mit in mein Büro, dann können wir die Sache gleich jetzt besprechen. Hast du eigentlich von dem Unfall gehört...«

Die beiden Männer entfernten sich langsam und Marelda versuchte, ihrer Enttäuschung Herr zu werden. Offenbar würde sie sich noch etwas gedulden müssen, bis sie den Hausherrn allein sprechen konnte.

Ihre Geduld wurde wahrlich auf eine harte Probe gestellt. Ashton widmete sich in den nächsten Tagen ganz den Vorbereitungen, die für die Fahrt des Raddampfers nach Memphis nötig waren, und kam manchmal erst so spät nach Hause, daß er nicht einmal das Abendessen mit der Familie einnehmen konnte. Während die Fracht von der letzten Fahrt noch gelöscht wurde, gab er bekannt, daß die *River Witch* demnächst ein Stück flußaufwärts fahren werde und im Laderaum noch Platz genug herrsche, für den Fall, daß einer der Pflanzer oder Kaufleute etwas nach Memphis transportieren wolle. Rasch wurden die nötigen Verträge unterzeichnet, und die neue Fracht traf schon ein, bevor die alte gänzlich ausgeladen war. Allen Anzeichen nach würde die Fahrt nicht gerade ein Verlustgeschäft werden.

Lierin konnte kaum mehr tun als schlafen. Es war der einzige Fluchtweg vor den unablässigen Schmerzen, die sie im Wachen plagten. Schon die kleinste Anstrengung wurde zur Qual. Dennoch ließ sie keinen Morgen verstreichen, ohne ein Bad zu nehmen, ein frisches Nachthemd anzuziehen und sich von Willabelle, die sich mit aller Behutsamkeit um sie kümmerte, das Haar bürsten zu lassen. Ein grünes Samtkleid lag um Fußende des Bettes, wo sie es leicht erreichen konnte, und neben dem Nachttisch stand ein Paar Seidenslipper. Sie nahm vage wahr, daß beides neu zu sein schien und ihr gut paßte, aber sie besaß weder den Willen noch die Energie, danach zu fragen, wem sie gehörten. Nur allmählich, beinahe unmerklich, kehrte ihre Kraft zurück. Jeden Morgen vermochte sie sich ein paar Minuten länger auf den Beinen zu halten, bevor der unerträgliche Schmerz sie wieder ins Bett zurücktrieb. Wenn der Schmerz ein wenig nachließ, stopfte sie sich gelegentlich ein paar Kissen in den Rücken, setzte sich auf und las oder plauderte mit Willabelle oder Luella May, wenn sie das Zimmer aufräumten.

Von Ashton sah sie nur wenig. Wenn sie ihre Morgentoilette gemacht hatte, stattete er ihr meistens einen kurzen Besuch ab und wechselte ein paar belanglose Worte mit ihr, wirkte aber sehr zurückhaltend. Er stand neben ihrem Bett, groß, schlank, attraktiv, gut angezogen, ein Mann mit tadellosen Manieren, und allein der sehnsüchtige Ausdruck in seinen Augen deutete auf die mühsam unterdrückten Gefühle. Sie konnte nur annehmen, daß ihr Angstanfall für diese Zurückhaltung verantwortlich war, aber es gelang ihr nicht, den Austausch unverbindlicher Höflichkeiten zu unterbrechen und ihn zu fragen, was er wirklich dachte.

Wenn sie tagsüber aus ihrem Schlummer erwachte, hatte Ashton entweder gerade in Natchez oder irgendwo auf der Plantage zu tun. Manchmal spürte sie seine Gegenwart in der Nacht, vermochte die Fesseln des Schlafs aber nicht abzuschütteln, um mit ihm zu sprechen. Einmal, als sie aufgestanden war, um ein paar Schritte zu gehen, konnte sie ihn vom Fenster aus auf seinem Hengst reiten sehen. Der Anblick erregte ihre Bewunderung; das schwarze, glänzende Roß galoppierte mit trommelnden Hufen über das Anwesen, der Schweif flatterte, der Kopf auf dem langen Hals war stolz erhoben. Der Mann auf seinem Rücken schien das Pferd vollkommen in der Hand zu haben, und doch saß er so leicht im Sattel, daß Tier und Reiter wie aus einem Guß wirkten.

Tag um Tag verstrich, ohne daß Marelda ihrem Ziel näher gekommen wäre. Sie fragte sich schon verzweifelt, ob sie überhaupt noch einmal ein paar Minuten mit Ashton allein sein würde. Die Unmöglichkeit, den einmal errungenen Vorteil auszubauen, beunruhigte sie mehr und mehr, denn ihr war klar, daß die Zeit gegen sie arbeitete. Zu Beginn ihrer Rochade hatte sie angenommen, Lierin würde ihre Genesung nicht dadurch gefährden, daß sie Ashton nachzustellen versuchte, und daß das Feld daher ihr, Marelda, überlassen bliebe. Aber als die Woche dahinging, wuchs die Panik, denn ihre Pläne schienen sich schon ins Gegenteil zu verkehren, ehe sie überhaupt mit ihrer Durchführung begonnen hatte.

Am zweiten und dritten Abend nach dem Unfall mußten Gäste aus Carolina bewirtet werden. Marelda stieß einen Seufzer der Erleichterung aus, als sie am darauffolgenden Morgen endlich abreisten, doch kaum hatte sich die Familie an jenem Abend im Salon zum Abendessen versammelt, stürmte Latham herein und informierte seinen Herrn, daß eine seiner Vollblutstuten zu fohlen beginne. Nicht genug damit, daß Ashton den ganzen Tag unterwegs gewesen war – er kippte seinen Brandy mit einem einzigen Schluck hinunter, entschuldigte sich und verschwand, um die Kleidung zu wechseln. Einmal mehr blieb Marelda allein zurück und konnte sich allenfalls auf ein Mahl mit zwei geschwätzigen alten Damen freuen. Ihr Lächeln und ihre Geduld wurden wahrlich auf eine harte Probe gestellt.

Am fünften Abend kehrte Ashton sehr spät zurück, und obwohl Marelda aufzubleiben versuchte und die Ohren spitzte, um seine Schritte nicht zu überhören, wenn er die Treppe hinaufstieg, fielen ihr dennoch die Augen zu, und sie schlief ein, nicht wissend, daß er längst auf Zehenspitzen an ihrem Zimmer vorbeigeschlichen war. Sie hätte sich damit trösten können, daß Lierin noch weniger von ihm zu Gesicht bekam als sie, aber sicher würde sich das ändern, sobald sie selbst erst abgereist war.

Das Haus versank in nächtliches Schweigen, die letzten Flammen des Kaminfeuers erstarben flackernd. Ashton begab sich zu Bett und fand endlich den Schlaf, dessen er so dringend bedurfte. Kurze Zeit später erwachte er ganz plötzlich. Er starrte in die Dunkelheit und fragte sich, was ihn so abrupt aus tiefstem Schlummer gerissen hatte. Sein nackter Körper war schweißbedeckt; er warf die Decke von sich, um die kühle Nachtluft zu spüren. Ruhelos warf er sich hin und her, als hätte er einen Alptraum gehabt, der noch immer in ihm nachwirkte.

Er versuchte, den Pfad zurückzugehen, auf dem er im Schlaf gewandelt war, und dunkelgrüne Augen tauchten vor ihm auf, lockend in verführerischem Glanz. Weiche Lippen teilten sich in sinnlichem Lächeln, eine wilde Kaskade roten Haars ergoß sich über einen wohlgeformten Körper, der inmitten zerwühlter Bettlaken kniete. In seiner Phantasie konnte er ungehindert über die seidenweiche Haut der jungen Frau streichen, und obwohl er merkte, daß seine Gedanken ihn erregten, legte er ihnen keine Hindernisse in den Weg. Sie hob ihre schlanken Arme und strich sich die schweren Locken in den Nacken, während sie ihn mit einem scheuen Lächeln einlud, sich ihr zu nähern und sie zu liebkosen, die vollen, milchweißen Brüste, die schlanke Taille und die geschmeidigen Schenkel. In seiner Phantasie streckte er die Arme aus und wollte sie an sich ziehen, doch im selben Moment schlug sie mit scharfen Krallen nach ihm, und er wich zurück, verfolgt von einer zischenden Hexe mit haßerfüllten Augen. Das war nicht seine Lierin! Das war eine Verrückte aus einem Alptraum! Eine Hexe mit rotem Haar!

Mit einemmal wußte er, warum er so unvermittelt aus dem Schlaf hochgeschreckt war. In seine Träume von Lierin hatten sich quälende Zweifel eingeschlichen. Ein vertrautes Gefühl der Verzweiflung kehrte zurück, als vage Erinnerungen an seinem inneren Auge vorbeitrieben. Er hatte gesehen, wie Lierin ihm von der mächtigen dunklen Strömung des Flusses genommen worden war, eines Flusses, den er Zeit seines Lebens kannte und von dem er wußte, daß er seine Beute, einmal verschlungen, unter keinen Umständen wieder freigab. Wie sollte eine schlanke junge Frau mitten in der Nacht ihren Weg ans rettende Ufer gefunden haben, wenn dies einem starken Mann bei Tageslicht nur unter großen Mühen gelungen wäre?

Er grübelte und grübelte. Gab es die Möglichkeit, daß er sich irrte? Schließlich waren viele Fragen immer unbeantwortet geblieben, doch paßten die Antworten zu dem, was er sich so sehr ersehnte?

Mitleidlos nagten die Zweifel an ihm, ließen ihn nicht zur Ruhe kommen. Er schwang die Beine aus dem Bett, stützte die Ellbogen auf die Knie und verbarg sein Gesicht in den Händen, einen Moment lang übermannt von bohrender Furcht.

Was ist die Wahrheit? Ist sie meine Lierin, oder ist sie ein geisteskrankes Frauenzimmer, das ihr nur äußerlich ähnlich sieht? fragte er sich.

Er entzündete die Lampe neben dem Bett und zog seine Hose an. Dann hielt er den Docht einer Kerze an die brennende Flamme und verließ seine Gemächer, um barfuß zu Lierins Tür zu gehen. Noch immer litt er unter den von seinem Alptraum gesäten Zweifeln. Würde er das geliebte Gesicht vorfinden, das er suchte, oder nur eine Fata Morgana, die ihn narrte?

Vorsichtig drehte er den Knopf und stieß die Tür auf, ohne ein Geräusch zu verursachen. Der Raum lag in Dunkelheit, nur matt erhellt von der schwachen Glut im Kamin. Lautlos trat Ashton an das Bett und stellte die Kerze auf den Nachttisch, von wo aus ihr Schein auf Lierin fiel. Lange Zeit betrachtete er ihr Gesicht und Erleichterung breitete sich in ihm aus.

Vor einem Jahrhundert oder länger war er ebenfalls mitten in der Nacht an ein Bett getreten, in einem Hotel in New Orleans, und hatte auf dieselben feingeschnittenen Züge hinabgeblickt. Er war erstaunt darüber gewesen, daß ihre Schönheit ihn zugleich verbrennen und wie Eis berührten konnte. Ja, dieses Gesicht gehörte ganz unzweifelhaft seiner Lierin, die ihm, einst verloren, von einem unergründlichen Schicksal ein zweites Mal geschenkt worden war.

Lierin seufzte leise; sie bewegte ihren Arm im Schlaf, wobei sich die Decke verschob und ihr nur das dünne Nachthemd als Schutz ließ. Ashtons Augen fielen auf den vollen, in regelmäßigen Zügen sich hebenden Busen und die geschwungenen Kurven ihrer Taille. Flammende Lust ergriff Besitz von seinem Körper und ließ das Blut in seinen Schläfen pochen. Sein Blick wanderte über die flache Ebene ihres Bauchs bis zu der Stelle, wo das Nachthemd heraufgerutscht war und im Schatten des Hüftbogens zwei nackte Schenkel enthüllte.

Plötzlich riß Ashton sich zusammen, als ihm klarwurde, daß er mit ausgestreckter Hand vorgetreten war, um Lierin liebkosend zu berühren. Während er gegen sein heftiges Verlangen ankämpfte, erkannte er mit kaltem Entsetzen, daß er sie mit jeder unbedachten Geste vielleicht nur noch tiefer in ihr Elend stieß und den Weg zur Genesung für immer zerstörte.

Erschrocken über seinen Mangel an Selbstkontrolle wischte er sich die schweißbedeckten Handflächen an der Hose ab und trat ein paar Schritte zurück. Wie konnte er nur so sehr die Selbstkontrolle verlieren? Er hatte gedacht, ihm wäre solche Unbeherrschtheit fremd, doch jetzt entdeckte er an sich einen völlig neuen Charakterzug.

Langsam hob er den Kopf, und sein Blick fiel auf ein Bild, reflektiert von dem Drehspiegel, der nur eine Armeslänge von ihm entfernt stand. Er sah seine Liebste dahintreiben, beleuchtet vom Kerzenschein und umgeben von einem See aus Dunkelheit, während sie in tiefem Schlaf lag und von dem Kampf, der in seinem Inneren tobte, nichts ahnte.

Allmählich wurde er wieder ruhig. Er hatte einen starken Willen, und er würde sich nicht von seinen Gelüsten treiben lassen, wie stark sie auch sein mochten. Beherrscht trat er wieder ans Bett, beugte sich hinab und hauchte Lierin einen sanften Kuß auf die leicht geöffneten Lippen. Vielleicht bildete er es sich nur ein, aber ihm war, als wolle sie ihm etwas sagen. Er richtete sich auf und sah, daß ihre Lippen sich im Traum bewegten und ihre Stirn sich sorgenvoll umwölkte.

Eine leise Traurigkeit begleitete ihn, als er den Raum verließ. Der Gedanke, daß er diese schmerzende, nagende Sehnsucht ertragen mußte, erschien ihm ungerecht. Doch die Zeit war sein Verbündeter – Zeit und Geduld.

Eine neue Morgendämmerung stahl sich durch die halbgeschlossenen Vorhänge in Lierins Zimmer, berührte sie mit ihrem Licht und löste sie sacht aus Morpheus' Armen. Anfangs fühlte sie sich heiter und erfrischt; dann, als sie die Arme über den Kopf strekken wollte, wurde sie wieder an ihre schmerzenden Muskeln und den Gedächtnisverlust erinnert. Ihre Freude auf den neuen Tag schwand, doch nur vorübergehend. Von irgendwo tief in ihr stieg eine leichte, beschwingte Regung auf und gab ihr Kraft und Mut. Sie wußte nicht, woher dieses Gefühl kam, aber es wirkte sehr vertraut. Lierin spürte, wie sie zu reagieren begann. Wieder streckte sie sich, doch diesmal ganz bewußt, auf der Suche nach den Schmerzen, um ihre Intensität zu messen. Woher auch immer diese wiedergefundene Energie rührte, sie vermittelte ihr das sichere Wissen, daß sie einem Problem noch nie aus dem Weg gegangen war und daß ihre Schwierigkeiten sich auch in diesem Fall nur lösen ließen, wenn sie den Stier bei den Hörnern packte. Zuallererst mußte sie sich um das Nächstliegende kümmern. Sie konnte schwerlich den Rest ihrer Tage im Bett verbringen, und je eher sie diesen Zustand beendete, desto schneller würde sie wieder die Kontrolle über ihr Leben erlangen. Ein langes, heißes Bad würde ihr helfen, die steifen Muskeln zu lockern, doch in einem fremden Haus einfach danach zu verlangen, mochte ein wenig anmaßend wirken. Andererseits bestand Ashton Wingate ja darauf, daß sie seine Frau sei. Vielleicht war ihr Ansinnen unter diesem Aspekt betrachtet doch nicht so fehl am Platze.

Sie schob sich aus dem Bett, stand auf und bewegte sich vorsichtig auf den Kamin zu. Das Feuer war heruntergebrannt, im Raum war es unangenehm kühl. Ein kleiner Stapel Feuerholz lag auf dem Messingständer, und sie legte einige Scheite auf die glimmenden Kohlen, ehe sie hinter sich griff, um den Schürhaken zur Hand zu nehmen. Als ihre Finger sich um den Griff des Hakens schlossen, blitzte plötzlich das Bild eines erhobenen Feuerhakens vor ihr auf. Die Vision war nur kurz, nahm ihr jedoch für den Augenblick alle Kraft. Zitternd sank sie in einen Sessel und rieb sich die Schläfen mit eiskalten Fingern. Sie konnte sich das Bild nicht erklären und versuchte, es wieder zu vergessen, doch an seiner Stelle öffnete sich eine kalte, feuchte, abstoßende Leere.

Lierin straffte sich, nicht willens, vor diesem beunruhigenden Gefühl zu kapitulieren. Die Flammen umschmeichelten die nachgelegten Holzscheite, und sie kniete sich vor den Kamin, damit die Wärme des Feuers die Kälte ihrer bösen Ahnungen vertrieb. Jemand klopfte leise an die Tür, dann wurde sie ohne Zögern geöffnet, als rechnete der Besucher nicht mit einer Antwort. Willabelle kam herein und ging auf das Bett zu, blieb dann wie angewurzelt stehen, als sie sah, daß es leer war. Lierin erhob sich mit einem höflichen Räuspern. Die Haushälterin drehte sich um. »Du meine Güte, Miz Lierin, ich wußte nicht, daß Sie schon aufstehen und durch die Gegend marschieren«, entschuldigte sie sich gutgelaunt.

»Doch, ich fühle mich schon viel besser.«

Willabelle gab ein fröhliches Gackern von sich. »Da wird sich Massa Ashton aber freuen. Er war schon ganz außer sich, weil es Ihnen so schlecht ging.« Sie begann, die Bettdecke aufzuschütteln und das Laken zu glätten. »Möchten Sie jetzt gern etwas zu essen, Missus?«

Mit einem zögernden Lächeln antwortete Lierin: »Ich habe mich gefragt, ob ich wohl ein Bad nehmen könnte... Ich meine ein richtiges, in dem ich mich ordentlich einweichen kann...«

Willabelle grinste breit. »Natürlich, Missus, warum nicht?«

Sie hob das Samtgewand auf, das vom Fußende des Bettes gerutscht war, und hielt es Lierin hin, damit sie hineinschlüpfen konnte. »Bleiben Sie hier und ruhen Sie sich noch ein bißchen aus, ich gehe inzwischen hinunter und bereite alles vor.«

Als die Haushälterin zurückkehrte, wurde sie von einer ganzen Dienerprozession begleitet. Einige trugen mit bunten Bändern verschnürte Schachteln, andere schleppten Eimer mit heißem Wasser, der letzte hielt eine große Messingwanne in den Armen. Das Bad wurde eingelassen, und Willabelle legte frische Handtücher bereit und stellte Fläschchen mit parfümierten Ölen und eine Porzellanschale mit duftender Seife auf ein von der Wanne aus leicht erreichbares Tischchen. Die Diener verließen den Raum.

Lierin schnupperte an den Fläschchen, bis sie eins fand, dessen blütenfrischer Duft ihr zusagte, und ließ etwas von der Essenz in das Badewasser tropfen. Der Duft von Jasmin erfüllte den Raum, als sie mit der Hand in dem dampfenden Naß rührte, und sie schloß die Augen, um ihn besser genießen zu können. Dann rollte sie ihr Haar zu einem großen Knoten zusammen, den sie im Nacken feststeckte. Neugierig beäugte sie die großen Kartons mit den bunten Bändern. »Was ist das?« fragte sie.

»Kleider, Missus, vom Schneider. Der Massa hat sie vor ein paar Tagen für Sie bestellt, und gestern abend sind sie geliefert worden. Ich zeige sie Ihnen, während Sie in der Wanne liegen.«

Willabelle half Lierin aus dem Samtgewand und begutachtete ihren körperlichen Zustand mit kritischen Blicken. Sie hatte die Prellungen schon vorher gesehen, doch jetzt, da sich die gelbliche Tönung mit Purpur und Blau vermischte, sahen sie noch schlimmer aus. Andere waren schwarz geworden und hoben sich noch deutlicher von der weißen Haut ab. Der Striemen auf Lierins Rücken war an einigen Stellen verschorft, die Narbe schien breiter geworden zu sein.

»Du meine Güte, Kind. Sie sehen ja aus, als wäre ein ganzer Wagenzug über Ihren Körper gerollt.«

Lierin ließ sich in die Wanne sinken und seufzte wohlig, als das heiße Wasser die letzte Kälte aus ihren Gliedern vertrieb. »So fühle ich mich auch«, meinte sie.

Die schwarze Frau schmunzelte. »Wenn es nicht so scheußlich stinken würde, könnte man Sie ja mit Salbei einreiben, aber bei all den schönen Kleidern, die der Massa für Sie gekauft hat, dürfen Sie doch nicht nach Salbei riechen. Trotzdem werde ich Ihnen ein Heilpflaster auf den Rücken kleben, die Stelle sieht nämlich gar nicht schön aus.«

Während Lierin sich in der Wanne entspannte, öffnete Willabelle die Kartons und zeigte ihrer neuen Herrin mehrere fein gearbeitete Mieder, ein steifrippiges Korsett, Seidenstrümpfe und spitzenbesetzte Unterröcke. Aus den größeren Schachteln nahm sie eine Reihe modischer Kleider und drapierte sie auf die im Raum stehenden Stühle. Die passenden Schuhe stellte sie dazu auf den Boden. Als sie sah, daß Lierin die Wanne wieder verlassen wollte, legte Willabelle ein frisches Nachthemd auf das Bett und eilte mit einem Handtuch herbei, um der jungen Frau zu helfen.

»Hat Mr. Wingate die Kleider selbst ausgesucht?« erkundigte sich Lierin, während die Haushälterin sacht ihre Haut trockenklopfte.

»Sieht ganz so aus, Missus, und ich würd' sagen, da hat er mächtig gute Arbeit geleistet.«

»Ja, ganz offenbar bereitet es ihm keine Schwierigkeiten, die richtigen Kleider für eine Frau auszuwählen.«

Willabelle bemerkte einen leicht ironischen Unterton in Lierins Worten und hielt einen Moment inne, um sie fragend anzuschauen. »Gefallen Ihnen die Kleider nicht, Missus?«

»O doch. Wie könnte es anders sein. Ich meine, alles ist mit soviel Sorgfalt und Geschmack ausgewählt worden.« Sie streifte das Nachthemd über und fügte hinzu: »Dein Herr scheint ein Gespür dafür zu haben, wie man Frauen anzieht.«

Willabelle schmunzelte, als sie zu begreifen begann. Es war nicht ungewöhnlich, daß eine Frau solcherlei Fähigkeiten mit Argwohn betrachtete, besonders wenn der Mann so gut aussah wie Master Ashton. »Da brauchen Sie sich wegen Massa Ashton nicht den Kopf zu zerbrechen. Ich hab' noch nie einen Mann gesehen, der soviel Getue um eine Lady gemacht hat, wie er bei Ihnen. Als er sie für tot halten mußte, hätte er darüber beinahe den Verstand verloren.«

Lierin schnürte die Satinbänder des Nachthemds um ihre schmale Hüfte. »Bist du sicher, daß ich wirklich seine Frau bin?«

»Der Massa sagt ja, und das ist genug für mich. Und wenn Sie selbst Ihre Zweifel haben, dann brauchen Sie sich ja bloß das Gemälde da anzuschauen. Das sollte Sie überzeugen, falls Sie nicht schon überzeugt sind.«

»Miss Rousse scheint da anderer Meinung zu sein. Nach allem, was ich weiß, war sie mit Mr. Wingate verlobt, als er nach New Orleans fuhr und sich verheiratete.«

»Pah!« Die schwarze Frau rollte mit den Augen. »Wenn Miss Marelda mit Massa Ashton verlobt war, dann aber nur in ihrer Einbildung. Die ist schon hinter ihm her, seit sie ein kleines Mädchen war und auf den Armen ihres Papas zum erstenmal nach Belle Chêne gekommen ist. Ihre Leute sind vor vier oder fünf Jahren gestorben und haben ihr dieses große alte Haus in der Stadt hinterlassen. Danach ist sie richtig närrisch aufs Heiraten geworden. Man braucht nicht viel Phantasie, um rauszukriegen, daß sie es auf Massa Ashton abgesehen hat, nachdem sie die ganze Zeit hier draußen herumhängt. Wenn ich sie richtig einschätze, wird sie noch eine ganze Weile hierbleiben, obwohl der Massa sagt, Sie sind seine Frau. Sieht so aus, als gäb's für jemand wie sie keine nette Art, ihr die Tür zu weisen.«

»Vielleicht will Mr. Wingate gar nicht, daß sie geht. Immerhin ist sie eine sehr schöne Frau.«

»Das glaube ich nicht«, grummelte Willabelle. »Er ist nur viel zu anständig.«

»Meinen Sie, ich sollte mein Zimmer besser nicht verlassen?« fragte Lierin. »Miss Rousse scheint etwas gegen mich zu haben.«

Willabelle grunzte. »Soweit kommt's noch, Missus. Im Gegenteil, ich glaub', Sie sollten sich so schnell wie möglich draußen zeigen, denn wenn Sie das nicht tun, denkt sie womöglich, sie hätte Massa Ashton ganz für sich allein. Sie ist die ganze Woche über wie eine Katze die Wände hochgegangen.«

»Wollen Sie damit andeuten, ich sollte mich auch an ihn heranwerfen?« fragte Lierin erstaunt. »Ich kenne den Mann doch gar nicht.«

»Tja, mein Kind, wenn es Ihnen nichts ausmacht, einen Rat von einer anzunehmen, die den Mann ziemlich gut kennt, dann kann ich Ihnen nur sagen, jemanden wie ihn finden Sie so schnell nicht wieder. Er ist ein Mann, stimmt, und Sie sind eine mächtig gutaussehende Frau, aber wie Sie schon sagten, das ist Miss Marelda auch.«

Lierin hatte keine Lust, mit Willabelle zu streiten, und ebensowenig hatte sie Lust, hinter einem Mann herzulaufen, der ihr völlig fremd war. Wenn sie nämlich die Hindernisse zwischen ihnen ausräumte und ihn als ihren Ehemann anerkannte, dann hatte das auch andere Konsequenzen, und im Augenblick war sie nicht bereit, eine Situation zu akzeptieren, der sie ziemlich reserviert gegenüberstand. Nein, sie würde die Sache langsam angehen und versuchen, so wenig Fehler wie möglich zu machen. Hoffentlich kehrte ihr Gedächtnis bald zurück, damit das Problem gelöst würde.

Zugegeben, der Mann, der sich als ihr Ehemann bezeichnete, interessierte sie. Er sah ungewöhnlich gut aus und wußte sich zu benehmen. Das zeigte sich auch heute wieder, als er sie in ihrem Schlafzimmer aufsuchte, wie er es jeden Morgen tat. Wie ein Gentleman wartete er an der Schwelle, während Willabelle ihn ankündigte, und überraschend stellte Lierin fest, daß ihr Herz bei seinem Anblick schneller schlug. Die Hitze in ihren Wangen ließ sich schwerlich als Gleichgültigkeit auslegen.

Willabelle hatte die Tür weit geöffnet, so daß Ashton den ganzen Raum überblicken konnte, und er fand Lierin am Fenster stehend, wo sie von dem durch die Kristallscheiben einfallenden Morgenlicht umspült wurde. Ihr rotblondes Haar, das locker über ihre Schultern fiel, schien in Flammen zu stehen; als sie seinem Blick begegnete, trat ein zögerndes Lächeln auf ihre Lippen.

»Ich muß mich bei Ihnen für Ihre Geschenke bedanken«, murmelte sie. »Sie haben sich außerordentlich großzügig gezeigt.«

»Darf ich eintreten?«

»Aber natürlich.« Sie war erstaunt, daß er um ihre Erlaubnis nachsuchte.

Willabelle zog sich zurück, als Ashton den Raum betrat, und schloß die Tür hinter ihm.

Er bewegte sich durch den Raum, angezogen von seiner Frau wie ein Frierender von der Wärme oder ein Verhungernder von einer festlichen Tafel. Ihre Schönheit entzündete ein Feuer in seinem Blut und vertrieb die Kälte des Zweifels und der Unsicherheit aus seinem Körper. War es denn Wahnsinn, in einer Welt zu erwachen, in der nichts mehr das Siegel der Vertrautheit trug, in der jedes Gesicht das eines Fremden war, in der selbst das Bett, in dem man schlief, und die Kleider, die man trug, in nichts mehr an die eigene Welt erinnerten? Oder schlimmer noch, nicht sagen zu können, wie diese eigene Welt überhaupt aussah, und keine Erinnerung zu haben, die über den Moment des Erwachens hinausreichte? Wie konnte er das Wort Wahnsinn auch nur denken, wenn er sie anblickte?

»Darf ich dir sagen, daß du heute morgen hinreißend aussiehst?«

Sie lauschte dem Klang seiner weichen Stimme.

»Sogar mit den blauen Flecken?« gab sie zweifelnd zurück.

»Meine Augen haben dich so lange entbehrt, daß ich sie kaum wahrnehme.« Seine Finger strichen ihr sanft über die Wange. »Davon abgesehen verblassen sie schon, und bald werden sie ganz verschwunden sein.« Er senkte den Kopf, bis er fast den wildgelockten Haarschopf berührte, und schloß die Augen, als ihm der Jasminduft in die Nase stieg, seine Sinne berauschte und weit zurückliegende Erinnerungen wachrief.

Lierin spürte seine Nähe mit jeder Faser ihres Körpers, ein prickelndes Gefühl durchflutete sie. Hastig senkte sie die Augen, als sein Atem warm ihr Ohr berührte. Wie gebannt starrte sie auf die Stelle, wo sein Hemd offenstand und einen Blick auf die muskulöse, behaarte Brust gestattete. Als er sich noch dichter an sie lehnte, zitterte jeder Nerv an ihr, und sie legte ihm vorsichtig die Hand auf die Brust. Doch der Kontakt war wie eine Explosion. Ihr Puls jagte; sie spürte, wie sie errötete, und trat rasch einen Schritt zurück, wobei sie die Hände aneinanderrieb, als hätte sie sich verbrannt.

»Ich bin ganz überwältigt von den Kleidern, die Sie mir gekauft haben«, brachte sie atemlos hervor und warf einen nervösen Blick über die Schulter, als sie die Entfernung zwischen ihnen vergrößerte. So war es sicherer. »Aber irgendwo muß ich doch auch eigene Kleider haben.«

»Das spielt jetzt keine Rolle«, antwortete er. »Deine neue Garderobe wird mich nicht gleich in den Schuldturm bringen. Sobald du dich kräftig genug fühlst, um aus dem Haus zu gehen, werden wir sie vervollständigen.«

»Haben Sie keine Angst, ich könnte nur hinter Ihren Geschenken und Ihrem Geld her sein? Insbesondere, wo es ja immer noch Zweifel gibt, ob ich überhaupt Ihre Frau bin?«

Ashton lachte leise. »Was ist das für ein Gerede von Zweifeln?«

Lierin antwortete mit einem leichten Schulterzucken. »Es gibt Leute, die glauben, daß ich Sie hereinlegen will.«

»Hat Marelda dir einen Besuch abgestattet?«

Sie nickte zögernd. Er suchte ihren Blick und sagte: »Marelda hat dich an jenem Abend zum erstenmal gesehen, und sie wäre der letzte Mensch auf Erden, der zugeben würde, daß du meine Frau bist.«

»Ich wünschte, für mich wäre das alles genauso klar wie für Sie.« Lierin wandte sich ab und schüttelte ungeduldig den Kopf. »Ich weiß, die Erinnerungen sind da und warten nur darauf, an die Oberfläche geholt zu werden, aber es scheint irgendeine Barriere zu geben, die das verhindert. Ich muß noch so viel über mein Leben in Erfahrung bringen. Zur Zeit bin ich mir ja selbst ein Fremder.«

»Ich kann dir mit einigen Fakten dienen«, sagte er leise und näherte sich ihr. »Aber unsere gemeinsame Zeit war sehr kurz, und ich fürchte, daß sie nicht sehr bedeutend sind.«

Sie blickte ihn an. »Bitte, sagen Sie mir, was immer Sie wissen.«

Ein warmes Leuchten trat in seine Augen, als er ihr Gesicht betrachtete. Er streckte die Hand aus und strich ihr eine verirrte Haarsträhne aus der Wange. Dann trat er zur Seite und berichtete die Fakten, als hätte er sie auswendig gelernt. »Du bist vor dreiundzwanzig Jahren in New Orleans geboren und auf den Namen Lierin Edana Somerton getauft worden. Deine Mutter, Dierdre Cassidy, war irischer Abstammung, dein Vater kam aus England. Du hast noch eine Schwester, Lenore Elizabeth Somerton, die auch in New Orleans geboren wurde.«

»Welche von uns ist die ältere?«

Ashton lächelte entschuldigend. »Es tut mir leid, meine Liebe. Ich war so verliebt in dich, daß ich mich für einige Dinge gar nicht interessiert habe.«

Diese Äußerung und die damit verbundene Zärtlichkeit trieb Lierin erneut die Röte in die Wangen. Ihre Stimme war kaum mehr als ein Flüstern, als sie ihn aufforderte: »Weiter, bitte.«

Ashton ging zum Fenster, zog die Vorhänge ganz auf und blickte hinaus auf das Anwesen. »Als eure Mutter starb, hinterließ sie dir und Lenore in Biloxi ein Haus an der Küste. Du besitzt auch ein Haus in New Orleans, das dir dein Großvater vererbt hat. Das Testament wurde aufgesetzt, als du bei ihm gewohnt hast, und obwohl er in dem Glauben starb, du seist ertrunken, hat er es nicht geändert.« Er drehte sich um und verschränkte die Hände im Rücken. »Du siehst also, du bist selbst nicht ganz mittellos, und mit einem wohlhabenden englischen Kaufmann als Vater brauchst du meinen Reichtum kaum.« Ein leises Lächeln trat auf seine Lippen. »Ganz im Gegenteil: Wäre ich ein Mitgiftjäger, gäbst du meine Zielscheibe Nummer eins ab.«

Sein Sinn für Humor gefiel ihr, und sie erwiderte, nicht ganz ohne Schüchternheit: »Ich werde das als möglichen Grund für die Hartnäckigkeit, mit der Sie mich als Ihre Frau bezeichnen, in Erwägung ziehen müssen.« Als er ihr Lächeln erwiderte, wuchs ihre Kühnheit. »Nach allem, was man hört, müssen Sie ja so eine Art Wüstling gewesen sein.«

Er runzelte die Stirn. »Madam?«

Ihre Augen streiften über die Kleider auf dem Bett. »Kein Zweifel, Sie wissen, wie man eine Dame anzieht.« Sie warf ihm einen mißtrauischen Blick zu. »Oder sollte ich sagen, ›auszieht‹?«

Ashton wies ihre Anschuldigung mit einem Grinsen zurück. »Ich habe gelebt wie ein Heiliger, Madam.«

»Hm.« Lierin schlenderte durch das Zimmer und warf ihm dabei einen Blick über die Schulter zu. »Das möchte ich bezweifeln.«

»Zweifle nicht mehr, meine Liebe«, empfahl er ihr, mit einem lebhaften Funkeln in den Augen. »Ich schwöre dir, daß ich keine andere Frau auch nur angesehen habe, während die Erinnerung an dich in mir brannte.«

»In Ihnen brannte?« Wieder warf sie ihm ein fragendes Lächeln zu. »Und wie lange hat dieses Feuer gelodert? Eine Woche? Einen Monat? Ein Jahr?«

Ashton lachte amüsiert, glücklich darüber, daß er endlich die ersten Schimmer einer Persönlichkeit bemerkte, die schon eher an seine Lierin erinnerten. »Wärst du nicht so übel zugerichtet, meine Liebe, dann würde ich dir zeigen, wie verzweifelt ich mich all die Jahre nach dir gesehnt habe.«

Ihr Lächeln erstarb langsam. »Zweifellos haben Sie mit Ihrer charmanten Überzeugungskraft schon so manche Frau um ihre Tugend gebracht, Sir. Ich hoffe nur, daß ich mich nicht letzten Endes als Opfer eines geschickten Winkelzugs wiederfinde.«

Ashton merkte, daß ihre Besorgnis echt war, und wurde ernst. »Wovor hast du Angst, Lierin?«

Sie seufzte aus tiefstem Herzen und ließ einen langen Augenblick verstreichen, ehe sie antwortete: »Ich habe Angst davor, daß ich nicht wirklich Ihre Frau bin, und wenn ich zulasse, daß Sie mein Ehemann werden, eines Tages aufwache und meinen Fehler bemerke. Doch dann ist es vielleicht zu spät; ich könnte schwanger sein oder mich in Sie verliebt haben. Ich habe Angst davor, verletzt zu werden.«

Ashton trat auf sie zu und blieb dicht vor ihr stehen, widerstand jedoch dem Drang, sie in seine Arme zu reißen. »Ich liebe dich, Lierin, und ich spiele nicht mit deinem Herzen. Ich habe dich geheiratet, weil ich dich zur Frau haben wollte. Alle Kinder, die aus unserer Liebe hervorgehen, werden meinen Namen tragen und Anspruch auf mein ganzes Vermögen haben. Das verspreche ich dir.«

Obwohl sie ihn zu ihrem eigenen Besten auf Distanz halten wollte, begann sie ihn mehr und mehr als liebenswerten Mann zu sehen. Der Trost, den er ihr so leicht zu spenden vermochte, richtete sie auf, und seine zärtliche Aufmerksamkeit war ihr eine große Hilfe.

»Es ist nicht einfach, die Vorstellung zu akzeptieren, daß ich verheiratet sein soll, Ashton, zumal ich sonst so wenig über mich weiß.«

»Das ist absolut verständlich, meine Liebe. Wir waren nur so kurze Zeit zusammen, daß du kaum Gelegenheit hattest, dich an die Vorstellung zu gewöhnen.«

»Und doch«, murmelte sie nachdenklich und starrte auf den goldenen Reif an ihrer linken Hand, »trage ich diesen Ring. Erkennen Sie ihn wieder?«

Er hob ihre Hand und musterte den Ring genau, bevor er antwortete: »Ich hatte keine Zeit, etwas anderes als einen schlichten Reif für dich zu kaufen. Wenn mein Gedächtnis mich nicht trügt, ist dies der Ring, den ich dir geschenkt habe.«

Sie blickte auf, begegnete seinem liebevollen Blick. »Vielleicht sind wir wirklich verheiratet, Ashton, und nur meine Ängste verstellen mir den Blick auf die Wahrheit.«

»Quäl dich nicht, meine Liebste«, bat er. »Sicherlich wird dein Erinnerungsvermögen bald zurückkehren, und dann kennst du die ganze Wahrheit.«

»Nach diesem Augenblick sehne ich mich so sehr.«

»Ich mich auch, Liebste. Ich mich auch.«

Viertes Kapitel

Vor jedem Abendessen versammelten sich die Wingates im Salon. Es war die Zeit der Entspannung nach den Mühen des Tages, Zeit für eine ruhige Unterhaltung, ein Glas Sherry oder Brandy, ein paar Stiche an einer Stickerei oder ein wenig Musik. Manchmal tönte der weiche, volle Klang eines Cellos durch das Haus, entweder im Zusammenspiel mit einem Cembalo oder allein, so wie an diesem Abend. Mareldas Herz weitete sich, als sie der Melodie lauschte; Ashton war der einzige im Haus, der das Instrument mit solcher Wärme zum Klingen bringen konnte. Er war ein Mann mit vielen Talenten, ein Perfektionist, der auf allen Gebieten die Vollkommenheit anstrebte.

Marelda blieb vor dem Spiegel in der Halle stehen, um ihre Erscheinung einer letzten beifälligen Kontrolle zu unterziehen. Das schwarze Haar war in einer kunstvollen Welle auf eine Seite gekämmt und hinter dem Ohr zu einer Reihe kleiner Locken zusammengefaßt. In der Hoffnung, daß Ashton beim Dinner anwesend sein würde, hatte sie sich für das dunkelrote Taftkleid entschieden, und jetzt wußte sie, daß sie nicht enttäuscht werden würde. Sie warf sich ein selbstgefälliges Lächeln zu. Die Wahl dieses tief ausgeschnittenen Kleides war ein Geistesblitz gewesen. Die in das Mieder eingenähten Polster preßten ihre kleinen Brüste nach oben und erweckten so die Illusion wollüstiger Üppigkeit. Ein Mann mußte sich schon große Mühe geben, um ein derart gewagtes Dekolleté zu ignorieren, und Ashton war ein Mann. Natürlich mochten die älteren Damen sich über ihre Aufmachung schockiert zeigen, aber wenn es ihr gelang, Ashtons Blick auf sich zu ziehen und seine Lust zu erregen, dann war der

Preis durchaus angemessen. Sie würde nicht tatenlos herumsitzen, indes die Rothaarige ihre Krankheit kokett ausspielte.

Auf Zehenspitzen ging sie zum Zimmer ihrer Rivalin und legte das Ohr an die Tür, um zu lauschen, ob sich dahinter etwas regte. Sie konnte Willabelles Stimme hören, aber die Schwarze sprach so leise, daß die Worte unverständlich blieben. Es spielte auch keine Rolle. Marelda rechnete nicht damit, daß die faule Schlampe aufstand und zum Abendessen herunterkam. Die ganze Woche hatte sie nicht einen Schritt vor die Tür ihres Zimmers gesetzt, so verliebt schien sie in die Idee ihrer eigenen Gebrechlichkeit.

Diese kleine Närrin! Während sie sich schwach und bleich in ihren Kissen vergräbt, werde ich mich an Ashton heranmachen. Dann wird er es sich noch mal überlegen, ob er sie weiterhin als sein langverschollenes Weib ausgibt.

Fröhlich vor sich hin summend, schwebte Marelda die Treppe hinunter. Sie fühlte sich leicht und gelöst, jetzt, da sich Ashton in ihrer Reichweite befand. Immerhin war sie eine attraktive Frau und wußte sich ihrer Reize wohl zu bedienen, wenn es darum ging, einen Mann zu verführen. Doch obwohl sie einem Vergnügen hier und dort nicht abgeneigt war, hatte sie es immer fertiggebracht, ihre Jungfräulichkeit zu behalten, was ihr den Ruf eingetragen hatte, mit Männern nur zu spielen. Nicht, daß sie etwas dagegen gehabt hätte, ein amouröses Abenteuer einzugehen, aber da sie die lockenden Gefahren völliger Hingabe kannte, war sie stets auf der Hut gewesen, um ihre Chancen, Ashtons Frau zu werden, nicht zu beeinträchtigen.

Damit die Überraschung auch wirklich gelang, näherte sich Marelda dem Salon auf besonders leisen Sohlen und blieb an der Tür stehen, ohne daß jemand sie bemerkte. Amanda und Tante Jennifer saßen dicht am Kamin in ihren Lieblingssesseln und stickten, wobei sie mit geneigten Köpfen der Musik lauschten. Ashton saß näher an der Tür und gab sich völlig seinem Spiel hin. Der wehmütige Ausdruck auf seinem Gesicht ließ auf eine tiefe, versteckte Sehnsucht schließen, deren Ursprung Marelda nicht kannte. Sie fürchtete nur, daß es womöglich etwas mit der Frau oben im Gästezimmer zu tun hatte... Schluß damit, und zwar sofort!

»Guten Abend allerseits«, sagte sie herzlich, und sofort wurde ihr die Aufmerksamkeit zuteil, die sie gesucht hatte. Ashton wandte sich um und hielt abrupt in seinem Spiel inne, was wiederum die beiden alten Damen dazu veranlaßte, erstaunt den Kopf zu heben. Tante Jennifers Augen wanderten zur Tür und weiteten sich, wurden aber gleich darauf wieder schmal, als sie sich mit der Nadel in den linken Zeigefinger stach. Sie saugte an dem malträtierten Finger und bedachte die junge Frau mit einem verstörten Stirnrunzeln.

»Gütiger Himmel«, entfuhr es Amanda leise, wobei sie eine Hand gegen ihre Kehle preßte und sich in ihrem Sessel zurücksinken ließ.

Ashton erhob sich milde amüsiert und sagte mit einem Lächeln: »Guten Abend, Marelda.«

Marelda deutete auf das Cembalo. »Darf ich dich begleiten?«

»Ich bitte darum«, erwiderte Ashton höflich. Er wartete, bis sie Platz genommen hatte, ehe er sich ebenfalls wieder setzte. Sie fuhr einmal über die Tasten, um die Finger zu lockern, dann wartete sie auf sein Kopfnicken. Die anrührende Melodie des Cellos erfüllte erneut das Haus. Dann setzte das Cembalo ein und begrub die fließenden Harmonien unter lauten, grellen Tönen, die dem Cello immer einen halben Takt voraus waren oder hinterherhinkten. Tante Jennifer krümmte sich innerlich bei Mareldas Attacke auf die Tasten, versuchte aber dennoch, mit ihrer Stickerei fortzufahren, was aber nur dazu führte, daß sie sich noch ein paarmal in den Finger stach. Amanda bemühte sich, ein schmerzliches Stirnrunzeln zu unterdrücken, aber das wiederholte Nicken, mit dem sie Marelda unbewußt zu einem etwas exakteren Tempo antreiben wollte, entging Ashton nicht. Er unterdrückte ein Lächeln und zeigte Erbarmen mit den beiden alten Damen, indem er das Stück rasch und geschickt zu Ende brachte. Einen Moment lang justierte er die Saiten und fuhr prüfend mit dem Bogen darüber, als wäre er mit seiner Leistung nicht zufrieden. Marelda stand auf und ging zu einem Büfett, wo auf einem silbernen Tablett einige Kristallkaraffen standen. Mit dem Rücken zu Ashton griff sie nach einem Glas und schenkte sich einen großzügig bemessenen Brandy ein, ehe sie sich umdrehte und auf den Mann ihres Herzens zutrat.

Amanda warf ihr einen vorsichtigen Blick zu und stellte fest, daß ihr Busen geradezu aus dem Kleid zu quellen drohte. Die magentaroten Hügel, die sich über Mareldas Ausschnitt erhoben, ließen selbst ihr die Schamröte in die Wangen steigen.

Die große Standuhr in der Ecke zeigte mit melodischem Schlagen die volle Stunde an, und Amanda ergriff die Gelegenheit, um zu fragen: »Wo steckt eigentlich Willabelle? Normalerweise ist sie doch um diese Zeit schon ein halbes dutzendmal hin- und hergelaufen, um nach der Tafel zu sehen oder sich über die Faulheit des Küchenpersonals zu beklagen.«

Ashton antwortete, ohne aufzublicken: »Wahrscheinlich ist sie gerade damit beschäftigt, Bertha zum Wahnsinn zu treiben.«

Das war ein Thema nach Mareldas Geschmack. »Du läßt deinen Leuten überhaupt eine viel zu lange Leine, Ashton«, sagte sie. »Willabelle führt das Haus, als wäre es ihr eigenes.«

Ashton entlockte dem Cello absichtlich ein grelles Kreischen, das Marelda einen Schritt zurückspringen ließ, ehe er sich erneut und scheinbar noch intensiver dem Stimmen des Instruments widmete.

Doch Marelda war nicht bereit, das Thema fallenzulassen. »Du verhätschelst deine Bediensteten zu sehr. So wie du sie behandelst, könnte man meinen, sie gehörten zur Familie.«

»Ich verhätschele sie nicht«, antwortete Ashton ruhig. »Ich habe lediglich eine Menge Geld für sie ausgegeben, und ich gedenke nicht, den Wert meiner Investition zu schmälern, indem ich sie schlecht behandle.«

»Ich habe Gerüchte gehört, wonach du ihnen für ihre Dienste sogar etwas bezahlst und manchen nach einigen Jahren die Gelegenheit gibst, sich freizukaufen. Bist du dir eigentlich über die Rechtslage in punkto Befreiung der Sklaven im klaren?«

Langsam hob Ashton den Kopf und betrachtete Marelda ohne jedes Interesse an ihrer Aufmachung. »Jeder Sklave, der sich mehr als alles andere wünscht, frei zu sein, hat für mich keinen Wert mehr, Marelda. Bei der ersten sich bietenden Gelegenheit würde er versuchen, fortzulaufen, und in Ketten nützt er mir auch nichts. Wenn jemand gehen will, dann lasse ich ihn seinen Wert abarbeiten und bringe ihn dorthin, wo er in Sicherheit ist. So einfach ist das, und ich verletze damit kein mir bekanntes Gesetz.«

»Ein Wunder, daß überhaupt noch jemand für dich arbeitet.«

»Ich glaube, wir haben bereits über die Führung von Belle Chêne diskutiert. Es gibt keinen Grund, die Debatte wieder aufzunehmen.« Er beendete das Gespräch, indem er den Bogen auf die Saiten legte und ihnen eine zarte Melodie entlockte. Allmählich legte sich sein Ärger, und die Gedanken an Lierin kehrten zurück. Bevor er in den Salon ging, hatte er an ihre Tür geklopft, von Willabelle jedoch erfahren, daß sie indisponiert sei. Er hatte das Bedürfnis gehabt, sie zu sehen, und dann, als ihm das nicht möglich gewesen war, darüber nachgedacht, wie lange sie sich noch vor ihm verstecken und ob sie wohl jemals die Tatsache ihrer Ehe akzeptieren würde.

Er blickte auf, und einen Moment lang glaubte er, eine Vision zu haben. Seine Hände hörten auf zu spielen, und sein Atem verlangsamte sich, während der letzte zitternde Ton in dem plötzlich stillen Salon verhallte. Es war ein Anblick, wie er ihn in den letzten drei Jahren viele Male geträumt hatte, doch jetzt erwies er sich als herrliche Wirklichkeit.

»Lierin!« Hatte er ihren Namen ausgerufen oder nur gedacht?

Marelda wirbelte so heftig herum, daß der Brandy über den Rand des Glases in ihrer Hand und auf ihren weiten Rock schwappte. Wütend und enttäuscht starrte sie die Erscheinung im Türrahmen an.

Dicht hinter Lierin stand Willabelle, um ihr notfalls sofort eine helfende Hand reichen zu können, und platzte ganz offensichtlich vor Stolz. Für sie war die Frage der Identität längst geklärt; sie hatte Lierin ohne Vorbehalte als ihre Herrin akzeptiert und wollte ihr nun auf jede nur denkbare Weise dabei helfen, sich in die neue Rolle zu finden.

Ashton stand auf. Er spürte, wie sich sein Herzschlag beschleunigte, als er seine Frau aufmerksam betrachtete und jede Einzelheit in sich aufsog. Das lange rote Haar war auf dem Kopf so locker zusammengefaßt, daß sich dort, wo die Bürste es nach oben von der Stirn fortgestrichen hatte, zarte Wellen formten. Die Wirkung war ebenso bezaubernd wie das pinkfarbene Kleid, das sie zu umfließen schien. Die langen, voluminösen Ärmel aus reiner Seide endeten an den Gelenken in Satinmanschetten, die farblich zu dem Band paßten, das Lierin um den Hals trug. Es wurde umgrenzt von einer hohen, feingefächerten Krause, die der ganzen Erscheinung einen etwas steifen, spröden Anstrich gab, aber Ashton wußte, daß vor ihm ein Wesen stand, das durch und durch Frau war. Obwohl noch etwas bleich von der ungewohnten Anstrengung, wirkte Lierin wie der Inbegriff weiblicher Schönheit. Er dachte nicht mehr an Marelda, an niemanden mehr. Nur sie beide schienen in diesem Raum zu sein. Ihre Blicke trafen sich, blieben aneinander hängen.

Ein verlegenes Lächeln umspielte ihre Lippen, doch ihre Augen blieben fest. Sie ließen seinen Blick nicht los, wenngleich ihre Worte an alle Anwesenden gerichtet waren. Halb entschuldigend sagte sie: »Willabelle meinte, es wäre in Ordnung, wenn ich zum Abendessen herunterkäme. Ich möchte mich Ihnen allerdings nicht aufdrängen und kann durchaus in meinem Zimmer essen, falls Sie andere Pläne haben sollten.«

»Das kommt überhaupt nicht in Frage!« Ashton stellte das Cello beiseite, trat auf Lierin zu und nahm ihre Hand. An Willabelle gewandt sagte er: »Sorgen Sie dafür, daß noch ein Gedeck aufgelegt wird.«

»Nicht nötig, Massa Ashton.« Die Frau kicherte in sich hinein und watschelte davon, wobei sie über die Schulter hinzufügte: »Darum habe ich mich schon gekümmert. Jawohl, Sir, jawohl.«

»Bitte.« Lierin hob ihren Blick und sah Ashton an. »Ich habe Sie spielen hören. Wollen Sie nicht fortfahren?«

»Wenn du mich begleitest«, sagte er leise.

»Sie begleiten?« Lierin war einen Moment lang verwirrt, bis er auf das Cembalo deutete; dann lehnte sie hastig ab. »Oh, nein, ich kann nicht... Zumindest glaube ich, daß ich es nicht kann.«

»Wir werden sehen, vielleicht fällt es dir ja wieder ein.« Ashton führte sie zu dem Instrument und klimperte ein wenig auf der Tastatur herum, während sie sich auf die kleine, mit Stickereien verzierte Bank sinken ließ. Zögernd legte sie ihre Finger auf die Tasten und tat es ihm nach. Dabei lachte sie und blickte zu ihm auf. Lächelnd spielte er eine längere Passage, und mit wachsender Begeisterung wiederholte sie auch diese. Als er ihre Röcke beiseite schob, rutschte sie rasch ein Stück, damit er neben ihr auf dem Bänkchen Platz nehmen konnte. Vierhändig spielten sie ein kurzes Duett, wobei Lierin die hohen Noten übernahm und er die tiefen. Zu ihrer Überraschung fiel ihr ein amüsanter Vers ein, und sie sang ihn mit fröhlicher Stimme, ohne zu wissen, aus welch unbekannter Quelle ihr die Worte zuflogen. Am Ende brachen sie beide in Gelächter aus, und als er sie in die Arme nahm und an sich zog, schien es nur natürlich, daß sie sich an ihn schmiegte.

»Das war höchst vergnüglich, Madam. Untertänigsten Dank.«

»Ganz meinerseits, Sir«, erwiderte sie strahlend.

Zähneknirschend sah Marelda ihre Hoffnungen für den Abend in sich zusammenfallen. Zusehen zu müssen, wie die beiden gutgelaunt miteinander turtelten, verursachte ihr Übelkeit. Es war außerordentlich demütigend, mit herausquellendem Busen hier herumzusitzen und von dem Mann ignoriert zu werden, der mit so leuchtenden Augen diese rothaarige Schlampe umschwärmte. Hätte ihr Stolz es zugelassen, wäre sie aufgestanden und aus dem Salon gerauscht.

Die anderen teilten Mareldas Abneigung ganz und gar nicht.

Amanda freute sich über Lierins Anwesenheit, denn die junge Frau hatte nicht nur Ashtons, sondern auch ihre Stimmung gehoben. Wenn sie die beiden betrachtete und sah, wie gut sie zueinander paßten, konnte sie sogar Mareldas schauerliche Aufmachung vergessen. Lierin war so schön und weiblich wie Ashton attraktiv und männlich, und das gute Aussehen des einen wurde durch den Kontrast zum anderen noch unterstrichen. In der Tat, ein vollkommenes Paar.

Amanda wechselte ein erfreutes Lächeln mit ihrer Schwester, und es bedurfte keiner Worte, um die beiderseitige Zufriedenheit zum Ausdruck zu bringen. Das einzig Bedauerliche war, daß es so lange gedauert hatte, bis sie diese Lierin als willkommene Bereicherung in den Familienkreis aufnehmen konnten.

Dann wurde zum Essen gebeten, und Ashton eskortierte seine Frau zu dem Platz, welcher der Herrin des Hauses vorbehalten blieb, gegenüber von seinem eigenen am Kopfende des Tisches. Niemand nahm mehr Notiz von Marelda, so daß sie sich allein in den Speiseraum begeben mußte, wobei sie heftige Stiche der Eifersucht verspürte, als sie sah, wie Ashtons Hand auf Lierins schmaler Taille ruhte. Verdrossen winkte sie Willis fort und blieb neben ihrem Stuhl stehen, darauf wartend, daß Ashton ihr zu Hilfe eilte. Als er endlich soweit war und ihr den Stuhl zurückzog, ließ sie wie zufällig ein Taschentuch fallen. Sie wartete, bis er sich bückte, ehe sie selbst danach griff, um ihm so einen ungehinderten Blick auf ihren Busen zu gestatten. Die beiden alten Damen traten eben erst in den Raum und bekamen nichts von der kleinen Szene mit, aber Lierin sah genau, was vorging. Ihr wurde klar, daß Willabelle die Wahrheit gesagt hatte. Marelda wollte sich Ashton an Land ziehen, und offenbar war sie bei der Wahl ihrer Mittel durchaus nicht heikel.

Ashtons Blick schwankte nicht eine Sekunde, als er die magentabestäubten Hügel streifte. Er hob das Taschentuch auf und legte es neben Mareldas Teller. Als er Lierins Verwunderung bemerkte, zuckte er leicht mit den Augenbrauen, da er keinen anderen Weg sah, sie zu beruhigen, solange sie in Gesellschaft waren.

»Wir freuen uns, daß Sie bei uns sind, meine Liebe«, sagte Amanda; sie blieb einen Moment neben Lierins Stuhl stehen und berührte leicht ihren Arm.

»Ja, das tun wir«, pflichtete Tante Jennifer ihr bei.

Das aufrichtige Wohlwollen rührte Lierin. Sie blinzelte, um der plötzlichen Feuchtigkeit in ihren Augen Herr zu werden, und lächelte. »Ich danke Ihnen.«

Auch der weitere Verlauf des Abends war nicht dazu angetan, Marelda von ihren Ängsten zu befreien. Obwohl sie Lierins Schüchternheit und zurückhaltendes Wesen in Vorsicht und Verschlagenheit umdeutete und sie mit den Augen einer Schlange, die den richtigen Moment abwartet, um sich auf ihre Beute zu stürzen, beobachtete, gelang es ihr nicht, einen Makel zu finden, auf den sie anklagend ihren Finger richten konnte. Der Gedanke, daß es von nun an immer so sein würde, daß sie nur aus der Entfernung zuschauen konnte, wie dieser Eindringling im Mittelpunkt der Aufmerksamkeit stand, ließ ihr keine Ruhe. Die Bereitwilligkeit, mit der Familie und Dienerschaft die Rothaarige als Ashtons Frau akzeptierten, war nicht zu übersehen.

Gegen Ende der Mahlzeit spürte Lierin, wie ihre Kraft sie zu verlassen begann, und bat, daß man sie entschuldigen möge, wohl wissend, wie schnell die totale Erschöpfung sich ihrer bemächtigen konnte. Ashton entschuldigte sich ebenfalls und begleitete seine Frau aus dem Zimmer, ohne sich um Mareldas Blicke zu kümmern. Lierins Körper war steif vom Sitzen, und sie ging betont vorsichtig. Ashton bemerkte ihre Schwierigkeiten und blieb in der Halle stehen, um sie auf die Arme zu nehmen. Auch daß sie vor Schmerz das Gesicht verzog, entging ihm nicht.

»Entschuldige«, sagte er. »Habe ich dir weh getan?«

»Es ist nichts«, versicherte sie ihm rasch. »Nur ein Striemen auf dem Rücken.« Sie kuschelte sich an seine Brust und legte ihm die Arme um den Hals. Wann immer sie ihn berührte, durchzuckte es sie wie ein Schlag. Ihre Wangen begannen zu glühen. Allmählich verstand sie, warum Marelda ihn nicht aufgeben wollte. Die Vorstellung, mit diesem Mann verheiratet zu sein, verband sich mehr und mehr mit einer ganzen Reihe von angenehmen Aspekten.

Ashton erinnerte sich daran, daß Willabelle ebenfalls von der Verletzung auf Lierins Rücken gesprochen hatte. »Weißt du noch, woher die Wunde stammt?«

Lierin antwortete mit einem kleinen Schulterzucken. »Von dem Unfall, nehme ich an.«

»Willabelle meinte, es sähe aus, als hätte dich jemand geschlagen. Kannst du dich an etwas Derartiges erinnern?«

»Nein, überhaupt nicht. Ich kann mir nicht vorstellen, warum jemand so was tun sollte.«

»Würde es dir etwas ausmachen, mir die Stelle zu zeigen?« fragte er. Sie blickte ihn überrascht und etwas mißtrauisch an. Er lächelte. »Nur um meine Neugier zu befriedigen, Liebling.«

Lierin gab das Lächeln zurück. »Obwohl ich mir dessen nicht sicher sein kann, Sir, muß ich doch annehmen, schon bessere Vorwände von einer ganzen Reihe unwürdiger Spitzbuben gehört zu haben.«

Sein Lächeln bekam einen schurkischen Zug. »Ich habe nicht vergessen, daß Sie über einen sehr schönen Rücken verfügen, Madam, der sicherlich größte Bewunderung verdient. Sie können mir nicht vorwerfen, daß ich einen Vorwand suche, ihn mir anschauen zu können.« Vor ihrem Zimmer angelangt, stieß er die Tür auf und trug seine Frau über die Schwelle. »Tatsächlich entsinne ich mich, daß jeder Teil von dir bemerkenswert ist.« Das Begehren in seinen Augen raubte ihr fast den Atem. »Du bist sehr weich, sehr fraulich...«

Sie beeilte sich, seine Aufmerksamkeit auf etwas weniger Beunruhigendes zu lenken. »Ich fürchte, ich bin Ihnen heute abend zur Last gefallen. Sie hatten kaum noch Zeit für Ihre Familie und Ihren Gast.«

»Im Gegenteil, ich stehe in deiner Schuld, weil du mir einen Vorwand geliefert hast, mich ihnen zu entziehen.«

Sie warf ihm einen schalkhaften Blick zu und meinte nicht ganz ohne Spott: »Ich dachte, Sie könnten vielleicht Gefallen an Miss Rousses Spiel gefunden haben.«

Ashtons Augen streiften ihren Busen und begannen zu schimmern. »Da habe ich schon Originelleres erlebt, besonders wenn ich das Vergnügen hatte, meine gegenwärtige Begleitung zu genießen.«

Sie spürte, wie sie unter seinem durchdringenden Blick errötete, während ein Schauer ihren Körper durchlief. Mit winziger Stimme sagte sie: »Ich glaube, Sie können mich jetzt absetzen…«

Trotz des erregenden Ziehens in der Magengrube hielt Ashton sein zuvorkommendes Benehmen aufrecht und legte Lierin auf das frisch bezogene Himmelbett. »Da wären wir, Madam, gesund und sicher wieder im Bett, ohne weitere blaue Flecken. Ich würde allerdings sagen, daß Sie für die Nacht einen Hauch zuviel anhaben. Soll ich Ihnen beim Ablegen helfen?«

Sie lächelte amüsiert, lehnte aber dankend ab. »Ich glaube, ich warte lieber auf Willabelle.«

»Wie? Und weisen diese willigen Hände von sich? Madam, ein Mann wird seiner Frau doch wohl einen solchen Dienst erweisen dürfen, ohne ihrem guten Ruf zu schaden.« Seine weißen Zähne blitzten, als sein Lächeln breiter wurde. »Ich verspreche dir, mich wie ein Gentleman zu verhalten.«

Lierin zog eine Augenbraue hoch, um ihr Mißtrauen zum Ausdruck zu bringen. »Ohne Zweifel ein verheirateter Gentleman, der seine Vorrechte ernst nimmt.«

»Natürlich«, neckte er sie. »Wie sollte ich sie sonst nehmen?«

Sie lachte. »Ich glaube nicht, daß ich hier allein mit Ihnen wirklich sicher bin.«

»Aber Madam! Wird ein Mann über seine eigene Frau herfallen?«

»Wenn er verzweifelt genug ist«, antwortete sie schnippisch.

»Das bin ich in der Tat«, gab er freimütig zu, »aber wo beginnt Vertrauen, und wo hört es auf? Wenn ich mich zurückhalten kann, während ich dein Gewand aufschnüre, kannst du dir dann nicht sicher sein, daß meine erste Sorge dir und deiner Genesung gilt?«

»Ich bin zu müde, um mich mit Ihnen zu streiten.« Sie gab nach, und zwar mit weit weniger Widerstreben, als die Vorsicht verlangt hätte. Mehr noch, sie hatte das Gefühl, Vernunft und Sicherheit in den Wind zu schlagen. Was hatte dieser Mann an sich, daß sie bei ihm so nachgiebig war? Er sah gut aus, daran gab es nichts zu deuteln, aber außerdem war da noch eine männliche Bestimmtheit, die ihr ausgesprochen gut gefiel. »Überlegen Sie sich genau, was Sie sagen, Sir. Vertrauen spielt in jeder Ehe eine große Rolle.«

Ashton lachte leise in sich hinein und begann an der Verschnürung ihres Kleides zu nesteln, wurde aber rasch wieder ernst, als das Gewand auseinanderfiel und einen häßlichen Striemen enthüllte. Er schob die beiden Hälften weiter auseinander, um ihn genauer in Augenschein nehmen zu können, was Lierin nach Luft schnappen ließ.

»Ganz ruhig, Liebes«, redete er sanft auf sie ein. »Ich möchte mir nur deine Verletzung etwas genauer ansehen.« Er griff nach der Lampe und hielt sie näher an Lierins Rücken. Die verfärbte, mit Schorf bedeckte Wunde zog sich von der linken Schulter fast bis zur Mitte des unteren Rückgrats. Ashton erinnerte sich plötzlich an die rutenschwingende Matrone, aber diese Verletzung rührte von etwas Schwererem als einer Weidengerte her. »Ich kann mir nicht vorstellen, daß du dir das bei einem Sturz vom Pferd zugezogen hast.«

Der Gedanke, daß ihr jemand schon vor dem Unfall mit Absicht ein Leid zugefügt haben könnte, brachte Lierin ganz durcheinander. Sie konnte sich nicht vorstellen, wer dergleichen getan haben sollte, wie und warum. Sie drehte sich um, da sie mit Ashton darüber sprechen wollte, und erstarrte. Seine Stimmung hatte offenbar gewechselt, die Besorgnis war dem Ansturm eines wilden Begehrens gewichen. Die Muskeln unter der sonnengebräunten Gesichtshaut waren angespannt, die Nasenflügel bebten bei jedem seiner heftigen Atemstöße. Sie spürte, wie ihr Herz stürmisch zu schlagen begann, alle ihre Sinne waren in Alarmbereitschaft. Die Glut seines Blicks entzündete eine Flamme in ihr, und sie begann sich innerlich ganz schwach zu fühlen. Sie hatte Angst, daß er sie berühren und sie sich ihm zitternd und willig hingeben würde. Sie sprang auf und floh vor seinen unausgesprochenen Verführungsabsichten hinter die Ankleidewand.

Ein langer, schmerzhafter Augenblick verstrich, bevor Ashton sich wieder in der Hand hatte. Er fragte: »Soll ich Willabelle heraufschicken?«

»Nein. Ich glaube, ich brauche sie jetzt nicht.«

»Vielleicht sollte ich dir weiter zur Hand gehen?«

Sie lachte nervös, löste die Träger ihres Unterrocks und schob ihn mitsamt dem pinkfarbenen Kleid hinunter. »Ich kann mich des Eindrucks nicht erwehren, daß Sie das Herz eines Wüstlings haben, Mr. Wingate.«

Ashton schmunzelte. »Genau das hast du vor drei Jahren auch gesagt.«

»Dann ist mir wenigstens meine Schlagfertigkeit nicht abhanden gekommen.«

Ihre Augen trafen sich über der spanischen Wand. »Auf alle Fälle bist du immer noch so schön wie früher«, meinte er.

»Würden Sie mir mein Nachthemd bringen, das dort auf dem Sessel liegt?« bat sie und wich so dem Pfad aus, auf den er sie führen wollte.

Ashton gehorchte und reichte ihr das Gewand über die obere Kante der spanischen Wand. Während er darauf wartete, daß Lierin wieder hinter dem Schirm hervortrat, legte er sein zweireihiges Jackett ab, knöpfte Weste und Hemd auf und warf seine Krawatte über eine Stuhllehne. Als Lierin, mit dem Nachthemd angetan, hervorkam und zum Bett ging, vermochte er seinen Blick nicht von ihren schwingenden Hüften zu lösen. Er folgte ihr und kam sich dabei wie ein erregter Kater vor, der hinter einer

Katze herschleicht. Lierin spürte seine Nähe, und ihr Körper wurde steif vor Anspannung, als Ashton ihr die Hand auf den Rücken legte. Eine Welle der Erregung durchlief sie, ihr Herzschlag beschleunigte sich noch mehr.

Ashton drehte sie zu sich herum und studierte ihre Reaktion, als er sein Gesicht dem ihren näherte. Die grünen Augen flackerten unsicher, doch dann, kurz bevor sein Mund ihre Lippen berührte, sanken die Lider langsam herab. Der Kuß begann als sanfte Frage, seine Lippen streiften sacht über ihre, aber binnen Sekundenschnelle wurde aus dem leisen Knistern ein tosendes Feuer. Immer heftiger entflammte ihre Leidenschaft unter der Fackel seines Begehrens, bis sie nichts anderes mehr empfand als ein überwältigendes Verlangen nach Zärtlichkeit. Seine Hand glitt tiefer herab, er preßte sie an sich, während sein Mund sie zu verschlingen schien. Mit einem Seufzer drängte sie sich ihm entgegen, bis sie das Gefühl hatte, mit seinem Körper zu verschmelzen.

Ein Klopfen an der Tür riß sie unsanft in die Wirklichkeit zurück. Ashton hob den Kopf, murmelte einen Fluch und warf einen unwilligen Blick über die Schulter. Er war versucht, die Störung zu ignorieren, doch das Klopfen wiederholte sich, lauter und nachdrücklicher diesmal. Mit einem Knurren löste er sich von Lierin und ging zum Fenster. Er legte einen Riegel um und stieß die Flügel weit auf, damit die Nachtluft ihm Kühlung brachte, bevor er verbrannte.

Lierin brauchte ebenfalls einige Zeit, bis sie zumindest äußerlich wieder ruhig wirkte. »Ja bitte? Wer ist da?« rief sie.

Eine nur zu vertraute Stimme antwortete: »Marelda Rousse. Darf ich eintreten?«

Ashton fuhr sich wütend mit den Fingern durchs Haar und murmelte: »Irgendwann breche ich diesem Weib noch das Genick!«

»Einen Moment noch, Marelda«, bat Lierin und wartete, bis Ashton ihr mit einem Kopfnicken erlaubte, die Tür zu öffnen.

»Ich habe vor ein paar Tagen ein Bändchen Prosa hier liegenlassen«, sprudelte Marelda hervor, als sie sich an Lierin vorbei ins Zimmer drängte. »Ich möchte gern noch ein wenig darin lesen, bevor ich zu Bett gehe. Es hilft mir, mich zu entspannen.« Rasch suchten ihre Augen das Zimmer ab, bis sie entdeckte, weswegen sie gekommen war. »Oh! Ashton!« Sie brachte es fertig, überrascht zu klingen, obwohl sich doch ihr schlimmster Verdacht bestätigt hatte. Ihre Augen wurden kalt, dennoch hörte sie nicht auf zu lächeln. »Es tut mir leid, wenn ich euch... nun ja... bei irgend etwas gestört haben sollte, Liebling.«

Ashton begegnete ihrem Blick mit einem Stirnrunzeln, sagte aber nichts.

Seine Verärgerung entging ihr nicht, deswegen fuhr sie hastig fort: »Ich hole mir nur schnell das Buch. Es muß irgendwo da beim Sessel liegen.« Sie rauschte durch den Raum und nahm das Buch an sich, das sie bei ihrem ersten Besuch an Lierins Bett auf einem kleinen Tisch hatte liegen sehen. Aus Verzweiflung hatte sie Zuflucht zu dieser Lüge genommen; wohl ahnend, daß Ashton noch im Zimmer sein würde, hatte sie so doch einen Vorwand, einzudringen und möglicherweise beenden zu können, was immer sich darin abspielen mochte.

»Ach, Ashton...« Marelda verhielt an der Tür. »Ich glaube, ich habe Lärm aus dem Stall gehört, bevor ich nach oben gegangen bin. Meinst du, es könnte irgendwelche Schwierigkeiten mit den Pferden geben? Soll ich jemanden hinausschicken, damit er nach dem Rechten sieht? Oder willst du selbst gehen?«

»Ich kümmere mich darum«, knurrte Ashton, mittlerweile vollends in Rage.

»Soll ich bei Lierin bleiben, während du gehst?« Marelda lächelte, die Süße in Person.

Etwas steif antwortete Lierin für sich selbst: »Das wird nicht nötig sein, Marelda.«

»Nun, dann gute Nacht, und träumt schön«, zwitscherte Marelda, während sie die Tür schloß.

Zähneknirschend packte Ashton sein Jackett und warf es sich über die Schulter. »Das hat sie absichtlich getan.«

Lierin war ganz seiner Meinung, wollte seinen Ärger aber nicht noch mehr anfachen, deshalb sagte sie nur: »Ich hoffe, mit den Pferden ist alles in Ordnung.«

»Wahrscheinlich hat Marelda sich das auch nur ausgedacht«, antwortete Ashton. Seine Miene hellte sich auf, als er Lierin an sich zog. »Es ist eine Qual, dich zu verlassen.«

»Es wäre eine Qual, wenn du bliebest«, flüsterte sie. »Ich bin noch nicht soweit. Geh bitte, sieh nach den Pferden und gib mir Zeit zum Nachdenken.«

Ein leises Klopfen an der Tür veranlaßte Ashton, von den Zahlenkolonnen im Hauptbuch aufzublicken. Fast im selben Moment schlug die Uhr auf seinem Schreibtisch elf. Er erhob sich und streckte die Arme über den Kopf, um die verkrampften Schulterblätter zu entspannen. Nachdem er sich vorhin völlig umsonst zum Stall hinaus begeben hatte, fragte er sich, welches Ungemach ihm jetzt wohl bereitet würde. Unwillig öffnete er die Tür.

Der Anblick übertraf seine schlimmsten Befürchtungen. Auf der Schwelle stand Marelda, angetan mit einem locker fallenden, offenen Frisiermantel über einem durchsichtigen Nachthemd. Das Gewand enthüllte mehr, als es verbarg. Eigentlich war es kaum mehr als eine Spinnwebe über ihrem Körper. Das Haar fiel ihr in einer dunklen Kaskade über die Schultern, und als sie sich in sein Zimmer schob, wurden seine Sinne von einem süßen, schweren Duft bestürmt, bei dessen Verwendung sie mehr als großzügig gewesen war. Mit einem verführerischen Lächeln schloß sie die Tür und lehnte sich mit dem Rücken dagegen, wobei sie ihre kleinen Brüste vorschob, bis sie den hauchdünnen Stoff spannten. In ihren Augen stand die unzweideutige Einladung, zuzugreifen, und das Angebot, das sie ihm machte, anzunehmen. Als er nicht den geringsten Versuch in dieser Richtung unternahm, bewegte sie sich langsam auf ihn zu, bis er gezwungen war, zurückzuweichen, um den direkten Kontakt mit ihr zu vermeiden.

»Ich glaube, du machst einen Fehler«, sagte er. Zwei tiefe Falten zogen sich über seine Stirn.

»Keinen Fehler, Ashton.« Ihre roten Lippen teilten sich zu einem verführerischen Lächeln, während sie sich den Frisiermantel von den Schultern streifte und zu Boden fallen ließ. »Ich bin es leid, dir zwischen deiner Ehe und deiner Verblendung weiter aufzulauern«, sagte sie theatralisch. »Ich bin gekommen, um mich dir anzubieten, damit du nicht länger im unklaren darüber bleibst, was ich dir zu geben habe. Keine andere Frau kann deine Wünsche und dein Begehren so gut erfüllen wie ich, weil ich dich besser kenne als all diese Fremden, die du dir immer aussuchst. Sie sind nur flüchtige Verirrungen. Irgendwann wirst du ihrer überdrüssig werden, aber ich werde immer dasein, um dich zu lieben.«

Er schüttelte den Kopf, irritiert von ihrer Hartnäckigkeit. Hätte er ihr früher einmal in hitziger Leidenschaft nachgestellt, wäre ihm ihre Weigerung, ihn aufzugeben, ja noch verständlich gewesen. »Marelda, es tut mir leid. Ich bin nicht der richtige Mann für dich, und selbst wenn ich es wäre, besäße ich nicht mehr die Freiheit, dein Angebot anzunehmen.«

Doch sie dachte nicht daran, so einfach die Segel zu streichen. Mit sanftem Flehen versuchte sie weiter, ihn zu betören. »Du bist so frei, wie du sein willst, Ashton, und ich bin ebenfalls aus freiem Willen hier, um mich dir hinzugeben. Du weißt, daß du mich liebst. Warum wehrst du dich dagegen?«

Ashton starrte sie einen Moment lang sprachlos an, völlig überrascht von ihrer Argumentation. Dann seufzte er tief auf und versuchte, seine Worte mit einem halbherzigen Lächeln abzuschwächen. »Du irrst dich, Marelda, wirklich. Du mußt begreifen, daß ich meine Frau liebe.« Das Lächeln verschwand, und er sagte noch einmal, jedes Wort betonend: »Ich liebe Lierin.«

Endlich nahm Marelda die Worte auf, und in wenigen Sekunden vollzog sich eine schreckliche Veränderung mit ihr. Aus dem schwülen, seidigen Lächeln wurde ein wütendes Fauchen.

Ihre dunklen Augen loderten, und sie stürzte sich zischend auf ihn, um ihm mit gekrümmten Fingern das Gesicht zu zerkratzen.

»Beruhige dich doch, Marelda«, sagte er scharf, packte sie bei den Handgelenken und hielt sie von sich fort, während sie sich wütend hin und her wand. »So kommst du auch nicht weiter.«

Ein Knurren drang aus Mareldas Kehle. Sie riß sich los, bückte sich nach dem Frisiermantel, fuhr in die Ärmel und knotete den Gürtel zu. Rouge und Wimperntusche kontrastierten so scharf mit ihrem bleichen Teint, daß das wutverzerrte Gesicht einer Maske glich, nicht unähnlich dem einer verschmähten Dirne. Mit hektischen, abgehackten Bewegungen fuhr sie sich durchs Haar und bedachte Ashton dabei in scharfem, schrillem Tonfall mit einer ganzen Reihe übelster Schimpfworte aus der Gosse. Seine Augenbrauen hoben sich amüsiert, als er auf diese Weise Zeuge einer schmachvollen Abhandlung über mögliche Mißstände bei seiner Zeugung, Geburt und Erziehung wurde. Sie ließ keinen Abschnitt seines Lebens aus, bis sie in der jüngsten Vergangenheit angelangt war.

»Du schmierige Flußratte! Die ganze Zeit läufst du in diesen verdammten engen Hosen herum und wedelst mit deinem kleinen harten Hintern, bis ich mich so tief erniedrige, daß ich dir praktisch die Schlafzimmertür einrenne! Hilflos lege ich dir mein liebendes Herz in die Hände, und du reißt es in Stücke und schmeißt es mir wieder vor die Füße wie eine faule Frucht; dann drehst du mir den Rücken zu, selbstgefällig und eitel, um dich am Busen einer völlig Fremden zu erquicken.« Sie legte die Hand auf den Türknopf, warf den Kopf in den Nacken und kam zum Höhepunkt: »Du niederträchtiger Bastard! Schuft! Bah! Männer! Idioten bis zum letzten Atemzug, alle miteinander!«

Sie riß die Tür auf und schlug sie wieder hinter sich zu. Wenig später knallte die Tür ihres eigenen Zimmers mit weithin hörbarer Endgültigkeit ins Schloß.

Fünftes Kapitel

Marelda verließ Belle Chêne mit der Energieentfaltung eines Sommergewitters. Nach einer knappen Verabschiedung von den beiden älteren Damen, die auf die so plötzlich gefällte Entscheidung etwas benommen reagierten, ordnete sie an, ihren großen Koffer hinten auf ihrem Landauer zu verzurren, und als Ashton erschien, um ihr Lebewohl zu sagen, bedachte sie ihn nur mit einem kurzen Nicken, ignorierte die dargebotene Hand und ließ sich von ihrem Fahrer in die Kutsche helfen. Als das Gefährt davonrollte, warfen sich Amanda und Jennifer Ashton neugierige Seitenblicke zu, aber keine von beiden konnte sich das breite Lächeln erklären, das langsam auf sein Gesicht trat.

Marelda schäumte noch immer vor Wut. Auf der ganzen Fahrt nach Natchez murmelte sie finstere Flüche und hoffte dabei, daß sich die Erde öffnen möge, um den Herrn von Belle Chêne und seine Auserwählte zu verschlingen. Die Nachricht vom gemeinsamen Ableben der beiden würde ihr den Rest ihrer Tage versüßen, das stand fest. Sie gelobte hoch und heilig, auf dem Grab der kleinen Schlampe einen Freudentanz aufzuführen. Sie hatte mehr als genug unter diesem Miststück gelitten. Wie intensiv ihre Bemühungen auch gewesen waren, die Familie hatte sie alle zunichte gemacht, indem sie sich von dieser Heuchlerin blenden ließ. Wie gemein, wie unfair! Sie, Marelda, hatte Schweres erlitten, nicht diese Unschuld vom Lande!

Die Ereignisse des Vorabends stiegen immer wieder vor ihrem inneren Auge auf – direkt aus der Hölle, so schien es – und gaben ihrem Haß neue Nahrung. Sie beschränkte sich nicht darauf, das Paar zu verfluchen und zu schmähen, nein, im Geist zog sie sie nackt aus und spannte sie auf ein Folterbett, wo ihnen glühende Kohlen aufs Fleisch gepreßt wurden, für jede Demütigung eine. Es dauerte nicht lange, da ließ ihr Rachedurst sie über tatsächliche Möglichkeiten nachdenken, den beiden das Leben schwerzumachen. Doch sehr zu ihrem Leidwesen schien es keinen Weg zu geben, auf dem sie zum Erfolg gelangen konnte. Justitia würde sich ihren Argumenten blindäugig verschließen, und was immer sie anstellte, am Ende würde sie höchstwahrscheinlich selbst die Dumme sein. Die Angst, sich in ihren eigenen Fallstricken zu verfangen, bewog sie, über diesen Punkt nicht länger nachzudenken, jedenfalls für den Augenblick. Bis sie eine Idee hatte, wie sie es den beiden heimzahlen konnte, ohne sich ins eigene Fleisch zu schneiden, konnten Ashton und Lierin sich vor ihr sicher wähnen.

Die Kutsche ratterte die Hauptstraße von Natchez hinunter, vorbei an einer Gruppe von Männern, die vor einer Taverne auf dem Gehsteig standen und palaverten. Marelda interessierte sich nicht sonderlich für die Versammlung, bis sie M. Horace Titch unter den Männern entdeckte. Er stand ganz außen und hüpfte mit seinen kurzen Beinen auf und nieder, um besser sehen zu können, aber die anderen schienen ihn größtenteils zu ignorieren. Sie hatte Titch immer für einen eher komischen Vogel gehalten und sich oft hinter seinem Rücken über ihn lustig gemacht, aber die bewundernden Blicke, mit denen er ihr nachzuschauen pflegte, waren ihr ebenfalls nicht entgangen. Vielleicht konnte sie ihn für ihre Pläne einspannen, ohne ihm dafür mehr schenken zu müssen als ein Dankeslächeln.

Sie wechselte ein Wort mit dem Kutscher, und eine Sekunde später hielt der geschlossene Landauer neben dem Gehsteig. Sie lehnte sich aus dem Fenster und winkte mit ihrem Taschentuch, um die Aufmerksamkeit des kleinen Mannes auf sich zu lenken. »Mr. Titch! Juuuhu! Mr. Titch!«

Horace Titch blickte sich um, und als er merkte, wen es nach ihm verlangte, begann er zu strahlen. Umgehend entschuldigte er sich bei seinen Gefährten und watschelte eilig auf die Kutsche zu. Als er sie erreichte, war er ganz außer Atem vor Freude. »Meine liebe Miss Rousse! Ich bin überglücklich, Sie zu sehen!«

Die Bühne war tatsächlich um eins ihrer hoffnungsvollsten Talente betrogen worden, als Marelda Rousse sich dazu entschlossen hatte, das behütete Leben einer reichen Erbin zu führen. Ihre Glanznummer war die Verkörperung der gezierten, etwas spröden jungen Dame, die sie Titch jetzt vorführte. Natürlich wäre Horace auch mit einer etwas weniger ausgefeilten Leistung zufriedenzustellen gewesen, beeindruckten ihn doch schon die schüchtern niedergeschlagenen Augen über dem scheuen Lächeln zutiefst. »Sie sind überaus galant, Mr. Titch. Bei Ihnen kommt eine Dame sich wie etwas ganz Besonderes vor.«

»Aber Sie sind etwas Besonderes, Miss Rousse«, erwiderte Titch bereitwillig. »Etwas ganz Besonderes.«

»Ach, Mr. Titch, Sie sagen immer so nette Dinge. Man muß ja richtig aufpassen, daß man nicht den Kopf verliert, bei soviel honigsüßer Schmeichelei.«

Horace überschlug sich fast vor Begeisterung. »Nein, nein, das hat mit Schmeichelei überhaupt nichts zu tun! Sie sind die hinreißendste Frau von ganz Natchez! Und auch die schönste, wenn ich so sagen darf.«

Marelda senkte neuerlich den Blick und lächelte verlegen. »Ich fürchte, wenn Sie weiter so reden, treiben Sie mir die Röte in die Wangen, Mr. Titch.«

Horace warf sich in die Brust, was seine großkarierte Weste gefährlich spannte. Noch nie zuvor hatte er die Wangen einer Frau zum Erröten gebracht, es sei denn vor Wut, und die Vorstellung, daß er derart Außerordentliches bei der hinreißenden Marelda Rousse fertigbringen sollte, gab seinem Ego einen mächtigen Schub. Während er noch in diesem Moment des Entzückens schwelgte, merkte er auf einmal, daß ein sorgenvolles Stirnrunzeln an die Stelle ihres Lächelns trat und sie anfing, das Taschentuch in ihren Händen nervös zu kneten. Endlich fiel ihm wieder ein, daß sie ihn ja gerufen hatte, und er fragte vorsichtig: »Eh... kann ich Ihnen bei irgend etwas behilflich sein, Miss Rousse?«

»Oh, Mr. Titch, ich würde es nie wagen, Sie zu behelligen...«

»Ich bitte Sie, das wäre mir doch ein Vergnügen.«

»Nun, wenn Sie sicher sind, daß es nicht zuviel verlangt wäre...«

»Ganz gewiß nicht, Miss Rousse!« rief Horace aus. »Was immer Sie wünschen, wenn es in meiner Macht steht, wird es in Erfüllung gehen.«

Marelda mimte zögerndes Widerstreben, als sie log: »Ich weiß einfach nicht, an wen ich mich wenden soll. Wissen Sie, mein Onkel kommt zu Besuch, und er hat es sich zur Angewohnheit gemacht, am Abend einen kleinen Punsch zu sich zu nehmen – natürlich nur aus gesundheitlichen Gründen, verstehen Sie?«

»Oh, aber natürlich!«

Ihre Stimme klang zuckersüß, als sie affektiert fortfuhr: »Dummerweise habe ich vergessen, die Diener loszuschicken und eine oder zwei Flaschen für die Speisekammer zu besorgen, und dabei kommt er schon heute abend. Ich sage Ihnen, ohne einen Mann im Haus, der sich um solche Belange kümmern kann, bin ich schlichtweg verloren. Der Spirituosenschrank ist knochentrocken, und wenn ich meinem Onkel nicht eine Kleinigkeit anbiete, muß er ja einen entsetzlichen Eindruck von meiner Gastfreundschaft bekommen. Ich scheue davor zurück, selbst in eine Kneipe zu gehen, das verstehen Sie doch, nicht wahr? Eine Frau wie ich kann sich schlecht auf diesem so durch und durch männlichen Terrain sehen lassen. Und wenn ich meinen Fahrer schicke, muß er die Kutsche unbeaufsichtigt lassen.«

»Oh, bitte! Erlauben Sie mir, das für Sie zu erledigen, Miss Rousse.« Horace schluckte den Köder.

»Ach, würden Sie das tun, Mr. Titch?« Marelda löste den Schnürverschluß ihrer Geldbörse; ein paar Münzen klirrten gegeneinander, als sie darin herumzukramen begann. »Wenn Sie noch einen Moment Geduld hätten, hier habe ich Geld, Sir.«

Feuer und Flamme von der Vorstellung, dieser hinreißenden

Frau helfen zu können, beeilte Horace sich zu sagen: »Davon will ich nichts hören, Miss Rousse. Ich bitte Sie, lassen Sie mich Ihnen diesen Gefallen wie ein Gentleman alter Schule erweisen. Das ist ja wohl das mindeste, was ich tun kann.«

Eifrig machte Horace sich auf den Weg. Seine kurzen raschen Schritte ähnelten denen einer Ente, die einen zugefrorenen See überquert. Ganz berauscht von seiner ruhmvollen Aufgabe, überlegte er im Gehen, daß der bezaubernden jungen Dame mit zwei oder drei Flaschen bestimmt noch besser gedient wäre als mit einer.

Mareldas Augen nahmen einen wilden Glanz an, als eine ganze Reihe von Gedanken auf sie einstürmte. Ihre Liebe zum Geld war von dem kleinen Vermögen, das ihr Vater ihr hinterlassen hatte, beileibe nicht gestillt worden, und da ging eine Quelle, die sie noch nie zuvor ernsthaft wahrgenommen hatte und die zu erschließen durchaus lohnend sein mochte. Die Familie Titch besaß Geld genug, um die Nachteile des kleinen Knaben auszugleichen. Horace seinerseits schien außerordentlich erpicht darauf, ihr jeden Wunsch von den Augen abzulesen. So gefangengenommen war sie von der Aussicht, ihren Reichtum zu vergrößern, daß nur Sekunden verstrichen schienen, als die Tür der Schenke wieder aufflog und Horace Titch herauswatschelte, einen großen Stoffsack tragend. Unverzüglich schlug er den Weg zur Kutsche ein, öffnete mit einer Hand den Schlag und setzte mit der anderen seine Gaben zu Mareldas Füßen ab.

»Das reicht erst mal für ein paar Tage, Miss Rousse.« Er schlug den Sack oben auseinander, damit sie einen Blick hineinwerfen konnte. »Vier Flaschen. Ihrem... eh... Onkel soll es während seines Besuchs an nichts mangeln.«

»Oh, Mr. Titch, jetzt stehe ich aber tief in ihrer Schuld. Wie soll ich das je wiedergutmachen? Möchten Sie ein Stück mitfahren? Vielleicht kann ich Sie irgendwo absetzen?«

»Es wäre mir ein Vergnügen, mit Ihnen in Ihrer Kutsche fahren zu dürfen, und jeder Ort, an dem es Ihnen beliebt, mich abzusetzen, fände meinen Beifall.« Er gestikulierte zu einem Farbigen hinüber, der auf der anderen Straßenseite auf der Bockbank einer wartenden Kutsche saß, ihm nachzufahren.

Horace hievte sich ins Innere des Landauers und nahm auf der Bank gegenüber der jungen Frau Platz. Er schien sich in ihrer Gesellschaft noch etwas unbehaglich zu fühlen.

Marelda wedelte mit dem Taschentuch zu der Gruppe von palavernden Männern hinüber, der er den Rücken gekehrt hatte. »Ich hoffe, ich reiße Sie nicht von einer wichtigen Diskussion mit Ihren Freunden fort.«

»Wichtig genug, um jeden Mann, jede Frau und jedes Kind in Natchez in Angst und Schrecken zu versetzen, wenn sie die Wahrheit wüßten«, verkündete Titch mit bedeutungsvoller Miene. »Wir müssen umgehend handeln, das ist mal klar.«

»Du meine Güte, das klingt ja fürchterlich wichtig.« Marelda flatterte mit den Wimpern, um ihre Neugier zu verbergen. »Von was für einer Wahrheit sprechen Sie denn, Mr. Titch?«

»Na ja, von diesen Verrückten, die aus dem Irrenhaus abgehauen sind, natürlich!«

Mareldas Überraschung war echt. »Aus der Anstalt geflohen?«

»Haben Sie davon noch gar nichts gehört?« Horace war überglücklich, sie ins Bild setzen zu können. »Das Irrenhaus ist abgebrannt, und mehrere der Insassen konnten in dem Chaos entwischen. In diesem Moment rennen sie irgendwo da draußen frei herum, und niemand kann sagen, in was für einer Gefahr wir schweben.«

»Aber wann ist das denn passiert?«

»An demselben Abend, an dem wir alle auf Belle Chêne waren und Ashton Wingates Rückkehr erwarteten.«

Marelda lehnte sich zurück und starrte Horace an, während ihre Gedanken sich langsam im Kreis drehten. Ashton hatte gesagt, diese Lierin könnte sich aus einem brennenden Haus gerettet haben, und siehe da, eben erfuhr sie, daß das Irrenhaus in Flammen aufgegangen war. Handelte es sich nur um einen Zufall? Oder war das ein Glücksfall für sie? Im Geist rieb sie sich schadenfroh die Hände und hätte beinahe laut herausgelacht. Vielleicht sollte sie doch noch zu ihrer Rache kommen, ohne sich dabei selbst in Gefahr zu bringen.

Sie bemühte sich um eine besorgte Miene, als sie den kleinen Mann auf der Bank gegenüber ansah und sich scheinheilig erkundigte: »Glauben Sie, das Mädchen, das Ashton mit nach Hause gebracht hat, könnte aus diesem Irrenhaus entflohen sein?«

Horace Titchs buschige Augenbrauen hoben sich überrascht. Diese Möglichkeit hatte er noch gar nicht in Betracht gezogen. »Warum nicht? Wenn ich es mir genau überlege...«

»Ashton behauptet, sie sei seine vor Jahren gestorbene und jetzt wieder zum Leben erwachte Frau, aber wer soll das wohl glauben?« Marelda konnte geradezu sehen, wie Horace nach den Körnern schnappte, die sie ihm hinwarf. »Wie kann es sich um seine Frau handeln, wenn jeder weiß, daß Lierin Wingate vor drei Jahren ertrunken ist?«

»Aber warum... warum sollte Ashton vorgeben, sie sei seine Frau, wenn sie es in Wirklichkeit gar nicht ist?«

Marelda legte die Stirn in sorgenvolle Falten, bevor sie schulterzuckend antwortete: »Es ist mir fast peinlich, daß ich diejenige bin, die es ausspricht, aber Sie wissen doch, wie Ashton ist, wenn er eine hübsche Larve sieht. Er weiß, daß sie vielleicht aus der Anstalt kommt, und sie behauptet, sich an nichts erinnern zu können – na, wenn das nicht außerordentlich bequem für ihn ist!«

Horace rieb sich nachdenklich das Kinn. Was Miss Rousse da sagte, konnte durchaus der Wahrheit entsprechen, aber er würde es nie wagen, Ashton gegenüberzutreten und ihn der Lüge zu zeihen. »Ich würde sagen, da hat aber jemand einen sicheren Unterschlupf gefunden.«

Marelda war bestürzt, daß er die Gelegenheit, die sie ihm bot, nicht mit beiden Händen ergriff. »Was wollen Sie damit andeuten?«

»Niemand wird es wagen, sich mit Ashton Wingate anzulegen«, antwortete er schlicht.

»Aber das Mädchen ist möglicherweise aus dem Irrenhaus entflohen!« Enttäuscht über seinen Mangel an Courage schleuderte sie ihm seine eigenen Worte entgegen. »Wir könnten alle in größter Gefahr schweben!«

»Ich fürchte, wir werden abwarten müssen, bis sie etwas anstellt, ehe wir sie aus Belle Chêne herausholen können.«

»Aber was anstellt?« Marelda mußte sich anstrengen, ihre wachsende Verärgerung vor ihrem Gegenüber zu verbergen. »Meinen Sie, bis sie jemanden umbringt?«

»Oder verletzt.« Es mußte schon etwas Drastisches sein, damit er sich in der Lage sah, etwas gegen Wingate zu unternehmen, und er konnte sich vorstellen, daß es den anderen genauso erging.

»Ich werde kein Auge zutun können!« verkündete Marelda, obwohl jeder, der sie kannte, wußte, daß nach ein paar Gläsern Punsch nichts mehr ihren Schlaf stören konnte, und wäre der mächtige Mississippi über die Ufer getreten, um ihr Haus davonzuspülen. »Ich könnte von dieser Frau in meinem Bett ermordet werden, und niemand würde eine Hand rühren, um mich zu schützen.«

»Ich würde Ihnen nur zu gern meinen Schutz anbieten, Miss Rousse«, gab Horace ihr großzügig zu verstehen. »Wenn Sie sich dann besser aufgehoben fühlen, schaue ich gern jeden Tag... oder... eh... Abend bei Ihnen herein und sehe nach dem Rechten.«

»Oh, würden Sie das tun, Horace?« Mit einem warmen Lächeln legte sie ihm ihre behandschuhte Hand auf den Arm. »Sie sind in der Tat ein echter Freund.«

Nun, da Mumford Horace Titchs Vernarrtheit in Marelda Rousse endlich einen gewissen Auftrieb erhalten hatte, stieg sie ins Unermeßliche. Widerstrebend ließ er eine Woche verstreichen, um ihrem Onkel nicht in die Hände zu laufen, ehe er sich einen guten Vorwand ausdachte und an ihre Tür klopfte. Das Mädchen ließ ihn herein und musterte ihn mit einiger Skepsis, ehe es ihn in den Salon führte und dort warten hieß, bis es die Herrin von seinem Besuch in Kenntnis gesetzt hatte. Obwohl die Uhr auf dem Kaminsims fast schon elf Uhr vormittags zeigte, schien Marelda noch zu schlafen; in seinem Eifer, die neuen Pflichten auf Punkt und Komma zu erfüllen, hatte Horace übersehen, daß die Lady eine Spätaufsteherin war. Das Mädchen brachte ihm Kaffee in einer silbernen Kanne, und seine Finger trommelten nervös auf den Rand der Porzellantasse, indes die Uhr tickend die Sekunden zählte. Er war gerade bei der zweiten Tasse des schwarzen, bitteren Gebräus angelangt, als Marelda endlich in den Salon segelte, doch das Warten hatte sich gelohnt, zumindest aus seiner Perspektive. Sie hatte sich allem Anschein nach nur rasch ein Kleid übergeworfen, und das dünne Gewand ließ soviel von ihrem Busen erahnen, daß ihm der starke Kaffee zu Kopf stieg.

»Ich bitte untertänigst um Entschuldigung, meine Gnädigste!« stammelte Horace und sprang auf, wobei er sich beinahe das brühheiße Getränk über die Oberschenkel geschüttet hätte. »Es lag nicht in meiner Absicht, Ihren Schlaf zu stören.«

Marelda schlenderte durch den Raum, schenkte sich selbst ebenfalls eine Tasse ein, süßte den Kaffee mit einigen Löffeln Zucker und hellte die Farbe mit ein paar Tropfen Sahne auf. Dann erst bemerkte sie den krebsroten Ton von Horace Titchs Gesicht. Seine Augen schienen aus den Höhlen zu treten und direkt in ihr kunstvoll arrangiertes Dekolleté zu rollen. Da er jeden Moment einen Herzanfall erleiden konnte, wandte sie ihm wie zufällig den Rücken zu, während sie die Tasse an den Mund setzte.

»Zerbrechen Sie sich deswegen nicht den Kopf, Mr. Titch. Ich hatte um diese… eh… Zeit nur noch nicht mit einem Besucher gerechnet.« Sie streifte die Uhr mit einem trägen Blick, wobei sie ihm ganz beiläufig ihr linkes Profil, das sie für ihre Schokoladenseite hielt, zuwandte. »Hätte ich auch nur im mindesten damit gerechnet, daß Sie wirklich vorbeischauen würden, um nach meinem Wohlergehen zu sehen, hätte ich mich natürlich besser vorbereitet.« Was kaum der Wahrheit entsprach, aber darum scherte sie sich nicht einen Deut; vielmehr genoß sie den Effekt, den sie in mehr oder weniger halb angezogenem Zustand auf den kleinen, rundlichen Mann hatte.

»Bitte«, murmelte sie großzügig und deutete flüchtig auf den Sessel, aus dem er hochgeschossen war, »machen Sie es sich doch bequem.« Während er gehorchte, nahm sie auf einem Stuhl ihm gegenüber Platz und ließ kurz ein Fußgelenk aufblitzen, ehe sie es wieder unter ihrem Kleid versteckte.

In Horaces Kopf war immer noch ein einziges Durcheinander aus schwellenden Brüsten, schläfrigen dunklen Augen und rubinroten Lippen, als diese neue Lockung ihn anfiel und ihm den Schweiß auf die Oberlippe trieb. Er reckte den Hals und drehte ihn hin und her, um seine Krawatte zu lockern, die ihm plötzlich zu eng geworden war.

»Ich... nun ja... ich meine, wenn wir jetzt doch Freunde sind, dann... eh... klingt ›Mister‹ so... eh... förmlich. Vielleicht...« Er scheute davor zurück, einen derart deutlichen Vorschlag in Worte zu kleiden, und zeigte sich ausgesprochen erleichtert, als die Dame zu verstehen schien.

»Natürlich.« Sie trank einen Schluck und sah ihm dabei über den Rand der Tasse in die Augen. »Sie dürfen mich Marelda nennen, und ich«, sie beugte sich vor und schenkte ihm ein verführerisches Lächeln, »werde Sie Mumford nennen.«

Es kostete ihn eine große Anstrengung, den Blick von ihrem Dekolleté zu lösen und ihr in die Augen zu sehen. Es war unglaublich schwierig, Marelda zu korrigieren, denn er wollte auf keinen Fall, daß sie das Gefühl hatte, etwas an ihr mißfalle ihm. »Ich... eh...« Der Schweiß rann ihm nun in Strömen über das Gesicht. Er fuhr sich mit dem Finger unter den Kragen, wobei er sich verzweifelt nach frischer, kühler Luft sehnte. »Mein... eh... zweiter Vorname ist Horace, und ich...«

»Aber Liebling«, sie zog einen kleinen, süßen Schmollmund, »Mumford gefällt mir viel besser, oder vielleicht sogar...«

Horace krümmte sich, als ahnte er, was auf ihn zukam.

»Mummy!«

»Ich… eh… Horace höre ich wirklich am liebsten.« Seine Stimme wurde sehr klein, als er es solcherart wagte, einer höchst begehrenswerten Frau zu widersprechen. »Meine Mutter und Sissy haben mich immer Mummy genannt, und die anderen Jungen…« Die Erinnerung an einige ihrer Spötteleien kam ihn wirklich gar zu schmerzlich an. Hochaufgerichtet saß er auf der Sesselkante, starrte seine Schuhspitzen an und versuchte, das Thema zu wechseln, ohne gleichzeitig den Kaffee aus der Tasse in seiner Hand zu verschütten.

»Natürlich, mein Lieber.« Marelda stellte ihre Tasse beiseite und erhob sich. »Wie Sie wollen.«

Strampelnd kam Horace auf die Beine, als sie dicht auf ihn zutrat. Der süße Lavendelduft ihrer Haut benahm ihm die Sinne.

»Sie können sehen, daß hier alles in Ordnung ist und ich mich nicht in Gefahr befinde«, stellte sie in sachlichem Tonfall fest. Sie fuhr sich mit der Hand über die Hüfte, um das Gewand zu glätten, und ihr entging nicht, wie seine Augen der Bewegung folgten. »Es ist bald Mittag, und ich muß mich nun wirklich anziehen und um das Essen kümmern.« Welches der Koch hoffentlich bald fertig hatte, wenn ihm sein Leben lieb war. Sie hielt nicht viel vom Frühstücken, es sei denn, sie weilte bei den Wingates; ihr schauderte beinahe, wenn sie an die Zeit dachte, zu der man dort draußen aufstand. »Hatten Sie sonst noch etwas auf dem Herzen? Haben Sie irgend etwas über diese Frau bei den Wingates herausgefunden?«

Marelda ergriff seinen Arm und führte ihn zur Tür, wobei sie ihn wie zufällig mit ihrem Busen streifte. »Ich möchte wetten, daß sie eine von den geflüchteten Irren ist. Warum sonst sollte sie am selben Abend, nur mit einem Nachthemd angetan, durch den Wald reiten? Es ist wirklich eine Schande, daß niemand Ashton… nun… wenigstens darauf hinweist. Er geht immerhin ein großes Risiko ein, wenn er sie dort draußen bei sich wohnen läßt. Stellen Sie sich doch einmal vor, *sie* hätte das Irrenhaus in Brand gesetzt und wartete jetzt nur darauf, Belle Chêne ebenfalls abzubrennen.«

Irgendwie fand M. Horace Titch sich draußen auf der Veranda wieder, ohne eine genaue Erinnerung daran zu haben, wie er dorthin gelangt war. Er konnte sich süßer Lippen entsinnen, die zu einem peinigenden Lächeln geformt waren, bevor die Tür sie seinen Blicken entzog, doch die Erinnerung an die weiche Brust, die sich gegen seinen Arm preßte, überstrahlte alles andere; sein Herz hämmerte in wildem Takt. Nach und nach klärte sich sein Kopf in der kühlen Luft, und er stellte fest, daß er einen Hut in der Hand hielt. Da der Hut allem Anschein nach ihm gehörte, setzte er ihn auf und machte sich dann auf den Heimweg. Das Rattern von Wagenrädern neben ihm erinnerte ihn daran, daß er in einer Kutsche vorgefahren war. Er stieg hinein und überlegte dabei, ob er an Ashton Wingate wegen des Mädchens herantreten sollte und was ihm wohl blühte, wenn er sich dabei nicht äußerst geschickt anstellte.

Er hörte nicht auf, das Problem von allen Seiten zu betrachten, doch wann immer er glaubte, eine Taktik gefunden zu haben, die sich mit einiger Diplomatie in die Tat umsetzen ließ, gaukelte ihm seine Phantasie eine Szene vor, an deren Ende Ashton Wingate seiner Wut freien Lauf ließ und ihm, Mumford Horace Titch, auf die verschiedenste Art und Weise geradezu schauerlich mitspielte. Seine Gedanken beschäftigten sich immer noch mit diesem Dilemma, als die Kutsche um eine Ecke bog, an der sich ein paar Männer zusammengerottet hatten. Ein laut geäußertes Wort erregte seine Aufmerksamkeit.

»...Irrenhaus!«

Sofort klopfte Horace ans Dach und befahl seinem Kutscher zu halten. Er stieg aus, näherte sich der Versammlung und hörte neugierig zu. Ein Mann auf einem schweißbedeckten Pferd führte das große Wort.

»Yeah, sie haben ihn in einem der Hinterzimmer gefunden, ein Messer im Rücken. Der Sheriff vermutet, daß es sich um einen der Aufseher handelt und der Brand absichtlich gelegt wurde, um den Mord zu vertuschen. Meiner Ansicht nach hat ihn einer dieser Insassen, die entwischt sind, in einem günstigen Augenblick erledigt, ihm die Schlüssel geklaut, das Feuer gelegt und sich dann davongemacht.«

Die Männer begleiteten diesen Bericht mit gemurmelten Kommentaren und wurden immer wütender, je unheimlicher sich die Vermutungen über die entkommenen Insassen anhörten. Während er lauschte, erkannte Horace, daß er Ashton Wingate vielleicht gar nicht selbst gegenübertreten mußte, wenn er diesen Burschen sein Wissen richtig verkaufte.

Er blickte sich um und stellte fest, daß es sich bei den meisten der Männer um Säufer und Tagelöhner handelte, die nur vorübergehend mal einen Job annahmen, um sich das nötige Kleingeld für die Tavernen zu verschaffen. An ihrer Kleidung konnte man unschwer erkennen, daß sie nicht zur wohlhabenden Schicht gehörten und sich von der Gegenwart eines reichen Mannes vielleicht beeindruckt zeigten. Da er sich Mareldas wegen in seine neueste und beste Schale geworfen hatte, strahlte er genug Glanz aus, um in den Augen dieser armen Schlucker ehrfurchtgebietend zu wirken. Sein feiner grauer Rock und die dazu passenden Hosen waren mit schmalen pflaumenfarbenen Streifen durchsetzt, die Brokatweste hatte ein ebenfalls pflaumenfarbenes Blümchenmuster. Zusammen mit der blaugrau bestickten Seidenkrawatte hätte dieser Aufzug vielleicht sogar Ashton Wingate gelb vor Neid werden lassen.

Horace räusperte sich, um die Aufmerksamkeit der anderen auf sich zu lenken. »Leute, hört mir mal zu. Wir müssen etwas tun, um uns gegen diese Irren zu schützen, die da draußen frei herumlaufen. Hier ist ja niemand mehr sicher, und unsere Frauen riskieren jedesmal ihr Leben, wenn sie allein in Natchez unterwegs sind.«

Die Männer nickten und brummten zustimmend. Nach ein paar Sekunden widmeten sie Horace Titch wieder ihre ganze Aufmerksamkeit. Er warf sich in die Brust und hakte die Daumen in die Westentaschen, um ausführlicher auf sein neues Lieblingsthema einzugehen. Er merkte, daß einige ihn mit offenem Mund anstarrten, was ihn angesichts seiner natürlichen Autorität und der teuren Kleidung nicht im geringsten verwunderte. Einer der Burschen beugte sich zu seinem Nachbarn und murmelte: »Das is' doch kein Mann, was sich so früh am Tag schon in so 'ne Kleidung schmeißt.«

Horace tat, als habe er nichts gehört. Der Mann rieb sich das Stoppelkinn und fuhr fort: »Hat wahrscheinlich die ganze Nacht Gin gesoffen und sich dann auch noch mit einer von Cottonmouth Maggies Puppen amüsiert.«

»Wir müssen die Sache selbst in die Hand nehmen«, bellte Horace. »Nicht nur die Frauen schweben in höchster Gefahr. Verläßlichen Quellen zufolge haben solche Leute häufig die Kraft von fünf oder sechs Männern. Sie bringen es fertig, einen guten Bürger und Steuerzahler wegen der paar Pennies in seiner Tasche in Stücke zu reißen!« Er suchte nach den richtigen Worten, die den zündenden Funken überspringen ließen. »Ich sage euch, es ist höchste Zeit, daß wir uns zusammentun und die Verrückten wieder einfangen, bevor sie uns an die Gurgel gehen!«

Schweigen senkte sich auf die Gruppe, als die Männer merkten, daß er sie tatsächlich aufforderte, etwas zu unternehmen. Inzwischen hatten sich noch ein paar neugierige Seelen dazugesellt; jemand ließ einen Krug herumgehen, damit eventuell durstige Kehlen befeuchtet werden konnten.

»Bisher wurde angenommen, daß es sich bei den entsprungenen Insassen ausschließlich um Männer handelte, aber ich habe gehört, daß auch eine Frau darunter gewesen sein soll. Tatsache ist, daß in derselben Nacht, in der das Irrenhaus abgebrannt ist, Ashton Wingate ein verletztes Mädchen mit nach Hause gebracht hat, das nur ein Nachthemd trug und von oben bis unten mit Matsch und blauen Flecken bedeckt war. Wenn man bedenkt, daß zwischen Belle Chêne und dem Irrenhaus nur ein paar Meilen Sumpfgebiet liegen, bleiben eigentlich nicht viele Schlußfolgerungen übrig, oder?«

Einige der Männer nickten zustimmend.

»Ich will mir gar nicht ausmalen, was sie den armen Leuten da draußen antun könnte oder den beiden alten Ladies, wenn Ashton auf Geschäftsreise ist und sie allein zu Hause läßt. Vielleicht legt sie wieder mal ein kleines Feuerchen?«

Die meisten vermochten keine große Sympathie für die alten Damen aufzubringen, vor allem dann nicht, wenn sie an den großen schwarzen Aufseher dachten, der dort draußen das Kommando führte. Vor nicht allzu langer Zeit erst hatte Ashton Wingate unter Beweis gestellt, was passierte, wenn sich einer an seinem Besitz vergriff. Sie konnten sich daran erinnern, daß er einmal sogar den Sheriff gerufen hatte, damit er ein paar Männer abholte, die dort draußen auf Waschbärenjagd gegangen waren, und nach einigen Stunden hinter Gittern mußten sie ihm auch noch die Kuh bezahlen, die bei Nacht und aus der Entfernung wirklich wie ein Waschbär ausgesehen hatte. Es gab Geschichten davon, wie Männer für Belle Chêne angeworben worden waren und da draußen dann Seite an Seite mit Sklaven arbeiten mußten. Jeder wußte, daß man bei Ashton Wingate nicht einen einzigen Tageslohn verdienen konnte, ohne dafür arbeiten zu müssen, bis einem das Fleisch in Fetzen von den Knochen hing. Jede Möglichkeit, ihm in die Suppe zu spucken, mußte also wahrgenommen werden, und diese schien weit besser zu sein als die meisten. Wann ergab sich schon mal die prächtige Gelegenheit, Wingate den Hintern auf seiner eigenen Veranda zu versohlen...

»Wir dürfen derartige Zustände gar nicht erst einreißen lassen!« schrie Horace, als liefe ihm schon bei dem Gedanken daran ein Schauer über den Rücken. »Diese Irre könnte ein Dutzend Leute oder mehr umbringen, wenn man sie nicht wieder zurückschafft!«

Diesmal ertönte beifälliges Gebrüll, und als wieder Ruhe war, fuhr Horace mit seiner hohen, schrillen Stimme fort: »Wir würden uns allen einen Gefallen damit tun, und außerdem ist es unsere heilige Pflicht, die Straßen wieder sicher für unsere Frauen und Kinder zu machen.«

»Recht haben Sie!« brüllte jemand. Andere fielen ein. »Wer weiß, wie man da hinkommt? Wir brauchen jemanden, der uns führt!«

Horace wollte auf keinen Fall, daß die Stimmung wieder umschlug. »Das werde ich tun!« rief er und wurde sich im selben Moment seines Fehlers bewußt. »Ich werde euch eine Karte zeichnen«, korrigierte er sich rasch. Seine Stimme wurde leiser, als er hinzufügte: »Ich... eh... würde ja selbst gehen, aber ich habe kein Pferd...«

»Nehmen Sie meins! Wir brauchen jemanden, der uns den Weg zeigt.«

Entsetzt starrte Horace seine Hand an, in der sich auf einmal ein Paar Zügel befanden; er blickte auf, doch der Besitzer des Pferdes war nirgendwo mehr zu sehen. Der grobknochige Klepper am anderen Ende der Lederriemen erwiderte Horaces Blick mit tückischem Starren. Das Tier sah aus, als wäre es von einem Stümper zusammengesetzt worden, der blindlings einen Haufen langer spitzer Knochen in eine braungesprenkelte und größtenteils behaarte Tierhaut gesteckt hatte. Die schmalen Augen des Kleppers ließen die kaum verhohlene Absicht erkennen, es jedermann heimzuzahlen, der dumm genug sein sollte, seinen Rücken zu besteigen. Horace erschauerte, als ihm einfiel, welche Schmerzen seinen bisher letzten Reitversuch begleitet hatten. Damals hatte er geschworen, sich für alle Zeit auf die gutgepolsterte Sitzbank in seiner Kutsche zu beschränken.

»Ich... eh... kann doch nicht...«, murmelte er schwächlich, ehe er den Blick von diesem bösartigen Starren abwandte. Mit einem gut gespielten Anflug neuer Tapferkeit rief er dann: »Niemand kann sagen, wie gewalttätig diese Frau vielleicht ist. Jemand sollte...«

»Hier!« Von irgendwoher flog eine rostige doppelläufige Schrotflinte durch die Luft und landete in seinen Händen. »Entsichert und geladen«, rief eine Stimme. »Seien Sie also nett zu ihr wie zu 'nem Baby, klar?«

Feuerwaffen gehörten ebenfalls zu den Dingen, die Horace nie begriffen hatte. Immer wenn sie losgingen, blutete er hinterher an irgendeiner Stelle seines Körpers. Zuerst hatte sein Vater Hohn und Spott über ihn ausgeschüttet, weil er nicht schießen konnte, dann hatte er versucht, ihn im Gebrauch von Schußwaffen zu unterweisen. Eine Stunde später hatte der alte Herr jammernd auf einem Tisch gelegen und einen durchlöcherten Hut und ebenso ramponierte Rockschöße beklagt, während der Doktor eine halbe Schrotladung aus seinem unteren Rücken herauszuholen versuchte. Als er halbwegs verarztet war, verabreichte er Titch junior eine Tracht Prügel, und das Thema wurde nie wieder zur Sprache gebracht.

»Also, los dann!« rief eine andere Stimme. »Vertrödeln wir keine Zeit mehr.«

Rings umher stiegen Männer auf Pferde, die plötzlich aus dem Nichts aufgetaucht zu sein schienen, und irgendwie fand sich auch Horace auf einmal im Sattel wieder, die Flinte in der Armbeuge. Fast sofort verspürte er am ganzen Körper heftige Schmerzen. Von Panik erfüllt, hielt er nach seinem Fahrer und der Kutsche Ausschau. Er bemerkte den schnurrbärtigen Stellvertreter des Sheriffs, der aus einiger Distanz zu ihm herübersah und dabei gemächlich seinen Priem kaute, ansonsten aber keinerlei Anstalten traf, dem Unternehmen ein Ende zu setzen. Mehrere Männer kletterten in einen großen Wagen, zu dem sich dann noch ein paar kleinere, vierrädrige Karren gesellten. Die ganze Kavalkade sammelte sich hinter dem kurzbeinigen Dandy auf dem knochigen Klepper. Noch immer hielt Horace Ausschau nach seiner Kutsche, und er schwor sich, seinem Kutscher ordentlich die Leviten zu lesen. Dennoch gab es kein Entkommen.

Jemand versetzte seinem Pferd einen Schlag, und im nächsten Augenblick waren sie mit großem Getöse unterwegs. Horace konnte nur staunen, wie selbst die unscheinbarste Mähre es fertigbrachte, einem die Knochen derart durcheinanderzurütteln. Seine Mundwinkel verzerrten sich zu einer schmerzerfüllten Grimasse, als sein Allerwertester immer wieder mitleidlos im

Sattel hoch- und niedergeworfen wurde. Um dieser Pein zu entgehen, versuchte er, sich in den Steigbügeln aufzustellen, doch dabei wäre er beinahe mit dem Kopf voran über den Hals des Pferdes gesegelt. Als er den Leib des Kleppers daraufhin fester mit den Beinen umklammerte, schien das die Mähre nur zu einem noch schnelleren Trab zu motivieren. Mit aller Kraft zerrte er an den Zügeln, was aber bloß zu einem steifbeinigen Trott führte, der seinen Kopf bei jedem Schritt vor- und zurückrucken ließ und seinen Körper von den Halswirbeln bis zu den Zehenknorpeln in eine einzige Masse klappernder Knochen verwandelte. Es war ein langer Weg nach Belle Chêne, und Horace argwöhnte mehr als nur ein wenig, daß er mitten durch die Hölle führte.

Unter Lierins schlanken, beweglichen Fingern schien das Cembalo wie von selbst zum Leben zu erwachen. Sie war begeistert, daß sie mit dem Instrument umzugehen wußte, und als die beiden Damen sich nach oben zurückgezogen hatten, war sie in den Salon geschlichen und versuchte nun herauszufinden, wie weit ihr Talent tatsächlich reichte. Die süßen, fließenden Klänge hatten auch Ashton in den Salon gelockt, kaum daß er nach Hause gekommen war.

Er saß in einem Sessel, blies den Rauch einer langen schwarzen Zigarre in die Luft und sah zu, wie die Kringel langsam auf die Decke zutrieben, indes er die leichte, beschwingte Melodie in sich aufnahm. Er hatte das Gefühl, vom Glück besonders begünstigt zu sein. Er kannte keine andere Frau, die ihn so zu erregen vermochte und derart angenehme Gefühle in ihm auslöste. Allein ihre Gegenwart erfüllte sein Leben mit Glückseligkeit. Und doch, das wußte er, war sie immer noch ein Geheimnis. Sie mußte ihm noch viel erzählen, über sich, über ihr Leben und ihren Aufenthaltsort in den vergangenen drei Jahren.

Die harmonische Stimmung wurde plötzlich durch ein heftiges und langanhaltendes Klopfen an der Tür unterbrochen. Lierin hörte auf zu spielen und blickte sich um, als hätte sie vergessen, daß es jenseits des Salons noch eine andere Welt gab. Als Ashton »Herein!« rief, trat einer der Stallburschen in den Raum, den Hut in der Hand. Hickory kam sonst nie ins Haus, und Ashton wußte sofort, daß irgend etwas nicht stimmte.

»Massa«, sprudelte der Stallbursche hervor und deutete aufgeregt in die ungefähre Richtung von Natchez, »Massa, da is' ein Riesenhaufen Menschen hierher unterwegs, und sie sehen aus, als hätten sie nichts Gutes im Sinn.« Er schluckte, hielt einen Moment lang inne, schnappte nach Luft und fuhr dann fort: »Sie müssen einfach hierherkommen, weil, es gibt weit und breit kein anderes Haus.«

Ashton überlegte kurz, wobei er die Asche der Zigarre in einen Aschenbecher schnippte. »Vielleicht sollten wir mal nachschauen, was für einen Empfang wir ihnen bereiten können. Hast du noch ein bißchen Kraft in den Beinen?«

»Ja, Sir, Massa Ashton.« Hickory grinste und nickte. »Ich war oben auf dem Heuboden und hab' sie kommen sehen. Bis sie hier sind, müssen sie bestimmt noch 'ne Meile Staub aufwirbeln, oder mehr.«

»Judd ist unten am Fluß und rodet das Gestrüpp. Du läufst zu ihm und sagst ihm, er soll sofort herkommen und jeden verfügbaren Mann mitbringen. Er soll sich darauf einstellen, daß es vielleicht Ärger gibt. Los, Hickory, lauf, so schnell du kannst.«

Der Stallbursche hastete nach draußen. Lierin hatte sich von ihrem Schemel erhoben. Ashton sah, wie beunruhigt sie war. Er ging zu ihr und nahm ihre Hände in seine.

»Bitte, reg dich nicht auf, mein Liebling«, sagte er. »In der Stadt gibt es ein paar Burschen, die sich gelegentlich betrinken und dann in der Gegend herumreiten, um zu sehen, wo sie sich mal wieder in Schwierigkeiten bringen können. Wir haben mittlerweile gelernt, mit ihnen umzugehen, ohne daß irgend jemand verletzt wird, also spiel ruhig weiter. Deine Musik gefällt mir gut. Ich muß noch etwas mit Willabelle besprechen, dann gehe ich nach draußen auf die Veranda.« Er küßte ihre Hand, lächelte beruhigend und ging. Lierin setzte sich wieder an das Cembalo, doch ohne Ashton wirkte der Raum freudlos, und sie verlor bald die Lust am Spiel.

In raschem Tempo näherten sich die Wagen und Reiter der Veranda, auf der sie von Ashton Wingate erwartet wurden. Als sie ihr Ziel erreicht hatten, versuchte jeder der Männer, eine möglichst günstige Position einzunehmen. Der große Verlierer in diesem gewaltigen Durcheinander mußte natürlich derjenige sein, der am wenigsten mit seinem Pferd umzugehen verstand, in diesem Fall ein gewisser Mumford Horace Titch. Dieser kleine Bursche, der sich unfreiwillig als Anführer der Reiterhorde wiedergefunden hatte, schaffte es nur mit Mühe und Not, seinen Klepper zu bremsen, ehe er mit den Hufen gegen die erste Stufe der Treppe prallte. Ein entsetzter Ausdruck verzerrte sein Gesicht. Er atmete durch die zusammengebissenen Zähne, stellte sich in den Steigbügeln auf, um die Schmerzen zu lindern, und versuchte verzweifelt, die doppelläufige Schrotflinte aus dem Zügelgewirr zu befreien, wobei die Mündungen einen wilden Bogen beschrieben. Es gab eine kurze Verwirrung, als Mr. Titchs Gefährten zu dem weisen Schluß gelangten, daß ihr Anführer vielleicht etwas mehr Raum benötigte.

Endlich schaffte Horace es, das störrische Schloß der Flinte aus den Fängen der Lederstränge zu befreien, und nach einem raschen Blick in die Runde stellte er fest, daß seine Verbündeten sich mehrere Schritte zurückgezogen hatten. Die Aufgabe, Mr. Wingate die gemeinsame Anklage in ihrer ganzen Wucht entgegenzuschleudern, lastete also auf seinen Schultern. Da jedermann darauf zu warten schien, daß er endlich das Wort ergriff, räusperte er sich und richtete sich trotz seines ramponierten Zustands zu seiner vollen Höhe auf, nur um feststellen zu müssen, daß Ashton ihn immer noch um einiges überragte. Das sonnengebräunte Gesicht des Besitzers von Belle Chêne ließ ein gewisses Amüsement erkennen, was nicht gerade dazu beitrug, Horaces Haltung zu festigen. Nervös räusperte er sich ein weiteres Mal, aber sosehr er sich auch bemühte, ihm wollte einfach kein vernünftiges Wort einfallen, mit dem er beginnen konnte.

Ashton Wingate rettete die Situation, indem er kurz zur Sonne hinaufblinzelte und sich dann an seinen Besucher wandte. »Guten Tag, Mr. Titch.« Auch die anderen begrüßte er mit einem Kopfnicken: »Gentlemen.« Dann lehnte er sich lässig gegen eine Säule, die Hände in den Hosentaschen. »Sie haben sich einen schönen Tag für Ihre Landpartie ausgesucht.«

M. Horace Titch versuchte, sich noch einen Zentimeter oder zwei größer zu machen, ehe er rasch nach der Flinte greifen mußte, die ihm zu entgleiten drohte. »Ich möchte bezweifeln, Sir, daß Sie mit diesen Männern durch die Verwendung von Höflichkeitsfloskeln fertig werden.«

Ashton wölbte die Augenbrauen. »Ich kann mich dem Eindruck nicht entziehen, daß Sie meinen Irrtum schnell korrigieren werden, Mr. Titch. Am besten fangen Sie damit an, daß sie mir sagen, was Sie und Ihre Freunde auf meinem Grund und Boden zu suchen haben.«

Die Flinte wurde ihm allmählich schwer, und Horace schob sie von einer Seite auf die andere, bevor er antwortete: »Genau das haben wir auch vor, Sir, und ich rate Ihnen, auf der Hut zu sein. Wir stehen hier nämlich im Namen der Bürger von Natchez und ganz Davies County.«

»Ist das so?« fragte Ashton skeptisch.

»Den Menschen hier in der Gegend ist eine große Prüfung auferlegt worden.« Horace schwitzte stark und hätte sich gern die Stirn abgewischt, doch stand ihm keine freie Hand zur Verfügung. »Wie Sie ja wissen, Sir, sind aus dem Irrenhaus mehrere der Insassen geflohen, als es abbrannte. Ich weiß aus gut informierter Quelle, daß Sie selbst hier Ihre Hand im Spiel haben.« Er bemerkte, wie sich der Blick des Besitzers von Belle Chêne kaum wahrnehmbar verhärtete, fuhr jedoch trotzdem fort, gestärkt durch die Reiter in seinem Rücken – nicht einmal Ashton Wingate würde sich unter diesen Umständen mit ihm anlegen: »Es scheint so, als hätten Sie einer dieser Irren bei sich Unterschlupf gewährt.«

Horace hielt den Atem an, als er auf Wingates Reaktion wartete; immerhin waren seine Worte starker Tobak. Doch abgesehen davon, daß die Wangenmuskeln des Plantagenbesitzers leicht hervortraten, geschah nichts, so daß Horace zu der Überzeugung gelangte, der andere habe ihn nicht verstanden.

»Was ich damit sagen will, Sir, ist, daß die junge Frau, die Sie vor nicht allzu langer Zeit mit nach Hause gebracht haben, durchaus eine von den Verrückten sein kann.«

Beifälliges Gemurmel erhob sich hinter Horace, aber Ashton blickte nur noch einmal zur Sonne hoch, dann auf seine Uhr.

Da Horace auch das kein echter Fortschritt zu sein schien, hakte er noch einmal nach. »Wirklich, Mr. Wingate, ich verstehe nicht, warum Sie ein solches Risiko eingehen – eine von *denen* in Ihr Haus zu holen! Wir müssen darauf bestehen, daß sie den Behörden übergeben wird.«

Endlich hatte er Ashtons ungeteilte Aufmerksamkeit. Hastig fuhr er fort: »Natürlich nur, bis zweifelsfrei feststeht, wer sie ist... und in erster Linie wegen der Frauen und Kinder hier in der Gegend.«

Jetzt, da die Forderung ausgesprochen war, entspannte sich der Rest der Männer ein wenig. Eine Welle der Zustimmung lief durch die Versammlung.

»Stimmt haargenau.«

»Gut gesprochen, Titch!«

»Hinter Schloß und Riegel mit ihr!«

Ashton wirkte eigentümlich unberührt von ihrem Verlangen. »Männer, ihr habt einen langen Ritt hinter euch, und der Tag heute ist ungewöhnlich warm. Ihr seht nicht so aus, als wäre es ein Vergnügen, die ganze Zeit im Sattel zu sitzen. Warum steigt ihr nicht ab und legt eine kurze Rast ein?«

Die Männer blickten sich schweigend an. Der eine oder andere hatte ohnehin schon die Lust an der ganzen Geschichte verloren. Schließlich nickten sie und saßen ab.

M. Horace Titch war schon bei der Aussicht überglücklich, endlich wieder auf fester, solider Erde stehen zu können. Es gab keine Stelle an seinem Körper, die nicht schmerzte, und er fragte sich ernsthaft, ob der Weg zurück nach Natchez zu Fuß nicht leichter zu bewältigen sein würde als auf dem Rücken seines elenden Kleppers. Mehrmals versuchte er, ein Bein über das Sattelhorn zu schwingen, wie es einige der anderen mit solcher Leichtigkeit getan hatten, aber die lange Flinte geriet ihm immer wieder in die Quere. Zu guter Letzt saß er mitten auf dem Ding, und wäre der Abzug etwas weniger eingerostet gewesen, hätte er sich womöglich noch in den eigenen Fuß geschossen.

Horace hielt einen Moment lang inne, um sich einen Weg aus seiner mißlichen Lage einfallen zu lassen, wobei er die staunenden Blicke der anderen überhaupt nicht bemerkte. Wenn es ihm nur gelänge, die Flinte hoch über seinen Kopf zu halten, dann konnte er das rechte Bein freikriegen und über den Sattel... Na also! Ganz plötzlich stand er mit einem Fuß im linken Steigbügel, und nichts mehr hing irgendwo fest. Allerdings war er sich nicht ganz über die Gefahr im klaren, die es mit sich bringt, einen Fuß tief im Steigbügel zu haben, während man gleichzeitig aus dem Sattel steigt. Erst als er mit dem anderen Fuß nicht bis auf den Boden reichte, begann er zu begreifen, worauf er sich eingelassen hatte. Da hing er nun und überlegte seinen nächsten Schritt, als sich das Problem schon von selbst erledigte. Die Waffe glitt ihm aus der Hand und rutschte zwischen ihm und dem Pferd zu Boden, wobei die übergroßen Hähne ihm schmerzhaft über die Brust schürften. Er ließ die Mähne des Kleppers, an der er sich bisher festgehalten hatte, los, um nach der Waffe zu greifen, und verlor endgültig das Gleichgewicht. Sein rechter Fuß schlug von unten gegen den Bauch der Mähre, er selbst landete mit einem deutlich vernehmbaren Plumps auf der Erde. Das müde Tier wandte träge den Kopf, um mit deutlicher Verachtung zu erkunden, was sein Reiter sich jetzt wieder geleistet hatte. Die Flinte lag bedenklich schwankend auf der Brust des rundlichen Mannes, der eine volle Minute brauchte, bis er das volle Bewußtsein wiedererlangte. Die Vision, an einem Fuß den ganzen Weg zurück in die Stadt gezerrt zu werden, ließ ihn unvermittelt in hektische Betriebsamkeit ausbrechen, deren Erfolg von dem dabei aufgewirbelten Staub alsbald den Blicken der Umstehenden entzogen wurde.

Endlich hatte einer seiner Begleiter Erbarmen und eilte ihm zu Hilfe. Als der Fuß aus dem Steigbügel befreit war, rappelte Horace sich mühsam auf, wobei er die Flinte als Krücke benutzte. Anschließend klopfte er sich den Staub aus den Kleidern und schlug den Hut gegen das rechte Bein, bis er halbwegs wieder seine ursprüngliche Form angenommen hatte. Nachdem er diese notdürftige Toilette verrichtet hatte, hob er den Blick zu seinem Gastgeber und stellte sofort fest, daß Ashton Wingate ihn beinahe mit Mitleid betrachtete. Was hätte er jetzt dafür gegeben, wenn auf Wingates Gesicht wenigstens so etwas wie Haß zu lesen gewesen wäre, damit er sich nicht wie ein erbärmlicher Tolpatsch vorzukommen brauchte.

»Sir, ich muß Sie warnen«, hob er wütend an, mußte sich aber unterbrechen, um den Staub in seinem Mund auszuspucken. »Wir lassen uns nicht so einfach fortschicken. Wir sind hierhergeritten, um dafür zu sorgen, daß unsere Gemeinde wieder sicher wird.«

Die Tagelöhner, die er um sich versammelt hatte, schwenkten ihre Gewehre und Knüppel, um zu demonstrieren, daß sie voll hinter seinen Worten standen.

Ruhig ließ Ashton seinen Blick über die Männer gleiten, dann rief er einem der Diener über die Schulter zu, daß er einen Bottich mit frischem Wasser und einen Krug Rum bringen solle. Ohne größere sichtbare Erregung wartete er, bis beides herangeschafft war, dann leerte er den braunglasierten Krug mit großer Geste in den Bottich. Anschließend rührte er den Inhalt mit einer langstieligen Kelle um, ehe er sie an den Mund setzte und einen kräftigen Schluck nahm, begleitet von einem genüßlichen Lächeln.

Der Mob war eigenartig ruhig geworden, während neidische

Augen jede Bewegung verfolgten. Trockene Zungen leckten gierig über ausgedörrte Lippen, Nasenlöcher blähten sich, um etwas von dem köstlichen Aroma des Alkohols aufzufangen. Ashton setzte die Kelle ab, hielt sie hoch und ließ den Rest der Flüssigkeit quälend langsam zurück in den Bottich rinnen.

»Die Straße ist lang und staubig«, rief er. »Ich glaube, ihr Burschen könnt einen kühlen Schluck vertragen.«

Ein Seufzer der Erleichterung schien durch die Menge zu gehen, gefolgt von Beifallsrufen. Dann stürzten sich alle gleichzeitig auf den Bottich, jeder versuchte als erster an seine Ration zu kommen, wobei es nicht ohne Gedränge und Ellbogenstöße abging. Ashton trat einen Schritt zurück und grinste, als er von der Veranda auf die Männer zu seinen Füßen hinunterblickte.

»Bedient euch nur, Leute. Es geht doch nichts über einen guten Schluck, um sich den Staub aus der Kehle zu spülen.«

Endlich ergab sich auch Horace seinem brennenden Durst und riß die bis zum Rand gefüllte Kelle an die Lippen. Mit dem ersten Schluck spülte er sich den Mund aus, spie einen braunen Strahl auf die Erde und trank erst dann in gierigen Schlucken. Anschließend reichte er die Kelle weiter, bevor er wieder auf den Grund seiner Anwesenheit zurückkam. »Mr. Wingate! Sind Sie damit einverstanden, uns die Frau auszuliefern, damit wir sie dem Sheriff übergeben können?«

Seine Gefolgsleute entsannen sich ebenfalls wieder, weshalb sie gekommen waren, und versammelten sich, da der Bottich fast leer war, neuerlich hinter ihrem gewählten Sprecher. Horace war noch nie zuvor im Leben Anführer von irgend etwas gewesen und daher sehr von seiner Bedeutung überzeugt, wie er da stand, seine Flinte von einem Arm in den anderen wechselte und sich hin und her drehte, um seine Männer ins Auge zu fassen, wobei jede Drehung zu einiger Hektik bei denen führte, die dabei gerade vor die Mündungen der Flinte gerieten.

Normalerweise hätte Ashton diese Vorstellung vielleicht sogar komisch gefunden, doch unter den gegebenen Umständen vermochte er nicht mehr als ein kaltes Lächeln aufzubringen.

Schon seit einiger Zeit konnte er das Cembalo nicht mehr hören, und er hoffte, daß Willabelle gescheit genug gewesen war, Lierin nach oben in ihr Zimmer zu bringen.

Horace Titch wandte ihm erneut sein rundes, schmutzverklebtes Gesicht zu und räusperte sich. »Sie wissen jetzt, warum wir hier sind, Sir. Wenn Sie jetzt bitte so freundlich wären und das Mädchen herholen würden, dann werde ich dafür sorgen, daß Ihnen nichts geschieht.«

Ashton sagte nichts, und sein Gesichtsausdruck blieb unverändert, doch Horaces Augen wurden um einiges größer, als die Vordertür des Herrenhauses aufschwang und Judd Barnum, der hünenhafte schwarze Aufseher von Belle Chêne, ins Freie trat, zwei mächtige Pistolen im Gürtel. In seiner Armbeuge ruhte eine alte, doch gut erhaltene Donnerbüchse. Über der Brust trug er einen breiten Lederriemen, an dem ein gutes Dutzend Holzgeschosse für die schreckliche Waffe baumelte. Er sagte kein Wort. Er blieb mit gespreizten Beinen stehen, griff in die Taschen seiner gefütterten Weste und holte eine Handvoll kleiner, gezackter Metallstücke hervor, die er dann gemächlich in die Mündung der Donnerbüchse schob. Anschließend ließ er die Büchse wieder in seine Armbeuge gleiten und blickte dem kleinen Mann an der Spitze des Mobs in die Augen.

Einige der Anwesenden überlief ein Schauer, als sie sich im Geist das Blutbad vorstellten, das ein derartiges Geschoß verursachen würde. Sie spürten, wie ihre Bäuche sich verspannten und die Eingeweide sich zusammenzogen. Unvermittelt hatte dieser nachmittägliche Ausritt viel von seiner heiteren Note verloren, und sie dachten noch einmal darüber nach, ob es wirklich so klug war, sich mit den Bewohnern von Belle Chêne anzulegen.

»Sie sind leider einem Mißverständnis erlegen, meine Herren«, gab Ashton beinahe heiter bekannt.

Horace wollte etwas sagen, stellte aber fest, daß sein Mund völlig ausgetrocknet war, diesmal vor Angst. Er hatte schon gehört, daß Ashton Wingate dazu neigte, mit Possenreißern oder Halunken, die ihm Übles wollten, nicht viel Federlesens zu machen, jedoch nicht damit gerechnet, daß er es auch mit einer solchen Überzahl aufnehmen würde. Sich der Gefahr, in der er schwebte, durchaus bewußt, konnte Horace Titch nichts anderes tun, als dastehen und die beiden Männer vor sich anstarren.

»Das gilt vor allem für Sie, Mr. Titch«, sagte Ashton.

»Warum?« Mehr brachte Horace nicht heraus.

»Die Lady, der Sie so übel nachgeredet haben, ist meine Frau, und Sie sollten mich inzwischen gut genug kennen, um zu wissen, daß ich mir nichts mit Gewalt wegnehmen lasse, schon gar nicht, wenn es mir so viel bedeutet.«

»Wenn sie Ihre Frau ist, warum haben wir sie dann noch nie gesehen?« fragte ein bärtiger Mann mit einem Mund voller angefaulter Zähne, ziemlich weit hinten in der Menge.

»Falls Sheriff Dobbs mir irgendwelche Fragen stellen möchte, bin ich gern bereit, sie ihm zu beantworten, aber ich schulde keinem von euch eine Erklärung.«

»Natürlich! Der Sheriff ist bestimmt ein Freund von ihm. Old Harvey wird nichts tun, um es sich mit Seiner Lordschaft nicht zu verderben. Das hier müssen wir selbst in die Hand nehmen, wenn wir wollen, daß Gerechtigkeit geschieht.«

Allgemeines Kopfnicken begleitete diese Worte.

»Yeah! Am Ende ist sie die, die den Wärter ermordet hat, und sie kann wieder einen umlegen! Vielleicht ist dann einer von uns dran!«

»Genau! Wenn er sie nicht freiwillig rausrückt, holen wir sie uns!«

Wie auf ein Kommando stürzten die Männer auf die Veranda zu. Judd trat einen Schritt vor, riß eine der Pistolen aus dem Gürtel und richtete die Mündung auf die Anstürmenden, die sich sofort wieder zurückzogen.

»Ich hab' nich' gehört, daß Massa Ashton einen von euch auf seine hübsche saubere Veranda eingeladen hat«, sagte er fast liebenswürdig. Er grinste breit, wobei zwei Reihen prächtiger weißer Zähne sichtbar wurden. »Ich wär' sehr vorsichtig, wenn ich ihr wär', weil Massa Ashton nämlich ziemlich böse werden kann, wenn man ihn aufregt. Kann sein, er sagt mir, daß ich ein paar von euch die Köpfe abschießen soll. Wär' zwar dann 'n ganz schöner Dreck hier draußen, aber ich muß tun, was er sagt, weil er is' der Massa. Kapiert?«

»Wenn hier einer was kapieren muß, dann du, Nigger! Du legst einen weißen Mann um, und du wirst gehängt. Laß dir das mal durch den Kopf gehen!«

Judds Grinsen flackerte nicht einen Sekundenbruchteil, als er den Mann anblickte und sagte: »Das würd' dir nich' viel nützen, weil du sechs Fuß unter der Erde wärst, bevor sie mich kriegen!«

»Arroganter Nigger!« rief ein ungepflegter, verwahrlost aussehender Bursche. »Man könnte meinen, er trägt 'n Titel oder so was.«

»Wir sind genug, um sie zu überrennen«, brüllte ein anderer.

»Ich habe gesehen, wie die beiden letztes Jahr ganz allein den Laden von Old Sal aufgemischt haben«, meldete sich ein Dritter zu Wort. »Wir sollten uns die Sache noch mal überlegen.«

»Ein guter Rat, Gentlemen«, pflichtete Ashton ihm bei. »Treffen Sie keine übereilte Entscheidung.«

»Uns jagen Sie keine Angst ein, *Massa* Ashton«, spottete ein bulliger Kerl. »Wir schlagen Sie und Ihren schwarzen Knaben da zu Brei.«

Ashton hob die Arme und winkte einmal nach rechts und dann nach links. »Kommt raus, Leute, und zeigt euch, bevor diese Idioten hier sich weh tun.«

Einer der Männer ganz hinten in der Menge stieß seinen Nachbarn an, dann deutete er mit dem Kopf zur Seite. Vorsichtig drehten sich auch andere Köpfe auf steifen Hälsen, indes so manche Kinnlade nach unten klappte. Nachdem der Auftritt des hünenhaften Farbigen nicht ausgereicht hatte, um die allgemeine Abenteuerlust zu dämpfen, erfüllte die neueste Entwicklung ihren Zweck schon besser.

Ein Strom schwitzender schwarzer Männer ergoß sich um beide Seiten des Hauses. Einige von ihnen trugen Sensen, andere Heugabeln oder Äxte, ein paar hatten sogar Pistolen oder andere

Instrumente aufgetrieben, mit denen man gemeinhin einigen Schaden anrichten konnte. Ihrem Grinsen nach zu schließen, freuten sie sich schon auf das, was vor ihnen lag. Aus der Vordertür des Hauses trat Willis auf die Veranda, in den Händen eine Flinte, die es durchaus mit der von Mr. Titch aufnehmen konnte, und auch Hiram hatte sich eines Schießprügels von beträchtlicher Größe bemächtigt.

Ashton schlenderte gemächlich auf der Veranda hin und her und musterte die plötzlich besorgt wirkenden Gesichter seiner ungebetenen Besucher. »Ihr wißt, daß ich niemanden uneingeladen auf meinem Grund und Boden dulde, schon gar niemanden, der gekommen ist, um zu stehlen oder etwas zu zerstören, das mir gehört. Manche behaupten, ich sei ein harter Mann, weil ich stets sofortige Wiedergutmachung verlange, egal, wie gering der angerichtete Schaden ist. Nun, ganz offensichtlich kann ich euch nicht alle miteinander aufhängen, weil ihr noch nichts gestohlen und noch niemanden getötet habt. Ihr seid zu viele, als daß der Sheriff jeden von euch einsperren könnte, und ihr würdet seine Gastfreundschaft ohnehin nur mißbrauchen. Ich könnte euch allen die Prügel verpassen lassen, die ihr verdient, weil ihr euch ohne jede Erlaubnis auf mein Land gewagt habt, aber es gibt noch andere Dinge, die meine Aufmerksamkeit verlangen. Deswegen denke ich, daß ein langer, besinnlicher Spaziergang zurück nach Natchez wohl dieselbe Wirkung auf euch haben wird…«

Er lächelte nachsichtig, warf Judd einen Blick zu und nickte leicht. Der Schwarze lachte in sich hinein, hob Pistole und Donnerbüchse himmelwärts und drückte ab. Krachend flogen die Geschosse in die Luft, gefolgt von weiteren Schüssen aus anderen Waffen in den Händen von Ashtons Männern. Das Krachen versetzte die Pferde in Aufregung, und der herabprasselnde Regen aus Metall wirkte wie ein wildgewordener Bienenschwarm. Im nächsten Moment brach die Hölle los. Die verängstigten Tiere bäumten sich auf, keilten aus und wieherten schrill. Horace wurden die Zügel aus der Hand gerissen, und der Klepper, der die Freiheit witterte, ergriff die Flucht. Die anderen Männer versuchten, ihre Pferde an Zügel, Mähne oder Schweif festzuhalten. Immer wieder wurden sie von eisenbeschlagenen Hufen getroffen, und bei ihrem Bemühen, den Tritten auszuweichen, richteten sie untereinander noch mehr Schaden an. Einige stürzten sich wacker auf ihre Pferde, andere krümmten sich mit schmerzverzerrten Gesichtern, eine dritte Gruppe taumelte davon, und all das zur lautstarken Belustigung derer, die für das Chaos verantwortlich waren.

Endlich hatte sich auch das letzte Tier befreit. Die Herde galoppierte davon und war bald hinter einer großen Staubwolke verschwunden. Kaum waren sie außer Sicht, näherte sich auf der geschwungenen, von Bäumen gesäumten Straße eine andere Reitergruppe. An der Spitze ritt Sheriff Dobbs, unter den anderen Männern erkannte Ashton einen, den er auf Belle Chêne lieber nicht gesehen hätte. Es handelte sich um Peter Logan von der Heilanstalt. Sofort bedauerte Ashton, daß er den Kapitän des Dampfers nicht zu größerer Eile angetrieben hatte.

Harvey Dobbs lenkte sein Pferd an die Veranda, musterte den Pöbel und die Schwarzen mit ihren Waffen in den Händen und kaute dabei nachdenklich auf einem Zigarrenstummel. Ein weiterer Blick galt der Staubwolke in der Ferne. Schließlich nahm er den Stummel aus dem Mund, betrachtete ihn einen Moment lang und schnippte ihn dann unter die Veranda.

»Ich hätte eigentlich wissen müssen, daß Sie keine Hilfe benötigen.« Harvey bedachte Ashton mit einem schiefen Grinsen, dann nickte er zu seinem Deputy hinüber. »Old Foss hat den Tumult in der Stadt mitgekriegt, und wir haben beschlossen, hier draußen mal nach dem Rechten zu sehen.«

Der schnauzbärtige Deputy hob seine buschigen Augenbrauen, blickte Horace Titch an und spie ihm einen ordentlichen Batzen Kautabak direkt vor die Füße, worauf der Anführer der mittlerweile pferdelosen Meute empört zur Seite sprang.

»Schauen Sie sich das an!« protestierte er, holte sein Taschentuch hervor und wischte sich ein paar Spritzer der braunen Soße von den Stiefelspitzen. Als er sich vorbeugte, rutschte ihm die Flinte aus dem Arm. Er griff danach, stieß aus Versehen aber an den Abzug. Beide Läufe entluden sich donnernd in den Boden, und der Rückstoß war so stark, daß Horace das Gleichgewicht verlor und mit dem Hintern genau in dem braunen, schleimigen Fleck landete, vor dem er eben erst so hastig zurückgewichen war. Einen Moment lang herrschte überraschtes Schweigen, bis der Sheriff zu kichern begann, dann laut loslachte und nach und nach auch die anderen mit seinem Gelächter ansteckte. Als das Lachen immer lauter wurde, nahmen Horaces Wangen einen Farbton an, der an Rote Bete erinnerte. Mit angeekelt verzogenen Lippen erhob er sich auf allen vieren und stand schließlich ganz auf, wobei er den beschmutzten Hosenboden mit zwei Fingern von sich wegzog.

Sheriff Dobbs fuhr sich mit der Hand über den Mund, als wollte er das Lachen wegwischen. Er stieg aus dem Sattel und bedeutete Peter Logan, ebenfalls abzusitzen. Er zog seine Hosen hoch und begab sich zu Ashton auf die Veranda, wobei er mit dem Daumen auf den Wärter zeigte.

»Mr. Logan hat sich bereit erklärt, mich hierher zu begleiten, und diese Sache an Ort und Stelle zu klären, damit niemand mehr auf Betreiben irgendwelcher Idioten«, er bedachte Horace mit einem scharfen Blick, »bei Ihnen auftaucht und Ärger macht. Er braucht sich das Mädchen bloß einmal anzusehen, um alle Gerüchte zum Schweigen zu bringen.« Harvey betrachtete die Männer, die seinen Worten aufmerksasm gelauscht hatten, und erklärte ihnen: »Mr. Logan ist von der Heilanstalt. Er sollte also in der Lage sein, die Entflohenen zu identifizieren.«

Ashton warf dem Aufseher einen kurzen Blick zu. »Meiner Frau ging es in den letzten Tagen nicht sehr gut. Ich möchte nicht, daß sie sich aufregt.«

Harvey Dobbs' Augenbrauen fuhren in die Höhe. »Ihre Frau?«

Ashton nickte steif. »Ich habe jetzt keine Lust zu langen Erklärungen, Harvey, aber es handelt sich um Lierin.«

»Aber ich dachte...«, begann Harvey, unterbrach sich dann aber verwirrt. »Sind Sie sicher, Ashton?«

»Ja.«

Dieses einzige Wort reichte dem Sheriff völlig aus; es gab jedoch noch andere Parteien zu berücksichtigen. »Damit sie auch in Zukunft völlig sicher ist, sollten wir Mr. Logan dennoch Gelegenheit geben, sie sich anzusehen, Ashton. Es ist ein Mord begangen worden, und diese Burschen da könnten es sich in den Kopf setzen, wieder einmal hier vorbeizuschauen, wenn Sie nicht zu Hause sind.«

»Ich möchte ihr das jetzt nicht zumuten, Harvey.«

Die Vordertür wurde einen Spaltbreit geöffnet, und Ashton blickte sich um. Das Herz stockte ihm, als er Lierin in der schmalen Öffnung erblickte. Willabelle stand hinter ihr und versuchte, sie zurückzuhalten.

»Ich muß Gewißheit haben!« flüsterte Lierin eindringlich. Sie machte sich frei, öffnete die Tür ganz und trat hinaus ins volle Licht der sinkenden Sonne. Einige der Randalierer atmeten hörbar ein, denn wie sie da auf die drei Männer am Rand der Veranda zuging, sah sie fast wie ein Engel aus. Nie war sie Ashton berükkender erschienen als in diesem Moment. Das zurückgekämmte Haar und das hochgeschlossene, blaßblaue, mit Spitzen besetzte Kleid bildeten einen weichen und lieblichen Rahmen für ihre zerbrechliche Schönheit. Ihre Anmut ließ die Anwesenden ernsthaft an Horace Titchs Verstand zweifeln, denn hier handelte es sich ganz eindeutig nicht um eine wild blickende Geisteskranke. Keine tobende Irre. Nur ein blasses, verängstigtes Mädchen.

Einige der tapferen Burschen, die Horace gefolgt waren, entsannen sich plötzlich gewisser Rudimente guten Benehmens und rissen sich hastig die ramponierten Hüte von den verfilzten Haaren. Sogar Horace war tief beeindruckt und hätte sich am liebsten bei der jungen Frau entschuldigt, verzichtete aber darauf, weil er wußte, daß Marelda sich davon kaum begeistert zeigen würde.

Lierin lächelte etwas unsicher, als sie neben Ashton trat. Zögernd hob sie die Augen zum Gesicht des Sheriffs, der gut einen Kopf größer war als sie.

»Sie wollten mich sprechen, Sir?« fragte sie leise.

Harvey Dobbs räusperte sich und warf Peter Logan einen Seitenblick zu. Logan starrte die junge Frau sprachlos an; langsam nahm er seine Kappe ab und blickte dann zu Ashton auf, der ihn mit einem Stirnrunzeln beobachtete. Der finstere Blick schien den Wärter wieder zur Besinnung zu bringen, und er wandte sich rasch zum Sheriff um, wobei er den Kopf schüttelte. Dann wiederholte er das Kopfschütteln noch einmal für den Besitzer von Belle Chêne, ergänzte es dabei aber noch um ein Lächeln und ein Blinzeln.

Obwohl das Benehmen des Aufsehers ihn irritierte und zu der Überlegung veranlaßte, ob Logan wohl überhaupt jemanden zu identifizieren vermochte, spürte Ashton, wie eine Welle der Erleichterung über ihn hinflutete. Zwar hatte er sich stets geweigert, Lierin für eine entflohene Insassin des Irrenhauses zu halten, doch war die Möglichkeit, daß man sie zu Unrecht dort eingesperrt hatte, nie auszuschließen gewesen. Nun hatte Peter Logan diese Frage geklärt, und Lierin war in Sicherheit. Ashton legte ihr den Arm um die Taille und stellte sie vor.

»Das ist meine Frau Lierin«, verkündete er stolz. »Liebling, das ist Harvey Dobbs, ein Freund von mir, und das«, er deutete auf den Wärter, »ist Peter Logan, der heute abend auf einem unserer Schaufelraddampfer nach Memphis fahren wird.«

»Habe ich richtig gehört, daß Sie von der Heilanstalt sind?« fragte Lierin und setzte damit alle in Erstaunen.

»Aye, Madam, das stimmt«, antwortete Logan.

»Ich konnte es nicht überhören. Ich meine, die Stimmen waren so laut...« Lierin deutete auf die Meute der Randalierer. »Man konnte sie kaum ignorieren, und ich habe genug gehört, um daraus zu entnehmen, daß ich gerade noch mit Mühe und Not vor diesem Mob von pflichtbewußten Bürgern beschützt worden bin.« Ihre Augen ruhten auf Horace Titch, der hastig den Blick senkte und vor plötzlichem Unbehagen sogar von einem Fuß auf den anderen trat. Seine Verlegenheit wurde kaum gelindert, als sie an den Sheriff gerichtet fortfuhr: »Sir, wenn ich nicht die bin, die Sie suchen, dann möchte ich Sie bitten, sich das Los dieser armen, unglücklichen Leute zu vergegenwärtigen, denen die Flucht gelungen ist, und nicht zuzulassen, daß man ihnen genauso mitspielt wie mir.«

»Ja, Madam«, entgegnete Sheriff Dobbs respektvoll, »das werde ich mit Sicherheit tun.«

»Wenn sich ein Mord ereignet hat, muß man sich doch auch fragen, ob er nicht von einem Außenstehenden begangen worden sein kann. Oder wollen Sie die Insassen schuldig sprechen, bevor sie angehört werden konnten?«

»Nein, Madam.« Die Härte im Tonfall des Sheriffs glich einer Garantie dafür, daß dergleichen nicht passieren würde.

Lierin sagte: »Ich werde mich auf Ihr Wort verlassen und glauben, daß den Insassen keine Unbill widerfährt, solange Sie für Recht und Gesetz verantwortlich sind.«

»Ich werde mein Bestes tun, um Sie nicht zu enttäuschen«, versicherte Dobbs ihr mit einem Lächeln.

»Davon bin ich überzeugt. Doch was geschieht nun mit diesen Leuten hier?« Lierin blickte zu den ungebetenen Besuchern hinüber. »Sie haben ihre Pferde verloren, und ich sehe daher keinen Weg, wie sie nach Natchez zurückkommen sollen. Ist es ein langer Fußmarsch?«

Ashton schmunzelte, als die Angesprochenen sich solcherart wieder an ihr Los erinnert sahen und mißmutig vor sich hin zu murmeln begannen, doch wagte keiner, sich laut zu beschweren.

»Lang genug, daß sie Zeit haben, sich über einiges klarzuwerden, Liebling«, meinte er.

»Sollten wir sie nicht in die Stadt zurückfahren?«

»Eine Heilige, gesegnet sei sie«, rief ein Mann, begleitet von hoffnungsvollem Gemurmel der Umstehenden. Nichts wäre Titchs Gefolgsleuten jetzt willkommener gewesen, als eine Geste der Nachsicht von seiten dieser jungen Frau. Mit angehaltenem Atem warteten sie auf Ashtons Reaktion.

Der Besitzer von Belle Chêne blickte Judd an und fragte: »Haben wir einen Wagen, der groß genug ist, all diese Leute darin unterzubringen?«

Der hünenhafte Schwarze überlegte einen Augenblick; dann begriff er, worauf sein Herr hinauswollte, und ein breites Grinsen zog über sein Gesicht. »Na ja, da wäre schon einer, Massa Ashton, aber der wird hinten beim Stall gebraucht; ich glaube nicht, daß er diesen Gentlemen hier genehm wäre.«

»Alles ist besser als Gehen!« rief ein rundlicher Mann aus der Gruppe. Seine Füße schmerzten bereits vom langen Stehen.

Ashton wandte sich an Hickory. »Hol den Wagen vom Stall her. Wir können Mr. Titch nicht zu Fuß bis nach Natchez wandern und ihn dabei seine schönen neuen Schuhe ruinieren lassen.«

Hickory kicherte in sich hinein und trabte davon, während die wartenden Männer bei der Aussicht, nun doch zurück in die Stadt gefahren zu werden, ihrer Dankbarkeit freien Lauf ließen. Sie lachten und schlugen sich auf die Schultern, bis ein entsetztes Keuchen von Horace Titch ihre Blicke auf das Etwas lenkte, das hinter der Scheune hervorrollte. Kein Zweifel, das Gefährt war groß genug; massive Seitenwände erhoben sich auf einem stabilen Unterbau über kräftigen Achsen. Gezogen von zwei stämmigen Ackergäulen rumpelten seine großen, schweren Räder krachend in jede Furche, jedes Loch.

Lierin preßte sich ein parfümiertes Taschentuch gegen Nase und Mund, denn begleitet wurde der Wagen von einem umwerfenden Gestank nach frischem Mist. Große Brocken der übel riechenden Substanz klebten an den Innenwänden und bedeckten den Boden. Eine Wolke schillernder Fliegen hing summend über dem Gefährt, nicht bereit, Heim und Nahrung aufzugeben.

Entsetzt starrte Horace Titch das Ungetüm an. »Das kann nicht Ihr Ernst sein!«

»Leider vermag ich mit nichts anderem von vergleichbarer

Größe zu dienen, und schließlich haben Sie ein ziemliches Aufgebot hinter sich geschart«, erinnerte Ashton ihn. »Sollten Sie über Gebühr zimperlich veranlagt sein, können Sie ja immer noch zu Fuß gehen. Vielleicht warten Sie das nächste Mal, bis Sie eingeladen werden, dann kann ich mich besser vorbereiten. Für den Moment würde ich jedoch vorschlagen, daß Sie sich auf den Weg machen. Ob im Wagen oder zu Fuß – das überlasse ich Ihnen.«

Sheriff Dobbs zeigte dem unzufriedenen Haufen ein breites Grinsen. »Ihr habt ihn gehört, Jungs. Zeit für euch zu gehen. Und laßt euch gesagt sein, das nächste Mal kommt ihr nicht so glimpflich davon. Dann werde ich nämlich die Kaution so hoch ansetzen, daß ihr hier draußen unter Judd Barnum arbeiten müßt, um die Summe aufzubringen.« Er kicherte über seinen eigenen Witz. »Ihr verzieht euch jetzt am besten in die Stadt, und solltet ihr noch einmal Lust zu einem Spaziergang verspüren, dann jedenfalls nicht auf Mr. Wingates Land. In ein paar Minuten steige ich wieder auf mein Pferd, und dann möchte ich keinen von euch mehr in der Nähe sehen.«

Hickory nahm auf der hohen Bockbank Platz, pfiff durch die Lücken zwischen seinen Zähnen und zeigte ein breites, unschuldiges Grinsen, als die meisten Männer hinter ihm auf den Mistwagen stiegen. Schließlich, so sagten sie sich, war es ein verdammt weiter Weg nach Natchez.

Nur Mr. Titch weigerte sich, ihrem Beispiel zu folgen; dickköpfig beschloß er, hinter dem Wagen herzulaufen, wobei er Ashton Wingate unheilverkündende Blicke zuwarf.

Amüsiert meinte Sheriff Dobbs: »Nach ein paar Meilen werden sie schon gar nicht mehr merken, daß der Wagen stinkt, aber Gott helfe ihrer Nachbarschaft, wenn sie angekommen sind.«

»Das sollte ihnen eine Zeitlang zu denken geben«, meinte Ashton.

Harvey Dobbs wurde wieder ernst. »Einige dieser Burschen vergessen nicht so schnell, Ashton. Passen Sie in der nächsten

Zeit gut auf, wohin Sie gehen und mit wem Sie es zu tun haben. Manchmal sind es gerade die harmlos Aussehenden, die den größten Haß empfinden.«

Ashton legte seinem Freund die Hand auf die Schulter. »Ich werde mich vorsehen, Harvey – und danke!«

»Keine Ursache.« Der Sheriff wandte sich um und sah dem davonziehenden Aufgebot nach. Ein paar Männer, die es ebenfalls vorgezogen hatten zu laufen, humpelten bereits, und der hochwohlgeborene Mumford Horace Titch, der auf dem Hinweg mehr oder weniger stolz an der Spitze geritten war, bildete nun schmählich das Schlußlicht. Erst viel später brach sein Widerstand zusammen, und er ließ sich ebenfalls auf den Wagen ziehen, vermochte sich dort aber nicht lange festzuhalten, so daß er kurz darauf wieder absteigen und den Rest der Strecke zu Fuß zurücklegen mußte.

Unnötig zu sagen, daß er genügend Zeit hatte, sich zu überlegen, wie er Marelda die Schlappe am besten erklärte, ohne dabei auch ihr gegenüber das Gesicht zu verlieren.

Sechstes Kapitel

Langsam verklang das Hufgetrappel in der Ferne. Stille senkte sich über das Haus, doch Lierin vermochte keinen Frieden zu finden. Sie war in den Salon zurückgekehrt, damit Ashton noch ein paar Worte unter vier Augen mit seinem Freund wechseln konnte, bevor der Sheriff und seine Männer aufbrachen. Nun saß sie angespannt auf der Kante eines Stuhls und hörte nicht auf zu zittern. Als sie die Anschuldigungen von Horace Titch und seiner Bande vernommen hatte, war ihr beinahe schlecht vor Angst geworden – vor Angst, daß die Männer recht haben konnten, daß sie wirklich aus dem Irrenhaus entsprungen war.

Seit jenem Tag, an dem sie aus der Leere erwacht war, hatte sie unter ihrem Gedächtnisverlust nicht mehr so sehr gelitten wie in diesem Augenblick. Es war, als stünde sie vor einer Tür, wissend, daß auf der anderen Seite die Lösung des Rätsels zu finden war, aber unfähig, die Klinke zu drücken oder den Knopf zu drehen, um die Tür zu öffnen. Jenseits dieser Barriere lag der größte Teil ihres Lebens, versteckt und unerreichbar. Sie sehnte sich so sehr danach, zu wissen, woher sie stammte, wer ihre Familie, ihre Freunde waren und welche Ereignisse zu dem Zusammenstoß mit Ashtons Kutsche geführt hatten.

Mr. Logan hatte sich eindeutig festgelegt, und damit war die Sache hoffentlich geklärt. Aber vorher war ihr etwas Seltsames aufgefallen. Obwohl Ashton keinen Zweifel daran gelassen hatte, daß er sie bis zum Tod gegen den Mob verteidigen würde, schien er nicht begeistert davon gewesen zu sein, daß der grauhaarige Wärter sie zu sehen bekam, so als hegte er selbst nagende Zweifel an ihrer Identität.

Sie spreizte die zitternden Hände in ihrem Schoß und starrte auf den Finger mit dem schlichten Goldreif, bis ein hinter ihrer Stirn aufblitzender Schmerz sie zwang, die Augen zu schließen. Langsam rieb sie sich die Schläfen mit den Fingerspitzen, versuchte den Schmerz wegzumassieren. Hinter ihren Lidern formte sich plötzlich ein Bild, ein Feuerhaken mit einem Dorn an der Spitze, umklammert von einer Faust. Die eiserne Stange zuckte hoch und sauste herab, immer und immer wieder, mit grausamer Stetigkeit. Plötzlich trat eine verzerrte Maske, die sich in das Gesicht eines Mannes verwandelte, an die Stelle des Schürhakens. Das Gesicht wurde von einem weit klaffenden Mund und entsetzt blickenden Augen beherrscht, die ihr tief in die Seele schnitten. Sie krümmte sich, wimmerte vor Angst, wollte fort von diesen Schreckensvisionen, die nicht aufhörten, sie zu quälen.

Mit einem erstickten Schrei schoß sie in die Höhe, als sich ihr eine Hand auf die Schulter legte. Sie zuckte zusammen, wollte sich losreißen, doch eine zweite Hand umfaßte ihre Taille und zog sie an eine breite Brust.

»Lierin?« Ashton schüttelte sie leicht, um sie wieder zu Sinnen zu bringen. »Lierin, was ist denn?«

Sie starrte ihn mit großen, verängstigten Augen an und schüttelte den Kopf. »Ich weiß nicht, Ashton«, stammelte sie. »Ein schreckliches Bild... Es läßt mir keine Ruhe.« Sie wandte das Gesicht ab, Tränen strömten ihr über die Wangen. »Ich sehe eine erhobene Hand, und sie schlägt zu... schlägt immer wieder zu.« Sie schluchzte laut, ihre Schultern zuckten. »Ich frage mich, ob ich vielleicht jemandem weh getan habe. Vielleicht hättest du ihnen ihren Willen lassen sollen! Vielleicht bin ich die, die sie suchen, und Mr. Logan hat gelogen!«

»Dummes Zeug!« Ashton packte sie bei den Schultern und sah ihr tief in die tränenumflorten, smaragdgrünen Augen, als wollte er sie zwingen, ihm zu glauben. »Abgesehen von deinem Gedächtnisverlust ist mit dir alles in bester Ordnung. Du hast einen Schock erlitten, und du kannst dich nicht erinnern. Du willst die

Beschuldigungen dieser Leute doch nicht zu deinen Erinnerungen werden lassen, oder?«

»Nein«, stöhnte sie, »du verstehst nicht. Ich hatte diese Vision schon, bevor die Männer heute nachmittag hier aufgetaucht sind.«

Ashton zog sie an sich und streifte mit den Lippen sanft über ihre Stirn. »Wahrscheinlich handelt es sich nur um einen Traum, den du irgendwann einmal gehabt hast und den du einfach zu ernst nimmst.«

»Ich wünschte, ich könnte dir glauben.« Lierin ließ ihren Kopf an seine Brust sinken. In seinen Armen wurde das Gefühl der Sicherheit fast zu etwas Greifbarem, und tief in ihr regte sich ein zehrendes Verlangen. Als folgten sie einem Befehl ihrer Seele, stiegen Gedanken in ihr auf und wurden zu Worten. »Ich würde so gerne glauben können, daß dieser Alptraum sich nie ereignet hat. Ich... möchte wirklich glauben, daß ich deine Frau bin, Ashton. Ich möchte... möchte ein Teil von dir und deiner Familie sein, mit Sicherheit wissen, daß ich hierher gehöre, in dieses Haus. Ich muß einfach wissen, was die Wahrheit ist.«

Ashton nahm ihr Gesicht in beide Hände. »Dann glaub mir, Lierin«, drängte er flüsternd. »Akzeptiere die Fakten, so wie ich sie dir erklärt habe. Ich will dir nichts Böses. Wenn du wüßtest, wie sehr ich dich liebe, hättest du keine Angst mehr.«

Langsam, vorsichtig senkte er seinen Mund auf ihre Lippen und küßte sie mit erregender Intensität, bis ihre Ängste sich an den äußersten Rand ihres Bewußtseins zurückgezogen hatten. Spielerisch und mit subtiler Beharrlichkeit gelang es ihm, ihr eine Reaktion zu entlocken. Schlafende Glut wurde zu neuem Feuer erweckt. Ihre Hände bewegten sich seinen Rücken hinauf, und ihre Lippen gaben sich seinem flammenden Drängen hin. Es war wie ein Wunder, als stiege der Himmel zur Erde herab. Sie teilten den süßen Nektar, den nur Liebende schmecken können, voller Genuß. Wäre da nicht das Klappern von Absätzen gewesen, das in der Halle erklang, sie hätten sich wohl nicht so rasch voneinander gelöst.

Ashton hob den Kopf und der Blick seiner Augen verbrannte sie fast mit seinem stummen Versprechen. Sanft gab er sie frei und ging aus dem Raum, ließ sie zurück, erregt und von brennender Hitze erfüllt. Von niemandem wollte sie gesehen werden; sie hob ihre Röcke an und lief durch das Eßzimmer in den Korridor, wo sie verwirrt errötend verhielt, als Ashton am anderen Ende des Korridors stehenblieb und sich zu ihr umwandte. Sein Blick schien sie überall zu berühren, sie bis auf die Haut auszuziehen und weiter vorzudringen, ins Innerste ihres Wesens. Die Kühnheit dieses Blicks benahm ihr den Atem, und sie sah in seinen Augen, daß er ihre Verfassung absolut zutreffend deutete.

Schließlich nahm er seinen Weg wieder auf. Über dem Hämmern ihres Herzens hörte Lierin das Geplapper der beiden alten Damen, als sie den Salon betraten. Die Halle war leer. Lierin ergriff die Flucht, denn sie wußte, wenn sie ihm jetzt gestattete, sie zu berühren, würde alle Vernunft hinweggespült werden.

Atemlos eilte sie die Treppe hinauf und begab sich in den Schutz ihres Zimmers. Sie versperrte die Tür und verkroch sich auf die Chaiselongue, ließ aber die Tür nicht aus den Augen und spitzte die Ohren, damit ihr das Geräusch seiner Stiefel auf dem Gang auf keinen Fall entging. Da war es! Es näherte sich ihrer Tür, erstarb. Ein leises Klopfen erklang. Sie biß sich auf die Unterlippe, während sie darauf wartete, daß es sich wiederholte. Schließlich folgte ein drittes Pochen, dann wurde der Türknopf gedreht, ehe die Schritte sich den Gang hinunter entfernten. Am liebsten hätte Lierin einen Seufzer der Erleichterung ausgestoßen, wäre da nicht ein Gefühl der Enttäuschung in ihr aufgestiegen, das jeden noch so geringen Triumph, den sie vielleicht empfunden haben mochte, überwog.

Kalte Winde fielen von Norden her über das Land. Große schwarze Wolken zogen auf und nahmen dem Himmel das letzte Glühen am westlichen Horizont. Es begann zu regnen, zuerst nur in kleinen Tropfen, die den Staub aus der Luft wuschen und einen herrlich frischen Geruch mit sich brachten. Dann verwandelte sich der Wind in einen Sturm, Blitze zerteilten die Düsternis, und eine wahre Sturzflut ergoß sich über die Felder von Belle Chêne. Diener hasteten durch die Räume, um die Fenster zu schließen und Feuer neu zu entfachen, die tagsüber erstorben waren. Angesichts des Wetters wurde das Los von Mr. Titch und seiner Bande Thema amüsanter Spekulationen. Alle waren sich darüber einig, daß Hickory Verstand genug hatte, irgendwo Unterschlupf zu finden, aber ob die Meute den ganzen Abend über in einer Scheune unterkriechen konnte, ohne daß sie sich selbst zerfleischte, schien höchst unwahrscheinlich.

Willabelle half ihrer jungen Herrin, sich zum Dinner umzukleiden, und obwohl Lierin sich lieber in ihrem Zimmer verkrochen hätte, überließ sie sich doch der liebevollen Fürsorge der farbigen Haushälterin. Die Wahl des Kleides fiel ihr nicht schwer, da sie noch nicht beim Schneider gewesen war, und das Smaragdgrüne blieb als einziges noch ungetragenes übrig. Es war ein schulterfreies, sehr elegantes Kleid mit einem tiefen Ausschnitt und einem eng zu schnürenden Mieder, das den Busen nach oben drückte. Für jemanden, der so sehr zur Vorsicht neigte wie Lierin, lagen gewisse unübersehbare Risiken darin, ein solches Kleid in Ashtons Gegenwart zu tragen. Das Dekolleté war zwar etwas bescheidener als jenes, mit dem Marelda vor nicht allzu langer Zeit aufgetreten war, aber man konnte die Trägerin eines solchen Gewandes kaum prüder Zurückhaltung zeihen. Andererseits hielt sich die Bedrohung einigermaßen in Grenzen, da Ashton ihr ja kaum in Anwesenheit der beiden alten Damen Avancen machen würde.

Als sie die Treppe hinunterging und leise Musik aus dem Salon vernahm, fühlte sie sich noch mehr in Sicherheit. Solange Ashton mit seinem Cello beschäftigt war, würden ihr seine beiläufigen Zärtlichkeiten und die durchdringenden Blicke erspart bleiben. Mehr noch, während er sich dem Spiel hingab, würde sie Gelegenheit haben, ihn ihrerseits nach Lust und Laune zu beobachten.

Winzige Flammen, die auf den Dochten eines guten Dutzends

Kerzen tanzten, tauchten den Raum in warmes Licht. Im Kamin brannte ein munteres Feuer und verbreitete mit seinem flackernden Schein eine behagliche Atmosphäre.

Jenseits der Fenster zuckten noch immer Blitze über den Nachthimmel, während der Sturm um das Haus tobte und die Bäume und das Gesträuch im Garten durchschüttelte. Ashton saß mit dem Rücken zur Tür. Obwohl sie ihn nur von hinten sah, konnte Lierin sofort erkennen, daß er wie immer am Abend tadellos gekleidet war. Er schien ein Gespür für elegante und makellos geschneiderte Garderobe zu haben, wie sich wieder einmal bei dem dunkelblauen Frack zeigte, den er heute trug. Ohne eine einzige Falte zu werfen, umspannte er die breiten Schultern und die schmale Taille. Natürlich kam das Verdienst nicht allein der Kleidung zu, dank seiner Größe und der schlanken, sportlichen Figur wirkte Ashton auch in seiner alten Reithose, die er trug, wenn er seine Pferde bewegte, einfach umwerfend.

Sie wollte ihn nicht stören und ging deswegen auf Zehenspitzen, doch als sie über die Schwelle trat, verstummte die Musik und Ashton erhob sich. Er stellte das Instrument beiseite, dann näherte er sich ihr mit einem intensiver werdenden Lächeln. Gefangen von ihrer Schönheit, blieb sein Blick anerkennend auf ihrem schwellenden Busen ruhen. Er nahm ihre Hände in seine und senkte den Kopf, um ihren Mund mit offenen Lippen zu küssen. Als er sie leicht mit seiner Zunge berührte, ging es wie ein Schlag durch ihren Körper. Sie hatte absolut nicht damit gerechnet, in Gegenwart der Damen derart freizügig begrüßt zu werden. Nervös befreite sie sich aus seiner Umarmung.

»Deine Großmutter wird einen Herzanfall bekommen«, protestierte sie atemlos.

Ashton lächelte. »Meinetwegen? Wie sollte das wohl möglich sein, wenn sie gar nicht da ist?«

»Nicht da?« Sie blickte an ihm vorbei auf die beiden leeren Sessel, in denen die Damen sonst zu sitzen pflegten. »Wo sind sie denn?«

»Amanda und Tante Jennifer sind bei unseren Nachbarn zum

Abendessen eingeladen.« Er zuckte mit den Schultern. »Die Einladung galt auch für dich und mich, aber ich habe uns entschuldigen lassen.«

»Dann...« Lierin sah sich besorgt im Salon um, bis sie plötzlich begriff. »Dann sind wir allein?«

»Abgesehen von den Dienern, ja.« Er hob amüsiert die rechte Augenbraue. »Ist dir das nicht recht, meine Liebe?«

Lierin nickte zögernd. »Sie sind ziemlich verschlagen, Mr. Wingate.«

Ashton lachte und führte sie zu der Anrichte, auf der die Kristallkaraffen im Licht der Kerzen funkelten. Er schenkte etwas Sherry in ein Glas, gab einen Schuß Wasser hinzu und reichte es ihr. »Wie kommst du denn darauf?« fragte er.

Sie nahm einen Schluck und seufzte tief, ehe sie antwortete: »Ich komme darauf, weil ich glaube, daß du beabsichtigst, mich zu verführen.«

Seine Zähne blitzten, als er sie neuerlich angrinste. »Der Unterschied zwischen einer Verführung und einer Vergewaltigung, meine Liebe, ist das kleine Wörtchen *nein*. Du brauchst es bloß zu sagen.«

Darauf fiel Lierin keine schlagfertige Antwort ein. Dieses kleine Wörtchen war genau wie die Vorsicht, die langsam ihren Geschmack verlor und sich zu einer trockenen Kruste verhärtete, an der sie keinen Gefallen mehr finden konnte. Obwohl es sich in der Tat nur um ein kleines Wörtchen handelte, gebrauchte sie es Ashton gegenüber immer weniger gern.

Seine Augen wanderten über ihren Ausschnitt, dann beugte er sich vor und küßte sie auf die Schulter. »Sie sind heute abend ganz besonders appetitanregend, Madam... geradezu ein Leckerbissen, möchte man meinen.« Seine Zunge berührte leicht ihre Haut; ihr Atem stockte und ihr Puls beschleunigte sich. Röte stieg ihr ins Gesicht. Belustigt sah er zu, wie sich die Röte auch nach unten bis in ihre Brüste ausbreitete. »Eine Kostprobe reicht einfach nicht aus«, murmelte er und beugte sich noch tiefer, um den Ansatz dieser verführerischen Rundungen zu küssen.

»Ashton!«

Ein Ast schlug unter einem Windstoß gegen die Fensterscheibe, und Lierin zuckte zusammen. Sie versuchte, Ashton mit einer Hand von sich fortzudrücken, wobei sie leise und eindringlich murmelte: »Die Diener!«

Er lachte vergnügt in sich hinein, richtete sich wieder auf und gab ihr einen etwas schicklicheren Kuß auf die Schläfe, hocherfreut darüber, daß sie ihn nur wegen der Diener zurückgewiesen hatte. »Ach, meine Liebste, ich bin so ausgehungert, daß ich mich kaum zurückhalten kann, selbst bei all den Leuten hier im Haus. Nichts täte ich lieber, als dich mit mir zurück nach New Orleans zu nehmen, in denselben Raum, in dem wir uns damals geliebt haben und in dem wir ganz unter uns sein könnten.«

Irgendwo im Haus schlug eine Tür, und Willabelle stampfte ins Eßzimmer. »Junge, Junge, wenn der Wind noch etwas stärker wird, bläst er glatt das Haus um«, gackerte die Haushälterin kopfschüttelnd. »Vielleicht pustet er Mr. Titch geradewegs nach Natchez zurück. So'n schönes Bad hat der bestimmt seit Monaten nicht mehr genommen. Sollte er doch noch auf den Wagen geklettert sein, kann er das allerdings auch brauchen. Ich wünschte nur, ich könnte ihn jetzt sehen. Er kann doch nicht im Ernst glauben, wir würden ihm die Missus ausliefern. Dem haben Sie's aber gezeigt, Massa. Und wie, jawohl, Sir!«

Sie kicherte lauter, als sie den gedeckten Tisch betrachtete. Sie verlegte ein Gedeck vom Ende des Tisches weiter nach oben an die Kopfseite, dann verschwand sie mit einem zufriedenen Nikken. Einen Herzschlag später erschien Willis, um zu verkünden, daß mit dem Essen begonnen werden könne. Ashton reichte seiner jungen Frau den Arm und führte sie zu dem Platz, den Willabelle nach oben verlegt hatte, damit sie einander näher waren. Als Lierin vortrat, um Platz zu nehmen, strich seine Hand ihr leicht über die Taille. Sie warf ihm einen fragenden Blick zu, und seine Augen hielten sie für einen langen, ewig wirkenden Moment fest.

Ashton war kein Mann, der eine Gelegenheit ungenutzt verstreichen ließ. Einmal mehr fanden seine Lippen ihren Mund. Als er den Kopf wieder hob, geschah es in erster Linie, um die grünschimmernden Tiefen ihrer Augen zu erforschen. Lierin fühlte sich wie hypnotisiert, und sie war sich seiner Finger, die von ihrer Kehle über das Schlüsselbein weiter nach unten wanderten, nur vage bewußt. Ihre Lippen teilten sich unter heftigen Atemstößen, als sein Mund dem Weg der Fingerspitzen folgte. Fast beiläufig legte sich seine rechte Hand auf ihre linke Brust, aber die Hitze, die ihr bei dieser Liebkosung in den Kopf schoß, brachte sie wieder zu vollem Bewußtsein. Zitternd löste sie sich von ihm und sank auf ihren Stuhl. Als er ebenfalls Platz genommen hatte, blickte sie ihn flehend an. Sie vermochte die Worte, die sie sagen wollte, nicht über die Lippen zu bringen, die inständigen Bitten, die ihn dazu bringen sollten, vorsichtig mit ihren Gefühlen umzugehen. Sie wollte Liebe, ja, aber es ging alles so schnell. Wie konnte sie Recht von Unrecht unterscheiden, wenn sie nicht wußte, wer sie war?

Während der Mahlzeit löste sich Ashtons Blick nur sekundenlang von dem, worauf er wirklich Appetit hatte, und das waren nicht die Speisen vor ihnen auf dem Tisch. Nach und nach half der Sherry, Lierins Bedenken zu vertreiben, und sie begann das intime Mahl zu genießen, ebenso wie die sanfte Berührung seiner Hand, wenn sie hin und wieder über ihren Arm strich.

Als sie wieder in den Salon zurückschlenderten, schloß Ashton die Flügeltüren hinter ihnen. Lierin setzte sich ans Cembalo und versuchte, ihrem Gedächtnis mit den über die Tasten wandernden Fingern vergessene Melodien zu entlocken. Ashton stand dicht neben ihr, half ihr manchmal mit einer fehlenden Note, beschränkte sich aber hauptsächlich darauf, die nackten Schultern und die Rundungen des Busens zu bewundern. Als er ihr mit der Zeigefingerspitze den Nacken hinunterfuhr, lächelte sie mit leuchtenden Augen zu ihm auf und verlor sich in das wohlige Gefühl seiner Nähe. Als er zum Kamin ging und nach dem Feuerhaken griff, um die Glut anzuschüren, verkehrte sich plötzlich alles ins Gegenteil. Ihre Finger erstarrten über den Tasten. Das Bild einer Eisenstange, die mit brutaler Gewalt auf den Kopf eines Mannes niedersauste, blitzte vor ihr auf und zerstörte die Harmonie des Augenblicks.

Ashton drehte sich überrascht um, als die Melodie mit einer schrillen Dissonanz abbrach. Er sah den Ausdruck panischer Angst auf ihrem Gesicht, ließ den Schürhaken fallen und eilte zu ihr. Wohl wissend, was sie quälte, zog er sie hoch und preßte sie an sich. »Ist ja schon gut, mein Liebling«, murmelte er, »ist ja schon gut. Versuch, nicht mehr daran zu denken.«

»Der Feuerhaken ...« Lierin zitterte in seinen Armen. »Es ist immer wieder dasselbe Bild, ein Mann, der mit einer Eisenstange geschlagen wird. Oh, Ashton, geht das denn nie vorüber?«

»Weißt du, wer der Mann ist?« fragte Ashton. »Hast du ihn vorher schon gesehen?«

»Es ist alles verschwommen.« Tränen liefen ihr über das Gesicht. »Oh, Ashton, ich habe solche Angst. Ich weiß nicht, warum ich immer wieder dieses Bild sehe. Es sei denn ... es sei denn, es ist eine Erinnerung an etwas, das ich angerichtet habe. Bist du sicher, daß Mr. Logan –«

»Damit hattest du nichts zu tun«, unterbrach er sie. »Der Mann ist mit einem Messer erstochen worden, und er war ein Riese, mehr als zweimal so schwer wie du. Selbst mit einem Feuerhaken hättest du nichts gegen ihn ausrichten können. Er hätte den Spieß umgedreht, bevor du ihm auch nur ein Haar krümmen konntest.«

»Aber die Stelle auf meinem Rücken ... Du hast gesagt, es sähe so aus, als wenn mich jemand geschlagen hätte. Vielleicht ...«

Ashton schob sie an den Schultern ein wenig von sich fort und antwortete mit Nachdruck: »Peter Logan hat gesagt, daß du nicht die Frau aus dem Irrenhaus bist, Lierin. Akzeptiere diese Tatsache endlich. Du bist es nicht! Du bist Lierin Wingate, meine Frau!«

Seine natürliche Autorität schien die Dinge wieder zurechtzurücken, und allmählich überwand sie ihre Furcht. Wenn sie diesen Abschnitt ihres Lebens bei halbwegs klarem Verstand überstehen wollte, durfte sie sich von ihren Ängsten nicht unterkriegen lassen. Sie wischte sich die Tränen von den Wangen. Ashton schlenderte zur Anrichte und schenkte ihr ein Glas Brandy ein.

»Hier, trink das«, sagte er. »Es wird dir guttun.« Er sah zu, wie sie einen kleinen Schluck nahm und lächelte, als sie angewidert das Gesicht verzog. Mit dem Zeigefinger unter dem Boden schob er ihr das Glas wieder an die Lippen. »Alles, Liebling.«

Lierin gehorchte widerstrebend und trank den Brandy in kleinen Schlucken, bis nur noch ein paar Tropfen übrig waren. Mit einem letzten Schaudern reichte sie Ashton das Glas zurück, wobei sie schon spürte, wie sich die Wärme des Alkohols in ihr ausbreitete. Ashton führte sie zum Sofa, nahm in der Ecke Platz und zog Lierin zu sich. Sie kuschelte sich an ihn, genoß seine Zärtlichkeit und fand endlich Entspannung.

Lange Zeit saßen sie nur so beieinander und schwelgten in der Seligkeit des Augenblicks, bis die Flammen im Kamin ein letztes Mal aufflackerten und dann erstarben. Als sich Kühle im Raum ausbreitete, stand Ashton widerwillig auf, um ein paar Scheite nachzulegen. Dann kauerte er sich vor der Couch nieder, legte Lierin eine Hand auf den Oberschenkel und fragte: »Geht es dir jetzt besser?«

»Ich glaube schon.« Die Intimität seiner Geste mutete sie eigenartig an, aber da sie keinen Grund fand, sich ihr zu entziehen, gab sie sich der zärtlichen Berührung zufrieden hin. Unter seinem Blick stieg ihr die Röte in die Wangen, und sie wandte verwirrt den Blick ab.

»Neben meinen Gemächern befindet sich noch ein weiteres Schlafzimmer«, sagte er und wartete, bis ihr Blick wieder auf ihm ruhte; dann fuhr er fort: »Ich möchte gern, daß du heute nacht dort schläfst.« Ein leichtes Lächeln begleitete seine Worte. »Ich weiß, die Versuchung wird auf diese Weise nicht gerade kleiner für mich, aber so ist es mir lieber... jedenfalls für den Moment. Was ich wirklich will, dürfte dir inzwischen ja klar sein. Getrennte Schlafzimmer sind es jedenfalls nicht.«

»Bitte, paß auf mich auf, Ashton«, flüsterte sie mit einem wehmütigen Lächeln. »Du hast so etwas an dir... Ich bin nicht sicher, daß ich dir widerstehen kann.«

Überrascht hob er die Augenbrauen. Ein solches Zugeständnis erstaunte ihn, wo sie doch genau wußte, wie begierig er darauf war, ihren Widerstand zu überwinden. »Madam, wissen Sie, was Sie mir da zum Geschenk machen?«

»Vertrauen?« fragte Lierin zurück, ganz süße Unschuld.

Er legte die Stirn in mißmutige Falten, denn das eine Wort schien seine Hoffnungen begraben zu haben. »Hmm.« Er stand auf und bot ihr seine Hand. »Kommen Sie, Madam, ich begleite Sie zu Ihrem neuen Schlafzimmer, bevor ich doch noch hier und jetzt über Sie herfalle.«

»Aber ich dachte, du hättest gesagt, Vertrauen sei in einer Ehe von ungeheurer Wichtigkeit?«

Ashton blickte sie zweifelnd an. »Dieses Wort wird mir in letzter Zeit etwas zu häufig aufs Tapet gebracht. Ich werde mit deiner Vorstellung von Vertrauen aufräumen, indem ich dich nach New Orleans zurückbringe. Wenn das auch fehlschlägt, dann weiß ich nicht mehr, was ich noch machen soll.«

»Meinst du das ernst?« fragte sie. »Fährst du wirklich mit mir nach New Orleans?«

»Ja, das tue ich«, antwortete er und begann Gefallen an der Idee zu finden.

»Aber du bist doch gerade erst aus New Orleans zurückgekommen.«

»Diesmal werden wir die Reise nur zu unserem Vergnügen unternehmen, Madam«, versicherte er ihr lächelnd.

Lierin maß ihn mit skeptischem Blick. »Und natürlich werden Sie ganz nebenbei versuchen, Ihren Verführungsversuch zum Erfolg zu führen.«

»Aye, Madam, und zwar je eher, desto besser.«

Er nahm sie auf seine Arme und gab ihr einen zärtlichen Kuß in die Halsbeuge, als sie sich an ihn schmiegte und ihm die Arme um den Nacken schlang. Dabei hob ihr Busen sich ihm entgegen. Ein außerordentlich verführerischer Anblick, entschied er und gab sich diesem optischen Vergnügen auf dem Weg zu seinen Gemächern noch wiederholt hin. Er stieß die Tür mit der Schulter auf und trug seine süße Last über die Schwelle. Er durchschritt mit ihr die Suite, bis sie das Badezimmer erreichten, wo er Lierin wieder absetzte.

»Wahrscheinlich willst du dich lieber hier ausziehen, das Schlafzimmer ist noch etwas kalt.« Ashton deutete auf eine Kommode, wo ein Stapel säuberlich zusammengefalteter Kleider lag. »Ich habe Willabelle gebeten, ein paar Sachen heraufzubringen.«

Lierin erkannte ihr eigenes grünes Kleid und ein Nachthemd aus Seide und begriff, daß die Einladung, ihr Schlafzimmer neben seins zu verlegen, bei weitem nicht so spontan erfolgt war, wie sie gewirkt hatte. Er schien sich völlig sicher gewesen zu sein, daß sie dem Vorschlag zustimmen würde. Sie musterte ihn staunend und sagte: »Ich glaube, ich habe dich noch immer unterschätzt.«

Ashton grinste. »Ich dachte nicht, daß du etwas dagegen haben würdest.«

»Bist du dir deiner Sache immer so sicher?« fragte sie.

»Es handelt sich um eine Frage der Logik, Madam. Die Unterbringung ist hier viel komfortabler...«

»Und kommt deinen Absichten zudem bestens entgegen.«

»Stimmt, das auch«, gab er offen zu. Er legte Frack, Weste und Halstuch ab und hängte alles über einen Holzständer in der Nähe der Tür. Dann nahm er ihre Hände und führte sie an seine Lippen. »Ich mache Feuer, während du dich ausziehst.«

Die Tür schloß sich hinter ihm, und Lierin hatte ein paar Sekunden für sich allein, um wieder festen Boden zu gewinnen. Ihr wurde immer deutlicher, daß sie in seiner Gegenwart kaum noch an Widerstand dachte. Er war wie ein starker Magnet, der sie unaufhaltsam anzog. Einem so selbstsicheren Mann wie ihm konnte man sich nur schwer entziehen, wenn man die Bedürfnisse einer normalen Frau hatte. Ihren Versuchen, logisch zu denken, zum Trotz, gefiel ihr die Vorstellung, mit ihm verheiratet zu sein, immer besser. Vernünftig oder nicht, sie sehnte sich nach der Vertrautheit und Intimität einer solchen Beziehung.

Sein Hausmantel hing bei seinen anderen Sachen am Kleiderständer, und als sie mit der Hand darüberstrich, stieg ein männlicher Geruch aus dem Samtgewand auf, bei dem ihr die Knie schwach wurden. Sie holte tief Luft, überrascht von ihren seltsamen Gelüsten, und zwang sich, an etwas anderes zu denken. Sie zog sich aus. Das Nachthemd glitt mit seidiger Geschmeidigkeit über ihren nackten Körper, und wieder fragte sie sich, wie es wohl wäre, wenn Ashton mit ihr schlafen würde, ob sie es genießen könnte oder ob die Vorstellung weit unterhaltsamer war als der tatsächliche Vorgang.

Verträumt blickte sie in den Spiegel. Seine Augen hatten sie einfach betört. In ihnen brannte ein Feuer, dem wohl keine Frau widerstehen konnte.

Ärgerlich schüttelte Lierin den Kopf. Ihre Gedanken hatten schon wieder zu wandern begonnen. Anstatt sie an die Zügel zu nehmen, ließ sie ihnen freien Lauf. Es war unlogisch, daran zu denken, mit ihm ins Bett zu gehen, während er ihr noch so fremd erschien. Warum gab sie sich derart frivolen Spekulationen hin, wo es doch viel weiser gewesen wäre, Ashton auf Distanz zu halten?

Sie band den Gürtel des grünen Samtgewandes zu einem Knoten und trat in den angrenzenden Raum. Barfuß schritt sie über den luxuriösen Teppich, wobei sie die weichen Farben und die erlesene Einrichtung bewunderte. Das Boudoir bot alles, was eine Frau sich wünschen konnte; dagegen verblaßte das andere Zimmer. Hätte sie diesen Raum vorher gesehen, wäre sie nie auf den Gedanken gekommen, Ashtons Aufrichtigkeit in Frage zu stellen.

Ashton erhob sich, als sie eintrat. Sie ging auf ihn zu, schob ihren Arm unter seinen und sagte mit einem weichen Lächeln: »Das Zimmer ist herrlich, Ashton, und du hattest recht. Man kann es gar nicht zurückweisen.«

Sie stellte sich auf die Zehen, um ihm einen Kuß auf die Wange zu geben, doch er wandte rasch den Kopf und begegnete ihrem Mund mit seinen Lippen. Sie genoß die Wärme, mit der er reagierte. Sein Mund öffnete sich, sie fuhr mit der Zunge über seine Lippen, zögernd noch, aber ihr Verhalten ermutigte ihn, und er zog sie fest an sich. Seine Umarmung wurde heftiger, der Kuß gewann an Leidenschaft. Hin- und hergerissen zwischen Begehren und Verweigerung zitterte sie in seinen Armen. Sie spürte, daß seine Erregung zunahm. Sie begriff, daß sie auf der Stelle etwas unternehmen mußte, wollte sie nicht, daß alle Widerstandskraft sie verließ.

»Ich brauche Zeit, Ashton«, flüsterte sie flehend, als sie sich von ihm löste. »Bitte, laß mir die Zeit, zu mir selbst zu finden.«

Ashtons Stirn umwölkte sich. Lierin sah, welche Qualen ihm ihre Verweigerung bereitete. Aber sie wußte nicht, wie sie ihm helfen konnte. Sie folgte ihm zum Bett, wo er ihr die Decke zurückschlug. Als er sich ihr wieder zuwandte, atmete er tief ein und hob die Hände, als wollte er sie ihr auf die Schultern legen. Sie wartete darauf, daß er die Geste vollendete, doch er wandte sich mit einem schweren Seufzer ab.

»Ich gehe.«

»Bitte, Ashton...« Ihre Augen flehten um sein Verständnis. »Möchtest du nicht hierbleiben und dich ein paar Minuten mit mir unterhalten?«

Ashton antwortete mit einem mißglückten Lachen. »Madam, entweder haben Sie Ihre Reize unterschätzt oder meine Fähigkeit, ihnen zu widerstehen, überbewertet. Die Versuchung ist zu stark für mich. Wenn ich noch eine Sekunde länger hierbleibe, wird ein simples *Nein* nicht mehr ausreichen.« Er stieß die Hände in die Hosentaschen, die Gesichtsmuskeln traten wie Stränge hervor. »Ich kann für meine Zurückhaltung nicht mehr garantieren. Also bitte, Lierin, sei vorsichtig. Geh einfach ins Bett, solange ich noch nicht ganz den Verstand verloren habe.«

Lierin wagte nicht, seine Warnung in den Wind zu schlagen, und verzichtete sogar darauf, ihr Gewand auszuziehen, bevor sie unter die Decke schlüpfte. Ashton trat wieder an den Kamin, legte noch ein Scheit auf, dann starrte er nachdenklich in die rotgoldenen Flammen. Sie betrachtete seine Silhouette vor dem Hintergrund des brennenden Feuers und wunderte sich, wie schnell sie dazu gekommen war, ihn zu begehren. Irgendwo tief in ihrem Innern wußte sie mit absoluter Sicherheit, daß sie Momente innigster Vertrautheit mit jemandem wie ihm erlebt hatte. Wenn sie die Augen schloß, konnte sie sich fast greifbar an das Bild eines Mannes erinnern, der nackt aus ihrem Bett aufstand und sich von ihr entfernte. Vage entsann sie sich des Eindrucks von Größe, von breiten Schultern, die sich zu schmalen Hüften verjüngten, von kurzem Haar, das sich leicht gelockt von einem bronzefarbenen Hals abhob. Willabelle hatte ihr versichert, daß man einen Mann wie Ashton nicht alle Tage fand, und sie glaubte ihr. In der Tat, wenn man die Aktiva eines Menschen in so kurzer Zeit richtig einschätzen konnte, dann war er genau das, was sie für ein ganzes Leben voller Liebe und Rücksichtnahme brauchte.

»Ashton?«

Er drehte sich um. »Ja?« Ihr Schweigen veranlaßte ihn, ans Bett zu treten. »Was ist, Lierin?«

Sie versuchte, den Ausdruck seines Gesichts im schwachen Zwielicht des vom Kaminfeuer erhellten Raums zu erkennen. Sie wußte, daß sie viel riskierte in diesem Augenblick, denn sie war äußerst verwundbar. Sie konnte tief verletzt werden, und doch wollte sie, daß er sie liebte. Sie sehnte sich danach, seinen Körper zu spüren und sich ihm ohne Rückhalt hinzugeben. Einladend schlug sie die Decke zurück. »Ich glaube nicht, daß du mit mir nach New Orleans fahren mußt. Du kannst alles haben, was du willst, jetzt gleich.«

Sein Herz schlug schneller, das so lange unterdrückte Begehren flammte auf. Hastig öffnete er die Hemdknöpfe. Nach wenigen Sekunden schimmerten seine Schultern nackt im Feuerschein. Er setzte sich auf die Bettkante, um die Stiefel auszuziehen. Lierin erhob sich auf die Knie, schlüpfte aus der Samtrobe und preßte sich an ihn. Die Berührung ihrer Brüste an seinem

Rücken erregte Ashton so sehr, daß sich ein heißer, süßer Schmerz in seinen Lenden ausbreitete. Das war seine Lierin, warm, entgegenkommend, die Versuchung in Person, fähig, sein Innerstes in Brand zu setzen. Der zweite Stiefel polterte zu Boden, während ihre Hände über seine harte Brust fuhren, kurz innehielten, als sie eine Narbe fanden, und dann ihren tastenden Weg über seine schwellenden Muskeln und die dichte Brustbehaarung fortsetzten.

»Rasch«, flüsterte sie ihm ins Ohr und fuhr neckend mit der Zungenspitze darüber, bevor sie sich auf die Fersen zurücklehnte. Er ließ sich rückwärts auf das Bett sinken und griff nach ihr. Er zog sie zu sich herab und küßte sie wild, während seine Hand gleichzeitig zu ihrem Gesäß wanderte, über ihren Busen streifte und schließlich am Ausschnitt des Nachthemds innehielt. Lierin schnappte überrascht nach Luft, als er das Kleidungsstück mit einem einzigen heftigen Ruck entzweiriß. Endlich konnten seine hungrigen Augen ihren vollen Busen ungehindert betrachten. Seine Lippen liebkosten ihre Brüste. Ein Schauer überlief sie, seine zärtliche Glut raubte ihr fast den Atem und ließ ihr Herz wild und beinahe schmerzhaft schlagen.

Mit einem weiteren Ruck riß Ashton ihr das Nachthemd ganz vom Körper und warf es ans Fußende des Bettes. Seine Augen schienen Funken zu sprühen. Mit der Andeutung eines geheimnisvollen Lächelns richtete Lierin sich auf, ergriff seine Hand und zog ihn ebenfalls hoch, bis sie einander gegenüber knieten. Seine Hände glitten über ihre Hüften zu den Gesäßbacken hinunter, während sie ihm sanfte Küsse auf Hals und Wangen gab. Ihre kleinen, harten Brustwarzen streiften über seine behaarte Brust.

»Ich glaube, ich habe mich in dich verliebt«, hauchte sie. Ihre Finger spielten mit den Haaren in seinem Nacken. »Ich will dich... Oh, Ashton, ich will dich so sehr...«

Er riß sie in seine Arme; sein Mund erforschte den ihren. In brennender Ungeduld verschmolzen ihre Lippen miteinander. Als sie sich voneinander lösten, stand das gleiche Verlangen in ihren Augen. Bewundernd fuhr Lierin mit den Händen über Ashtons Brust, hinunter zum Bund seiner Hose und weiter über die schlanken, harten Oberschenkel, während er die Hosenknöpfe öffnete. Als ihre Finger in den Hosenbund wanderten und seinen Bauch mit federleichten Berührungen liebkosten, holte er tief Luft und biß dabei die Zähne zusammen. Heiß schoß ihm das Blut in die Lenden, seine Nerven schienen zu glühen.

Er richtete sich auf und streifte die Hose herunter, dann stand er nackt vor ihr. Sein Anblick weckte zärtliches Begehren in ihr, sie streckte die Arme nach ihm aus. Er umfaßte sie, legte sie sanft aufs Bett, und seine Hände und Lippen glitten über ihre seidige Haut mit der Sicherheit eines Mannes, dem Selbstzweifel fremd waren. Mit virtuoser Geschicklichkeit zog er an den Fäden ihrer Sinne, und sie antwortete mit leisen, entzückten Seufzern. Ihre Erregung wurde stärker und stärker, bis sie zu zittern und sich zu winden begann. Er nahm sie mit einem tiefen, heißen Stoß. Eine Sturmflut herrlicher Gefühle brach über sie herein und erfüllte sie mit unermeßlicher Freude. Seine Stöße waren weich, fast sehnsuchtsvoll, bis die wollüstige Begierde sie schneller werden ließ und in wildem Takt auf die Erfüllung zutrieb. Sie bäumte sich ihm entgegen, antwortete seinen harten, hämmernden Hüften mit der gleichen Inbrunst. Sie hielten einander fest umschlungen, als sie auf den Wogen ihrer Leidenschaft höher und höher ritten. Gemeinsam flogen sie durch eine schillernde himmlische Welt, bis sie endlich ihre Umlaufbahn verließen und wieder zur Erde zurückschwebten. Unter Seufzern der Zufriedenheit verschmolzen ihre Lippen erneut im warmen Nachglühen des Feuers, das sie eben noch verzehrt hatte. Von draußen prasselte der Regen gegen die Fensterscheiben, aber weder Lierin noch Ashton schenkten ihm die leiseste Aufmerksamkeit, während sie den süßen Nektar der gesättigten Begierde kosteten.

Die Herrensuite war gegen die Morgensonne abgeschottet, und nur ein Minimum an Licht sickerte durch die Samtvorhänge, die vor Türen und Fenster gezogen waren. Lierin regte sich und streckte suchend die Hand aus. Als sie den Platz an ihrer Seite leer fand, öffnete sie die Augen und richtete sich auf. Im Zimmer war es still, kein Geräusch verriet Ashtons Anwesenheit in seiner Suite. Irgendwann in der Nacht hatte er sie in sein Bett getragen und damit ein für allemal den Schlußstrich unter die Zeit der getrennten Schlafzimmer gezogen. Es war ein großzügig und geschmackvoll eingerichteter Raum, Pastellfarben dominierten, dunkles Holz unterstrich die maskuline Note. Die Tatsache, daß hier ein Mann wohnte, in den sie verliebt war, ließ Lierin das Zimmer in noch gefälligerem Licht erscheinen.

Sie strich sich das Haar aus dem Gesicht und sank mit einem träumerischen Seufzer wieder in die Kissen. Sie hatte genügend Erinnerungen an die vergangenen Stunden, um die Zeit auszufüllen, bis Ashton zu ihr zurückkehrte. Der Herr von Belle Chêne hatte ihren Leib und ihre Seele mit seinem unwiderstehlichen Charme genommen, und nun gehörte ihr Herz für immer ihm. Er hatte sie betört, und sie rief sich seinen schlanken, bronzefarbenen Körper ins Gedächtnis, die festen Muskeln, den harten Bauch, die wie aus Eisen geschmiedeten Schenkel. Hitze stieg ihr in die Wangen, als sie das Bild mit etwas intimeren Details ausstattete, und ein verstohlenes Lächeln trat auf ihre Lippen, als sie sich entsann, wie er unter ihrer forschenden Hand immer wieder zum Leben erwacht war. Und später, als er sie verlassen hatte, um Holz im Kamin nachzulegen, war sie fasziniert gewesen von dem geschmeidigen Spiel der Muskeln auf seinem Rükken und den festen, kleinen Gesäßbacken.

Die Tür des zweiten Schlafraums wurde geöffnet. Lierin erkannte Willabelles schweren Schritt und warf die Decken von sich, als ihr auf einmal einfiel, daß sie ja nackt war. Rasch griff sie nach Ashtons Hausmantel am Fußende des Bettes und schlüpfte hinein. Willabelle ging ins Badezimmer; die Tür fiel hinter ihr zu. Erleichtert ließ Lierin sich wieder aufs Bett sinken. Sie schreckte davor zurück, Willabelle in ihrem gegenwärtigen Zustand gegenüberzutreten, so kurz nachdem sie geschworen hatte, sich nicht Hals über Kopf in eine Ehe mit Ashton drängen zu lassen. Aber früher oder später würde sie sich zu ihrem neuen Status als Herrin der Plantage bekennen müssen. Selbst in diesem riesigen Haus konnte sie Willabelle kaum länger als eine Stunde aus dem Weg gehen.

Das Rumoren nebenan nahm zu, als weitere Bedienstete die Suite betraten und Wasser für ein Bad einfüllten. Mit gedämpfter Stimme erteilte die Haushälterin ihre Anweisungen. Kurze Zeit später zogen sie sich wieder zurück; dann erklang ein leises Pochen an der Tür. Bevor Lierin »herein« rief, überprüfte sie ihre Erscheinung im Spiegel und stellte fest, daß ihr Haar ganz durcheinander war und eine verräterische Röte ihre Wangen und ihren Körper bedeckte. Es war nicht zu übersehen, daß sie die Nacht in sinnlicher Umarmung mit Mr. Wingate verbracht hatte, und selbst der kleinste Anschein von Ehrbarkeit würde sich kaum aufrechterhalten lassen, wenn Willabelle sich nicht ganz besonders diskret zeigte.

Lierin beschloß, das Beste aus der Situation zu machen, und öffnete die Tür. Willabelle legte gerade frische Handtücher und Kleidung zurecht. Sie hatte leise vor sich hingesummt, drehte sich jetzt um und begrüßte ihre Herrin mit dem gewohnten fröhlichen Lächeln und Geplauder, so daß Lierin sich völlig unbefangen fühlte. Willabelle schien ihre Anwesenheit in den Schlafgemächern ihres Herrn nicht weiter verwunderlich zu finden.

Kurz darauf genoß Lierin ein herrliches warmes Bad, als unten in der Halle das Klacken von Stiefelabsätzen ertönte. Ashtons Erscheinen veranlaßte Luella May, rasch nach oben zu laufen und an die Schlafzimmertür ihres Herrn zu klopfen. Sofort schlüpfte Willabelle aus den Gemächern und überließ die ihr Anvertraute ihrem Schicksal.

Als Ashton seine Suite betrat, wurde er von einer leise vor sich hin singenden Stimme zum Badezimmer gelockt. Er lehnte sich mit der Schulter gegen den Türrahmen und betrachtete voll Vergnügen die unbekleidete Schönheit in der Wanne. Er war genau im richtigen Moment erschienen. Die Dame seines Herzens nahm ein Bad, und in dem durch das kleine Fenster hereinfallende Morgenlicht strahlte ihre elfenbeinfarbene Haut in seidigem Glanz. Sie glich einer Nymphe, die an einem verschwiegenen Waldsee ihre Toilette verrichtet.

Endlich blickte Lierin auf; sie hatte die Gegenwart eines Fremden gespürt und angenommen, daß es Willabelle sei. Als sie statt dessen Ashton im Türrahmen stehen sah, fuhr sie erschrocken zusammen. Noch war sie den kühnen Blick eines Mannes auf ihrem Körper nicht gewohnt, und sie errötete bis hinunter auf die Brustwarzen.

»Guten Morgen, mein Liebling. Du siehst bezaubernd aus.«

Er trug Reithosen, Stiefel und ein weißes Hemd mit Glockenärmeln. Lierins Röte vertiefte sich, denn in dieser Garderobe wirkte er womöglich noch selbstsicherer, was ihr die eigene Nacktheit um so deutlicher vor Augen führte. Um sich und ihn abzulenken, fragte sie: »Bist du schon ausgeritten?«

»Ja, ich habe bei den Rodungsarbeiten unten am Fluß nach dem Rechten gesehen«, antwortete er und beobachtete die Seifenwasserbäche, die über ihren Busen rannen, als sie sich gleichzeitig zu waschen und zu verstecken suchte. »Ich habe vor, dich heute mit nach Natchez zu nehmen, damit du dir für unsere Fahrt nach New Orleans neue Kleider aussuchen kannst.«

»Aber ich dachte, wir würden jetzt doch nicht...«

»Im Gegenteil, mein Liebling.« Ashton trat an die Wanne und setzte sich auf den danebenstehenden Holzstuhl. Er nahm Lierin den Schwamm aus der Hand und begann, ihr den Rükken zu waschen, wobei er sich langsam von unten nach oben vorarbeitete. »New Orleans wird dir vielleicht helfen, dein Erinnerungsvermögen wiederzuerlangen. Außerdem brauchen wir Zeit, um uns erneut aneinander zu gewöhnen. Und wo ginge das besser als dort, wo alles angefangen hat?«

Lierin legte den Kopf auf die Seite und seufzte vor Vergnügen, als seine Finger ihren Rücken und die Schultern zu massieren begannen.

»Angenehm?« fragte er leise.

»O ja, sehr«, gab sie zurück und vergaß ihre Schüchternheit, als sie sich vorbeugte, um seine Dienste besser in Anspruch nehmen zu können. Er rieb sie fester und wandte sich dann ihrer Brust zu. Ihr Herzschlag beschleunigte sich. Mit verschleiertem Blick suchte sie seine Augen. Er beugte sich vor, biß sie ins Ohrläppchen, schob das Haar, das ihr in einer feuchten Kaskade über die Schultern fiel, beiseite und bedeckte ihren Hals mit zarten Küssen. Seine Hände wanderten zwischen ihren Brüsten hin und her, ehe sie tiefer glitten und Lierin aus der Wanne auf seinen Schoß hoben. Sie achteten nicht darauf, daß seine Kleidung dabei ganz naß wurde. Sie hatten nur noch Augen füreinander, der Rest der Welt existierte für sie nicht mehr.

Als Lierin oben an der Treppe auftauchte, war Ashton wieder einmal wie benommen von ihrer Erscheinung. Für den Ausflug hatte sie eins der Kleider gewählt, die in Natchez für sie angefertigt worden waren; sie sah bezaubernd aus. Schon bei ihrer ersten Begegnung hatte er erkannt, daß sie seiner Idealvorstellung von einer begehrenswerten Frau in jedem Punkt entsprach. Die Erinnerung daran hatte ihn während der letzten drei Jahre nicht losgelassen, aber als er sie jetzt in Fleisch und Blut vor sich sah, wußte er, daß das volle Ausmaß ihrer Schönheit seinen Augen entgangen war. Oder spielte ihm sein Verstand nur einen Streich, wenn sie ihm noch schöner erschien, als er sie im Gedächtnis behalten hatte?

Er lächelte und winkte ihr zu. Als sie die Treppe hinunterstieg, nahm er jedes kostbare Detail in sich auf. Das Kleid mit dem changierenden blaugrünen Taftmieder und dem weitschwingenden weißen Rock aus demselben Material ließ sie noch vollkommener aussehen. Eine steifgeplättete Krause umgab ihren Hals, und ähnliche Rüschenkrausen befanden sich auch an den Manschetten der Bluse. Die Ärmel waren oben ausgestellt, schmiegten sich weiter unten aber eng an die Arme. Die blaugrüne Haube hatte einen Rand aus Spitzenbesatz. Um den Hals hatte sie ein Samtband der gleichen Farbe geschlungen und links unter dem Kinn verknotet, das gab ihr eine vorwitzig-freche Note.

»Madam, die Sirenen in alten Zeiten wären bei Ihrem Anblick grün vor Neid geworden«, schwor Ashton dramatisch.

Lierin lachte gutgelaunt und warf ihm die Arme um den Hals, als er sie bei der Taille packte und von der Treppe hob. Ohne sie abzusetzen, gab er ihr einen glühenden Kuß, den sie ebenso glühend erwiderte. Er seufzte und setzte sie nur widerwillig ab. »Wenn du so reagierst, würde ich dich am liebsten gleich wieder zurückbringen und mit dir ins Bett gehen.«

Sie lächelte verführerisch und schob die Hände unter seine Jacke. »Wir können den Ausflug ja immer noch verschieben.«

»Nichts lieber als das«, meinte er mit einem Zwinkern, »aber ich schulde dir noch ein Nachthemd, vergiß das nicht. Wir brauchen einen ordentlichen Vorrat für die Nächte, die noch vor uns liegen.«

»Jetzt kann ich verstehen, warum Marelda mich so haßt«, flüsterte sie ihm ins Ohr. »Es macht wirklich großen Spaß, mit dir ins Bett zu gehen.«

Ashton streifte sie mit einem skeptischen Seitenblick, als er sie durch die Halle geleitete. »Marelda dürfte wohl keine Möglichkeit haben, das zu beurteilen. Ich bin nämlich nie mit ihr intim gewesen.«

Lierin preßte seinen Arm fest gegen ihre Seite und lächelte. »Darüber bin ich sehr, sehr froh.«

Hiram stand wartend neben dem offenen Schlag der Kutsche. Als sie aus dem Haus traten, riß er sich die Mütze vom Kopf und grinste bis über beide Ohren. »Junge, Junge, so 'n schönes Paar hat die Stadt aber schon lange nich' mehr gesehen.«

»Danke, Hiram«, antwortete Lierin vergnügt. »Mr. Wingate bietet einen stattlichen Anblick, nicht wahr?«

»Ja, Madam, wie immer«, antwortete der Kutscher mit einem

Schmunzeln. »Aber so hübsch wie Sie ist er trotzdem noch lange nicht, Missus.«

Mit einem glockenhellen Lachen ließ sich Lierin von ihrem Mann in die Kutsche helfen. Sie glitt auf die Lederbank und raffte ihre Röcke zusammen, so daß er neben ihr Platz hatte. Er legte den linken Arm auf die Lehne hinter ihr, damit sie sich dicht an ihn kuscheln konnte.

»Ich liebe dich«, flüsterte er.

Sie begegnete seinem zärtlichen Blick mit einem weichen Lächeln. »Dieses Gefühl ist durchaus gegenseitig, Sir.«

Der Landauer rollte die Zufahrt hinunter, und für Ashton, der die Strecke schon zahllose Male zurückgelegt hatte, war die Fahrt nach Natchez ein ganz neues Erlebnis. Zum erstenmal seit vielen Monaten fühlte er sich völlig ruhig und ausgeglichen. Die Nacht hatte seinem Körper und seinen Sinnen die langersehnte Erfüllung geschenkt. Doch der wahre Grund für seine Zufriedenheit lag in der Person, die sich so bereitwillig an ihn schmiegte.

Lierin entfernte eine Fussel von seiner Hose und nahm die Gelegenheit wahr, seinen muskulösen Oberschenkel zu streicheln. Ashton lächelte. Er senkte seinen Mund auf ihre Lippen, und so verlief auch der Rest der Fahrt auf höchst kurzweilige Weise, bis Hiram das Gefährt vor der Schneiderei zum Stehen brachte.

Ashton half seiner jungen Frau auf den Gehsteig, erklärte Hiram, wie lange sie voraussichtlich benötigen würden, und eskortierte Lierin, eine Hand auf ihre Taille gelegt, ins Innere des Geschäfts. Miss Gertrude eilte aus dem hinteren Teil des Ladens herbei und reckte ihren langen Hals, um über die Stoffballen spähen zu können, die überall auf den Tischen lagen. Als die linkische, papageiengesichtige Frau sah, wer da eben eingetreten war, warf sie die Hände in die Luft.

»Oh, ich war schon so gespannt darauf, Ihre junge Frau kennenzulernen, Mr. Wingate«, trällerte sie.

Er stellte die beiden Damen einander vor, und Miss Gertrude musterte Lierin durch die schmale Brille, die auf ihrer dünnen, stark gekrümmten Nase saß, vom Häubchen bis zu den ledernen Slippern. Dann lächelte sie und nickte beifällig. »Ihre Großmutter war gestern morgen hier, Mr. Wingate, und so wie sie von Ihrer Frau geschwärmt hat, dachte ich schon, sie hätte maßlos übertrieben, aber jetzt sehe ich mit eigenen Augen, daß jedes Wort der Wahrheit entsprach.«

Sie nahm Lierins Hand und tätschelte sie freundschaftlich. »Wenn die Damen Sie erst in meinen Kreationen sehen, werden sie mir den Laden stürmen, damit ich sie genauso anziehe wie Sie. Ich habe ja schon so manches Wunder vollbracht, Mrs. Wingate, aber jemand so aussehen zu lassen wie Sie, das bringe selbst ich nicht fertig. Sie sind so bezaubernd, daß ich das Gefühl habe, den Ärger schon mit den Händen greifen zu können.«

Lierin lachte über das unorthodoxe Kompliment und meinte: »Vielleicht sollten wir dann auf die Anprobe ganz verzichten, wenn sie Ihnen so viele Probleme bereitet.«

Miss Gertrude straffte sich abrupt und starrte Lierin in gespieltem Entsetzen an. »Was?! Damit jemand anderer Sie anzieht? Meine Liebe, das wäre ja geradezu lächerlich. Niemand außer mir kann Ihnen halbwegs gerecht werden.« Ihr Mund verzog sich zu einem schiefen Grinsen. »Natürlich werden sie mir die Bude einrennen und dabei platzen vor Eifersucht, aber mit denen werde ich schon fertig, keine Sorge.«

Ja, sie würden in der Tat platzen vor Eifersucht, daran bestand für Miss Gertrude kein Zweifel. Schon vor langer Zeit hatte sie die ersten Gerüchte von dem attraktiven Ashton Wingate und all den schönen jungen Frauen, die um seine Gunst wetteiferten, gehört. Eine der beharrlichsten darunter war Marelda Rousse gewesen. Bei ihren häufigen Besuchen in Miss Gertrudes Laden hatte sie nicht aufgehört, davon zu erzählen, wie sehr Ashton sie verehre. Seine überstürzte Hochzeit hatte sie dann in einige Verlegenheit gebracht, doch war ihr schnell eine Erklärung eingefallen: Ashton mußte von einem erzürnten Vater zu dieser Ehe gezwungen worden sein. Auf die Frage, wie denn irgend jemand auf einen Mr. Wingate Druck ausüben könne, hatte Marelda

Rousse nur mit den Schultern gezuckt und gemeint, wahrscheinlich habe Ashton in betrunkenem Zustand einer Frau die Jungfernschaft geraubt und sei dann in ebenso betrunkenem Zustand zur Wiedergutmachung genötigt worden. Schon damals hatte diese Erklärung ziemlich stark nach Neid und Mißgunst gerochen, aber jetzt, wo man die fragliche Dame mit eigenen Augen besichtigen konnte, verlor sie auch den letzten Anflug von Wahrscheinlichkeit. Wäre sie wahr gewesen, dann hätte dieser Mann in trunkenem Zustand blind ein Juwel von unvergleichlicher Schönheit entdeckt.

Die Schneiderin bedeutete ihnen, ihr in den hinteren Teil des Ladens zu folgen. Lierin stellte sich auf die Zehenspitzen und wisperte Ashton leise zu: »Ich glaube, Miss Gertrude neigt ein bißchen zur Flunkerei, vor allem, wenn sie jeder ihrer Kundinnen dasselbe erzählt.«

Ashton schmunzelte und drückte ihre Taille. »Miss Gertrude ist dafür bekannt, daß sie manchmal von geradezu brutaler Ehrlichkeit sein kann, und ich sehe keinen Grund, aus dem sie dir nur deine hübschen Öhrchen mit leerem Gerede vollquasseln sollte. Falls du es noch nicht wissen solltest, du bietest tatsächlich einen höchst erfreulichen Anblick.«

Es war ihm nicht entgangen, daß auch andere Männer seine Frau mit unverhohlener Bewunderung betrachteten, hier im Laden wie auch in dem nahe gelegenen Gasthaus, in dem sie später eine leichte Mahlzeit zu sich nahmen. Es ging schon auf den Nachmittag zu, und die Zahl der Gäste war auf ein knappes Dutzend Männer zusammengeschrumpft, die sich im Speisesaal verloren. Bei einigen handelte es sich um Bekannte von Ashton, die Lierin unbedingt vorgestellt werden wollten, ihm dann auf die Schulter klopften und alles Gute wünschten. Andere waren Fremde, die nur gelegentlich einen Seitenblick riskierten, wieder andere beäugten sie ganz offen. Diese Männer starrte Ashton ebenso offen mit herausfordernd gehobener Augenbraue an, bis sie den Blick senkten und sich abwandten. Er geleitete seine junge Frau zu einem Tisch ganz hinten im Saal, wo er für sich allein genießen konnte, was er nicht mit anderen zu teilen beabsichtigte. Doch selbst da mußte er es hinnehmen, daß der Eigentümer der Gaststätte, ein hagerer, grobknochiger Mann, sie immer wieder neugierig musterte. Ashton kannte den Mann als etwas beschränkten Burschen, der nie sonderliches Interesse an Frauen gezeigt, sondern sich lieber darauf beschränkt hatte, seinen kümmerlichen Wohlstand zu bewahren. Sein beträchtliches Interesse an Lierin schien überhaupt nicht zu ihm zu passen, und so war Ashton mehr als überrascht, als der Besitzer auch noch an ihren Tisch trat.

»Entschuldigen Sie, Mylady, aber stimmt es, daß Mr. Wingate Sie gerade als seine Frau vorgestellt hat?«

Lierin nickte zögernd. »Ja.«

Der Besitzer kratzte sich am Kopf, offensichtlich verwirrt. »Dann habe ich mich wohl getäuscht. Ich dachte, Sie wären vielleicht die Frau, nach der Mr. Sinclair gesucht hat.«

»Mr. Sinclair?« fragte Lierin.

»Ja, gnädige Frau, Mr. Sinclair hat gesagt, daß seine Frau verschleppt und von ihrem Entführer hierhergebracht worden sei, aber ich schätze, wenn Sie Mr. Wingates Frau sind, können Sie ja wohl kaum gleichzeitig die andere sein, nicht?«

»Ich glaube, ich kenne gar keinen Mr. Sinclair«, murmelte Lierin leise, wirkte aber doch etwas verstört. »Warum dachten Sie, ich könnte die Frau sein, die er sucht?«

»Oh, sie war einmal hier, und ich habe sie gesehen, wenn auch leider nur aus einiger Entfernung. Sie war eine ausgesprochen schöne Frau, genau wie Sie. Zuerst dachte ich, der Mann in ihrer Begleitung sei ihr Kutscher, weil er die Pferde lenkte, aber dann hat er ein Zimmer direkt neben ihrem bezogen, und sie haben ihre Räume fast nie verlassen. Sie schien sich über irgend etwas mächtig aufzuregen, aber es ist mir nie gelungen, ein paar Worte mit ihr zu wechseln oder sie von nahem zu sehen. Was immer da loswar, es konnte nicht mit rechten Dingen zugehen, denn beide wirkten ziemlich nervös. Er bot keinen besonders umwerfenden Anblick, aber dieser Mr. Sinclair ist ein richtig gutaussehender

Herr. Wie auch immer, als Mr. Sinclair hier auftauchte, hat der andere Mann sich verzogen und die Frau mitgenommen, könnte ich mir denken. Mr. Sinclair hat eine Zeitlang nach den beiden gesucht, es dann aber aufgegeben, die Koffer seiner Frau in die Kutsche verladen, einen Mann angeheuert, der sie fahren konnte, und dann die Rückreise angetreten. Seitdem habe ich ihn hier noch ein- oder zweimal gesehen, aber er ist nicht aus der Gegend, und er redet auch nicht viel.«

»Wann war das alles?« wollte Ashton wissen.

Der Mann fuhr sich mit der rechten Hand über das unrasierte Kinn und überlegte einen Moment. »Wenn ich mich nicht irre, kurz bevor das Irrenhaus abgebrannt ist.« Er dachte noch einmal genau nach und nickte dann entschieden. »Ja, ungefähr um den Dreh herum.«

Lierin spürte ein nervöses Flattern im Magen. Obwohl sie sich immer wieder sagte, daß der Mann sie mit jemandem verwechselte, den er nie richtig gesehen hatte, und daß sie bestimmt Lierin Wingate war, wurde sie von plötzlichen Zweifeln heimgesucht. Wenn sie jener anderen Frau nicht sehr ähnlich sah, warum hatte er ihr dann diese Frage gestellt? Auf der anderen Seite zeigte das Porträt auf Belle Chêne, daß sie ganz eindeutig die sein mußte, die Ashton in ihr zu sehen behauptete. Lierin klammerte sich an diesen Gedanken, und nach und nach kehrte ihre gute Laune zurück, was Ashton, der sie während der Mahlzeit nicht aus den Augen gelassen hatte, mit Dankbarkeit zur Kenntnis nahm.

Nach dem Essen gingen sie noch ein Stück spazieren. Unter einem von wildem Wein überwachsenen Torbogen hielt Lierin Ashton fest, legte ihm mit einem lockenden Lächeln die Arme um den Hals und zog seinen Kopf zu sich herunter, um ihn zu küssen. Er war mehr als willens, sich auf dieses Spiel einzulassen, und verlängerte den flüchtigen Augenblick nach bester Kraft.

Dieses leidenschaftliche Spiel wurde unvermittelt von einem keuchenden Laut der Überraschung unterbrochen. Sie fuhren auseinander und bemerkten einen großen Mann mit sandfarbenem Haar, der sie sprachlos anstarrte. Wie gelähmt vor Schreck stand er da und ließ seine Augen zwischen Lierin und Ashton hin und her wandern. Mit einem verlegenen Kichern lief Lierin an dem Störenfried vorbei, und Ashton folgte ihr mit einem Grinsen und einer gemurmelten Entschuldigung. Sie eilten zur Hauptstraße, Ashton winkte Hiram, anzufahren, und bald schon wechselten sie in der Abgeschiedenheit ihrer Kutsche lachend Bemerkungen über den verblüfften, schmuck gekleideten jungen Mann.

Derselbe Mann stand noch immer unter dem Torbogen, als kurze Zeit später Horace Titch mit Marelda Rousse am Arm des Weges kam. Marelda hatte die Abfahrt der Wingates beobachtet und sagte zu Horace: »Ich kann mir einfach nicht vorstellen, wie diese Frau es geschafft hat, Ashton weiszumachen, sie sei Lierin Wingate, wenn sie doch gleichzeitig die ganze Zeit behauptet, das Gedächtnis verloren zu haben. Sie kann sich angeblich ja nicht daran erinnern, wer sie ist oder wo sie herkommt, und wer weiß, ob es ihr je wieder einfällt. Ich sage immer noch, daß sie aus dem Irrenhaus ist.«

»Aber, Schätzchen, Mr. Logan hat geschworen, sie nie vorher gesehen zu haben«, wagte Horace einzuwenden.

»Wenn man in Betracht zieht, was Ashton alles für den Mann tut, scheint es dann nicht möglich, daß Mr. Logan das nur gesagt hat, um seinen Gönner nicht vor den Kopf zu stoßen? Als du mit all diesen Männern da draußen warst, hättest du darauf bestehen müssen, daß man sie für den Mord an dem Wärter festnimmt, aber nein, du läßt Ashton einen Narren aus dir machen.«

Horace ballte seine plumpen Hände zu Fäusten und murmelte: »Das werde ich ihm nie verzeihen, und ich schwöre dir, eines Tages werde ich mich dafür rächen.«

»Am besten nimmst du eine ganze Armee mit, wenn du Ashton Wingate das nächste Mal gegenübertrittst«, riet Marelda ihm trocken. »Er scheint in solchen Situationen immer am längeren Hebel zu sitzen.«

Mareldas Blick fiel auf den großen Fremden, und ihre Augen

begannen bewundernd zu leuchten. Obwohl der Mann offensichtlich ein wenig jünger und schwerer als Ashton war, hatte er doch etwas an sich, was Marelda an ihn erinnerte. Es war nicht schwer, dem Schnitt und Material seiner Garderobe zu entnehmen, daß er sich offenbar eines annehmbaren Wohlstands erfreute, aber auch ohne diesen zusätzlichen Pluspunkt wirkte er auf Marelda beträchtlich anziehender als der Mann, in dessen Gesellschaft sie sich gerade befand.

Der große Mann tippte an seine Hutkrempe, doch sein säuberlich gestutzter Schnurrbart zuckte nicht einmal, als Marelda ihr verführerischstes Lächeln an ihm ausprobierte. Schade, dachte sie, enttäuscht über diesen Mangel an Reaktion, und fragte sich, welches weltbewegende Problem wohl so schwer auf seinen Schultern lastete, daß er sie kaum wahrnahm. Normalerweise antworteten die Männer auf ihr flirtendes Lächeln und die verheißungsvolle Schwüle in ihrem Blick bei weitem leidenschaftlicher.

Siebtes Kapitel

New Orleans, Tor zum Mississippi, strahlende Deltaperle! Stadt, die von Heiligen und Sündern gleichermaßen geliebt wird, Ort der trägen Tage und lockenden Nächte, reiche und stetig wachsende Gemeinde, geformt aus einer einzigartigen Mischung von Bräuchen und Kulturen. Paradies, in dem jeder sein Glück suchen und finden kann, ein Hort für Abenteurer und Tagträumer, Quell entzückender Wonnen, genossen in den dunklen Stunden der Nacht und genährt unter der warmen Sonne, Eldorado, in dem die Zeit so mühelos dahinfließt wie das schlammige Wasser des breiten Flusses, an dessen Ufer es sich halbmondförmig erstreckt.

Von dem Moment an, in dem die Wingates das Schiff verließen, wurde die Stadt ein Abenteuer, das neue Erinnerungen mit sich brachte, statt alte wiederzubeleben. Jede Erscheinung, jedes Geräusch gab der Metropole ihr ganz eigenes Flair, indes die Gerüche, gleichzeitig würzig und süß, die Sinne der Passanten in den Straßen belebten. Liebliche Sträucher verbreiteten einen berauschenden Duft, während Azaleenbüsche lebhafte Farben über großflächige Rasenanlagen und verschwiegene Mauern spülten. Ohne Zweifel, es handelte sich um einen Garten Eden für Verliebte.

Die schwimmenden Paläste lagen in Dreierreihen im Hafen der Stadt, und als die *River Witch* sich an den Kai heranschob, begann Lierins Herz vor Aufregung schneller zu schlagen. Die Dampfpfeife hoch über ihrem Kopf stieß einen schrillen Pfiff aus, während die großen Schornsteine erleichtert und zufrieden vor sich hin pafften. Eifrig suchte sie mit den Augen die Kaimauern ab, konnte jedoch keinen Punkt finden, an dem es nicht hektisch zuging. Klapprige Maultiere zogen hoch mit Baumwollballen oder Melassefässern beladene Wagen von Landestegen zu Lagerhallen, Schauerleute balancierten über schmale Planken, und Kapitäne scheuchten ihre Mannschaften hin und her.

Sicher geleitete Ashton seine Frau am Arm die Gangway hinunter. Sie stiegen in einen offenen Landauer, und Lierin fühlte sich, als wäre sie einer der Vögel, die hoch über dem bunten Hafentreiben dahinschwebten. Mit der Begeisterung eines Kindes wandte sie den Kopf hierhin und dorthin und erspähte dabei eine kleine Gruppe auffallend gekleideter Mulattinnen in einer unweit geparkten Kutsche. In ihren bunten Seidengewändern wirkten sie ausgesprochen elegant und im wahrsten Sinne des Wortes bezaubernd. Ihre ungewöhnliche Aufmachung faszinierte Lierin, bis sie merkte, daß ihre glühenden Blicke und das flirtende Lächeln niemand anderem als Ashton galten. Da verstand sie, warum diese Frauen so häufig heftige Eifersucht auslösten. Ashton lachte, als sie sich an ihn schmiegte, und folgte ihrem Wunsch nach einer besitzergreifenden Geste, indem er ihr den Arm um die Schultern legte.

»Ich schätze, für die spielt es keine Rolle, daß du verheiratet bist«, kommentierte sie betreten.

»Aber für mich«, murmelte Ashton und küßte sie mit der ganzen Liebe, die er für sie fühlte, während alle Welt zusah. Aus der Kutsche der Mulattinnen drang amüsiertes Kichern.

Lierins Ängste waren schnell verflogen. Zärtlich betrachtete sie ihren Ehemann. »Hört diese Seligkeit jemals auf, Ashton, oder wird sie einfach mehr?«

Er lächelte. »Manchmal kostet es harte Arbeit und große Zähigkeit, eine Liebe zu erhalten. Wenn man sich nicht darum kümmert, nützt sie sich ab.«

»Bis jetzt ist es so einfach gewesen, dich zu lieben«, flüsterte sie. »Ich kann mich gar nicht erinnern, dafür gearbeitet zu haben.«

»Möchtest du gern den Ort sehen, an dem ich dir zum erstenmal begegnet bin?«

Sie nickte eifrig. »O ja, ich möchte alles wissen, was wir zusammen unternommen haben. Ich möchte es noch einmal mit dir erleben.«

Ashton beugte sich vor und trug dem Fahrer auf, sie ins Vieux Carré zu bringen, dann lehnte er sich zurück, um die Fahrt zu genießen und dem Klappern der Pferdehufe auf dem Kopfsteinpflaster zu lauschen. Er hatte ein wenig Angst davor gehabt, Lierin mit auf den Raddampfer zu nehmen, weil er nicht wußte, wie sie reagieren oder ob es vielleicht neue Alpträume in ihr auslösen würde. So hatte er sie keinen Moment aus den Augen gelassen, jederzeit bereit, das Kommando zum Anlegen zu geben, doch sie hatte keinerlei Angst oder Bedrückung gezeigt. Im Gegenteil, sie war so aufgedreht gewesen wie jeder, der zum erstenmal eine große Reise unternimmt. In der Hoffnung, Erinnerungen wachrufen zu können, hatte er dieselbe Suite im *St. Louis Hotel* gebucht, in der sie damals die Wonnen ihrer jungen Ehe genossen hatten. Der Blick vom Balkon aus würde derselbe sein, die Geräusche, die durch die hohen Flügeltüren hereindrangen, ähnlich. Er würde sie in die Restaurants führen, in denen sie gegessen hatten, die Parks besuchen, in denen sie damals spazierengegangen waren, und sich mit ihr in denselben Theatern von ähnlichen Showtruppen unterhalten lassen. Soweit es menschlicher Kontrolle unterlag, würde alles genauso sein wie damals. Mehr konnte er nicht tun – nur hoffen, daß es ausreichte.

Lierin machte es sich an seiner Seite bequem und versuchte, ihre Blicke dem rasch wechselnden Panorama zu beiden Seiten des Wagens anzupassen. Sie hatte nicht die geringste Ahnung, wo sie sich befanden, war aber zufrieden und glücklich, solange Ashton sie in seinem Arm hielt. Der Landauer fuhr durch eine Straße, in der sich fast nur Hotels und Restaurants befanden, und bog dann in eine schmale Gasse mit Geschäftshäusern ein. Es waren schöne Bauten mit schmiedeeisernen Balkongittern. Ashton deutete auf eine Ansammlung kleiner Boutiquen. »Da hinten! Da habe ich dich zum erstenmal gesehen, aber es hat eine Weile gedauert, bis du mich ebenfalls bemerkt hast.«

Lierin antwortete mit einem leisen Kichern. »Wahrscheinlich hatte ich dich längst bemerkt und habe nur die Spröde gespielt. Ich kann mir nicht vorstellen, daß irgendeine Frau dich zu übersehen vermag.«

»Trotzdem hast du mir einen ganz schönen Schrecken eingejagt. Ich war sicher, mein Leben sei zu Ende, als du mit deiner Anstandsdame in die Kutsche gestiegen bist.«

»Und wo sind wir uns dann tatsächlich begegnet?«

»Ah, die Vorsehung stand auf meiner Seite.« Er lächelte und nickte nachdrücklich. »Eine Bande übler Flußpiraten hatte meine Mannschaft in Mißkredit gebracht, um selbst der gerechten Strafe zu entgehen. Sie hatten einen Mann bestochen, damit er aussagte, die Angreifer seien von meinem Schiff gekommen und hätten sich auch wieder dorthin zurückgezogen. Zu dem Zeitpunkt, als die Behörden die Falschaussage als das entlarvten, was sie war, hatten die Halunken ihnen bereits ein Schnippchen geschlagen und befanden sich auf freiem Fuß, was mich ziemlich erboste und geradewegs zu dem Richter führte, der das Beweismaterial gegen meine Männer führte.«

»Mein Großvater? Richter Cassidy?«

»Genau. Ein weiser Mann, der es mir gestattete, frei von der Leber weg zu reden, bis eine gewisse junge Lady glaubte, ihm zu Hilfe eilen zu müssen. Ich werde ihm ewig dankbar dafür sein, daß er mich nicht schon vorher hinauswerfen ließ.«

Die Kutsche bog in eine enge Kurve, die zu beiden Seiten von Backsteinmauern gesäumt war. Schmiedeeiserne Torflügel hingen unter runden Backsteinbögen und gestatteten einen Ausblick auf in voller Blütenpracht stehende Gärten, durch die sich gewundene Steinplattenpfade schlängelten. Dann rollte der Landauer durch eine etwas breitere Straße, an deren Rändern sich hohe, schmale Stadthäuser aneinanderschmiegten. Je weiter sie gelangten, desto größer wurden die Häuser, und kleine Lükken taten sich zwischen ihnen auf. Aus den Gärten wurden Rasenflächen, die Flächen dehnten sich aus, teilweise überschattet von moosbewachsenen Eichen. Fast jedes Haus, an dem sie vorbeifuhren, war in einem anderen Stil gehalten, hauptsächlich aber in kolonialer und westindischer Bauweise, und vor einem Gebäude des letzten Typs kam die Kutsche endlich zum Stillstand.

Die Fenster waren mit Brettern vernagelt worden, so daß ein mögliches Wiedererkennen erschwert wurde, und auch das Innere des Hauses – abgedunkelt und muffig riechend – bot kaum mehr anheimelnde Wärme. Ashton öffnete einige Fenster und stieß die Läden auf, so daß sich der Sonnenschein in die Zimmer ergießen konnte. Mit weißen Laken abgedeckte Möbel standen gleich geisterhaften Wächtern in jedem Raum, doch ihre leblose Gegenwart hatte offenbar nicht verhindern können, daß erst kürzlich ein Besucher hier eingedrungen war, von dessen Anwesenheit die Fußabdrücke in der Staubschicht auf dem Boden Zeugnis ablegten. Im Erdgeschoß schien der Mann – denn zweifellos handelte es sich um die Abdrücke von Männerschuhen – eher ziellos umhergestreift zu sein, doch im Arbeitszimmer des Richters hatte er offenbar ein konkretes Ziel gehabt, denn die Spuren führten von der Tür direkt zu einem niedrigen Aktentisch und ebenso direkt wieder zurück zur Tür. An der Wand über dem Tisch ragten in einigem Abstand zwei Dübel aus der Wand, als hätten dort einmal zwei Gemälde nebeneinander gehangen. Ashton konnte nur raten, um welche Bilder es sich gehandelt haben mochte.

»Als ich das Porträt von dir erhalten habe, wurde mir in einem Begleitbrief mitgeteilt, daß es sich um eins von zwei Gemälden handelte, die der Richter von deinem Vater bekommen hatte. Das andere zeigte deine Schwester Lenore, und beide Porträts befanden sich im Besitz deines Großvaters, als er starb. Das von Lenore ist ihr vielleicht ebenso zugeschickt worden wie mir deins, andererseits diese Fußabdrücke hier sind noch ziemlich frisch, und wie du sehen kannst«, er deutete auf den Boden, »ist der Mann zielstrebig genau auf diesen Tisch zugegangen.«

»Was für ein Interesse sollte jemand an einem Porträt haben, wenn es hier für einen Dieb doch viel Wertvolleres zu holen gibt?«

Ashton grinste. »Ich habe die Gemälde zwar nicht gesehen, als sie noch hier hingen, aber wenn Lenore nur halb so schön ist wie du, dann kann ich gut verstehen, daß jemand ihr Bild stiehlt.«

»Bleib doch mal ernst, Ashton. Es muß einen vernünftigeren Grund geben, aus dem jemand das Bild genommen haben könnte.«

Ashton zuckte mit den Schultern. »Ich kann mir keinen vorstellen. Niemand hatte das Recht, hier einzudringen, schon gar nicht ohne unsere Erlaubnis. Dein Großvater hat bestimmt, daß alles in diesem Haus dir gehört und nichts verändert werden darf.«

»Aber warum hat er das Testament nicht geändert, nachdem er über meinen angeblichen Tod informiert worden war?«

»Lenore und dein Vater hatten sich mit dem alten Herrn zerstritten, bevor sie abreisten, und ich schätze, er dachte, daß ich sozusagen die einzige Familie wäre, die er noch besaß. Zumindest hat er sich in diesem Sinn geäußert, als ich ihn hier einmal besuchte. Er lag schon auf dem Totenbett und murmelte etwas darüber, daß ich alles erhalten solle, was eigentlich für dich gedacht gewesen war.« Ashton blickte sich nachdenklich in dem kleinen Raum um. »Ich konnte es einfach nicht ertragen, hierher zurückzukommen, als ich dich für tot hielt. Zu viele Erinnerungen lebten noch in diesem Haus.«

»Ich kann mich überhaupt nicht entsinnen, jemals hier gewesen zu sein, und doch...« Lierin erschauerte, als es ihr plötzlich kalt den Rücken hinunterlief. Ihre Miene verriet ein wachsendes Unbehagen. »Irgend etwas spüre ich hier...« Unter seinem fragenden Blick senkte sie die Augen und fuhr flüsternd fort: »Es ist fast, als weinte das Haus. Ich spüre ein Klagen... oder eine Warnung...«

»Komm, mein Schatz«, drängte Ashton sanft und zog sie mit

sich zur Tür. »Wir fahren zum Hotel zurück. Warum sollen wir noch länger hierbleiben, wenn es dir angst macht.«

Lierin ließ sich von ihm aus dem Haus führen, doch am Tor des Anwesens drehte sie sich um und starrte zu dem Gebäude mit seinem geschwungenen Dach und den überschatteten Galerien, die sich über die Front zogen, zurück. Die dunklen, glanzlosen Fenster unter der oberen Veranda schienen ihren Blick traurig zu erwidern, als wollten sie sie bitten, zu bleiben und ihnen neues Leben einzuhauchen. Die verriegelten Fensterläden der unteren Veranda waren verstaubt und bedurften dringend einer Reparatur. Der Blumengarten neben dem Haus war mit trockenem Gezweig überwachsen. Ein wilder Rebstock fühlte sich in dem fruchtbaren Boden offenbar sehr wohl, er rankte fast bis über den Dachfirst hinaus. Lierins Augen folgten seinen aufstrebenden Tentakeln bis zu den Fenstern im ersten Stock. Die Glasscheiben präsentierten nichts als dunkle Leere, es war unmöglich, durch sie hindurchzusehen. Und doch hätte Lierin schwören können, daß sie eine Bewegung bemerkt hatte. Sie runzelte die Stirn und faßte die anderen Fenster ins Auge, doch sie ließen genauso wenig erkennen. Hatte die Phantasie ihr einen Streich gespielt? Oder hatte sie das Spiegelbild eines vorbeifliegenden Vogels für eine Bewegung jenseits der Scheibe gehalten?

»Woran denkst du?«

Lierin wandte sich mit einem Lachen zu ihm um und schüttelte den Kopf. »Gespenster! Ich betrachte das Haus, und sie erwachen zum Leben.« Sie hakte sich bei Ashton ein. »Mein Großvater muß diesen Ort sehr geliebt haben. Man kann heute noch sehen, daß er viel Liebe und Sorgfalt auf Haus und Garten verwandt hat.«

Ashton drückte die schlanke Hand, die auf seinem Unterarm lag. »Er hätte alles fortgegeben, wenn du ihm dafür erhalten geblieben wärst.«

Sie seufzte traurig. »Es kommt mir schändlich vor, es so verwahrlosen zu lassen.«

»Wir können es wieder instand setzen und ein paar Diener einstellen, damit sie sich um alles kümmern, so daß wir hier ein Heim haben, wann immer wir nach New Orleans kommen.«

»Das wäre schön.«

»Wer weiß, vielleicht möchte eins unserer Kinder später einmal hier wohnen.«

Lierin schlang beide Arme um seine Hüften und lächelte zu ihm auf. »Zuerst müssen wir mal ein Baby haben.«

»Ich stehe Ihnen Tag und Nacht zur Verfügung, Madam«, antwortete Ashton mit galantem Eifer.

»Darüber sollten wir uns erst mal in aller Ruhe unterhalten, sagen wir – im Bett im Hotel?«

Seine Augen funkelten. »Denselben Vorschlag wollte ich dir auch gerade unterbreiten.«

»Dann laß uns fahren«, bat sie mit einem scheuen Lächeln. »Du hast so oft erzählt, wieviel Spaß wir dort zusammen hatten, daß ich richtig neugierig auf unsere Suite bin.«

Ashton half ihr in die Kutsche. Der Fahrer weckte die Pferde, die sofort in einen raschen Trab fielen. Der Landauer rollte abwechselnd durch Schatten und grellen Sonnenschein, und Lierin blinzelte, als das flimmernde Licht unzusammenhängende Erinnerungen an eine ähnliche Fahrt in ihr weckte, bei der sie neben einem großen, dunkel gekleideten Mann gesessen hatte, der ihr die Hand streichelte... tröstend? Sie neigte den Kopf zur Seite, versuchte die Stimmung jenes Augenblicks wieder heraufzubeschwören. Die gehetzte Fahrt schien irgendwie in Zusammenhang mit einem anderen Todesfall zu stehen, aber sie war nicht sicher, denn das Gefühl war so flüchtig wie das Bild ihres Begleiters. Seine Silhouette wirkte eigenartig vertraut, doch etwas in ihr erkannte, daß es sich nicht um Ashton handelte. Die Gestalt war ein wenig stämmiger... Und trug sie nicht einen Schnurrbart?

Die Bilder irritierten Lierin, und sie versuchte, sie zu verscheuchen. Nichts sollte ihr Glück beeinträchtigen. Doch jene fernen Szenen waren wie Geister, sie spielten auf tückische Weise mit ihrem Gedächtnis. Sie wirbelten an ihrem geistigen

Auge vorüber, eine schattenhafte Gestalt hier, das leise Raunen einer Stimme dort, widersetzten sich aber jedem Versuch, sie ins volle Licht des Bewußtseins zu holen.

Lierin seufzte. Als Ashton sie mit fragend gehobenen Augenbrauen anblickte, lächelte sie und legte ihm die Hand auf den Oberschenkel. »Ich wünschte, ich könnte mich daran erinnern, wie es hier mit dir war. Ich fürchte, ich habe viele herrliche Abenteuer vergessen.«

»Stimmt, Madam, das haben Sie, aber wir werden neue erleben, die Sie dann mit nach Hause nehmen können.«

Das Nachmittagslicht sickerte durch die Bettvorhänge und ließ den Stoff weiß erglühen. Hin und wieder blähte ein Luftzug die durchscheinende Seide und liebkoste die eng aneinander geschmiegten Körper darunter. Die Brise verschmolz mit gemurmelten Fragen und leisen Liebesschwüren, indes zarte Küsse und gewisperte Seufzer zwischen willigen Lippen hin und her wanderten. Männliche Fingerspitzen strichen über nackte Brüste, weiche Vertiefungen und zarte Wölbungen. Andere, zierlichere Finger streichelten einen sehnigen Hals, fuhren über muskulöse Arme und wanderten hinab zu einem flachen, harten Bauch. Blasse Schenkel ergaben sich dem Ansturm männlichen Begehrens, als die Liebe neue Gefühlsstürme entfachte – ein Fest der Sinne, ohne Hast begangen in einem seidenen Zelt. Die Begegnung eines Mannes und einer Frau, eine Erneuerung von allem, was gewesen war, und der Beginn von allem, was je sein würde.

Die Nacht war kühl, fast kalt, tieftreibende Wolken ließen den nebligen Dunst nicht aus den Straßen entweichen. Ashton verließ seine schlafende Frau, warf sich einen Hausmantel über und trat auf den Balkon. Auf dem schmalen Bürgersteig brannte eine Straßenlaterne, umgeben von einem Hof aus gelbem Licht, ein einsamer Wachtposten in der Dunkelheit, der die Straßen um diese Stunde kurz vor Mitternacht verlassen und menschenleer zeigte. Aus der Ferne erklang Musik, begleitet von fröhlichem Gelächter – eine Bestätigung, daß es zu jeder Stunde Menschen gibt, die dem Augenblick leben und versuchen, die Zeit anzuhalten. Jetzt schwelgte Ashton in der Gegenwart, genoß dieses herrliche Zwischenspiel so sehr, daß er beinahe zu fürchten begann, es könnte ihm wieder entrissen werden.

Angezogen von der Sehnsucht nach der Wärme seiner Geliebten, kehre Ashton ins Schlafzimmer zurück, blieb am Fußende des Bettes stehen und blickte auf Lierin herab. Sie lag auf der Seite, zusammengerollt im tiefen Schlaf der Unschuldigen. Soweit er wußte, hatte sie noch nicht wieder begonnen, sich zu erinnern, und die Tatsache, daß ihr alle ihnen beiden damals so kostbaren Erlebnisse entfallen waren, ließ ihm keine Ruhe. Er selbst hatte die letzten drei Jahre fest in seinem Gedächtnis gespeichert, obwohl es ein paar Ereignisse gab, die er lieber vergessen hätte. Die Nacht des Schreckens auf dem Fluß zum Beispiel, dann jene langen, qualvollen Tage, in denen er im Bett gelegen hatte, unfähig, sich zu bewegen, während ihn die Sehnsucht nach Lierin fast um den Verstand brachte. Selbst wenn die Anstrengung zu groß geworden und er in einen gnädigen Schlummer der Erschöpfung gefallen war, hatte er die Augen stets mit dem gleichen Wort auf den verkrusteten Lippen wieder aufgeschlagen: »Lierin?« Und immer lautete die Antwort: »Noch kein Lebenszeichen von ihr. Nicht mal eine Spur. Nichts. Der Fluß hat sie verschlungen.«

Dann folgten die Wochen der Genesung, und als er wieder gehen konnte, war er in ruhelosem Schmerz durch das Haus gestreift. Seine Gedanken ließen ihm nie mehr als nur ein paar Stunden Schlaf, und die langen Nächte krochen mit grausamer Langsamkeit dahin, bis er aufgeschrien und die Dämmerung angefleht hatte, sein Martyrium endlich zu beenden. Und sie kam, jeden Morgen, doch sie war schlimmer noch als die Dunkelheit, denn nun konnte er den leeren Stuhl an seinem Tisch erkennen, das Bett, in dem er allein schlief, den leeren Platz an seiner Seite, und im kalten Licht des Tages mußte er der quälenden Tatsache ins Gesicht sehen, daß seine Liebe für immer dahingegangen war.

Die Reise zu ihrem Großvater war eine weitere Qual gewesen, die er sich nach seiner Rekonvaleszenz auferlegt hatte. Dem alten Mann ging es gesundheitlich sehr schlecht, und er mußte das Bett hüten. Die Nachricht, daß Lierin nie wieder zurückkehren würde, um Licht in seine letzten Tage zu bringen, war zuviel für den Richter gewesen. Sie hatten gemeinsam getrauert, und wenig später war auch der alte Mann gestorben.

Um seinen Nachtmahren zu entkommen, war Ashton nach Osten geflohen, dann noch weiter, bis nach Europa. Den Ort, an dem Robert Somerton lebte und sich seinem Haß hingab, hatte er gemieden; nicht aus Angst vor dem Kaufmann, sondern um nicht wieder so schmerzlich an Lierin erinnert zu werden. Doch auch das Reisen hatte seinen Kummer nicht gemindert, und so war er nach Hause zurückgefahren, um sich in Arbeit zu vergraben. Den Familiengeschäften tat diese verstärkte Aufmerksamkeit ausgesprochen gut. Seine Dampferlinie wuchs und gedieh auf demselben Fluß, der ihm seinen kostbarsten Besitz genommen hatte. Dann, gerade als der Schmerz abzuebben begann, war Lierin wie ein Geist aus der Nacht zu ihm zurückgekehrt, und da lag sie jetzt in seinem Bett und schlief. Dennoch ließen ihm die vergangen Jahre keine Ruhe, denn er vermochte keine Erklärung für ihre lange Abwesenheit zu finden. Warum hatte sie nicht schon früher nach ihm gesucht?

»Wohin wirst du mich von hier aus führen?« flüsterte er kaum hörbar. »Von meinen Qualen bin ich erlöst worden, doch was soll ich tun, wenn du mir eines Tages erneut genommen werden solltest?« Es war unmöglich, sich vorzustellen, daß er noch einmal ohne sie existieren könnte. In einem solchen Fall würde er die ganze Erde, ja, das ganze Universum nach ihr absuchen und nicht ruhen, bis daß der Tod ihm Frieden schenkte. »Hab Erbarmen mit mir, meine Lierin, und bleib für immer bei mir. Verlaß mich nicht noch einmal, denn dann wäre ich kein Mensch mehr.«

Wie lange er so am Fußende des Bettes stand, vermochte er nicht zu sagen. Endlich ließ er den Mantel von seinen Schultern gleiten und beugte sich über sie, denn er merkte, daß sie die Augen geöffnet hatte und ihn anblickte. Er setzte sich auf die Bettkante. Sie schob die Decke von sich und streckte die Arme nach ihm aus. Als sein Körper sich nackt über sie schob, drängte sie ihm entgegen und ihre Lippen öffneten sich heiß unter seinem Kuß. Wieder verfielen sie in grenzenlose Ekstase, wie in jener Nacht, in der er seine Liebe gefunden hatte.

Als er seiner Frau dann am Morgen das Frühstück ans Bett brachte, stand ein kleines Kästchen aus Rosenholz auf dem Tablett, halb versteckt im Schatten einer Vase mit gelben Blumen. Lierin bemerkte es erst, als sie die Vase in die Hand nahm, um an dem Strauß zu schnuppern. Beim Anblick der reichverzierten Schachtel suchte sie Ashtons Augen, in der Hoffnung auf eine Erklärung, doch er lächelte sie nur wortlos an. Ganz vorsichtig, als hielte sie einen großen Schatz in der Hand, hob sie den Deckel und spähte in das Kästchen. Dort lag auf einem Kissen aus rotem Samt ein mit Diamanten und Smaragden verzierter Ring von außergewöhnlicher Schönheit.

»Oh, Ashton...« Tränen schossen ihr in die Augen. »Mein Gott, ist der schön!«

»Den ersten Ring mußte ich etwas überstürzt kaufen. Ich hoffe, dieser entschädigt dich dafür.«

»Du brauchst mich nicht zu entschädigen. Es gibt nichts Schöneres für mich, als deine Frau zu sein.«

Ashton schob ihr den Ring auf den Finger. »Mit diesem Ring gelobe ich, dein Mann zu sein...« Er beugte sich zu ihr hinunter, und Lierins Lippen öffneten sich in Erwartung seines Kusses. »Und was Gott zusammengefügt hat«, hauchte er, »soll kein Mensch wieder trennen... niemals.«

Obwohl das herrliche Essen, die luxuriöse Unterbringung und die abwechslungsreiche Szenerie keinerlei Erinnerung an die Vergangenheit in Lierin auslösten, blühte die junge Frau unter der liebevollen Aufmerksamkeit ihres Ehemannes weiter auf. Die Azaleen und Kameliensträuche verblaßten vor ihrem Strahlen, und wie immer, wenn man das Leben genießt, flog die Zeit auf quecksilbernen Flügeln davon. Bald schon war der Monat verstrichen, und die *River Witch* brachte sie wieder flußaufwärts. Zu Hause angelangt, nahmen sie ohne große Mühe wieder ihre Plätze als Herr und Herrin von Belle Chêne ein.

Ein großes Fest wurde geplant, um Lierin nun offiziell den Freunden der Familie und der Gesellschaft vorzustellen. Auf dem Rasen vor dem Haus wurde ein Pavillon errichtet, in dem ein kleines Orchester zum Tanz aufspielen sollte. Die Einladungen wurden von Mund zu Mund weitergegeben, der Anlaß an jeder Anschlagtafel im ganzen Bezirk bekanntgegeben.

Je näher der Tag heranrückte, desto hektischer ging es in und um Belle Chêne zu. Kuchen und Zuckerwerk in Hülle und Fülle verließ die Küche auf silbernen Tabletts, aus dem Keller wurden Fässer voll Wein und krügeweise Apfelmost heraufgeschafft. Im Garten drehten sich Schweine- und Rinderhälften über aromatischen Feuern, und als es nur noch wenige Stunden bis zum Beginn des Festes waren, wurden weitere Spieße mit Hühnern, Gänsen und Truthähnen über die Feuer gehängt. Erst kurz vor Eintreffen der Gäste stellten Diener die Schalen mit frischen Früchten auf die langen Tische.

Wenig später rollten die ersten Kutschen über die Zufahrt, und bald schon tummelten sich auf dem Rasen lachende Kinder, die Erwachsenen schlenderten gemächlich dahin. Lierin begegnete der Menschenmenge am Arm ihres Mannes und ließ die ersten Vorstellungen nur zögernd über sich ergehen. Doch die Freundlichkeit der Gratulanten und ihre offensichtliche Bereitschaft, sie zu akzeptieren, nahmen ihr schnell die Scheu, und je deutlicher ihr wurde, wohin sie gehörte, desto wärmer fiel ihre Begrüßung aus. In einem kurzen Moment der Ruhe fragte sich Ashton, ob er auch nur einen einzigen Bekannten hatte, der nicht irgendwo hier im Gewühl steckte. Er empfand eine leichte Verärgerung darüber, daß sich unter den Gästen auch einige befanden, von denen er gehofft hatte, sie würden nicht kommen. Allerdings war er nicht wirklich überrascht, auch Marelda Rousse wiederzusehen. Sie erschien am Arm von M. Horace Titch, der sich mit weit weniger Begeisterung als seine Begleiterin in die Schlange der wartenden Gäste einreihte. Tatsächlich schien er sogar regelrecht Angst zu verspüren. Sein Gesicht zuckte nervös, als Ashton ihm Lierin noch einmal formell vorstellte, dann watschelte er hastig davon. Marelda zerrte an seinem Arm, enttäuscht darüber, daß ihr keine Gelegenheit gegeben worden war, das Paar mit subtilen Sticheleien zu verspotten, und schalt ihn lauthals wegen seines Mangels an Benehmen.

»Ich verstehe dich wirklich nicht, Horace. Du benimmst dich, als hätten wir nicht das Recht, hier zu sein, dabei weiß doch jeder kleine Junge, daß Ashton heute abend die ganze Gegend eingeladen hat. Warum bist du nur so ein elender Feigling?«

M. Horace Titch zuckte schmerzlich zusammen und warf einen raschen Blick in die Runde, um zu sehen, ob jemand den Vorwurf gehört haben konnte. Manchmal war es eine Qual, Mareldas Begleiter zu sein, doch so, wie er sie verehrte, konnte er ihr nicht den kleinsten Wunsch abschlagen, selbst wenn sie ihn gnadenlos auch seines letzten Quentchens Stolz beraubte.

Während des Vorstellungszeremoniells und auch später fiel Lierins Blick immer wieder auf einen Mann, der sie keine Sekunde aus den Augen ließ, sich aber auch nicht näherte, um ihre Bekanntschaft zu machen. Irgendwie kam er ihr vage vertraut vor, und endlich begriff sie, daß es sich um den Mann handelte, den sie und Ashton mit ihrem Kuß unter dem Torbogen so schockiert hatten. Obwohl sie versuchte, sich nicht weiter um ihn zu kümmern, war sein dauerndes Starren doch nur schwer zu ignorieren.

Als der Sonnenuntergang den Himmel mit seinem Farbenspiel überzog, stellten die Diener Lampen im Park auf und zündeten Lampions an. Wie auf ein lautloses Kommando verstummten die Gäste und blickten zum Portal des Haupthauses hinüber. Dort stand das Paar, zu dessen Ehre sie sich hier eingefunden hatten, in eleganter Abendgarderobe, beide schöner denn je. Willabelle schniefte laut und wischte sich eine Träne aus dem Augenwinkel, während Luella May im Hintergrund stand, die Hände zusammengelegt, die Fingerspitzen an den Lippen, als betete sie darum, daß nichts das Wunder dieses Augenblicks stören möge.

Stolz führte Ashton seine Frau die Treppe hinunter, so langsam, daß jeder ihre Grazie und Schönheit ausgiebig bewundern konnte. Die Gäste traten zur Seite, und er geleitete Lierin über den Rasen und die Stufen zu dem großen Pavillon hinauf. Auf sein Nicken intonierten die Musikanten einen Walzer. Er legte ihr einen Arm um die schmale Taille und drehte sie schwungvoll zu der Melodie des Tanzes. Eingehüllt in den rosigen Schein des Sonnenuntergangs und in die Sicherheit ihrer Liebe wirbelten sie über die Tanzfläche, während die Gäste einen Kreis um sie bildeten und in begeisterten Applaus ausbrachen, als die letzten Takte verklungen waren. Ashton hielt seine Frau auf Armeslänge von sich, indes sie sich in einen tiefen und anmutigen Hofknicks sinken ließ. Strahlend hob Ashton die rechte Hand und begann: »Ladies und Gentlemen, liebe Freunde. Ich möchte Ihnen jetzt gern meine Frau Lierin vorstellen –«

»Sir«, unterbrach ihn die Stimme eines Mannes. »Ich fürchte, Sie unterliegen einem schrecklichen Irrtum!«

Der große Mann mit dem sandfarbenen Haar drängte sich durch die Gästeschar und blieb an der Treppe zum Pavillon stehen, wo er die Blicke aller Anwesenden auf sich zog. Ashton bedachte ihn mit einem irritierten Stirnrunzeln. Der Fremde warf einen Blick in die verwirrten Gesichter rings umher, ehe er sich erneut an seinen Gastgeber wandte.

»Es tut mir aufrichtig leid, Sir, glauben Sie mir, aber diese Lady da, die Sie als Ihre Frau vorgestellt haben, ist nicht Lierin...«

Aus der Menge ertönten Laute der Überraschung. Lierin klammerte sich an Ashtons Arm, denn die Knie waren ihr weich geworden.

»Sie ist Lenore Sinclair, die Zwillingsschwester Ihrer verstorbenen Frau...«

»*Nein!* Das ist unmöglich!« explodierte Ashton. »Sie ist Lierin und niemand sonst.«

»Tut mir leid«, wiederholte der Fremde scharf. »Der Irrtum liegt bei Ihnen.«

»Woher wollen Sie das wissen?« fragte Ashton. »Wer sind Sie?«

»Ich bin Malcolm Sinclair«, antwortete der Mann fest. »Der Ehemann dieser Frau.«

Lierin hatte das Gefühl, einen Fausthieb gegen die Schläfe erhalten zu haben. Sie schwankte benommen. Der Pavillon schien sich um sie zu drehen, bis sie nur noch wirbelnde Lichtketten sah. Sie spürte kaum, wie Ashton sie auffing, doch die Unruhe, die sich unter den Gästen auszubreiten begann, entging ihr nicht. Irgendwo erhob sich eine weibliche Stimme zu triumphierendem Gelächter, und sie vermutete, daß es sich um Marelda handelte. Ashton trug sie zu einem Stuhl. Sie sank gegen die massive Lehne. Dr. Page löste sich aus dem Publikum, um Ashton zu helfen. Er hielt Lierin ein Fläschchen Riechsalz unter die Nase, und als sie den Kopf abwandte, um den beißenden Dämpfen auszuweichen, blickte sie direkt in die braunen Augen von Malcolm Sinclair, der nur einen oder zwei Schritte hinter Ashton stand.

»Stimmt das?« fragte sie kaum hörbar. »Bin ich wirklich seine Frau? Oder bin ich deine?«

Ashton drückte ihr beruhigend die Hand, dann richtete er sich auf, um Sinclair gegenüberzutreten. »Ich weiß, daß diese Frau Lierin ist«, sagte er fest. »Ich habe sie vor drei Jahren in New Orleans geheiratet.«

»Das ist unmöglich.« Malcolm Sinclair war genauso unnachgiebig. »Ihre Frau ist vor eben diesem Zeitraum bei einem Piratenüberfall auf dem Mississippi ertrunken, Sir. Ich sage Ihnen hier und jetzt, diese Frau ist Lenore, und ich bin mit ihr verheiratet. Man hat sie von zu Hause entführt, und ich habe ihre Spur bis nach Natchez verfolgt, wo ich sie aber nirgendwo finden konnte. Ich glaubte schon, sie für immer verloren zu haben, bis ich Ihnen beiden über den Weg gelaufen bin. Als ich meine Frau einen anderen Mann küssen sah, war ich so schockiert, daß ich kein Wort hervorbrachte.« Er wandte sich an Lierin und breitete flehend die Hände aus. »Lenore, meine Geliebte. Setz diesem bösen Spiel ein Ende. Sag ihnen, daß du meine Frau bist.«

»Ich... ich kann nicht...«, stammelte Lierin völlig durcheinander. »Ich weiß... ich meine... ich glaube... ich glaube wirklich, daß ich Lierin bin.«

»Deine Schwester ist tot«, beharrte er. »Erinnerst du dich nicht daran?«

»Nein«, flüsterte sie verzweifelt. »Ich erinnere mich an gar nichts.«

»Was hat er dir angetan?« schrie Malcolm und wirbelte zu Ashton herum, bleich vor Zorn. »Ich weiß nicht, wie Sie das fertiggebracht haben –«

»Ashton hat mit ihrem Gedächtnisverlust nicht das geringste zu tun«, unterbrach Dr. Page ihn ruhig. »Aber sie sagt die Wahrheit. Sie kann sich nicht an Sie erinnern und auch sonst an nichts. Und vielleicht wird sie sich nie wieder an irgend etwas vor ihrem Unfall erinnern können.«

»Unfall?« fragte Malcolm verwirrt. »Was für ein Unfall?«

Nur widerstrebend gab Ashton Auskunft. »Sie ist mit meiner Kutsche zusammengestoßen.«

»Das wußte ich nicht«, murmelte Malcolm und drehte sich wieder zu Lierin um, die Augen dunkel und besorgt. »So wahr ich hier stehe, ich schwöre dir, daß du Lenore Sinclair bist. Meine Frau.«

Lierin rang die Hände und wandte den Blick von seinen flehenden Augen ab; Tränen benetzten ihre Wangen. Mit aller Kraft kämpfte sie gegen die Angst, die sie niederzudrücken drohte.

»Haben Sie etwas, womit Sie Ihren Anspruch untermauern können?« fragte Ashton herausfordernd. »Offenbar verfügen Sie über gewisse oberflächliche Kenntnisse der Familie Somerton, aber was beweist das schon? Ich behaupte, sie ist Lierin, und Sie schwören, es handele sich um Lenore. Soll ich mich lediglich auf Ihr Wort verlassen?« Er lachte scharf. »Nein, Sir, Sie werden es mir schon verzeihen müssen, wenn ich etwas mehr verlange als nur Ihr Wort.«

»Ich habe nichts bei mir.«

Ashton grinste höhnisch. »Was für ein Zufall!«

»Nein, ich verfüge über Beweise!« rief Malcolm Sinclair aus. »Wenn Sie es gestatten, werde ich sie holen – mehr als genug, um Sie zu überzeugen.«

»Es würde mich in der Tat interessieren, was Sie in der Hand haben«, erwiderte Ashton. »Kommen Sie wieder, wann Sie wollen, aber denken Sie daran, daß es nicht einfach sein wird, mich davon zu überzeugen, daß sie Ihre und nicht meine Frau ist.«

Malcolm setzte seinen Hut auf und machte auf dem Absatz kehrt. Die Gäste wichen auseinander. Ein peinlich berührtes Schweigen begleitete seinen Marsch durch die schmale Gasse. Ashton stand reglos neben seiner Frau, eine Hand auf ihrer zitternden Schulter, und schien kaum zu bemerken, wie sich die Gäste allmählich vom Pavillon zurückzogen. Amanda und Tante Jennifer traten zu dem jungen Paar, um Trost zu spenden, doch Worte schienen in dieser Situation so leer und ohne Bedeutung. Der festliche Abend hatte seine Fröhlichkeit verloren; nur Mareldas hämisches Gelächter grüßte das Paar auf seinem Weg zurück ins Haus.

»Ich hab's dir ja gesagt«, prahlte sie, warf den Kopf zurück und genoß das Chaos, das hinter Ashtons Stirn tobte. »Was ist denn los, Darling? Hat es dir die Sprache verschlagen? Hast du nichts zu sagen?«

Horace Titch sah, wie sich Ashtons Wangenmuskeln spannten, und zupfte Marelda unbehaglich am Ärmel. »Ich glaube, wir sollten jetzt besser gehen.«

Marelda warf ihm einen ungeduldigen Seitenblick zu. »Wirklich, Horace, hast du denn überhaupt kein Rückgrat?«

Der kleine Mann schrumpfte beschämt noch ein paar Zentimeter zusammen, die Tatsache, in Ashton Wingates Gegenwart geschurigelt zu werden, war besonders demütigend. Linkisch stolperte er ein paar Schritte und klopfte dabei seinen karierten Mantel ab, als wüßte er nicht, was er mit seinen Händen anfangen sollte. Marelda seufzte schwer und gab nach. Noch konnte sie es sich nicht leisten, auf seine Dienste zu verzichten. Sie hängte sich bei ihm ein; gemeinsam verließen sie das Anwesen.

Lierin begab sich ins Schlafzimmer. Sie bewegte sich wie in Trance. Ashton schloß die Tür hinter ihr, während sie sich mechanisch auszuziehen begann. Er setzte sich in einen Sessel und sah ihr zu. Er hatte Angst um sie. Er wußte, daß sie durcheinander war, sah sich aber nicht in der Lage, irgend etwas zu sagen, was nicht schon ausgesprochen worden wäre.

Sie trat aus dem Badezimmer, das Gesicht frisch gewaschen, das Haar fiel offen über ihre Schultern. Der Satinmantel, den sie angezogen hatte, betonte ihre körperlichen Reize, ohne daß sie sich dessen bewußt zu sein schien. Ashton hingegen blieb es ganz und gar nicht verborgen, doch nun, da Malcolm Sinclair einen Schatten des Zweifels geworfen hatte, erschien ihm ihre Schönheit fast qualvoll.

»Denkst du, daß ich dir etwas vorgespielt habe?« fragte er, als sie ans Fenster trat und nachdenklich hinausstarrte.

Lierin wandte sich langsam um und schüttelte den Kopf. »Noch hat Malcolm Sinclair nichts bewiesen.«

Sie trat auf ihn zu, ihre Augen tauchten tief in seine Seele. Er spreizte die Knie, damit sie dazwischentreten konnte. Er umfaßte ihr Gesicht mit seinen Händen, zog es zu sich heran, um die Süße ihrer Lippen zu kosten. Die Seidenkordel, die ihre Taille umschloß, löste sich unter der Berührung seiner Finger, und der Hausmantel öffnete sich. Ashtons Mund vergrub sich in ihr duftendes Fleisch, wanderte über stolze Hügel und in lockende Täler. Ein Schauer durchlief sie, als er ihre Sinne erweckte, und das Leben begann von neuem, pochte mit frischer Intensität in ihren Adern und führte sie zu größeren Höhen als je zuvor.

Zwei Tage später erschien Willis im Salon. Sein Gesichtsausdruck ließ keinen Zweifel daran, daß er beunruhigt war.

»Massa Ashton...« Seine dunklen, sorgenvollen Augen flogen durch den Raum. »Da sind zwei Männer an der Tür und wollen sich mit Ihnen und der Missus unterhalten. Der eine ist der Mister Sinclair, der schon mal hier war, und der andere sagt, er wär' Miss Lierins Pa... Nur daß er sie Miss Lenore nennt.«

Lierin spürte, wie ihr kalt wurde. Sie begann zu zittern, Verzweiflung breitete sich in ihr aus.

»Führ sie herein, Willis«, sagte Ashton ernst. »Was sie zu sagen haben, kann die ganze Familie hören.«

»Jawohl, Sir, Massa Ashton«, antwortete der Schwarze feierlich und verließ mit hängenden Schultern den Raum.

Tante Jennifer führte emsig ihre Nadel, ohne darauf zu achten, wo sie hinstach, während Amanda die Augen nicht von ihrem Enkel löste, der aufgestanden war und neben Lierins Stuhl trat. Die junge Frau starrte wie gebannt zur Tür hinüber. Als Ashton ihr die Hand auf die Schulter legte, sank sie ein wenig in sich zusammen, rieb ihre Wange an seinen Knöcheln und suchte seinen Blick. In der erwartungsvollen Stille klangen die näherkommenden Schritte mehr wie ein dumpfer Trommelwirbel bei einer Hinrichtung. Sofort richtete sich Lierin wieder auf und blickte den Besuchern ernst entgegen.

Zuerst betrat Malcolm Sinclair den Raum, in der linken Hand einige Papiere, in der rechten einen großen, in Stoff gehüllten Gegenstand. Dicht hinter ihm folgte ein weißhaariger, elegant gekleideter Herr, der sich neugierig im Salon umsah, bis er Lierin bemerkte und auf sie zueilte. Er nahm ihre Rechte in beide Hände und war ganz offensichtlich um Haltung bemüht, denn sein Mund zitterte, und er sah aus, als sei er am Ende seiner Kräfte. Gleich darauf hatte er sich wieder in der Hand, schniefte kurz und lächelte Lierin an.

»Ich war ganz außer mir vor Sorge, mein Kind. Wir wußten die ganze Zeit ja nicht einmal, ob du noch lebtest. Malcolm hat mir gesagt, daß du gekidnappt worden seist; wir hatten fast keine Hoffnung mehr, dich noch einmal wiederzusehen.«

Lierin entzog den manikürten Fingern ihre Hand und musterte den alten Mann mit den umwölkten Augen. Sie fragte sich, ob er wohl geweint hatte, denn sie waren gerötet, ebenso wie die Nase. Das weiße lockige Haar und der Schnurrbart von nämlicher Farbe hoben sich scharf von der sonnengebräunten Haut ab. Er trug einen braunen Cutaway, eine Lederweste, eine braune Hose und war ungefähr einen Kopf kleiner als der jüngere Mann, den er begleitete.

»Es tut mir leid, Sir«, murmelte sie. »Ich fürchte, ich kenne Sie nicht.«

Der weißhaarige Mann wandte sich um und warf Malcolm einen verblüfften Blick zu. Sinclair trat an seine Seite und legte ihm tröstend einen Arm um die Schulter. »Lenore«, sagte er leise, als wollte er sie nicht unnötig aufregen, »das ist dein Vater, Robert Somerton.«

Lierin sah sich hilfesuchend um. »Stimmt das?« fragte sie Ashton, als hoffte sie, er würde es verneinen.

Ashton spürte die Augen aller Anwesenden auf sich ruhen und konnte nur den Kopf schütteln. »Es tut mir leid, Liebling, diese Frage kann ich dir nicht beantworten. Ich habe deinen Vater nie kennengelernt.«

»Vielleicht wird das hier mithelfen, Sie von der Berechtigung meiner Ansprüche zu überzeugen«, sagte Malcolm und hielt Ashton die Papiere entgegen. »Es sind die Dokumente, aus denen hervorgeht, daß Lenore und ich vor zwei Jahren vor den Traualtar getreten sind.«

Ashton warf einen Blick auf die Papiere und stellte fest, daß sie in der Tat die Bestätigung für einen solchen Vorgang enthielten. Er reichte sie Malcolm zurück, wobei er brüsk bemerkte: »Ich verfüge über eine ähnliche Urkunde, die meine Eheschließung mit Lierin dokumentiert. Trotzdem beweist keine von diesen Unterlagen, wer sie ist.«

Malcolms Augen blitzten vor schlecht verhohlenem Zorn, als er auf den weißhaarigen Mann deutete: »Aber das ist ihr Vater.«

»Vielleicht«, meinte Ashton mit einem Schulterzucken. »Vielleicht auch nicht. Ich habe den Mann nie getroffen.«

»Herr im Himmel! Was braucht es denn noch, um Sie zu überzeugen?« Angesichts von Ashtons Unnachgiebigkeit wurde Malcolm immer wütender. »Warum, zum Teufel, sollte ich hier auftauchen und behaupten, sie sei meine Frau, wenn es nicht so wäre? Das ergibt doch nicht den geringsten Sinn!«

»Ich wüßte auch nicht, warum Sie das tun sollten«, antwortete Ashton, »aber ich kann meine Gefühle nicht einfach ignorieren, und ich bin aufrichtig davon überzeugt, daß diese Frau Lierin ist.«

»Zeig ihm das Porträt, Malcolm«, bat der ältere Mann. »Vielleicht wird er dann seinen Irrtum erkennen.«

Der jüngere Mann stellte das Bild mit der unteren Kante auf einen Tisch und ließ es noch einen Moment verhüllt, während er Ashton fragte: »Hat man Ihnen nicht ein Porträt Ihrer Frau zugeschickt?«

Ashton antwortete mit einem langsamen Nicken: »Ja.«

»Und stand für Sie außer Frage, daß es sich bei der Frau auf dem Gemälde um Lierin handelte?«

»Ja.« Ashtons Rückgrat kribbelte, als er das selbstgefällige Grinsen seines Widersachers sah.

»Dann möchte ich Sie bitten, sich dieses Gemälde sehr genau anzusehen und uns dann Ihre Meinung darüber wissen zu lassen.« Malcolm enthüllte das mitgebrachte Bild. Amanda und Tante Jennifer rangen nach Luft. Ashton griff unwillkürlich nach Lierins Schulter.

Das Porträt war dem, das Ashton Lierin gezeigt hatte, ganz ähnlich, doch gab es einige subtile Unterschiede, vor allem in den Gesichtszügen. Sie wirkten zarter und vollendeter. Obwohl das andere Gemälde der jungen Frau, die jetzt hier im Salon saß, ganz und gar nicht unähnlich gewesen war, gab es doch keinen Zweifel daran, daß sie für dieses Bild Modell gesessen hatte.

»Das andere Gemälde, das sich in Ihrem Besitz befindet, zeigt Lierin... Ihre Frau. Dieses hingegen zeigt Lenore, *meine* Frau!« Malcolm hätte beinahe gelächelt, als er sah, wie durcheinander Ashton war. »Und jetzt wiederholen Sie noch einmal, daß Sie sich nicht geirrt haben, Sir!«

Amanda und Tante Jennifer blickten Ashton beunruhigt an, denn sie wunderten sich über sein finsteres Schweigen.

»Vielleicht gestatten Sie mir nun, meine Frau mit nach Hause zu nehmen, wohin sie gehört.«

»Nein!« Lierin griff hilfesuchend nach Ashtons Hand. »Bitte, ich kenne sie doch gar nicht!«

Ashton drückte ihr tröstend die Schulter. »Keine Sorge, mein Liebling. Ich werde ihnen nicht erlauben, dich mir wegzunehmen.«

»Was sagen Sie da?« bellte Malcolm wütend. »Sie haben kein Recht, meine Frau hierzubehalten!«

»Diese Frage wird vor Gericht Klärung finden müssen«, stellte Ashton fest. »Ich bin nicht bereit, meinen Anspruch ohne sorgfältige Untersuchung der Sachlage aufzugeben. Als Lierin damals vor drei Jahren von meinem Schiff gestürzt ist, wurde nie wieder eine Spur von ihr gefunden.«

Malcolm schnaubte wütend. »Es wäre nicht das erste Mal, daß der Mississippi sein Opfer für immer behalten hat.«

»Ich weiß. Dennoch muß ich sichergehen, daß jede Anstrengung unternommen wird, um die Frage von Lierins Identität zu beantworten.«

»Lenore«, korrigierte Robert Somerton.

»Ich werde Bevollmächtigte zum Heimatort der Familie in England sowie nach Biloxi und New Orleans schicken«, sagte Ashton. »Mal sehen, was sie herausfinden.«

»Aber eine solche Untersuchung kann Monate dauern!« protestierte Malcolm.

»Es ist mir egal, wie lange sie dauert!« gab Ashton scharf zurück. »Meine einzige Sorge gilt Lierin. Sollte ich mich wirklich irren, bleibt mir nichts anderes übrig, als mich mit der Wahrheit abzufinden. Doch nur ihr beuge ich mich und niemandem sonst.«

»Und Sie glauben tatsächlich, Sie könnten meine Frau die ganze Zeit über bei sich behalten?« fragte Malcolm, kochend vor Wut.

Ashton lächelte unverbindlich. »Ganz offensichtlich will sie hierbleiben.«

»Das werde ich nicht erlauben!« Malcolms Augen loderten.

»Dann werden wir doch einen Richter um sein Urteil bitten müssen!«

»Ich habe in Natchez schon von Ihnen gehört«, schnappte Malcolm. »Es heißt, Sie wären ein dickköpfiger, halsstarriger Mann, aber eins will ich Ihnen sagen: Bevor diese Angelegenheit vorbei ist, werden Sie auch von mir gehört haben, und dann wissen Sie, daß ich Ihnen mehr als ebenbürtig bin. Am besten wäre wahrscheinlich, wir ließen ein Duell entscheiden...«

Die Frauen schrien überrascht auf und hofften, daß Ashton dieses Ansinnen zurückwies. Er aber dachte nicht daran, sondern antwortete gelassen: »Nichts wäre mir lieber, Sir. Sollen wir es jetzt gleich hinter uns bringen?«

Malcolms Augen verengten sich. »Ich werde es Sie wissen lassen, wann es mir paßt.«

»Ich bitte darum«, sagte Ashton mit Nachdruck. »Möglicherweise würde eine solche Konfrontation die Notwendigkeit einer Untersuchung überflüssig machen und mir eine Menge Ärger ersparen.«

Malcolm grinste verächtlich. »Für jemand, dem bereits nachgewiesen wurde, daß er sich im Unrecht befindet, scheinen Sie mir eine Spur zu selbstsicher.«

»Vielleicht habe ich dazu auch allen Grund.«

Malcolms Blick war so kalt wie der Nordpol. »Mit Überheblichkeit hat man noch nie ein Duell gewonnen.«

Ashton zuckte wegwerfend mit den Schultern. »Lassen wir's drauf ankommen.«

»Denken Sie doch an Lenore«, schaltete Robert Somerton sich ein und legte Malcolm eine Hand auf den Unterarm. »Ich bin sicher, dieses Gerede über Duelle macht ihr angst.«

»Du hast natürlich recht«, pflichtete der jüngere Mann ihm bei und schien sich ohne größere Anstrengung von dem Thema trennen zu können. Er trat an den Tisch und begann das Porträt wieder einzupacken, hielt aber inne, als Ashton auf ihn zutrat.

»Dieses Gemälde hat sich vor nicht allzu langer Zeit im Haus von Richter Cassidy befunden. Woher wußten Sie, daß es da war?«

»Spielt das irgendeine Rolle?« fragte Malcolm scharf zurück.

»Alles in jenem Haus gehört Lierin oder mir. Sie sind dort eingebrochen, um an das Gemälde zu gelangen.«

»Falls Sie mich des Diebstahls bezichtigen wollen, dies ist das einzige, was ich genommen habe. Ich wußte von Lenore, daß die beiden Bilder dort hingen.« Damit wickelte er das Gemälde wieder ein, klemmte es sich unter den Arm und durchquerte den Raum. Vor Lierins Stuhl blieb er stehen. »Ich verstehe noch nicht ganz, wie du dein Gedächtnis verlieren konntest, Lenore, aber eins darfst du nie vergessen: Ich werde dich immer lieben.«

Damit drehte er sich um und verließ den Raum, Robert Somerton im Schlepptau. Das Geräusch ihrer Stiefelabsätze auf dem Marmorboden in der Halle klang im ganzen Haus nach, und die sichere Festigkeit von Malcolms Schritt schien zu verkünden, daß er sich jeder Herausforderung zu stellen gedachte.

Achtes Kapitel

Die Sonne neigte sich dem Horizont zu, wo sie von einer Zusammenballung dunkler Wolken verschluckt wurde. Als die Nacht ihren schwarzen Umhang über das Land breitete, zuckten in einiger Entfernung die ersten Blitze auf, gefolgt von tiefem Donnergrollen. Der Sturm rückte nur langsam näher, stampfte über die bleifarbene Landschaft heran, bis er in den frühen Morgenstunden seinen Höhepunkt erreichte. Mit aller Macht schien er es darauf anzulegen, Ashton um den Schlaf zu bringen, doch der Herr von Belle Chêne konnte seine Ruhelosigkeit schwerlich dem Krachen des Donners zum Vorwurf machen. Er haßte das kleine Bett im Gästezimmer, in das er sich zähneknirschend zurückgezogen hatte, bis ein Richter zu einem abschließenden Urteil über Lierins Identität gelangen würde. Weder er noch Lierin hatten diese Trennung gewollt, aber um den Schein zu wahren und die Gemüter der beiden alten Damen zu besänftigen, waren sie überein gekommen, vorerst allein zu schlafen.

Eine Woche unvergleichlicher Qualen lag hinter ihm, denn immer wieder war er von der Furcht heimgesucht worden, Lierin könnte ihm ein weiteres Mal fortgenommen werden. Auch jetzt fand er keine Ruhe in seinem einsamen Bett. Er vermißte Lierins Wärme an seiner Seite, wenn sie sich eng an ihn schmiegte; er vermißte es, mitten in der Nacht die Hand ausstrecken und sie berühren zu können; er vermißte es, sie in liebender Umarmung festhalten zu können.

Das Wüten des Sturms fand sein Spiegelbild in Ashtons Stimmung, als er sich erregt in seinem Bett hin und her warf. Ein blendender Blitz brannte die Dunkelheit aus der Nacht, die regennassen Fensterscheiben leuchteten auf. Das scharfe Krachen des Donners fast im selben Augenblick ließ Ashton mit einem Fluch hochfahren. Seine Geduld war am Ende, er sprang aus dem Bett. Mit langen, wütenden Schritten marschierte er zum Badezimmer, durchquerte es und stürmte in das große Schlafzimmer, das dahinter lag.

Die elektrischen Entladungen jenseits der Fenster erhellten den Raum und holten die weißgewandete Gestalt in der Mitte des Himmelbetts aus der Dunkelheit. Sie hatte die Arme um die angezogenen Beine geschlungen, ihr Kinn ruhte auf den Knien. Sie ließ Ashton nicht aus den Augen, während er sich dem Bett näherte, und als ein neuer Blitz den Himmel spaltete, senkten sich ihre Augen auf seine nackten Lenden. Die Leidenschaft, die er erkennen ließ, schüchterte sie nicht im mindesten ein. Sie blieb ruhig sitzen und wartete, bis sein Knie die Matratze berührte. Seine Hände faßten ihr Nachthemd am Saum, und sie hob die Arme, damit er ihr das Kleidungsstück über den Kopf streifen konnte. Mit einem leisen Seufzen ließ sie sich unter seinem Gewicht zurücksinken, und ihre Lippen begaben sich auf die leidenschaftliche Suche nacheinander. Er hielt ihr Gesicht zwischen seinen Händen, blickte ihr tief in die Augen und merkte auf einmal, daß ihr Haar naß war.

»Wo bist du gewesen?« fragte er verwundert.

»Ich konnte nicht schlafen«, flüsterte sie, »deswegen bin ich auf den Balkon gegangen.«

»Bei dem Regen?«

Sie nickte. »Ich habe mich so einsam gefühlt, daß er mir kaum aufgefallen ist.«

Er küßte sie auf die Wange. »Du hättest zu mir kommen sollen.«

»Ich war nicht sicher, ob du mich bei dir haben wolltest.«

»Aber Liebling, habe ich dir nicht deutlich genug gesagt, wieviel du mir bedeutest? Wie sehr ich dich liebe und begehre? Wie kann ich dich nur von dem überzeugen, was mein Herz fühlt?«

»Zeig es mir einfach«, hauchte sie.

Sein Kopf senkte sich auf ihre Brüste, und ihr Mund öffnete sich zu einem lautlosen Schrei, als seine Zunge eine weiche Warze zu liebkosen begann. Seine Hände bewegten sich kühn und geschickt über ihren Körper, während ihre Finger dem Zukken seiner Muskeln unter der Haut nachspürten. Er hob ihre Hüften gegen die seinen, und sie verschmolzen wie Liebende, die auf immer und ewig füreinander bestimmt sind. Seine leidenschaftlichen, harten Stöße trieben sie über die flackernden Lichter der gegenständlichen Welt hinaus an einen Ort, wo Myriaden von Bildern vor ihrem inneren Auge tanzten. Dann blitzten in ihrem Bewußtsein plötzlich andere Momente höchsten sinnlichen Vergnügens auf, Bildsplitter von einem nackten Mann, dessen Gesicht und Gestalt sich ihr trotz aller Konzentration immer wieder entzogen. Sosehr sie sich auch anstrengte, sie vermochte das Gesicht im Dunkeln nicht deutlicher zu erkennen, aber der Mann war so kühn und wollüstig wie der, mit dem sie in diesem Augenblick im Bett lag.

Langsam kam sie wieder zu sich, und das Trugbild löste sich in Rauch auf, als sie den hämmernden Schlag von Ashtons Herz an ihrer Brust spürte.

»Ich hatte gehofft, daß du kommen würdest«, seufzte sie. »Die ganze Woche über habe ich mich so elend gefühlt, allein in diesem riesigen Bett.«

Ashton stützte sich mit dem Ellbogen ab. Er sah ihr in die glänzenden Augen und sagte: »Ich hätte es keine Sekunde länger ohne dich ausgehalten.«

»Was sollen wir jetzt nur anfangen?« fragte sie ruhig. »Wie kann ich je aufhören, mich wie deine Frau zu fühlen, und akzeptieren, daß ich zu Malcolm gehöre?«

»Das mußt du auch nicht«, sagte er seufzend und streifte mit seinen Lippen über ihr Ohr. »Ich beabsichtige nicht, dich gehen zu lassen.«

»Aber du mußt, falls ich Malcolms Frau bin.«

»Ich kann nicht glauben, daß du es wirklich bist«, stöhnte er und drehte sich auf den Rücken, wobei er sich mit der Hand die

Stirn rieb. »Die Vorstellung, dich gehen zu lassen, bringt mich um den Verstand. Als ich dich tot glaubte, habe ich beinahe aufgehört, wie ein Mann zu fühlen, und jetzt, wo ich dich wiederhabe, wie kann ich da einem anderen Mann erlauben, dich an sich zu reißen?«

Lierin beugte sich halb über ihn. Mit der Fingerspitze fuhr sie über eine Narbe auf seiner linken Brusthälfte. »Ich fühle mich so sicher bei dir, als hätte ich schon immer hier gewohnt.«

Seine langen Finger schoben sich unter ihr Haar und massierten ihr leicht den Nacken. »Wir könnten nach Europa gehen...«

Sie schüttelte den Kopf. Eine lange Strähne fiel über seinen Arm. »Du bist kein Mann, der vor der Wahrheit davonläuft, Ashton.«

Seine Hand glitt abwärts, bis sie Lierins rechte Brust berührte. Das warme weiche Fleisch mit der leicht aufgerichteten Brustwarze entfachte neues Feuer in seinem Körper. Je mehr der Wunsch, sie zu lieben, wieder von ihm Besitz ergriff, desto weniger konnte er sich vorstellen, sie zu verlieren. Ihr Mund senkte sich auf seine Lippen, aber ehe sie sich küssen konnten, vernahmen sie ein fernes Klopfen.

Ashton warf einen Blick zur Kaminuhr hinüber, doch in der Dunkelheit konnte er den Zeigerstand nicht erkennen. »Wer, zum Teufel...? Es muß zwei oder drei Uhr morgens sein.«

Das Klopfen wiederholte sich, diesmal lauter und dringlicher. Eine Stimme erklang, die Worte waren trotz der Distanz verständlich: »Massa, wachen Sie auf! Ihre Lagerhallen in Natchez brennen!«

»Verdammt!« Mit einem Satz war Ashton aus dem Bett. Nackt rannte er ins Gästezimmer und warf sich hastig einen Morgenmantel über. Dann riß er die Tür zum Korridor auf. Draußen stand Willis, ebenfalls im Morgenrock, eine Nachtmütze auf dem Kopf, in der Hand eine Kerze. Er starrte Ashton mit weit aufgerissenen Augen an.

»Massa Ashton«, sprudelte er ängstlich hervor, »da ist ein Mann unten an der Tür und sagt, daß eins Ihrer Lagerhäuser am

Hafen im Sturm Feuer gefangen hat und daß sehr wahrscheinlich die anderen auch alle in Flammen stehen, bis Sie da sind.«

»Schick jemand zu Judd und sag ihm, er soll ein paar Männer zusammentrommeln, damit wir den Brand bekämpfen können! Ich bin unten, sobald ich mich angezogen habe.«

Der Schwarze zögerte. »Massa, wenn es Ihnen recht ist, würde ich gern mitkommen. Ich bin ziemlich gut im Eimerschleppen.«

»Dann beeil dich. Wir haben keine Zeit zu verlieren.«

»Jawohl, Sir!« Willis schoß davon.

Lierin betrat das Gästezimmer, damit beschäftigt, den Gürtel wieder um ihr Gewand zu schlingen. »Was ist los?«

»Ich muß sofort nach Natchez«, antwortete Ashton und warf den Mantel ab. »Meine Lagerhallen stehen in Flammen.«

Sie beeilte sich, ihm beim Anziehen zu helfen. »Es regnet ziemlich heftig. Ob man hoffen kann, daß der Regen das Feuer daran hindert, auf die anderen Hallen überzugreifen?«

»Und wie ich das hoffe!«

Er stopfte sich das Hemd in die Hose, Lierin reichte ihm seinen Rock. »Was auch passiert, sei vorsichtig«, bat sie.

Er zog sie an sich und preßte seine Lippen zu einem schnellen, harten Kuß auf ihren Mund, ehe er heiser sagte: »Von jetzt an kannst du die Idee mit den getrennten Schlafzimmern wieder vergessen. Ich gebe dich nicht auf. Malcolm Sinclair wird mich umbringen müssen, bevor er dich mir wegnimmt.«

Angst durchzuckte sie. »Oh, Ashton, sag so was nicht.«

»Ich sage, was ich meine.«

Er riß sich los, rannte aus dem Zimmer und die Treppe hinunter in die Halle. Bei den Stallungen lud Judd bereits einen Haufen Männer auf einen Wagen und ließ eine Persenning darüber spannen, um sie vor dem Regen zu schützen. Ashton zog sich die Krempe seines Huts ins Gesicht, fuhr in eine Ölhaut und blinzelte zum östlichen Horizont hinüber, wo der Himmel noch immer dunkel war. Keine Spur einer Dämmerung hinter der düsteren Wolkenmasse. Ashton sprintete zu dem Wagen hinüber und stieg zu Judd auf die Bockbank. Gleich darauf holperte das Gefährt los, um über schlammige Straßen nach Natchez zu jagen.

Während der ganzen Fahrt ließ Ashton die Hoffnung nicht sinken. Bei seiner Ankunft hatte er allen Grund, dem Regen, der sie unterwegs bis auf die Haut durchnäßt hatte, dankbar zu sein, denn die herabstürzenden Wassermassen hatten das Feuer auf das mittlere Gebäude beschränkt, die angrenzenden Hallen waren verschont geblieben. Zusammen mit Judd und dem Verwalter stand er unter dem dünnen Dach eines an den Seiten offenen Unterstands und musterte die rauchenden Ruinen.

»Haben wir viel verloren?« erkundigte er sich.

»Genug, Sir«, antwortete der Verwalter laut, um das heftige Trommeln der Regentropfen auf dem Metalldach zu übertönen. »Es hätte aber noch weit schlimmer kommen können. Wie es der Zufall wollte, hat erst gestern ein Boot den größten Teil der Baumwolle übernommen, so daß sich in der Halle nur noch knapp dreißig Ballen davon befanden, außerdem ungefähr ein Dutzend Ballen Flachs, ein paar Fässer Melasse, und das war's wohl. Mal abgesehen von dem verdammten Blitz, der eingeschlagen hat – ein Glück, daß es so stark geregnet hat, sonst wäre das ganze Areal in Flammen aufgegangen.«

»Verzeihung, die Herren ...«, sagte eine heisere Stimme hinter ihnen. »Ist von Ihnen jemand Mr. Wingate?«

Sie drehten sich um und erblickten einen Bettler mit schütterem Haar. Seine Kleider waren naß und zerlumpt, die Stiefel so ausgetreten, daß sie sich an den Zehen nach oben kehrten.

»Ich bin Mr. Wingate«, antwortete Ashton.

Schniefend fuhr sich der Landstreicher mit dem Ärmel über die Nase und deutete auf die heruntergebrannte Lagerhalle. »Wenn Sie vielleicht 'n überflüssiges Geldstück in der Tasche hätten, könnte ich Ihnen sagen, wie das Feuer da angefangen hat.«

Ashton klopfte seine Taschen ab und fand sie leer. Sein Verwalter hatte auch nicht mehr Glück und entschuldigte sich mit einem Schulterzucken: »Schätze, ich habe mich zu schnell angezogen.«

»Ich muß es Ihnen schuldig bleiben«, schlug Ashton vor.

»Na ja, da Sie's persönlich sind, der's mir verspricht, Mr. Wingate, nehme ich Ihr Wort dafür. Ich denke, das schulde ich Ihnen.«

»Was meinen Sie damit?«

Der Bettler zuckte mit den Schultern und kicherte in sich hinein. »Schon 'ne ganze Zeit, daß ich in Ihrem ollen Schuppen da penne. Ich bin immer durch ein zerbrochenes Fenster hinten reingeklettert und habe mir einen Ballen Baumwolle gesucht, der weich genug zum Schlafen war. War immer schön trocken da drin, richtig gemütlich in 'ner Nacht wie heute.«

»Sie sagten, Sie könnten uns erzählen, wie das Feuer angefangen hat«, drängte Ashton.

»Ja, Sir, darauf kommte ich jetzt. Sehen Sie, ich wollte gerade 'ne Mütze voll Schlaf nehmen, als ich auf einmal Stimmen höre, direkt draußen vor dem zerbrochenen Fenster. Tja, da bin ich natürlich aufgeschreckt und näher zum Fenster hin, um zu hören, was vorgeht. Dann geht mir ein Licht auf. Die wollen den Schuppen doch tatsächlich in Brand setzen. Sie können sich vorstellen, die Idee, da drinnen mit in Flammen aufzugehen, fand ich nich' so toll. Bei dem Gedanken hätt' ich fast meine eigene Zunge verschluckt, aber wie sollte ich mich davonmachen, während die noch vor dem Schuppen herumlungerten?«

»Wie viele Männer waren es?« wollte Ashton wissen.

»Drei oder vier vielleicht. Mindestens einen davon habe ich schon mal unten im Razorback Saloon gesehen, glaub' ich wenigstens. Es war ziemlich dunkel draußen, bis wieder mal so 'n Blitz zuckte, und da habe ich gesehen, daß dem größten der Burschen zwei Finger von der linken Hand fehlen. Na, und das hat mich daran erinnert, daß ich diesen miesen alten Schläger schon mal da unten im Saloon gesehen habe.«

»Sie sagten, da wären noch mehr gewesen«, hakte Ashton nach.

»Yeah.« Der Mann kratzte sich am Stoppelbart. »Einer war ein kleiner, fetter Knabe... ziemlich geckenhaft angezogen... und im Gesicht hatte er so 'n nervöses Zucken.«

Ashton warf Judd einen Blick zu. »Klingt ganz nach unserem Freund Horace Titch.«

Der Farbige runzelte nachdenklich die Stirn. »Glauben Sie, der hat genug Mumm, sich an so was zu beteiligen?«

»Wenn Marelda ihm ausreichend Dampf macht, ist alles möglich«, antwortete Ashton verächtlich.

»Denken Sie, er hat das getan, um sich zu rächen?«

»Ich weiß nicht, aber ich werde es herausfinden. Bist du dabei, Judd?«

Judd grinste breit. »Bin ich das nicht immer gewesen?«

Willabelle bewegte sich beinahe zögernd durch den Raum und strich dabei nervös über die Schürze, bis ihre Herrin aufblickte. Lierin hatte die Haushälterin noch nie so unsicher erlebt, und eine Vorahnung sagte ihr, daß sie nicht wegen einer Bagatelle hier war.

»Was ist denn, Willabelle?«

»Missus...« Die dunklen Augen der Farbigen verrieten ihre Besorgnis, als sie widerwillig mit ihrer Nachricht herausrückte: »Dieser Mann, wo behauptet, er ist Ihr Pa, wartet unten und will Sie sehen.«

Eine kalte Hand griff nach Lierins Herz. Das trübe, graue Licht des stürmischen Morgens hatte es nicht vermocht, ihre Erinnerungen an die letzten Stunden mit Ashton zu überschatten, doch nun wich dieses Wohlgefühl einer plötzlichen Niedergeschlagenheit.

Fast hoffnungsvoll erkundigte Willabelle sich: »Kann ich ihm ausrichten, er soll später wiederkommen, wenn der Massa zurück ist?«

Lierin erhob sich von ihrem kleinen Schreibtisch. Ihre Knie zitterten, und sie spürte einen Kloß in der Kehle, doch es gelang ihr, Haltung zu bewahren. »Nein, Willabelle. Ich werde hören, was er zu sagen hat. Das ist das mindeste, was ich tun muß.«

Die Haushälterin verdrehte die Augen gen Himmel. »Ich wußte doch, daß heut kein guter Tag sein würde, kaum daß ich am Morgen die Augen aufgemacht habe«, murmelte sie. »Erst brennt das Lagerhaus ab, und dann kommt dieser Mann, wenn der Massa nicht zu Hause ist.«

»Du brauchst dich nicht aufzuregen, Willabelle«, beruhigte Lierin sie. »Sag ihm einfach, daß ich gleich unten bin.«

»Jawohl, Madam«, antwortete die Haushälterin düster und watschelte aus dem Raum. Als sie den Salon betrat, stellte sie fest, daß der ungebetene Gast sich bereits ein Glas Brandy eingeschenkt und eine von Mister Wingates Zigarren angezündet hatte. Diese Unverfrorenheit strapazierte Willabelles Laune noch mehr, und sie funkelte ihn einen Moment lang erbost an, ehe er sich zu ihr umdrehte. Steif ließ sie ihn wissen: »Der Massa ist nicht zu Hause, aber die Missus sagt, sie kommt gleich runter.«

»Wann erwarten Sie Mr. Wingate zurück?«

»Keine Ahnung«, murmelte Willabelle, »aber je eher, desto besser.«

Robert Somerton zog fragend die Augenbraue hoch. »Paßt es Ihnen nicht, daß ich meine Tochter besuche?«

»Miß Lierin ist durch dieses Gerede, daß sie die Frau eines anderen Mannes sein könnte, ganz durcheinander...«

»Ihr Name ist Lenore.« Der Besucher schnippte die Asche lässig nach dem Porzellanaschenbecher auf dem Rauchtisch und verfehlte ihn um einige Zentimeter. »Behalten Sie das bitte in Erinnerung, falls Sie können.«

Schon bevor der Fremde die Asche so achtlos auf den Tisch gestreut hatte, war ein dunkles Feuer in Willabelles Augen aufgeflackert; nun begann es über ihr ganzes Gesicht zu lodern. Sie ging zu dem Tisch, auf dem die Asche lag und wischte sie in ihre Hand. Dabei sagte sie: »Der Massa nennt sie Lierin, und das reicht mir.«

Robert Somerton lachte gehässig. »Dann würde ich sagen, daß Sie genauso blind und dumm sind wie Ihr Massa. Er wollte Beweise sehen, und die haben wir ihm gezeigt, aber das reichte ihm nicht. Ich gebe Ihnen mein Wort, lange wird er die Krankheit meiner Tochter nicht mehr für sich nutzen können. Ihre Schwester hat er schon zugrunde gerichtet, doch jetzt ist ein für allemal Schluß!«

»Ich muß wieder an meine Arbeit«, erwiderte Willabelle lapidar.

Mit einer großzügigen Geste gestattete Somerton ihr, zu gehen. Er wußte ohnehin nicht, warum er seine Zeit damit verschwendete, mit einer Dienerin zu diskutieren, speziell noch mit einer derart aufsässigen. »Dann tun Sie das am besten, ehe Ihr Herr nach Hause kommt und Ihnen eine Tracht Prügel verpaßt.«

Willabelle plusterte sich auf wie eine wütende Kröte. »Mein Massa hat noch keinen von uns je geschlagen!« keifte sie wütend. Dann stampfte sie mit hocherhobener Nase aus dem Raum, wobei das Kristall im Geschirrschrank unter ihren mächtigen Schritten zu klirren begann. Ihr Zorn hatte seinen Höhepunkt erreicht, und sie konnte ausgesprochen gut verstehen, warum ihr Massa diesem angeblichen Schwiegervater gegenüber so vorsichtig war. Über den Burschen ließ sich absolut nichts Gutes sagen.

Ein Weilchen später betrat Lierin den Salon; sie wirkte schüchtern, beinahe verängstigt. Sie ließ zu, daß der Besucher sie auf die Wange küßte und dann zum Sofa führte, wo sie sich wie eine brave Tochter niedersetzte und den Geschichten lauschte, die er aus ihrer gemeinsamen Zeit in England erzählte. Er zeigte ihr eine gemalte Miniatur von weiblichen Zwillingen, und sie mußte zugeben, daß sie beiden verblüffend ähnlich sah. Doch erst als er die Zeichnung eines Landhauses im Tudor-Stil hervorholte, das auf einem Hügel hinter einem Weiher lag, begann in ihr ein Gefühl der Vertrautheit mit den Dingen, die er ihr zeigte, zu keimen.

»Das hast du selbst gezeichnet«, sagte er, bevor er sich noch einen Drink nahm. »Es ist unser Haus in England.«

Lierin nahm die Zeichnung genau in Augenschein und konnte sich in diesem Moment fast vorstellen, wie sie durch die langen Gänge des Hauses lief. Sie malte sich Wände voller Familienporträts aus, dazu Lanzen und Schilde und lange Tische zwischen hochlehnigen, majestätischen Stühlen.

»Ich glaube, dort bin ich schon einmal gewesen«, mußte sie zugeben. »Es kommt mir bekannt vor.«

»Aha!« rief Robert Somerton siegesgewiß. »Endlich kommen wir voran! Möglicherweise gibst du sogar zu, daß ich dein Vater sein könnte...«

Ihre Schultern hoben sich zu einem kleinen, unverbindlichen Zucken. Es widerstrebte ihr, gleich so weit zu gehen, denn das würde ihm und Malcolm Sinclair einen Vorteil gegenüber Ashton einräumen, und sie wußte, wem sie sich in Loyalität verbunden fühlte. »Ob ich nun Lierin oder Lenore bin, Sie könnten so oder so mein Vater sein, aber wie sollte ich das bestätigen können, wenn ich mich Ihrer nicht einmal zu entsinnen vermag?«

Robert Somerton überlegte ein Weilchen, und als er dann wieder zu sprechen begann, wählte er seine Worte sorgfältig. »Ich bin der Meinung, du brauchst Zeit und einen ruhigen Ort, wo du über all das nachdenken kannst, ohne daß Malcolm oder Ashton dich zu beeinflussen suchen. Warum erlaubst du mir nicht, dich mit nach Biloxi zu nehmen? Wir haben dort ein Haus an der Küste. Du hast noch immer Kleider dort und auch sonst alles, was du benötigen würdest.«

Sie runzelte die Stirn; der Gedanke, Belle Chêne und Ashton verlassen zu müssen, betrübte sie. »Ich bin glücklich hier...«

»Aber das wirst du nicht mehr sein, wenn dir wieder einfällt, was Ashton Wingate deiner Schwester angetan hat. Er ist schuld an ihrem Tod, und du hast geschworen, sie eines Tages persönlich zu rächen. Wirklich, ich verstehe nicht, wie du diesen Mann so abgrundtief hassen und ihn dir trotzdem als deinen Ehemann vorstellen kannst.«

»Ich hasse ihn nicht«, protestierte sie. »Ich...«

Er betrachtete sie eindringlich und wartete darauf, daß sie

fortfuhr, doch sie schwieg. »Du weißt natürlich, daß Malcolm vorhat, ihn zum Duell zu fordern«, sagte er.

Ihr wäre beinahe das Herz stehengeblieben; sie starrte ihn entsetzt an.

»Malcolm ist ein ausgezeichneter Schütze«, ergänzte Somerton. »Ich bezweifle, daß Ashton mit dem Leben davonkommt.«

»Sie müssen sie aufhalten«, flehte Lierin.

»Wie soll mir das denn gelingen?« fragte er erstaunt. »Du bist der einzige Mensch, der sie an irgend etwas hindern kann.«

Sie stöhnte und rang die Hände; die Falle drohte hinter ihr zuzuschnappen. »Wenn ich bei Ashton bleibe, wird Malcolm auf einem Duell beharren. Wenn ich mit Malcolm gehe, wird Ashton uns verfolgen und dasselbe verlangen. Ich kenne ihn. Er hat schon gesagt, daß er mich niemals aufgeben wird. Und ich möchte nicht, daß irgend jemand getötet wird.«

»Deswegen sage ich ja auch, deine einzige Möglichkeit liegt darin, zu tun, was ich dir vorgeschlagen habe. Begleite mich nach Biloxi. Es ist ziemlich unwahrscheinlich, daß einer von beiden *mich* zum Duell herausfordert.«

Müde sank Lierin auf der Couch in sich zusammen; sein Vorschlag gefiel ihr ganz und gar nicht, aber sie konnte nicht leugnen, daß er vernünftig war. Es war wahrscheinlich wirklich der einzige Weg aus ihrer Zwickmühle. »Ich werde darüber nachdenken müssen.«

»Dir bleibt nicht viel Zeit«, drängte Somerton. »Malcolm hat schon alles vorbereitet, um hier herauszukommen und Ashton vor seine Pistole zu fordern. Wenn du es zu lange hinausschiebst, könnte das für einen von beiden den Tod bedeuten.« Er zuckte mit den Schultern. »Natürlich würde mir Ashtons Tod nicht sonderlich viel ausmachen, wenn ich daran denke, daß er uns Lierin genommen hat.«

»Kann ein Vater seine eigene Tochter verwechseln?« fragte sie mit winziger Stimme und blickte ihren Besucher flehend an. »Sind Sie sicher, daß ich Lenore bin?«

Ungeduldig warf er die Hände hoch. »Was soll ein Vater machen, wenn seine Tochter ihm nicht glaubt? Wie soll ich dir erklären, daß der Fehler nicht bei mir, sondern bei Ashton liegt? Er ist ein Besessener, oder er will uns alle aufs Kreuz legen. Er weiß, daß Lierin ertrunken ist.«

Langsam stand Lierin auf und fuhr sich mit einer zitternden Hand über die Stirn. »Amanda und Tante Jennifer schlafen oben. Am besten verschwinde ich jetzt gleich, ohne ihnen etwas davon zu sagen. Wenn Sie draußen in der Kutsche warten, gehe ich nur rasch nach oben und hinterlasse Ashton ein paar Zeilen.«

»Du wirst ihm doch nicht mitteilen, wo wir hinfahren?«

»Nein«, seufzte sie. »Das käme einer Einladung gleich, uns zu verfolgen. Ich werde ihn nur bitten, nichts zu unternehmen.«

Sie verließ den Raum und stieg die Treppe hinauf; sie fühlte sich, als wäre der Himmel über ihr eingestürzt. Mit Tränen in den Augen verfaßte sie einen kurzen Brief, unterzeichnete ihn mit »Lenore«, ehe sie ihren Ehering abstreifte, küßte und auf das Schreiben legte. Sie nahm nichts mit außer den Kleidern, die sie am Leib trug. Langsam begab sie sich wieder ins Erdgeschoß und schlüpfte durch die Vordertür, froh, daß sie Willabelle nicht mehr begegnet war. Tränen strömten ihr über die Wangen, als sie aus dem Fenster der Kutsche zum Haus zurückblickte, und sie fragte sich, ob sie es je wiedersehen würde.

Ashton stieß die Schwingtüren des Razorback Saloon auf und trat zwei Schritte in den verräucherten, überfüllten Raum, ehe er die Türen wieder hinter sich zufallen ließ. Er hatte in dem nahe gelegenen Gasthaus ein reichliches Mahl zu sich genommen und war dann zur *River Witch* gefahren, um sich zu waschen und die Kleidung zu wechseln. Dort hatte Judd sich wieder zu ihm gesellt, und nach einer kurzen Diskussion waren sie übereingekommen, daß sie die Suche nach den möglichen Brandstiftern am besten hier im Saloon begannen.

Da er nicht den Eindruck erwecken wollte, auf der Suche nach Händeln zu sein, hatte Ashton sich wie ein Spieler angezogen: schwarzer Rock, schwarzer Binder und schwarze Hose, dazu ein schneeweißes Hemd und eine silbergraue Brokatweste. Seine elegante Erscheinung zog sofort die bewundernden Blicke aller Animiermädchen im Saloon auf sich. Sie begrüßten ihn mit verführerischen Blicken, als er an der Tür stehenblieb, um sich einen Überblick zu verschaffen.

Die Decke war niedrig, doch der Raum selbst sehr groß, schlanke Pfeiler stützten das obere Stockwerk ab. Der hintere Teil enthielt eine lange Bar, die mit den Spuren zahlloser Schlägereien prunkte; den Platz davor nahmen ein Dutzend oder mehr kleine Tische mit ungepolsterten Stühlen ein. Die meisten davon waren besetzt; an der Theke lehnten mehrere zwielichtige Gestalten. Eine etwas empfindlichere Nase hätte vor dem Gestank nach schwitzenden Körpern, schalem Bier, brennendem Tabak und Schimmel vielleicht das Weite gesucht, doch Ashton war nicht besonders zimperlich veranlagt. Er kannte die Welt von beiden Seiten, und in Momenten wie diesem war er sehr froh, auf seiner Seite leben zu können.

Er schlenderte durch den Raum und setzte sich schließlich an einen schlecht beleuchteten Tisch, mit dem Gesicht zur Tür. Fast im selben Moment gesellte sich eine grell aufgeputzte Dirne zu ihm. Ihre Wangen waren großzügig mit Rouge bestäubt, und als sie sich mit den Ellbogen auf den Tisch stützte, gestattete sie ihm einen tiefen Blick in ihren Ausschnitt, wo das Rouge auch an anderen Stellen reichlich Anwendung gefunden hatte.

»Was hättest du denn gern, mein Hübscher?«

»Heute abend«, sagte er und holte ein Kartenspiel aus der Tasche, »nur einen Drink und ein kleines Spielchen.«

Die Dirne zuckte mit den Schultern. »Wenn du nur auf einen Drink scharf bist, dann schicke ich Sarah her, damit sie dich bedient. Ich kann meine Zeit nicht mit einem Mann vertrödeln, der nichts kauft, selbst wenn er so hübsch ist wie du. Solltest du deine Meinung doch noch ändern, mein Name ist Fern...«

Ashton begann die Karten zu mischen und musterte dabei die Gesichter der Männer an den anderen Tischen. Es schien sich um ziemlich üble Gesellen zu handeln; einer nach dem anderen senkten sie den Blick, als er sie ansah. Sein Ruf war ihm vorausgeeilt, und sie ließen sich von seiner arglosen Miene, der eleganten Kleidung und den blitzblank geputzten Stiefeln nicht täuschen. Am Morgen hatte ein Feuer eine Lagerhalle im Hafen in Schutt und Asche gelegt, und dem Gerücht nach handelte es sich um Brandstiftung. Man wußte auch, wem die Halle gehörte; kein Zweifel, daß es Ärger geben würde. Niemand vergriff sich an irgend etwas, das Ashton Wingate sein eigen nannte, ohne dem Mann wenig später Auge in Auge gegenüberzustehen. Es war, als hätte man ihm eine Einladung geschickt.

Ashton spürte, daß jemand neben seinem Stuhl stand, lehnte sich zurück und blickte in das knochige Gesicht einer jungen Frau. In dem rauchigen Dunst fiel es nicht leicht, die Farbe der glanzlosen Augen oder des wirren Haars zu erkennen, das im Nacken zu einem unförmigen Knoten gebunden war. Das blaue Kleid, das sie trug, schien für eine gut zwanzig Pfund schwerere Person angefertigt worden zu sein, und die übergroßen Schuhe waren mit Lappen umwickelt, damit sie nicht von den Füßen rutschten. Ashton schätzte, daß sie ungefähr so alt war wie er selbst, doch sie wirkte, als hätte sie mit dem Leben bereits abgeschlossen. Als sie sprach, klang ihre Stimme flach und gleichgültig.

»Fern sagte, Sie wollen was trinken?«

»Was nimmt man denn hier am besten?«

»Ale«, antwortete das Mädchen prompt. »Da kann man nicht mehr viel verwässern.«

»Gut, dann bringen Sie mir ein Ale, wenn möglich in einem sauberen Krug, ja, Sarah?«

»Da werden Sie wohl auf Belle Chêne eher einen finden als hier«, gab sie zurück. »Dort wären Sie übrigens wohl auch sicherer aufgehoben.«

»Sie kennen mich?« fragte Ashton überrascht.

Sarah blickte zu einer Gruppe von Männern hinüber, die sich an der Bar zusammengerottet hatten. »Ich habe die Leute über Sie reden hören, daß Sie eine Verrückte in Ihr Haus aufgenommen und behauptet haben, sie wäre Ihre Frau. Da vorn sind ein paar von den Burschen, die sich damals draußen auf Ihrem Anwesen herumgetrieben haben. Sie sagen, sie hätten Ihretwegen einige gute Pferde verloren.«

Ashton lächelte. »Warum kommen sie dann nicht her und tragen mir ihre Beschwerden direkt vor?«

Sarahs gefurchte Stirn legte sich in noch tiefere Falten, als sie über diese Frage nachdachte. »Ich schätze, sie haben Angst vor Ihnen, obwohl ich nicht verstehe, warum. Sie sind doch in der Überzahl.«

»Suchen Sie sich schon mal einen Platz, wo Sie sich verstecken können, falls die Knaben es schaffen sollten, doch noch genug Mut zu sammeln«, schlug er vor.

»Diesen Rat sollten Sie selbst beherzigen. Ich bin zwar noch nicht lange hier, aber ich habe schon ein paarmal gesehen, wozu diese Raufbolde fähig sind. Tatsächlich wären Sie am besten beraten, wenn Sie auf der Stelle nach Hause gingen.«

»Ich bin hier, um einen Mann zu suchen, und noch habe ich ihn nicht gefunden. Ihm fehlen zwei Finger an der linken Hand...«

»Diese Beschreibung paßt auf niemanden hier im Raum«, stellte sie fest und verschwand. Der Saum ihres Kleides war ausgefranst, und die zu großen Schuhe machten leise patschende Geräusche auf dem mit feuchtem Sägemehl bedeckten Boden. So wie sie angezogen war, schien sie bestens in diese trostlose Umgebung zu passen, und doch fragte Ashton sich, ob sie früher nicht einmal anderes gewöhnt gewesen sein mochte. Sie bewegte sich mit einer natürlichen Anmut, die den anderen Dirnen völlig fremd war. Wenn sie zwischen den Tischen herumschlenderten, um noch ein Geschäft für die Nacht aufzutun, gingen sie zusammengesunken und plattfüßig, wogegen dieses Mädchen die Grazie einer in Lumpen gehüllten Königin besaß. Selbst die Art, wie sie sich ausdrückte, ließ auf eine gewisse Bildung schließen.

Sarah kehrte zurück und stellte ein vor Sauberkeit funkelndes Glas auf den Tisch, daneben einen Zinnkrug mit lauwarmem

Ale, das hauptsächlich aus Schaum bestand. Dann blieb sie mit ineinander gelegten Händen stehen und wartete geduldig, bis er das nötige Kleingeld hervorgekramt hatte. Ihre Augen weiteten sich, als sie die goldglänzende Münze sah, die er ihr reichte.

»Oh, das ist viel zuviel, Sir, und ich kann Ihnen auch nicht rausgeben. Wenn ich zum Barkeeper wechseln gehe, setzt er bestimmt sofort den Preis rauf und behält davon, soviel er kann.«

Ashton griff noch einmal in die Tasche und legte eine größere, weniger glänzende Münze neben die erste. »Diese hier ist für den Barkeeper; das Gold ist für Sie... weil Sie ein sauberes Glas aufgetrieben haben.«

Sie zögerte einen Moment, anscheinend verwirrt von seiner Großzügigkeit. Dann strich sie die Münzen rasch in die Hand und sagte mit Tränen in den Augen: »Danke, Mr. Wingate. Das werde ich Ihnen nie vergessen.«

Ashton kostete von dem Ale und rümpfte die Nase über den scharfen Geschmack des Gebräus. Wenn das der beste Drink des Hauses war, würde man ihn kaum dazu bringen können, einen weiteren zu bestellen.

Gemächlich rückte er den schwarzen, flachen Hut auf seinem Kopf zurecht und legte die Karten auf dem Tisch aus. Einen Ausdruck äußerster Langeweile im Gesicht, spielte er mit sich selbst, bis er irgendwann die Geduld verlor. Er wollte gerade aufhören, als eine Gruppe von vier Männern durch die Schwingtüren in den Saloon trat. Der Anführer war ein Bulle von einem Mann, mit einer niedrigen Stirn und buschigen Augenbrauen über tiefliegenden, eng beieinanderstehenden Augen. Eine bemerkenswert große, rotgeäderte Nase ragte über wulstigen Lippen. Dicht an der Tür blieb er stehen und stemmte die linke Hand gegen einen Pfeiler, während er das Getümmel im Raum überblickte. Ashton bemerkte sofort, daß an der fleischigen Pranke zwei Finger fehlten, und als die kleinen Schweinsäuglein ihn fixierten, lief ihm ein Prickeln über den Nacken.

Der brutal aussehende Bursche straffte sich, reckte die Schultern und schob die faßähnliche Brust vor, was die Nähte seiner kurzen Jacke bis aufs äußerste zu strapazieren schien. Er zog sich die Hose über den Schmerbauch und rückte dann mit beiden Händen seine Kappe zurecht, so daß sie in einem verwegenen Winkel auf seinem Quadratschädel saß. Nach einem weiteren Blick in Ashtons Richtung setzte er sich schwerfällig in Bewegung, wobei seine mächtigen Beine bei jedem Schritt schlenkernd weit ausholten, ehe die riesigen Füße fest auf dem Boden landeten. Der Besitzer von Belle Chêne drückte das Rückgrat durch, als der monströse Ankömmling näher kam, denn er schien seine Spießgesellen direkt an seinen Tisch zu führen. Doch dann nahm das Quartett am Nebentisch Platz, und Ashton atmete erleichtert aus.

»Scheint so, als kämen neuerdings auch die feinen Pinkel aus der Oberstadt an unsere Wasserlöcher«, grölte der bullige Mann und deutete mit dem Daumen in Ashtons Richtung.

Dem Besitzer von Belle Chêne war klar, daß es nicht lange dauern würde, bis die vier einen Vorwand gefunden hatten, um über ihn herzufallen, und doch tat er ganz unbeteiligt. Träge setzte er einen bestiefelten Fuß auf die Sprosse des Stuhls rechts von sich und fuhr mit seiner Patience fort, ohne aber die nötige Vorsicht außer acht zu lassen.

Der bärenartige Mann hämmerte mit der Faust auf die Tischplatte und brüllte mit ohrenbetäubender Lautstärke: »Bedienung! Ale, und zwar ein bißchen plötzlich!« Etwas leiser meinte er, an seine Kumpane gewandt: »Kommt noch so weit, daß ein Mann darum betteln muß, hier was zu trinken zu kriegen.«

Die Animiermädchen, um ihre Gesundheit besorgt, hielten sich von dem Tisch fern, und es blieb an Sarah hängen, dem Bullen und seinen Kumpanen vier bis zum Rand gefüllte Krüge Ale zu bringen. Die Burschen streckten die schwieligen Fäuste nach den Krügen aus, hielten aber mitten in der Bewegung inne, als Sarah sagte: »Der Barkeeper verlangt, daß ihr bezahlt, bevor ihr trinkt.«

Der bärenartige Mann starrte sie an, aber sie erwiderte seinen Blick, ohne mit der Wimper zu zucken. Endlich griff er in die

Jackentasche, förderte eine Handvoll Münzen zutage, zweigte gemächlich eine Summe ab und legte sie auf die Tischplatte.

»Das reicht nur für drei Krüge«, informierte Sarah ihn. »Sie haben aber vier bestellt.«

Zähneknirschend legte der Anführer noch ein paar Münzen dazu, ehe er mit boshaftem Grinsen einen einzelnen Penny nachschob und sagte: »Und das ist für dich, Süße.«

Die junge Frau bedachte ihn mit einem freudlosen Lächeln und streckte die Hand nach den Münzen aus, doch noch ehe sie zugreifen konnte, packte der Anführer sie mit den drei Fingern seiner verstümmelten Hand am Oberarm. Mit einem Schmerzensschrei riß sie sich los und starrte den Bullen wütend an, während sie sich die bereits leicht verfärbte Haut rieb.

»Sie Grobian«, rief sie. »Fassen Sie mich nicht noch einmal an!«

»Oho!« johlte er. »Ich mag Frauen mit Feuer im Blut. Warum besorgst du dir nicht ein paar schöne Klamotten von deinen Schwestern da und machst dich ein bißchen schön für mich? In 'nem ordentlichen Fummel würdest du nicht halb so scheußlich aussehen.«

»Das kann man von Ihnen genauso behaupten«, gab Sarah zurück und wich in letzter Sekunde einer gepfefferten Ohrfeige aus, wodurch sie sich zwar weitere blaue Flecken ersparte, ihren Drangsalierer aber auch zu größerer Schnelligkeit seinerseits anfeuerte. Er schoß von seinem Stuhl hoch, packte ihren Rock und riß sie in seine Arme. Sie stieß einen wütenden Schrei aus, als er sie auf seinen Schoß zog und ihr die rechte Hand zwischen die Schenkel schob. Ihre Augen weiteten sich und sie keuchte entsetzt, während sie gleichzeitig versuchte, sich aus seinem Griff zu befreien.

Ashton war schon in frühester Kindheit gelehrt worden, Frauen unter allen Umständen und überall zu respektieren, und er hielt sich an diese Regel. So dauerte es nicht lange, bis ihm das abstoßende Benehmen des bulligen Rüpels zuviel wurde. Er stand auf, zog seine Weste glatt und trat an den Nachbartisch.

»Entschuldigen Sie, Sir, aber ich glaube, diese Lady fühlt sich bei Ihnen nicht wohl. Warum ersparen Sie uns beiden nicht eine Menge Ärger und lassen sie los?«

Der Mann war so verblüfft, daß er die Frau sofort losließ und so heftig von sich stieß, daß sie stolperte. Noch nie hatte es jemand gewagt, sich ihm entgegenzustellen. Ashton half der jungen Frau auf die Füße und gab ihr einen leichten Schubs in Richtung Bar, während der bullige Rüpel sich mit purpurrotem Gesicht von seinem Stuhl hochwuchtete. Ashton ließ ihm gar nicht erst die Gelegenheit, das Gleichgewicht zu finden, sondern legte seine ganze Kraft in einen Fausthieb, der den Mann am Kinn traf und über den Tisch in die Arme seiner Kumpane schleuderte. Die Stühle, auf denen sie saßen, zersplitterten unter dem zusätzlichen Gewicht, und alle Mann landeten krachend auf dem sägemehlbedeckten Boden. Mühsam kam das Quartett wieder auf die Beine, in den Händen Messer, abgebrochene Stuhlbeine oder was sich sonst noch als Waffe anbot.

Ashton vereitelte ihre Absichten, indem er ihnen den Tisch samt allem, was darauf stand, entgegenstieß. Zinnkrüge flogen durch die Luft, und verschüttetes Ale ergoß sich klebrig in Augen und Nasenlöcher. Wilde Flüche hallten durch die Luft, als die vier erneut ineinander verkeilt zu Boden gingen. Um sie gar nicht erst zur Ruhe kommen zu lassen, packte Ashton noch seinen eigenen Tisch und warf ihn mit ordentlichem Schwung auf das ächzende Durcheinander. Der bullige Anführer hatte sich gerade mühevoll auf Hände und Knie gestemmt, als der massive Holztisch krachend auf seinem Rücken landete und ihn und seine Gefolgsleute unter sich begrub.

Doch aus dem verräucherten Zwielicht materialisierten sich bereits weitere Umrisse, die sich zu einer regelrechten Mauer dunkler Gestalten vereinigten und unaufhaltsam näherrückten. Ashton bemerkte das rachsüchtige Glitzern in ihren Augen und zog sich langsam zurück, wobei er drohend ein abgebrochenes Stuhlbein schwenkte.

»Ssst! Mr. Wingate! Hierher!«

Ashton warf einen raschen Blick hinter sich und erkannte Sarah im Rahmen einer offenen Tür. Er akzeptierte ihre Einladung in angemessener Eile, indem er über einen umgestürzten Stuhl setzte, die Tür hinter sich brachte, zuschlug und verriegelte. Dann rannten er und das Mädchen zwischen Stapeln von Vorräten durch einen nur spärlich erhellten Raum, bis die versperrte Hintertür ihrer Flucht ein vorläufiges Ende setzte. Ashton warf sich mit der Schulter gegen das unerwartete Hindernis. Hinter ihm im Schankraum schien die Hölle los zu sein. Endlich gab die Tür nach. Die Straße draußen war eng und glitschig. Ashton verbarrikadierte die Tür nach Kräften, dann folgte er Sarah. Die junge Frau schien jede Unebenheit und jede Pfütze zu kennen, eine schwarze Silhouette, die sich geschickt zwischen den Schatten hindurchschlängelte. Ashton folgte ihr auf dem Fuß. Sie waren nur noch einen Schritt von der Ecke entfernt, als die Hintertür des Saloons krachend aufflog. Das plötzliche Gebrüll ihrer Verfolger zeigte ihnen, daß man sie gesehen hatte und die Jagd eröffnet war.

Ashton packte den dünnen Arm der jungen Frau und zerrte sie hinter sich her. Keuchend rannten sie die abschüssige Silver Street hinunter, wobei sie die letzten Reste ihrer Energie mobilisierten. Die Straße war naß, und der Matsch blieb an Sarahs unförmigen Schuhen kleben, was ihr Tempo merklich verlangsamte. Da die grölenden Verfolger die Distanz rasch verringerten, blieb Ashton und Sarah keine Zeit, die Schuhe von ihrer Stoffverschnürung zu befreien. Plötzlich blockierte ein Pferdewagen ihren Weg. Sie rannten um das Hindernis herum, nur durch wenige Schritte von der Schlägerbande hinter ihnen getrennt. Die Rowdies witterten die kurz bevorstehende Gefangennahme des flüchtigen Paars und ließen bereits ein trunkenes Triumphgeheul los. Sie folgten ihrer Beute um den Wagen herum, sahen sich aber unvermittelt einer Überzahl dunkler Gestalten gegenüber, die aus dem Schatten ins Licht einer Straßenlaterne traten. Unsicher, mit wem sie es zu tun hatten, versuchten sie rutschend und rempelnd, zum Stehen zu kommen.

Beim Anblick dieser zweiten Gruppe schrie Sarah entsetzt auf. Rasch suchte sie Deckung hinter dem Rücken ihres Retters. Ashton beruhigte sie grinsend. »Keine Sorge, das sind Freunde!«

»Sie meinen, die haben die ganze Zeit hier auf Sie gewartet?« fragte Sarah laut, als die beiden Gruppen sich langsam aufeinander zubewegten.

»Ich versuche immer, so weit wie möglich vorauszuplanen«, gab Ashton gutgelaunt zurück.

Doch die gute Laune verschwand, als ein bärtiger Mann ihn am Revers packte. Ashton wirbelte herum, wobei er aus der Umdrehung heraus einen linken Haken gegen den Magen des Angreifers landete, dann eine rechte Gerade auf das bärtige Kinn. Der Kopf des Mannes flog zurück, doch Ashton erhielt keine Gelegenheit, nachzusetzen, denn schon erforderte der nächste Gegner seine Aufmerksamkeit.

Judd Barnum stürzte sich mit einer Begeisterung in das Getümmel, die den Haufen ihrer Verfolger plötzlich winzig erscheinen ließ. Er war nicht nur schnell und stark wie ein Stier, sondern konnte mit seinen langen Armen über eine ordentliche Distanz harte Schläge landen, die seine Widersacher erst mal überleben mußten, wenn sie zurückschlagen wollten. Um auch ihr Scherflein beizutragen, sprang Sarah einem der Schläger auf den Rücken und krallte sich mit einer Hand dort fest, während sie ihm mit der anderen das Gesicht zerkratzte. Gleichzeitig senkte sie ihre scharfen Zähne tief in sein rechtes Ohr, was ihn zu einem schrillen Schrei veranlaßte.

Egal, wie man es betrachtete, es war ein wildes, dreckspritzendes Durcheinander. Der Boden war mit Schlamm bedeckt, und so mancher rutschte auf Rücken oder Bauch durch den Matsch, nachdem er zuvor von einer harten Faust getroffen worden war. Schon bald waren Freund und Feind gleichermaßen schmutzverklebt, so daß es im schwachen Licht der Straßenlaterne schwierig wurde, die einen von den anderen zu unterscheiden. Von dem an ihm klebenden Morast grotesk verformt, wirkte mehr als einer wie ein Flußmonster, und immer häufiger nahmen die Gegner einander genauer in Augenschein, ehe sie zuschlugen; nicht selten erkannten sie erst im letzten Moment ihren Irrtum und wandten sich von einem Freund ab, um einen wirklichen Feind die Faust schmecken zu lassen.

Nach und nach aber begannen sich die Reihen der Schläger aus dem Saloon zu lichten, als einer nach dem anderen bewußtlos durch den Matsch schlidderte oder benommen davonkroch, unfähig, die nötige Energie aufzubringen, um sich weiter verprügeln zu lassen. Ashton begann schon eine leise Hoffnung auf ein erfreuliches Ergebnis der Auseinandersetzung zu hegen, als ein schadenfrohes Brüllen ihn herumwirbeln ließ.

Vier finstere Gestalten näherten sich vom oberen Ende der Straße. Sie waren relativ sauber, als hätten sie sich bisher von der Schlammschlacht ferngehalten; doch so oder so fiel es ohnehin nicht schwer, sie zu erkennen, denn ihr Anführer war kein anderer als der bullige Rüpel aus dem Razorback Saloon. Sie hielten Knüppel in ihren riesigen Fäusten und schwärmten aus, bevor sie sich in das Getümmel stürzten.

»Mr. Wingate, Sir«, sagte der Riese mit der verkrüppelten linken Hand, »bereiten Sie sich darauf vor, Ihrem Schöpfer gegenüberzutreten.«

»Vier gegen einen?« fragte da eine tiefe Stimme, und Ashton fühlte sich außerordentlich erleichtert, als er Judd Barnum an seiner Seite stehen sah. »Irgendwie scheint mir das ziemlich unfair. Wie wär's, wenn wir vier gegen zwei daraus machen?«

Der bullige Rüpel stürzte sich auf Ashton, ohne auch nur eine Sekunde zu zögern. Er war im Saloon vor aller Augen gedemütigt worden, und dafür wollte er sich jetzt rächen. Ashton wich dem Angreifer aus und versetzte ihm einen kräftigen Schlag gegen die Schläfe, als er vorbeistolperte. Der Getroffene stieß einen wütenden Schrei aus und warf sich herum wie ein angeschossener Grizzly. Ashton schlug neuerlich zu, diesmal gezielt auf den Arm, der den Knüppel hielt. Die Waffe flog dem Bären aus der Hand, doch er ließ sich davon nicht irritieren, er sprang auf Ashton zu und riß ihn zu einer tödlichen Umarmung an sich.

Der Besitzer von Belle Chêne spürte, wie seine Rippen zu brechen drohten, und zog die Schultern hoch. Die Umarmung des Riesen lockerte sich ein wenig, und Ashton riß seine Schulter ein weiteres Mal hoch, bis er sich wieder einigermaßen frei bewegen konnte. Mit aller Kraft rammte er seinem Gegner die Knöchel beider Fäuste in die untere Rippenpartie und wurde mit einem lauten Schmerzgeheul belohnt, als der andere zurücktaumelte und sich dabei den Bauch hielt. Sofort setzte Ashton nach und plazierte einen Schwinger auf der Nase des Riesen, einen zweiten in seinem Bauch und einen dritten auf seinem Kinn. Doch immer noch versuchte der Mann, mit seinen baumdicken Armen nach ihm zu greifen. Ashton trat einen Schritt zurück und legte sein ganzes Gewicht in eine Gerade auf den langsam erschlaffenden Mund. Halb bewußtlos torkelte der Mann in eine Gruppe von drei Männern, die sich als seine Kumpane entpuppten. Sie packten ihn bei den Armen und zogen ihn mit sich, als sie rutschend und stolpernd die Straße hinunter flohen. Verwundert blickte Ashton sich um. Judd grinste breit. Spreizbeinig stand er inmitten mehrerer liegender Körper, beide Fäuste in die Hüften gestemmt.

»Was ist los?« fragte Ashton.

Der Schwarze zuckte mit den Schultern. »Schätze, das Ganze ist ihnen über den Kopf gestiegen.«

»Wie üblich hast du mehr als deinen Teil zur allgemeinen Belustigung beigetragen«, meinte Ashton mit einem Grinsen.

Judd lachte in sich hinein. »Ich wußte nicht genau, was mein Teil war, deswegen habe ich einfach das genommen, was übrigblieb.«

Ashton klopfte ihm auf die Schulter und lachte. »Fühl dich wie zu Hause. Was sonst noch übriggeblieben ist, gehört dir ganz allein.«

Judd deutete die Straße hinunter auf die fliehenden Rowdies. »Meinen Sie, wir sollten hinter ihnen her? Ein kleiner fetter Dandy war zwar nicht dabei, aber ich habe einen Mann mit einer verkrüppelten Linken gesehen.«

»Ich werde Harvey sagen, wo er sie finden kann, dann soll er sich darum kümmern. Ich bin mit meiner Kraft für heute am Ende.«

Er ging zu dem Pferdewagen hinüber; Sarah saß auf dem Trittbrett, das Kinn in die linke Hand gestützt. In der Rechten hielt sie einen Knüppel, und nach dem Haufen bewußtloser Männer vor ihren Füßen zu urteilen, hatte sie geschickt Gebrauch davon gemacht.

»So was wollte ich schon lange mal tun«, murmelte sie, »besonders wenn ich an das Schwein denke, mit dem ich verheiratet war.«

Ashton zog amüsiert die Augenbrauen hoch. »Madam, ich kann den Mann nur bemitleiden, sollte er Ihnen je zwischen die Finger geraten.«

»Ich nicht«, antwortete sie. »Falls ich ihn wirklich erwische, lasse ich ihn vielleicht teeren und federn für das, was er mir und meiner Familie angetan hat.« Sie blinzelte, als ihr plötzlich das Wasser in die Augen stieg, und begann verlegen in den Falten ihres Rocks nach einem Taschentuch zu suchen. Schließlich förderte sie einen schmutzigen Lappen hervor, wischte sich damit über die nassen Wangen, schniefte und beruhigte sich wieder. »Es tut mir leid, Mr. Wingate. Ich wollte Sie nicht mit meinen Problemen belästigen.«

»Unsinn, Sarah«, sagte er sanft und fragte dann: »Was wollen Sie jetzt tun? In den Razorback Saloon können Sie nicht zurück, das wäre zu gefährlich.«

»Ich weiß nicht«, antwortete sie leise. »Ich habe noch einen Bruder, aber der ist vor ein paar Jahren in den Fernen Osten gesegelt. Niemand kann sagen, wann er zurückkehrt, außerdem war er sowieso immer eine Art schwarzes Schaf. Er hat sich geweigert, die Geschäfte meines Vaters nach dessen Tod weiterzuführen.« Sie lachte freudlos. »Ob Sie's glauben oder nicht, Mr. Wingate, ich war nicht von Geburt an arm gewesen. Mein Vater hat eine ganze Kette von Gemischtwarenläden besessen und die Lagerbestände mit eigenen Schiffen importiert. Ich habe seine

Bücher geführt, und deswegen weiß ich, wie erfolgreich er war. Doch heute ist unsere Familie kaputt. Mein Vater ist tot, das Vermögen weg, und ich habe keine Ahnung, ob ich meinen Bruder je wiedersehen werde.« Sie starrte vor sich ins Leere, als hätten ihre Gedanken sie weit fortgetragen; dann seufzte sie tief. »Ich glaube, ich existiere nur noch, um auf den Tag zu warten, an dem mein Mann bekommt, was er verdient.«

Nachdenklich wischte Ashton sich einen Schlammspritzer vom Jackenärmel. »Wenn Sie wirklich Erfahrung in Buchführung haben, kann ich Ihnen Arbeit im Büro meiner Schiffahrtslinie geben.«

Sarah maß ihn mit einem verwunderten Blick. »Sie brauchen sich für mich nicht verantwortlich zu fühlen, Mr. Wingate. Was ich im Razorback Saloon für Sie getan habe, geschah aus Dankbarkeit. Meinetwegen hat die Schlägerei schließlich angefangen, und Sie schulden mir nichts.«

Auf Ashtons Gesicht breitete sich ein Lächeln aus. »Meine Firma braucht jemanden, der etwas von Zahlen versteht und sich mit Buchführung auskennt. Wenn Sie glauben, Sie schaffen das nicht, muß ich mich anderswo umsehen.«

Ihr schmales Gesicht begann so intensiv zu strahlen, daß es beinahe den Mond über ihren Köpfen in den Schatten gestellt hätte. »Ich schaffe es, Mr. Wingate. Ich weiß, daß ich es schaffe.«

»Gut.« Die Sache war geklärt. »Heute abend kommen Sie am besten mit uns nach Belle Chêne. Dort sind Sie in Sicherheit. Morgen früh kann meine Frau Ihnen dann ein paar Kleider besorgen.« Er lächelte. »Sie ist nicht wirklich aus dem Irrenhaus, wissen Sie.«

Sarah lächelte traurig. »Ja, ich weiß, Mr. Wingate.«

Es war schon spät, als Ashton vor der Hintertür des Haupthauses seine schmutzverkrusteten Stiefel und soviel von seiner Garderobe wie eben möglich ablegte. Er hatte gerade die Stiefel, Rock und Weste ausgezogen, als er ersticktes Schluchzen aus dem Innern des Hauses vernahm. Besorgt eilte er die Treppe hinauf und lief, nur mit Strümpfen an den Füßen, in die Küche. Erschrocken fuhr Willabelle herum. Sie preßte den Saum ihrer Schürze gegen den Mund, während sich eine wahre Sturzflut von Tränen aus ihren Augen ergoß. Luella May und Bertha standen mit rotgeweinten Augen daneben, offenbar genauso bekümmert wie die Haushälterin. Als Willabelle das dreckstarrende Gesicht ihres Herrn erkannte, holte sie tief Luft und heulte noch lauter als zuvor.

»Warum weint ihr?« wollte Ashton wissen. »Was ist passiert?«

»Miz Lierin, Massa«, brachte Willabelle klagend über die Lippen, und die beiden anderen brachen erneut in Tränen aus.

Die Angst schlug ihre Krallen in Ashtons Herz. »Was ist mit ihr?« rief er. »Ist sie verletzt?«

Immer noch weinte Willabelle in ihre Schürze. »Sie ist weg, Massa.«

»Fort? Fort, wohin?« Er hatte keine Ahnung, was sie überhaupt meinte.

Die Haushälterin schniefte laut, wischte sich das Gesicht mit der Schürze ab und holte zitternd Luft, während sie um Beherrschung rang. »Ich weiß nicht, Massa. Dieser Mister Somerton, er kommt hierher und redet mit ihr, eine ganze Weile. Danach verschwinden beide ganz einfach, ohne jemandem was zu sagen. Ihre Großmutter und Miz Jenny liegen ja schon den ganzen Tag mit Bauchgrimmen im Bett.«

»Aber warum?« fragte Ashton erregt. »Warum sollte sie das tun?«

Willabelle zuckte hilflos mit ihren mächtigen Schultern. »Keine Ahnung, Massa. Vielleicht hat Mister Somerton sie dazu gebracht, sich für Miz Lenore zu halten.«

Eine Zentnerlast legte sich auf Ashtons Schultern. Auf einmal war er müde, und sein Körper schmerzte von den Strapazen der letzten Stunden. Sein Verstand versuchte, ein klares Bild von der Lage zu entwerfen, doch schon bald stand er vor einem Berg, den er nicht zu erklimmen vermochte. Er spürte, wie ihm das Wasser in die Augen schoß, und wandte sich blinzelnd zur Tür. »Ich werde sie finden«, murmelte er. »Gleich morgen früh fange ich an zu suchen.« Im Türrahmen blieb er stehen und deutete auf die Hinterpforte, denn ihm war wieder eingefallen, daß er Sarah draußen gelassen hatte. »Ich habe eine Frau mitgebracht. Kümmert euch um sie und gebt ihr etwas zum Anziehen.«

Das Heulen und Wehklagen begann von neuem, und er bedachte seine Haushälterin mit einem finsteren Blick. »Was ist jetzt schon wieder?«

»Nichts, nur daß Miz Lierin ohne ihre Kleider verschwunden ist«, jammerte Willabelle erstickt. »All die schönen Kleider, die Sie ihr gekauft haben, hat sie zurückgelassen. Wie ein Geist ist sie fort, ohne etwas zu brauchen und ohne etwas mitzunehmen.«

Neuntes Kapitel

Lenore oder Lierin. Welche von beiden war sie? Die Frau, die vor dieser Wahl stand, dachte seit ihrem Aufbruch von Belle Chêne über nichts anderes mehr nach. Es war ein grausamer Scheideweg, an dem sie sich befand. Sie konnte sich kaum entschließen, Lierin zu sein, wenn sie an die Existenz ihres Vaters und des Beweismaterials, das er ihr gezeigt hatte, dachte. Doch wenn sie sich damit einverstanden erklärte, Lenore genannt zu werden, mußte sie die Hoffnung auf eine Zukunft mit Ashton für immer aufgeben.

Es war ein Krieg zwischen Gefühl und Realität, und wie sehr sie sich auch das Gegenteil wünschte, die Tatsachen sprachen wohl mehr für Malcolm Sinclair. Die nackten Wahrheiten des Lebens schienen die Sehnsüchte ihres Herzens zu ignorieren.

Auf dieser Reise von Natchez nach Biloxi hatte sie viel Zeit, das Problem von allen Seiten zu beleuchten. Außerdem gab sie ihr Gelegenheit, sich dafür zu schelten, daß sie keine Kleider zum Wechseln mitgenommen hatte. Wären sie von Natchez nach New Orleans mit dem Dampfer gefahren und von dort aus mit dem Schiff nach Biloxi, hätten sie die Reisezeit beträchtlich verkürzen können, doch Robert Somerton gedachte nicht, seine gute Kutsche unterwegs zurückzulassen. Zweimal mußten sie anhalten, um zu übernachten, das erste Mal sogar ohne ein festes Dach über dem Kopf am Straßenrand und das zweite Mal in einem sehr fragwürdigen Gasthof, wobei die Frage lautete, ob die Unterbringung wirklich besser war als in der Nacht davor.

Tagsüber war die Fahrt heiß und staubig, aber Robert Somerton schien immun gegen Unbequemlichkeiten zu sein. Je mehr sich der Tag dem Ende zuneigte, desto röter wurden seine Wangen, doch das schien weniger mit der Hitze zu tun zu haben als mit dem Inhalt der silbernen Taschenflasche, die er immer wieder an die Lippen setzte. Am Pearl River versuchte er, eine freie Überfahrt für die Kutsche herauszuholen, indem er den Fährmann zu einem Wettsaufen forderte, das sie wahrscheinlich beide unter den Tisch gebracht hätte, wäre seine Tochter nicht strikt dagegen und zur Durchsetzung ihrer Meinung die Verkörperung des Mißfallens schlechthin gewesen, so daß er schließlich klein beigab und widerwillig die verlangte Beförderungsgebühr herausrückte.

Es schien zur Geschäftsordnung zu gehören, daß er sich am frühen Nachmittag besonders gelöst fühlte. Seine Tochter war erstaunt über das endlose Repertoire an Geschichten, auf das er zurückgreifen konnte, ebenso über die vielen Verse, die er auswendig und so einfühlsam zu rezitieren wußte, daß sein trockener englischer Akzent fast ganz verschwand. Wenn er entsprechend viel getrunken hatte, wurde er geradezu geschwätzig und erzählte von Erlebnissen, die so gar nicht zu seinem Beruf als Kaufmann passen wollten; nach einer gewissen Zeit pflegte er dann vergnügt zu kichern und die flache Hand vor seinem Gesicht herabfallen zu lassen wie das Beil einer Guillotine, als wollte er die Geschichte ein für allemal exekutieren, ehe er sagte: »Doch das war, bevor ich deine Mutter kennenlernte, meine Liebe.«

Gelegentlich nickte er ein, und sein lautes Schnarchen erfüllte die gegen Außengeräusche gut geschützte Kutsche, bis seine Tochter versucht war, ihn aufzuwecken. Sie wünschte sich, genauso tief schlafen zu können, doch immer, wenn sie die Augen schloß, wartete Ashton bereits auf sie. Er verfolgte sie durch jede Stunde des Wachseins, und wenn sie sich endlich erschöpft in die Arme eines unruhigen Schlummers flüchtete, setzten ihre Träume die Jagd fort. Möglicherweise waren ihr diese Erinnerungen nur deshalb so kostbar, weil sie sich der Zeit davor nicht zu entsinnen vermochte. Doch wie auch immer, es gelang ihr nicht, an andere, weniger beunruhigende Dinge zu denken.

Am dritten Tag war sie völlig erschöpft, und ihre angespannten Nerven wurden mit dem Konflikt in ihrem Inneren nicht mehr fertig. Deshalb stellte sie sich die Aufgabe, diesen Mann, der da mit ihr in der Kutsche saß, als ihren Vater zu akzeptieren, wobei sie bewußt jeden Zweifel an seiner Identität beiseite schob; gleichzeitig unternahm sie den Versuch, sich selbst ein für allemal als Lenore zu sehen. Schließlich, wenn irgend jemand wissen konnte, wer sie war, dann doch wohl ihr Vater. Andererseits brauchte sie nur zuzuschauen, wie er Stunde um Stunde an der Flasche hing, um sich zu fragen, ob er überhaupt noch genug Grips besaß, wirklich erkennen zu können, wer sie war.

Mit schierer Willenskraft brachte sie sich dazu, ihre neue Identität als Lenore anzunehmen, obwohl auch das den Konflikt in ihr nicht ganz verstummen ließ. Als sie endlich das große Haus an der Küste erreichten und die Kutsche die Zufahrt hinaufrollte, trennte sie nur noch wenig von einem Nervenzusammenbruch.

Robert Somerton sprang hurtig aus der Kutsche, um ihr beim Aussteigen zu helfen. Dankbar ergriff Lenore die helfende Hand, wich seinem Blick jedoch aus und ging ohne innezuhalten den Weg zu der breiten Eingangstreppe hinauf, wobei sie die Augen über die anmutige Fassade des zweistöckigen Gebäudes schweifen ließ. Dunkelgrüne Läden flankierten die Türen und Fenster, die in perfekter Symmetrie längs der Veranden auf den beiden Stockwerken angeordnet waren. Holzgeländer verbanden die viereckigen Säulen miteinander und begleiteten die geschwungene Treppe zur oberen Veranda hinauf. Obwohl das Haus bei weitem nicht an die Schönheit von Belle Chêne heranreichte, war es nicht ohne Charme, und Lenore fühlte sich ihm eigentümlich verwandt, als hätte sie darin einmal Behaglichkeit und Sicherheit gefunden.

Eine Frau erschien in der Tür und knickste, als Lenore die Stufen hinaufzusteigen begann. Die Frau war bestimmt mindestens zehn Jahre älter als sie selbst, wirkte aber so fröhlich und energiegeladen, als hätte sie das Geheimnis der ewigen Jugend entdeckt. Ihre Augen leuchteten freundlich, und sie begrüßte Lenore mit einem strahlenden Lächeln.

»Mein Name ist Meghan, Ma'am«, sagte sie. »Mr. Sinclair hat mich angestellt, damit ich mich um den Haushalt und um Sie kümmere, wenn Sie nichts dagegen haben, Ma'am.«

»Mr. Sinclair?« fragte Lenore. »Ich wußte nicht, daß die Autorität von Mr. Sinclair sich auch auf diesen Haushalt erstreckt.«

Meghan schien vorübergehend etwas durcheinander. »Nun ja, ist es Ihnen denn nicht recht, daß sich Ihr Mann in Ihrer Abwesenheit um solche Dinge kümmert?«

Lenore drehte sich um und starrte ihren Vater argwöhnisch an. Hatte er ihr nicht versichert, daß sie allein hier wohnen würden?

Robert Somerton räusperte sich hastig und raunte ihr zu: »Malcolm hat gesagt, er würde solange ausziehen, es gibt also keinen Grund, sich aufzuregen.«

»Hoffentlich.« Ihr Ton war nicht besonders freundlich, aber sie sah es auch nicht gerade gern, in eine Lage manövriert zu werden, die sie so vollständig noch nicht zu akzeptieren gedachte. »Wie ich ja bereits sagte, brauche ich Zeit, um mich an alles zu gewöhnen.« Allmählich war sie es leid, ihre Haltung ständig aufs neue verdeutlichen zu müssen. Während der Fahrt war ihr Vater nicht müde geworden, ihr von dem jungen Mann vorzuschwärmen, als wollte er sie dazu bringen, daß sie sich so schnell wie möglich als Malcolms Frau sah. Doch für den Moment hatte sie nicht das geringste Bedürfnis, mit Malcolm intim zu werden, denn ihr Herz weilte immer noch bei Ashton, und daran würde sich auch für eine ganze Weile nichts ändern.

»Kommen Sie doch herein, Ma'am«, drängte Meghan sanft. »Sie hatten eine lange Reise und müssen völlig erschöpft sein.«

Die Frau hielt ihr die Tür auf, und Lenore trat in die Halle. Sie verhielt einen Moment, damit ihre Augen sich an das Zwielicht gewöhnen konnten. Dann begann sie, die Einrichtung wahrzunehmen, und Verzweiflung stieg in ihr auf, denn ihr wurde klar, daß sie hier schon einmal gewesen war. Sie konnte sich weder an den Tag noch an das Jahr erinnern, doch ohne jeden Zweifel hatte sie sich schon oft in dieser Halle aufgehalten. Ein schmaler Gang führte zu einer Treppe an der rechten Seite, deren Aufstieg an der gegenüberliegenden Wand des oberen Stockwerks endete. Die Einrichtung war geschmackvoll, kühle heitere Farben vermittelten den Eindruck von Geräumigkeit. Teppiche verschiedenen Ausmaßes bedeckten den Holzboden in der Halle und den angrenzenden Räumen. Der größte nahm fast den ganzen Salon ein; hier standen eine Gruppe von Stühlen, mehrere kleine Tische und ein Sofa. Auf der anderen Seite der Halle lag ein ausgebleichter Perserteppich, auf dem der Eßtisch und die dazugehörigen Stühle standen.

»Wir haben einen Krug mit Limonade zum Kühlen in die Quelle gestellt, Ma'am«, verkündete Meghan. »Möchten Sie, daß ich Ihnen einen Schluck bringe – und vielleicht noch etwas Teegebäck zum Knabbern?«

Lenore lächelte. »Das klingt sehr verführerisch.«

»Setzen Sie sich doch in den Salon, und ruhen Sie sich ein wenig aus«, empfahl Meghan. »Ich bin gleich wieder da.«

In der folgenden Stille beäugte Robert Somerton seine Tochter vorsichtig, ehe er an ihre Seite trat. »Nun, Kind, kommt dir irgend etwas vertraut vor?«

Ohne zu antworten, trat Lenore in den Salon und begab sich zu der Flügeltür, durch deren Scheiben man auf das Küstenpanorama hinunterblicken konnte. Wohl wissend, daß ihr Vater sie von der Halle aus genau beobachtete, öffnete sie die Tür, um die frische, salzige Seeluft hereinzulassen.

»Die Dienerschaft ist noch nicht lange hier, oder?« fragte sie nüchtern.

Seine buschigen Augenbrauen fuhren in die Höhe. »Wie kommst du denn darauf, meine Liebe?«

»Meghan hat sich mir eben vorgestellt.« Lenore zuckte mit den Schultern. »Wenn sie schon länger hier wäre, müßte sie mich kennen.«

»Nach deiner Entführung sind die alten Diener entlassen worden. Malcolm mußte das gesamte Personal ersetzen.«

Lenore musterte ihn verwundert. »Ist keiner zurückgekehrt? Kein Lieblingsdiener, den es an seinen alten Arbeitsplatz zurückgezogen hätte?«

»Eh, nein... Ich glaube, sie hatten alle schnell woanders etwas gefunden.« Somerton fuhr sich mit dem Handrücken über den Mund, während seine Augen den Raum absuchten. Auf einer Kommode erspähte er mehrere Kristallkaraffen, und einen Moment lang sah es so aus, als kämpfe er gegen einen übermächtigen inneren Gegner, als er sich mit der Zunge über die trockenen Lippen fuhr. Nervös strichen seine Hände über die Rockschöße, dann gab er dem Drang nach und durchquerte eilig den Raum, um sich einen großzügigen Whisky einzuschenken. »Genaueres weiß ich auch nicht. Ich bin selbst erst vor kurzem hierhergezogen.« Er nahm einen ordentlichen Schluck, ehe er ihr wieder in die Augen sehen konnte. »Nachdem du... und Lierin... nachdem ihr von zu Hause fortgegangen wart, habe ich mich erst mal ein bißchen in der Welt umgesehen. Dann beschloß ich, euch hier zu besuchen, um zu schauen, wie es dir und Malcolm geht. Schätze, das war keine schlechte Idee, wie's aussieht.«

»Keine schlechte Idee?« wiederholte Lenore flüsternd und bedachte ihn mit einem gezwungenen Lächeln. »Ich denke, das muß sich erst noch herausstellen.«

Somerton sah sie scharf an. »Was meinst du damit?«

Nachdenklich streifte Lenore die Handschuhe ab und legte sie zusammen mit dem Häubchen auf einen Tisch, ehe sie gemächlich durch den Raum wanderte. Sie musterte die Einrichtung, in der Hoffnung, daß vielleicht eins der kleineren Stücke eine genauere Erinnerung in ihr auslösen würde. Dann faßte sie ihren Vater auf dieselbe Weise ins Auge, denn sie wollte ganz sicher sein, daß zwischen ihnen wirklich eine Blutsverwandtschaft bestand. »Ich meine damit nur, daß ich mich nicht von heute auf morgen an Malcolm gewöhnen kann. Ich hatte gerade angefangen zu glauben, daß ich Ashtons Frau wäre, und es war ein ziemlicher Schock zu erfahren, daß ich mich im Irrtum befand.«

Ihr Vater betrachtete sie konsterniert. »Willst du damit sagen, daß du... daß du tatsächlich das Bett mit dem Burschen geteilt hast?«

Lenore spürte, wie ihr eine verräterische Wärme in die Wangen stieg. Wie konnte sie ihm von all den Nächten erzählen, die sie in Ashtons Armen verbracht hatte? Wie konnte sie gestatten, daß diese Momente, die ihr immer noch so viel bedeuteten, von Malcolm und ihrem Vater beschmutzt wurden? Sie hatte sich Ashton in dem Glauben, seine Frau zu sein, hingegeben, und sie gedachte nicht, ihnen irgend etwas davon anzuvertrauen, nur um ihre Neugier zu befriedigen.

»Ich war schon einmal hier«, sagte sie, seine Frage ignorierend. »Das weiß ich genau. Alles hier kommt mir bekannt vor.« Sie blickte zur Küste hinunter und sah einen Moment lang zu, wie die See träge an dem Sandstrand leckte. »Ich habe die Wellen dort unten gespürt, als ich barfuß den Strand entlanggegangen bin.« Sie umfaßte den Raum mit einer fließenden Handbewegung. »Die Vorstellung, daß dies hier mein Zuhause sein soll, kann ich akzeptieren, aber...« Sie drehte sich um und starrte Somerton auf geradezu unheimliche Weise an, da die rotgoldenen Strahlen der Sonne, die durch die Kristallglasfenster hereinfielen, ihren grünen Augen einen dämonischen Glanz verliehen. »Aber an Sie kann ich mich immer noch nicht erinnern.«

Robert Somerton spürte ein Prickeln in seinem Nacken. Eine eisige Kälte schien ihn zu erfassen, und er mußte sich einen Ruck geben, um sich davon zu befreien. Er trank noch einen herzhaften Schluck, ehe er sich straffte und abwandte. »Es ist schrecklich, wenn eine Tochter ihr eigen Fleisch und Blut vergißt.« Er rieb sich die Nase mit dem Handrücken und schniefte, als hätte er auf einmal mit den Tränen zu kämpfen. »Ich muß schon sagen, Lenore, ich bin tief betrübt, daß du mich aus deinem Herzen verstoßen hast.«

»An Malcolm Sinclair kann ich mich auch nicht erinnern«, murmelte sie, wobei sie die Kutschfahrt in New Orleans, auf der sie das Bild eines Mannes mit einem Schnurrbart vor sich gesehen hatte, bewußt außer acht ließ, denn jene Erinnerung war viel zu vage. Sie konnte auf eine ganze Menge Männer zutreffen.

»Das ist beinahe genauso schlimm. Seinen Ehemann zu vergessen!« Somerton drehte sich um und starrte seine Tochter erstaunt an, als sei er empört, daß sie so was überhaupt sagen konnte. Er trank wieder aus dem Glas in seiner Hand, wippte auf den Absätzen und schüttelte bekümmert den Kopf. »Ich weiß wirklich nicht, was in dich gefahren ist, Mädchen. Die Männer, die dich mehr als alle anderen liebten, hast du vergessen, als bedeuteten sie dir nicht das geringste, als wären wir nicht mehr als der Schaum, der dort unten auf den Wellen treibt.« Er leerte das Glas in einem einzigen Zug und holte tief Luft, als der Alkohol feurig seine Kehle hinunterrann. »Du hast dein Herz einem Mann geschenkt, der deine Schwester auf Abwege geführt und sie dann weggeworfen hat wie wertlosen Plunder, nachdem sie ihm gefügig gewesen ist. Vielleicht hat Ashton Wingate Lierin nicht persönlich umgebracht, verantwortlich ist er für ihren Tod auf alle Fälle. Wenn er sie nicht mit an Bord seines Dampfers genommen hätte, wäre sie heute noch bei uns.« Er senkte seinen Blick tief in Lenores Augen, wie um wenigstens eine Spur von Zustimmung dort zu finden. »Kannst du dich nicht daran erinnern, wie wir ihren Verlust beklagt haben? Kannst du dich deiner Racheschwüre nicht mehr entsinnen?«

Lenore schüttelte den Kopf. »Ashton hat Lierin geliebt. Ich weiß, daß er das getan hat! Und ich werde dir nicht gestatten, daß du ihm unterstellst, er hätte sie ermordet oder in den Tod getrieben.«

Robert Somerton trat auf seine Tochter zu, um ihr versöhnlich eine tröstende Hand auf die Schulter zu legen, doch sie wich der Berührung mit einer heftigen Bewegung aus. Sie seufzte, als er sich abwandte und wieder zu der Kommode ging, wo er sein Glas auffüllte, ehe er nachdenklich im Salon auf und ab zu schreiten begann.

»Meine liebste Lenore.« Er verfiel in den belehrenden Tonfall eines besorgten Vaters, sprach langsam und mit Nachdruck, damit jedes Wort seine volle Wirkung entfalten konnte. »Ich beabsichtige nicht, dein Ungemach noch zu vergrößern. Der Himmel weiß, daß deine Gemütsverfassung schwierig genug ist. Ich möchte dich nur auf einige Tatsachen hinweisen, die du eigentlich schon kennen müßtest. Ashton Wingate ist ein berüchtigter Wüstling, und ich kann durchaus verstehen, daß ein hilfloses, verwirrtes junges Mädchen seinen Verführungskünsten nicht zu widerstehen vermag, aber, mein liebes Kind«, er kicherte in sich hinein, »ich kann mir *nicht* vorstellen, daß ein solcher Mann an Gespenster glaubt. Vorstellbarer erscheint mir, daß er von Anfang an wußte, wer du bist.« Wieder führte er das Glas an die Lippen und lächelte, zufrieden mit der Logik seiner Ausführungen. »Könntest du dir nicht vielleicht eingestehen, daß du dich geirrt hast?«

Lenore wußte nicht mehr, was sie denken sollte. Ihr Vater ließ alles so simpel erscheinen, doch sie konnte und wollte Ashtons leidenschaftliche Liebe für Lierin nicht anzweifeln, und sie war viel zu müde, um ihrem Vater die Gründe dafür darzulegen. Sie ballte die Hände, bis die Knöchel weiß hervortraten, und schüttelte langsam den Kopf. »Ich will nichts mehr davon hören.« In ihrer Stimme schwang leichte Verärgerung mit. »Ich möchte nicht, daß Sie in meiner Gegenwart noch einmal derart herabwürdigend über Ashton Wingate reden. Er ist ein Mann von Ehre und trotz allem, was Sie sagen, auch ein Gentleman.«

»Was höre ich da? Solltest du etwa in den Burschen verliebt sein?«

Lenore starrte ihren Vater mit flammenden Augen an und hätte am liebsten laut geschrien *Ja, o ja, ich liebe ihn!* Der ganzen Welt hätte sie diese Worte gern entgegengerufen. Ihre Augen füllten sich mit Tränen.

Ihr Vater bedachte sie mit einem trägen Lächeln. »Laß Malcolm lieber nicht hören, daß du dich in einen anderen Mann verliebt hast. Du weißt ja, was das zur Folge haben würde, nicht wahr?« Er nickte, als wüßte er, daß sie begriffen hatte. »Genau, ein Duell!«

Lenore stürmte aus dem Zimmer. Sie hatte genug!

»Lenore!«

Der Ruf ihres Vaters spornte sie nur dazu an, noch schneller zu laufen. Ihre Wangen waren naß von Tränen, und ihre Brust schmerzte von der Anstrengung, die Schluchzer zurückzuhalten. Sie floh durch die Halle und wäre beinahe mit Meghan zusammengestoßen, die sich mit einem Tablett voll Erfrischungen näherte. Sie rannte an ihr vorbei, ohne sich darum zu kümmern, daß sie seit Tagesanbruch praktisch nichts mehr gegessen hatte, und flüchtete die Treppe hinauf.

Die lange Reise war schon anstrengend genug gewesen, aber Somertons Vorwürfe hatten ihr fast das Herz entzweigerissen. Als sie das obere Stockwerk erreichte, brachen die Schluchzer unkontrolliert aus ihr hervor. Sie rannte einfach weiter, ohne auf die Richtung zu achten, den Korridor zu ihrer Rechten hinunter und durch eine offene Tür ganz am Ende des Gangs. Ihr Blick irrte wild durch den Raum, den sie betreten hatte. Hinter dem Schleier ihrer Tränen nahm sie verschwommen ein großes Himmelbett und andere Möbelstücke wahr, wie sie zur Einrichtung eines Schlafzimmers gehörten. Die Flügeltür und die Fenster standen offen, damit die kühle Brise vom Meer hereindringen konnte, und gleich dem Salon im Erdgeschoß war auch dieses Zimmer vom Licht der sinkenden Sonne in einen rötlichen Schimmer getaucht. Das in zarten Farben gehaltene Blumenmuster der Tapete schien zu glühen, einladend – und altvertraut. Lenore preßte eine zitternde Hand vor den Mund, taumelte durch den Raum zu der offenen Tür und lehnte ihre Stirn an den Rahmen. Mit immer noch verschleiertem Blick starrte sie auf die Dünung des Meeres hinunter. Die Last in ihrer Brust schien kaum noch zu ertragen. Obwohl das Panorama etwas Beruhigendes hatte, sehnte sie sich nach den üppigen grünen Rasenflächen von Belle Chêne und dem Wissen, daß sie allein Ashton gehörte, ganz gleich, welchen Namen sie trug.

Sie hob den Kopf. Ihr Herzschlag beschleunigte sich, als sie einen Mann in gestrecktem Galopp auf das Haus zureiten sah. Einen Moment lang hielt sie den Atem an, wünschte, daß es Ashton sein möge, fürchtete jedoch, daß er es nicht sein konnte.

Als der Reiter näher kam, sank ihr Mut noch mehr. Sein Körperbau war zu kräftig, und ihm fehlte die Leichtigkeit Ashton Wingates, als er vom Pferd stieg. Mit bebendem Herzen sah sie ihn auf das Haus zumarschieren. Malcolm Sinclair!

Eine Ewigkeit schien zu verstreichen, bis sie das Krachen seiner Stiefelabsätze auf den Stufen vernahm. Gleich darauf erklangen seine Schritte in der Halle. Er kam die Treppe herauf und blieb vor jeder Tür stehen, als suche er sie in den anderen Räumen. Panik stieg in ihr auf. Hastig blickte sie sich um, auf der Suche nach einem Versteck, zwang sich dann jedoch zu bleiben, wo sie war, denn sie wußte, daß sie sich der Wirklichkeit stellen und Sinclair früher oder später gegenübertreten mußte.

Malcolm warf einen Blick in das Zimmer, bemerkte sie und trat mit einem eher dümmlichen Grinsen ein. »Ich dachte, du hättest vielleicht vergessen, welches unser Zimmer war.« Er spreizte die Hände. »Ich habe hier gewartet, in der Hoffnung, daß dein Vater es schaffen würde, dich herzubringen, und gleichzeitig in der Furcht, daß Ashton dich nicht gehen lassen würde.«

Lenore taxierte ihn reserviert. Er war genauso groß wie Ashton, vielleicht sechs oder sieben Kilo schwerer und ungefähr fünf Jahre jünger. Mit seinen braunen Augen und dem gelblichen Haar konnte man ihn durchaus als attraktiv bezeichnen. Sein Schnurrbart war sauber gestutzt und verlieh ihm den Anstrich eines Lebemannes. Er war nach neuester Mode gekleidet, und seine Reiterausrüstung mußte ihn eine Stange Geld gekostet haben, aber er sah darin längst nicht so gut aus wie Ashton in seiner alten Montur. Ihm fehlte die stolze, selbstsichere Ausstrahlung, die einen Mann in derartiger Kleidung erst gut aussehen läßt.

Statt dessen hatten seine Bewegungen etwas ungelenk Prahlerisches.

»Ich weiß, daß dies mein Zimmer ist.« Sie nahm all ihren Mut zusammen und sah ihm in die Augen. »Aber ich kann mich nicht daran erinnern, es mit irgend jemandem geteilt zu haben.« Ein schwaches Lächeln geisterte über ihre Züge. »Es tut mir leid, Malcolm, aber ich kann mich im Zusammenhang mit Ihnen an nichts in meinem Leben erinnern.«

»Das Problem ist schnell gelöst, meine Liebe.« Er lachte leise, legte ihr die Hände auf die Hüften und versuchte sie an sich zu ziehen, doch sie befreite sich mit einem Ruck und zog sich rasch von ihm zurück, bis sie hinter einem Sessel Deckung gefunden hatte.

»Ich brauche Zeit, mich an alles zu gewöhnen, Malcolm«, sagte sie fest. Jetzt war es ihr damit sogar noch ernster als vor einigen Wochen, als sie dieselbe Forderung in Ashtons Haus gestellt hatte. »Auch wenn man mir nachdrücklich versichert hat, daß Sie mein Mann sind, bin ich nicht in der Lage, mein Innenleben von heute auf morgen umzukrempeln und den Gedanken an unsere Ehe zu akzeptieren.«

Als könnte er nicht so schnell in vollem Umfang begreifen, was sie gesagt hatte, starrte er sie mit halboffenem Mund an und ließ langsam die Arme sinken. »Willst du damit sagen, daß ich mir ein anderes Schlafzimmer suchen muß?«

»Nicht nur ein anderes Schlafzimmer, sondern auch ein anderes Haus«, verkündete sie. »Ich habe mich nur überreden lassen, hierherzukommen, weil mein Vater mir versichert hat, Sie würden nicht bei uns leben. Er sagte, Sie wären bereit, auszuziehen, bis ich Zeit hatte, mich an alles zu gewöhnen.«

Malcolm runzelte die Stirn. »Das wird nicht ohne Schwierigkeiten abgehen, Lenore.«

Instinktiv merkte sie, daß man sie hereinlegen wollte, und so mißtraute sie jedem Wort aus seinem Mund. Es war für sie gar keine Frage, daß sie bei Ashton geblieben wäre, hätte sie gewußt, daß sie gezwungen sein würde, mit diesem Mann zusammenzuwohnen. Ihre Augen blickten kühl und eindringlich, als sie fragte: »Warum sollte es da Schwierigkeiten geben?«

Malcolm zuckte mit seinen breiten Schultern und schlenderte durch das Zimmer, bis er wie zufällig neben dem Sessel stand, hinter dem sie Schutz gesucht hatte. »Es gibt einfach keinen anderen Ort in Biloxi, an den ich gehen könnte.«

»Im Gasthof ist bestimmt ein Zimmer frei«, meinte Lenore.

Sein höfliches Benehmen wich vorübergehend einem kaum verhüllten Zorn. »Hast du bei Ashton Wingate auch darauf bestanden, daß ihr getrennt wohnt? Wenn mich nicht alles täuscht, habt ihr euch sogar auf offener Straße geküßt.«

Sein Haß und seine Eifersucht waren unübersehbar, und da sie sehr gut wußte, daß er Ashton immer noch zum Duell fordern konnte, vermied sie es tunlichst, ihm Einblick in die wirklichen Vorgänge auf Belle Chêne zu geben. »Nach dem Unfall bin ich in einem Gästezimmer untergebracht worden, und während ich dort war, hat Ashton sich wie ein Gentleman verhalten. Er hat mich nie gezwungen, die Ehe mit ihm einfach als Tatsache hinzunehmen.«

Malcolm versuchte, diese Antwort zu verdauen, doch ob er sie akzeptierte oder nicht, ließ sich schwer feststellen, denn er kehrte Lenore den Rücken zu. Er ließ sich in den Sessel fallen und streckte die Beine aus. »Du behauptest, daß du dich im Zusammenhang mit mir an nichts erinnern kannst, Lenore. Ich versuche ja, das zu verstehen, aber es ist schwer, wenn ich daran denke, wie nah wie einander einmal gewesen sind.« Er beugte sich vor und klopfte auf den Sitz eines dicht beim Sessel stehenden Stuhls. »Setz dich doch, meine Liebe, und laß uns in Ruhe darüber reden. Ich bin sicher, wir kommen der Lösung deines Problems näher, wenn wir es miteinander diskutieren.«

Lenore blickte kühl auf ihn hinunter und vespürte nicht das geringste Bedürfnis, seiner Aufforderung nachzukommen, sah aber auch keinen höflichen Weg, es zu vermeiden. Widerstrebend trat sie zwischen die beiden Sitzmöbel und setzte sich mit steifem Rücken auf die Kante. Malcolm ließ sie nicht aus den Augen.

»Entspann dich doch, meine Liebe«, redete er ihr gut zu. »Ich bin schließlich kein Ungeheuer, das dich in Stücke reißen will.« Er stand auf, um ihr ein Kissen in den Rücken zu legen. »Komm, lehn dich an«, sagte er und legte ihr eine Hand auf die Schulter.

Lenore stieß seine Hand fort und rückte instinktiv von ihm ab. Sie warf ihm einen wachsamen Blick zu, unfähig, sich ihre plötzliche Panik zu erklären. Sie stellte fest, daß er sie erstaunt anstarrte, und zwang sich zu einem dünnen Lächeln. »Ich möchte lieber so sitzen bleiben, Malcolm. Wenn ich mich zurücklehne, wird mir schwindlig.« Bestimmt konnte sie ihr Verhalten als Folge der ermüdenden Reise hinstellen und es so vermeiden, daß er ihr allzu nahe rückte.

Malcolm ließ sich wieder in seinen Sessel fallen und betrachtete sie lange, ohne etwas zu sagen, offenbar völlig durcheinander. »Hast du Angst vor mir, Lenore?«

»Hätte ich denn Grund dazu?« fragte sie, jetzt wieder ruhig, zurück.

Er fuhr sich mit den Fingern durch das zerzauste Haar. »Ich wüßte nicht, welchen. Aber du scheinst so weit fort.«

Immer noch auf der Hut, betrachtete sie ihn, ohne zu antworten. Unter ihrem unerschütterlichen Blick seufzte er plötzlich und senkte die Augen.

»Ich habe schon immer in deinem Bann gestanden, Lenore«, murmelte er und suchte nach den richtigen Worten, um sie aus ihrem Schneckenhaus zu locken. »Ich kann wirklich von Glück sagen, daß ich eine so hinreißende Frau habe. Ich weiß es noch ganz genau, als ich dich zum erstenmal gesehen habe, trugst du Grün, die gleiche Farbe wie deine Augen. Ich bin stehengeblieben und habe dich angestarrt, doch du warst in Begleitung eines anderen Mannes, und ich konnte mich dir nicht vorstellen.«

»Wer war der Mann?«

»Ein älterer Bursche.« Er hob kurz die Schultern. »Möglicherweise ein Cousin. Ich habe wirklich keine Ahnung. Ich war so damit beschäftigt, deine Schönheit in mich aufzunehmen, daß ich deinem Begleiter nicht viel Aufmerksamkeit geschenkt habe.« Er schloß die Augen, lehnte den Kopf zurück und lächelte träumerisch. »Ich kann mich noch erinnern, wie deine Haut im Licht der Lampen schimmerte und wie verlockend die Kurven deiner Brüste sich unter dem Kleid abzeichneten...«

Lenore griff nach einem Fächer, der neben ihrem Stuhl auf einem Tisch lag, und benutzte ihn, um ihren glühenden Wangen kühle Luft zuzuführen. Malcolm öffnete ein Auge und beobachtete sie mit einem selbstzufriedenen Grinsen. Sie wandte ihr Gesicht ab, verärgert darüber, daß ihr Erröten ihn amüsierte.

»Wenn es sich um einen Cousin von mir gehandelt hat, dann müssen wir in England gewesen sein. Hier in Amerika habe ich keine Verwandten mehr.« Sie sagte das, als läse sie einen langweiligen Bericht vor und blickte ihn dann rasch an, inständig hoffend, daß sie einen schwachen Punkt in seiner Geschichte fand. »Können Sie mir das Innere unseres Hauses in England beschreiben?«

Er legte die Fingerspitzen beider Hände aneinander, als sei er tief in Gedanken versunken. »Ich war nur einmal kurz dort, als Gast, daher habe ich nicht alle Zimmer gesehen, aber es gab einen weitläufigen Hauptraum – oder, wie dein Vater ihn genannt hat, die große Halle. Daneben befand sich ein langgezogener Raum mit einer enormen Feuerstelle und Steinstufen.«

»Wissen Sie noch, was an den Wänden hing?«

»Porträts von deinen Ahnen, glaube ich«, sagte er nach einer Weile, »und Teile einer Rüstung, ein Helm und ein Schild.« Er neigte den Kopf zur Seite, als ihm noch etwas einfiel. »Außerdem hingen da noch zwei Gemälde von dir und deiner Schwester... größere Kopien der Bilder, die dein Vater Richter Cassidy geschenkt hat.«

Lenore lief eine Gänsehaut über den Rücken, so vertraut erschien ihr das, was er beschrieb. Sie konnte die beiden Bilder beinahe über der Feuerstelle hängen sehen. »Wo, sagten Sie noch, hingen die Gemälde?«

»Über dem Kamin, glaube ich.« Er überlegte einen Moment scharf und nickte dann. »Ja, genau dort hingen sie.«

Ihre Hoffnungen fielen in sich zusammen. Erschöpft und lustlos setzte sie das Verhör fort: »Woher wußten Sie, daß mein Porträt sich im Haus meines Großvaters befand? Waren Sie schon einmal dort?«

»Wir waren zusammen dort, mein Liebling. Erinnerst du dich nicht mehr?«

Lenore versuchte vergeblich, sich diesen Besuch wieder ins Gedächtnis zu rufen. »Nein, daran kann ich mich nicht erinnern.«

»Weißt du auch nicht mehr, wie erregt du warst, als du vom Tod deines Großvaters gehört hast? Das Haus war schon abgeschlossen, und du hast dir immer wieder vorgeworfen, daß du dich im Zorn von ihm verabschiedet hattest.«

Lenore hob den Kopf und blickte ihn aufmerksam an. »Wie sind wir dorthin gelangt? Ich meine, sind wir zu Fuß gegangen?«

»Wir haben eine Kutsche genommen, und du hast so schrecklich geweint, daß ich schon dachte, ich müßte dich zu einem Arzt fahren, damit er dir ein Beruhigungsmittel gibt.«

Das Stück paßte genau in das Mosaik, aber sie freute sich ganz und gar nicht, daß es Malcolm gewesen war, der ihr in jenem lang vergangenen Moment Trost gespendet haben sollte. Doch schon drängte sich ihr die nächste Frage auf. »Wo sind wir eigentlich getraut worden?«

»Hier in Biloxi«, antwortete er. »Ich hatte mich hier niedergelassen, und wenig später hast du dich entschlossen, England den Rücken zu kehren und deine Zelte hier aufzuschlagen.« Er grinste kurz. »Gelegentlich denke ich gern, daß du dich meinetwegen für Biloxi entschieden hast.« Als sie nicht reagierte, seufzte er tief und blickte zur Decke hinauf. »Wir kennen uns jetzt schon eine ganze Weile, drei Jahre ungefähr, schätze ich. Ich muß die ganze Zeit denken: all diese Jahre – vergessen. Es scheint mir eine solche Verschwendung zu sein.«

»Tut mir leid, daß mein Zustand Ihnen Ungelegenheiten bereitet, Malcolm.« Ihre Stimme war völlig emotionslos. »Mir selbst bereitet er aber noch weit größere Ungelegenheiten.«

»Davon bin ich überzeugt, meine Liebe«, sagte er leise und suchte ihren Blick. »Aber es gibt keinen Grund, diese Erinnerungen nicht zu erneuern, wenigstens einige davon.«

Sein Lächeln wurde wärmer, und sie war sofort wieder auf der Hut. Seine dunklen Augen funkelten so eigenartig, daß sie sich vor dem zu fürchten begann, was die nächsten Minuten bringen mochten. Mit einem kühnen Blick maß er sie von oben bis unten, zog sie praktisch mit den Augen aus, und sein Gesicht nahm einen geradezu lüsternen Ausdruck an, als er fortfuhr: »Es gibt Momente, in denen ein Mann Selbstbestätigung braucht, und inzwischen ist es schon eine ganze Weile her, seit wir zum letztenmal miteinander...«

Mit aller Kraft, die sie aufzubringen vermochte, unterdrückte Lenore ein Zittern und versuchte, so gleichgültig wie möglich zu wirken, als sie, ihn bewußt mißverstehend, fragte: »Was für Bestätigungen brauchen Sie denn, Malcolm? Falls Sie sich Gedanken wegen Ashton machen, so habe ich Ihnen doch gesagt, er war der vollkommene Gentleman während der Zeit meines Aufenthalts dort.« Sie zuckte mit den Schultern und schob noch einige Vermutungen nach, um ihre Zurückweisung nicht ganz so hart erscheinen zu lassen. »Keine Ahnung, vielleicht hat Dr. Page irgend etwas über meinen Gesundheitszustand gesagt und ihn davon überzeugt, daß ich sanft und mit Zurückhaltung behandelt werden müsse. Es ist schwer zu sagen, wie ich reagiert hätte, wäre ich zu irgend etwas gezwungen worden. Sicherlich hätte ich infolge des Schocks ein ernstes Trauma davongetragen. Selbst jetzt noch habe ich seltsame Visionen, wenn ich mich aufrege. Ich stelle mir sogar vor, daß ein Mann niedergeschlagen und ermordet wird.«

Malcolm hob überrascht die Augenbrauen: »Ermordet?«

»Oh, ich weiß, wie komisch das klingt, aber wenn ich großen Anstrengungen unterliege, beginne ich zu halluzinieren. Und ich kann wirklich nicht sagen, ob ich mich in diesen Schreckensvisionen an Dinge erinnere, die sich tatsächlich ereignet haben, oder ob meine Phantasie nur schreckliche Hirngespinste gebiert. Wie auch immer, es ist jedenfalls sehr beunruhigend.« Sie hoffte inbrünstig, daß sie ein wenig von dem schauspielerischen Talent ihres Vaters geerbt hatte und daß es ihr gelang, Malcolm von ihrer zerbrechlichen Kondition zu überzeugen. Es würde ihr das Leben um einiges erleichtern, wenn sie in diesem Haus wohnen konnte, ohne dauernd befürchten zu müssen, daß sie jede Sekunde Opfer einer Vergewaltigung werden konnte. »Können Sie sich vorstellen, was es für Folgen für mich gehabt hätte, wäre ich zu irgend etwas genötigt worden?«

»Ja. Ja, natürlich.« Er schien geradezu darauf zu brennen, ihre Befürchtungen zu besänftigen. »Ich möchte nicht, daß du dich aufregst, egal worüber. Ich möchte, daß du dich so schnell wie möglich wieder erholst.«

Auf dem Korridor erklang das Klappern von Absätzen. Ein junges Mädchen erschien auf der Schwelle. Als es Lenore und Malcolm erblickte, blieb es unsicher stehen. Es schien im Zweifel, ob es sich taktvoll zurückziehen oder eintreten sollte.

»Komm herein«, sagte Lenore einladend und außerordentlich dankbar für die Unterbrechung.

Zögernd folgte das Mädchen der Aufforderung. Sein schwarzes Haar, die blauen Augen und die schneeweiße Haut, im Augenblick vor Verlegenheit leicht gerötet, waren eine hinreißende Kombination, doch das Mädchen schien sich seiner Lieblichkeit gar nicht bewußt zu sein, als es jetzt nervös das Häubchen zurechtzupfte. Einige Haarsträhnen waren unter der gestärkten Kopfbedeckung hervorgerutscht und ringelten sich zu beiden Seiten des Gesichts. Die Schürze war sauber und ebenfalls gestärkt, saß aber nicht ganz gerade über dem dunkelblauen Gewand. Doch das nahm der Erscheinung nichts von ihrem Liebreiz.

»Entschuldigen Sie, Ma'am«, bat sie und knickste. »Ich bin Mary, das Hausmädchen. Meghan hat mich heraufgeschickt, damit ich Sie frage, ob Sie gern ein Bad nehmen würden.«

Lenore streifte Malcolm, der sich nachdenklich mit dem Zeigefinger über das Kinn fuhr, mit einem raschen Seitenblick. Er starrte das Mädchen an, schien jedoch völlig in Gedanken versunken, als beschäftige er sich immer noch mit ihren Bemerkungen. Vielleicht hatte er angefangen, ihre geistige Gesundheit in Zweifel zu ziehen, doch wenn ihn das auf Distanz hielt, sollte es ihr recht sein. Nichts wäre ihr lieber gewesen, als jetzt ein Bad zu nehmen, doch wollte sie die Antwort nur ungern geben, solange er sich noch im Raum befand.

Endlich merkte Malcolm, daß er beobachtet wurde, und begegnete dem Blick der grünen Augen mit einem freundlichen Lächeln. »Wenn du mich jetzt bitte entschuldigen würdest, meine Liebe. Ich habe in der Stadt noch etwas zu erledigen.« Er stand auf, ergriff ihre rechte Hand und berührte die Fingerspitzen mit seinen Lippen. »Bis heute abend also.«

Lenore nickte anmutig, ausgesprochen erleichtert, daß er sich zurückzog. Sie hoffte nur, daß er, während er fort war, noch einmal über alles nachdachte und beschloß, doch vorübergehend woanders zu wohnen.

Seit ihrem ersten Bad auf Belle Chêne hatte Lenore sich nicht mehr so inständig nach einer Wanne mit heißem Wasser gesehnt, um die Schmerzen aus ihren Muskeln zu vertreiben. Die Fahrt von Natchez nach Biloxi war eine einzige, drei Tage dauernde Folter gewesen, denn die Kutschräder hatten kein Loch und keine Furche in der schlechten Straße ausgelassen. Lenore war am ganzen Körper mit Schrammen und blauen Flecken bedeckt. Als sie sich mit einem tiefen, dankbaren Seufzen in das heiße Wasser sinken ließ, schloß sie die Augen und ließ ihre Gedanken treiben. Es dauerte jedoch nicht lange, bis sie einen bestimmten Weg einschlugen, denn sie erinnerte sich daran, wie Ashton ihr beim Baden zugeschaut hatte, um sie wenig später aus dem Wasser zu heben und nackt, wie sie war, zum Bett zu tragen. Obwohl sie wußte, daß ihre Gedanken einen gefährlichen Kurs eingeschlagen hatten, genoß sie die Erinnerung an Ashtons Liebe und

Zärtlichkeit. Sonst wäre sie in Verzweiflung versunken und von ihren Sorgen überwältigt worden.

Auf einmal tauchten andere Erinnerungen in ihr auf, die ebenfalls mit einem Bad zu tun hatten. Es schien spät zu sein, und sie war gerade von einer langen Reise zurückgekehrt und bereitete sich aufs Bett vor…

Willig ließ sie sich auf diesen neuen Pfad führen, und sie sah sich selbst in einem Nachthemd, über das sie einen Umhang geworfen hatte. Sie wandelte durch die Finsternis; dann flammte unvermittelt grelle Helligkeit auf, und sie befand sich wieder mitten in dem nur zu vertrauten Alptraum mit dem hocherhobenen Feuerhaken. Doch diesmal schien es, als beobachte sie das Geschehen aus einiger Entfernung. Die Silhouette eines Mannes mit einem dunklen Umhang huschte vorbei, behandschuhte Hände ließen die Eisenstange auf den zottigen Kopf eines anderen Mannes niedersausen.

Lenore fuhr in der Badewanne hoch und hätte beinahe geschrien. Doch allmählich verblaßte ihre Furcht, wurden ihre Gedanken glasklar. Auf einmal begriff sie, was sie da eben gesehen hatte, und fast wäre ihr das Herz bei der plötzlichen Erkenntnis stehengeblieben. »Ich war es gar nicht«, flüsterte sie staunend und erleichtert. »Ich habe es gar nicht getan!«

Dieses Wissen schenkte ihr einen wunderbaren Frieden. Von einer Minute auf die nächste war sie freigesprochen, der Verdammnis und ihren quälenden Ängsten entrückt. Der Tod, die Hölle besaßen keine Macht mehr über sie; zum erstenmal seit vielen Wochen fühlte sie sich unschuldig. Sie wollte weinen vor Erleichterung und gleichzeitig schreien vor Freude. Und dennoch, eine Tragödie hatte sich ereignet. Mehr als je zuvor spürte sie, daß es sich bei diesen Bildern nicht um einen Traum handelte, sondern um einen wirklich geschehenen Mord. Aber an wem?

Sie schüttelte den Kopf, denn es gelang ihr nicht, eine Antwort auf diese Frage zu finden. Falls Malcolms Geschichte der Wahrheit entsprach, war sie aus diesem Haus hier entführt und nach

Natchez gebracht worden. Vielleicht lag der Grund im Wohlstand ihres Vaters…

Unter der Oberfläche ihres Bewußtseins regte sich plötzlich eine weitere vage Erinnerung. Sie lehnte sich wieder in der Wanne zurück, schloß die Augen und ließ ihr Gemüt arbeiten. Anfangs nahm sie nur ein Flackern wahr, ein schattenhaftes Trugbild, doch dann kristallisierten sich Bilder aus dem wabernden Nebel verschollener Erinnerungen. Eine Gruppe von Männern erschien; sie wirkte heruntergekommen, ihre Rede war gespickt mit Obszönitäten. Einer der Männer trat aufdringlich nah an sie heran und starrte ihr boshaft ins Gesicht.

»Schätze, mit dir werden wir ganz schön was verdienen, Missy«, prahlte er mit einem schiefen Grinsen. »Aber was mir nich' in den Kopf will, das is', warum wir nich' erst unseren Spaß mit dir haben sollen. Du bist 'ne mächtig fein aussehende Lady, und ob, und weil ich noch nie vorher 'ne Lady im Bett gehabt hab', bin ich neugierig wie 'n Bock auf 'ne Ziege. Und da bin ich nich' allein, das sage ich dir. Meine Freunde denken genauso.«

Ein leises Klopfen an der Tür vertrieb die Erinnerung. Lenore fuhr zusammen. Sie stieg rasch aus der Wanne, hüllte sich in ein Handtuch und ging zur Tür. »Wer ist da?«

»Meghan, Ma'am.«

Erleichtert drehte Lenore den Schlüssel im Schloß und ließ die Frau eintreten. Sie hatte die Tür versperrt, um sicherzugehen, daß sie ungestört baden konnte – für den Fall, daß Malcolm neugierig oder, schlimmer noch, liebesdurstig werden sollte. Da ihr Vater nicht müde wurde, sein Loblied zu singen, war sie nicht sicher, ob sie im Haus noch einen Verbündeten hatte, was sie zu äußerster Vorsicht anhielt.

»Ich habe das in Ihrem Koffer gefunden, Ma'am. Ich hoffe, es geht noch so«, sagte Meghan und hielt ein Kleid aus blaßblauem Organdy in den Händen. Sie legte das Kleid aufs Bett, damit Lenore es in Augenschein nehmen konnte. »Nachdem es mit den anderen Sachen monatelang im Koffer gelegen hat, mußte es erst gebügelt werden, um die ganzen Falten rauszukriegen. Wer immer den Koffer gepackt hat, muß es ziemlich eilig gehabt haben.«

Lenore dachte an die Worte des Gastwirts in Natchez. Sie konnte sich noch genau daran erinnern, wie er Malcolms Abreise beschrieben hatte. »... die Koffer seiner Frau in ihre Kutsche verladen, einen Mann angeheuert, der sie fahren konnte, und dann die Rückreise angetreten.«

Meghan seufzte. »Und so ein schöner Koffer. Innen noch ganz neu und sauber und groß genug, daß fast alle Ihre Kleider reinpassen. Ich kann gut verstehen, daß der Master seine Angestellten entlassen hat, wenn sie Ihre schönen Kleider so behandelt haben. Die hätten sich was schämen sollen.«

»Das spielt doch jetzt keine Rolle mehr, Meghan. Du hast es ja geschafft, daß das Kleid wie neu aussieht.« In der Tat konnte Lenore keinen Makel an dem Kleid erkennen. Der runde Halsausschnitt war mit Satinblättern appliziert, auf die eine geschickte Hand zarteste Äderchen gestickt hatte; das Ganze war mit Staubperlen übersät, die wie Tautropfen am Blattwerk hingen. Die großzügig gestalteten Ärmel wiesen auf halber Höhe ähnlich gearbeitete Blätter auf. Eine Satinschärpe umspielte die hohe Taille, sie war ebenso wie der weitschwingende Rock mit Blattmotiven verziert.

Die Dienerin strahlte. »Das ist wirklich ein herrliches Kleid, Ma'am, und Sie werden darin wie eine Braut aussehen.«

Lenore zuckte innerlich zusammen, als vor ihrem inneren Auge eine flüchtige Vision aufblitzte. Handelte es sich um Gesichter, eine Mauer lächelnder Menschen um sie herum? Und stand da Malcolm Sinclair neben ihr, ein glücklicher Bräutigam, der die Gratulationen der anderen entgegennahm?

Sie begann zu zittern und sank auf einen Stuhl. Verzweifelt versuchte sie, die Bilder vor ihrem geistigen Auge deutlicher zu sehen. War sie die Braut in dieser Hochzeitsversammlung? Und war Malcolm wirklich der Bräutigam?

Eine Vielzahl von Fragen quälte sie, aber sie fand keine Antworten. Und doch, so schien es, hatte sie seit ihrer Ankunft in diesem Haus häufiger Halluzinationen gehabt oder – hoffentlich – Erinnerungen an tatsächliche Ereignisse heraufbeschworen, einige nur bruchstückhaft und unscharf, andere schon deutlicher. Es stimmte sie nur traurig, daß sie sich nicht im Einklang mit den Wünschen ihres Herzens befanden. Sie hatte eine Erinnerung an Malcolm in ihrem Leben gefunden, doch bisher noch keinen Platz für Ashton.

Bestürzt ließ sie den Kopf sinken und schloß die Augen. Sie wollte, daß die Bilder wieder verschwanden, dem Vergessen anheimfielen. Ihre Unfähigkeit, irgendeine Erinnerung an Ashton zu finden, machte alle Hoffnungen auf ein glückliches Ende ihres Leidens zunichte. Sie fühlte sich schwach und ohne Energie. Auch wenn sie wußte, daß sie der Wahrheit ins Gesicht sehen mußte, sehnte sich ihr Herz doch nach Ashton. Die Zeit mit ihm war so viel schöner gewesen als alles andere in ihrem Leben.

»Ma'am?« Meghan legte Lenore vorsichtig eine Hand auf die Schulter. »Geht es Ihnen nicht gut, Ma'am?«

Mit einem langen Seufzer ließ Lenore sich gegen die Stuhllehne sinken. »Ich weiß nicht. Ich fühle mich schon den ganzen Nachmittag über so schwach.«

»Legen Sie sich doch ein bißchen hin«, riet die Haushälterin. »Ich werde Ihnen einen feuchten Lappen für die Stirn bringen.«

»Sollte ich mich nicht lieber fürs Abendessen anziehen?« Lenore faßte das Handtuch fester, konnte aber nicht die Kraft aufbringen, tatsächlich mit dem Anziehen zu beginnen.

»Wir haben noch Zeit genug, Ma'am. Ziehen Sie sich einfach etwas über, und legen Sie sich hin, bis Sie sich besser fühlen. Nach der langen Fahrt könnte Ihnen ein bißchen Schlaf nicht schaden.«

Lenore folgte dem Vorschlag und streckte sich auf dem Bett aus. Die Laken waren kühl und frisch parfümiert, und das weiche, daunengefüllte Kissen ließ sie bald im dunklen See des Schlafs versinken. Eine Zeitlang trieb sie in einer Art Nirwana dahin, in dem die Realität nur schemenhaft hinter langen, wogenden Schleiern existierte. Träume begannen und hörten wieder auf, und sie glitt sorglos vom einen in den anderen, bis sich allmählich, beinahe unmerklich, die flatternden Vorhänge um sie herum schlossen und zu glühen begannen, als hätte das Sonnenlicht sie in Brand gesetzt. Eine Gestalt näherte sich ihr, zunächst kaum auszumachen und dunkel, doch dann erkannte sie Ashtons sonnengebräuntes Gesicht. Er beugte sich herab, um ihr einen Kuß auf die nackte Brust zu drücken, und vor ihren Augen wurde sein Gesicht breiter und veränderte sich. Ein dünner Schnurrbart erschien über den lächelnden Lippen, und sie fand sich auf einmal Malcolm Sinclair gegenüber. Die Schleier verwandelten sich in Flammenwände, die mit feurigen Zungen nach ihr leckten. Verzweifelt warf sie sich hin und her. Dann schienen menschliche Gestalten aus dem Feuer zu treten und sich um sie zu drängen, bis sie kaum noch Luft bekam. Wohin sie sich auch wandte, überall begegneten ihr grinsende Fratzen. Kelche wurden gehoben, als gelte es, ihren Abstieg in die Höllengrube zu feiern. Nur ein Mann hielt sich abseits. Er hatte etwas von einem verängstigten Frettchen, während er von einem Versteck zum nächsten hastete und sich ihr dabei stetig näherte. Plötzlich stand er ganz dicht vor ihr, sein Gesicht verdeckte alles andere, und sein lautloser Schrei hallte in den Windungen ihres Gehirns nach.

Lenore erwachte mit einem Keuchen und blickte sich wild in dem fremden Raum um, unfähig, den Alptraum abzuschütteln. Jeden Augenblick rechnete sie damit, das gequälte Gesicht in einer der Zimmerecken zu entdecken. Ihr Herz schlug unregelmäßig vor Furcht. Ein dunkler Schatten lauerte neben dem Bett, und erst als langsam die Realität die Oberhand gewann, erkannte Lenore, daß es sich bei dem Schatten um Meghan handelte. Sie stand da und beugte sich mit teilnahmsvollem Blick über ihre Herrin.

»Sie haben sich herumgeworfen und gestöhnt, als hätten Sie einen bösen Traum gehabt, Ma'am, und ich glaube, Sie haben auch ein wenig Fieber.«

Immer noch von Furcht erfüllt, sah Lenore sich vorsichtig im Zimmer um. »Bist du allein?«

Meghan runzelte die Stirn. »Ja, Ma'am, hier sind nur Sie und ich, sonst niemand.«

Lenore seufzte erleichtert. »Ja, ich muß einen Alptraum gehabt haben.«

»Aye, Ma'am, das kann man wohl sagen«, pflichtete die Dienerin ihr bei, während sie ihrer Herrin ein feuchtes Tuch auf die Stirn legte. »Schlafen Sie noch ein bißchen. Ich wecke Sie, wenn es Zeit ist fürs Abendessen. Falls es Ihnen bis dahin nicht besser geht, sage ich Ihrem Vater, daß Sie nicht herunterkommen.«

»Ich bin sehr müde«, gab Lenore zu.

»Natürlich sind Sie das, und Sie haben auch allen Grund dazu.«

Lenore schloß die Augen und schlief wieder ein. Diesmal störte nichts den Frieden ihres Schlummers, bis auf einen kurzen Moment, in dem ein Traum sie durch ein verschwommenes Labyrinth führte, wo sie gedämpftes Stimmengemurmel vernahm, dazu das erstickte Weinen einer Frau und den undeutlichen Vortrag eines betrunkenen Poeten.

Sie erwachte, und nach einem Moment der Besinnung stand sie auf und ließ sich von Meghan in das blaßblaue Organdykleid helfen. Dann öffnete sie die Schlafzimmertür, trat auf den Korridor und stieg langsam die Treppe hinunter.

Die Geräusche in den nahen Dünen vermischten sich mit dem leisen Rauschen der am Strand auslaufenden Wellen. Die Flügeltür des Salons stand weit offen, damit die kühlen Abendbrisen hereinkonnten. Lenore spürte, wie ihr ein Schauer über den Rücken lief. Das Fieber hatte sich nicht gelegt, und sie sah alles wie durch eine Glaswand. Meghan hatte ihr das Haar frisiert und sich auch sonst große Mühe gegeben, so daß man ihr nicht ansah, wie elend sie sich fühlte. Die erhöhte Temperatur rötete ihre Wangen und ließ ihre Augen glänzen, und das blaue Kleid stand ihr ausnehmend gut.

Aus dem Salon drang die leicht verwischte Stimme ihres Vaters. Sie blieb stehen, um zu hören, was er sagte: »Wie redest du denn mit mir? Habe ich nicht getan, was ich konnte, um dir zu helfen? Denk an die Worte des Dichters: ›Es ist ein kluger Vater, der sein eignes Kind erkennt‹!«

Malcolms Antwort darauf war eher unpoetisch. »Glücklich das Kind, dessen Vater zur Hölle fährt.«

»Tss, tss!« machte Somerton vorwurfsvoll. »Hast du keinen Respekt vor älteren Leuten?« Einen Moment lang herrschte Stille, gefolgt von einem wohligen Ächzen, was darauf schließen ließ, daß er gerade wieder einen Schluck von seiner Lieblingsmedizin genommen hatte. Er lachte in sich hinein. »Sei bloß vorsichtig, mein Junge, sonst hinterlasse ich mein Vermögen jemand anderem, und du schaust in die Röhre.«

»Du bist ja betrunken«, tadelte Malcolm ihn.

»Ach ja?« Somerton schien die Luft durch die Zähne zu saugen und hätte bestimmt eine patzige Antwort gegeben, wäre nicht in diesem Moment Mary den Gang heruntergekommen, ein Tablett mit sauber gespülten Gläsern in den Händen. Sie sah Lenore und sagte laut: »Guten Abend, Ma'am. Schön, daß es Ihnen wieder bessergeht.«

Lenore lächelte lahm, unterließ es aber, das Mädchen zu korrigieren. Dann begab sie sich in den Salon. Rasch erhob sich Malcolm von seinem Stuhl und ging ihr entgegen, wobei ein eigenartiges Lächeln um seine Lippen spielte, während seine Augen sie liebkosten. Als er ihr die Hand auf die Taille legte, versteifte sie sich leicht und konnte nur mit Mühe eine schroffe Geste der Zurückweisung unterdrücken.

»Komm, setz dich zu uns, Lenore. Wir sind schon ganz ausgehungert nach deiner Schönheit, und nun bist du da und bereitest uns ein Fest. Eine derartig hinreißende Erscheinung kann man nicht mit einem einzigen Blick aufnehmen. Gestatte uns, daß wir noch ein wenig darin schwelgen.«

Robert Somerton erhob sich ziemlich ungeschickt und hielt sein Glas zu einem Toast in die Höhe. »Ganz meine Meinung. Bestimmt die lieblichste Tochter, die ein Mann sich wünschen kann.« Er nahm einen großen Schluck, um seinen Trinkspruch nicht ohne Wirkung zu lassen, und strich sich dann mit dem Fingerknöchel die Schnurrbartenden nach oben. Er räusperte sich, spähte in sein nunmehr leeres Glas und winkte Mary, damit sie ihm nachschenkte. »Sei ein braves Mädchen und bring mir noch einen Whisky.«

Während Malcolm Lenore zum Sofa begleitete, runzelte er mißbilligend die Stirn. »Solltest du damit nicht bis nach dem Essen warten?«

Mit einer wegwerfenden Handbewegung erteilte Somerton seinem Vorschlag abschlägigen Bescheid und wandte sich direkt an das Hausmädchen. »Ein Spritzer oder zwei werden mir schon nicht weh tun, meine Kleine.«

Das Mädchen wußte nicht, wie es sich verhalten sollte, und sah Malcolm fragend an. Als der junge Mann zögernd nickte, kam sie Somertons Anweisung nach. Lenores Vater rieb sich in wohliger Vorfreude die Hände und ließ das Mädchen nicht aus den Augen, bis das Glas sicher in seinen Fingern gelandet war. Dann begann er gutgelaunt, einen kleinen Vers zu rezitieren. »Gestern hatte die Königin der Marys vier, heute nacht sind's nur noch drei; da war Mary Beaton und Mary Seaton und Mary Carmichael, doch du bist nicht dabei...« Er blinzelte dem Hausmädchen zu und änderte das Ende so, damit es auf die Situation paßte. »Meine süße, kleine, Mary Murphy.«

Das Mädchen schlug die Hand vor den Mund, kicherte und eilte aus dem Salon. Malcolm blickte ihr nach, schüttelte den Kopf und nahm dann neben Lenore auf dem Sofa Platz. Seine Augen schimmerten warm.

»Seltsam, daß du dich heute abend ausgerechnet für dieses Kleid entschieden hast, mein Liebling«, murmelte er und glitt mit den Fingerspitzen über den weichen Volant.

»Seltsam? Warum?« Kaum hörbar schwang Besorgnis in ihrer Stimme mit. Sie ahnte, daß sie es wohl einmal zu einem ganz besonderen Anlaß getragen haben mußte. »Hat es eine bestimmte Bedeutung?«

Er lächelte leise. »Das könnte man sagen, ja. Es ist das Kleid, das du bei unserer Hochzeit angehabt hast.«

Seine Worte legten sich ihr schwer aufs Herz. Ihre Visionen schienen sie nicht getrogen zu haben. Mit schwacher Stimme antwortete sie: »Ich dachte nicht, daß das Kleid schon so alt ist, oder vielleicht habe ich mich auch geirrt, was den Zeitpunkt unserer Heirat angeht. Wann, sagten...« Sie seufzte resigniert und korrigierte sich: »...sagtest du?«

»Wir haben geheiratet, kurz nachdem wir uns begegnet sind. Das Kleid ist mit großer Sorgfalt aufbewahrt worden.«

»Meghan hat es in einem Koffer gefunden«, sagte Lenore geistesabwesend und versuchte sich daran zu erinnern, wann sie sich begegnet sein konnten.

Er legte ihr die Hand auf den Unterarm und drückte ihn liebevoll. »Ich habe damals beim Einpacken nicht besonders aufgepaßt. Ich hatte keine Ahnung, wohin dieser Verrückte dich verschleppen würde und war in größter Sorge um dein Leben.«

Lenore ließ ihren Blick teilnahmslos durch den Raum wandern; was sie sah, bedeutete ihr nichts. Zwischen den beiden Fenstern an der Ostwand befand sich ein Kamin, und darüber hing ein nicht besonders gutes Landschaftsgemälde. Tatsächlich schien es nicht einmal von mittelmäßiger Qualität zu sein und paßte daher ganz und gar nicht zu der erlesenen Einrichtung. Lenore dachte, daß dieses Bild ziemlich genau ihrer momentanen Stimmung entsprach. Obschon man ihr unablässig das Gegenteil versicherte, hatte sie das Gefühl, daß die beiden Männer nicht in ihr Leben gehörten. Sie wollte zu Ashton!

Zehntes Kapitel

Die sanften Farben der anbrechenden Dämmerung breiteten sich von Osten her in strahlenden Wellen über den Himmel aus, warfen einen rosa Schimmer auf die Schaumkämme der Wellen unten am Strand und öffneten Lenore das Herz für die Schönheit des Morgens. Sie kämmte sich das Haar mit langen, lockeren Strichen und schlenderte dabei auf die Veranda hinaus, um einen besseren Blick auf die Brandung zu haben, als ihn das Schlafzimmerfenster erlaubte. Die Diener waren in der Küche bereits damit beschäftigt, das Frühstück vorzubereiten; ansonsten herrschte Stille in dem Haus an der Küste, abgesehen von dem gedämpften Schnarchen, das aus Robert Somertons Zimmer drang. In Gedanken nannte sie ihn »Robert« oder »Mr. Somerton« an Stelle von »Vater«, denn solange sie sich nicht an ihn erinnern konnte, bedeutete er ihr auch nichts. Er war schlicht und einfach Robert Somerton. Ashtons Erzählungen hatte sie schon entnehmen können, daß sich mit ihrem Vater nicht gerade gut auskommen ließ, aber sie war nicht darauf vorbereitet gewesen, mit welcher Hingabe er sich dem Whisky widmete. Er begann jeden Tag mit einem ordentlichen Schuß Brandy in den Kaffee, und von da an schien ihm Alkohol in jeder Form willkommen, solange er sich in einem Glas und dieses Glas sich fest in seiner Hand befand.

Eine frische Brise strich über die Veranda und blähte ihren Morgenmantel. Tief inhalierte sie die würzige Seeluft. Obwohl sie kaum vierzehn Tage hier war, schien ihr, als wäre eine Ewigkeit verstrichen, seit sie Belle Chêne verlassen hatte. Sie war mehrere Tage ans Bett gefesselt gewesen, halb in der Realität und halb im Delirium, bis sich das Fieber endlich gelegt hatte und sie wieder aufstehen konnte, um sich mit dem Haus, seinen Bewohnern und der näheren Umgebung vertraut zu machen. Sie hatte nicht lange gebraucht, um herauszufinden, daß sie dieses Haus einstmals sehr geliebt und sich wohl darin gefühlt hatte. Jeder Winkel, jeder Vorhang, jede Tischdecke war ihr vertraut; wenn sie aus dem Fenster blickte, sah sie die Bäume in ihrem grünen Sommergewand, doch sie wußte, daß sie sie auch im Hennaglanz des Herbstes und in der kalten Nacktheit des Winters kannte. Das Geräusch der Brandung erfüllte sie mit Wohlbehagen, und der Anblick der Seevögel, die in gleitendem Flug herabstießen, um sich ihre Nahrung aus der Gischt zu picken, ließ ihr das Herz weit werden. Manchmal saß sie am Fenster und beobachtete helle Flecke über der Kimm, die auf das Land zutrieben, dabei größer wurden und sich schließlich als große Schiffe entpuppten, mit weißen, in der Sonne leuchtenden Segeln. Wenn sie nah genug vorbeisegelten, hatte sie das Gefühl, das Rollen des Decks unter ihren Füßen und den Fahrtwind in ihrem Haar zu spüren. Mehr noch, gelegentlich hatte sie dabei das Gefühl, daß ein Mann sich an ihren Rücken preßte und starke, sonnengebräunte Arme sie umschlossen.

Lenore seufzte und kehrte ins Zimmer zurück. Anscheinend vermochte sie in letzter Zeit über nichts mehr nachzudenken, ohne daß dieser Traum sich zwischen ihre Gedanken schob. Es erleichterte die Sache auch nicht gerade, daß sie wußte, wer hinter jedem gesprochenen Wort, jedem bewußten Gedanken lauerte, und immer mehr begriff, wie wenig man die Sehnsüchte des Herzens zu ignorieren vermag.

Sie nahm wieder an ihrem kleinen Schreibtisch Platz und versuchte einmal mehr, einen Brief zu verfassen, der Ashton erklärte, wie es ihr ging und warum sie tun mußte, was sie tat. Das Schreiben sollte von so unwiderlegbarer Logik sein, daß es sie aus dem Dilemma befreite, bevor es jene katastrophalen Ausmaße annahm, die sie befürchtete. Doch trotz aller Mühe wollten ihr die brillanten, alles klärenden Formulierungen nicht einfallen, geschweige denn aus der Feder aufs Papier fließen.

Lenore schüttelte unwillig den Kopf, lehnte sich zurück und versuchte, sich ganz auf die vor ihr liegende Aufgabe zu konzentrieren. Wie spielende Kinder jagten ihre Gedanken hierhin und dorthin, mieden aber genau den Weg, auf den sie sie führen wollte. Geistesabwesend nahm sie den Kiel zwischen Daumen und Zeigefinger, beobachtete das Spiel von Licht und Schatten auf der perlweißen Feder. Ein Gesicht tauchte aus den Tiefen ihres Gedächtnisses auf, stark und attraktiv, Lippen, die sich teilten, um ihrem Mund zu begegnen…

»Ashton!« Sie hauchte den Namen nur leise vor sich hin, doch die Phantasie gaukelte ihr wilde, kühne Bilder vor. Sie vermeinte zu spüren, wie sich seine Hand unter ihr Kleid schob, ihre Brust umfaßte und die Spitze sanft mit dem Daumen liebkoste. Warm stieg die Erregung in ihr auf.

Ein hilfloses Stöhnen kam von ihren Lippen. Sie warf den Federkiel auf die Schreibtischplatte und erhob sich. Unruhig ging sie im Raum auf und ab. Ihre Wangen waren gerötet, und ihr Herz hämmerte. Kaum vergaß sie, sich zusammenzureißen, flog ihr Verstand mit ihr davon, und sie begann sich zu fragen, ob nicht dicht hinter der Tür zu ihrem Gedächtnis eine eigensinnige Lierin stand und auf die Gelegenheit wartete, vorzutreten und ihren Leib und ihre Seele für sich zu beanspruchen.

Der lange Spiegel in der Ecke reflektierte ihr Bild, und sie blieb einen Moment lang stehen, um sich zu mustern, bevor sie ihre ruhelose Wanderung wieder aufnahm. Sie wußte, solange sie sich derart verzweifelt nach Ashton sehnte, würde sie sich nie damit abfinden, Malcolms Frau zu sein. Mit einiger Besorgnis hatte sie zur Kenntnis genommen, daß ihr angeblicher Mann nicht daran dachte, woanders Quartier zu beziehen. Die Tatsache, daß sein Zimmer gleich den Gang hinunter lag, veranlaßte sie jeden Abend, sämtliche Türen und Fenster zu verriegeln. Die daraus resultierende Hitze und Stickigkeit in ihrem Schlafgemach war beinahe unerträglich, aber sie wagte nicht, für

Durchzug zu sorgen, um nicht ein noch schlimmeres Schicksal zu erleiden.

Selbst jetzt noch verfolgte sie jeden seiner Schritte mit Mißtrauen, denn er schien mit der Verstohlenheit eines körperlosen Geistes zu kommen und zu gehen. Wenn er wollte, konnte er einen Raum durchqueren, ohne daß sie seine Anwesenheit auch nur spürte. Manchmal drehte sie sich um und stellte fest, daß er sie aufmerksam beobachtete, und in einem solchen Moment wußte sie genau, wie sich eine winzige Maus angesichts einer hungrigen Katze fühlen mußte.

Seine Augen konnten sie in einem Sekundenbruchteil nackt ausziehen, während sein träger, selbstsicherer Blick noch weitere Fähigkeiten in Aussicht zu stellen schien, an die man ohne Anstandsdame nicht einmal denken durfte. Ganz offensichtlich gefiel er sich darin, seine Männlichkeit zur Schau zu stellen, als könnte er sie solcherart auf schnellstem Weg in sein Bett locken. Obwohl seine Hosen weiter geschnitten waren als die Ashtons, saßen sie über den muskulösen Hinterbacken und Oberschenkeln doch derart eng, daß Lenore nur annehmen konnte, er trage nichts darunter, ein Eindruck, der durchaus beabsichtigt sein mochte und sie in ihrer Vorsicht bestärkte. Jeden Abend verbarrikadierte sie ihre Tür jetzt zusätzlich mit einem Stuhl, falls er auf die Idee kommen sollte, es mit physischer Gewalt zu versuchen. Sie wußte, daß sie sich irgendwann in ihr Schicksal fügen und diesem Pfau zu Willen sein mußte, doch im Augenblick wollte sie ihre Beziehung auf möglichst problemloser Ebene halten, wenigstens bis sie es geschafft hatte, Ahston aus ihrem Herzen zu verbannen.

Sie begann zu spüren, daß jedem der beiden Männer etwas zu eigen war, was sie an den anderen erinnerte, doch sie hatte noch nicht herausgefunden, worum es sich handelte, ob es an ihrem äußeren Erscheinungsbild, ihrem Benehmen oder ihren Persönlichkeiten lag. Ashton war sinnlich und heißblütig, doch seine Anziehungskraft funktionierte raffinierter als die Malcolms. Vielleicht zeichnete sein Alter für seine Zuvorkommenheit verantwortlich, aber schon mit der Andeutung eines Lächelns und einem Blick seiner herrlichen Augen vermochte er männliche Attraktivität im Übermaß auszustrahlen, während er gleichzeitig mit seinem jungenhaften Charme ihr Herz bestrickte. Mit seinen aristokratischen Gesichtszügen und dem Auftreten eines Prinzen war er sicherlich der besser aussehende und eindrucksvollere der beiden Männer.

Allerdings verfügte auch Malcolm durchaus über einigen Charme. Er sah ebenfalls gut aus, und manchmal war etwas in seinem Gesicht, das sie an Ashton erinnerte, doch wenn sie die breiten Wangenknochen und die vollen, fleischigen Lippen genauer studierte, gelang es ihr nicht, dieses trügerische Geheimnis zu entschlüsseln. Sie bezweifelte nicht, daß sein Anblick schon bei so mancher Frau fleischliche Gelüste erweckt hatte, und genau darauf schien er es mit seinem herausfordernden Auftreten auch anzulegen. Außerdem besaß er eine gewisse Festigkeit, die sich vor allem dann zeigte, wenn Robert Somerton zuviel trank oder in überschwenglicher Stimmung allen Anwesenden mit endlosen Shakespeare-Zitaten auf die Nerven fiel. Rein äußerlich merkte man jedoch kaum etwas davon, allenfalls zeigte sich eine Verhärtung der Mundpartie und ein kalter Ausdruck in den Augen, wenn er den älteren Mann ansah. Sein Ärger war auch absolut verständlich, denn manchmal konnte Somerton selbst die Geduld eines Heiligen strapazieren. Sie selbst reagierte vor allem dann höchst empfindlich, wenn er Ashtons Charakter heruntermachte, und so manches Mal fühlte sie sich versucht, ihm mit Worten zu kontern, die er nicht so schnell vergessen würde. Wenn er sich wirklich für so makellos hielt, daß er glaubte, Ashton Wingate diffamieren zu können, dann mußte man ihn vielleicht etwas deutlicher auf seine eigenen Fehler hinweisen.

Donnernder Hufschlag vor dem Haus riß Lenore aus ihren Gedanken. Sie eilte zum Fenster und sah die Kutsche die Zufahrt heraufjagen und mit funkensprühenden Bremsbacken zum Stehen gelangen. Es konnte sich nur um Malcolm handeln, denn er war der einzige, der den Fahrer zu derart mörderischem Tempo antrieb. Obschon sich der Grad seiner Erregung oder Verärgerung fast immer am Tempo der Kutsche ablesen ließ, brauchte er für gewöhnlich keinen Anlaß, um die Tiere bis an die Grenze ihrer Kraft vorwärtspeitschen zu lassen; er schien geradezu süchtig nach Geschwindigkeit, und je schneller das Rennen, desto besser gefiel es ihm.

Die Tatsache, daß er zu so früher Stunde die Kutsche benutzte, konnte nur bedeuten, daß er die Nacht anderswo verbracht hatte. Ohne daß sie darüber in Tränen ausgebrochen wäre, fragte Lenore sich, ob er ein Zimmer aufgetrieben oder in wessen Gesellschaft er sich befunden haben mochte. Gestern abend war er, kurz nachdem Somerton das Anwesen in seiner Kutsche verlassen hatte, selbst noch in die Stadt geritten. Viel später war Somerton zu Fuß zurückgekehrt und torkelnd in seinem Zimmer verschwunden. Und jetzt saß Malcolm in dem Landauer, und sein Pferd war hinten angebunden.

Sie hörte Malcolms Stiefel auf der Veranda poltern, das Schlagen der Vordertür, das jedes Fenster im Haus klirren ließ, dann stürmte er schnellen Schritts die Treppe herauf. Als er den Korridor entlangstampfte, bereitete sie sich schon auf eine gehörige Strafpredigt vor, ohne daß sie gewußt hätte, was sie angestellt haben konnte. Doch zu ihrer Überraschung blieb er nicht vor ihrer, sondern vor der Tür gegenüber stehen. Ohne daß er anklopfte oder dem dahinter Schlafenden sonst irgendeine Warnung zukommen ließ, stieß er die Tür auf und platzte in Somertons Zimmer. Falls dieser Auftritt den älteren Mann nicht weckte, dann bestimmt das laute Gebrüll, das gleich darauf anhob. Nach einem kurzen Wortwechsel mit erhobenen Stimmen dämpften die beiden Männer ihren Tonfall, und nur gelegentlich zeigte ein ärgerliches Bellen, daß Malcolm sich bei weitem noch nicht beruhigt hatte. Etwas in Lenore sagte ihr, daß der Mann, der ihr Vater früher einmal gewesen war, sich einem anderen gegenüber niemals so unterwürfig gezeigt hätte, egal aus welchem Grund. Es ärgerte sie, daß er den Spieß nicht umdrehte und die Gesprächsführung an sich riß. Noch mehr allerdings störte sie die Herablassung, mit der Malcolm Somerton manchmal behandelte. Vielleicht konnte ihr Vater das hinnehmen, sie nicht!

Sie knöpfte ihren Morgenmantel zu, verließ das Zimmer und klopfte an die gegenüberliegende Tür. Fast im selben Moment wurde die Tür aufgerissen, und Lenore stand Malcolm gegenüber. Seine Augen loderten. Er schien noch immer wütend zu sein, doch bei ihrem Anblick ging eine abrupte Veränderung mit ihm vor. Einen Herzschlag lang ließ er seinen Blick über ihre Kurven wandern, die auch der Ankleidemantel nicht verbergen konnte. Dann trat er zur Seite und winkte sie in den Raum.

»Komm rein, meine Liebe«, forderte er sie lächelnd auf. »Ich hatte gerade eine kleine Unterhaltung mit deinem Vater.«

»War ja nicht zu überhören«, antwortete sie trocken, als sie seiner Einladung nachkam.

Malcolm zog eine Augenbraue hoch, denn ihr mißbilligender Ton war ihm nicht entgangen. »Vielleicht sollte ich es dir erklären. Dein Vater hat gestern mal wieder die große Runde durch sämtliche Kneipen gemacht und dabei vergessen, wo er den Fahrer mit der Kutsche hatte warten lassen. Ich habe nicht nur die ganze Nacht damit zugebracht, ihn und die Kutsche zu suchen, sondern mußte mir bei der Gelegenheit auch noch einige der unangenehmen Gerüchte anhören, die wir diesem versoffenen Prahlhans verdanken.«

Lenore blickte zum Bett hinüber, wo Robert Somerton hockte, ein Bild des Jammers. Seine Schultern hingen herab, der Kopf war beschämt gesenkt. Seine Haltung war ihr völlig unverständlich. Es wäre ihr viel natürlicher vorgekommen, wenn er Malcolm Sinclair wegen dieser beleidigenden Worte die Tür gewiesen hätte. Wenn sie auch nicht wußte, warum er sich so benahm, so lehrte die Situation sie doch etwas über ihren eigenen Charakter. Trotz der vielen Male, bei dem es ihm in der letzten Zeit gelungen war, sie auf die Palme zu bringen, handelte es sich immer noch um ihren Vater, und sie verspürte den starken Drang, ihn zu verteidigen, so wie sie jedes Mitglied ihrer Familie verteidigt hätte.

»Ich wäre dir sehr dankbar, Malcolm, wenn du daran denken würdest, daß du mit meinem Vater sprichst. Dies ist mein Haus, und solange ich mich deiner nicht als meines Ehemannes entsinnen kann, betrachte ich dich hier als Gast. Es ist mir egal, was für Gerüchte er in die Welt gesetzt hat, und ich wüßte es sehr zu schätzen, wenn du ihn mit etwas mehr Respekt behandeln würdest. Wenn dir das nicht möglich sein sollte, muß ich dich bitten zu gehen – und zwar sofort.«

Malcolms Augen wurden hart, als er ihren Blick erwiderte, und er schien zu einer scharfen Antwort anzusetzen, unterdrückte sie jedoch und erwiderte mit einem steifen Lächeln: »Vergib mir, mein Liebling. Ich will versuchen, in Zukunft respektvoller zu sein. Ich war nur besorgt um unsere Reputation hier in Biloxi und fürchtete, daß dein Vater ihr vielleicht geschadet haben könnte.«

Lenore bedachte ihn mit einem kühlen Lächeln, ohne etwas zu entgegnen. Robert Somerton schien ganz verwirrt darüber, daß sie ihn verteidigte, und starrte sie mit traurigen, rotgeränderten Augen über dunklen Tränensäcken an. Seine Wangen waren schlaff, und unter dem fliehenden Kinn hatte sich die Haut zu einem faltigen Sack geformt. Sein Unterkiefer war mit einem grauen Stoppelbart bedeckt. In dem Hemd, das er anhatte, schien er geschlafen zu haben, denn es war schmutzig und verkrumpelt. Unter ihrem prüfenden Blick wurde er zusehends nervös, begann die Knitter aus seiner Weste zu streichen und blickte sich unruhig nach einer Flasche Whisky um, ohne seinen Freudenspender und Retter in allen Notlagen irgendwo entdecken zu können.

»Ich... nun...« Er fuhr sich mit einer pelzigen Zunge über die trockenen, gesprungenen Lippen und räusperte sich nachhaltig. »Ich wollte niemandem Ungelegenheiten bereiten, und ich kann verstehen, daß Malcolm auf mich böse ist. Du brauchst nicht auf ihm herumzuhacken, Liebes. Es ist alles meine Schuld. Ich hätte mich niemals derart vergessen dürfen.«

Sie streifte Malcolm mit einem Seitenblick, bemerkte ein zufriedenes Lächeln auf seinem Gesicht und hätte es ihm am liebsten mit einem scharfen Kommentar von den Lippen gewischt. Sie haßte seine Arroganz und den lüsternen Ausdruck in seinen Augen, wann immer sein Blick auf ihren Busen fiel. Die Frage, ob er dort nicht tatsächlich etwas sehen konnte, das diesen Ausdruck in seinen Augen rechtfertigen konnte, veranlaßte sie, sich zu entschuldigen und in ihr Zimmer zurückzukehren.

Sehr zu ihrem Mißfallen folgten Malcolm und Somerton ihr wenige Sekunden später. Ersterer hielt einen dünnen Aktenkoffer in der Hand. Ihr Vater stolperte und fing sich erst wieder kurz vor dem Schreibtisch, an dem sie saß. Als er ihr fragendes Stirnrunzeln bemerkte, rang er verlegen die Hände und beeilte sich zu erklären: »Ich... eh... Malcolm hat... nun ja... er möchte etwas Geschäftliches mit dir besprechen, meine Tochter.« Er schluckte schwer und trocken, wobei sein Blick sich wieder auf die Suche nach etwas Trinkbarem begab.

Lenore deutete mit dem Federkiel zur Ankleidekommode hinüber. »Da steht ein Krug kühles Wasser, falls du etwas trinken möchtest.«

Nur mit Mühe vermochte Somerton das Zittern seiner Hand zu unterdrücken, als er sich bediente, und der Krug klirrte deutlich hörbar gegen den Rand des Glases. Er trank einen großen Schluck, wobei er ein Schaudern des Ekels nicht vermeiden konnte. Als er aufsah, begegnete er Malcolms verächtlichem Lächeln. Seine geröteten Wangen verdunkelten sich, und er ließ das Glas beschämt sinken.

Malcolm verbarg sein Mißvergnügen hinter einer Maske liebevollen Wohlwollens und trat auf den Schreibtisch zu. Er beugte sich vor, um Lenore einen Kuß zu geben, doch sie wandte rasch den Kopf, so daß seine Lippen auf ihrer Wange landeten. Verwundert sah er zu, wie sie abrupt aufstand und den Schreibtisch zwischen sich und ihn brachte.

»Was möchtest du mit mir besprechen?« fragte sie.

Malcolm legte den dünnen Koffer auf die Schreibtischplatte und holte einen Stapel Papiere hervor. »Ich habe mich heute morgen in der Stadt mit unseren Anwälten getroffen, und sie haben mir diese Dokumente für dich mitgegeben, damit du sie unterzeichnest.«

»In Ordnung, laß sie mir da, ich schaue sie mir dann irgendwann im Lauf des Tages an.«

Malcolm hantierte unbeholfen mit den Blättern herum und räusperte sich. Irritiert blickte sie ihn an und fragte: »Paßt dir irgend etwas nicht?«

»Nein, nein, es ist nur so, die Anwälte hätten sie gern schon heute nachmittag wieder zurück. Dein Vater hat sie sich alle angesehen und bereits seine Zustimmung gegeben. Es ist nichts allzu Wichtiges, sozusagen nur ein paar lose Enden, die noch verknüpft werden müssen.«

»Wenn du sie so eilig wieder zurückbringen mußt, dann kann ich sie mir auch jetzt gleich anschauen. Allzu lange wird es ja nicht dauern.« Sie streckte die Hand danach aus, doch er nahm die Papiere rasch an sich.

»Eigentlich«, er legte sie wieder in den Koffer zurück, »bin ich nur gekommen, um deinen Vater abzuholen, damit er sie mit mir im Beisein der Anwälte unterzeichnet. Aber wir wollten dich hier nicht mit den Dienern allein lassen und dachten, deine Unterschrift könnte uns eine gemeinsame Fahrt ersparen.« Er schlug den Deckel des Koffers zu.

Robert Somerton hatte dem Paar den Rücken gekehrt und war auf die Veranda getreten. Er zuckte zusammen, als die Sonne ihm ins Gesicht schien. Rasch zog er sich wieder in den Schatten des Türrahmens zurück und lehnte sich an, um nicht das Gleichgewicht zu verlieren. Er ließ seinen Blick über das Meer schweifen und richtete sich plötzlich alarmiert auf. »Was, zum Teufel, ist das denn?«

Malcolm konnte sich ganz und gar nicht vorstellen, daß Somerton in seiner derzeitigen Verfassung in der Lage war, irgend etwas von Bedeutung wahrzunehmen. Er klemmte sich den Koffer unter den Arm und ging ebenfalls zu der Flügeltür. »Komm schon, du mußt dich mit dem Anziehen etwas beeilen, wenn wir...« Er folgte dem Blick des anderen mit den Augen, stürzte auf die Veranda hinaus. »Verdammt noch mal!«

Lenore fragte sich, was für eine eigenartige Krankheit die Männer befallen haben könnte, und gesellte sich zu ihnen. Erstaunt nahm sie die Wolken schwarzen Qualms wahr, die draußen auf dem Meer durch große, schlanke Zwillingsschornsteine in die Luft gepustet wurden. Die Schornsteine ragten aus den Deckaufbauten eines ganz in Schwarz, Weiß und Gold gehaltenen Flußdampfers, der gegen die unruhigen Wellen ankämpfte. Noch während sie hinüberblickten, wurden an Heck und Bug Anker gelassen, die den Dampfer gut zweihundert Meter von der Küste entfernt und direkt gegenüber dem Haus festhielten.

»Die *River Witch*!« Lenores Lippen formten die Worte, ohne daß ein Laut dabei entstand. Sie brauchte die Buchstaben an der Seite des Raddampfers gar nicht erst zu entziffern, um ihn zu erkennen. An der unteren Reling war das Schanzkleid mit Brettern und Segeltuch verkleidet worden, damit die Wellen nicht über das Deck spülen konnten.

Das Schaufelrad hörte auf sich zu drehen, und der Dampfer lehnte sich sanft gegen die Ankerketten. Eine große Gestalt trat aus dem Ruderhaus, ging ein paar Schritte und blieb dann stehen, um zum Haus hinüberzustarren, beide Hände in die Hüften gestemmt. Lenore wurden die Knie weich, als sie begriff, wer dort aufgetaucht war, unverkennbar an seiner selbstsicheren Haltung, die sie so oft mit liebevollen Augen bewundert hatte. Ihr Herz begann zu hämmern, und ihr Atem ging schneller. Grenzenloser Jubel stieg in ihr auf.

»Das darf doch nicht wahr sein!« Malcolm Sinclair zeigte seine Zähne wie eine wütende Ratte. »Es ist Ashton Wingate, dieser Bastard!« Er warf Robert Somerton einen anklagenden Blick zu, doch dieser zuckte nur mit den Schultern. Dann starrte Malcolm Lenore an; Eifersucht brannte in seinen Augen, als er sie fragte: »Hast du das gewußt? Hast du nach ihm geschickt?« Seine Augen flogen zu dem kleinen Schreibtisch hinüber, auf dem noch immer Briefpapier und Federkiel lagen.

»Du hast ihm geschrieben! Du hast ihn wissen lassen, wo wir sind.«

»Nein, das habe ich nicht!« Lenore schüttelte den Kopf. Sie wagte die Gefühle, die in ihr tobten, nicht zu zeigen. Freude. Aufregung. Glück. Sie schäumten durch ihre Adern, vereinigten sich zu einem wilden Hochgefühl. Ashton war da! Ashton war da! Immer wieder rief etwas in ihr seinen Namen. Er war gekommen, um Flagge zu zeigen, stolz und kühn. Er zeigte allen, daß er sie für sich beanspruchte, daß er sie nicht so schnell aufzugeben gedachte.

»Aber wie konnte er dann...« Malcolm vollendete den Satz nicht. Er musterte Lenore mit einem scharfen Blick. »Wußte er, daß du ein Haus in Biloxi hast?«

Lenore zuckte mit den Schultern und spreizte die Hände, um ihre Unschuld zu beteuern. »Ja. *Ich* war es, die es nicht wußte.«

»Ich hätte mir denken können, daß er es herausfindet«, murmelte Malcolm. »Und natürlich hat dieser Bastard uns aufgespürt, so wie ein Hund eine läufige Hündin aufspürt.« Sein Kopf ruckte vor und zurück wie der eines wütenden Stiers. »Ich weiß schon, was er will. Er will dich wieder entführen.« Mit drohendem Finger deutete er auf das Schiff vor der Küste. »Aber er wird nicht bleiben, das garantiere ich dir! Ich werde den Sheriff holen und dafür sorgen, daß er dort verschwindet!«

Somerton ließ sich langsam in einen der Verandastühle sinken und meinte: »Ich glaube nicht, daß du da irgend etwas tun kannst, Malcolm. Der Mann hat nichts Ungesetzliches begangen. Sollte er einen Fuß auf unser Land setzen, können wir ihn festnehmen lassen, aber die offene See gehört jedem, der mutig genug ist, sie zu befahren.«

Mit großen Schritten verließ Malcolm Veranda und Zimmer, nur um wenig später mit einer doppelläufigen Jagdflinte zurückzukommen. »Er soll nur versuchen, an Land zu gehen. Ich lege ihn um, bevor er auch nur das Wasser von den Stiefeln geschüttelt hat.«

Lenores Hochstimmung verflog. Es ließ sich überhaupt nicht

absehen, wozu Malcolm in seinem Haß in der Lage war, und seine Wut würde sich auch kaum in Rauch aufgelöst haben, bis die beiden Männer sich begegneten. Sie mußte Ashton davor warnen, daß er an Land ging, doch wie?

»Der einzige Nachteil bei Feuerwaffen«, murmelte Somerton, »ist der, daß man nie genau weiß, wie gut der andere ist. Man hat uns gesagt, daß mit Wingate nicht gut Kirschen essen ist. Falls er wirklich so gut sein sollte, wie man munkelt, dann würde ich dir raten, vorsichtig zu sein.«

Überrascht starrte Lenore ihren Vater an. Sie erinnerte sich daran, wie er an jenem Nachmittag auf Belle Chêne mit Malcolms Fähigkeiten als Schütze geprahlt hatte. Und jetzt ließ er seinem Schwiegersohn Warnungen angedeihen. Was für ein Spiel trieb er eigentlich?

»Mag sein, daß er gut ist«, fauchte Malcolm, »aber vermutlich nicht gut genug.« Selbstgefällig streichelte er den Lauf der Waffe. »Es gibt nur einen Weg für Ashton Wingate, von hier zu verschwinden, ohne mir mit der Waffe in der Hand gegenübertreten zu müssen, und der besteht darin, sein verdammtes Boot umzudrehen und schnellstens nach New Orleans zurückzudampfen.«

»Beabsichtigst du etwa, das Schiff die ganze Zeit im Auge zu behalten?« erkundigte Somerton sich erstaunt.

Malcolm warf dem anderen einen finsteren Seitenblick zu. »Nein, *Papa,* du wirst mich hin und wieder ablösen.«

Somertons buschige Augenbrauen fuhren in die Höhe, dann zogen sie sich zusammen. »Ich halte gern für dich die Augen offen, aber den Schießprügel nehme ich nicht in die Hand. Von Schußwaffen habe ich keinen blassen Schimmer.«

Malcolm lächelte sanft. »Keine Sorge, dieses Vergnügen werde ich mir selbst vorbehalten.«

Lenore lief ein Schauer über den Rücken, in ihrem Magen bildete sich ein kalter Knoten. Irgend etwas stimmte hier nicht, aber sie hatte keine Ahnung, was. Vorsichtig fragte sie: »Du würdest ihn doch nicht wirklich ermorden, oder?«

Kalt antwortete Malcolm: »Es wäre gar kein Mord, Liebes.

Ich habe das Recht, meinen Besitz zu beschützen, und es dürfte wohl keine Zweifel daran geben, was dieser Bursche vorhat. Er ist hier, um dich mir wegzunehmen.«

»Vielleicht solltest du mich mit ihm sprechen lassen«, schlug sie vor. »Ich bin sicher, er wird wieder abziehen, wenn ich ihm erkläre, daß ich aus freiem Willen hier bin.«

Malcolm lachte höhnisch. »Ich habe genug von deinem sauberen Mr. Wingate gehört. Nichts kann ihn zurückhalten, wenn er etwas wirklich haben will.« Er marschierte am Geländer der Veranda entlang, ohne den Blick von dem Schiff draußen auf See zu nehmen. »Ich muß schon sagen, der Kerl hat Nerven, einfach dort draußen vor Anker zu gehen, wo er uns genau beobachten kann.« Malcolm redete sich immer mehr in Rage und drohte dem Dampfer mit der Faust. »Seht euch das an! Er hat sogar ein Fernglas!«

Somerton blinzelte mit blutunterlaufenen Augen zu dem Schiff hinüber, um sich diese neuerliche Provokation nicht entgehen zu lassen. Der lange Messingzylinder, den Ashton ans Auge gesetzt hatte, erleichterte ihm die Angelegenheit beträchtlich. »Bei Gott, das hat er tatsächlich.«

Auch Lenore blickte unablässig zu Ashton hinüber. Fast konnte sie spüren, wie er sie durch das Glas anstarrte. Ihre Wangen waren von flammender Röte überzogen, doch hatte das nichts mit der Morgenhitze zu tun.

Malcolm knirschte mit den Zähnen. »Ich wünschte, ich hätte eine Kanone hier. Ich würde diesen gottverdammten Idioten aus dem Wasser ballern und mich daran freuen, wie er in tausend winzigen Stückchen wieder herunterkommt.«

Verzweifelt unternahm Lenore einen weiteren Versuch. »Darf ich ihm wenigstens einen Brief schicken?«

»Nein!« bellte Malcolm. »Er kann dort draußen sitzenbleiben, bis ich mir überlegt habe, wie ich ihn mir vom Hals schaffe; dann werde ich dafür sorgen, daß er uns nie wieder belästigen kann. Ashton Wingate wird bald wissen, wer von uns beiden der bessere Mann ist.«

Freude und Glück sind so unwiderstehlich wie die Flut. Kaum hatten die Männer Lenore sich selbst überlassen, kehrten die überschwenglichen Gefühle zurück und spülten über sie hinweg. Bei dem Gedanken, daß sie Ashton genug bedeutete, um ihn zum Herkommen zu veranlassen, wurde ihr beinahe schwindelig. Für eine Weile vergaß sie die Besorgnis, die Malcolms Drohungen in ihr ausgelöst hatten, und gab sich ganz dem Wissen hin, daß Ashton in der Nähe war. Sie preßte beide Hände gegen den Mund, um nicht in ein glückliches Kichern auszubrechen, wobei ihre Schultern zitterten, so heftig war der Drang. Meghan hantierte im Zimmer herum, und es war wohl besser, wenn Lenore die Dienerin nichts von ihren Gefühlen merken ließ; schließlich hatte sie keine Ahnung, ob sie ihr trauen konnte. Aber es fiel ihr nicht leicht, ihre Hochstimmung zu verbergen, vor allem dann nicht, wenn die Frau sie direkt ansah, als spürte sie eine Veränderung. Nach einiger Zeit gab Meghan ihrer Neugier ganz offen nach.

»Geht es Ihnen gut, Ma'am?« fragte sie.

Lenore nickte eilig und ließ die Hände in den Schoß sinken, wobei sie sich nur mit Mühe ein Lächeln verkneifen konnte. »Ja. Warum?«

Meghan schürzte die Lippen, als sie ihre Herrin betrachtete. In den letzten Wochen hatte sie die junge Frau genau beobachtet und voll Bekümmerung miterlebt, wie sie sich in ihr Schicksal fügte und sich in Gegenwart der Männer gehorsam so gab, wie es von ihr erwartet wurde, allein in ihrem Zimmer jedoch schmachtend am Fenster stand, als sehnte sie sich nach einem anderen Leben. Jetzt hingegen tanzten die grünen Augen geradezu vor Lebhaftigkeit, und zum erstenmal seit ihrer Ankunft in Biloxi schien die Herrin wirklich glücklich. Das Gebrüll der Männer auf der Veranda war im ganzen Haus zu vernehmen gewesen, und so hatte Meghan nicht überhören können, daß dort draußen auf dem Dampfer ein Mann war, der beabsichtigte, die Lady mitzunehmen, und so wie sie die Veränderung in ihrer Herrin beurteilte, würde es dazu kaum großer Gewaltanwendung bedürfen.

»Sie brauchen keine Angst vor mir zu haben«, versicherte sie Lenore. »Ich bin keine Spionin für Mr. Sinclair, wenn Sie das meinen.«

Lenore starrte die Frau an, etwas erschrocken über ihre Hellsichtigkeit. Sie gedachte nicht, die Geheimnisse ihres Herzens zu enthüllen, und fragte unschuldig: »Wovon sprichst du nur, Meghan?«

Die Dienerin faltete die Hände über der Schürze und nickte mit dem Kopf zu dem Raddampfer vor dem Fenster. »Ich weiß, daß da draußen ein Mann wartet, der Ihretwegen gekommen ist, und so wie Ihr Gesicht strahlt, würde ich sagen, sind Sie darüber nicht über die Maßen unglücklich.«

Lenores Augen wurden groß. Sie eilte auf Meghan zu, ergriff ihren Arm und sagte inständig: »Du darfst niemandem verraten, daß ich mich über seine Anwesenheit freue. Niemandem. Vor allem Mr. Sinclair und meinem Vater nicht. Bitte. Sie hassen Mr. Wingate, alle beide, und ich weiß nicht, was sie tun werden, wenn sie es erfahren.«

»Keine Sorge, Ma'am«, beruhigte Meghan sie und nahm Lenores schlanke Hand. »Ich war selbst mal verliebt und kann gut verstehen, was in Ihnen vorgeht.«

Lenore gab ihre Vorsicht nicht sofort auf. »Wieviel weißt du von mir?«

Mit einem Schulterzucken antwortete Meghan: »Ach, ich habe nur gehört, was die Männer so reden, daß Sie Ihr Gedächtnis verloren und gedacht haben, Sie wären mit jemand anderem verheiratet.« Sie hielt inne, als ihr die Zusammenhänge zu dämmern begannen. »Er ist es, nicht wahr? Ich meine, dieser Wingate ist der Mann, mit dem Sie verheiratet zu sein glaubten?«

Lenore senkte die Augen und sah keinen Sinn mehr darin zu lügen, wenn die andere sowieso in ihr zu lesen vermochte wie in einem offenen Buch. »Ja, und ich liebe ihn, obwohl ich mir große Mühe gebe, es nicht zu tun...«

»Da haben sie sich aber ganz schön was aufgehalst, Ma'am, das kann man wohl sagen.«

Lenore nickte langsam. Es würde mehr als schwierig werden, jedes Gefühl für Ashton in sich abzutöten, wenn nicht gar unmöglich.

Die kleine Uhr auf dem Schreibtisch zeigte mit zartem Schlag die zweite Stunde an, während die große Standuhr unten in der Halle überall im nächtlich stillen Haus zu hören war. Lenore ließ sich in ihrer Arbeit nicht unterbrechen. Sorgfältig arrangierte sie die Kissen unter der Bettdecke, bis es im silbern durch die Fenster hereinfallenden Mondschein so aussah, als läge sie im Bett. Bei einer flüchtigen Inspektion würde jeder, der einen Blick ins Zimmer warf, annehmen, daß sie friedlich schlief. Auf diese Weise hatte sie Gelegenheit, aus dem Haus zu schlüpfen und Ashton zu warnen. Beim Abendessen hatte Malcolm sich wieder in wüsten Drohungen ergangen, und sie war zu dem Schluß gelangt, daß sie keine Minute mehr verlieren durfte. Der Hausbursche hatte das Dingi am Ufer vertäut, als er das letztemal fischen gewesen war; damit würde sie zur *River Witch* hinausrudern. Auf ihr Bitten hin hatte Meghan sich von dem Jungen ein paar Kleidungsstücke ausgeliehen, sich aber wohlweislich davor gehütet, nach dem Grund für dieses Ansinnen zu fragen.

Lenore stopfte die Fülle ihres rotgoldenen Haars unter eine Schirmmütze und rümpfte die Nase, als sie sich im Spiegel betrachtete. In einem derartigen Aufzug ließ eine Lady sich im allgemeinen nicht blicken. Das Hemd hatte keine Knöpfe, die der Rede wert waren, so daß sie es in der Taille verknoten mußte, damit es fest saß, was wiederum zu einem ziemlich großzügigen Dekolleté führte. Die Hose paßte, das Material war allerdings von Alter und Abnutzung dünn wie Papier geworden. Der Schlitz vorn ließ sich nicht verschließen und wurde allein durch den Strick zusammengehalten, der als Gürtel diente. Alles in allem bot Lenore einen ziemlich freizügigen Anblick, und wenn sie erwischt wurde, konnte man ihr mit Recht vorwerfen, daß sie eine Vergewaltigung geradezu herausforderte. Zur Sicherheit warf sie sich noch eine abgetragene Leinenjacke um die Schultern.

Bevor sie aufbrach, legte sie ein Ohr an die Tür zum Korridor und lauschte. Dem lauten Schnarchen, das aus dem Zimmer ihres Vaters drang, war zu entnehmen, daß Malcolms Strafpredigt vom Morgen ihn dazu angeregt hatte, heute einmal zu Hause zu bleiben. Nun mußte sie sich nur noch vor Malcolm selbst in acht nehmen, und er war auch derjenige, den sie am meisten fürchtete. Bei ihm würden lahme Ausreden nicht verfangen. Wenn er sie erwischte, würde er sofort wissen, wohin sie gewollt hatte.

Sie griff nach einem Paar Sandalen und schlüpfte hinaus auf die Veranda, wo sie im Schatten verharrte und nach verdächtigen Bewegungen Ausschau hielt. Als sie keine bemerkte, setzte sie ihre Flucht fort, indem sie vorsichtig eine Stufe nach der anderen hinunterstieg. Die unterste knarrte leise, als ihr ganzes Gewicht darauf ruhte, und mit angehaltenem Atem wartete sie auf einen herrischen Ruf, der ihr Einhalt gebot. Doch nichts geschah, und als das Leben wieder in ihren angstbetäubten Körper zurückkehrte, eilte sie über die untere Veranda und die nächste Treppe hinunter. Unten hielt sie kurz inne, um in die Sandalen zu schlüpfen, ehe sie gebückt über den Rasen lief. Das Dingi war auf den Strand gezogen worden. Sie legte die Riemen in die Rudergabeln und schob das schwere Boot dann ächzend in das leise über den Sand rollende Wasser.

Auf den Decks der *River Witch* brannten mehrere Lampen, und Ashtons Kajüte war ebenfalls schwach beleuchtet. Lenore kehrte den Lichtern den Rücken und warf nur hin und wieder beim Rudern einen Blick über die Schulter, um sich zu orientieren. Es stellte sich schnell heraus, daß sie die Entfernung zwischen Küste und Dampfer falsch eingeschätzt hatte. Nach einiger Zeit begannen ihre Arme von der ungewohnten Anstrengung zu zittern und zu schmerzen. Als sie ihr Ziel endlich erreicht hatte, sank sie zusammen und wartete darauf, daß ihre Kräfte zurückkehrten, während das Dingi leise gegen das Schanzkleid des Dampfers schlug. Doch das Zittern in den Armen hörte nicht auf, und es schien, als könnte sie sich nur mit ungeheurer Willenskraft wieder aufrappeln. Nachdem sie genug Energie gesammelt hatte, entschied sie sich für eine dunkle Stelle unweit des Achterschiffs, wo Malcolm und Somerton ihren Aufstieg nicht bemerken würden, sollten sie zufällig zur *River Witch* herüberblicken. Dann kletterte sie, die Leine in der Hand, über die Bretter, die das untere Deck schützten. Anschließend schlang sie die Leine um einen Pfosten und ließ sich zu Boden sinken, wo sie völlig erschöpft liegenblieb.

In ihrer unmittelbaren Umgebung waren keine Laternen, die ihr das Nahen eines anderen menschlichen Wesens verraten hätten, und es dauerte eine Weile, bis sie begriff, daß jemand über ihr stand. Vergeblich versuchte sie den Händen auszuweichen, die nach ihr griffen. Eine packte sie am linken Knie, die andere am Kragen der Jacke. Der schmerzhafte Druck der rücksichtslos zupackenden Fäuste verstärkte ihre Panik noch, und statt ihre Anwesenheit zu erklären, schlug sie nur blind um sich. Wie ein glitschiger Aal schlüpfte sie aus der Jacke und ließ sie in der Hand des Mannes zurück. Die andere Hand aber verstärkte ihren Griff um das linke Knie, so daß Lenore vorwärts stürzte, im letzten Moment jedoch von der freien Hand des Mannes, die den Rükken ihres Hemdes erwischte, aufgefangen wurde. Entsetzt merkte sie, wie sich der Knoten zu lockern begann. Die Nähte des grobgewebten Kleidungsstücks bissen ihr in die Achselhöhlen, dann gab es ein helles, raspelndes Geräusch, als der Stoff riß. Mit einem erstickten Schrei duckte sie sich zusammen und verschränkte die Arme über ihrem nackten Busen. Erneut versuchte sie, ihrem Häscher zu entwischen, ehe ihre Tarnung gänzlich zerstört war. Der Mann stieß einen leisen Fluch aus und griff wieder nach ihr, wobei er sie diesmal am Gürtel und am rechten Oberarm zu halten bekam. Er riß sie so heftig auf sich zu, daß der Gürtel ihr den Atem aus den Lungen preßte, und schüttelte sie brutal.

»Wer hat dich hierher geschickt, Kleiner?« fauchte er ihr ins Ohr.

»Ashton!« Erleichterung überflutete sie, als sie die Stimme erkannte. Noch nie hatte sie in der kurzen Lebensspanne, derer sie sich erinnerte, ein so schönes Geräusch gehört.

»Was zum...« Die kräftigen Finger lockerten ihren Griff. »Lierin?«

Sie spürte, wie er sie genau in Augenschein nahm. Sie konnte nicht verhindern, daß sie errötete, und verschränkte schüchtern die Arme vor den Brüsten.

Ashton stellte beglückt fest, daß seine Träume Wirklichkeit geworden waren, doch obwohl ihm ihre Bekleidung – oder das Fehlen derselben – nicht entging, sah er nun keinen Grund mehr zu überstürzter Betriebsamkeit. »Ich bin so froh, dich wiederzusehen, mein Liebling«, murmelte er heiser. »Komm, wir gehen in meine Kajüte. Der Wachhabende kann jeden Moment seine Runde machen, und wir wollen doch nicht, daß er dich so sieht.«

Der Gedanke gefiel Lenore in der Tat ganz und gar nicht. »Mein Hemd...«, erinnerte sie ihn, während sie bereits auf seine Kabine zueilte.

Ashton hob das Hemd auf und folgte ihr auf dem Fuß. An der Tür blieb sie stehen. Ashton trat dicht hinter sie, und als er an ihr vorbeigriff, um die Tür zu öffnen, durchströmten die so lange unterdrückten Sehnsüchte sie mit prickelnder Erwartung. Sie schloß die Augen und lehnte sich mit dem nackten Rücken gegen seine Brust.

Für Ashton kam die Berührung einer Explosion gleich. Heiß schoß ihm das Blut in die Lenden, und zwischen Öffnen und Schließen der Tür ließ er ihr Hemd und die Jacke auf den Boden fallen. Ihre bleichen Schultern leuchteten im goldenen Schein der Kajütenbeleuchtung. Er nahm sie in seine Arme und zog sie an sich. Ein leises Stöhnen entrang sich Lenore, als er ihre Brüste zu liebkosen begann. Die Schirmmütze rutschte ihr vom Kopf, als sie sich zurücklehnte, und die Haare fielen ihr über die Schultern. Die dünne Hose gewährte ihr nur wenig Schutz vor der brennenden Hitze seiner Erregung und der Hand, die sie streichelte. Sie wußte, deswegen war sie nicht hergekommen, doch jede Fiber ihres Wesens schrie danach, daß er sie nahm, sie sich wieder zu eigen machte. Ihn abzuweisen, übertraf der Hölle schlimmste Qualen.

»Wir dürfen nicht...«, protestierte sie mit einem schwachen Flüstern. »Ashton, bitte... das dürfen wir jetzt nicht tun.«

»Wir müssen«, keuchte er dicht an ihrem Ohr und bedeckte ihren Nacken mit fiebrigen Küssen. Sie wieder bei sich zu haben und alles, was daraus entstand, war richtig, das spürte er. »Wir müssen...«

Er hob sie auf seine Arme und trug sie mit zwei langen Schritten zum Bett, jenen Hafen, in dem sie vor nicht allzu langer Zeit erst von den Fluten stürmischer Leidenschaft umspült worden waren. Er legte sie auf die Matratze, sein Blick war eine einzige zärtliche Liebkosung, dann schob er sich neben sie und nahm sie erneut in die Arme. Lenore legte ihm eine Hand auf die Brust und wandte den Kopf ab, damit sie unter seinen ungestümen Küssen nicht den Verstand verlor. »Ich bin nur hergekommen, um dich zu warnen, Ashton.« Verzweiflung schwang in ihrer Stimme mit. »Malcolm wird dich töten, wenn du an Land gehst. Du mußt wieder zurückfahren.«

Ashton hob den Kopf und blickte auf sie hinab. Manchmal konnte die Liebe kommen und gehen wie die unruhigen Winde, die über die Küste hinstürmten; dann wieder konnte sie endlos sein, unüberwindlich für Zeit, Raum und alle Widrigkeiten. Diese Liebe kannte Ashton nun seit mehr als drei Jahren, und sie bildete den Kern seiner Existenz. Die Zeilen, die Lenore ihm hinterlassen hatte, sollten ihn davon überzeugen, daß sie das Richtige tat, aber wie konnte er sich damit einverstanden erklären, wenn sie sein Herz mitgenommen hatte?

»Vergiß Malcolm und alles, was er dir erzählt hat«, sagte er. »Bleib bei mir, Lierin, und ich werde sofort die Anker lichten. Wenn nötig, bringe ich dich bis ans Ende der Welt.«

Tränen begannen ihr über die Wangen zu rinnen. »Oh, Ashton, begreifst du es denn nicht? Du willst sie und nicht mich.«

»Ich will dich, nur dich!«

»Ich bin nicht die Frau, für die du mich hältst, Ashton. Ich bin Lenore, nicht Lierin.«

»Dein Erinnerungsvermögen…« Er zögerte, beinahe furchtsam. »Ist es zurückgekehrt?«

»Nein.« Sie wagte nicht, ihm in die Augen zu sehen. »Aber ich muß Lenore sein. Mein eigener Vater hat es gesagt.«

»Dein Vater haßt mich, vergiß das nicht. Er hat allen Grund, uns voneinander getrennt zu halten, wenn er kann.«

»So weit würde er nicht gehen«, widersprach sie ihm.

Ashton seufzte. »Wenn du darauf bestehst, werde ich dich Lenore nennen, aber das ändert überhaupt nichts. In meinem Herzen bist du meine Frau, ein Teil von mir auf ewig.«

»Du mußt von hier fort«, drängte sie ihn besorgt. »Du mußt die Anker lichten und dich in Sicherheit bringen.«

»Wirst du mich begleiten?« fragte er.

»Ich kann nicht, Ashton«, sagte sie mit winziger Stimme. »Ich muß zurückgehen, ich muß die Wahrheit wissen.«

»Dann werde ich bleiben, und ich werde um dich kämpfen, bis diese Angelegenheit ein für allemal erledigt ist.«

»Oh, bitte, Ashton, bitte«, flehte sie. »Ich könnte es nicht ertragen, wenn dir irgend etwas zustieße.«

»Ich bin fest entschlossen zu bleiben.«

Wütend schüttelte sie den Kopf. »Du bist genauso dickköpfig, wie die Leute sagen. Warum findest du dich nicht mit dem Unausweichlichen ab?«

»Das Unausweichliche?« Mit einem rauhen Lachen rollte er sich auf den Rücken und starrte die niedrige Decke über seinem Bett an. »Drei Jahre lang habe ich gesucht, aber keine Frau gefunden, die deinen Platz hätte einnehmen können. Ich war ein Mann, und doch konnte ich mich nicht wieder daran gewöhnen, das ungebundene Leben eines Junggesellen zu führen. In meinen Lenden brannte ein Feuer, aber ich vermochte diesen unstillbaren Hunger nirgendwo zu befriedigen. Vielleicht war ich besessen. Vielleicht war ich verrückt. Mit Sicherheit war ich hoffnungslos und vollkommen verliebt in einen Traum, ein Wunschbild, dem nur du entsprichst.« Er wandte den Kopf und blickte sie an. »Ich weiß, wie das Leben ohne dich war, und diese Erfahrung reicht mir für jetzt und immerdar. Ich bin hier, um zu kämpfen, mein Liebling, und genau das werde ich auch tun.«

Lenore richtete sich halb auf, bis sie ihm ins Gesicht sehen konnte. Ihre nackten Brüste lagen auf seinem harten, ebenfalls nackten Oberkörper. Hingebungsvoll musterte sie sein Gesicht, während ein Lächeln von zärtlicher Wehmut über ihre Lippen glitt. »Wir sind schon ein schönes Paar, wir zwei, besessen von dem Wunsch nach etwas, das wir nicht haben können. Ich muß zurück, und du bist entschlossen zu bleiben. Und doch, wenn ich könnte, würde ich versuchen, deinen Sinn zu ändern.«

Sie zögerte eine Sekunde. Dann fuhr sie fort, selbst etwas beschämt über den Vorschlag, den sie ihm zu unterbreiten gedachte: »Wenn ich mich dir jetzt hingebe und diesen Moment lang annehme, daß du vielleicht recht hast, wenn du mich für deine Frau hältst, wirst du dann umkehren, bevor dir etwas zustößt?«

Ashton hob sie hoch, bis sie ganz auf ihm lag. Es war nicht zu übersehen, daß sein Körper danach lechzte, ihr Angebot hier und jetzt anzunehmen, dennoch schüttelte er langsam den Kopf. »Einen solchen Vorschlag kann ich nicht akzeptieren, mein Liebling, selbst wenn er mir helfen würde, mein Verlangen nach dir zu befriedigen. Ich liebe dich zu sehr, um mich mit einem Abschiedsgeschenk davonschicken zu lassen. Ich will dich ganz, und mit weniger werde ich mich nicht zufriedengeben.«

Lenore seufzte unglücklich. »Dann muß ich gehen.«

»Noch nicht sofort«, bat er. »Bleib doch noch ein Weilchen. Erlaube mir, dich zu lieben.«

»Das wäre nicht richtig, Ashton; nicht mehr. Ich gehöre jetzt Malcolm.«

Ashtons Augenbrauen zogen sich zusammen, und er blickte fort, gequält von Eifersucht. Seine Wangenmuskeln zuckten, als er gegen den Drang ankämpfte, ihr zu erzählen, wie er die genaue Lage ihres Hauses herausgefunden hatte. Eine Runde durch die

Taverne von Biloxi hatte nicht nur eine Handvoll Saufkumpane von Robert Somerton erbracht, sondern auch eine ganze Reihe von leichten Mädchen. Es schien, als wären mehr als nur ein paar davon dem liebesdurstigen Malcolm Sinclair zu Willen gewesen. »Der Gedanke, daß du zu ihm zurückgehst, gefällt mir nicht.«

»Ich muß«, flüsterte sie. Sie liebkoste leicht mit den Lippen seinen Mund, dann schlüpfte sie aus seiner Umarmung. Sie zog sich das zerrissene Hemd wieder an, fuhr in die Jacke und schob das Haar unter die Schirmmütze.

Ashton ließ sie nicht einen Herzschlag lang aus den Augen. »Ich werde dich zurückbringen«, sagte er mit einem Seufzer, schwang die Beine vom Bett und stand ebenfalls auf.

Lenore hatte nicht vergessen, wie anstrengend es gewesen war, zur *River Witch* hinauszurudern, und so ließ sie ihm gern seinen Willen. »Aber wie kannst du dann wieder zurückkommen?«

»Ich binde ein zweites Dingi an dein Boot.« Er griff nach seinem Hemd und schlüpfte hinein. Lenore sah ihm zu, wie er sich anzog. Er erwiderte ihren Blick und hätte sie am liebsten in seine Arme gerissen, wußte aber, daß es kein Zurück mehr geben würde, wenn er seinem Begehren folgte. Obwohl die Worte ihn schmerzten, sagte er: »Ich liebe dich.«

»Ich weiß«, sagte sie leise, »und ich liebe dich.«

»Wenn ich nicht wüßte, daß du mich irgendwann dafür hassen würdest, behielte ich dich hier, aber die Entscheidung liegt allein bei dir. Bist du sie gefällt hast, bleibe ich in der Nähe, um dir schnell zu Hilfe kommen zu können, solltest du mich brauchen.« Er drückte ihr einen kleinen Derringer in die Hand. »Nimm; wie man damit umgeht, habe ich dir ja gezeigt. Wenn im Haus geschossen wird, kann ich es hier hören. Versteck dich, bis ich bei dir bin.«

Er brachte sie zum Ufer zurück, und nach einem letzten Abschiedskuß schlich Lenore wieder zur oberen Veranda hinauf. Von der Balustrade aus sah sie zu, wie er zum Schiff zurückruderte, dann ging sie in ihr Zimmer. Dort erwartete sie schon die Einsamkeit.

Elftes Kapitel

Das heftige Weinen drang mit der gleichen Rücksichtslosigkeit in Lenores Schlummer wie das Morgenlicht, das durch die Ostfenster in ihr Schlafzimmer fiel. Beides war außerordentlich störend und gleich schwer zu ignorieren, als sie sich wieder in die tröstenden Arme des Schlafs zu flüchten suchte. Nach ihrer Rückkehr von der *River Witch* war sie segensreicherweise sogleich in die Welt der Träume hinübergeglitten, und jetzt hätte sie am liebsten den ganzen Vormittag so verbracht, doch es sollte nicht sein. Die blendenden Strahlen der aufgehenden Sonne wanderten langsam über ihr Bett, indes das unaufhörliche Schluchzen sie bis unter das Kissen, mit dem sie sich die Ohren zuhielt, verfolgte. Endlich dämmerte es Lenore, daß in ihrer Nähe jemand Kummer haben mußte.

Sie stand auf, schlüpfte in ihren Morgenmantel und eilte zu einer der offenen Verandatüren. Sie trat hinaus und sah Meghan an der Balustrade stehen. Mit tränenfeuchten Augen starrte die Haushälterin zum Strand hinunter, wobei ihre Schultern immer wieder von Schluchzern geschüttelt wurden. Verwirrt folgte Lenore Meghans Blick und sah Malcolm und Robert neben dem Dingi stehen. Bei ihnen befanden sich zwei andere Männer und spähten unter eine Segeltuchplane, die über das Boot gebreitet war. Lenore konnte sich erinnern, daß die Plane noch nicht in dem Boot gelegen hatte, als sie und Ashton damit zurückgerudert waren. Sie fragte sich, was die Männer an dem Boot interessieren mochte und warum die Dienerin weinte.

»Meghan, was ist los?« Lenore legte ihr tröstend einen Arm um die Schulter. »Warum weinst du denn?«

Die Dienerin versuchte, ihrer Herrin zu antworten, brachte zwischen den Schluchzern und neuen Tränenströmen aber kein verständliches Wort heraus. »Es ist wegen Mary, Ma'am«, sagte sie endlich. »Der Hausbursche ist heute morgen zum Dingi hinuntergegangen, um zu sehen, ob er ein paar Fische fürs Abendessen fangen kann, und da hat er Mary nackt und tot im Boot gefunden. Der Sheriff sagt, sie ist ermordet worden.«

»Ermordet?« Lenore starrte die Dienerin an, ohne zu begreifen. Mary war so reizend gewesen, so angenehm und umgänglich. Sie konnte sich gar nicht vorstellen, wie jemand es fertigbrachte, ihr weh zu tun. Bestürzt sagte sie: »Aber ich bin doch erst heute nacht mit dem Dingi zur *River Witch* hinausgerudert. Gegen vier hat Mr. Wingate mich zurückgebracht.«

»Oh, Ma'am, davon sollten Sie dem Sheriff besser nichts erzählen. Mr. Sinclair behauptet, daß sie von jemand an Bord des Raddampfers getötet worden sei, und wenn er herausfindet, daß Ihr Mann hier am Ufer war, gibt er ihm bestimmt die Schuld.«

»Aber das ist doch Unsinn! Ich habe Ashton mit eigenen Augen in seinem Beiboot zurückrudern sehen. Ich hätte eher Gelegenheit gehabt, sie umzubringen, als er.«

Meghan schüttelte bekümmert den Kopf. »Sie ist vergewaltigt worden, Ma'am.«

»Vergewaltigt?« Ungläubig wiederholte Lenore das Wort. »Aber wer würde so was fertigbringen?«

»Ich weiß nicht, Ma'am. Ich habe selbst fest geschlafen, und erst, als der Junge schreiend durchs Haus gelaufen ist, habe ich erfahren, was man der armen Kleinen angetan hat. Und Sie, Ma'am? Haben Sie jemanden unten am Strand gesehen, nachdem Mr. Wingate weggefahren war?«

»Nein«, antwortete Lenore. Sie hatte auch kein ungewöhnliches Geräusch gehört, nichts außer dem Schnarchen, das aus dem Zimmer ihres Vaters drang. In ihrem Zimmer war sie dann sofort eingeschlafen, in Gedanken noch bei Ashton, und nichts hatte ihren friedlichen Schlaf gestört. »Was wird der Sheriff jetzt unternehmen?«

»Vermutlich wird er uns alle verhören und dann Mr. Wingate und seine Mannschaft. Mary und der Kutscher waren einander sehr zugetan, deswegen wird es am Ende wahrscheinlich Henry erwischen. Dabei scheint er so ein netter Mann zu sein.«

Lenore wurden die Knie weich, als sie neuerlich von einer Schreckensvision heimgesucht wurde. Der Anblick des Mannes, der mit einem Feuerhaken erschlagen wurde, war ihr inzwischen vertraut, doch eine schreckliche Sekunde lang hatte sie den Eindruck, als wolle sich der Mörder in seinem dunklen Umhang mit erhobener Stange auf sie selbst stürzen. Kalter Schweiß trat auf ihre Haut, und es dauerte fast eine ganze Minute, bis sie das Trugbild verarbeitet hatte und sich wieder auf die Gegenwart konzentrieren konnte. Sie holte ein paarmal tief Luft, um ihr wild hämmerndes Herz zu beruhigen, dann sagte sie: »Der Mörder muß ja keiner der Männer von hier sein, Meghan. Wenn Mary in Biloxi gearbeitet hat, bevor sie in dieses Haus gekommen ist, kann es sich ja auch um jemand aus der Stadt handeln.«

Meghan wischte sich die Tränen von den Wangen. »Mary kannte sich hier in der Gegend nicht besonders gut aus, Ma'am. Sollte sie also schon in Biloxi gewesen sein, bevor Mr. Sinclair sie angestellt hat, dann bestimmt nicht für lange. Ich glaube, sie ist in Natchez oder irgendwo dort in der Nähe geboren worden.«

»Natchez?« Lenore horchte auf. »Daher stammt Mr. Wingate auch. Vielleicht hat er sie gekannt.«

»Sie können wetten, daß der Sheriff ihn danach fragen wird, Ma'am, und ich schätze, wir können nichts tun als warten, was er herausfindet.« Meghan nickte zu den Männern hinunter, die jetzt auf das Haus zukamen. »Sie werden bestimmt gleich mit den Verhören beginnen.«

Plötzlich erinnerte Lenore sich daran, daß sie noch gar nicht angezogen waren und raffte den Morgenmantel am Kragen zusammen. »Dann mache ich mich jetzt am besten einigermaßen präsentabel.«

»Ich hole Ihnen frisches Wasser, Ma'am«, sagte Meghan mit einem zitternden Seufzer. »Wird mir guttun, mich um meine

Pflichten zu kümmern, statt dauernd an die arme Mary zu denken.«

Nach einer halbstündigen Morgentoilette hatte Meghan Lenores Lockenpracht zu einem Knoten gebändigt und ihrer Herrin in ein blaßblaues Seidenkleid geholfen. Als es an der Tür klopfte, ging sie öffnen. Malcolm schlenderte herein und lehnte sich neben dem Schminktisch an die Wand, von wo er Lenore genau betrachten konnte. Sie wirkte kühl und gelassen wie eine Schneekönigin, und so nannte er sie auch gelegentlich bei sich. Es gab Zeiten, da war er versucht, die dünne Mauer aus Eis zu durchbrechen und sie sich gefügig zu machen, doch da er nicht wußte, wie sie reagieren würde, unterdrückte er diese lüsternen Regungen. Eines Tages in naher Zukunft erwartete er, für seine Vorsicht und Geduld voll entschädigt zu werden.

»Ich nehme an, Meghan hat dir schon von Mary erzählt.« Er traf diese Feststellung mit fragend hochgezogener Augenbraue und fuhr erst fort, als Lenore mit einem Nicken geantwortet hatte. »Der Vorfall hat uns alle mit Entsetzen erfüllt. Erst deine Entführung, und jetzt das. Ich glaube zwar nicht, daß zwischen beidem ein Zusammenhang besteht, aber es wäre trotzdem besser, wenn du in nächster Zeit nicht allein hinausgehen würdest. Vor allem nicht, solange dieser Dampfer hier vor Anker liegt.«

»Malcolm...« Lenore klammerte sich an die Kante des Schminktisches, während sie sich darauf vorbereitete, die Wahrheit zu sagen. »Ich weiß, daß du jetzt wütend wirst, aber ich war heute nacht draußen auf der *River Witch*...

»Du... *was!*« bellte Malcolm so laut, daß Meghan vor Schreck die Bürste fallen ließ. »Du bist hinter meinem Rücken dort hinausgefahren?! Zu diesem Wüstling! Dem Mörder deiner Schwester! Du hast dich ihm hingegeben, wo man noch gar nicht weiß, was er mit Mary angestellt hat?«

Lenore fuhr hoch, Wut funkelte in ihren Augen. Sie sah zu Meghan hinüber, die bestürzt die Hände rang, und bedeutete ihr, zu gehen. »Bitte laß uns allein, Meghan. Ich habe etwas mit meinem...«, sie zögerte, ehe sie das Wort aussprach, »Ehemann zu besprechen.«

Aus Sorge um ihre Herrin gehorchte Meghan nicht sofort, aber Lenore winkte mit der Hand und ließ ihr keine Wahl. Sie verließ das Zimmer, schloß die Tür, und obwohl sie keine Lauscherin war, blieb sie in der Nähe, nur für den Fall, daß sie gebraucht werden sollte. Zwar war sie nie verheiratet gewesen, wußte aber dennoch, wie sich Männer mit ihren Frauen anstellen konnten, besonders wenn diese so schön waren wie die Lady, und Meghan befürchtete, daß der Streit für die Dame des Hauses gefährlich werden könnte.

»Wie kannst du es wagen, vor dem Personal so mit mir zu reden!« fuhr Lenore Malcolm an. »Nur zu deiner Information, ich habe mich Ashton nicht hingegeben. Ich bin nur hinausgefahren, um ihn zur Umkehr aufzufordern.« Kochend vor Wut ging sie im Raum auf und ab. »Seit ich in diesem Haus bin, habe ich nichts als Negatives über Ashton Wingate gehört, dabei kennt ihr ihn beide nicht, weder mein Vater noch du.«

»Ach, aber du!« gab Malcolm ebenso wütend zurück. Er wußte nicht, was genau sie an dem anderen Mann so anziehend fand, aber er wußte, daß sie ihn, Malcolm, einmal geliebt hatte. Sonst wäre sie ja nie mit ihm vor den Altar getreten. »Du machst uns doch nur die ganze Zeit Vorwürfe, weil du in den Kerl verliebt bist. Willst du das etwa abstreiten?«

Lenore verbiß sich eine Erwiderung, die seine Anklage bestätigt hätte. Nichts hätte sie lieber getan, als sich zu ihrer Liebe zu bekennen, doch sie wußte genau, welch ein Wahnsinn das gewesen wäre. »Ich habe Ashton Wingate lediglich zu respektieren gelernt, während ich auf Belle Chêne war...«

Malcolm hieb mit der Faust auf den Schminktisch und brüllte. »Ich behaupte, du empfindest mehr als nur Respekt für ihn!«

Sie hob das Kinn. »Es gefällt mir nicht, daß du mir Worte in den Mund legst, die ich gar nicht zu sagen beabsichtige«, erklärte sie. »Seit dem Zusammenstoß mit Ashtons Kutsche ist mein Gedächtnis in einer schwarzen Schachtel in meinem Kopf eingesperrt, und ich weiß nicht, wie ich sie öffnen kann. An dich konnte ich mich überhaupt nicht erinnern, aber Ashton war freundlich zu mir, und solange ich auf Belle Chêne weilte, dachte ich tatsächlich, ich wäre seine Frau. Es erschien so natürlich...«

»Aber es erscheint dir nicht natürlich, in mir deinen Ehemann zu sehen«, sagte er anklagend. »Das wolltest du doch sagen, oder nicht?«

»Das wollte ich ganz und gar nicht sagen«, protestierte sie. »Du drehst mir das Wort im Mund um, statt mir zuzuhören.«

»So hast du dich aber früher schon ausgedrückt«, entgegnete Malcolm. »Vielleicht nicht mit denselben Worten, aber der Sinn war derselbe.«

Lenore schloß die Augen und rieb sich die Schläfen, hinter denen ein dumpfer Schmerz zu pochen begann. Sie merkte, wie angespannt sie war, und dann tauchten auch schon wieder die Halluzinationen auf. Durch einen langen, dunklen Tunnel sah sie Asthon an der Reling seines Dampfers stehen, gleich darauf griffen knorrige Hände nach ihr, vergruben sich in ihrem Haar. Lachende Gesichter beugten sich über sie, während dicke Finger an ihrer Kleidung zerrten. Kein Zweifel, gleich würde sie vergewaltigt werden, und sie schrie, doch nur innerlich. Auf einmal sah sie Malcolm über sich. Er stieß die Männer beiseite und hob sie sacht in seine Arme.

Sie ließ die Hände sinken und betrachtete ihn verwundert. Handelte es sich um eine verschollene Erinnerung oder um ein Trugbild ihrer Phantasie? Er hatte nie erwähnt, sie einmal gerettet zu haben.

»Hör mir zu, Lenore«, verlangte Malcolm, »hör mir gut zu. Ob du dich an mich erinnerst oder nicht, ich bin immer noch dein Mann, und ich werde nicht zulassen, daß du dich noch einmal hinausschleichst, um diesen Burschen zu sehen, verstanden?«

»Bei diesem ganzen Gerede über Umbringen und Erschießen, was sollte ich da denn tun?« schrie sie. »Untätig in meinem Zimmer sitzen und zusehen, wie du ihn ermordest? Niemals!«

»Würdest du bitte die Stimme senken«, warnte Malcolm sie. »Der Sheriff ist noch im Haus, und du könntest ihn auf dumme Gedanken bringen.«

»Gut!« Sie wurde leichtsinnig, aber in ihrer gegenwärtigen Stimmung war ihr das egal. Herausfordernd erwiderte sie seinen wütenden Blick. »Vielleicht entschließt er sich dazu, Ashton seinen Schutz angedeihen zu lassen, wenn er hört, wie du ihn bedroht hast.«

»Still, Frau. Wir unterhalten uns später weiter.« Mit einer eckigen Handbewegung beendete er die Unterhaltung und ging zur Tür.

Als sie die Schritte kommen hörte, entfernte Meghan sich rasch, zum erstenmal an diesem Tag ein Lächeln auf den Lippen. Sie hatte gefürchtet, ihre Herrin könnte sich gegen das überwältigende Naturell von Mr. Sinclair vielleicht nicht behaupten, doch nun, da sie das Gegenteil festgestellt hatte, war sie voller Bewunderung für die junge Frau.

Nach dem Streit mit Malcolm erschien Lenore die Befragung durch den Sherriff geradezu wie ein erfrischender Spaziergang im Park. Er war zwar ziemlich direkt, aber durchaus höflich. Nachdem er sich ihr als James Coty vorgestellt hatte, fragte er sie nach ihrer Beziehung zum Eigentümer der *River Witch* und ob sie jemand von der Besatzung für fähig halte, einen Mord zu begehen.

»Mr. Sinclair hat Ihnen zweifellos von meinem Gedächtnisverlust erzählt«, begann sie. »Ashton Wingate dachte, ich wäre Lierin, meine Zwillingsschwester, die er vor drei Jahren geheiratet hatte. Eine Zeitlang dachte ich das auch. Was die Männer auf dem Dampfer angeht, so kann ich nur sagen, daß ich mehrmals mit ihnen gereist bin und sie mich immer mit größtem Respekt behandelt haben. Ich kann mir nicht vorstellen, daß sie eine Frau auf derartige Weise mißbrauchen würden, aber selbst wenn es in ihrer Natur läge, hätten sie wenig Gelegenheit dazu gehabt, denn ich selbst bin heute nacht mit dem Dingi zur *River Witch* hinausgerudert und erst nach vier Uhr morgens zurückgekehrt.« Sie begegnete seinem erstaunten Blick offen und ohne Scham. »Ich habe Mr. Wingate in der Hoffnung aufgesucht, daß ich ihn überreden könnte umzukehren, bevor es zwischen ihm und meinem Mann zu Auseinandersetzungen kommt. Falls Ihnen mein Wort nicht genügen sollte, fragen Sie den Mann, der auf dem Raddampfer Wache gehalten hat. Vielleicht hat er noch jemanden nach uns von Bord gehen sehen.«

»Sie sagen, Sie wären erst um vier Uhr morgens wieder hier gewesen?« fragte der Sheriff und rieb sich nachdenklich das Kinn. »Wenn ich nur wüßte, wann das Verbrechen genau begangen worden ist. Offenbar ist Mary irgendwo anders ermordet und dann in das Boot gelegt worden.«

Lenore nahm allen Mut zusammen und fragte: »Können Sie mir sagen, auf welche Weise Mary umgebracht worden ist?«

»Sie wurde erwürgt«, antwortete der Sheriff lapidar. »Der Täter hat so fest zugedrückt, daß seine Finger ihr das Genick gebrochen haben.«

Erschrocken ließ sich Lenore auf einen in ihrer Nähe stehenden Stuhl sinken. Bevor er ging, versicherte James Coty ihr noch, daß er nicht ruhen werde, bevor er den Übeltäter gefunden habe. Lenore nickte nur, zu erschüttert, um irgend etwas zu sagen.

Der Friedhof war düster, und obwohl der Sommer ihn mit Grün überzogen hatte, wirkte er unheimlich und verlassen. Lenore war ganz in Schwarz gewandet, was ihr das Gefühl gab, mit ihrer Umgebung zu verschmelzen. Ihre Wangen waren blaß, und dunkle Ringe ließen ihre Augen größer erscheinen. Zusammen mit ihrem Vater wartete sie im Landauer, bis der Geistliche erschien, nicht willens, bei dieser Hitze auch nur eine unnötige Bewegung zu machen. Immer wieder führte sie das Fläschchen mit dem Riechsalz an die Nase, um den Nebel in ihrem Kopf zu lichten, bis sie sich endlich so stark fühlte, daß sie die Sicherheit ihrer Kutsche verlassen konnte.

Besorgt wich Somerton ihr keinen Schritt von der Seite, bis sie das offene Grab erreicht hatten, an dem Malcolm bereits wartete. Sie vermied es, das dunkle Loch, in dem der Sarg stand, länger als nötig anzuschauen und faßte statt dessen die Trauergäste auf der anderen Seite des Grabes ins Auge, entdeckte aber außer dem Sheriff und seinem Deputy kein bekanntes Gesicht. Da sich die Kunde von dem schrecklichen Mord schnell verbreitet hatte, handelte es sich bei den meisten Anwesenden wohl in erster Linie um Neugierige. Rechts hinter der Familie standen Meghan und der Kutscher; beide schluchzten erstickt. Lenore musterte sie, die anscheinend einzig wirklich Trauernden, mit teilnahmsvollem Blick, als sie plötzlich hinter ihnen noch eine weitere vertraute Person entdeckte.

»Horace Titch!« Sie hauchte den Namen nur, doch schon beugte sich Malcolm fragend zu ihr herunter.

»Hast du etwas gesagt, meine Liebe?« wollte er wissen.

Mit einem Nicken wies Lenore in Titchs Richtung. »Ich war lediglich überrascht, diesen Mann dort drüben hier zu sehen, das ist alles.«

Malcolm folgte der angegebenen Richtung mit den Augen und meinte dann amüsiert: »Ach so, Mr. Titch.«

»Kennst du ihn?« fragte Lenore überrascht, denn sie konnte sich nicht erinnern, ihm gegenüber Horace Titch oder den Ärger, den er ihr bereitet hatte, erwähnt zu haben.

»Hier in Biloxi wird genausoviel geklatscht wie in Natchez oder sonstwo, Lenore. Ich habe von ihm gehört, und wenn Titch auch nur in einer der Kneipen war, die dein Vater regelmäßig besucht, weiß er mit Sicherheit nicht weniger über uns als jeder andere hier. Falls du es noch nicht gemerkt haben solltest, Liebling, wir sind hier in der Gegend das Thema Nummer eins. Besonders jetzt, wo der hochwohlgeborene Mr. Wingate praktisch auf unserer Schwelle sitzt.« Er hielt inne, als er einen Blick über ihre Schulter warf, und seine Augen wurden kalt und hart. »Wenn man vom Teufel spricht...«

Lenore drehte sich um, weil sie sehen wollte, was seine Stimmung so plötzlich verdüstert hatte, und ihr Herz begann zu rasen, als sie den Mann erblickte, der die ihre sofort aufhellte. Ashton! Mit einemmal fühlte sie sich der vor ihr liegenden Beerdigung besser gewachsen.

Ashton verzog seine festen Lippen zu einem angedeuteten Lächeln und tippte mit dem Zeigefinger an die Krempe des Kastorhuts auf seinem Kopf. Mit seinem Blick sagte er mehr über die Liebe, die er für sie empfand, als Worte es je vermocht hätten.

Nun, da er von Malcolm und Lenore entdeckt worden war und sie nicht mehr unbemerkt beobachten konnte, schlenderte Ashton ganz offen näher an das Fußende des Grabs, wobei er hoffte, daß seine Anwesenheit die Nerven seines Nebenbuhlers ordentlich strapazierte. Außerdem konnte er Lierin von dort aus besser sehen – oder Lenore, wie sie sich zur Zeit nannte. Wenn er sich dazu entschloß, diesen Namen zu verwenden, ließ sich daraus nicht die geringste Konzession ableiten, nur die Bereitschaft zu einem vorübergehenden Kompromiß, bis die Frage ihrer Identität endgültig geklärt war. In seinem Herzen war sie immer noch Lierin, und falls die Untersuchung ergeben sollte, daß er sich im Unrecht befand, würde es einigen Drucks bedürfen, damit er sich mit Anstand zurückzog. Ob Lierin oder Lenore, er liebte diese Frau, denn die Erinnerungen der Vergangenheit waren leuchtende Gegenwart geworden, die ihnen beiden gehörte.

Auch Lenore betrachtete ihn, allerdings weniger auffällig. Einmal mehr war sie hingerissen von seiner stattlichen Erscheinung; er trug einen schwarzen Frack, dazu eine dunkel- und hellgrau gestreifte Krawatte und gestreifte Hosen gleicher Farbe. Wie immer war sein Hemd weiß und frisch gestärkt, die Stiefel glänzten kohlrabenschwarz. Der Sommer hatte den Ton seiner Haut verdunkelt, seine haselnußbraunen Augen strahlten in einem warmen Glanz. Wieder trafen sich ihre Blicke und verschmolzen.

Schweigend sahen die Trauergäste zu, wie der Geistliche eine Handvoll Erde auf den Sarg warf und eintönig herunterleierte: »Asche zu Asche, Staub zu Staub...«

Lenore wischte sich eine Träne aus dem Augenwinkel und schluckte. Meghan schluchzte laut auf, dann neigte sie sich tröstend dem Kutscher zu, der haltlos zu weinen begonnen hatte. Somerton griff in seinen Frack, holte eine Taschenflasche heraus und setzte sie mehrmals hintereinander ruckartig an den Mund. Malcolm hingegen hatte nur Augen für Ashton, der seinen Platz nach ein paar Minuten verließ und um das Grab herumging, bis er Horace Titch erreicht hatte. Malcolms Schultern sanken unmerklich zusammen, als die Spannung von ihm abfiel.

»Guten Morgen, Mr. Titch.« Ashton begrüßte den anderen mit einem knappen Nicken, ehe er zu dem verhangenen Himmel hinaufblickte. »Das richtige Wetter für eine Beerdigung, nicht wahr?«

»Sieht so aus«, murmelte Horace und musterte Ashton mit einem verstohlenen Blick. »Für meinen Geschmack allerdings ein bißchen heiß. Vielleicht wäre etwas Regen nicht schlecht, damit die Luft sich ein wenig abkühlt.«

»Oder noch feuchter wird«, meinte Ashton, dem die Schweißtropfen auf Titchs Gesicht nicht entgingen. Er fragte sich, ob sie allein auf die Hitze zurückzuführen waren oder ob es noch einen anderen Grund für diese Überproduktion an Körperflüssigkeit gab. »Ich bin überrascht, Sie hier zu sehen, Horace. Sind Sie zu Besuch da, bei Verwandten vielleicht?«

»Ja...«, Horace biß sich auf die Lippen, als ihm diese Lüge entfuhr. Es hätte ihm nichts ausgemacht, die Wahrheit zu erzählen, aber er hatte Angst, daß Ashton damit zum Sheriff gehen könnte, was wiederum eine Lawine von Untersuchungen ausgelöst hätte. Er staubte seinen rechten Jackenärmel ab, wobei er versuchte, so nonchalant zu wirken wie sein Gesprächspartner, was ihm aber nicht gelang. »Tatsächlich wollte Marelda nach Biloxi, um das Meer zu sehen... oder so.«

Ashton entsann sich, daß er Marelda von Lierins Besitz hier erzählt hatte. Da er die Frau gut genug kannte, konnte er sich nicht vorstellen, daß sich das ungleiche Paar rein zufällig in Biloxi aufhielt. Marelda konnte von ausgesprochener Hartnäckigkeit sein, wenn sie sich etwas in den Kopf gesetzt hatte, und es interessierte ihn schon, was sie diesmal im Schilde führte. Er maß Titch mit einem scharfen Blick und fragte: »Sie kannten nicht zufällig die junge Frau, die gerade beerdigt worden ist?«

Horace schnaubte empört. »Was soll das, wollen Sie mich verhören? Haben Sie hier als Hilfssheriff angeheuert, Ashton?«

»Ganz und gar nicht.« Ashton ließ sich von dem schlecht gespielten Zorn des kleinen Mannes nicht aus der Ruhe bringen. »Sheriff Coty hat mir die Leiche des Mädchens gezeigt, und obwohl sie mir vertraut erschien, wußte ich nicht, wo ich sie hintun sollte. Erst als ich Sie heute hier gesehen habe, ist es mir wieder eingefallen.« Er bemerkte, wie das linke Augenlid seines Gegenübers nervös zu zucken begann, während die dicklichen Hände immer wieder neuen Schweiß aus den verklebten Brauen wischten. »Irre ich mich, oder hat Mary nicht eine Zeitlang für Ihre Schwester gearbeitet?«

Die Lider sanken über die dunklen, feuchten Pupillen herab, und Horace verfluchte sich innerlich dafür, hergekommen zu sein. Jene Zeit lag so weit zurück, daß er sie längst vergessen geglaubt hatte. Er kämpfte seine Panik nieder und richtete sich zu seiner vollen Größe auf. »Und wenn schon? Sie werden mir diesen Mord doch wohl nicht in die Schuhe schieben wollen?«

»Horace, ich finde, Sie protestieren zuviel. Der Gedanke hat mich nicht einmal gestreift. Das Mädchen ist vergewaltigt worden, wie Sie wohl gehört haben, und eine solche Tat traue ich Ihnen einfach nicht zu.«

Selbst in dieser Feststellung schien Horace eine Beleidigung zu entdecken. »Wollen Sie damit andeuten, ich wäre kein Mann?« Seine Stimme nahm an Volumen zu. »Dann möchte ich Sie nur wissen lassen …«

Plötzlich merkte er, daß die anderen Trauergäste zu ihm herüberstarrten, und sein Mund klappte zu. Er reckte den kurzen Hals aus dem schweißfeuchten Kragen, stellte sich auf die Zehen und ließ sich wieder zurücksinken, genau wie ein kleiner Hahn, der sich zu krähen anschickt – oder zu explodieren, was seine augenblickliche Verfassung wohl besser umschrieben hätte. Wenn er jetzt mit seiner männlichen Kraft protzte, mochte das durchaus den Verdacht des Sheriffs erregen. Aber Ashton Wingate in dem Glauben zu lassen, er wäre vielleicht impotent, schien genauso unerträglich. Er konnte ihnen allerdings schlecht erzählen, daß Corissa das Mädchen entlassen mußte – in Marys Interesse –, nachdem er einmal versucht hatte, sie in den Holzschuppen zu zerren. Noch heute konnte er sich an den Streit erinnern, den er und seine Schwester gleich danach gehabt hatten. Schließlich gab es eine Menge anderer Pflanzer, die sich ihre Dienerinnen und Sklaven noch zu anderen Dingen als nur zur Arbeit hielten, und er fand, er hatte das Recht, so zu sein wie andere Männer auch. Nichts war ihm so wichtig, wie von anderen Männern als ihresgleichen akzeptiert zu werden, was allerdings noch niemand getan hatte. Bei den ganz jungen Mädchen bestand jedenfalls keine Notwendigkeit, seine Männlichkeit unter Beweis zu stellen, und bis Marelda ihm ihre Aufmerksamkeit geschenkt hatte, war er immer nur den unschuldigen Kindfrauen nachgestiegen. Auch Mary war einmal sehr jung gewesen – und sehr unerfahren.

Ashton lächelte sanft. »Es tut mir leid, falls ich Sie in Verlegenheit gebracht haben sollte, Horace.«

»Sie haben ja gar keine Ahnung, wie sehr Sie mich immerzu in Verlegenheit bringen.« Der kleine Mann ruderte mit den Armen, während er sich in Wut zu reden versuchte. »In letzter Zeit werde ich dauernd belästigt, entweder von Ihnen selbst oder von einem Ihrer Freunde. Kürzlich tauchte zum Beispiel Harvey Dobbs bei mir auf und fragte, ob ich irgend etwas über den Brand in einem Ihrer Lagerhäuser wüßte.«

Ashtons Gesichtsausdruck veränderte sich nicht. »Seltsam, diese Frage wollte ich Ihnen auch schon stellen, aber in letzter Zeit erforderten zu viele andere Dinge meine volle Aufmerksamkeit.«

»Ja, ich weiß schon, was Sie auf Trab gehalten hat.« Horace grinste und stieß sein nicht genau erkennbares Kinn in Lenores

Richtung. »Nicht, daß es mir etwas ausmachen würde, aber Sie werden sich noch eine Kugel einfangen, wenn Sie derart hinter der Frau eines anderen herschnüffeln. Oder versuchen Sie immer noch, jedermann davon zu überzeugen, daß es sich um ihre langvermißte Lierin handelt?« Zu seiner völligen Überraschung und anschließenden Begeisterung stellte er fest, daß seine sarkastische Bemerkung ins Schwarze getroffen hatte. Er vermochte kaum zu glauben, daß er Wingates Achillesferse gefunden haben sollte.

Ashton starrte auf den kleinen Mann hinab. Seine Wangenmuskeln arbeiteten. Am liebsten hätte er Horace Titch gepackt und ordentlich durchgeschüttelt, um ihn quietschen zu hören wie ein Ferkel. Doch im Augenblick mußte er diesen Drang unterdrücken und konnte Titch nur mit einer kurzen Entgegnung abfertigen. »Wir werden sehen, wer zuletzt lacht, Horace – Sie oder ich.«

Er kehrte dem kleinen Mann den Rücken und gesellte sich zu den anderen Trauergästen, die allmählich aufzubrechen begannen. Malcolm stand neben dem Grab und unterhielt sich mit dem Sheriff, zweifellos, um ihn dazu zu bringen, daß er sich den Besitzer der *River Witch* einmal intensiv zur Brust nahm. Ein schiefes Lächeln geisterte über Ashtons Lippen. Der Bursche täte besser daran zu erklären, wo er selbst sich während jener Zeitspanne aufgehalten hatte, alldieweil Lenore sich ja entschlossen hatte, dem Sheriff von ihrem Besuch auf dem Raddampfer zu erzählen.

Ashton ging zu seiner Kutsche, die Hiram auf seine Anweisung nach Biloxi gefahren hatte. Es handelte sich um den kleineren Landauer, einen Zweispänner. Hinten an dem Gefährt war Ashtons Lieblingshengst angebunden. Hiram hatte im Mietstall von Biloxi Unterkunft gefunden, wo er sich um die Tiere kümmern konnte, während er auf den nächsten Zug seines Meisters wartete. Mr. Wingate hatte seine Manöver ihm gegenüber einmal beiläufig mit einem Schachspiel verglichen; das Ziel bestand darin, die Königin gefangenzunehmen, und sollte sich eine Gelegenheit dazu ergeben und die Dame willens und bereit sein, so würde Hiram als Ritter dienen und sie in Sicherheit bringen, indes Mr. Wingate zurückblieb, um den Gegner in ein Gefecht zu verwickeln. Heute morgen war Hiram mittels eines Hornsignals vom Dampfer aus an die Küste gerufen worden, um seinen Herrn zum Friedhof zu fahren.

»Die Missus sieht aber gar nicht gut aus, Massa« bemerkte der Farbige.

»Das habe ich mir auch schon überlegt«, meinte Ashton nachdenklich, während er zusah, wie sie, auf den Arm ihres Vaters gestützt, zur Kutsche der Somertons ging.

»Glauben Sie, dieser Mr. Sinclair behandelt sie ordentlich, Massa?«

»Das kann ich ihm nur raten, falls ihm sein Leben lieb ist«, murmelte Ashton.

Langsam hob Lenore den Blick zu ihrem Vater. »Ich glaube, ich muß einen Moment pausieren«, flüsterte sie, wobei sie gegen die Übelkeit, die sie zu überwältigen drohte, ankämpfte. Der heiße, schwülfeuchte Tag ging über ihre Kräfte. »Ich fühle mich ganz schlecht.«

Somerton tätschelte ihr in einem seltenen Anfall von Zärtlichkeit die Hand, während in den rotgeränderten, wäßrigen Augen ein Mitgefühl stand, das sie ihm gar nicht zugetraut hätte. »Ich werde Meghan holen, Kleines. Vielleicht kann sie dir helfen.«

Als er davoneilte, lehnte Lenore ihren Kopf gegen die Außenwand der Kutsche und wünschte sich, schon zu Hause zu sein. Mit einem kleinen, spitzenbesetzten Taschentuch tupfte sie sich den Schweiß von den Wangen.

»Kann ich dir irgendwie behilflich sein?«

Sie öffnete die Augen. Ashton stand nur einen Schritt von ihr entfernt. Sein sonnengebräuntes Gesicht wirkte besorgt, und seine Augen blickten weich und zärtlich.

»Geht es dir nicht gut?« fragte er.

Lenore schaute an ihm vorbei auf den Mann, der sich ihnen in großen Schritten näherte. »Bitte, geh«, flehte sie, ängstlich flüsternd. »Malcolm kommt.«

Ashton ignorierte Sinclair und die Gaffer, die sie umstanden. Er öffnete den Schlag der Kutsche, hielt sie mit der Schulter offen, nahm Lenore auf die Arme und hob sie ins Innere des geschlossenen Landauers.

»Was geht hier vor?« fragte Malcolm scharf und baute sich neben ihm auf. Er griff nach Ashtons Ellbogen, um ihn zu sich herumzureißen.

Ashton bedachte ihn mit einem eisigen Blick. »Entschuldigen Sie, Mr. Sinclair. Die Lady scheint krank zu sein, und ich habe Sie nicht an ihre Seite eilen sehen.«

Malcolms Gesicht rötete sich bis zum Haaransatz, und die dunklen Augen wurden stechend wie die eines Adlers, der gerade ein Opfer erspäht hat, nur daß diese Beute sich nicht durch Zorn allein in Angst und Schrecken versetzen ließ und viel zu gefährlich war, als daß man sie direkt und ohne Umschweife angreifen durfte. Wenn er Ashton hier und jetzt herausforderte, konnte er sich schnell als Opfer wiederfinden, das wußte Malcolm.

Da er nichts Bedrohlicheres als ein wütendes Stirnrunzeln wahrnahm, trat Ashton einen Schritt zurück, blickte Lenore an und tippte dabei an seine Hutkrempe. »Guten Tag, Madam. Ich bin sicher, es wird Ihnen bald wieder bessergehen.«

»Danke«, murmelte sie und streifte Malcolm mit einem besorgten Seitenblick. Ihr Mann sah zu, wie Ashton in seine eigene Kutsche stieg, und in seinen kalten Augen stand der nackte Haß.

Lenore hastete die Treppe hinunter, wobei es ihr völlig gleichgültig war, daß man ihre schlanken, nackten Fesseln unter dem hochgerafften Saum des Nachthemds sehen konnte. Die Schöße ihres Morgenmantels flatterten hinter ihr wie die Flügel eines seltsamen Vogels, während ihr Tempo nur noch von dem Rasen ihres Herzschlags übertroffen wurde. Sie hatte gerade mit ihrer Morgentoilette beginnen wollen, als Malcolms wütendes Gebrüll an ihr Ohr gedrungen war. Daß wieder einmal Ashton der Grund für diesen Wutausbruch war, brauchte ihr niemand zu sagen, sie fragte sich nur, was er diesmal angestellt hatte, um Malcolm so in Rage zu versetzen.

Die Vordertür stand offen, und sie sah ihren Mann auf der Veranda stehen, die doppelläufige Jagdflinte in den Händen und ein Handtuch über die nackte Schulter geworfen. Offensichtlich hatte er sich gerade rasiert, denn die linke Wange war noch mit Rasierschaum bedeckt. Seine Haare waren zerzaust, die Füße nackt. Im Erdgeschoß drosselte Lenore ihr Tempo und beäugte Malcolm vorsichtig, während sie sich ihm näherte. Er schien vollauf damit beschäftigt, etwas zu beobachten, das sich außerhalb ihres Gesichtskreises abspielte, und hörte sie nicht kommen. Plötzlich stieß er einen wilden Fluch aus und sprang mit einem Satz von der Veranda.

Lenore rannte hinaus vor die Tür, voller Angst, er könnte seine Drohung, Ashton zu erschießen, hier und jetzt in die Tat umsetzen. Ein paar kleine, vollbeladene Boote liefen in eine kleine Bucht unten an der Küste ein, Ashton und ein halbes Dutzend seiner Leute sprangen heraus. Während einige von ihnen die Boote auf den Strand zogen, beluden sich die anderen mit Bündeln und Kisten. Einer von ihnen sah Malcolm mit der Flinte in der Hand heranrennen. Er rief seinen Kameraden eine Warnung zu, worauf sie in alle Himmelsrichtungen auseinanderstürmten. Ashton wich keinen Zentimeter von dort, wo er stand, als wollte er den Angreifer regelrecht zu einem Schuß herausfordern. Lenore, die genau das befürchtete, stieß einen Schrei aus. Malcolm riß die Waffe hoch, visierte sein Ziel an und drückte ab. Ein scharfes Krachen ertönte, und Ashton warf sich zur Seite. Eine kleine Sandfontäne schoß hoch, als die volle Schrotladung sich genau dort in die Erde grub, wo er eben noch gestanden hatte.

Malcolm legte erneut an, wobei er Ashtons Zickzack quer über die Dünen folgte. Mit einem hämischen Lachen krümmte er den Finger fast gemächlich um den Abzug. Als Lenore ihn erreicht hatte, riß sie beide Arme hoch und schlug von unten gegen die Läufe der Waffe, so daß die Mündungen nach oben zeigten und die zweite Schrotladung krachend, aber wirkungslos im

Himmel verschwand. Einen Sekundenbruchteil später wirbelte Malcolm herum und versetzte Lenore einen heftigen Schlag, der sie rückwärts in den Sand warf. In ihrem Gehirn blitzte ein grelles Licht auf, und wieder sah sie die dunkle Gestalt mit dem erhobenen Feuerhaken in der Hand.

»Du Miststück!« fauchte Malcolm, warf die Flinte beiseite und stürzte sich auf sie. »Dich werde ich lehren, mir noch einmal in den Arm zu fallen.«

Er riß sie an den Schultern hoch und holte aus, um ihr eine schallende Ohrfeige zu verpassen, als er aus den Augenwinkeln eine Bewegung wahrnahm. Er blickte sich um und sah Ashton mit verzerrtem Gesicht über die Dünen stürmen. Er stieß Lenore aus dem Weg, um die Hände für den Gegner frei zu haben, fand aber nur wenig Zeit, sich auf den Angriff vorzubereiten, ehe der andere sich mit einem Luftsprung auf ihn warf.

Ashton rammte ihm die Schulter gegen die Brust und riß ihn mit sich in den Sand. Noch im Liegen packte er das Handtuch um Malcolms Nacken, sprang wieder auf die Füße und zerrte seinen Gegner damit hoch. Völlig aus dem Gleichgewicht gebracht, stolperte Malcolm vorwärts, als er schon von einer harten Faust in den Bauch getroffen wurde und gleich darauf von einem zweiten Schlag an der Schläfe. Er war schwerer als Ashton, hatte aber dessen Geschwindigkeit und Behendigkeit nichts entgegenzusetzen, und es wurde schnell offenbar, wer von beiden der geübtere Kämpfer war. Während Malcolms Fäuste bei dem Versuch, sich zu verteidigen, immer wieder ins Leere droschen, traktierte Ashton Gesicht und Körper des verhaßten Nebenbuhlers mit genau berechneten Schlägen. Endlich schlang er Malcolm die Enden des Handtuchs um den Hals, schüttelte ihn daran hin und her, bis man die Zähne klappern hören konnte, und knurrte: »Wenn Sie Lenore noch einmal anfassen, bringe ich Sie um. Haben Sie mich verstanden?«

Malcolms Augen traten aus ihren Höhlen, als er um Atem rang. In panischer Furcht zerrte er an dem Handtuch um seinen Hals. Ashton schüttelte ihn noch einmal und verlangte eine Antwort. Schließlich brachte Malcolm ein heiseres Krächzen hervor, das einer Zustimmung gleichkam. Mit einem Laut der Verachtung versetzte Ashton ihm einen Stoß und ließ das Handtuch los, worauf Malcolm der Länge nach in den Sand stürzte. »Denken Sie an meine Worte, ich bringe Sie um!«

Keuchend schnappte Malcolm nach Luft, erhob sich auf einen Ellbogen und rieb sich die schmerzende Kehle.

Ashton trat zu Lenore und half ihr auf. Sie warf ihm einen dankbaren Blick zu, bevor sie den Sand von ihrem Morgenmantel zu klopfen begann.

»Bist du jetzt bereit, mit mir zu kommen?« fragte er.

Lenore sah zu Malcolm hinüber, dann schüttelte sie unmerklich den Kopf. »Ich muß herausfinden, was recht ist, Ashton.«

Robert Somerton stapfte durch den Sand zu Malcolm, beugte sich zu ihm hinunter, um ihm zu helfen, und warf Ashton dann einen bösen Blick zu. »Was haben Sie auf unserem Grund und Boden zu suchen?«

Ein träges Grinsen breitete sich auf Ashtons Gesicht aus, als wäre ihm plötzlich ein amüsanter Gedanke gekommen. »Es sieht so aus, als wäre es gar nicht allein Ihr Grund und Boden«, sagte er und registrierte befriedigt die spontane Verwirrung der beiden Männer. »Wenn Sie beide so darauf bestehen, daß Lierin tot ist, dann gehört dieser Besitz zur Hälfte mir. Lierin und ich haben in Louisiana geheiratet, und nach dortigem Recht bin ich ihr Erbe. Da dieses Haus und das dazugehörige Land Lenore und Lierin zu gleichen Teilen von ihrer Mutter hinterlassen worden ist, sind wir jetzt gewissermaßen Partner. Wenn Sie möchten, können Sie das Haus behalten, dann nehme ich im Austausch dafür das Land. Einverstanden?«

»Eher will ich in der Hölle schmoren, als Ihnen auch nur einen Fußbreit Land abzutreten«, krächzte Malcolm.

Ashton grinste entgegenkommend. »Wenn Sie es so eilig haben, zur Hölle zu fahren, kann ich Ihnen gern behilflich sein. Ein Duell wäre vielleicht die beste Lösung für die ganze Auseinandersetzung.«

»Nein!« rief Lenore und ergriff Ashtons Arm.

Jetzt war es an Malcolm zu grinsen. »Sieht so aus, als wäre die Lady um mein Wohlergehen besorgt.«

»Wahrscheinlich hat sie begriffen, daß Sie mit Waffen genauso ungeschickt umgehen wie mit Ihren Fäusten.«

Die Beleidigung traf Malcolm bis ins Mark. Er wurde blaß und sagte: »Ich werde Ihnen das Gegenteil beweisen.«

Ashtons Augen leuchteten. »Was werden Sie mir beweisen? Wie man eine Pistole auf zwanzig Schritt Entfernung benutzt, hoffe ich.«

Malcolm entsann sich plötzlich wieder der Gerüchte, denen zufolge sein Gegner ein ausgezeichneter Schütze und Jäger sein sollte, und brachte nicht den Mut auf, die Herausforderung anzunehmen.

»Na, kommen Sie schon, Mann«, drängte Ashton. »Was wollen Sie mir denn nun beweisen?«

»Darüber sprechen wir später«, knurrte Malcolm. Er zog es vor zu warten, bis er alle Trümpfe in der Hand hielt. »Es hat keinen Sinn, Lenore unnötig in Aufregung zu versetzen.«

Voller Verachtung starrte Ashton den jüngeren Mann an. Ein kleiner Aderlaß, ein wenig Blutvergießen wäre jetzt genau das Richtige gewesen, um ihn wieder zu beruhigen. »Dann sind Sie also damit einverstanden, daß ich das Land nehme?«

»Nein! Ich meine ...« Malcolm kannte das Gesetz genausogut wie Ashton und wußte, daß es keinen Ausweg gab. »Wir reden später darüber, habe ich gesagt!«

»Tut mir leid, jetzt oder nie«, beharrte Ashton. »Entweder verlassen Sie das Haus, oder ich nehme das Land. Hegen Sie irgendwelche Zweifel an meinem Recht dazu?«

Malcolm öffnete den Mund, um zu widersprechen, schloß ihn dann aber langsam wieder. Ihm fiel nichts ein, was er noch hätte sagen können. »Sie müssen uns etwas Land lassen, damit wir zu unserem Haus gelangen können, oder wollen Sie uns wie Gefangene halten?«

»Ich räume Ihnen das Recht ein, den Zufahrtsweg zu benutzen. Alles andere lasse ich von meinen Männern abstecken, und ich rate Ihnen, dieses Gebiet nicht unbefugt zu betreten.« Mit einem Lächeln fügte er hinzu: »Die Lady kann natürlich gehen, wohin Sie will – aber nur die Lady, niemand sonst!«

»Und ihr Vater?« fragte Malcolm. »Wollen Sie sagen, ihr Vater darf nicht nach Belieben umherschlendern?«

»Ihren Vater und mich verbindet nichts mehr. Er hat alle Rechte an seinem Land an seine Töchter abgetreten, als er zuließ, daß es an seine Töchter übertragen wurde. Ich beanspruche Lierins Anteil für mich, und sollte er den Wunsch verspüren, auf diesem Anteil spazierenzugehen, muß er vorher um meine Erlaubnis ersuchen.«

»Sie stehen in dem Ruf, ein außerordentlich schwieriger Verhandlungspartner zu sein«, gab Malcolm zurück.

Ashton erwiderte den wütenden Blick des anderen mit einem milden Lächeln. »Ich tue, was ich tun muß, um meine Interessen zu vertreten.«

»Sie sind eine Schlange«, zischte Malcolm.

Ashton blieb ungerührt. »Man hat mich schon Schlimmeres genannt.«

»Das würde ich auch liebend gern tun, aber nicht in Gegenwart einer Lady.«

Ashton reagierte mit einem gleichgültigen Schulterzucken, ehe er sich von Malcolm abwandte und seine Aufmerksamkeit wieder Lenore schenkte. Er streckte die Hand aus und schob eine verirrte Locke, die ihr ins Gesicht gefallen war, wieder hinter das Ohr zurück. Die Geste glich einem zärtlichen Streicheln. »Ich bin in der Nähe, falls du mich brauchen solltest«, sagte er.

Damit kehrte er Lenore und Malcolm den Rücken und bedeutete seinen Männern mit einer Handbewegung, ihre Arbeit wieder aufzunehmen. »Los, seht zu, daß ihr endlich das Material aus den Booten schafft. Wir werden den ganzen Tag brauchen, bis wir fertig sind.«

Malcolm starrte ihm nach, das Gesicht eine Grimasse des Hasses, ehe er Lenore einen fast ebenso bösen Blick zuwarf. Seine

Frau merkte, wie es um ihn stand, und senkte die Augen. Dann machte sie ebenfalls kehrt und rannte zum Haus zurück, wobei sie die Freude, die in ihr schäumte, nur schwer verbergen konnte. Am liebsten hätte sie einen Luftsprung nach dem anderen getan und dabei die nackten Fersen zusammengeschlagen, aber das hätte Malcolm sicherlich nicht gern gesehen. Erst als sich die Tür ihres Zimmers hinter ihr geschlossen hatte, wagte sie es, laut zu lachen, wobei sie sich selbst umarmte, so übermächtig war der Jubel in ihr.

Zwölftes Kapitel

Die Mannschaft der *River Witch* begann, das Land rings um die kleine Bucht zu roden. Unterholz und Gestrüpp wichen niedrigen Pfosten, an die Planken genagelt wurden; mit kräftigen Brettern zimmerten die Männer eine Plattform, die sich wie eine Terrasse etwa fünfzig Zentimeter über dem Boden erhob. Darauf zogen sie große Segeltuchplanen hoch, bis ein Zelt errichtet war, das groß genug schien, um einen Scheich und seinen gesamten Harem darin unterzubringen, zumindest sah es für Malcolm so aus. Dabei lag er gar nicht so falsch, denn Ashton hatte sein zukünftiges Quartier von einem Mann erhalten, der lange Zeit seines Lebens mit Beduinen Geschäfte gemacht hatte und sich mit diesem Geschenk für einen Dienst erkenntlich zeigen wollte, den Ashton ihm einmal in einer Notlage erweisen konnte. Mehrere Jahre lang hatte Ashton nicht die geringste Verwendung dafür gehabt. Nun aber war es besser als alles andere dazu geeignet, durch seine imposante Weitläufigkeit, die so gar nichts Provisorisches hatte, wie Salz in offenen Wunden zu wirken.

Malcolm beobachtete die Fortschritte bei der Errichtung des Lagers von der unteren Veranda aus, und diesmal war er es und nicht Robert Somerton, der einen kräftigen Whisky benötigte. Als Lenore und ihr Vater zu ihm auf die Veranda traten, warf er ihnen einen warnenden Blick zu, damit sie es ja nicht wagten, irgendeinen Kommentar abzugeben, der das Faß zum Überlaufen brachte. Doch das wäre ihnen ohnehin nicht in den Sinn gekommen.

Die Stunden vergingen, und der Uferstreifen längs der kleinen Bucht verwandelte sich mehr und mehr in einen festen Wohnsitz. Die Zahl der Arbeiter wuchs, von der *River Witch* oder aus der Stadt wurde weiteres Material geliefert. Erlesenes Mobiliar, kostbare Orientteppiche, ein Standspiegel, Eßwaren und Ashtons persönliches Gepäck trafen auf großen Wagen aus Richtung Biloxi ein. Sogar eine Badewanne war darunter. Als sie abgeladen wurde, verdunkelte sich Malcolms Gesichtsfarbe beträchtlich, und Lenore biß sich auf den Fingerknöchel, um nicht laut loszulachen. Nicht mehr lange, und ihrem Mann mußte der Dampf zu den Ohren herauskommen.

Für die Pferde und den Kutscher wurde ein etwas kleineres Zelt neben dem Hauptzelt errichtet. Hiram traf gegen Mittag ein, hoch auf dem Kutschbock sitzend und im Schlepptau zwei weitere Wagen, von denen der eine mit Heu, der andere mit Brettern zum Bau eines Stalls beladen war. Als er am Haus vorbeifuhr, grinste er so breit, daß sich sein Mund von Ohr zu Ohr zu ziehen schien, und aus Malcolms Kehle drang ein heiseres Knurren, das ihn nur wieder daran erinnerte, wie dringend er einen neuen Schluck Whisky benötigte.

»Wir können nicht zulassen, daß dieser verdammte Nigger sich hier auf unserem Besitz rumtreibt«, grollte er wütend. »Er wird uns das letzte Hemd vom Leib stehlen.«

Lenore musterte ihn voll Verachtung. »Hiram ist so anständig, wie ein Mann nur sein kann, Malcolm. Du hast nichts von ihm zu befürchten.«

Ärgerlich entgegnete Malcolm: »Wahrscheinlich ist er nicht besser und nicht schlechter als der Rest der Diebe und Mörder, die Wingate auf seinem Schiff beschäftigt. Weiß der Teufel, zu welchen Verbrechen die fähig sind. Sheriff Coty sollte wirklich etwas gegen sie unternehmen, bevor es zu spät ist. Am besten stellen wir ein paar Wachtposten auf, die dich im Auge behalten, solange diese Burschen und ihr Bastard von einem Kapitän sich hier herumtreiben.«

Lenore hegte keinen Zweifel daran, daß man sie nicht eine Sekunde aus den Augen lassen würde, solange Ashton sich in der Nähe aufhielt. Wäre es nicht so traurig gewesen, hätte sie es fast zum Lachen gefunden. »Ich hoffe, du läßt dir das alles nicht zu nahegehen, Malcolm.«

Malcolm entschloß sich, ihren Sarkasmus zu ignorieren. »Was es mich auch kostet, Madam, die Sache ist es wert. Du bedeutest mir zu viel, als daß ich dich aufs Spiel setzen würde.«

Er warf ihr einen Seitenblick zu und stellte wieder einmal fest, wie frisch und lieblich sie aussah, heute noch betont durch den rosigen Hauch auf ihren Wangen und das cremefarbene, spitzenbesetzte Kleid. Hätte sie sich nicht stets so sorgfältig gekleidet und von jeher einen erlesenen Geschmack bewiesen, wäre der Verdacht nicht von der Hand zu weisen gewesen, daß sie sich in erster Linie wegen des anderen Mannes so herausputzte. Die sanfte Röte ihrer Wangen allerdings war so ungewohnt, daß sie nur mit Ashton Wingates Auftauchen zu tun haben konnte.

»In letzter Zeit scheint es dir etwas besserzugehen«, bemerkte Malcolm barsch.

Lenore fühlte sich versucht zu antworten, daß es ihr jetzt wahrscheinlich beträchtlich schlechtergehen würde, wäre Ashton ihr am Morgen nicht zu Hilfe geeilt, doch statt dessen lächelte sie nur gelassen. »Besser als seit langem, danke, Malcolm«, pflichtete sie ihm bei.

Robert Somerton deutete mit dem Glas zu der arbeitenden Mannschaft hinüber und meinte: »Sieht so aus, als wollte Wingate sich hier häuslich niederlassen.«

Lenore trat an die Balustrade und sah von dort aus zu, wie Ashton seine Männer dirigierte. Im Moment entstand gerade eine regelrechter Garten aus Topfpflanzen und Eichenfässern, die mit den am Morgen entwurzelten Sträuchern gefüllt worden waren. Rings um die Holzplattform war ein Streifen kleinerer Büsche angelegt worden, die aus der Ferne verdächtig nach blühendem Jasmin aussahen. Diese üppige Landschaftsgärtnerei erhielt ihre Krönung, als ein schmiedeeiserner Tisch und dazu passende Stühle auf der Plattform erschienen, um das Bild abzurunden.

In der schwülen Hitze hatten die Männer ihre Hemden ausgezogen, die Schuhe abgestreift und die Hosenbeine hochgerollt. Ashton wirkte wie ein Prinz unter lauter Bettlern, wie er dort in seinen rehfarbenen Reithosen, hohen Stiefeln und einem bis zur Hüfte aufgeknöpften Hemd, auf dem Kopf einen flachen Hut, unter den Arbeitenden hin und her schritt, hier eine Anweisung gab, dort eine Frage beantwortete und überall zugleich zu sein schien. Als die Sonne dem Horizont zusank, hatte er mit Hilfe seiner Männer ein kleines Paradies direkt am Meer geschaffen, und es konnte nun kein Zweifel mehr daran bestehen, daß er beabsichtigte, so lange zu bleiben, wie es nötig sein sollte.

Als Lenore sich zu den beiden Männern im Salon gesellte, merkte sie, daß die Stimmung ihres Mannes sich noch weiter verdüstert hatte. Er schmollte wie ein zu Unrecht bestrafter Schulbub und ging mindestens so häufig zu der Kommode mit den Alkoholkaraffen wie sein Schwiegervater. Alle Nase lang schlenderte er hinaus auf die Veranda und warf einen Blick nach Westen, wo ein schwaches Leuchten die Lage von Ashtons Zelt markierte. Nach einiger Zeit begann das Übermaß an Whisky zu wirken, und er brach sein störrisches Schweigen mit einem höhnischen Kichern. »Zumindest wird dieser Bursche heute abend allein in seinem affigen Zelt zu Abend essen.«

Somerton war nüchtern genug, um Malcolms Bemerkung zu ergänzen. »Aye, und wenn heute nacht vom Golf her ein kleiner Sturm aufzieht, dann wacht er vielleicht plötzlich auf und hat seinen verdammten Raddampfer im Schoß.«

Beinahe selig schwelgten die beiden Männer in möglichen Katastrophen, denen ihr neuer Nachbar zum Oper fallen konnte. Lenore fand ihren Humor ausgesprochen makaber und tat, was sie konnte, um das Geschwätz zu ignorieren. Doch selbst als die beiden neuerlich auf die Veranda gingen, um sich wieder aus erster Hand über den Fortgang der Ereignisse zu informieren, waren ihre Bemerkungen nur schwer zu überhören.

»Seht nur!« Somertons durch die offene Tür hereindringende Stimme verriet Neugier und Erstaunen. »Was löst sich aus dem Schatten jenes wassertauglichen Ungetüms? Ein süßer Zeitvertreib, zu lindern des Halunken einsames Los?«

Seine Äußerung war alles andere als reiner Shakespeare, und die Intonation wies deutliche Spuren des genossenen Alkohols auf, dennoch reichte sie aus, auch Lenores Neugier zu wecken. Sie ergriff ihr Sherryglas und begab sich ebenfalls hinaus auf die Veranda, wo sie in einiger Entfernung von den beiden Männern an der Balustrade Stellung bezog.

Jenseits der schwachen Brandung löste sich ein Leichter von der *River Witch* und durchschnitt das mondbeschienene Wasser, unterwegs zu der Laterne, die Ashtons Anlegestelle markierte. Als der Leichter sich dem Ufer näherte, wurde das leise Klatschen vernehmbar, daß die beiden Männer an Bord verursachten, wenn sie die Ruder in die Wellen tauchten. Wenig später glitt das Boot auf den Sandstrand, und die Männer stiegen aus, um es ganz an Land zu ziehen. Es handelte sich offenbar um zwei Diener in weißer Livree. Sie hoben ein großes silbernes Tablett mit einer ebenfalls silbernen Glocke darüber aus dem Boot und trugen es rasch zu dem im Freien aufgestellten Eßtisch. Dann entzündeten sie Fackeln und brachten sie überall auf der Plattform an, so daß auch der letzte Winkel von strahlender Helligkeit erfüllt war, sehr zu Malcolms Leidwesen. Anschließend breiteten sie ein weißes Tuch über den Tisch und deckten ihn mit allem, was ein elegantes Dinner für zwei erforderte, einschließlich mehrarmiger silberner Kerzenleuchter. Gespannt warteten Malcolm, Somerton und Lenore darauf, wie es weitergehen und wer der erwartete Gast sein mochte.

Wenig später erklangen die weichen, warmen Töne eines Cellos und wurden von der Abendbrise zur Veranda heraufgeweht. Nur mit Mühe gelang es Lenore, sich nichts von ihren Gefühlen anmerken zu lassen, als Malcolm ihren Blick suchte, die Augen hart wie Kieselsteine. Nach einem kurzen Medley verschiedener Melodien erklang das Lied, das ihr und Ashton immer am liebsten gewesen war.

Ruhelos ging Malcolm auf der Veranda hin und her, bis er endlich am anderen Ende stehenblieb. Lenore lehnte sich vor, um keine der zarten Töne zu verpassen, wobei sie in Erinnerungen an Belle Chêne und die Abende mit Ashton schwelgte. Wie Manna vom Himmel senkte sich die Musik auf ihr Herz, bis Malcolms Rückkehr dem Vergnügen ein abruptes Ende bereitete.

Mit verächtlich gekräuselten Lippen gesellte er sich zu Robert Somerton. »Das Gejaule ist ja nicht zum Aushalten. Klingt wie eine verwundete Sumpfkatze, die in eine Falle geraten ist. Und man braucht nicht mal lange zu überlegen, mit welchem Körperteil.«

Somerton kicherte in sein Glas. »Nein, du irrst dich, Kumpel. Auf 'ne Fiedel werden bloß die Eingeweide gespannt.«

»Das ist keine Fiedel«, korrigierte Lenore scharf, ungehalten über die plumpen Bemerkungen.

Ihr Vater blickte sie zweideutig an. »Du verstehst aber heute abend auch überhaupt keinen Spaß, meine Kleine.«

»Schätze, das Miauen des Katers, der da draußen herumstreicht, steigt ihr zu Kopf«, spottete Malcolm. »Am liebsten würde sie jetzt zu ihm laufen, nicht wahr?«

Warum auch nicht? Der Gedanke schoß ihr durch den Kopf, doch sie behielt ihn für sich. Nichts hätte sie lieber getan, als die Gesellschaft dieser beiden ungehobelten Gesellen gegen Ashtons liebevolle Aufmerksamkeit einzutauschen, nach der sie sich so sehr sehnte.

Einer der Diener näherte sich dem Eingang des Zeltes und sprach zu jemandem im Inneren. Die Musik brach ab, und Lenore hielt den Atem an, als Ashton erschien, allein, doch ausgesprochen festlich gekleidet. Er ging zu einem der Jasminsträucher, pflückte eine Blüte und legte sie auf einen der Teller. Dann nahm er auf der anderen Seite des Tisches Platz. Der zweite Diener schenkte ihm Wein in einen silbernen Kelch. Er nippte daran, nickte zustimmend und ließ sich sodann einen Gang nach dem anderen servieren, während der Platz gegenüber leer blieb. Endlich begriff Lenore, was die Jasminblüte auf dem unberührten Teller zu bedeuten hatte. Es handelte sich um eine Einladung für sie. Ob sie Lenore war oder Lierin, und wann immer sie Lust haben mochte, ihn aufzusuchen, sie würde willkommen sein.

Malcolm war der Sinn dieser kühnen Geste ebenfalls nicht entgangen, und in seinen Augen loderte der schiere Zorn. Lenore begegnete seinem Blick mit einem sanften Lächeln, schickte aber dennoch ein lautloses Dankgebet zum Himmel, als Meghan genau im richtigen Moment an der Verandatür erschien und ebenfalls zum Essen rief. Die ganze Mahlzeit über dachte sie an Ashton und die Gefühle, die sie für ihn hegte, ohne auf die finsteren Mienen von Malcolm und ihrem Vater zu achten.

Am nächsten Morgen ließ Lenore sich durch Meghan bei den Herren entschuldigen und nahm einen ruhigen, friedlichen Imbiß auf ihrem Zimmer ein. Dies schien Malcolm nach einer unruhigen Nacht den Rest zu geben, denn wenig später stürmte er türenschlagend aus dem Haus, wobei er Robert Somerton zurückließ, damit dieser darauf achtete, daß die beiden Liebenden getrennt blieben, Lenore im Haus und Ashton in seinem Zelt. Doch trotz der Entfernung schienen ihre Seelen noch immer im Gleichklang zu empfinden, denn als Lenore auf die obere Veranda schlenderte, um den herrlichen Morgen zu genießen, schlug Ashton fast im selben Moment die Segeltuchklappe seines Zeltes zurück und trat ebenfalls ins Freie. Als er sich dem Haus zuwandte, erschien sie gerade an der Balustrade, und für einen Moment standen sie nur da und starrten zueinander hinüber. Sie spürte, wie seine Augen sie über die Entfernung hinweg liebkosten und wie diese Liebkosung lang unterdrückte Leidenschaften auf beinahe schmerzhafte Weise zu neuem Leben erweckte, so daß ihr das Blut schneller durch die Adern schoß.

Sie fragte sich, ob es ihm wohl genauso erging wie ihr, denn er nahm nun ein großes Handtuch von einem der schmiedeeisernen Stühle und warf es sich so über die Schulter, daß die eine Hälfte genau neben seinen Lenden endete. Mit den Augen folgte sie ihm, den Blick fest auf seine muskulösen Hinterbacken gerichtet, als er langsam zum Strand schlenderte, wo die Wellen träge am Ufer leckten. Er ließ das Handtuch fallen, watete ins Wasser hinaus, bis das Wasser tief genug war, und bog dann den Rücken durch, um mit einem tadellos ausgeführten Hechtsprung in die Fluten zu tauchen. Seine Arme zerteilten das Wasser mit kraftvollen Stößen. Fast körperlich konnte Lenore spüren, wie er seinen Ärger an den Wellen abreagierte.

Sie rieb sich die Stirn, in der Hoffnung, endlich einen Riß in jener Wand zu finden, die ihr Erinnerungsvermögen umschlossen hielt. Wenn sie in ihrem Gedächtnis nur einen Platz für Ashton finden könnte, irgendeinen kostbaren Moment, an den sie sich erinnerte, doch sie wußte schon, daß es nutzlos war, bevor sie es versuchte: Er gehörte zu ihrer Gegenwart, nicht zu ihrer Vergangenheit.

Die Sonne überschüttete sie mit schimmernden Hitzewellen, und langsam formte sich ein Fata Morgana vor ihrem geistigen Auge. Sie befand sich an einem Strand, irgendwo weit fort. Ein Mädchen mit rotblondem Haar baute eine Sandburg, eine kleine Puppe lag neben ihr auf der Erde. Das Mädchen war sie selbst. Oder war es Lierin? Ihr Gesichtsfeld war begrenzt, als blicke sie durch einen kurzen Tunnel, aber sie wußte, daß sie gleich losrennen würde, um mit jemandem zu spielen, der genauso aussah wie sie. Die Kinder, die vielleicht gerade sechs Jahre alt waren, lachten und quietschten, als sie einander über den Strand jagten. Dann erklang in der Ferne eine Frauenstimme.

»Lenore?« rief sie.

Das andere Mädchen drehte sich um und schirmte seine Augen mit der Hand ab.

»Lierin?«

Jetzt erweiterte sich ihr Gesichtsfeld, und sie sah eine Frau, die sie als Nanny kannte, auf einem Grashügel stehen. Hinter ihr erhob sich ein Landhaus von einschüchternden Proportionen.

»Kommt jetzt, ihr zwei«, sagte die rotgesichtige Frau. »Höchste Zeit, daß ihr etwas eßt und euren Nachmittagsschlaf haltet, bevor euer Vater zurückkommt.«

Die Luftspiegelung verblaßte, und Lenore blinzelte, als die Wirklichkeit wieder ihr Recht verlangte. Sie fürchtete sich beinahe davor, die Szene noch einmal zurückzurufen, aber trotzdem blieb eine Frage, klar und eindeutig. War dieser Moment ein Teil ihrer Erinnerung oder nur ein Wunschbild, geboren aus ihren kühnsten Hoffnungen? Wenn das andere Mädchen auf den ersten Namen reagiert hatte...

Sie marschierte über die Veranda und zermarterte sich das Hirn auf der Suche nach einem Hinweis, einem Anhaltspunkt. Irgend etwas, das ihr den Weg zur Wahrheit zu weisen vermochte.

»Lenore!«

Ein Schauer lief ihr den Rücken hinunter, als der Name in ihre Überlegungen drang, doch wieder einmal war es nur die Wirklichkeit, die sich herrisch ihrer Aufmerksamkeit bemächtigte, diesmal in Gestalt Robert Somertons, der adrett gekleidet die Treppe heraufeilte. Seine Wangen waren dunkelrot, und er wirkte ausgesprochen aufgebracht.

»Du solltest da draußen, wo jeder dich sehen kann, nicht im Nachthemd herumlaufen, Mädchen«, tadelte er sie. »Komm herein und zieh dich an, bevor dir noch etwas zustößt.«

Lenore schickte sich gerade an, seinem Wunsch zu willfahren, als sie bemerkte, wie seine Augen immer wieder nervös zum Strand hinüberflogen. Neugierig folgte sie seiner Blickrichtung und sah den Grund für seine Beunruhigung. Ashton watete aus dem Wasser, und wenn er schon gut ausgesehen hatte, als er hineingegangen war, so sah er jetzt geradezu umwerfend aus. Sein Haar war naß, und die Wassertropfen, die an ihm hingen, glitzerten in der Sonne, so daß die dunkle Haut schimmerte wie die Rüstung eines Ritters. Sie konnte sich vorstellen, was ihren Vater am meisten irritierte. Es handelte sich um das winzige Kleidungsstück, das seine Blöße bedeckte und jetzt, von der Nässe schwer und fest anliegend, selbst dieser Funktion kaum noch halbwegs gerecht zu werden vermochte.

»Der Mann muß den Verstand verloren haben.« Robert Somertons Schamgefühl war zutiefst verletzt. »So dort unten herumzustolzieren und sich vor dir zur Schau zu stellen! Für was hält er dich eigentlich? Für irgendein liederliches Frauenzimmer? Das ist doch kein Anblick für eine Lady!«

Lenore unterdrückte ein amüsiertes Lächeln, als sie sich abwandte, warf der großen, muskulösen Gestalt am Strand aber noch einen letzten bewundernden Blick zu, ehe sie in ihr Zimmer trat und die Verandatür schloß.

Robert Somerton eilte sogleich die Treppe wieder hinunter, um den fast nackten Spaziergänger zur Rede zu stellen. Es war eine Sache, die nackten Schenkel und das schwellende Fleisch einer Frau in einem übelbeleumundeten Haus vorgeführt zu bekommen, aber eine ganz andere, Zeuge werden zu müssen, wie ein Mann sich derart entblößt vor einer Dame zeigte... Dazu noch vor einer so vornehmen!

Somerton schnippte die Enden seines Schnurrbarts nach oben, während er auf Wingate zustürzte. »Einen Moment, ich habe ein Wörtchen mit Ihnen zu reden«, rief er. Der Jüngere blieb stehen und wartete mit fragend hochgezogener Augenbraue, bis Somerton ihn erreicht hatte. Zitternd vor Erregung baute Lenores Vater sich vor Ashton auf und fuchtelte ihm mit dem Zeigefinger unter der Nase herum. »Sie haben vielleicht Nerven, vor den Augen meiner Tochter so herumzulaufen. Ich weise Sie darauf hin, Sir, daß sie eine Lady ist!«

»Das weiß ich«, antwortete Ashton höflich und nahm Somerton damit einigen Wind aus den Segeln.

»Aber Sie, Sir, sind kein Gentleman, das kann ich Ihnen sagen!« fuhr der weißhaarige Mann unbeirrt fort, wobei er Ashton mißbilligend vom Scheitel bis zur Sohle maß. »Sehen Sie sich doch an! Sie sind ja ganz nackt! Sich so vor meiner Tochter zur Schau zu stellen!«

»Sie ist eine verheiratete Frau«, meinte Ashton milde lächelnd.

»Aber nicht Ihre!« rief Somerton, der sehr wohl begriff, was Ashton sagen wollte. »Was für Beweise brauchen Sie denn noch, damit Sie das endlich kapieren?«

»Von Ihnen oder Malcolm keine mehr«, entgegnete Ashton prompt und setzte seinen Weg fort, wobei er sich mit dem Handtuch das Haar trockenrieb. Um mit seinem Tempo Schritt halten zu können, mußte der kleinere Mann in leichten Laufschritt verfallen. Obwohl es kaum ein paar Meter bis zu der Holzterrasse waren, war Somertons Gesichtsfarbe noch dunkler geworden, als sie dort ankamen, und er war mehr als bereit, die Erfrischung anzunehmen, die Ashton ihm offerierte. Er schlüpfte aus seiner Jacke, lockerte den Kragen und ließ sich ächzend in einen der schmiedeeisernen Stühle sinken, wo er sofort von seinem Drink kostete. Ashton entschuldigte sich für einen Moment. In seiner Abwesenheit nahm Somerton seine Umgebung in Augenschein und erkannte, daß der Architekt dieser Behausung vorausschauend genug gewesen war, sie unter dem Astwerk eines riesigen Baumes zu errichten, dessen Schatten auch an heißen Tagen wie heute Kühlung spendete. Während er sich mit der zweifelsohne vorhandenen Intelligenz Ashton Wingates beschäftigte, gelang es ihm, sein Glas fast zur Hälfte zu leeren, bis sein Gastgeber zurückkehrte, inzwischen etwas schicklicher gekleidet.

»Sie haben es sich hier ausgesprochen gemütlich gemacht«, bemerkte Somerton und umfaßte die ganze Anlage mit einer kreisförmigen Geste der rechten Hand. »Man könnte meinen, Sie haben an alles gedacht.«

Erstaunt über das unerwartete Kompliment musterte Ashton seinen Gast. Somerton schien seine Wut völlig vergessen zu haben und erweckte, wie er da so saß und sich umschaute, einen beinahe liebenswerten Eindruck. Zweifellos war dieser Umschwung auf die einlullende Wirkung des Mint Julep zurückzuführen, und so dachte Ashton gar nicht daran, den Nachschub zu verweigern, als Lenores Vater darum bat.

»Ich war auch einmal jung«, sagte Somerton nach einiger Zeit bedächtig. Dann versank er wieder in Nachdenken, kicherte schließlich in sich hinein, leerte das Glas auf einen Zug und hielt es Ashton entgegen, damit es noch einmal gefüllt wurde. »Zu meiner Zeit habe ich einigen Ladies den Kopf verdreht, jawohl, Sir. Allerdings vielleicht nicht so heftig, wie Sie es bei dem armen Ding da oben im Haus geschafft haben. Sie ist ja ganz weg von Ihnen, und Malcolm hat seine liebe Mühe, sie dazu zu bringen, daß sie ihn wieder liebt.«

»Hat sie das je?« Ashton konnte sich einer gewissen Ironie nicht enthalten, doch dem weißhaarigen Mann entging die subtile Stichelei.

»Malcolm glaubt es zumindest... bevor sie das Gedächtnis verlor.« Nachdenklich kratzte Somerton sich das Kinn. »Manchmal frage ich mich, wohin das alles noch führen soll. Lenore ist ein gutes Mädchen, jawohl, Sir. Manchmal vielleicht ein wenig hitzig. Hat sich sofort für mich in die Bresche geworfen, als Malcolm mir Vorwürfe wegen meiner Trinkerei machte.«

Ashton lächelte. »Ja, das klingt ganz nach Ihrer Tochter.«

»Tja, da hockte ich und verdiente jedes Wort, das Malcolm über mich sagte, und sie ist ihm einfach über den Mund gefahren, so daß er keine Silbe mehr hervorgebracht hat.« Eine Weile saß Somerton in nachdenkliches Schweigen versunken da, wobei er seinen Unterkiefer unbewußt immer weiter zur Seite schob. »Sie hätte einen besseren Vater als mich verdient«, sagte er dann und nickte nachdrücklich, völlig im Einklang mit seinen Gedanken. »Und vielleicht, nur vielleicht, verdient sie auch einen besseren Ehemann als Malcolm.«

Ashton hob die Augenbrauen. »Da bin ich ganz Ihrer Meinung, allerdings kann ich nicht glauben, daß sie überhaupt seine Frau ist.«

»Sie sind ein Dickkopf, Mr. Wingate«, meinte Somerton mit einem schiefen Grinsen. »Die Tatsache, daß Sie hier sind, beweist es.«

»Das leugne ich ja auch gar nicht«, entgegnete Ashton. »Malcolm hat mir etwas gestohlen, was mir viel bedeutet, mehr als alles andere. Ich behaupte nach wie vor, er muß seinen Anspruch erst beweisen.«

»Aber das hat er doch schon«, beharrte Somerton. »Glauben Sie nicht, daß ich meine beiden Töchter auseinanderhalten kann?«

Ashton zuckte mit den Schultern und sah zu, wie Somerton sein Glas leerte. »Im allgemeinen sollte ein Vater das können.«

»Eben, und ich sage Ihnen, daß ich es auch getan habe und noch tue!« Somerton bekam einen Schluckauf und lehnte sich in seinem Stuhl zurück, wobei er das leere Glas gedankenvoll betrachtete. Die Hitze und der rasch hinuntergeschüttete Alkohol begannen ihre Wirkung zu zeigen. »Ich weiß, was Sie denken.« Die allmählich immer röter werdenden Augen versuchten Ashton zu fixieren. »Sie glauben, ich trinke zuviel, nicht wahr, und hätte vielleicht einen Fehler gemacht. Tja, ich will Ihnen ein Geheimnis verraten, mein Freund. Bis ich nicht mehr weiß, was los ist, muß ich eine ganze Menge gekippt haben. Das ist eine Sache, die Malcolm kennt und die Sie noch nicht begriffen haben. Ich bin ein Mann, der ziemlich genau weiß, was für eine Rolle er im Leben spielt!« Um diese Feststellung zu unterstreichen, schmetterte er das Glas auf die eiserne Tischplatte und stieß ein schmerzerfülltes Keuchen aus, als es zerbrach und die Scherben sich in seinen Handteller bohrten. Er drehte die Hand um und starrte entsetzt auf das Blut, das aus den Wunden schoß. Sein Gesicht verzerrte sich, als erblicke er den Leibhaftigen persönlich da in seiner Handfläche. »Hinaus mit dir, verfluchter Schandfleck«, wimmerte er. »Hinaus, sag' ich...! Finster ist die Hölle... Was haben wir noch zu fürchten, wer weiß, wenn niemand uns zur Rechenschaft zu ziehen vermag?«

Ashton runzelte zweifelnd die Stirn und begann dann, die Scherben aus der verletzten Handfläche zu ziehen. Anschließend ging er ins Zelt, holte eine Leinenserviette und preßte sie Somerton in die Hand. Um ihn aus seiner Benommenheit zu reißen, sagte er scharf: »Ballen Sie die Hand zur Faust, und lassen Sie sie so, verstanden?« Der Befehl sickerte in Somertons Bewußtsein, und er gehorchte. Ashton half ihm auf die Beine. »Kommen Sie, ich bringe Sie nach Hause. Lierin kann Sie dann richtig verarzten.«

»Sie ist ein gutes Mädchen«, murmelte Somerton geistesabwesend und schwankte unsicher, als Ashton seinen Arm losließ. »Sie hätte etwas Besseres verdient...«

Ashton sah, daß Somerton in einer hoffnungslosen Verfassung war, und begleitete ihn zum Haus zurück, wobei er den größten Teil seines Gewichts trug. Der kurze Weg schien zuviel für den beschwipsten alten Mann, und als Ashton ihn über die Veranda führte, ließ er sich noch schwerer gegen seinen Begleiter sinken. Ashton trat durch die Vordertür, bemerkte niemand und rief: »Lierin? Lierin, wo bist du?«

»Ashton?« Im ersten Stock erklangen rasche Schritte, dann erschien Lierin an der Brüstung. Er lächelte ihr zu. Ihre Augen weiteten sich überrascht, als sie die roten Flecken auf der weißen Jacke ihres Vaters bemerkte.

»Was ist geschehen?« fragte sie, wartete aber nicht auf die Antwort. Sie raffte ihre Röcke und eilte die Treppe hinunter. Besorgt erkundigte sie sich: »Oh, Ashton, du hast ihm doch nicht etwa weh getan?«

»Bei meiner Ehre, Madam, mich trifft keine Schuld«, erwiderte er mit einem schiefen Grinsen, während sie über die letzte Stufe sprang und ihnen entgegenlief. Sie begann unter Somertons Jacke nach einer Wunde zu suchen, bis Ashton ihr Handgelenk ergriff. »Dein Vater hat sich nur in die Hand geschnitten, Lierin. Glaub mir, ihm fehlt nichts.«

»Seine Hand?« Sie richtete sich auf. Mit gerümpfter Nase hob sie die Serviette an und untersuchte die Schnitte.

»Vielleicht solltest du sie säubern«, schlug Ashton vor und neigte sich ihr zu. Jeder Vorwand war ihm recht, um so nah wie möglich an sie heranzukommen. Ihr lieblicher Duft stieg ihm in die Nase, während seine Augen auf ihrem zarten Nacken ruhten und ihn daran erinnerten, wie gern er ihn immer mit seinen Küssen bedeckt hatte.

»Bring ihn in den Salon«, ordnete sie an. »Ich werde Meghan bitten, eine Schale mit Wasser und etwas Verbandmull bereitzustellen.«

Ashton gehorchte und half dem Älteren in einen Sessel. Somerton umklammerte die Serviette und hielt die verwundete Hand an seine Brust gepreßt. »Immer hat sie sich um mich gekümmert«, wimmerte er. »Sie, der sanfte Engel, und ich, der größte aller Lumpen...« Er blinzelte, denn plötzlich standen seine Augen voll Tränen, dann schniefte er und zog die Nase hoch, ehe er sich mit stolzer Miene aufrichtete und die gesunde Hand auf seinen linken Oberschenkel niedersausen ließ. »Ein gutes Kind, jawohl. Sind Sie nicht auch dieser Meinung?«

»Bei weitem mehr als ein Kind, würde ich sagen«, murmelte Ashton, als Lenore wieder in den Raum trat. Seine Augen konnten sich an ihrer sanften weiblichen Schönheit nicht satt sehen. Sie kniete vor ihrem Vater nieder und untersuchte seine Verletzung genauer.

Hufgetrappel näherte sich dem Haus. Alle drei lauschten, Lenore und Somerton nicht ohne Besorgnis. Wie üblich trieb Malcolm sein Pferd rücksichtslos direkt auf das Haus zu, ehe er in letzter Sekunde aus dem Sattel sprang und die Stufen hinauftrampelte.

»Ich sag' es euch ganz unverhohlen, das Böse kommt auf leisen Sohlen«, stöhnte Somerton. »So öffne dich denn, Schloß, für den, der draußen stieg vom Roß!«

Malcolm stieß die Tür auf, platzte in die Diele und blieb wie vom Donner gerührt stehen, als er die drei Gestalten im Wohnzimmer sah. Seine Augen wurden schmal, überflogen die beiden besorgten Gesichter und hefteten sich dann auf Ashton.

»Was, zum Teufel, haben Sie in meinem Haus zu suchen?« fragte er wütend, riß sich den Hut vom Kopf und schleuderte ihn zu Boden. Am liebsten hätte er sich auf seinen ungebetenen Gast gestürzt und ihm eine Tracht Prügel verabreicht, doch die Erinnerung an die Auseinandersetzung am gestrigen Morgen ließ ihn davon Abstand nehmen.

»Lierins Vater hat sich die Hand verletzt und brauchte Hilfe«, erklärte Ashton lakonisch. »Die habe ich ihm gegeben, mehr nicht.«

»Sie haben sie ihm gegeben, und jetzt verschwinden Sie hier!« Malcolm deutete auf die Vordertür. »Auf der Stelle!«

Ashton schlenderte gemächlich zur Tür. Dort sagte er: »Niemand hat mich hereingebeten, Sie brauchen Ihren Ärger also nicht an Lierin oder ihrem Vater auszulassen...«

»Lenore!« brüllte Malcolm so laut, daß die Fensterscheiben klirrten. »Sie ist *meine* Frau, nicht Ihre!«

Ashton lächelte milde und ging. Als er die Veranda überquerte, bemerkte er zwei Männer, die auf das Haus zuritten. Der größere der beiden kam ihm vage bekannt vor, er wußte jedoch nicht, wo er ihn schon einmal gesehen hatte. Vielleicht auf einem seiner Dampfer; ein Angehöriger einer der Mannschaften? Ashton zuckte mit den Schultern. Es war sinnlos, sich aller Gesichter erinnern zu wollen, die ständig kamen und gingen. Es waren einfach zu viele.

Lenore beschloß, daß sie lange genug in der Kutsche gewartet hatte. Es war heiß und stickig, und sie wußte nicht genau, wann Malcolm zurückkehren würde. Auf ihrer Oberlippe zeichneten sich feine Schweißperlen ab, und das Musselinkleid klebte ihr am Rücken. Der Landauer stand am Straßenrand, genau dort, wo Malcolm ihr zu warten aufgetragen hatte, aber es gab hier keinen Schatten, und den Pferden war genauso heiß wie ihr. Unruhig schlugen sie mit den Schwänzen nach den um sie herumsummenden Fliegen, scharrten mit den Hufen und ruckten hin und wieder ein Stück vor, wenn eins der kleinen Biester sich erdreistet hatte, sie zu beißen.

Mißgestimmt stieg Lenore aus der Kutsche, ohne sich darum zu kümmern, daß sie ihr Häubchen zurückgelassen hatte. Sie trug Henry auf, Mr. Sinclair mitzuteilen, wo sie zu finden sei, wenn und falls er jemals wiederauftauchte. Malcolm hatte ihr zwar befohlen zu warten, aber sie vermochte die Tortur nicht eine Sekunde länger zu ertragen. Der Kutscher quittierte ihre Order mit einem Nicken, und Lenore marschierte auf das nächstgelegene Geschäft zu, wobei sie sich mit dem Taschentuch kühle Luft zuwedelte, während ihre Absätze auf den Brettern des Gehsteigs hämmerten. Kaum war sie durch die Tür in das Innere des Geschäfts getreten, wich das mißmutige Stirnrunzeln auf ihrem Gesicht einem Lächeln.

»Guten Morgen, Mrs. Sinclair«, begrüßte sie der Inhaber, als er sich ihr von seinen Regalen zuwandte. »Wie geht es Ihnen denn? Du meine Güte, ich habe Sie aber schon eine ganze Weile nicht mehr gesehen.«

Lenore versuchte, sich an den Mann zu erinnern, wußte aber wie üblich nicht, woher er sie kannte. Fast zögernd fragte sie: »Sie kennen mich?«

»Aber ja. Ich meine...« Der Kaufmann zeigte eine gewisse Unsicherheit, ehe er fortfuhr. »Ich dachte, Sie wären Mrs. Sinclair. Stimmt das nicht?«

»Doch«, antwortete Lenore ruhig. »Ich glaube, schon.«

Verwirrt von ihrer Antwort faßte der Mann sie genauer ins Auge. »Fühlen Sie sich nicht gut, Madam?«

Wieder fächelte sie sich mit dem Taschentuch Kühlung zu. »Es muß an der Hitze liegen.«

Der Mann deutete auf eine Handvoll Stühle, die im Hintergrund des Geschäfts an einer Wand stand. »Möchten Sie sich einen Moment ausruhen?«

»Nein, ich habe für heute schon genug gesessen.« Sie schmückte ihre Ablehnung mit einem Lächeln. »Ich habe in der Kutsche auf die Rückkehr meines Gatten gewartet. Vermutlich dauern seine Geschäfte etwas länger, als er angenommen hat.«

Der Mann schmunzelte und nickte. »Ich weiß, wie so was manchmal geht.«

Sie blickte sich um und überlegte, wie sie ihn nach seinem Namen fragen konnte, ohne sich und ihr Leiden zu verraten. Er schien ihr Verhalten so schon merkwürdig genug zu finden. »Ich habe vor, so eine Art Tagebuch zu führen und darin über jeden zu schreiben, den ich hier in Biloxi kenne.« Sie hatte tatsächlich ernsthaft mit diesem Gedanken gespielt, nur um zu sehen, ob sie auf irgendwelche Namen stieß, die sich für sie mit verschütteten Erinnerungen verbanden. »Und Sie sollen natürlich auch darin aufgeführt werden. Deswegen habe ich mich gefragt, wie Sie Ihren Namen buchstabieren.«

»B-l-a-c-k-w-e-l-l«, buchstabierte er stolz. »J-o-s-e-p-h Blackwell.«

Sie errötete leicht, wedelte sich mit dem Taschentuch vor dem Gesicht herum und lachte. Es wäre ihr lieber gewesen, wenn es sich um einen etwas komplizierteren Namen gehandelt hätte, denn sie fürchtete halb und halb, er könnte sie jetzt für eine ziemlich dumme Person halten. »Ach, genau wie ich dachte.«

»Wenn Sie daran denken, Ihr Tagebuch nur mit Leuten aus Biloxi zu füllen, müssen Sie ja vorhaben, eine ganze Weile hierzubleiben«, meinte Blackwell.

»O ja«, antwortete sie. »Zumindest hat mein Gatte nichts davon gesagt, daß wir demnächst woandershin gingen. Außerdem wohnt mein Vater zur Zeit bei uns.«

»Ach?« Blackwell hob überrascht die Augenbrauen, bevor er mit einem Schmunzeln fragte: »Wie ist es Ihnen denn gelungen, ihn dazu zu überreden, daß er England den Rücken kehrt? Ich dachte, Sie hätten gesagt, er hasse die Staaten und bezeichnete sie immer nur als die Kolonien?«

Sie zuckte mit den Schultern. »Vermutlich hat er einfach seine Meinung geändert.«

Der Kaufmann nickte verständnisvoll. »Wahrscheinlich konnte er es nicht aushalten, von seiner Familie getrennt zu sein. Manchmal ist es für einen Vater schwer zu akzeptieren, daß seine Tochter andere Neigungen hat als er selbst. Es muß ein echter Schlag für ihn gewesen sein, als sie sich dazu entschlossen haben, hier zu leben. Da fällt mir ein, wie geht es denn Ihrer Schwester?«

Ein trauriger Ausdruck trat auf Lenores Gesicht, als ihr wieder das kleine Mädchen aus ihrem Tagtraum in den Sinn kam. »Sie ist tot.«

»Oh, das tut mir wirklich leid, Mrs. Sinclair.« Blackwell senkte teilnahmsvoll die Stimme. »Ich hatte ja keine Ahnung.« Er schüttelte traurig den Kopf. »Erst Ihr Gatte und dann Ihre Schwester. Ich bewundere Ihre Tapferkeit nach all diesen Schicksalsschlägen.«

Sie starrte ihn verwundert an. »Mein Gatte?«

Blackwell erwiderte ihren Blick mindestens genauso verwundert. »Wieso... ja, Sie waren doch verwitwet, als Sie nach Biloxi kamen.« Er kratzte sich verwirrt am Kopf. »Zumindest dachte ich, Sie hätten mir so etwas erzählt, aber ich kann mich natürlich irren. Wir haben uns nie sehr lang unterhalten, nur hin und wieder mal ein paar Worte im Vorübergehen. Es ist auch erst knapp einen Monat her, daß ich von ihrer neuen Ehe mit Mr. Sinclair gehört habe.«

Ein Durcheinander verschiedenster Bilder brach über Lenore herein. Unter den verschwommenen, konturlosen Formen erkannte sie instinktiv eine, die nur ihr Vater sein konnte, obwohl er kaum mehr als ein Schatten blieb. Er stand mit ausgestreckten Armen vor ihr und forderte sie auf, zu ihm zu kommen und sich trösten zu lassen. Eine phantomartige Gestalt tauchte neben ihr auf und schien sie auf den älteren Mann zudrängen zu wollen, und das, wußte sie, war Malcolm.

»Hier bist du!«

Blinzelnd drehte sie sich um, als Malcolm auf sie zueilte, und einen Moment lang hatte sie Schwierigkeiten, Wirklichkeit und Vision auseinanderzuhalten. Im Geiste sah sie, wie ihm von einer kräftigen Männerhand auf den Rücken geschlagen wurde.

»Ich wußte nicht, daß du vorhattest, die Kutsche zu verlassen«, sagte er mit einem Anflug von Schärfe in der Stimme. »Ich habe mir Sorgen gemacht. Einfach so wegzulaufen!«

»Es tut mir leid, Malcolm«, murmelte sie. »Ich wollte dich nicht beunruhigen, aber es war so heiß in der Kutsche.«

Malcolm merkte, daß Mr. Blackwell sie neugierig beobachtete, und erklärte widerstrebend: »Meine Frau ist krank gewesen. Ich hoffe, sie ist Ihnen nicht allzusehr zur Last gefallen.« Er ignorierte den bestürzten Blick, den Lenore ihm zuwarf. »Sie ist in letzter Zeit etwas durcheinander und kann sich an vieles nicht mehr erinnern.«

»Ich bedaure, das zu hören«, antwortete Blackwell höflich.

Malcolm lächelte steif. »Wenn Sie entschuldigen, wir müssen weiter. Ich bin mit ihrem Vater verabredet, und wir sind schon etwas spät dran. Guten Tag, Sir.«

Er eskortierte Lenore hinaus auf den Gehsteig, wobei er ihren Arm beinahe schmerzhaft fest umklammerte, und half ihr dann wieder in die Kutsche. Mit einem Stirnrunzeln nahm er neben ihr Platz. »Ich hatte dir doch gesagt, du solltest hier warten.«

»Es war mir zu heiß«, antwortete sie mit wachsendem Ärger. »Und außerdem hast du dir ganz schön Zeit gelassen. Ich glaube, du wolltest nur, daß ich dich begleite, weil du Angst davor hattest, Ashton könnte mir während deiner Abwesenheit zu nahe kommen.«

»Ich habe keine Angst vor dem Bastard«, murmelte Malcolm.

»Ich verstehe überhaupt nicht, warum du so versessen darauf warst, daß ich hier in der Kutsche bleibe. Ich habe mich sehr nett mit Mr. Blackwell unterhalten.«

»Ach ja?« Er blickte sie mit kalten Augen an. »Was kann der alte Mann dir schon zu erzählen haben?«

»Etwas sehr Interessantes.« Ein Schatten fiel über ihr milchweißes Gesicht. »Warum hast du mir nie gesagt, daß ich Witwe war, als wir uns begegnet sind?«

Verärgert zog Malcolm die Augenbrauen zusammen. »Ich dachte, es würde dich nur noch mehr verwirren. Deswegen habe ich auch versucht, dich von dem Klatsch hier in der Stadt abzuschirmen. Ich wußte ja nicht, was für ein Trauma das bei dir vielleicht verursachen würde.« Eine Spur zu beiläufig erkundigte er sich: »Was hat dir dein freundlicher Ladenbesitzer denn noch erzählt?«

»Nichts sonst. Seinen Worten nach zu urteilen, kannte er mich nicht besonders gut. Wir haben uns auch nur kurz unterhalten, ich war ja nicht lange dort.«

Malcolm ließ sich zurücksinken, nahm seinen Hut ab und wischte sich mit einem Taschentuch den Schweiß von der Stirn. »Mein Gott, ist das heiß«, sagte er in etwas verbindlicherem Ton. »Entschuldige, daß ich dich habe warten lassen. Ich bin aufgehalten worden und konnte mich einfach nicht losreißen.«

Doch Lenores Neugier war noch nicht befriedigt, und sie hakte nach: »Weißt du irgend etwas über meinen ersten Mann?«

Malcolm zuckte gleichgültig mit den Schultern. »Ich glaube, er ist kurz nach eurer Hochzeit von einem schweren Fieber dahingerafft worden. Darüber hinaus erinnere ich mich nicht mehr an allzuviel von dem, was du mir erzählt hast, außer daß er auf einer Insel in der Karibik lebte.«

»Und sein Name? Seinen Namen weißt du nicht mehr?« drängte Lenore.

Malcolm trocknete das Schweißband seines Huts ab und warf ihr einen mißtrauischen Blick zu. »Cameron Livingston«, antwortete er.

»Livingston... Livingston...« Sie ließ den Namen wieder und wieder über die Zunge rollen und fand, daß er einen vertrauten Klang besaß. »Ja, ich glaube, den Namen habe ich schon einmal gehört.« Sie runzelte die Stirn, als sie probeweise Namen und Vornamen zusammenfügte. »Lenore Livingston? Lenore... Livingston. Lenore Livingston! Ja! Ich weiß, das habe ich schon mal gehört.« Sie lachte, glücklich über diese Erkenntnis. »Vielleicht fange ich endlich an, mich wieder zu erinnern. Oh, es wäre so schön, wenn ich wieder alles von früher wüßte.«

Malcolm betrachtete sie mit einem farblosen Lächeln. »Dein Unfall liegt jetzt schon eine ganze Weile zurück. Ich frage mich langsam, ob dein Erinnerungsvermögen überhaupt je zurückkehrt und ob dir wieder einfällt, was wir einander einmal bedeutet haben.«

»Ich kann mich jetzt schon an mehr erinnern als bei meiner Ankunft hier«, sagte Lenore. »Ich mache Fortschritte, wenn auch nur langsam.«

Malcolm griff nach einem dünnen Koffer, den er auf den gegenüberliegenden Platz geworfen hatte. »Ich habe hier einige Papiere; dein Vater möchte, daß du sie unterzeichnest. Wir treffen uns gleich mit ihm. Bist du in der Lage dazu?«

»Können wir das nicht auf morgen verschieben?« fragte sie, völlig ausgelaugt von der Hitze. »Mir ist momentan überhaupt nicht nach Lesen zumute.«

»Du brauchst das nicht alles zu lesen, Liebling. Dein Vater hat sich schon darum gekümmert.«

»Mein Vater hat mir beigebracht, mich nur auf mich selbst zu verlassen.« Sie neigte den Kopf und überlegte, wie sie zu diesem Eindruck gelangt war.

Malcolm seufzte ungeduldig. »Wirklich, Lenore. Die Papiere sind nicht so wichtig, daß du sie alle durchlesen müßtest.«

»Ich möchte jetzt nicht länger über diese Angelegenheit sprechen, Malcolm«, antwortete sie entschieden. Sie mochte es nicht, wenn er sie unter Druck zu setzen versuchte. »Wenn mein Vater die Papiere mit nach Hause bringen möchte, werde ich sie mir dort ansehen. Mehr kann ich dir nicht versprechen.«

Er reagierte mit einem verächtlichen Lachen. »Du bist in letzter Zeit ziemlich überheblich geworden, besonders seit dieser Niggerfreund sich praktisch vor unserer Veranda niedergelassen hat. Vergiß nicht, daß ich dein Mann bin – und nicht Ashton Wingate. Du wirst mir den Respekt zollen, der mir zusteht.«

Lenore blickte ihn erstaunt an. Sie sah nicht den geringsten Anlaß für seine plötzliche schlechte Laune, vor allem nicht, nachdem er die Papiere selbst als mehr oder weniger unwichtig bezeichnet hatte. »Malcolm, ich bitte lediglich darum, vorher lesen zu dürfen, was ich unterschreiben soll.«

»So wie du darauf bestehst, handelt es sich schon fast um eine Beleidigung. Es hört sich an, als brächtest du mir kein Vertrauen entgegen, und auch nicht deinem Vater. Dabei wollen wir nur dein Bestes.«

»Mein Vater hat mir schon vor Jahren beigebracht, alles persönlich zu überprüfen.«

»Zur Hölle mit deinem Vater!«

»Malcolm!« Ihre Verblüffung wuchs von Minute zu Minute. »Ich sehe nicht den geringsten Grund für einen derartigen Gefühlsausbruch.«

»Ich schon!« schimpfte er. »Ich bitte dich um eine ganz simple Geschichte, und du weigerst dich. Ich wette, wenn dein kostbarer Mr. Wingate hier wäre, würdest du dich halb umbringen, um zu tun, was er sagt.«

»Du bist ja nur eifersüchtig«, entgegnete sie nüchtern.

»Stimmt es etwa nicht? Wenn du könntest, würdest du den Bastard doch am liebsten mit ins Bett nehmen.«

»Malcolm, du gehst zu weit«, warnte sie ihn.

»Womit? Indem ich ihn einen Bastard nenne oder dich eine Hure?«

Lenore schnappte wütend nach Luft, packte den Griff ihres Sonnenschirms und klopfte damit an die kleine Tür hinter dem Kutscher. »Henry, laß mich hier bitte aussteigen«, sagte sie, als die Tür geöffnet wurde. »Ich habe noch ein paar Einkäufe zu erledigen.«

»Du wirst auf keinen Fall aussteigen!« protestierte Malcolm. »Ich werde dich jetzt nach Hause bringen.«

»Dann mußt du mich vorher umbringen, Malcolm. Wenn du mich nicht auf der Stelle aussteigen läßt, mache ich dir eine solche Szene, daß du dich nie wieder in der Stadt sehen lassen kannst.« Sie sprach langsam und betonte jedes Wort, und die Entschlossenheit in ihren Augen ließ keinen Zweifel daran, daß sie meinte, was sie sagte. Wenn er sich nicht vernünftig zeigte und sie gehen ließ, konnte das unangenehme Konsequenzen haben.

»Wenn du aussteigst, kannst du zu Fuß nach Hause gehen«, drohte er.

»Liebend gern!« Sie starrte ihn wütend an. »Aus dem Weg mit dir, aber sofort!«

Mit zorngerötetem Gesicht stieß sie den Schlag auf. Ohne einen Blick zurückzuwerfen, stieg sie aus der Kutsche, öffnete ihren Sonnenschirm und marschierte über die staubige Straße auf den Gehsteig zu, wobei sie dem Treiben auf der Fahrbahn nicht die geringste Aufmerksamkeit schenkte.

»Abscheulicher Flegel!« murmelte sie vor sich hin. »Ich weiß gar nicht, warum ich den überhaupt geheiratet habe! Ich wünschte, ich wäre ihm nie begegnet.«

Sie trat auf den Gehsteig und schritt rasch an mehreren Geschäften vorbei. Ein großer, gutaussehender Mann, der vor ihr an einer Hauswand lehnte, sah sie kommen und riß sich galant den Hut vom Kopf, wobei seine Augen vor Bewunderung zu leuchten begannen.

»Guten Morgen, Miss. Kann ich Ihnen irgendwie behilflich sein?«

Sie ignorierte ihn, doch kaum war sie vorbei, stieß er sich von der Wand ab und heftete sich an ihre Fersen. Wohlgefällig musterte er ihren schönen Rücken, und sein Kennerblick erahnte die Formen ihres schlanken Körpers auch unter der eleganten Kleidung. Als sie ihm über die Schulter einen finsteren Blick zuwarf, grinste er breit. Die nächste Tür gehörte zu einem Friseurladen, und der Barbier, der gerade sein Rasiermesser an die gut eingeschäumte Kehle eines Kunden setzte, stieß einen langen, anerkennenden Pfiff aus.

»Donnerwetter, was für ein Rotschopf!« sagte er. »Heißer als der Pfeffer, den die Cajuns unten in Louisiana anbauen.«

Der Kunde hob den Kopf, um zu sehen, von wem der Barbier sprach, und selbst ein flüchtiger Blick auf das vorbeieilende Profil setzte ihn ins Bild.

»Lierin!«

Er schoß aus dem Stuhl hoch, riß sich das Handtuch von den Schultern und wischte den Schaum von seinem Gesicht. Auf seinem Weg ins Freie stieß er an mehrere Stühle und rempelte ein paar Kunden an. Dem letzten warf er das rasierschaumverklebte Handtuch in den Schoß.

»Ihre Jacke, Sir!« rief der Barbier hinter ihm her. »Sie haben Ihre Jacke vergessen!«

»Ich hole sie mir nachher ab!« gab Ashton über die Schulter

zurück. Er stürmte hinter der rasch ausschreitenden jungen Frau her und erregte dadurch die Aufmerksamkeit des Mannes in ihrem Schlepptau. Als Ashton an ihm vorbeilief, blieb er stehen und stemmte verdrossen die Arme in die Seite.

Lenore spürte, wie sich eine Hand auf ihre Schulter legte. Sie fuhr herum und wollte dem zudringlichen Fremdling schon ihren Sonnenschirm über den Schädel ziehen, als sie das fröhlich grinsende Gesicht erkannte.

»Ashton! Was tust du denn hier?«

»Ich bin Malcolm und dir in die Stadt gefolgt«, gab er zu, »und als ich euch in die Kutsche steigen sah, habe ich beschlossen, mir eine Rasur zu gönnen.«

Lachend entfernte sie etwas Rasierschaum von seinem Hals. »Sieht nicht so aus, als hättest du dem Barbier Zeit gelassen, seine Arbeit zu Ende zu führen.«

Ashton fuhr sich mit der Hand über das stoppelbärtige Kinn. »Ich hatte es heute morgen etwas eilig«, sagte er entschuldigend, ehe er sich suchend umsah. »Was tust du denn hier? Wo ist eure Kutsche?«

Lenore hob die Nase. »Ich habe Malcolm mitsamt der Kutsche nach Hause geschickt.«

Ein interessiertes Funkeln trat in seine Augen. »Malcolm hat dich allein hiergelassen?«

»Ich nehme an, mein Vater steckt auch noch irgendwo.« Sie zuckte mit den Schultern. »Obwohl mir das eigentlich egal ist.«

Ashton trat zur Seite, legte ihr die Hand auf den Rücken und beschrieb mit dem anderen Arm einen schwungvollen Halbkreis. »Wenn Sie mir gestatten würden, meine Jacke zu holen, Madam, dann wird es mir eine Freude sein, Sie zu begleiten, wohin immer Sie wollen.«

Der gutaussehende Lebemann, der Lenore gefolgt war, stand noch immer breitbeinig mitten auf dem Gehsteig, die Hände an die Hüften gelegt. Er war vielleicht etwas zu langsam gewesen, aber die Kleine war durchaus eine Auseinandersetzung wert. Er dachte nicht daran, dem Paar aus dem Weg zu gehen. Ashton begegnete seinem herausfordernden Blick mit harten Augen und führte Lenore an dem menschlichen Hindernis vorbei. Als sie aus der Gefahrenzone war, ließ er seinen Ellbogen zurückschnellen und traf den Burschen direkt unter den Rippen.

»Hau ab, wenn dir deine Haut lieb ist«, knurrte er leise, denn er dachte nicht daran, sich von dem anderen in die Parade fahren zu lassen. »Die Lady gehört mir.«

Der Mann kam wieder zu Atem und packte Ashton an der Schulter. »Ich habe sie zuerst gesehen...«

Der blitzschnell zusammengefaltete Sonnenschirm traf ihn mit der Spitze genau zwischen zwei Rippen. Der plötzliche Schmerz entlockte ihm einen heiseren Schrei, und er gelangte zu dem Schluß, daß dies rabiate Paar zuviel für ihn war.

»Wenn Sie darauf bestehen!« rief er und breitete die Arme aus, ehe er sich zurückzog, alle Ansprüche auf die wohlgeformte Stute fahren lassend. Offensichtlich hatte sie sich bereits entschieden.

Dreizehntes Kapitel

Alle Augen folgten dem attraktiven jungen Paar, als es über den Gehsteig schlenderte. Ashton lächelte voll Stolz, weil es ihm gelungen war, die Königin zu erobern, wenigstens für diesen Nachmittag. Er winkte Hiram, die Kutsche heranzufahren, hielt Lenore den Schlag auf und nahm dann neben ihr Platz. Er griff nach ihrer Hand und hielt die zarten Finger in seiner Rechten. Lenore blickte ihn an, unfähig, die Seligkeit zu verbergen, die sie immer empfand, wenn sie in seiner Nähe war. Seine Augen glühten. Sie errötete, als sie merkte, wie er sie musterte. Als er den Mund öffnete, war seine Stimme weich und heiser, und mehr als seine Worte sprach sie von der Sehnsucht, die er verspürte. »Sie sind ein höchst erregender Anblick, Madam, den ich in letzter Zeit viel zu selten genießen durfte.«

Sie lachte leise. »Mein Vater und Malcolm sind der Ansicht, du hättest bei weitem zuviel von mir gesehen – und ich von dir.« Ihre Mundwinkel zuckten amüsiert. »Mein Vater war ausgesprochen schockiert von deiner Neigung zum Exhibitionismus.«

Ashton schmunzelte. »Aye, so ähnlich hat er sich auch ausgedrückt, als er mich aufsuchte, um mir die Leviten zu lesen. Er fand, du seist zu empfindsam für einen derartigen Anblick. Offenbar ist er sich nicht bewußt, daß wir vor deinem Verschwinden auf Belle Chêne wie Mann und Frau zusammengelebt haben.«

Der rosige Hauch auf ihren Wangen vertiefte sich. »Ich habe es nicht fertiggebracht, ihnen davon zu erzählen, Ashton«, murmelte sie und blickte auf die Hände in ihrem Schoß. »Sie hätten es bestimmt als etwas Schmutziges dargestellt.« Sie seufzte. »Alles, was du getan hast, ist verachtenswert in ihren Augen, und mein Vater gibt dir immer noch die Schuld an Lierins Tod.«

Ashton drückte ihre Hand sanft und voller Verständnis. »Er ist ein gequälter, zerrissener Mann. Ich kann nicht umhin, ihn inzwischen beinahe etwas sympathisch zu finden.«

Die Liebe, die Lenore für Ashton empfand, überwand die Mauern der Zurückhaltung, die sie zwischen sich und ihm errichtet hatte. »Oh, Ashton, du bist so ein guter Mensch.«

Mit einem Schmunzeln warf Ashton seinen Hut auf den Sitz gegenüber und musterte sie zweifelnd. »Warum? Weil ich keinen Groll gegen einen alten Mann hege, der glaubt, einen Grund zu haben, mich zu hassen? Es wäre sinnlos, irgendwelche Gefühle an ihn zu verschwenden, gleich, ob positiv oder negativ. Ich wußte nicht, daß er ein so herzliches Verhältnis zum Whisky hat, aber ganz offensichtlich verlangt der Alkohol seinen Tribut. Als er sich die Hand an dem zerbrochenen Glas schnitt, schien er beinahe den Kontakt zur Wirklichkeit verloren zu haben. In dem Moment ist mir klargeworden, daß es sich nur noch um die leere Hülse eines Menschen handelt, schwach und eher bemitleidenswert. Meinen Zorn hebe ich mir besser für andere Dinge auf.«

»Für Malcolm?« fragte sie mit kleiner Stimme.

Ashtons Gesicht verhärtete sich. »Nun, das ist doch wirklich jemand, der meinen Haß verdient, oder nicht?«

Lenore strich ihm beruhigend mit der Hand über den Arm. »Wir wollen jetzt nicht von ihm sprechen«, bat sie. »Sag mir lieber, was du vorhast. Wie lange willst du die *River Witch* hier noch vor Anker liegen lassen?«

»Solange es erforderlich sein sollte. Oder bis du mich fortschickst.«

»Ich habe dich schon gebeten, zurückzufahren«, erinnerte sie ihn.

Er führte ihre Hand an die Lippen und küßte die blassen Finger, indes seine Augen ihren Blick suchten und festhielten. »Wenn deine Augen mir sagen, daß ich gehen soll, mein Liebling, dann werde ich gehen. Eher nicht.«

Lenore senkte die Lider und fragte sich, ob ihre Empfindungen so deutlich zu erkennen waren. Es schien sinnlos, ihre Liebe leugnen zu wollen; es war kein Gefühl, das man einfach so beiseite schieben konnte. Er ließ ihre ineinander verschlungenen Hände auf seinen Oberschenkel sinken. Als sie seinen wild hämmernden Puls spürte, wußte sie, daß sie das gleiche Begehren teilten. Seine freie Hand berührte ihr Kinn und hob es ein wenig an. Er blickte ihr tief in die Augen, während er sanft ihren Hals streichelte.

»Ich will dich«, murmelte er heiser. Er schob ihre Hand ein wenig höher, um ihr zu zeigen, wie sehr es ihn nach ihr verlangte. Sie schüttelte den Kopf, eine fast flehende Geste, mit der sie stumm um Erbarmen bat, und versuchte, sich ihm zu entziehen, doch der Name Lierin, ein Seufzer auf seinen Lippen, brachte ihren schwachen Widerstand zum Erliegen. Er drückte ihren Kopf zurück gegen die Lehne. Hilflos verlor sie sich in das wilde, süße Vergnügen, ihn zu küssen, von ihm geküßt zu werden, und wußte doch die ganze Zeit, daß es eigentlich nicht sein durfte. Seine Lenden schienen unter ihrer Hand zu brennen, und sein wildes Verlangen ließ sie erzittern. Worte der Liebe und der Leidenschaft murmelnd, bedeckte er ihren Hals, ihre Wangen und ganz zart auch ihre Lider mit fiebrigen Küssen.

»Hilflos schreite ich durch die Nacht«, flüsterte er gequält, »sehne mich nach dir und weiß, daß ich dich nicht haben kann. Alles in mir rebelliert, wenn ich an dich dort oben in dem Haus denke und an Malcolm, der zwischen uns steht, dich für sich beansprucht. Ja, ich koche vor Zorn, wann immer er mir in den Sinn kommt, und dann weiß ich, mit welcher Macht die Eifersucht von mir Besitz ergriffen hat. Wenn ich dich mit ihm zusammen sehe, will es mich schier zerreißen. Ich flehe dich an, habe Erbarmen mit meiner gefolterten Seele. Laß uns von hier fortgehen, beide, jetzt gleich. Laß mich dich mitnehmen nach Belle Chêne, nach Hause, wo ich dich lieben, dir die Welt zu Füßen legen kann.«

»Oh, Ashton, Ashton«, sagte sie klagend, während ihr die

Tränen in die Augen stiegen. »Was wäre ich denn, wenn ich jetzt mit dir zurück nach Belle Chêne ginge? Niemals sicher, ob ich Lierin bin oder Lenore, wäre ich einem ewigen Konflikt ausgesetzt und wüßte nie, ob ich Ehebruch begehe oder nur den mir zustehenden Platz als deine Frau ausfülle. Dieses Haus hier in Biloxi birgt die Lösung, und ich glaube fest, daß es mir gelingen wird, die Geheimnisse meiner Seele zu entschlüsseln und der Tortur ein Ende zu setzen. Manchmal habe ich Visionen, ich sehe schreckliche Dinge, abscheuliche Bilder, und wenn ich keine Antworten auf meine Fragen finde, werden sie mich ins Grab bringen. Ich sehne mich so sehr danach, mich dir hinzugeben, hier und jetzt; ich will, was du willst, doch ich kann es dir nicht geben, ohne mich selbst zu kennen. Ich muß wissen, wer ich bin, woher ich komme und was ich getan habe.«

Sie entzog ihre Hand seinem Griff, ließ sie in ihren Schoß sinken und streichelte sie dort sacht mit der anderen Hand, als wollte sie den Schmerz einer Verbrennung lindern. »Ich muß zurück in das Haus über der Küste, und ich wäre dir dankbar, wenn du mich jetzt hinfahren würdest...« Sie wandte den Kopf ab, um zu verbergen, daß ihr neuerlich die Tränen in die Augen schossen. »Bevor ich mich vergesse und alles tue, was du sagst.«

Ashton wußte nur zu genau um die Einsamkeit, die ihn befallen würde, kaum daß sie wieder getrennt waren, und so versuchte er sie zu überreden: »Bleib noch ein Weilchen, bitte. Iß mit mir zu Abend, danach bringe ich dich dann zurück.«

Wieder warf sie ihm einen flehenden Blick zu, und er lächelte traurig, als er ihre geröteten Augen sah. »Vielleicht verlange ich zuviel von dir. Ich weiß, das alles ist für dich genauso schwer wie für mich.« Er atmete tief, versuchte Verstand und Körper zu beruhigen. »Ich bringe dich zurück. Wir treffen uns dann eben ein anderes Mal.«

Erleichtert holte Lenore ihr Taschentuch hervor und tupfte sich die Tränen von den Wimpern. Es war so schwer, ihm zu widerstehen, seiner Sinnlichkeit, die in ihr die gleichen Gefühle entfachte, so daß sie auch jetzt die Hitze noch nicht zu vergessen vermochte, die wie Feuer auf ihrer Hand gebrannt hatte.

Ashton gab Hiram seine Anweisungen und ließ sich dann wieder zurücksinken, um Lenore zu betrachten. »Ein paar Geschäftsfreunde von mir hier in Biloxi haben die *River Witch* gechartert.« Er bemerkte ihre Überraschung und erklärte: »Sie planen ein großes gesellschaftliches Ereignis und wollen alle reichen Leute der Gegend an die Spieltische einladen.« Tatsächlich war die Anregung von ihm gekommen, denn ein solches Ereignis paßte hervorragend in seine Pläne und würde ihm bei dem Versuch, die Königin zurückzuerobern, von einiger Hilfe sein können.

Lenore bemerkte den funkelnden Glanz in seinen Augen und konnte sich nicht enthalten zu fragen: »Was hat das mit mir zu tun?«

Er grinste lausbubenhaft. »Du und Malcolm werdet natürlich auch eingeladen.«

»Malcolm wird niemals auch nur einen Fuß auf deinen Dampfer setzen.« Allein die Idee schon schien absurd. »Dazu haßt er dich viel zu sehr.«

»Mag sein, aber ich habe gehört, daß er einem Spieltisch nur selten widerstehen kann, leicht verdientes Geld zu schätzen weiß und sich gern mit reichen Leuten umgibt. Es scheint ihm wirtschaftlich längst nicht so gut zu gehen, wie ich anfangs annahm. Tatsächlich ist es sogar ausgesprochen schwierig herauszufinden, woher er sein Geld bekommt.«

»Ich weiß auch nicht, was er tut«, murmelte Lenore nachdenklich, als ihr klarwurde, daß Malcolm nie den Versuch unternommen hatte, ihr von seiner Vergangenheit, seiner Familie oder seiner Arbeit zu erzählen. »Eigentlich weiß ich überhaupt nichts von ihm.«

»Ich habe ihn von einigen meiner Männer beobachten lassen, und es hat den Anschein, als gingen seine geschäftlichen Aktivitäten von einem Raum über der Taverne aus.«

»Du meinst…«, die Röte stieg ihr in die Wangen, als sie nach einer möglichst diskreten Formulierung suchte, »er befindet sich dort in Gesellschaft – käuflicher Frauen?«

Ashton schmunzelte. »Wenn dem so wäre, meine Liebe, würde ich dir vermutlich trotzdem nichts davon erzählen.« Er schüttelte den Kopf. »Nein. Er trifft dort regelmäßig ein paar Männer, und nach den Berichten meiner Leute handelt es sich um einen ziemlich üblen Haufen. Im allgemeinen zerstreuen sie sich nach ihren Versammlungen in alle Winde, ehe sie sich ein paar Tage später wieder mit Malcolm treffen.«

»Wenn Malcolm das Haus verläßt, sagt er mir lediglich, daß er zu den Anwälten geht, und dann kommt er hinterher mit irgendwelchen Papieren nach Hause, die ich unterschreiben soll.«

»Was für Papiere?«

Sie zuckte mit den Schultern. »Keine Ahnung. Er läßt nie zu, daß ich sie durchlese.«

»Hast du sie etwa trotzdem unterschrieben?« wollte Ashton wissen, plötzlich besorgt.

»Nein«, antwortete sie. »Und ich werde es auch nicht tun, bevor ich sie nicht gelesen habe.«

»Braves Mädchen.«

»Was, meinst du, könnte denn drinstehen?« erkundigte sich Lenore.

»Ich weiß nicht, aber wenn es ihm möglich wäre, würde er dich bestimmt liebend gern eine Klage gegen mich unterschreiben lassen. Nichts käme ihm mehr entgegen, als wenn der Sheriff mich wegen des Mordes an der kleinen Mary ins Gefängnis brächte.«

»Hast du eine Vermutung, wer sie getötet haben könnte?«

»Horace Titch, möglicherweise.« Malcolm zuckte mit den Schultern. »Mary hat früher für seine Schwester gearbeitet. Ich habe wirklich keine Ahnung. Schließlich ist das Land da draußen nicht völlig aus der Welt. Praktisch jeder könnte uns nachts einen Besuch abgestattet, das Mädchen vergewaltigt, umgebracht und im Dingi versteckt haben.«

Lenore lief ein Schauer über den Rücken. »Ich habe absolut nichts gehört.«

»Wahrscheinlich ist es passiert, als du gerade bei mir auf der *River Witch* warst. Es macht mir jetzt noch angst, wenn ich daran denke, daß du damals allein am Strand unterwegs warst.« Ein zärtlicher Ausdruck trat in seine Augen. »Habe ich mich bei dir eigentlich schon für das Alibi bedankt, das du mir gegeben hast? Ich hätte nie damit gerechnet, daß du dem Sheriff sagen würdest, du seist mit mir zusammen gewesen.«

Lenore sagte: »Ich konnte dich doch nicht ins Gefängnis gehen lassen, nur um meinen Ruf zu retten.«

Zärtlich spielten seine Finger mit einer Locke, die hinter ihrem rechten Ohr hervorgerutscht war. »Wo ist eigentlich dein Häubchen?«

Überrascht hob sie den Kopf. »Es war so heiß, da habe ich es in der Kutsche gelassen, aber woher...«

Ashton vollendet die Frage für sie: »...wußte ich überhaupt, daß du ein Häubchen getragen hast? Ich habe dich heute morgen aus dem Haus gehen sehen – schon vergessen? Davon abgesehen bemerke ich immer alles an dir. Wenn ich dich nicht mit dem Häubchen auf dem Kopf gesehen hätte, wäre mir vielleicht aufgefallen, daß dein Haar etwas durcheinander ist.«

Plötzlich verunsichert, streckte Lenore die Hand aus, um ihre Frisur zu richten, dann merkte sie an Ashtons Schmunzeln, daß er sie nur auf den Arm genommen hatte. Sie ließ die Hand wieder sinken und lächelte. Er versetzte ihr einen sanften Stupser gegen den Oberarm und sagte: »Ich habe dein Haar schon in größerer Unordnung gesehen, mein Schatz, und du hast mir mit deiner Schönheit den Atem geraubt.«

Er legte den Arm auf die Lehne des Sitzes, und sie ließ sich, unfähig, seiner Nähe zu widerstehen, hineinsinken. »Wußtest du eigentlich, daß ich Witwe war, als Malcolm mich kennengelernt hat?«

Ashtons Gesicht spiegelte seine Überraschung wider. »Du meinst Lenore...?«

Sie nickte. »Bevor ich Malcolm geheiratet habe, war ich die Frau von Cameron Livingston.«

»*Falls* du Malcolm überhaupt geheiratet hast«, korrigierte Ashton sanft.

»Wirst du je aufhören, mich für Lierin zu halten?«

»Nur wenn es einen unwiderlegbaren Beweis für das Gegenteil gibt.«

»Lierin Livingston klingt einfach nicht richtig.«

»Lierin war auch keine Witwe, als ich sie geheiratet habe.« Er schüttelte den Kopf und sagte mit einem Grinsen. »Sie war nämlich noch Jungfrau, als ich das erstemal mit ihr geschlafen habe.«

»Was auf alle Fälle nicht mehr zutraf, als wir auf Belle Chêne miteinander ins Bett gegangen sind«, murmelte Lenore, wünschte sich aber im selben Moment, die Worte zurücknehmen zu können, als ihr klarwurde, wie unangebracht diese Bemerkung war. Ob Lierin oder Lenore, sie war als verheiratete Frau zu ihm gekommen. Die einzige Frage lautete, als wessen Frau?

Ashton lachte leise, ehe er seine Lippen in ihr Haar preßte. »Da war der Schaden längst angerichtet, meine Liebe. Es geschah in einem einzigen Moment vor gut drei Jahren, und ich kann wahrheitsgemäß sagen, daß die Sonne uns am nächsten Morgen definitiv als Mann und Frau begrüßt hat.«

»Gleich sind wir da!« rief Hiram auf der Bockbank. Ashton warf einen Blick aus dem Fenster auf die graublaue See, die sich bis zum Horizont erstreckte. Der Kutscher hatte eine gute Zeit herausgeholt, was seine beiden Fahrgäste als ausgesprochen enttäuschend empfanden. Ashton griff nach Lenores Hand. »Malcolm wird eine Einladung zu der Party auf der *River Witch* erhalten. Ich möchte, daß du auch kommst.«

»Wenn es dir soviel bedeutet, ja.«

»Das tut es, weil ich dich bei mir haben will. Und wenn du die *River Witch* fortfahren siehst, sei nicht beunruhigt. Ich habe dich nicht verlassen.«

»Ich werde ihren Anblick vermissen, wenn ich auf der Veranda stehe.«

»An ihrer Stelle wird ein anderes Schiff kommen«, sagte er mit einem Lächeln. »Nur Geduld, Madam.«

»Sollten deine Schiffe nicht woanders Güter transportieren?« fragte Lenore erstaunt. »Verlierst du nicht viel Geld, wenn du sie hier so unproduktiv im Golf ankern läßt?«

»Wenn ein Mann im Herzen nicht zufrieden ist, Madam, dann bedeuten Reichtümer ihm nichts.« Die Zeit schien ihnen zwischen den Fingern zu zerrinnen. Nur noch eine kurze Strecke trennte sie von dem Weg, der zum Haus hinaufführte. Mit brennenden Augen blickte Ashton Lenore an. Es ließ sich kaum sagen, ob sie sich ihm entgegenneigte oder ob er sie an sich riß, doch im nächsten Augenblick lag sie in seinen Armen, und seine Lippen preßten sich leidenschaftlich auf ihren Mund. Obwohl der Kuß nur kurz währte, entfesselte er einen wahren Wirbelsturm an Begierden, und als der Landauer in den Zufahrtsweg bog, waren beide besessen von dem brennenden Wunsch, einander länger und intensiver zu liebkosen. Plötzlich tat es Lenore leid, daß sie Ashton gedrängt hatte, sie so früh zurückzubringen. Sie erschauerte vor Lust, als er seine Hand auf ihre Brust legte; dann zog er sich zurück, und es fiel beiden schwer, die Beherrschung wiederzuerlangen. Die Kutsche hielt. Ashton holte tief Luft, straffte sich und stieg aus. Dann griff er nach ihrer Hand und drückte sie, bevor er Lenore aus dem Landauer half.

Sie hatten kaum die unterste Stufe erreicht, als die Vordertür aufflog und Malcolm auf die Veranda stürmte, das Gesicht dunkel vor Wut. Lenore ignorierte seine Stimmung. Obwohl sie ihm sein Benehmen vom Nachmittag noch immer nicht verziehen hatte, bemühte sie sich, die Liebenswürdigkeit in Person zu sein. »Mr. Wingate war so freundlich, mich nach Hause zu bringen, Malcolm. Ist es nicht schön, daß ich nicht zu laufen brauchte?«

Malcolm behielt zwar die Hände unten, ballte sie aber zu Fäusten. Seine Augen blitzten. Er haßte das milde Lächeln, mit dem Ashton ihn betrachtete, und wünschte, er hätte dem anderen gleich hier und jetzt die Abreibung verpassen können, die er längst verdient hatte. »Ins Haus mit dir!« sagte er zu Lenore und begleitete die Worte mit einer scharfen Kopfbewegung. »Wir reden später. Im Moment habe ich erst mal mit *Mister* Wingate ein Wörtchen zu wechseln.«

Lenore gehorchte, begab sich, kaum im Haus, aber sogleich in den Salon, wo sie von der offenen Verandatür die Unterhaltung mithören konnte. Malcolm gab sich alle Mühe, nicht die Beherrschung zu verlieren, aber seine Erbitterung war offensichtlich. Lenore wußte, daß sie nicht davor zurückschrecken würde, sich zwischen die beiden Männer zu werfen, sollte es zu Gewalttätigkeiten kommen.

»Wann, zum Teufel, verschwinden Sie endlich von hier?« fragte Malcolm. »Sie lassen keine Gelegenheit aus, meiner Frau nachzustellen.«

»*Wessen* Frau nachzustellen?« Ashton hob fragend die Augenbrauen.

Diese Reaktion brachte Malcolm noch mehr auf die Palme. »Sie können mich mal! Sie wissen ganz genau, wessen Frau sie ist!«

»In der Tat, das weiß ich«, antwortete Ashton ruhig, »und ich bin hier, um sie nach Hause zu bringen, wohin sie gehört.«

»Mit Ihnen kann man einfach nicht vernünftig reden«, beschwerte Malcolm sich wütend. »Sie verschließen Ihre Augen vor den Tatsachen!«

»Ich verschließe allenfalls meine Ohren vor Ihrem Gewimmer, Sinclair.«

»Sie würden die Wahrheit nicht einmal erkennen, wenn man sie Ihnen schwarz auf weiß in die Hand drückte.«

»Ich weiß, man hält mich für dickköpfig und halsstarrig, aber ich war immer bereit, meine Meinung zu ändern. Bis jetzt hat mich noch niemand davon zu überzeugen vermocht, daß Sie Ihre Ansprüche auf Lierin zu Recht erheben.«

»Lenore!«

Ashton schüttelte sanft den Kopf. »Das werden wir ja sehen,

Malcolm Sinclair. Das werden wir ja sehen.« Er setzte einen Fuß auf das Trittbrett der Kutsche, blickte sich aber noch einmal um und sagte zu dem erbosten Mann auf der Veranda. »Selbst wenn sie Lenore wäre, würden Sie sie nicht verdienen.«

Er kletterte in den Landauer, schloß die Tür und ließ sich zurücksinken. Hiram knallte mit der Peitsche. Die Pferde trabten los und zogen die Kutsche die wenigen Meter bis zu dem Zelt unten am Ufer.

Auch in der folgenden Zeit wich Ashton Lenore nicht von den Fersen. Blieb sie zu Hause, hielt er sich in der Nähe seines Zeltes auf und harrte einer Gelegenheit, sie kurz zu sehen, wenn Malcolm fort war. Ging sie aus, allein oder in Begleitung, folgte er ihr wie ein Schatten und ließ sie nicht eine Sekunde aus den Augen.

Während seine Nähe Malcolm auf die Nerven ging, schienen alle anderen sich daran zu ergötzen. Hinter dem Rücken ihres Arbeitgebers hatte Meghan sich vollkommen auf die Seite des Mannes aus Natchez geschlagen, und ihre Augen strahlten, wann immer sie ihn zu Pferd der Kutsche ihrer Herrin folgen oder seinen Landauer dicht hinter ihr auf die Straße einschwenken sah. Nur wenn er ins Wasser ging, um zu schwimmen, fühlte sie sich etwas verunsichert und hielt den Blick gesenkt, damit niemand sie verdächtigen konnte, heimlich einem derart hinreißenden Männerkörper ihre Bewunderung zu schenken.

Sogar Robert Somerton fing an, sich mit Ashtons Anwesenheit abzufinden. Wenn er jetzt den jungen Mann nur mit einem winzigen Lendenschurz höchst spärlich bekleidet schwimmen gehen sah, geriet er nicht mehr in Wut, und gelegentlich schlenderte er sogar hinunter zum Zelt, um einen Drink oder zwei mit dem Besitzer der *River Witch* zu nehmen, wobei letzterer sich aber meistens auf Kaffee beschränkte.

Lenore genoß alles. Ashtons Nähe, seine Hartnäckigkeit. Den Anblick seines braungebrannten Körpers, wenn er aus dem Wasser kam und in der Sonne glänzte. Obwohl es ihr ausgesprochen undamenhaft vorkam, sehnte sie sich danach, diese festen Hinterbacken unter ihren Händen zu spüren, seine harten Schenkel zu streicheln und ihn mit ihrer Berührung zu erregen. Mit jedem Tag, der verstrich, verlor sie ihre Schlacht um Beherrschung und Selbstkontrolle ein wenig mehr, und sie merkte, daß sie kaum noch den Versuch unternahm, an Malcolm als an ihren Ehemann zu denken.

Eines Tages lichtete die *River Witch* die Anker und dampfte davon. Malcolm war verwirrt, aber erleichtert. Es sah so aus, als hätten Ashtons Männer ihn im Stich gelassen. Doch früh am nächsten Morgen zerschellten Malcolms Hoffnungen wieder am Felsen der Verzweiflung. Denn dort, wo der Raddampfer gelegen hatte, ankerte jetzt ein anderes, ozeantaugliches Schiff mit dem Namen *Gray Eagle.* Während er noch zu diesem neuen Ärgernis hinüberstarrte, wurde ein Dingi zu Wasser gelassen, darin der Kapitän des Schiffes, eine Frau und die Männer, die es ruderten. Als sie das Ufer erreicht hatten, konzentrierte sich Malcolms Neugier ganz auf die Frau, die vom Kapitän der *Gray Eagle* zu Ashtons Zelt begleitet wurde. Er hoffte, sie könnte vielleicht hübsch genug sein, um Lenores Argwohn zu erregen und ihre Gefühle für Wingate zu schmälern. Doch selbst aus der Entfernung stellte er schnell fest, daß es sich nur um eine Angestellte handeln konnte. Ihr glanzloses rotes Haar war zu einem strengen Knoten zusammengefaßt, und das dunkelgraue Kleid hing unförmig von ihren dünnen Schultern herab. Ihr Busen war nicht der Rede wert, und obschon sie keinen unangenehmen Anblick bot, war sie nicht von dem Kaliber, das einer anderen Frau Anlaß zur Besorgnis geben könnte. Eigenartigerweise erschien sie ihm vage vertraut, wenn er auch nicht wußte, wo er sie hintun sollte. Er verschwendete nur selten einen zweiten Blick an eine Frau, die so alt und verbraucht aussah wie sie, und so gelangte er schnell zu dem Schluß, daß es keine Bedeutung hatte, ob er sie kannte oder nicht.

Ashton trat aus dem Zelt, um die Ankömmlinge zu begrüßen, und nahm aus Sarahs Händen das Hauptbuch entgegen.

»Ihre Buchhaltung ist jetzt wieder völlig in Ordnung, Mr.

Wingate«, berichtete die junge Frau, stolz auf die Leistung, die sie vollbracht hatte.

»Ausgezeichnet, Sarah. Sie haben meine größten Erwartungen übertroffen.«

Sarah errötete vor Freude über das Kompliment. »Die Arbeit macht mir Spaß, Sir. Sie hilft mir zu vergessen.«

Mit einem schiefen Lächeln entgegnete Ashton: »Einige geben sich alle Mühe, ihr Gedächtnis wiederzufinden, andere zu vergessen. Ich warte auf den Tag, an dem Lierin sich wieder erinnern kann.«

»Und ich warte auf den Tag, an dem ich alles vergessen habe und möglicherweise auch vergeben, obwohl ich nicht glaube, daß dies je der Fall sein wird.«

Kapitän Meyers gewährte Einblick in die Weisheit, die ihm die Jahre beschert hatten: »Vergeben können ist das Geheimnis eines zufriedenen Lebens, Sarah. Sie tun sich nur selbst weh, wenn Sie Haß in Ihrem Herzen tragen.«

Ashton runzelte die Stirn; in dieser Hinsicht verlief sein Leben auch nicht ganz unproblematisch. Er hob den Blick und sah zum Haus hinüber, wo Malcolm schon wieder auf der Veranda stand. »Es hilft nicht gerade, wenn man seinen Widersacher dauernd vor Augen hat.«

Sarah folgte seiner Blickrichtung und hatte das Gefühl, eine Fata Morgana zu sehen, die von der Morgenhitze herrühren mußte. Sie schüttelte den Kopf; das konnte einfach nicht möglich sein.

Ashton deutete hinter sich und fragte seine Gäste: »Wollen Sie nicht hereinkommen und sich meine bescheidene Behausung anschauen? Ich habe mir den Kabinensteward von der *River Witch* ausgeliehen, und er hat uns Tee und Kaffee gekocht. Ich kann Ihnen auch ein paar Kekse anbieten, falls Sie darauf Appetit haben.«

Sie traten durch den Zelteingang, und für Meyers wie für Sarah war es, als befänden sie sich plötzlich in der Märchenwelt eines in üppigem Luxus schwelgenden Scheichs. Der Kapitän kicherte immer wieder vergnügt in sich hinein, als er herumgeführt wurde, und Sarah folgte ihm staunend. Das riesige Bett bestand aus mehreren federgefüllten Decken, die Seidenbezüge waren schwarz und mit goldenen Blättern verziert. An dem runden Baldachin ging ein Moskitonetz aus goldfarbener Seide, das bestimmt in ganz Mississippi nicht seinesgleichen hatte. Reichbestickte Kissen türmten sich am Kopfende der Matratze. Das Ganze hatte in seiner Opulenz zwar wenig mit dem exzellenten Geschmack zu tun, den Sarah und der Kapitän von ihrem Gastgeber kannten, doch war es ausgesprochen ergötzlich, dergleichen in einer solchen Umgebung zu sehen.

»Als man mir sagte, Sie würden in einem Zelt wohnen, Ashton, habe ich mir nicht annähernd so was wie das hier vorgestellt«, rief Kapitän Meyers aus. »In meiner Phantasie sah ich Sie unter einem winzigen Stück Zeltplane kauern oder auf einer schmalen Pritsche liegen. Haben Sie das alles hier selbst entworfen?«

Ashton schmunzelte. »Mir geht es nur um die Wirkung, Charles. Malcolm Sinclair scheint das Grelle, Geschmacklose zu lieben, wenn er nicht zu Hause ist, falls Sie verstehen, worauf ich hinauswill.« Die Gesellschaft, in der Sinclair sich wohl zu fühlen schien, war dafür der beste Beweis. Bei all ihrem Bemühen um Grandeur reichte keine der Frauen auch nur annähernd an Lierin heran. »Ich dachte, ich sorge dafür, daß Malcolm sich gleich gut aufgehoben fühlt, sollte er sich einmal hierher verirren.«

Kapitän Meyers grinste. »Der Mann scheint seine Frauen ja sehr zu lieben, was?«

»Könnte man sagen«, antwortete Ashton trocken.

»Malcolm Sinclair?« wiederholte Sarah fragend den Namen. »Wer ist das?«

Ashton nickte zum Haus hinüber. »Er lebt da oben mit Lierin. Bloß, daß er behauptet, sie heiße Lenore.«

»Die Mutter meines Mannes war eine Sinclair«, meinte Sarah gedankenverloren und schlenderte zurück zum Zelteingang. Sie sah zum Haus hinüber, doch der Mann auf der Veranda war verschwunden. Mit einem Seufzer kehrte sie zurück, setzte sich wieder auf den Berg weicher Kissen, nahm Tasse und Untertasse in die Hand und nippte an ihrem Tee. Dann sagte sie zu Ashton: »Es wird Sie interessieren, daß Horace Titch unten am Fluß war und sich den neuen Schaufelraddampfer angeschaut hat, den Sie kürzlich gekauft haben. Bei der Gelegenheit hat er sich auch gleich noch bei den Lagerhäusern umgesehen und schien besonders an dem interessiert zu sein, das damals abgebrannt ist. Da ich nicht wußte, was ich tun sollte, habe ich Sheriff Dobbs davon erzählt. Er versprach, den Mann im Auge zu behalten.«

»Hier war Horace ebenfalls«, sagte Ashton und stand auf, um sich und dem Kapitän Kaffee nachzuschenken. »Sogar durchaus möglich, daß er immer noch hier ist. Harvey hat ihm damals ein paar Fragen gestellt, es gab aber nie einen konkreten Beweis dafür, daß er wirklich irgend etwas mit dem Feuer zu tun gehabt hätte. Ich hatte schon daran gedacht, ein paar Männer abzustellen, damit sie das Haus bewachen und aufpassen, daß nichts passiert, solange Lierin sich hier aufhält.« Ashton lachte freudlos. »Aber Malcolm hat selbst ein paar nicht sonderlich ansehnliche Bauern vorgeschoben, um diese Aufgabe zu erfüllen... allerdings geht es ihm in erster Linie darum, mich von ihr fernzuhalten.«

»Bauern?« Kapitän Meyers kratzte sich nachdenklich am Kopf. »Spielen Sie hier Schach oder so was, Ashton?«

»Aye, Charles. Wir spielen Schach, nur daß es dabei um mein Herz geht.«

Jetzt, da Ashton Wingate Besucher hatte, sah Malcolm eine günstige Gelegenheit, mit seiner Frau nach Biloxi zu entwischen, ohne daß sein Rivale es merkte. Er marschierte den Gang hinunter zu ihrer Schlafzimmertür, es war ihm egal, daß Meghan sie noch gar nicht geweckt hatte. Die Tür war verriegelt, doch ein lautes Pochen ließ Lenore aus dem Schlaf hochfahren. Mit halb geschlossenen Augen taumelte sie zur Tür und gab ein gequältes Stöhnen von sich, als sie Malcolm draußen fix und fertig angezogen stehen sah. Sie konnte nur hoffen, daß er sie nicht wieder mit seinen Geschäften behelligen wollte. Er drängte sich an ihr vorbei ins Zimmer, und sie kroch zurück ins Bett, wo sie sich die Bettdecke über den Kopf zog. Dabei wünschte sie sich, ihren Besucher genauso einfach aus dem Zimmer entfernen zu können, wie sie ihn aus ihrem Blickfeld verbannt hatte.

»Ich habe heute in Biloxi einiges zu erledigen und hätte dich dabei gern bei mir. Falls du dich also umgehend aus deinem gemütlichen Bett erheben und anziehen würdest, wüßte ich das sehr zu schätzen.«

»Ach, Malcolm«, stöhnte sie. »Bitte fahr heute mal ohne mich. Es geht mir wirklich nicht gut, und ich habe keine Lust, in diesem Zustand den ganzen Tag über in der Kutsche auf dich zu warten.«

»Komm schon, Lenore, du wirst dich gleich viel besser fühlten, wenn wir erst unterwegs sind. Die Fahrt tut dir bestimmt gut.«

Mit erhobener Hand blockte er alle Argumente ab, die sie ihm vielleicht noch entgegenzusetzen gedachte. »Ich möchte keine Widerrede hören, meine Liebe. Ich werde Meghan mit einer Tasse Tee heraufschicken, und sie kann dir beim Anziehen helfen. Bitte beeil dich ein bißchen. Meine Verabredung ist wichtig, ich möchte nicht zu spät kommen.«

Er verließ das Zimmer, schloß die Tür hinter sich und schnitt ihr so jede Möglichkeit zum Protest ab. Als Lenore ihn davongehen hörte, blickte sie sich gleichgültig in ihrem Zimmer um. Sie hatte am Morgen das Fenster geöffnet, die Brise, die hereindrang, war warm und feucht, ein Vorbote der schwülen Hitze, die erst gegen Abend wieder ein wenig abklingen würde. Das Nachthemd klebte ihr an der Haut, der Schweiß rann in kleinen Tropfen zwischen ihren Brüsten hinunter.

Behutsam schob sie das Laken beiseite und stand auf. Sie wagte kaum zu atmen, denn ihr Magen schien gegen jede Bewegung zu rebellieren. Dann tastete sie sich langsam durch den Raum zur Waschecke. Ein Blick in den kleinen Spiegel, der über der Wasserschüssel hing, bestätigte ihr, daß sie keinesfalls in Höchstform war. Sie sah müde und blaß aus, ihren Augen fehlte das übliche Funkeln. Sie seufzte tief, dann spritzte sie sich lauwarmes Wasser ins Gesicht und auf die Arme, hoffend, daß es ihre Lebensgeister wecken würde. Der Erfolg jedoch hielt sich in Grenzen, und erst als Meghan mit Tee und ein paar Biskuits erschien, vermochte sie sich ihrer Umwelt mit etwas größerer Entschlossenheit zu widmen. Die Toilette allerdings ging dann wieder beinahe über ihre Kräfte, und als Meghan ihr ein offenes Parfumfläschchen hinhielt, damit sie schnuppere, hätte sie sich beinahe übergeben.

»Bitte«, murmelte sie und wandte den Kopf ab. Der süße, blumige Duft löste ein Würgen in ihrer Kehle aus. »Heute bitte etwas Leichteres, Meghan.«

Die Dienerin betrachtete ihre junge Herrin genauer. »Was haben Sie denn, Ma'am?«

Lenore zuckte mit den Schultern. »Diese Hitze. Ich verstehe überhaupt nicht, daß sie dir kaum etwas auszumachen scheint.«

»Ich schätze, es geht mir nicht schlecht, Ma'am, aber schließlich habe ich auch keine zusätzlichen Belastungen.«

Vorsichtig fragte Lenore: »Glaubst du, daß es nicht allein die Hitze sein könnte?«

»Na ja, Ma'am, ich habe zwar selbst noch keins gehabt, aber meine Schwester hat sich genauso benommen wie Sie, als sie ihr Baby bekommen hat.«

Lenore schnappte erschrocken nach Luft. Wäre sie noch bei Ashton auf Belle Chêne gewesen, hätte sie sich über nichts mehr gefreut als über eine Schwangerschaft, doch nun ergaben sich Probleme, die schlichtweg unüberwindbar schienen. Sie seufzte. Wenn Meghan recht hatte, würde es nichts als Schwierigkeiten geben, und sie wußte nicht, wie sie damit fertig werden sollte. Wahrscheinlich wäre es besser gewesen, wenn sie gleich zu Anfang gestanden hätte, mit Ashton intim gewesen zu sein; dann hätten Malcolm und Somerton wenigstens mit der Möglichkeit einer Schwangerschaft rechnen und sich entsprechend wappnen können. Sie fragte sich, wie lange es dauern mochte, bis ihr Zustand nicht mehr zu verheimlichen sein würde. Wenn sie noch eine Weile stillhielt und sich sorgfältig vorbereitete, fand sie vielleicht eine Möglichkeit, eine heftige Szene zu vermeiden. Zumindest einen Versuch mußte sie unternehmen. »Meghan, ich möchte dich um einen Gefallen bitten.«

»Ja, Ma'am?«

»Ich bitte dich, deine Vermutung für dich zu behalten, bis die Zeit reif dafür ist. Ich bezweifle nämlich, daß Mr. Sinclair die Idee, daß ich schwanger sein könnte, gefallen würde.«

»Ich verstehe, Ma'am«, antwortete die Dienerin freundlich. »Sie können auf meine Verschwiegenheit zählen.«

Lenore hob den Kopf und blickte Meghan in die Augen. »Verstehst du auch wirklich, worum es geht?«

Die Dienerin nickte mit einem sanften Lächeln. »Es ist wegen diesem Mr. Wingate, nicht wahr? Das Kind stammt von ihm.«

Lenore nickte. Sie konnte nur hoffen, daß die beiden Männer nicht so aufmerksam waren wie Meghan. Die Furcht vor dem, was Malcolm Ashton antun oder wenigstens anzutun versuchen könnte, bereitete ihr noch größere Übelkeit. In stummem Flehen streckte sie die Hand aus, als plötzlicher Brechreiz in ihr aufstieg. Meghan deutete die Geste richtig und sprang auf, um eine Schüssel zu holen. Es dauerte eine ganze Weile, bis Lenore sich wieder aufzuschauen traute, obwohl Meghan die Anteilnahme selbst war.

»Wenn ich Malcolm begleiten muß, kippe ich unter Garantie um«, erklärte sie mit schwacher Stimme.

»Machen Sie sich deswegen keine Gedanken, Ma'am«, sagte Meghan beruhigend und nahm die Schüssel wieder weg. »Ich sage Mr. Sinclair Bescheid, daß Sie ihn nicht begleiten können, und wenn er trotzdem darauf besteht, haben wir hier ja einen Beweis, den wir ihm zeigen können.«

Lenore schüttelte den Kopf, schockiert über Meghans Gedankengänge. »Das würdest du doch nicht tun?«

»Sie müssen sich jetzt ausruhen, Ma'am«, insistierte die Dienerin. »Und vielleicht gibt es wirklich keinen anderen Weg, um ihn zu überzeugen.« Da sie inzwischen einige Abneigung gegen ihren Arbeitgeber entwickelt hatte, weil er ihre Herrin so schlecht behandelte, fügte sie etwas leiser hinzu: »Geschähe ihm recht, wenn er dann selbst ein bißchen kotzen müßte.«

Die Tage waren jetzt beträchtlich länger als noch zu Anfang des Sommers, die Dämmerung war kurz, und als Ashton aus seinem Zelt trat, hatte der Sonnenuntergang seine Farben schon verspielt. Der Himmel verdunkelte sich rasch, die Zahl der Sterne schien sich von Sekunde zu Sekunde zu verdoppeln. Die schlanke, elegante Silhouette der *Gray Eagle* zeichnete sich deutlich vor dem magentaroten Streifen über dem westlichen Horizont ab, und das schwache Leuchten der Laterne im Ruderhaus zeigte Ashton, daß seinen Anordnungen Folge geleistet wurde und die Wachsamkeit an Bord nicht erlahmte. Hinter dem Schiff erstreckte sich die Oberfläche des Wassers scheinbar endlos bis zur Kimm.

Irgendwo im Sumpf neben dem Zelt zerriß der Schrei eines Reihers die Stille. Ashton blickte zum Haus hinüber. Er hoffte, hinter einem der erleuchteten Fenster die Gestalt der Frau, die er liebte, zu sehen, doch war da niemand, dessen Anblick das schmerzhafte Gefühl der Einsamkeit in seiner Brust vertreiben konnte. Er zündete sich eine Zigarre an, bevor er langsam zu dem schmalen Streifen nassen Sands hinunterschlenderte, den die Ebbe zurückgelassen hatte. Die Gezeiten hatten einen kleinen Bach geschaffen, der sich gleich einer dunklen Barriere über den Strand zog. Wieder blickte Ashton zum Haus hinüber.

Lenore! Lierin! Lenore? Lierin? Das Gesicht blieb dasselbe, nur die Namen verschwammen.

Er knirschte mit den Zähnen und warf die kaum halb gerauchte Zigarre in die leise plätschernden Wellen. Er verspürte den überwältigenden Drang, auf etwas einzuprügeln – oder auf jemanden. Am liebsten auf Malcolm. Doch der war noch nicht wieder aus der Stadt zurück. Die ruhige, gleichgültige See besänftigte seinen Zorn. Sein Auge fing eine leise Bewegung auf, und er spähte in die Dunkelheit, bis er undeutlich eine weißgekleidete Gestalt ausmachen konnte. Wie ein Geist bewegte sie sich lautlos auf den schmalen Sandstreifen am Ufer zu und blieb dort stehen, um zur *Gray Eagle* hinauszuschauen. Er wagte kaum zu atmen, während aus der Sehnsucht in seinem Herzen rasch eine Flut der Hoffnung wurde. Konnte das...

»Lierin!« Das Wort war kaum mehr als ein Wispern, das ihm der Wind von den Lippen riß, doch in seinem Innern hallte es lauter denn ein Schrei, als er die bleiche, schlanke Gestalt erkannte. Sie war es!

Mit einem Sprung setzte er über den schmalen Bach und lief auf sie zu. Er sah sie überrascht herumfahren, als sie ihn kommen hörte. Sie trug nur ein Nachthemd, sonst nichts. Der Saum war naß, denn die Wellen umspülten ihre Knöchel; der Wind preßte den leichten Stoff gegen ihren Körper, in ihrem aufgelösten Haar spielte das Mondlicht. Sie erschien ihm wie eine erschrockene Märchenfee.

»Lierin.« Der Name löste sich von seinen Lippen wie ein zärtlicher Hauch, doch mit all der unerfüllten Sehnsucht eines Mannes, der einen Traum liebt. Dabei brach seine Stimme unter der Last der unüberwindlichen Distanz zwischen ihnen.

»Lenore«, erwiderte sie verzweifelt.

Obwohl Ashton ihr Gesicht nicht deutlich erkennen noch die Bewegung ihrer Lippen sehen konnte, hörte er die erstickte Traurigkeit in ihrer Stimme, und sein Herz zog sich vor Schmerz zusammen. »Welchen Namen auch immer du trägst, du bist und bleibst meine einzige Liebe.«

Sie strich sich die Haare aus dem Gesicht und blickte ihn an, selbst heimgesucht von Qualen und Begehren. Sie sehnte sich danach, an seiner Brust zu liegen, seinen Atem auf ihrer Haut zu spüren. Oh, was für ein Höllenfeuer ist doch die Liebe, dachte sie. Würde sie jemals Frieden finden?

»Ich habe gar nicht damit gerechnet, dich hier draußen zu treffen«, sagte sie. »Mein Vater sagte, du wärst zu deinem Schiff hinausgerudert. Jetzt sitzt er mit den Wachen im Haus und trinkt.«

»Einer meiner Männer hat mir ein paar Vorräte gebracht«, antwortete Ashton. »Wahrscheinlich hat dein Vater ihn mit mir verwechselt, als er wieder zurückruderte.«

»Ach so.«

»Ist im Haus alles in Ordnung?« fragte er besorgt.

Sie holte tief Luft und atmete langsam wieder aus, um der Sehnsucht, die ihr Bett in eine Folterkammer verwandelt hatte, Herr zu werden. »Ich konnte nicht schlafen, und da dachte ich, ein Spaziergang täte mir vielleicht ganz gut.« Sie hielt inne, wohl wissend, daß sie ihr Zimmer noch aus einem anderen Grund verlassen hatte. Mit zitternder Stimme sagte sie: »Ich habe geträumt, Malcolm hätte mich mitgenommen, um mir dein Grab zu zeigen. Ich habe sogar einen Grabstein mit deinem Namen darauf gesehen. Es hat geregnet, und ein wilder Wind blies. Es schien alles so echt, so wirklich, daß es mir Angst eingejagt hat.«

»Es war nur ein Traum, Liebes«, sagte Ashton tröstend. »Ich habe nicht vor, zu sterben und dich in seinen Händen zu lassen.«

Er trat näher auf sie zu, um ihr Gesicht erkennen zu können. Er spürte, wie unruhig sie war, und fragte ein weiteres Mal eindringlich: »Ist wirklich alles in Ordnung mit dir?«

Lenore öffnete den Mund, um ihn zu beruhigen, zu erklären, daß es ihr gutgehe, doch dann schloß sie ihn wieder. Sie schüttelte den Kopf, wandte sich ab und ging langsam über den feuchten Strand davon. Sie spürte mehr, daß er neben ihr ging, als daß sie ihn hörte.

»Du bist heute abend so nachdenklich«, konstatierte er. »Willst du mir nicht sagen, was dich bedrückt?«

Lenore blickte auf die See hinaus und sagte schließlich: »Ich… ich bekomme ein Kind.«

Ashton wollte sie in seine Arme reißen, von Freude erfüllt, aber dann hielt er inne, denn er wußte plötzlich nicht, wie sie zueinander standen. Sie wirkte kalt und abwesend, als habe sie es ihm nicht gern gesagt. Der Aufruhr, der in ihm tobte, ließ seine

Hände zittern. Es dauerte eine ganze Weile, bis er mühsam hervorbrachte: »Von wem?«

Die Frage schmerzte wie ein Messerstich. Lenore verstand nicht, warum er sie gestellt hatte. »Malcolm und ich sind nie miteinander ins Bett gegangen.«

Mit unendlicher Zartheit legte Ashton von hinten seine Arme um sie, einen unter ihre Brüste und einen auf ihren Bauch. Unter dem dünnen Stoff fühlte das Fleisch sich fest und straff an. Er senkte den Kopf, und seine Lippen streiften ihr linkes Ohr, als er fragte: »Wirst du jetzt mit mir nach Hause kommen?«

Sie seufzte tief auf. »Das Baby löst mein Problem nicht, Ashton. Ich kann nicht zurückgehen, ohne zu wissen, wer ich bin. Es gibt zu viele Dinge, an die ich mich erst erinnern muß. Wie kann ich dich als meinen Ehemann akzeptieren, wenn ich fortwährend von Visionen heimgesucht werde, in denen man mir als Malcolms Frau zuprostet?«

»Visionen, mein Liebling, sind nicht notwendigerweise die Wahrheit. Wie willst du je genau wissen, ob das, was du siehst, der Wirklichkeit entspricht?«

Sie seufzte neuerlich. »Weil Malcolm bestätigt hat, was ich zu sehen glaubte, ohne sich dessen bewußt gewesen zu sein. Er kann doch nicht in meine Seele blicken.«

Ashtons Stimme klang heiser und rauh. »Du kannst nicht von mir erwarten, daß ich beiseite trete und untätig zusehen, wie ein anderer Mann dich und mein Kind für sich beansprucht.«

»Gib mir noch ein wenig mehr Zeit, Ashton«, bat sie und streichelte dabei die Hand, die auf ihrem Bauch lag. »Dieses Haus birgt so viele Geheimnisse. Wenn ich es verlasse, ohne ihnen auf die Spur gekommen zu sein, werde ich vielleicht nie wissen, wer ich bin.«

»Dann erlaube mir, Malcolm Sinclair fortzuschicken«, schlug Ashton vor. »Solange du dich im selben Haus aufhältst wie er, bin ich ständig um deine Sicherheit besorgt. Wenn er die Geduld verliert, nimmt er nicht die mindeste Rücksicht auf dich.

Und dein Vater kann dich nicht beschützen, sollte es einmal hart auf hart gehen.«

»Ich weiß das, und ich verspreche dir, ich werde vorsichtig sein, aber Malcolm ist ein Teil meines Lebens.«

»Und ich?«

Lenore ließ ihren Kopf an seine Brust sinken und schloß die Augen vor dem dunklen Horizont, als ihre Sicht zu verschwimmen begann. »Ich weiß es nicht, Ashton. Ich kann nur hoffen...« Ihre Lippen zitterten, die Wangen glänzten feucht. »Auch um des Kindes willen hoffe ich, daß du mehr bist als meine Gegenwart. Abends gehe ich ins Bett, und wenn die Lichter gelöscht sind, denke ich daran, wie es mit dir war. Ich spüre dich neben mir, spüre deine Hände auf meiner Haut, und mein ganzer Körper schmerzt vor Sehnsucht...«

»Oh, Lierin, nur zu gut kenne ich den Schmerz unbefriedigter Begierde.«

»Aber ich muß mir meiner selbst sicher sein können.« Sie warf einen besorgten Blick zum Zufahrtsweg hinüber, als von Ferne das Rattern einer Kutsche und das Hufgetrappel der Gespannpferde zu hören war. »Malcolm kommt zurück. Ich muß gehen.«

Ashton legte ihr den Arm fester um die Hüfte, hielt sie noch einen Moment länger. »Gib mir einen Kuß, bevor du mich verläßt.«

Sie spürte, wie er sich gegen sie preßte und stieß einen herzzerreißenden Seufzer aus. »Du mußt mich für viel stärker halten, als ich bin.«

Widerstrebend und nur zögernd ließ Ashton sie gehen und sah ihr nach, bis die Dunkelheit sie verschlungen hatte. Die Nacht war neuerlich von Einsamkeit erfüllt, leer, als wäre aller Sinn, alle Bedeutung aus ihr gewichen. Der Mond war nur mehr ein blasser, gelblicher Fleck am Firmament. Die aufziehenden Wolken kündeten Regen an, und das Wasser begann wieder zu steigen, als die Flut die Ebbe ablöste und dabei alle Spuren der nächtlichen Begegnung am Strand tilgte.

Vierzehntes Kapitel

Es war ein ruhiger Nachmittag, und Lenore fühlte sich rastlos. Obwohl sie wußte, daß Ashton sich nur einen Steinwurf entfernt aufhielt, kam sie sich allein und verlassen vor. Sie wollte ihn in ihrer Nähe haben und wußte, daß er sofort an ihre Seite eilen würde, wenn sie ihrem Bedürfnis nachgab und ihn rief. Immer wieder mußte sie an das Baby denken, das in ihrem Bauch heranwuchs. Sie wollte sich mit jemandem darüber unterhalten, ihre geheimsten Gedanken mit einem Menschen teilen, der sich für sie interessierte und der sie beide lieben würde. Doch angesichts der beiden Wächter, die Malcolm aufgestellt hatte, wäre es gefährlich gewesen, nach Ashton zu schicken, obwohl sie inzwischen fast glaubte, daß er mit jedem fertig zu werden vermochte, der sich ihm in den Weg stellte.

Somerton war geschäftlich nach New Orleans gereist und beabsichtigte, ein paar Tage dort zu bleiben. Malcolm hielt sich wieder einmal in Biloxi auf und hatte wie üblich nichts darüber verlauten lassen, wann er zurück sein würde. Obwohl er in letzter Zeit dazu neigte, das Haus zu verlassen und heimzukommen, ohne sie vorher ins Bild zu setzen, schien er ihr gegenüber doch wesentlich rücksichtsvoller geworden zu sein, als fürchtete er um ihre Gesundheit oder, mehr noch, sie an den anderen Mann zu verlieren.

Die Einladung zu der »Nacht am Spieltisch« auf der *River Witch* war eingetroffen, und zu Lenores großer Überraschung hatte Malcolm sie begeistert angenommen. Er schlug sogar vor, daß sie sich für diesen Anlaß ein neues Kleid machen lassen solle, damit sie sich in höchster Eleganz präsentierte und er die anderen

Gäste gebührend beeindrucken konnte. Immerhin handelte es sich um einige der reichsten Leute aus ganz Mississippi und mehreren angrenzenden Staaten. Natürlich brauchte sie deswegen nicht extra nach Biloxi zu fahren; er würde dafür sorgen, daß ein Schneider sie zu Hause besuchte und ihre Maße nahm. Alles deutete darauf hin, daß es ein außergewöhnliches Ereignis werden würde, und Malcolm wollte auf keinen Fall hinter den anderen Gästen zurückstehen, selbst wenn es sich um Freunde von Ashton Wingate handelte.

Ziellos streifte Lenore durch die Räume im Erdgeschoß des Hauses, auf der Suche nach einer Beschäftigung, etwas, womit sie sich ablenken konnte. Malcolm hatte vorgeschlagen, daß sie Nadel und Garn zur Hand nahm und sich wie andere Frauen auch die Zeit vertrieb. Doch die Vorstellung, im Salon zu sitzen und zu sticken, sagte ihr nicht zu. Statt dessen griff sie nach einem Band mit Theaterstücken, den ihr Vater am Morgen im Eßzimmer liegengelassen hatte, und da der Einband alt und abgenutzt war, öffnete sie das Buch behutsam. Auf die Seite mit den Titeln hatte jemand etwas geschrieben, aber das Gekritzel war unleserlich. Sie studierte die Schnörkel und Verzierungen sorgfältig, bis sie merkte, daß es sich lediglich um eine Unterschrift handelte, aber der Name sagte ihr nichts. Sie hatte noch nie von einem Edward Gaitling gehört. Andererseits gab es eine Menge Namen, die einmal Bestandteil ihres Lebens gewesen waren, und vielleicht gehörte dieser hier dazu, falls es sich nicht einfach nur um einen Mimen handelte, der einem Verehrer Shakespeares den Band signiert hatte.

Vom Lesen wurde sie schläfrig. Sie griff nach der Teetasse, die Meghan ihr gebracht hatte. Dabei fiel ihr Blick über den Rand der Tasse auf das Landschaftsgemälde über dem Kamin. Wieder fragte sie sich, wer es dort wohl aufgehängt haben mochte und warum. Es schien einfach nicht hierher zu gehören.

Ihre Neugier war geweckt, und sie stand auf, um das Ölbild genauer zu betrachten. Obwohl es ziemlich groß war, hätte es in einem Kunstsalon kaum einen hohen Preis erzielt.

Lenore preßte die Finger gegen die Schläfen. Woher wußte sie das? Wie oft in ihrem Leben war sie in einem Kunstsalon gewesen, daß sie etwas über den Wert eines Gemäldes zu sagen vermochte?

Sie mußte wieder an die Zeichnung denken, die ihr Vater ihr auf Belle Chêne gezeigt hatte. Seinen Worten zufolge hatte sie selbst jene Skizze angefertigt. Mithin verstand sie vermutlich auch etwas von der Arbeit anderer Künstler und vermochte ihre Qualität abzuschätzen.

Die Möglichkeit, daß sie eine Künstlerin war, erregte sie. Mit wenigen raschen Schritten war sie am Schreibtisch, suchte Feder und Tinte. In den langen, schmalen Schubladen unter der Schreibplatte befanden sich mehrere Bogen Pergament, und als sie weitersuchte, stieß sie in einem Seitenfach auf ein Bündel unfertiger Skizzen, säuberlich mit einem Band verschnürt. Offenbar hatten sie jemand so viel bedeutet, daß er sie aufheben wollte. Vorsichtig löste sie den Knoten und verweilte lang bei jeder Zeichnung, als könnten sie ihr verraten, wer sie war und woher sie kam. Einige ähnelten der, die ihr Vater damals aus der Tasche gezaubert hatte – das Herrenhaus in England –, andere zeigten Landschaften, die ihr nichts bedeuteten. Alle jedoch waren ziemlich gut, wie sie fand. Ob sie sich mit diesem Urteil selbst ein Kompliment machte?

Ihr Interesse wuchs, als sie auf eine kunstvoll ausgeführte Zeichnung stieß, die eine Frau in Reitkleidung zeigte. Die Pose der Frau hatte etwas Herausforderndes. Sie trug Stiefel, einen Rock, Bluse, Weste und einen in keckem Winkel auf die glatten Haare gedrückten Federhut. In den behandschuhten Händen hielt sie eine Reitgerte vor dem Schoß. Es war weniger die Figur, die Lenores Interesse fesselten, als das Gesicht, denn es besaß eine gewisse Ähnlichkeit mit ihr selbst – oder mit Lierin. In der Hoffnung, Genaueres über die Identität der abgebildeten Person herausfinden zu können, untersuchte sie das Bild Zentimeter für Zentimeter und entdeckte schließlich, halb verborgen in den Falten des Rocks, den Namenszug »Lenore«. Es schien unwahrscheinlich, daß sie ein derartig sorgfältiges Abbild von sich selbst gezeichnet haben sollte. Demzufolge mußte es sich um Lierin handeln und schon mehrere Jahre alt sein.

Sie lehnte das Bild gegen die Öllampe, wo sie es ansehen konnte, während sie arbeitete. Dann tauchte sie die Feder in das Tintenfäßchen und begann, die Zeichnung zu kopieren. Mit großer Sorgfalt versuchte sie, die fließenden Linien der alten Zeichnung auf dem Pergament neu zu erschaffen, mußte zu ihrer großen Unzufriedenheit aber schnell feststellen, daß die Feder nicht so wollte, wie sie es sich wünschte. Kleine Tintenkleckse verunzierten die Striche, manchmal gab es nur Kratzer statt Linien. Enttäuscht knüllte sie den Bogen zusammen und warf ihn in die Ecke. Sie versuchte es ein weiteres Mal, und wieder ließ die Feder sie im Stich. Der Unterschied zwischen der alten Zeichnung und dem neuen Versuch brachte sie zu der Erkenntnis, daß sie ein anderes Werkzeug brauchte, um die Tinte aufzutragen, sonst konnte ihr Talent sich nicht entfalten.

Sie räumte den Schreibtisch wieder auf und erhob sich, um nach oben zu gehen. Schluß für heute mit der Malerei. Sie hatte auch keine Lust, den Nachmittag über einem Buch mit Theaterstücken zu verbringen – oder ein paar Stunden zu schlafen. Sie wußte genau, welchen Qualen sie sich damit auslieferte, seit Ashton die Frau in ihr geweckt hatte.

Im Korridor, noch unschlüssig, womit sie sich nun beschäftigen sollte, stellte sie auf einmal etwas Interessantes fest. Alle Türen waren paarweise angeordnet, aber am anderen Ende der Halle befanden sich drei nebeneinander. Neugierig trat sie auf die dritte mittlere Tür zu; vielleicht konnte sie in Erfahrung bringen, was sich dahinter verbarg. Als sie aber den Türknopf drehte, mußte sie zu ihrer Enttäuschung feststellen, daß der Raum abgesperrt und weit und breit kein Schlüssel zu sehen war. Allerdings paßten in den meisten Häuser die Schlüssel nicht nur in ein Schloß. Lenore zog den Schlüssel aus ihrem Schlafzimmerschloß und schob ihn in das der abgesperrten Tür. Klickend reagierte der Mechanismus. Vorsichtig schob sie die Tür auf, wobei die

Scharniere ein unheilvolles Knarren hören ließen. Jenseits der Schwelle lag ein langer, schmaler Raum, an dessen anderem Ende eine steile Treppe zu einer Falltür in der Decke führte. Neben der Tür, durch die Lenore getreten war, hing ein Seil herab, und als sie daran zog, öffnete sich die Falltür einen Spaltbreit, während ein schweres Gewicht an der Wand neben der Treppe herabsank.

Lenore stellte sich hinter der Falltür einen düsteren Dachstuhl voller Fledermäuse und Spinnweben vor, doch statt dessen bemerkte sie einen dünnen silbrigen Lichtstreifen. Mutig geworden, zog sie noch einmal an dem Seil und schlang es um eine Klampe, die an der Wand befestigt war. Langsam hob sich die Falltür, lud sie lockend zum Nähertreten ein.

Während sie behutsam nach oben stieg, lauschte sie angestrengt auf das verräterische Flattern kleiner Flügel, das sie umgehend wieder nach unten gejagt hätte. Doch alles blieb still, und als sie über die obere Sprosse schauen konnte, erkannte sie, daß sie sich umsonst geängstigt hatte. Weit und breit war keines der Flattertiere zu sehen. Die viereckigen Luftlöcher unter den Giebeln waren sorgfältig verschlossen, Lattenroste verhinderten, daß ungebetene Besucher der geflügelten Art sich im Schatten der Dachschrägen einnisten konnten. Auch die dicken Staubschichten und Spinnweben, mit denen Lenore gerechnet hatte, fehlten, woraus sich ableiten ließ, daß hier oben mindestens einmal im Jahr geputzt wurde. Auf dem mit zusätzlichen Brettern verstärkten Boden des Dachstocks stapelten sich die üblichen Berge von Krimskrams, für den es unten keinen Platz mehr gab. Alte Reisesäcke, mehrere Koffer und Kisten gruppierten sich um ein ramponiertes Bettgestell, daneben lehnten mit Tüchern abgedeckte Gemälde, und weiter hinten standen Kartons, aus denen vorübergehend ungeliebte Schätze aller Art quollen.

Hier oben staute sich die Hitze, und Lenores Haut glänzte vor Schweiß, noch ehe sie die letzte Sprosse der Treppe hinter sich gebracht hatte. Sacht stieß sie die alten Koffer mit der Zehenspitze an, konnte ihnen aber nur ein hohles Geräusch entlocken, bis sie auf einen stieß, der neuer aussah als der Rest und ihr dazu noch irgendwie bekannt vorkam. Neugierig löste sie die Riemen und wollte den Deckel hochklappen, doch wieder durchkreuzte ein Schloß ihre Bemühungen. Mit der wachsenden Gewißheit, daß dieser Koffer ihr gehörte, begab sie sich auf die Suche nach einem Werkzeug, mit dem sie das metallene Schnappschloß aufbrechen konnte. Doch alles, was sie fand, war ein verbogener Brieföffner, mit dem sie vergeblich an dem Schloß hantierte, bis ihr das Kleid am Rücken klebte. Endlich gab sie auf. Bevor sie nicht ein geeigneteres Instrument fand, um den Koffer aufzubrechen, würde sein Inhalt ein Geheimnis bleiben.

Sie bewegte sich weiter und nahm die Gemälde genauer in Augenschein. Die meisten zeigten nur durchschnittliche Motive, doch weiter hinten stand eins, das mit einem saubereren Tuch abgedeckt war. Sie zog den Stoff fort und trug das Gemälde zu einem der Luftlöcher, wo sie es bei Licht betrachten konnte. Das Bild zeigte einen älteren Mann, etwa vom Jahrgang Robert Somertons. Sein Gesicht war kantig, die Züge fest und klar, das Haar voll, jedoch mit grauen Strähnen durchsetzt. Obwohl der Gesichtsausdruck eher abweisend und verschlossen wirkte, ließen die grünen Augen auf Ehrlichkeit und Gerechtigkeitssinn schließen. Sie betrachtete das Porträt aus jedem Blickwinkel, fand jedoch nichts in dem Gesicht, das eine Erinnerung in ihr ausgelöst hätte. Sie stellte das Gemälde wieder zurück, erstarrte aber plötzlich, als ihr die Landschaft unten im Erdgeschoß einfiel. Vor ihrem inneren Auge sah sie unvermittelt an ihrer Stelle das Porträt des älteren Mannes über dem Kamin hängen.

Sie griff erneut nach dem Bild und kletterte damit vorsichtig die steile, schmale Treppe hinunter. Im Salon lehnte sie das Bild an eine Wand, bevor sie einen Stuhl zum Kamin zog. Sie nahm die Landschaft ab, hängte den alten Mann auf und trat dann ein paar Schritte zurück, um die Wirkung des Ölgemäldes in dieser Umgebung zu begutachten. Die Landschaft hatte wie ein riesiger Gallapfel an einem Baum gewirkt, fehl am Platze und ungefällig, jetzt hingegen schien der Salon vollständig, in Harmonie mit den anderen Räumen des Hauses und seiner Umgebung. Da Lenore aber die Geschichte der Landschaft nicht kannte und Malcolm nicht zufällig dadurch verletzen wollte, daß sie ein ihm liebes Geschenk abhängte, widerstand sie dem Drang, das Porträt über dem Kamin hängen zu lassen.

Statt dessen brachte sie es auf den Dachboden zurück, merkte sich genau, wo sie es abstellte, und stieg die schmale Treppe wieder hinunter. An der Tür löste sie das Seil von der Klampe und schloß die Falltür. Anschließend versperrte sie die Tür zum Korridor und entfernte den Schlüssel aus dem Schloß.

Im Schlafzimmer setzte sie sich mit den gesammelten Theaterstücken in einen Stuhl an der offenen Tür und las. Eine leichte, frisch duftende Brise vom Meer spielte mit den Vorhängen und fächelte ihr Kühlung zu. Nach einer Weile ließ sie das Buch wieder sinken und blickte hinaus auf die See. Vor ihrem geistigen Augen entstand ein Gesicht, aber es war nicht das, mit dem sie gerechnet hatte. Vielmehr gehörte es dem Mann auf dem Porträt, und während sie noch hinsah, fing es an, sich zu bewegen, lächelte, blickte ernst, nachdenklich, zärtlich...

Lenores Augenbrauen zogen sich zusammen. Irgendwo hinter der weißen Wand ihres Gedächtnisses gab es eine Erinnerung an diesen Mann, und sie glaubte, daß sie ihn gut kannte.

Einige Zeit später kehrte Malcolm auf seinem schwarzen Hengst zurück. Das Tier war schweißbedeckt, denn er hatte es die ganze Strecke von der Stadt her scharf geritten und gönnte ihm auch jetzt noch keine Ruhe, als er es auf Ashtons Zelt zutrieb. Vor der Plattform ritt er ein paarmal im Kreis herum, ehe er den Hengst zügelte und herablassend rief: »Kommen Sie aus Ihrem Versteck, *Mister* Wingate. Ich will mit Ihnen reden!«

Ashton trat in den Zelteingang und fragte sich, was Malcolm jetzt schon wieder im Schilde führen mochte. Auch Lenore erschien auf der oberen Veranda, getrieben von derselben Neugier. Mit der flachen Hand schützte sie ihre Augen gegen die Strahlen der untergehenden Sonne.

»Was ist los, Sinclair?« fragte Ashton, wobei er das Ende einer Zigarre zuschnitt.

Malcolm tätschelte den Hals seines Pferdes, eine Zärtlichkeit, die er ihm nicht oft erwies. Dann, als hätte er die Frage erst jetzt gehört, antwortete er: »Ich habe in der Stadt gehört, Sie hielten nach einem Reitpferd Ausschau, das Sie einer Lady kaufen wollen.«

»Das ist richtig«, sagte Ashton aus dem Mundwinkel, während er seine Zigarre anzündete.

»Dürfte ich fragen, was für ein Lady Sie dabei im Sinn haben?«

Ashton zog an der Zigarre, bis sie richtig brannte, ehe er sie aus dem Mund nahm. »Lierin war früher einmal eine ziemlich gute Reiterin.« Er zupfte sich ein winziges Stück Tabakblatt von der Zunge und schnippte es in den Sand. »Ich dachte, vielleicht freut sie sich über das Geschenk.«

Malcolms Augen verwandelten sich in zwei eisige Kugeln. »Auch Lenore ist auf diesem Gebiet nicht unbegabt, aber wenn Sie glauben, ich lasse zu, daß meine Frau das Geschenk eines anderen Mannes annimmt, dann haben Sie sich geschnitten.«

Ashton zuckte gleichgültig mit den Schultern. »Ich hatte auch nicht vor, das Tier in Ihrem Stall unterzubringen, Malcolm. Dort bekäme es wohl kaum die angemessene Pflege.« Er deutete mit der Zigarre auf den erschöpften Rappen. »Wenn man es so behandelte, hätte es wohl keine sehr große Lebenserwartung.«

Malcolm ließ sich nicht in die Defensive drängen. »Die Pferde geben mir, was ich haben will.« Sein Mund verzog sich zu einem schiefen Grinsen. »Dasselbe gilt übrigens auch für Frauen.«

Jetzt verhärteten sich auch Ashtons Augen. Langsam strich er sich mit dem Daumen über das Kinn. »Ich habe einige der Frauen gesehen, die Sie zu benutzen pflegen – in Rubys Taverne. Sie sind in einem ähnlich kläglichen Zustand wie das Pferd da.«

Malcolm fuhr im Sattel hoch. Am liebsten hätte er sich direkt vom Rücken des Rappen auf den anderen gestürzt, doch wieder siegte die Vernunft. Er entspannte sich und zuckte mit den schweren Schultern. »Zumindest bei einigen Frauen scheinen wir ja durchaus den gleichen Geschmack zu haben.«

»Eine Frau wie Lierin zu bewundern ist nicht besonders

schwer.« Ashton schob sich die Zigarre wieder in den Mund und genoß nachdenklich ihr Aroma eine Weile, ehe er hinzufügte: »Ich frage mich nur, was Lenore an Ihnen gefunden haben mag.«

Malcolms Gesicht verdunkelte sich neuerlich. Zähneknirschend antwortete er: »Das habe ich mich bei Ihnen auch schon gefragt, und ich fange langsam an zu glauben, daß Sie sie zu der Ehe gezwungen haben. Hier draußen haben Sie sich jedenfalls schon mehr als lästig gezeigt.«

Ashton lachte leise. »Lästig für Sie vielleicht.«

»Ich sehe keine Notwendigkeit, mich weiter beim Thema unserer mangelnden gegenseitigen Hochachtung aufzuhalten«, meinte Malcolm kühl. »Ich glaube nicht, daß einer von uns beiden irgendwelche Illusionen über den anderen hegt.«

»Das scheint mir auch so«, pflichtete Ashton ihm bei. »Die Abneigung ist durchaus gegenseitig.«

Malcolm lächelte schmal. »Dann werden Sie ja auch verstehen, warum ich nicht zulassen kann, daß Lenore Ihr Geschenk annimmt. Sie können sich die Ausgabe also sparen.«

»Als ich angefangen habe, mich umzuschauen, ist es mir nicht in den Sinn gekommen, mir über ihre Zustimmung den Kopf zu zerbrechen, Malcolm«, antwortete Ashton unbeeindruckt. »Daß Sie mir Ihr Herz ausschütten, ändert daran nicht das geringste. Ich habe bereits ein Pferd für die Lady gefunden, und es dürfte gar nicht mehr lange dauern, bis es mir gebracht wird.«

»Sie wird es nicht annehmen!« brüllte Malcolm. »Geht das nicht in Ihren Schädel hinein?«

Ashton zuckte träge mit den Schultern. »Das Tier wird hier bei mir stehen, und Lierin kann darauf reiten, wann immer sie will. Hiram wird es stets für sie bereithalten.«

Beinahe hilflos angesichts dieser Frechheit rutschte Malcolm im Sattel hin und her. »Ich glaube es einfach nicht. Ich kann mir nicht vorstellen, daß es dermaßen halsstarrige Menschen wie Sie gibt. Haben Sie denn nicht den kleinsten Funken Verstand?

Wenn Sie wirklich denken, ich würde Lenore auf diesem Pferd reiten lassen, dann mangelt es Ihnen an Grips, und zwar gewaltig!«

»Am liebsten würden Sie sie wie eine Gefangene in Ihrem Haus halten, nicht wahr?« gab Ashton zurück. »Seitdem ich hier bin, haben Sie sie nicht einen Schritt allein machen lassen.«

»Wundert Sie das?« bellte Malcolm. »Nur Ihretwegen halte ich mich ständig an ihrer Seite auf. Ich möchte nämlich nicht, daß ihr dasselbe zustößt wie Mary, und das geschah ja schließlich kurz nach Ihrer Ankunft. Nun, *Mister* Wingate, was haben Sie dazu zu sagen? Bevor Sie hier aufgekreuzt sind, herrschten Ruhe und Frieden in Biloxi.«

»Natürlich«, entgegnete Ashton sarkastisch. »Weil niemand es gewagt hat, Ihr kleines Reich in Frage zu stellen. Sie wissen ganz genau, daß weder ich noch einer aus meiner Mannschaft irgend etwas mit Marys Tod zu tun hat.«

»Nichts dergleichen weiß ich«, widersprach Malcolm.

»Dann habe ich Sie für intelligenter gehalten, als Sie sind«, meinte Ashton verächtlich. »Vermutlich ein Irrtum. Andererseits kann ich gut verstehen, warum Sie mich gern wegen dieses Mordes unter Anklage sehen möchten. Nichts käme Ihnen mehr zupaß, als wenn ich aus dem Weg wäre, damit Sie Lierin auch weiterhin in diesem verdammten Haus gefangenhalten können!« Bei dem Gedanken daran stieg ein solcher Zorn in ihm auf, daß er heftig zu dem Gebäude hinüberdeutete und anklagend hinzufügte: »Sie haben Angst, sie frei herumlaufen zu lassen, weil Sie fürchten, sie oder etwas, das sie besitzt und an dem Ihnen gelegen ist, zu verlieren.«

»Und was könnte das wohl sein?«

»Nun«, antwortete Ashton kühn, »Lierins Vater ist nicht mehr der Jüngste und als Trinker darüber hinaus ziemlich unfallgefährdet. Sie könnten eines Tages ein reicher Mann sein, wenn sie nur am Ball bleiben und den Dingen ihren Gang lassen.«

»Ich bin selbst reich genug«, behauptete Malcolm.

»Ach ja? Dann zeigen Sie mir doch, wie sie diesen Reichtum

angelegt haben. Soweit ich es beurteilen kann, haben Sie keine Anteile an irgendwelchen Unternehmen. Sie sind kein Pflanzer und besitzen kein Land. Sie kommen und gehen wie der Sperling, übernachten, wo Sie ein warmes Nest finden, und wenn Sie wieder fortfliegen, lassen Sie nichts zurück außer ihren Exkrementen.«

»Jetzt reicht's mir«, zischte Malcolm und riß scharf an den Zügeln in seiner Hand. Der Hengst warf den Kopf zurück, als das Geschirr ihm ins Maul schnitt, und tänzelte unruhig. Malcolm ließ ihn im Kreis traben und rief Ashton dabei über die Schulter zu: »Vergessen Sie das Pferd, Wingate, und sparen Sie Ihr bißchen Geld. Ich werde Lenore nicht darauf reiten lassen.«

Er trieb den Hengst zu raschem Trab an und brachte ihn wenig später schon wieder vor dem Haus zum Stehen. Er sprang aus dem Sattel, warf dem Stalljungen die Zügel zu und stürmte die Verandastufen hinauf. Seine Schritte krachten wie Donnerschläge auf den Brettern und legten Zeugnis ab von seinem Zorn, als er sich dem Ende der Veranda näherte, wo Lenore stand. Er bemerkte weder, daß sie zitterte, noch die Unsicherheit in ihren Augen.

»Dieser Spaßvogel da unten in dem Zelt hat dir doch tatsächlich ein Pferd gekauft.« Als er ihre Überraschung bemerkte, grinste er höhnisch. »Großzügig, nicht wahr? Aber du brauchst dir nicht zu überlegen, wie du dich dafür bedanken kannst, ich verbiete dir nämlich, das Geschenk anzunehmen.« Seine Augen blickten kalt und hart, während er hinzufügte: »Und du wirst mir gehorchen.«

Damit machte er auf dem Absatz kehrt und verschwand im Haus, nicht ohne die Tür so heftig zuzuschlagen, daß Lenore zusammenzuckte. Als er fort war, schien es fast friedlich auf der Veranda. Lenore seufzte erleichtert, denn für den Augenblick schien Malcolms Temperamentsausbruch vorüber zu sein.

Sie blickte zum Zelt hinunter. Ashton stand noch immer vor dem Zelt, die Beine gespreizt, ein Arm stützte den Ellbogen des anderen, während er die Zigarre in Höhe des Mundes hielt. Sie konnte beinahe sehen, wie er den Stumpen zwischen Daumen und Zeigefinger hin und her rollte und ihr dabei durch den Rauch zublinzelte. Selbst auf diese Entfernung spürte sie seinen Blick auf ihren Körper. Eine leichte Röte stieg ihr in die Wangen, denn sie wußte, woran er dachte – es hatte nichts mit Malcolm zu tun.

Das Pferd wurde am nächsten Tag gebracht, Gott sei Dank, in Malcolms Abwesenheit. Ein Reiter führte es hinter sich auf den Rasen vor dem Haus, und Lenore stürzte atemlos ins Freie, um das herrliche Tier aus der Nähe sehen zu können. Es war eine Fuchsstute mit langer, fliegender Mähne und einem vollen, schwingenden Schweif. Sie bewegte sich mit kleinen, tänzelnden Schritten und schien ihr Temperament nur schwer unterdrücken zu können. Sie war groß und unglaublich feinknochig.

Ohne sich um die beiden Wachen zu kümmern, die auf den Rasen hinausschlenderten, führte der Reiter die Stute weiter am Haus vorbei und hinunter zu Ashtons Zelt, wo er mit einem breiten Grinsen und einem kräftigen Händeschütteln empfangen wurde. Der Reiter saß ab und nickte, als Ashton ihm bedeutete, die Stute zu einer Stelle zu führen, die näher am Haus lag, bedrohlich nah an der Grenze zwischen dem Bereich, den er selbst beanspruchte, und dem, den er Malcolm zugestanden hatte. Als der Reiter gehorchte, wechselten die beiden Wachen besorgte Blicke und eilten schließlich in dieselbe Richtung, um einem möglichen Grenzübertritt sofort Einhalt gebieten zu können.

Lenore ging zurück an ihren Stammplatz am Ende der Veranda, doch von dort war sie viel zu weit entfernt. Also hob sie ihre Röcke an, rannte wieder zurück, die Stufen hinunter und dorthin, wo die kleine Gruppe um die Stute herumstand, die Wachen auf der einen Seite, Ashton und der Fremde auf der anderen. Einer der Wächter blickte über die Schulter, sah Lenore kommen und stellte sich ihr hastig in den Weg. Ashton trat um die Stute herum, bereit, Lenore beizustehen, doch sie wurde allein mit dem Mann fertig.

»Gehen Sie mir aus dem Weg«, befahl sie leise und mit einem

drohenden Unterton, »oder ich renne Sie über den Haufen, sowahr mir Gott helfe. Wenn Sie mich aufhalten wollen, müssen Sie schon Gewalt anwenden, denn ich werde Ihnen alle Haut vom Körper kratzen, die ich erwischen kann, angefangen mit dem Gesicht. Habe ich mich verständlich ausgedrückt?«

Ashton unterdrückte ein Schmunzeln, als der Mann verwirrt zu seinem Gefährten hinüberblickte, der aber gar nicht daran dachte, ihm zu Hilfe zu eilen. Es war eine Sache, sich mit einem Mann anzulegen, aber eine Schlägerei mit einer Frau war eine ganz andere, vor allem mit einer, die so viel Feuer besaß wie der Rotschopf. Der Mann murrte, trat aber beiseite.

»Oh, Ashton, sie ist so schön«, rief Lenore, als sie langsam um die Stute herumging, gleichgültig gegenüber den Grenzen, welche die Männer trennten. »Wie heißt sie?«

»Geliebtes Herz«, antwortete Ashton grinsend.

Lenore lachte und tätschelte den Widerrist des Tiers. »Ein passender Name.«

»Habe ich mir auch gedacht«, pflichtete er ihr bei. »Sie ist etwas ganz Besonderes, genau wie du. Du wirst ausgesprochen gut auf ihrem Rücken aussehen.«

Lenore seufzte, als ihr Malcolms Befehl einfiel. »Aber ich kann sie nicht annehmen. Es gäbe nur noch mehr Ärger.«

Mit dieser Auskunft hatte Ashton schon gerechnet. »Ich behalte sie hier bei mir, wo sie in Sicherheit ist. Wann immer du sie dir ansehen willst – oder besteigen und reiten –, steht sie für dich bereit. Es liegt allein in deinem Belieben.«

Lenore war hin- und hergerissen. »Vielleicht würde Malcolm mir erlauben, sie zu reiten, wenn ich sie mir nur hin und wieder ausleihe.« Sie schüttelte den Kopf, verwarf den Gedanken wieder und stemmte schließlich mit einem erbitterten Seufzer die Hände in die Hüften. »In dem Haus da oben langweile ich mich noch zu Tode. Ich brauche einfach etwas Abwechslung, und was wäre da besser als ein Ausritt?« Unvermittelt trat ein fragendes Lächeln auf ihre Züge. »Könntest du sie für mich satteln lassen – jetzt gleich?«

Einer der Wächter trat vor. »Mrs. Sinclair, ich glaube, Sie sollten nicht...«

»Pah!« Lenore brachte ihn mit einer heftigen Handbewegung zum Schweigen. »Ich tue, wozu ich Lust habe, und wenn es Malcolm nicht gefällt, hat er eben Pech gehabt!«

Grinsend führte Ashton die Stute zu dem kleineren Zelt, vor dem Hiram bereits wartete, indes Lenore mit ausgesprochen undamenhaft weit über die Knöchel hochgerafften Röcken zum Haus zurücklief.

»Meghan!« rief sie, als sie die Treppe hinaufstürmte. »Meghan, ich gehe reiten, hol mir die passenden Kleider!«

Binnen kürzester Zeit war sie wieder zurück, angetan mit einem perlgrauen Sommerkleid, um den Hals ein weißes, spitzengesäumtes Jabot. Als sie über die Grenzlinie trat, bemerkte sie, daß Ashtons Hengst ebenfalls gesattelt war. Der Fremde verabschiedete sich, und Ashton trat auf Geliebtes Herz zu, um Lenore in den Sattel zu helfen, während Hiram die Stute am Maulgeschirr festhielt.

»Wir sehen lieber erst mal, wieviel du noch weißt«, meinte Ashton, als er ihr die Zügel gab. »Ich möchte auf keinen Fall, daß dir etwas zustößt.«

Lenore gehorchte und ließ das Pferd probeweise in einem großen Kreis zwischen Haus und Zelt erst Schritt, dann Trab und schließlich leichten Galopp laufen. Zu ihrer Freude schienen sie und die Stute bestens zu harmonieren. Auch Ashton nickte zufrieden. Er schwang sich in den Sattel und folgte Lenore, die sehr zum Mißfallen der beiden Wächter vom Haus fort und den Strand entlangritt.

Im Nu hob sich Lenores Stimmung. Sie genoß den Ausritt und Ashtons Gesellschaft über alle Maßen. Es gab so viele Dinge, die sie mit ihm besprechen wollte, und er schien ebenso versessen darauf, Neues über ihren Zustand zu erfahren, wann das Baby aller Voraussicht nach kommen würde und wann die Schwangerschaft wohl begonnen haben mochte.

»Ich glaube, bevor wir nach New Orleans gefahren sind«,

murmelte sie und warf ihm einen sehnsüchtigen Blick zu. »Du und Meghan seid die einzigen, die Bescheid wissen.«

»Sag es um Himmels willen nicht Malcolm«, warnte Ashton sie. »Wenigstens nicht, wenn er mit dir im Haus ist.« Er wagte sich gar nicht vorzustellen, was Sinclair ihr antun konnte. »Mir wäre bei der ganzen Geschichte wirklich wohler zumute, wenn du mir erlauben würdest, ihn und seine beiden Wachhunde zum Teufel zu schicken. Du könntest mit deinem Vater in dem Haus bleiben, wenn dir so viel daran liegt, und ich würde dich nicht einmal bitten, zu euch ziehen zu dürfen ... oder drängen, mit mir nach Belle Chêne zu gehen.«

Lenore lachte. »Du drängst mich doch schon die ganze Zeit.«

Ashton runzelte die Stirn und meinte grimmig: »Schon gut! Ich geb's ja zu! Aber ich tue es nur, weil du mir so viel bedeutest.«

»Danke«, erwiderte sie mit einem sanften Lächeln.

Ihr weicher, dankbarer Blick ging ihm durch und durch. Wußte sie nicht, was sie anrichtete, wenn eine solche Zärtlichkeit auf ihr Gesicht trat? »Du kehrst mein Innerstes nach außen, Weib«, beklagte er sich mit einem hilflosen Schmunzeln. »In deinen Händen werde ich zu Wachs.«

Lenore schüttelte den Kopf. »Das glaube ich ganz und gar nicht.« Sie warf einen Blick über die Schulter und stellte fest, daß sie schon ein gutes Stück vom Haus entfernt waren. »Wir kehren wohl besser um.« Sie kicherte, als sie daran dachte, wie die beiden Wachen dreingeschaut hatten, als sie losgeritten war. »Ich fürchte, wenn Malcolm zurückkommt und ich nicht da bin, erschießt er seine Männer.«

»Das Beste, was er tun könnte«, kommentierte Ashton prompt.

»Oh, Ashton, das meinst du doch nicht ernst.« Als sie sein finsteres Gesicht sah, mußte sie neuerlich lachen. »Aber vielleicht irre ich mich da auch.«

Sie waren umgekehrt und befanden sich bereits auf dem Rückweg, als Ashton seinen Hengst zügelte und absaß. Lenore hielt ihre Stute ebenfalls an. Sie beobachtete ihn verwundert, als er über den feuchten Sand zu einer Stelle zurückmarschierte, die sie eben passiert hatten. Er blieb stehen, wühlte mit der Stiefelspitze im Sand, dann bückte er sich rasch und ergriff ein kleines Krustentier, das er Lenore auf dem Handteller entgegenhielt, als er zurückkam.

»Ein Flohkrebs«, informierte er sie, wobei er das münzengroße Tier sacht mit einem Finger anstieß.

»Er sieht aus, als hätte er Angst«, meinte Lenore, als sie sah, wie der Krebs die Beinchen an den Körper zog.

»Die hat er auch.« Ashton bückte sich, setzte das winzige Tier wieder in den Sand und wischte sich die Hände ab. Als er sich aufrichtete, entdeckte er in Lenores Augen einen Ausdruck, den er nur zu gut verstand, hatte er doch in letzter Zeit Tag und Nacht unter derselben Sehnsucht gelitten. Beinahe ängstlich legte er ihr eine Hand auf den linken Oberschenkel und wartete, indes ihre Augen sein Gesicht erforschten. Langsam, ganz langsam beugte sie sich zu ihm herab und berührte seinen Mund mit ihren Lippen. Der süße Nektar, den ihre Zungen austauschten, erregte seine Sinne, und in seinem Herz erwachte all die Liebe und Zärtlichkeit, die er für sie empfand.

»Wenn die Katze aus dem Haus ist...!« Die fremde Stimme ließ sie auseinanderfahren. Sie blickten sich um und sahen Malcolm mit haßverzerrtem Gesicht auf dem Rücken seines Hengstes sitzen, nur wenige Meter entfernt. Jetzt trieb er sein Pferd wieder an und drängte es zwischen Ashton und Lenores Stute. Ashton taumelte zurück, bemüht, den Hufen des unruhig tänzelnden Tiers auszuweichen. Malcolm baute sich vor Lenore auf, das breite Gesicht eine Grimasse blinder Wut.

»Ich habe Sie davor gewarnt, meiner Frau ein Pferd zu kaufen«, fauchte er, ehe er Lenore mit seinen stechenden Augen anstarrte. »Und dir hatte ich verboten, das Geschenk anzunehmen.«

»Das habe ich auch nicht, noch nicht!« gab sie scharf zurück. »Ich reite die Stute lediglich, das ist alles.«

»Damit ist es jetzt auch vorbei«, schnappte Malcolm und deutete mit ausgestrecktem Arm zum Haus hinüber. »Nach Hause mit dir, sofort! Wir sprechen uns später.«

»Ich gehe, aber nur, weil ich sowieso in die Richtung wollte.« Lenore hob das Kinn, gab dem Pferd die Fersen und ritt in leichtem Galopp davon.

Malcolm wandte sich wieder an Ashton. »Ich weiß, Sie würden meine Frau am liebsten flachlegen und sich mit ihr vergnügen, aber wenn Sie das jemals tun, reiße ich Ihnen das Herz heraus und verfüttere es an die Fische.«

»Versuchen Sie es doch«, antwortete Ashton trocken.

Malcolm grinste höhnisch. »Ich bin sicher, meine Männer werden mir bei dem Versuch gerne helfen.«

»Tun sie immer alles, was Sie sagen?«

»Natürlich«, prahlte Malcolm. »Sie arbeiten schon eine ganze Reihe von Jahren für mich, und ihre Loyalität steht außer Frage.«

»Dann wüßte ich gern, warum einer von ihnen vor ein paar Jahren auf einem meiner Dampfer angeheuert hat.«

Malcolm starrte Ashton mit offenem Mund an. »Wann war das?«

»Wann genau, weiß ich nicht mehr«, antwortete Ashton, »aber ich bin hundertprozentig sicher, daß er für mich gearbeitet hat.«

Malcolm zuckte verächtlich mit den Schultern. »Offenbar war er bei Ihnen nicht glücklich, sonst hätte er ja nicht aufgehört.«

»Oder er hat aus anderen Gründen aufgehört.«

»Zum Beispiel?«

Ashton zuckte mit den Schultern. »Ich bin mir noch nicht ganz sicher. Wenn ich es herausgefunden habe, lasse ich Sie's wissen.«

»Tun Sie das.« Malcolm brachte ein schiefes Lächeln zustande. »Bis dahin behalten Sie Ihr verdammtes Pferd und Ihre Hände bei sich.«

Ashton grinste träge. »Wie ich schon sagte, Malcolm, Sie können sie nicht ihr Leben lang gefangenhalten.«

Sinclairs Hand fuhr in seine Jacke und riß eine Pistole heraus, wobei er den Hahn schon mit dem Daumen spannte, ehe der Lauf sein Ziel gefunden hatte. Überrascht trat Ashton einen Schritt zurück, denn gegen einen solchen Angriff war er nicht gewappnet. Jeden Moment konnte er eine heiße Kugel in seiner Brust oder im Schädel haben. Jeder Versuch, dem anderen zuvorzukommen, würde nur dazu führen, daß sich der Finger am Abzug um so eher krümmte.

Malcolm genoß die Macht, die ihm die Waffe verlieh. Ashtons Augen zeigten Besorgnis, aber keinen flehenden Ausdruck, was den Tag für Malcolm erst zu etwas ganz Besonderem gemacht hätte. Den großen und hochnäsigen Mister Wingate dazu zu bringen, daß er um Gnade winselte, war sein leidenschaftlichster Wunsch.

»Und jetzt?« fragte Ashton scharf. »Erschießen Sie mich oder nicht?«

»Ich würde gern«, antwortete Malcolm mit einem Grinsen. »Wirklich, nichts lieber als das.« Er kicherte in sich hinein, genoß die Situation noch ein wenig, dann seufzte er tief und ließ die Pistole sinken. »Aber ich brauche die Kugel noch für die Stute.«

Mit einem grellen Lachen gab er seinem Pferd die Sporen und trieb es auf das Haus zu. Ashton rannte zu seinem Hengst, ergriff die Zügel, schwang sich auf den Rücken des Tiers und nahm die Verfolgung auf. Malcolm wußte, daß der andere ihn einzuholen versuchte, aber er wußte auch, wie man alles aus einem Pferd herauskitzelt. Das war etwas, worin er sich auskannte wie in nichts sonst. Er beugte sich vor und ließ die Gerte auf die Flanken seines Hengstes niedersausen. Dabei lachte er teuflisch in sich hinein, als er sich vorstellte, wie die Fuchsstute tot in einer Blutlache zu Wingates Füßen lag. Eine gerechte Strafe für alles, was der Bursche ihm angetan hatte.

Doch schon nach wenigen Metern wurde er aus seinen Gedanken gerissen, als er hinter sich das Trommeln von Hufen im Sand vernahm. Er warf einen Blick über die Schulter und glaubte erst, zu träumen, doch dann stellte er entsetzt fest, daß Wingate aufholte, und zwar schnell! Mit einem wilden Fluch peitschte er den Leib seines Hengstes, bis das Blut von den Flanken spritzte. Dennoch schloß das andere Tier weiter auf, fraß die Distanz zwischen ihnen nur so weg, bis sie Seite an Seite dahinjagten. Ein kurzer Seitenblick zeigte Malcolm, wie sich Wingates Roß streckte, wie seine Beine ausgriffen, als ginge es ihm nur um die reine Freude am Rennen. Keine Gerte hämmerte auf seine Flanken ein, nur die Herausforderung und sein stolzes Herz trieben es dem Sieg entgegen.

Lenore wandte sich im Sattel um, als sie die herandonnernden Reiter hörte. Sie sah, wie Ashton den rechten Arm hob und ihr bedeutete, am Haus vorbeizureiten. »Reite zum Zelt!« rief er. »Schnell! Bring das Pferd in Sicherheit!«

»Haltet sie auf!« brüllte Malcolm seinen Männern zu. »Schnappt sie euch, das Pferd auch!«

Lenore wußte nicht, was los war, aber sie vertraute Ashton so sehr, daß sie seinem Befehl sofort gehorchte. Sie trieb die Stute zu schnellem Galopp an und zog sie an einem der Männer vorbei, der ihr in den Weg gesprungen war und das Pferd mit heftigem Armeschwenken zu erschrecken versuchte. Plötzlich wurde sie wütend und hielt direkt auf den anderen zu, der ihr ebenfalls entgegenlief, um sie aufzuhalten. Als der zweite Mann merkte, daß sie gar nicht daran dachte, das Tempo zu verringern, packte ihn die Angst, überrannt zu werden. Seine Augen wurden groß, denn die Stute galoppierte weiterhin geradewegs in seine Richtung. Die Lady dachte gar nicht daran, das Tier zur Seite zu reißen. Sie wollte ihn niederreiten, und das würde sie auch tun, wenn er sich nicht schnellstens verzog!

Mit einem Sprung brachte der Mann sich in Sicherheit, rutschte aber aus und überkugelte sich auf dem Rasen. Hiram lief neben dem Zelt auf und ab und winkte Lenore zu, damit sie sich beeilte. Neben dem Zelt brachte sie die Stute zum Stehen. Der schwarze Kutscher hob sie aus dem Sattel, griff nach den Zügeln und führte die Stute ins Zelt. Lenore überlegte gerade, ob sie ihm folgen sollte, als Ashton schon auf seinem Hengst herangejagt kam. Malcolm war dicht hinter ihm. Als Ashton das Tempo zügelte, griff Malcolm nach ihm, sprang aus dem Sattel und riß ihn im Fallen mit sich. Lenore schnappte entsetzt nach Luft. Die beiden Männer prallten dicht neben ihr auf die Erde. Malcolm landete oben. Sofort benutzte er sein größeres Gewicht dazu, den anderen unter sich festzuhalten, indem er Ashtons Arme mit seinen muskulösen Beinen an den Boden nagelte. Dann stemmte er seinem Gegner den Unterarm gegen die Kehle und drückte mit aller Kraft zu, während er ihm gleichzeitig die andere Hand in den Nacken legte, um ihn in einen Würgegriff zu nehmen, mit dem er ihm leicht das Genick brechen konnte.

»Malcolm, hör auf!« rief Lenore und griff nach seinem Arm, um ihn von seinem Gegner zu ziehen. Mit einem wütenden Knurren stieß Malcolm sie so heftig weg, daß sie stolperte. Die Bewegung reichte Ashton. Er zog einen Arm unter Malcolms Bein hervor, holte aus und schmetterte dem anderen seine Faust ins Gesicht. Malcolm kippte zur Seite. Ashton rollte sich einmal um die eigene Achse und sprang auf. Noch ehe Malcolm sich ganz aufrichten konnte, war Ashton bei ihm und rammte ihm sein Knie unter das Kinn. Malcolms Kopf flog zurück, doch er war so wütend, daß er den Schmerz kaum spürte. Er wartete nicht einmal, bis er wieder klar denken konnte, sondern warf sich nach vorn und schlang seine kräftigen Arme um die Hüfte seines Gegners. Er lechzte nach dem melodischen Geräusch brechender Rippen und begann zuzudrücken, ohne auf die von rechts und links gegen seinen Kopf prasselnden Schläge zu achten. Ashton warf den Kopf in den Nacken, und als der Druck immer heftiger wurde, änderte er seine Taktik. Er setzte Malcolm die Daumen auf die Augäpfel und begann nun seinerseits zu drücken, bis sein Gegner den Schmerz nicht mehr zu ertragen vermochte. Malcolm stieß einen Schrei aus, ließ los und preßte die Hände vors Gesicht. Ashton setzte nach und trat ihm in die

Rippen. Malcolm verlor das Gleichgewicht und landete auf seinen vier Buchstaben. Als er blinzelnd versuchte, die Lage zu orten, sah er seine Frau im Zelteingang stehen und hinter ihr den farbigen Kutscher. Beide wirkten gleich beunruhigt. Noch weiter hinten erspähte er die verschwommenen Umrisse der Stute, die für den ganzen Ärger verantwortlich war, und plötzlich war er wild entschlossen, dafür zu sorgen, daß sie nie wieder Anlaß zu Streitigkeiten geben konnte.

Er verdrängte den Schmerz in den Augen und suchte nach der Pistole, die er zu Beginn der Schlägerei verloren hatte. Er bemerkte ein metallisches Glänzen im Sand, streckte die Hand aus, packte den Griff, riß die Waffe hoch und spannte den Hahn. Doch bevor er abdrücken konnte, fiel ein Schatten auf seinen Arm, und im nächsten Moment schmetterte ein Stiefeltritt ihm die Pistole aus der Faust. Die Waffe beschrieb einen Halbkreis durch die Luft. Als sie landete, schnellte der Hahn vor. Ein Schuß krachte, und Malcolm stieß einen Schrei aus. Etwas Heißes schlitzte seinen Arm auf.

»Ich bin verletzt!« schrie er. »Ich brauche Hilfe!«

Ashton ließ sich neben ihm auf das linke Knie nieder. Er zerrte die Jacke des Liegenden an den Aufschlägen auseinander und riß das Hemd auf, bis er die heftig blutende Wunde sehen konnte. Lenore eilte an seine Seite.

»Es ist nichts«, sagte er verächtlich, »nur eine Fleischwunde. Kaum mehr als ein Kratzer. In ein oder zwei Tagen ist er wieder putzmunter.«

Malcolm errötete und preßte ein Taschentuch auf die Stelle, damit sie den Blicken entzogen war. Er sah verärgert auf Ashton und sagte: »Ich könnte sterben, und er würde immer noch behaupten, es sei nichts.«

»Ich hatte gehofft, es wäre was Ernstes«, konterte Ashton. Er stand auf und legte Lenore die Hand unter den Ellbogen, um ihr ebenfalls aufzuhelfen. »Du brauchst die Wunde bloß auszuwaschen, zu verbinden und ihn dann weiterschmollen zu lassen. Ich glaube nicht, daß er noch einmal versuchen wird, die Stute zu töten, es sei denn, er möchte es gern mit dem Sheriff zu tun kriegen.«

Malcolm rappelte sich auf, ignorierte Lenores Versuch, ihm zu helfen, und marschierte davon. Ashton nahm die Pistole an sich und grinste, während er sie untersuchte. »Was soll man dazu sagen? Die unsichtbare Hand eines Weisen muß die Kugel gelenkt haben, so daß sie mit untrüglicher Sicherheit den einzigen Idioten in unserer Mitte getroffen hat.«

Fünfzehntes Kapitel

Robert Somerton brachte einen Gast mit von seiner Reise, einen Mann seines Alters und mit einem vergleichbaren Hang zum Alkohol. Samuel Evans behauptete von sich selbst, ein Künstler zu sein, und tatsächlich erwies er sich als recht talentiert mit der Feder, sogar mit der, die Lenore als unbrauchbar aus der Hand gelegt hatte. Am liebsten saß er im Salon am Schreibtisch, kritzelte vor sich hin und genoß die Gesellschaft ihres Vaters, wobei er sich zügellos und lautstark über die zahllosen Abenteuer verbreitete, die er erlebt haben wollte. Je mehr er dabei in sich hineinschüttete, desto prahlerischer schmückte er diese Berichte aus und desto wunderlicher wurden die Striche seiner Zeichenfeder. Er schuf verspielte Schnörkel, lange, geschwungene Linien und andere launische Gebilde, bis das fertige Produkt eher an eine reich verzierte Handschrift als an ein Porträt oder eine Landschaftsskizze erinnerte. Tatsächlich waren seine gegenständlichen Zeichnungen nicht sonderlich gut, aber er vermochte seine Schrift je nach Bedarf auf erstaunliche Weise zu verändern. Lenore war fasziniert von dieser Fähigkeit und sah ihm immer wieder über die Schulter, wenn er seinen Namen in den verschiedensten Schriftarten aufs Papier warf.

»Das kann ich auch!« brach es endlich aus Robert Somerton hervor.

Samuel Evans lachte ungläubig. »Nicht sehr wahrscheinlich, mein Guter! Du kannst ja nicht mal deinen eigenen Namen so schreiben, daß er halbwegs leserlich wirkt. Wie willst du es dann fertigbringen, ihn zu variieren?«

»Das werde ich dir zeigen!« Schmunzelnd tauchte Somerton

die Feder ins Tintenfäßchen, ließ sie schwungvoll über das Pergamentpapier fliegen und präsentierte Evans und seiner Tochter nach eingehender Prüfung stolz das Ergebnis. »Da! ›Robert Somerton‹! So klar und deutlich wie die Nase in deinem Gesicht.«

Mit einem amüsierten Lächeln nahm Lenore das Blatt in die Hand und sah zuerst nicht mehr als ein wildes Durcheinander von Bögen und Schnörkeln. Dann runzelte sie verwirrt die Stirn, als ihr eine andere Unterschrift einfiel. Seltsam, es handelte sich um die in dem Buch mit den Theaterstücken! Natürlich schien das nicht sehr wahrscheinlich. Warum sollte man einen fremden Namen in sein eigenes Buch schreiben?

Sie hob den Blick und sah Somerton fragend an. In letzter Zeit war er ihr gegenüber freundlicher geworden, und obwohl sie nicht wußte, was der Grund dafür sein mochte, gefiel es ihr natürlich, mehr wie eine Tochter behandelt zu werden, auf die man stolz ist, als wie ein mißratener Balg. Dennoch, es gab Momente, in denen sie kaum mehr für ihn zu empfinden vermochte als Mitleid.

»Komm, Lenore«, drängte er und hielt ihr den Federkiel entgegen. »Zeig dem alten Knaben hier, was für eine hübsche Handschrift du hast.« Er kicherte in sich hinein und streifte seinen Gast mit einem Seitenblick. »Dein Name, Mädchen. Schreib uns deinen Namen auf.«

Lenore nahm die Feder entgegen und beugte sich vor, um dem Wunsch Folge zu leisten, als ihr plötzlich ein kalter Schauer über den Rücken lief. In Samuel Evans' Augen stand ein beinahe erwartungsvolles Leuchten. Ohne sagen zu können, warum, hatte sie angesichts seiner Miene das Gefühl, vorsichtig sein zu müssen. Eine Handschrift mit der anderen zu vergleichen, schien eine durch und durch harmlose Angelegenheit zu sein. Zumindest hätte es so sein sollen. Doch...

Sie stellte die Feder in den Federhalter zurück, wobei ihr die Überraschung der beiden Männer nicht entging. Dann trat sie hastig an die Verandatür, als sie draußen ein Pferd wiehern hörte. Es war Geliebtes Herz, das von Hiram an einer Leine über den

Rasen geführt wurde, leichtfüßig und präzise auf seine Anweisungen reagierend wie immer.

»Da draußen ist Ashtons neue Stute«, erklärte Lenore, froh, gerade noch rechtzeitig eine passende Entschuldigung gefunden zu haben. Falls ihre Vorsicht nur eine Torheit war, wollte sie die beiden Männer damit nicht beleidigen, doch falls mehr dahintersteckte, als sie ihr gegenüber zugegeben hatten, würde sie ihrem Ansinnen erst nachkommen, wenn sie ihr erklärten, worum es ging. »Ein wunderschönes Tier, nicht wahr?«

Somerton murmelte: »Ich verstehe nichts von Pferden.« Dann ging er zur Anrichte und schenkte sich einen frischen Whisky ein.

Überrascht drehte Lenore sich um. Sie hatte gedacht, ihr Vater liebe Pferde und sei selbst ein exzellenter Reiter oder wenigstens früher einmal gewesen. Wieder fiel ihr der Name in dem Buch mit den Theaterstücken ein. »Ich habe mich gefragt, Robert...«, ihn Vater zu nennen, fiel ihr immer noch schwer, »wer wohl Edward Gaitling sein könnte.«

Somerton verschluckte sich und spuckte einen Mundvoll Whisky aus, genau ins Gesicht seines immer noch sitzenden Gastes. Evans sprang auf und wischte sich hektisch Wange und Schulter ab, wobei er Somerton einen scharfen Blick zuwarf. Lenores Vater schnappte noch immer nach Luft, und es dauerte eine ganze Weile, bis er fertig mit Räuspern war. Endlich wischte er sich mit einem Taschentuch den Schweiß von der Stirn, ehe er in einen Sessel sank und sie zögernd anblickte. »Was soll diese Frage, Mädchen?«

Lenore wandte sich wieder der Veranda zu. Zärtlich folgten ihre Augen der vorbeistolzierenden Stute, deren schwarze Hufe kaum den Boden zu berühren schienen, während der Schweif hochstand wie die Schwanzfedern eines Hahns. Dann fiel ihr wieder ein, daß Somerton sie etwas gefragt hatte, und sie antwortete: »Oh, ich habe den Namen in deinem Buch mit den Theaterstücken gesehen und war nur neugierig, das ist alles.«

»Ach so. Gaitling war ein Schauspieler, mit dem ich eine Zeitlang befreundet war. Er ist in einem der Stücke aufgetreten und hat mir den Band signiert.«

»Ich verstehe.« Doch in Wirklichkeit verstand sie ganz und gar nicht. Wieder dachte sie an die Schrift ihres Vaters, die Ähnlichkeit mit der Signatur des Schauspielers. Machte sie zuviel Lärm um nichts?

Somerton trat mit einem freundlichen Lächeln auf sie zu. »Wo wir gerade von Namen und Unterschriften sprechen, Lenore, du wolltest doch gerade ...«

Sie ging auf die Veranda hinaus und ließ die Männer und das Thema hinter sich. Von der Veranda schlenderte sie hinunter auf den Rasen und zu der Stelle, an der Hiram Geliebtes Herz streichelte und ihr ins Ohr murmelte, was für ein gutes Tier sie sei.

»Ist das nicht eine Mordsstute, Miz Wingate?« fragte er und grinste breit.

Lenore hob erstaunt die Brauen. »Ich bin jetzt Mrs. Sinclair, Hiram.«

»Oh, ich weiß schon, was alle sagen, Missus, aber ich kann mir immer noch nich' vorstellen, daß so eine süße Lady wie Sie einen finsteren Kerl wie Mister Sinclair heiraten kann.« Betrübt schüttelte er den Kopf. »Jeder, der so ein schönes Pferd wie das hier töten will, muß durch und durch böse sein.«

Lenore lächelte. »Mein Vater hat einmal gesagt, daß man das Kaliber eines Mannes immer am Temperament der Pferde in seinem Stall erkennen ka...« Mitten im Wort hielt sie inne, völlig durcheinander. Ihr Vater hatte doch eben erst geleugnet, irgend etwas von Pferden zu verstehen, woher also hatte sie diese Weisheit?

Hiram lächelte noch breiter. Seine weißen Zähne blitzten. »Massa Wingate hat ein paar mächtig schöne Pferde im Stall, Missus.«

Nachdenklich streichelte sie die seidige Nase der Stute. »Du magst Mr. Wingate, nicht wahr, Hiram?«

»Jawohl, Missus.« Der Schwarze nickte nachdrücklich und tätschelte den Hals des Pferdes. »Und wie!«

»Ich auch«, seufzte sie. »Und genau da liegt der Hund begraben.«

Hiram grinste. »Hab' mir schon gedacht, daß Sie ihn auch mögen, Missus.«

Sie fragte sich, ob ihre Gefühle überhaupt noch irgend jemandem ein Geheimnis waren. Grübelnd sagte sie: »Ich glaube, meine Schwester hat sich für den besseren Ehemann entschieden.«

Hiram lachte leise in sich hinein. »Wie Massa Ashton immer sagt, Miz Wingate, das muß sich erst noch zeigen.«

Die *River Witch* wurde an der Kaimauer verzurrt und mit Girlanden und Blumen geschmückt, genug, um die Veränderungen am Schanzkleid zu verbergen und die Luft mit einem süßen Duft zu erfüllen, als die ersten Gäste an Bord kamen. Männer in Abendanzügen und Damen in Seide und Satin, funkelnde Juwelen an Hals und Händen, flanierten über die Decks und betraten die hellerleuchteten Säle, in denen zur Musik eines Orchesters Karten gemischt und ausgeteilt wurden, während das Glück seinem launischen Pfad folgte.

Lenore betrat die Spielhalle an Malcolms Arm, und alle Anwesenden drehten sich neugierig nach ihnen um. Die meisten hatten natürlich von den überall herumschwirrenden Gerüchten gehört. Sie waren neugierig, die Frau zu sehen, um die ein derartiges Aufheben veranstaltet wurde. Und man konnte sie kaum als Enttäuschung bezeichnen! Angetan mit einem Kleid aus perlrosa Satin, dessen Ärmel ebenso wie das Schnürleibchen mit Ekrüseide besetzt waren, wirkte sie mindestens so süß und verführerisch wie das in überreicher Fülle auf den Tischen der naschsüchtigen Gäste harrende Konfekt. Das rotgoldene Haar war zu einer eleganten Frisur hochgekämmt, und von jedem Ohrläppchen baumelten traubenförmige Gewinde aus Diamanten, Rubinen und Perlen. Um ihren Hals lag eine zweireihige Perlenkette, vorn ebenfalls zusammengehalten von einem mit Diamanten eingefaßten Rubin. Bei dem Schmuck handelte es sich um ein

Geschenk von Malcolm, mit dem er sich, wie er sagte, dafür entschuldigen wollte, daß er so die Nerven verloren und Geliebtes Herz umzubringen versucht hatte. Es schien ihm über die Maßen wichtig, ihr zu zeigen, daß er ebenso großzügig sein konnte wie sein Nebenbuhler.

Das Dekolleté ließ ihre Schultern frei und war so großzügig, daß die Kurven ihrer weißen Brüste gut zur Geltung kamen. Malcolm schien vom Anblick der Juwelen auf einem derart hinreißenden Untergrund hellauf begeistert zu sein, doch widmete er seinem Geschenk weit weniger Aufmerksamkeit als den lockenden Rundungen der nach oben gepreßten Brüste. Dort verharrte sein Blick immer wieder voller Bewunderung.

Mit Lenore an seiner Seite stolzierte er herum wie ein Pfau mit seiner Henne, nur daß in diesem Fall die Henne weit schöner war. Er schien auf höchst zärtliche Weise um ihr Wohlergehen besorgt, strich ihr mit der Hand über den Arm oder umfaßte ihre Hüfte, vorzugsweise wenn andere Gäste in der Nähe waren und sie sich seinen Liebkosungen nicht entziehen konnte, ohne Aufmerksamkeit zu erregen. Vor allem an den Spieltischen nutzte er die Gelegenheit, ihr unter dem Vorwand, sich für die Karten zu interessieren, den Arm um die Schultern zu legen, ihre weiche Haut zu streicheln und hin und wieder mit seinen langen Fingern ihren Busen zu streifen. Lenore errötete unter diesen sorglosen Zärtlichkeiten und warf immer wieder heimliche Blicke in die Runde, um zu sehen, wer sie wohl dabei beobachtete. Zu ihrer Erleichterung schien sich jedermann mehr für die Karten und die hohen Einsätze als für sie und Malcolm zu interessieren; das heißt, jedermann bis auf Marelda Rousse, die auf der anderen Seite des Tisches hinter den Spielern stand. Wie immer befand sie sich in Begleitung von Horace Titch, der auch nervös wie immer war und sich unruhig nach Ashton Wingate umblickte. Marelda verfolgte Malcolms Liebkosungen und die Verlegenheit, die sie bei Lenore auslösten, mit unverhohlenem Amüsement. Alles, was der rothaarigen Frau in irgendeiner Form zusetzte, war Balsam für ihre Seele. Beglückt sah sie, wie sich Lenores Augen verdüsterten und dann überrascht weiteten, als sie ihrer ansichtig wurde. Marelda hob spöttisch eine Braue, lächelte leutselig und begrüßte ihre Nebenbuhlerin mit einem knappen Nicken. Mehr als das hätte darauf schließen lassen, daß in ihrem Herzen Platz für Versöhnlichkeit war, was jedoch nicht stimmte.

Der Abend wurde erst erträglich für Lenore, als sie Ashton durch die Tür treten sah. Ohne sich darum zu kümmern, wie Malcolms Miene sich verhärtete, kaum, daß er den anderen entdeckt hatte, weidete sie sich geradezu an dem überaus willkommenen Anblick. Ashton sah großartig aus in seinem mitternachtsblauen Frack, der Hose von gleicher Farbe, der grauen Seidenweste und der blaugrau gestreiften Seidenkrawatte. Das gestärkte weiße Hemd hob sich leuchtend von der sonnengebräunten Haut ab, deren Ton noch tiefer geworden war, seit der Besitzer der *River Witch* vor Biloxi ankerte. Er blieb im Türrahmen stehen und ließ seinen Blick suchend über die Anwesenden wandern. Erst als er ihren Augen begegnete, hielt er in seiner Suche inne. Er musterte sie langsam von oben bis unten, dann warf er ihr mit den Augen ein wortloses Kompliment zu, das sich nicht mißverstehen ließ. Wenn Liebe eine Substanz war, die man sehen und fühlen konnte, dann mußte sie so aussehen wie das, was jetzt in seinen Augen stand, und sich anfühlen wie das, was sie gerade empfand. Einen Moment lang schwindelte ihr beinahe, doch er fing sie mit zärtlichen Blicken auf und gab ihr Halt. Sie liebte ihn; das ließ sich ebensowenig leugnen wie die Gefühle, die seine Miene ihr enthüllte.

Wütend zischte Malcolm: »Wahrscheinlich denkt der Idiot, er könnte dich in seine Kabine schleppen, da du an Bord seines Schiffes bist. Nichts würde er dir lieber zeigen, als wie die Welt von seinem Bett aus wirkt.«

Lenore verschluckte sich und mußte husten. Sie wandte den Kopf ab, damit er nicht sah, wie ihr die Röte ins Gesicht stieg, während sie sich leise räusperte. Sie konnte sich nicht überwinden, ihm zu erzählen, daß sie diesen Blick schon wiederholt genossen hatte.

Malcolm kicherte hämisch. »Ohne Zweifel hat Wingate all das hier arrangiert, um dich in die Falle zu locken, aber ich werde es zu verhindern wissen. Du wirst mir den ganzen Abend nicht von der Seite weichen. Ich habe nicht vergessen, wie du den Knaben am Strand mit einem Kuß beglückt hast, und ich gedenke nicht, mich dadurch in Verlegenheit bringen zu lassen, daß du dich ihm hier in aller Öffentlichkeit in die Arme wirfst.«

»Ich habe nicht vor, mich *irgend jemandem* in die Arme zu werfen, Malcolm«, bemerkte Lenore kurz angebunden.

»Ah, wie ich sehe, habe ich dir die Federn zerzaust, mein Täubchen.« Er lachte ohne Wärme. »Aber sollte ich dich noch einmal mit ihm zusammen erwischen, werde ich dir mehr als nur die Federn zerzausen. Und ihn werde ich kastrieren – vor deinen Augen.«

Lenore starrte ihn entsetzt an, voller Angst vor dem Tag, an dem sie ihm sagen mußte, daß sie Ashtons Kind trug. Sie erschauerte, als er ihren Arm streichelte, und senkte den Blick, um ihren Ekel vor ihm zu verbergen.

Ashton nippte an seinem Drink. Er sah die fleischige Hand zärtlich über den Arm der Frau, die er liebte, gleiten. Da ihr Gesicht seinem Blick entzogen war, konnte er nicht sagen, wie sie auf diese Geste reagierte. Dennoch stach die Eifersucht ihn wie mit rostigen Nägeln, denn der Gedanke ließ ihn nicht ruhen, daß er derjenige sein sollte, der dort stand und sie als seine Frau vorstellte. Er bemerkte, wie Marelda sich dem Paar näherte und überlegte, was sie wohl schon wieder im Schilde führen mochte.

Die dunkelhaarige Frau blieb vor Malcolm stehen und streckte ihm die Hand entgegen. »Ich glaube nicht, daß wir uns schon einmal begegnet sind, Sir«, sagte sie freundlich. »Ich bin Marelda Rousse... Und das ist Mr. Horace Titch, ein guter Freund von mir.«

Galant streifte Malcolm mit den Lippen über die schlanken Finger. »Malcolm Sinclair, zu Ihren Diensten, Madam.« Er richtete sich wieder auf und legte Lenore die linke Hand an die Taille. »Meine Frau, Lenore Sinclair.«

Marelda streifte Lenore mit einem Seitenblick, ihr Lächeln erhielt einen leicht spöttischen Zug. »Ich hatte das Vergnügen, Ihrer Frau schon zu begegnen, als sie noch auf Belle Chêne weilte. Nur daß damals jeder – nun, *beinahe* jeder – dachte, sie sei Ashtons Frau.« Sie quittierte Lenores Aufmachung mit einem kurzen Nicken. »Ihr Schmuck ist herrlich, meine Liebe. Er erinnert mich an ein paar Stücke, die ich schon mal irgendwo gesehen habe, nur daß sie verlorengingen oder gestohlen wurden...« Sie warf ihr die kleine Boshaftigkeit vor die Füße wie einen Fehdehandschuh, ehe sie die unterbrochene Unterhaltung mit Malcolm wieder aufnahm. »Mir war damals natürlich sofort klar, daß eine ertrunkene Frau wohl kaum plötzlich wieder lebendig vor einem stehen kann, aber Ashton hatte ganz eindeutig den Kopf verloren und bestand darauf, daß sie seine Frau sei.«

»Er kann manchmal ziemlich schwierig sein«, antwortete Malcolm und warf einen kühlen Blick zu ihrem Gastgeber hinüber.

»Vermutlich hatten Sie in dieser Sache die eine oder andere Meinungsverschiedenheit mit ihm.« Malcolms knappes Nicken quittierte Marelda mit einem fröhlichen Lachen. »Aber das haben wir ja wohl alle.« Ein weiterer kurzer Blick traf Lenore. »Mit Ausnahme natürlich von Ihrer Frau. Die beiden schienen sich eine Zeitlang da draußen ausgesprochen wohl miteinander zu fühlen. Ein Wunder, daß es zwischen Ihnen und Ashton nicht zu einem Duell gekommen ist.«

Malcolm runzelte die Stirn. »Ich fürchte, Mr. Wingate hat sich unfairerweise gewisse Freiheiten herausgenommen, während sie in seinem Haus weilte, doch mittlerweile hat sie alle Gedanken daran, seine Frau zu sein, fallengelassen. Es ist ausgesprochen angenehm, sie wieder daheim zu wissen, wo sie hingehört.«

»Ich habe gehört, daß Ashton die neue Lage noch immer nicht ganz akzeptiert hat.« Marelda schenkte diesmal Horace Titch einen kurzen Seitenblick. Der kleine feiste Mann freute sich über jede Sekunde, in der sie ihm ihre Aufmerksamkeit widmete. Seine dunklen, feuchten Augen hingen dankbar an ihren Lippen, als sie fortfuhr: »Jemand sollte ihn wissen lassen, daß er hier nicht willkommen ist.«

Horace öffnete rasch den Mund, um von vornherein klarzustellen, daß er dieser Jemand auf keinen Fall sein werde. Nie wieder würde er sich auf eine direkte Konfrontation mit Ashton Wingate einlassen. Doch als Mareldas Augen sich verhärteten, schloß er den Mund wieder. Schweiß quoll ihm aus allen Poren, und er stöhnte innerlich voller Verzweiflung. Hatte er denn nicht schon genug für sie getan?

»Ich habe es ja versucht«, erklärte Malcolm, und sein Gesicht trug auf einmal einen verletzten Ausdruck. »Aber der Mann ist ein Dickkopf und weigert sich, zuzuhören. Nicht einmal Lenores Vater konnte ihn umstimmen.«

»Ich glaube auch, daß er auf dem Ohr vollkommen taub ist«, ergänzte Horace hastig.

»Dann muß man es ihm anders zeigen«, hakte Marelda nach. »Einen Blinden muß man bei der Hand nehmen und führen.«

»Er läßt sich leider auch nicht besonders gut führen«, bemerkte Malcolm trocken.

»Ach, kommen Sie«, redete Marelda ihm zu, wobei sie Lenore, der alle Farbe aus den Wangen gewichen war, spöttisch musterte. Sie konnte sich einfach nicht vorstellen, daß Ashton der kleinen Schlampe so viel bedeutete, daß ihr Gespräch derartige physische Folgen zeitigte. »Es muß doch einen Weg geben, wie man mit einem solchen Mann fertig wird.«

»Ich... eh... ich glaube, ich gehe ein wenig frische Luft schnappen«, brachte Horace heraus und entschuldigte sich eilig. Mit hastigen Schritten durchquerte er den Raum, wobei er sich den Schweiß von der Stirn wischte. Natürlich hatte er absolut nichts dagegen, wenn Ashton Wingate bekam, was er verdiente. Tatsächlich hoffte er sogar, daß dieses möglichst bald geschah... aber auf keinen Fall von seiner Hand.

Er zwängte sich an einer kleinen Gästeschar vorbei und gelangte auf eine Art Lichtung inmitten des Gewimmels. Als er aufblickte, begegnete er Ashton Wingates milde amüsiertem und leicht fragendem Blick.

»Guten Abend, Mr. Titch.« Ashton hob grüßend sein Glas um ein paar Zentimeter.

Das Blut in Horace Titchs Adern verwandelte sich in Eiswasser. Er zog den Kopf ein und murmelte im Weitergehen: »Entschuldigen Sie, ich habe draußen eine geschäftliche Verabredung.«

Er stürzte aus dem plötzlich wie luftleer wirkenden Raum und lehnte sich draußen an die Wand, wo er keuchend nach Sauerstoff schnappte. Noch einmal entwischt! Er fürchtete mehr und mehr, daß Ashton sich eines Tages für alles rächen würde, was er, Horace Titch, ihm angetan hatte. Eine Gestalt baute sich vor ihm auf, und er zuckte zusammen.

»Mr. Titch?«

Erleichtert atmete er auf. Es war nicht der Mann aus Natchez, sondern der, mit dem er sich hier an Bord des Dampfers verabredet hatte.

Auch Lenore drinnen im Saal fühlte sich alles andere als wohl in ihrer Haut. Immer wieder legte Malcolm ihr die Hand auf die nackte Schulter oder zog sie an sich, was ihr inzwischen schon beinahe Übelkeit verursachte. Marelda hatte das Thema gewechselt; nun unterhielt sie sich mit Malcolm über das Wetter, vor allem über die heftigen Stürme, die in letzter Zeit über die Küste hinweggefegt waren. Dabei ließ sie das Spiel der langen Finger auf Lenores Haut nicht eine Sekunde aus den Augen. Daß ihr Gesprächspartner ein derartiges Interesse an seiner Frau zur Schau stellte, versetzte sie innerlich in ähnliche Raserei wie das Toben der Elemente, von denen die Rede war. Ashton hatte sich genauso vernarrt in diese Schlampe gezeigt, doch als sie, Marelda, ihm ihren unbefleckten Körper zum Geschenk machen wollte, hatte er sie kalt zurückgewiesen, als besäße sie in seinen Augen nicht den geringsten Wert. Es erbitterte sie, daß beide Männer hinter diesem kleinen Miststück her waren. Trotzdem schien ihr, während sie die Konversation mit Malcolm Sinclair fortsetzte, als hätte sein Lächeln etwas Lüsternes bekommen, und in seinen Augen stand ganz unzweifelhaft ein gewisses Interesse an ihr. Die Idee, Sinclair für sich zu begeistern, gefiel Marelda. Dann konnte sie diesem hochnäsigen Weibsstück an seiner Seite einmal zeigen, was es hieß, einen Mann an eine andere Frau zu verlieren.

»Ach, sagen Sie doch, Mr. Sinclair –«

»Aber, aber, warum denn so förmlich«, unterbrach er sie mit einem Lächeln. »Mein Vorname lautet Malcolm, und es würde mich freuen, wenn Sie auch Gebrauch davon machten.«

Marelda nahm die Korrektur mit einem schwachen Nicken hin. »Na gut, dann also Malcolm.«

»Das klingt schon besser«, meinte er. »Was wollten Sie eben sagen?«

»Ich wollte Sie fragen, ob Sie sich schon einmal auf der *River Witch* umgesehen haben.« Ihre dunklen Augen schimmerten, die Lippen lächelten verführerisch. »Es gibt hier an Bord eine ganze Reihe ruhiger und gemütlicher Räume, in denen man ganz für sich ist. Möchten Sie, daß ich Sie ein wenig herumführe? Ich bin sicher, Ashton hätte nichts dagegen.«

Malcolm blickte seine Frau an und reichte die Frage in Gestalt einer hochgezogenen Augenbraue an sie weiter, aber Lenore hatte kaum zugehört, so sehr konzentrierte sie sich darauf, der immer wieder über sie hinflutenden Übelkeit Herr zu werden. Ganz offensichtlich wurde ihr bei Marelda Rousses Anblick im wahrsten Sinne des Wortes schlecht. »Entschuldige, Malcolm, aber ich fühle mich im Moment ganz und gar nicht gut.« Sie sprach vorsichtig, wagte kaum zu atmen. Die Luft im Raum war muffig und verbraucht. Ihr Magen rebellierte gegen den starken Wein, die Hitze zehrte an ihrer Kraft. Selbst Malcolm vermochte nicht zu übersehen, wie blaß sie war, als sie ihn drängte: »Aber laßt euch von mir nicht aufhalten, bitte.«

Er nickte und ergriff die Gelegenheit mit beiden Händen. Es ließ sich kaum ignorieren, daß sie krank war, und nicht einmal

Ashton Wingate würde um jemanden herumscharwenzeln, der sich jeden Moment übergeben konnte. Was ihn betraf, so würde er sich jetzt ein paar Minuten Erholung gönnen und vielleicht den Beginn einer intimen Freundschaft in die Wege leiten.

Als Malcolm und Marelda verschwunden waren, bewegte Lenore sich behutsam durch das Menschengewühl. Ihr Ziel war die nächste Tür, egal in welcher Richtung die lag, und sie wagte nicht einmal, nach Ashton Ausschau zu halten, denn jede noch so kleine Kopfbewegung konnte schlimme Folgen haben. Draußen strich die warme Nachtluft über ihre Haut, und in der Ferne vernahm sie Mareldas helles Lachen, begleitet von Malcolms Baß. Sie wandte sich in die entgegengesetzte Richtung.

Ashton tauchte sein Taschentuch in ein Wasserglas und schlenderte gemächlich durch den Saal, ehe er ihn durch dieselbe Tür verließ wie Lenore. Draußen auf Deck blieb er stehen, um zu lauschen. Er glaubte, Horace Titch in die Schatten zurückweichen zu sehen, zweifellos, damit er ihm nicht begegnen mußte, doch die, welche er suchte, entdeckte er nirgendwo. Er ging langsam an der Reling entlang und spähte in die Dunkelheit zwischen den Laternen, bis er vor sich den blassen Schimmer von Lenores Kleid bemerkte. Sie lehnte an einem Pfeiler, den Kopf in den Nacken gelegt. Er trat zu ihr und nahm sie in den Arm. »Ist ja schon gut«, tröstete er sie flüsternd.

Erleichtert ließ Lenore sich an seine Brust sinken. Sie fühlte sich völlig erschöpft. Er wischte ihr das Gesicht mit dem feuchten Taschentuch ab, und allmählich legten sich unter seiner zärtlichen Fürsorge die Wellen der Übelkeit.

»Besser so?« fragte er nach einer Weile leise.

Sie nickte schwach. »Ich glaube schon.«

»Möchtest du dich in meiner Kabine etwas hinlegen?«

»Nein, bloß nicht. Malcolm würde platzen vor Wut.« Sie wollte lachen, mußte aber sofort würgen und wartete, bis der Anfall vorüberging, ehe sie wieder ein leichtes Lächeln riskierte. »Ich glaube, Malcolm fürchtet sich vor der Aussicht, die du mir in deiner Kabine zeigen könntest.«

Ashton legte ihr sanft einen Finger unter das Kinn und hob ihren Kopf, bis er ihr in die Augen sehen konnte. Im Licht des Mondes schimmerten sie wie eine ganze Milchstraße.

»Du hast getrunken«, bemerkte sie. Sein Atem war so schwer von Brandy, daß ihr schwindelig wurde. »Und zwar mehr als deine üblichen ein oder zwei Gläser, würde ich sagen.«

»Sorge kann einen Mann zum Trinker machen«, antwortete er.

»Sorge?« Ihre Augen erforschten sein Gesicht. »Was besorgt dich denn?«

»Malcolm«, sagte er, »und seine Hände auf deiner Haut... Und daß du die ganze Zeit mit ihm zusammen da oben in deinem Haus bist, während ich dastehen muß und euch nur von Ferne beobachten kann.«

Die Deckplanken erzitterten unter stampfenden Absätzen, und als sie sich umdrehten, sahen sie Malcolm mit langen, wütenden Schritten näher kommen. Seine Krawatte war verschwunden, Weste und Hemd standen offen, so daß man seine breite, behaarte Brust sehen konnte. Offensichtlich war er in der kurzen Zeit seit ihrer Trennung nicht untätig gewesen.

»Eine innere Stimme hat mir gesagt, daß ich euch wieder mal auf die Finger klopfen muß!« Er packte Ashton bei den Schultern und schmetterte ihn mit dem Rücken gegen den Pfeiler. »Verdammt noch mal, Sie sollen meine Frau in Ruhe lassen, habe ich gesagt!«

»Und ich möchte, daß Sie meine in Ruhe lassen!« schnappte Ashton und stieß Malcolms Hände weg. Mit seiner Geduld war es heute abend nicht weit her.

Drohend schüttelte Malcolm seine Faust vor Ashtons Gesicht. »Sie gehört mir!«

»Ich behaupte das Gegenteil, und wenn Sie bereit sind, können wir die Sache heute abend ein für allemal bereinigen.«

Blitzschnell hob Malcolm die Hand ins Innere seines Fracks und zog einen kleinen Derringer. Ohne auf Lenores entsetzten Aufschrei zu achten, stieß er Ashton die Waffe unters Kinn.

»Glauben Sie bloß nicht, daß Sie sie so schnell zur Witwe machen können.«

Er hatte gehofft, wenigstens eine halbwegs ähnliche Reaktion wie damals am Strand hervorzurufen, doch diesmal wich das herablassende Lächeln nicht von Ashtons Gesicht. Hatte dieser Wingate Eiswasser statt Blut in den Adern? Nur einmal wollte er das verhaßte Gesicht ohne die gewohnte Selbstsicherheit sehen, Wingate zu seinen Füßen um Gnade winseln hören. Diese verfluchte Gelassenheit haßte er fast genauso sehr wie den Mann selbst. »Na, los doch«, drängte er, »bewegen Sie nur einen Muskel. Nichts täte ich lieber, als Ihnen hier und jetzt eine Kugel in den Kopf zu jagen und Ihren Kadaver an die Fische zu verfüttern.«

»Vergessen Sie nicht, daß Sie eine Zeugin haben«, meinte Ashton ruhig. »Oder wollen Sie sich ihrer dann auf die gleiche Weise entledigen?«

»Ich bin sicher, sie wird ebenfalls froh sein, Sie nicht mehr dauernd in ihrer Nähe zu haben.«

»Malcolm, hör jetzt auf damit!« Lenore nahm die Pistole ganz und gar nicht so leicht wie der, den sie bedrohte. »Bitte! Steck das Ding weg, bevor du jemanden damit verletzt.« Als er ihre Bitte ignorierte, verwandelte ihre Furcht sich in Panik, und sie fügte mit ungewöhnlichem Nachdruck hinzu: »Steck es weg, Malcolm, oder, bei Gott, ich gehe in Ashtons Kabine und vergesse, daß ich jemals irgend etwas mit dir zu tun hatte.«

Ashton hob interessiert die Augenbraue und fragte Malcolm mit einem schiefen Grinsen: »Tja, was soll die Lady tun, Sinclair?«

»Ashton!« rief Lenore, entsetzt über seine Gleichgültigkeit gegenüber der Gefahr, in der er schwebte. »Er wird dich umbringen!«

Der Derringer bohrte sich in Ashtons Hals, und Malcolms Finger umklammerten den Elfenbeingriff, bis die Knöchel weiß hervortraten. Er wünschte sich so sehr, Wingate endlich ein für allemal los zu sein, aber er hatte eine Menge zu verlieren, und wenn es um die wirklich wichtigen Dinge ging, war er kein Idiot. Trotzdem, die Versuchung war so groß, daß er zu zittern begann, bis er ein scharfes Klicken hörte und spürte, wie sich etwas Hartes in seinen Bauch bohrte. Ungläubig blickte er nach unten, und seine Augen weiteten sich, als er sah, daß dort der Lauf einer weit größeren Waffe auf seinen Magen gerichtet war.

»Ich habe von Ihren ständigen Drohungen die Nase voll«, sagte Ashton. »Wie finden Sie's denn, mal auf der Empfängerseite zu stehen?«

Die Worte trafen Malcolm wie Faustschläge gegen die Brust. Oder war es sein Herz, das mit solcher Gewalt gegen seine Rippen hämmerte? Er wagte sich nicht zu rühren.

»Ich fange jetzt an zu zählen«, informierte Ashton ihn, »und wenn Sie mich nicht töten, bevor ich bei drei bin, werden Sie nie wieder eine zweite Chance erhalten.« Mit der freien Hand schob er Lenore beiseite, ohne auf ihre inständigen Bitten, doch vernünftig zu sein, zu achten. »Eins...« Seine Augen glitzerten, als der Druck des Derringers an seiner Kehle sich verringerte. »Zwei...«

Zähneknirschend ließ Malcolm die Waffe sinken und trat zurück. Ashton schob seine eigene Pistole wieder unter den Frack und holte an ihrer Stelle eine Zigarre hervor, die er sich gelassen anzündete.

»Ich schlage Ihnen vor, von jetzt an etwas vorsichtiger mit Ihren Drohungen zu sein, Malcolm«, riet er. »Eines Tages fühlt sich mal jemand beleidigt und bläst Ihnen den Schädel weg.«

Malcolm wußte diesen guten Rat allerdings ganz und gar nicht zu schätzen. »Sie werden schon noch sehen, was Sie von alldem haben, *Mister* Wingate«, schnaubte er, griff nach Lenores Arm und schleppte sie davon, wobei er in kürzester Zeit ein gutes Stück Deck zwischen sich und Ashton brachte.

Letzterer folgte ihm etwas langsamer und wünschte, er hätte Lenores Erlaubnis, Malcolm für immer aus ihrem Leben zu entfernen. Doch bis er sie erhielt, konnte er nichts tun, als sie von ferne zu beobachten, und das war beileibe keine angenehme Aufgabe.

Vor dem Spielsaal blieb Malcolm stehen, um seine Kleidung zu ordnen, wobei er seine Frau wütend anstarrte.

»Deine Krawatte ist verschwunden«, bemerkte Lenore ruhig. »Hat Marelda die Aussicht im Liegen genossen? Oder hatte sie nicht viel Zeit, etwas zu sehen? Auf alle Fälle mußt du die kürzeste Verführung aller Zeiten zustande gebracht haben.«

Malcolm knurrte nur. »Gerade als ich...« Er suchte nach den richtigen Worten, fand aber keine, die er seiner Frau gegenüber verwenden konnte. »Ich habe nur an dich gedacht... du in seinen Armen... wie du deinen Spaß mit ihm hast!«

»Marelda muß wahrscheinlich ziemlich enttäuscht gewesen sein, daß du nicht vollendet hast, was zu beginnen dir so wichtig war.« Lenores Mimik beschränkte sich auf das Heben der rechten Augenbraue. »Es tut mir ja so leid, Malcolm, daß ich deine Eroberungspläne durchkreuzt habe. Wenn ich die Sache richtig sehe, hat dich allein der Gedanke, daß ich dasselbe tun könnte, daran gehindert, zum Ziel zu gelangen, und das finde ich doch ziemlich amüsant.«

Statt zu antworten umklammerte er ihren Oberarm wie ein Schraubstock, brachte mühsam ein Grinsen zustande, schleppte sie in den Saal und auf die Tanzfläche. Steif bewegten sie sich zum Walzertakt, jeder wütend auf den anderen und jeder sich der Aufmerksamkeit bewußt, die sie erregten. Es ärgerte Malcolm, daß ihr Tanz so gar nichts von der fließenden Grazie hatte, mit der Ashton Wingate Lenore an jenem Nachmittag durch den Pavillon vor seinem Haus geschwenkt hatte. Auch die bewundernden Kommentare der Gäste blieben diesmal aus.

»Habe ich dir schon gesagt, wie hinreißend du heute abend aussiehst?« fragte er in einem verzweifelten Versuch, das Eis zwischen ihnen wieder zu brechen. »Du bist von allen Frauen hier bei weitem die schönste.«

Lenore sah Marelda durch eine der Türen hereinrauschen, und

ihrem geröteten Gesicht nach zu schließen war sie nicht gerade bester Laune, von dem Blick, den sie auf Malcolm abfeuerte, ganz zu schweigen. »Marelda ist wieder da«, informierte Lenore ihren Mann kühl. »Sie sieht ein wenig erbost aus. Möchtest du nicht zu ihr gehen und den Schaden wiedergutmachen?«

»Sie bedeutet mir nichts«, spottete er. »Sie ist höchstens jemand, bei dem man sich erleichtert, solange man von der eigenen Frau kurzgehalten wird.«

Lenore maß ihn mit einem erstaunten Blick. »Wie kannst du auch nur einen Moment denken, daß ich mich dir hingebe, solange du dich aufführst wie ein Straßenkater? Und schon gar nicht, wenn du es gerade mit Marelda getrieben hast.«

»Bist du etwa eifersüchtig?« fragte er lächelnd.

»Angst trifft es wohl besser, Malcolm. Ich fürchte, wenn ich mit dir ins Bett ginge, könnte ich mir etwas einfangen, was ich ganz und gar nicht haben möchte.«

Malcolms Ego sank in sich zusammen wie ein Soufflé bei Zugluft. »Du bist ein eiskaltes Luder, Lenore Sinclair.«

Sie wandte das Gesicht ab und dachte an einen Abend in Ashtons Suite auf Belle Chêne. Kichernd war sie vor ihm geflohen, hatte ein Kleidungsstück nach dem anderen fallen lassen und sein Verlangen nach ihr absichtlich gesteigert, bis sie nichts mehr am Körper trug; dann hatte er den Arm ausgestreckt und sie an sich gezogen. Gefangen in seinen Armen, hatte sie ihn leidenschaftlich geküßt, sich ihm dann aber neckend wieder entzogen und vor ihm getanzt, und zwar auf eine Weise, an die Salome nicht einmal im Traum zu denken gewagt hätte. War sie tatsächlich kalt? Oder nur bei dem Mann, in dessen Armen sie gerade über die Tanzfläche glitt?

Sie zuckte zusammen, als Malcolm ihre Taille fester umfaßte und sie an sich zog. Er beugte sich vor, um ihr einen Kuß auf die Schulter zu drücken, denn er hatte gesehen, daß Ashton den Saal betrat. Er wußte, daß der andere sie keine Sekunde aus den Augen ließ, und es verbesserte seine Laune ungemein, ihn auf diese Weise ein wenig quälen zu können. Heiß strich sein Atem über ihr linkes Ohr. »Wenn dein Mr. Wingate darauf beharrt, dir nachzustellen, dann sollte ich ihn ein wenig leiden lassen, findest du nicht?«

»Wie meinst du das?« Besorgnis stand in Lenores Augen, als sie zu ihm aufblickte.

Malcolm lockerte seine Umarmung und gestattete ihr, den Abstand zwischen ihnen zu vergrößern. Mit arroganter Miene schob er sie über die Tanzfläche. »Ich werde ihn einfach daran erinnern, daß du mir gehörst.« Seine Finger spielten über ihren Rücken, und als sie sich versteifte, blickte er sie warnend an. »Vorsicht, meine Liebe, wenn du nicht mitspielst, lasse ich dich dafür bezahlen, das kannst du mir glauben.«

»Bezahlen?« Sie wiederholte das Wort ungläubig. »Was hast du vor?«

Sein Kopf ruckte in Ashtons Richtung. »Ich möchte, daß dieser Verrückte endlich begreift, wessen Frau du bist, und ich werde dafür sorgen, daß er den Tag verflucht, an dem er sich sein kleines Spielchen ausgedacht hat. Solange wir hier an Bord der *River Witch* sind, wirst du mir erlauben, dich zu berühren, wann und wo ich will.«

»Sollte da eine leise Drohung in deinen Worten mitschwingen?« erkundigte Lenore sich mit sanftem Sarkasmus.

Selbstgefällig wie ein verhätschelter Kater antwortete Malcolm: »Du hast mich jetzt schon eine ganze Weile von deiner Bettkante ferngehalten, aber langsam werde ich wirklich ungeduldig. Die Situation wird allmählich unerträglich, und ich denke, daß wir die getrennten Schlafzimmer bald aufgeben und wieder zu unserem Ehebett zurückkehren sollten – nur für den Fall, daß du vergessen hast, wie die Dinge früher zwischen uns standen.« Seine Augen senkten sich auf die vollen Brüste in ihrem Ausschnitt. »Bislang habe ich mir wegen deiner Gesundheit Sorgen gemacht und Rücksicht genommen, doch für *seine* Aufmerksamkeiten scheinst du inzwischen ja stark genug zu sein. Warum also nicht auch für meine? Schließlich bin *ich* dein Mann.«

Ashtons Wangenmuskeln traten hervor, als er sah, wie Malcolm die Frau in seinen Armen anstarrte, und ohne hinzuschauen, griff er nach einem vollen Glas Brandy auf dem Tablett, das ein Kabinensteward gerade vorbeitrug. Er haßte es, wie Malcolm seine Blicke in Lenores Ausschnitt wandern und dort verweilen ließ. Er haßte den Mund, der ihre glatte Haut küßte, und die Hände, die ihre schlanke Taille umfaßten. Vielleicht hatte er doch einen Fehler begangen, als es ihm gelungen war, seine Freunde für dieses Ereignis zu begeistern. Im Moment sah es so aus, als genösse vor allem Malcolm den Abend über alle Maßen.

Von Malcolms Vorschlag entsetzt, fragte Lenore: »Willst du damit sagen, daß ich mich hier vor allen Leuten von dir abtatschen lassen muß?«

Malcolm grinste schmierig. »Die anderen sind mir egal, meine Liebe. Der einzige, auf den es mir ankommt, ist dieser Idiot, der darauf besteht, dich Lierin zu nennen.«

Allmählich verstand Lenore, worauf er hinauswollte, und alles in ihr wehrte sich dagegen. »Ich nehme an, selbst wenn ich nicht mitmachen möchte, wirst du mir deine Aufmerksamkeiten, wie du es nennst, so oder so erweisen, habe ich recht?«

Malcolm zuckte lässig mit den Schultern. »Während du dein Bett jungfräulich rein gehalten und mir meine ehelichen Rechte verweigert hast, mußte ich meinen Appetit bei Dirnen stillen, doch allmählich bin ich es leid, nur einen käuflichen Körper unter mir zu spüren.« Er starrte ihr eindringlich in die smaragdgrünen Augen. »Es gelüstet mich nach einer jungen, unverbrauchten Spielgefährtin.«

»Ich sitze also so oder so in der Falle?«

»Du hast immer noch die Möglichkeit, dich für das kleinere Übel zu entscheiden.«

»Ich denke, die Antwort darauf kennst du bereits.«

Er wollte beleidigt aufbrausen, doch dann entschied er sich für ein höhnisches Lächeln. »Du glaubst, daß Wingate dir mehr Spaß bereiten kann als ich?« Er gab einen Laut der Verachtung von sich. »Wenn du das wirklich denkst, hast du nicht die geringste Ahnung von Männern.«

»Ich habe in der Tat viel vergessen«, sagte sie ausdruckslos. »Aber ich lerne von neuem, und ich lerne schnell. So glaube ich zum Beispiel inzwischen bald, daß ich dich in einem Zustand geistiger Verwirrung geheiratet haben muß. Oder ich habe etwas gesehen, das einfach nicht da war.«

Plötzlich entstand Unruhe im Saal, und alle Anwesenden drehten sich zur Tür um, durch die Sheriff Coty einen zappelnden Horace Titch schob, eine Hand am Jackenkragen, die andere am Gürtel. Neben Ashton blieb er stehen, bald umringt von neugierigen Gaffern.

»Hier haben wir einen Ihrer Diebe, Mr. Wingate. Ich habe ihn auf frischer Tat ertappt, wie er sich gerade mit dem Rest der Piratenbande verdrücken wollte, aber wir haben ihn und noch ein paar andere schnappen können.« Er schüttelte Horace, wie ein Hund eine Ratte schüttelt, was sein Opfer außerordentlich erboste.

»Sie Idiot!« Horace versuchte, sich auf den Zehenspitzen, denn nur mit diesem Körperteil berührte er den Boden, umzudrehen und so dem entwürdigenden Griff des Gesetzesvertreters zu entwinden. »Ich sage Ihnen, ich bin selbst Opfer der Räuber geworden! Sie haben mich gezwungen, mit ihnen zu gehen.«

»Natürlich, Mr. Titch, und ganz zufällig hatten Sie dabei diese Juwelen in Ihrer Tasche.« Sheriff Coty griff in seine eigene Tasche und holte ein Diamantgehänge heraus. »Wir haben einige der Gäste in den vorderen Kabinen eingesperrt gefunden, man hat sie beraubt. Sie hatten draußen auf Deck frische Luft geschnappt, und dort haben seine Männer«, er nickte in Titchs Richtung, »sie überrascht und ihnen alles abgenommen, was sie bei sich hatten. Es hätte nicht mehr lange gedauert, bis sie hier drinnen aufgetaucht wären.«

»Aber ich war auch draußen auf Deck«, bemerkte Lenore, eine Hand an der Kehle.

»Dann haben Sie ziemliches Glück gehabt, Ma'am«, kommentierte Sheriff Coty höflich. »Irgend jemand muß seine Hand über Sie gehalten haben.«

»Und ich war ebenfalls draußen«, stellte Marelda fest und drängte sich durch die Versammlung.

»Marelda, sag ihnen, daß ich nichts mit dieser Sache zu tun habe«, flehte Horace.

»Ist er ein Freund von Ihnen, Ma'am?« wollte der Sheriff wissen.

»Ja«, antwortete Marelda langsam und fragte sich, welchen Ärger sie sich damit wohl aufhalsen mochte.

»Tja, das erklärt wahrscheinlich, warum man Sie nicht ausgeraubt hat, Ma'am. Mr. Titch hat den Briganten wahrscheinlich aufgetragen, seine Freunde nicht zu belästigen.«

»Aber die ganze Sache ist doch einfach lächerlich!« rief Horace Titch entrüstet aus.

»Das habe ich zuerst auch gedacht, als Mr. Wingate mich bat, ein Auge auf seinen Dampfer zu haben, nur für den Fall, daß jemand auf krumme Gedanken kommen sollte. Sie können sich meine Überraschung vorstellen, als ich und meine Männer die Diebe aus ihren Verstecken hervorkriechen und dann über den Kai laufen sahen, um an Bord zu klettern. Sieht so aus, als hätten sie die ganze Sache sauber ausgekocht, nur daß Mr. Wingate einen besseren Plan hatte.«

»Ist von den Gästen jemand verletzt?« erkundigte Ashton sich besorgt.

»Sie sind nur ein bißchen erschrocken«, antwortete der Gesetzesvertreter. Dann ruckte sein Kopf wieder in Titchs Richtung. »Den bringe ich erst mal hinter Gitter, und dann werde ich ihm ein paar unangenehme Fragen stellen.«

»Kann ihn nicht jemand zur Vernunft bringen?« flehte Horace mit ausgebreiteten Armen. »Ich habe wirklich nichts gestohlen! Ich sage Ihnen, die Diebe haben mir den Schmuck in die Tasche gesteckt, damit es so aussieht, als gehörte ich zu ihnen.«

»Das ist ja alles schön und gut, Mr. Titch, aber einer von denen hat es auf seinen Eid genommen, daß Sie zu ihnen gehören. Sie haben sich hier an Bord mit ihm getroffen und ihn für den Raubzug bezahlt.«

Horace suchte verzweifelt nach einer glaubwürdigen Erklärung. »Ich hatte überhaupt keine Ahnung, wer er war. Ich habe ihn in der Taverne kennengelernt, und er bat darum, sich hier an Bord mit mir treffen zu dürfen.«

»Was für einen Grund hat er denn angegeben?«

»Keinen.« Horace zuckte mit den Schultern. »Ich meine, er ist einfach auf mich zumarschiert und hat mich beraubt.«

»Nun, wenn das stimmt, dann standen Sie mit dem Collier in Ihrer Tasche hinterher ja besser da als vorher, zumindest hätten Sie besser dagestanden, wenn Sie nicht erwischt worden wären.«

Sechzehntes Kapitel

LIER... IN. Lier... in.«

Lenore runzelte im Schlaf die Stirn und rollte den Kopf unruhig auf dem Kissen hin und her.

»Wo bist du? Lierin? Lierin? Komm heraus. Komm heraus, wo du auch steckst...«

Sie verbarg sich hinter einem sorgfältig gestutzten Strauch, der teilweise von dem dunkel im Hintergrund aufragenden Landhaus überschattet wurde. Ein junges, rothaariges Mädchen kroch neben sie, und sie erstickten ihr Gekicher hinter vorgehaltenen Händen, als die Schritte näher kamen... und näher...

»Lierin... Lenore... Kommt heraus... Wo seid ihr?... Los, kommt schon heraus...«

»Pssst«, warnte sie leise ihre Schwester, die laut herauszulachen und damit ihr Versteck zu verraten drohte. »Er wird dich hören, und dann findet er uns beide.«

Die winzigen Kieselsteine auf dem Weg knirschten, als die Schritte zögernd immer näher kamen. Ein riesiger Schatten fiel auf den Rasen. Sie duckten sich unter den Strauch und warteten, wobei sie kaum zu atmen wagten. Langsam, vorsichtig glitt der Schatten weiter heran. Dann verschwand er nach und nach vom Rasen und fiel statt dessen auf den schutzspendenden Strauch, als der Mann noch näher trat. Auf einmal summte völlig unerwartet eine Biene vor ihren Nasen herum, und sie brachen in erschrecktes Geschrei aus.

»Aha!« Triumph schwang in der Stimme des Mannes mit, als er hinter den Busch sprang und sich auf sie stürzte.

Aus ihrem Traum gerissen, fuhr Lenore hoch und starrte mit weitoffenen Augen in den dunklen Raum. Der Mann auf dem Porträt! Es war der Mann aus ihrem Traum!

»Lierin… Lierin…«

Ein Schauer lief ihr den Rücken hinunter, als sie sich wieder in die Kissen preßte und zu lauschen versuchte, was bei dem wilden Hämmern ihres Herzens fast unmöglich war. Hatte sich die Stimme aus ihrem Traum gelöst, um sie weiter heimzusuchen?

»Lierin… Lierin…«

»Ashton!« Der Name schoß ihr durch den Kopf, als sie begriff, daß die Rufe weder Traum noch Phantasie waren. Sie sprang aus dem Bett, riß die Flügeltüren auf und rannte hinaus auf die Veranda. Sie umklammerte die Balustrade und beugte sich weit vor, um den Herrn der *River Witch* zu erspähen. Aber wo war er? Ihre Blicke suchten das Gelände ab, flogen bis zum Strand hinunter. Dann lenkte ein Geräusch nahe am Haus ihre Aufmerksamkeit direkt nach unten. Da stand er, gegen einen der Pfosten der unteren Veranda gelehnt.

»Ashton!« flüsterte sie so laut sie wagte. »Was machst du da unten?«

»Ah, die Dame meines Herzens! Lierin, meine Königin!« rief er, stolperte ein paar Schritte aus dem Schatten des Hauses und schenkte ihr eine galante Verbeugung. »Habe ich dich endlich aus deinen Gemächern gelockt? Meine Seele wollte schon verzweifeln, unfähig, dein Herz zu rühren, doch nun erzittert sie beim Klang deiner Stimme!«

»Geh nach Hause, Ashton, bitte!« flehte sie. »Geh zurück zu deinem Zelt und leg dich ins Bett.«

»Mitnichten, Mylady.« Er schüttelte den Kopf und torkelte noch ein paar Schritte fort vom Haus. »Nicht ohne deine weiche, süße Brust, um meinen Kopf darauf zu betten.«

»Malcolm ist zu Hause!« erinnerte sie ihn ängstlich.

»Ich weiß! Das ist es ja, was mich quält! Ich habe meine Springer so gut gezogen, wie ich es vermochte, aber er ist immer noch da und hält meine Königin gefangen.«

»Er wird dich hören, bitte geh weg!« Sie wußte nicht, was sie noch sagen sollte. »Er wird dich töten, wenn er dich hier findet.«

Ashton sann einen Moment lang über ihre Bemerkung nach, dann warf er den Kopf in den Nacken und lachte. »Der Versuch sei ihm gegönnt, Mylady.«

»Ich meine es ernst, Ashton. Du bist nicht in der Verfassung, dich zu wehren.«

»Ah, Madam, ich mache mir keine Gedanken um mich. Euch zu beschützen, bin ich gekommen. Ich lege Euch mein Schwert zu Füßen, biete Euch meine Dienste an... meinen Arm zu Eurer Verteidigung... und welchen Körperteil Ihr sonst noch benötigen solltet.« Er trat wieder einen Schritt vor. »Ich werde den abgefeimten Drachen, der Euch gefangenhält, besiegen, und dann werde ich Euch zu jenem Schloß dort hinten bringen.« Er schwenkte den rechten Arm im Kreis, um zu dem Zelt hinüberzudeuten, das sein Heim geworden war. »Seht! Da steht es in Erwartung Eurer Anwesenheit, Mylady!«

»Ich kann nicht mit dir gehen!« rief Lenore gedämpft. »Geh jetzt, bitte...«

»Ich gehe nicht ohne die Dame meines Herzens«, erklärte er fest und warf sich in Positur, ehe er das Gleichgewicht verlor und auf die Knie stürzte. Einen Augenblick lang verharrte er in dieser Stellung, dann fiel er in sich zusammen wie eine Marionette, die Beine eingeknickt, die Hände auf dem Rasen. Er ließ den Kopf sinken und stöhnte: »Lierin... Lierin... Komm herunter zu mir.«

Das gequälte Flehen ging ihr ans Herz, und sie spürte, wie ihr die Tränen in die Augen stiegen. Einen Moment lang fochten Mitleid und Angst einen heftigen Kampf in ihrer Brust aus, dann eilte sie die Treppe hinunter. Barfuß rannte sie aus dem Haus auf den Rasen. Dort blieb sie stehen, verwirrt, denn Ashton war fort. Verschwunden! Suchend blickte sie um sich, vermochte ihn jedoch nirgendwo in dem mondbeschienenen Vorgarten zu sehen.

»Ashton?« wisperte sie. Vorsichtig bewegte sie sich auf eine kleine Baumgruppe an der Ostseite des Anwesens zu. »Ashton, wo bist du?«

Plötzlich wurde sie von hinten gepackt, ein Arm umschlang ihre Hüfte. Sie hielt den Atem an, als die Hände sie hochhoben und an eine breite, harte Brust drückten. Feste Lippen preßten sich auf ihren Mund, überwältigender Brandygeschmack breitete sich auf ihrem Gaumen aus. Sie spürte Ashtons fordernde Männlichkeit, als er ihre Oberschenkel gegen seinen Unterleib preßte.

»Ashton, benimm dich«, bat sie atemlos, als sein Kuß immer fordernder wurde. Sie schloß die Augen, bewegte den Kopf hin und her, um seinen brennenden Küssen zu entfliehen, die sie zu versengen drohten. Die Welt begann sich wie rasend zu drehen, als sein Mund tiefer wanderte und ihre Brüste liebkoste. Gleich einem Lavastrom floß die Begierde durch ihren Körper. Sie erschauerte. Seine rechte Hand lag auf ihrem Gesäß und preßte sie an sich. Bei dieser Berührung wuchs ihr Verlangen ins Unermeßliche.

»Ich will dich, Lierin«, flüsterte er heiser. »Ohne dich kann ich nicht zurückgehen.«

Plötzlich erkannte sie, daß die Gefahr, in der er schwebte, desto größer wurde, je länger sie sich weigerte, mit ihm zu seinem Zelt zu gehen. Bring ihn in Sicherheit, und dann gehst du wieder zurück ins Haus, dachte sie.

»Ashton, ich komme mit«, flüsterte sie hastig, als seine Lippen noch weiter nach unten wanderten. »Bitte, setz mich ab, und ich begleite dich.«

»Ich werde dich tragen.« Er setzte sie ab, um sie erneut auf die Arme zu nehmen, doch sie lachte und legte ihm eine Hand auf die Brust.

»Wenn du das versuchst, kugeln wir beide die Dünen hinunter«, sagte sie und fuhr ihm mit dem Finger über die Wange. »Du bist viel zu betrunken.«

»Ich hab ’n paar gekippt«, gab er leicht nuschelnd zu.

»Ein paar!« Mit einem leisen Kichern ließ sie ihre Finger über seinen muskulösen Arme gleiten, bis sie die wartend ausgestreckte Handfläche berührten. »Du hast mehr als nur ein paar gehabt, mein Liebling.« Ihre Finger verflochten sich mit den seinen, dann zog sie sacht, bis er sich in Bewegung setzte. Seite an Seite gingen sie über den mondbeschienenen Rasen. Ashton wollte alle paar Schritte stehenbleiben, um sie in seine Arme zu ziehen, doch stets lockte sie ihn weiter, mit dem süßen Versprechen: »Im Zelt, mein Liebling.«

Am Ziel angelangt, hielt Ashton ihr den Eingang auf und ließ sie vorangehen. Mit vor Staunen weit offenen Augen sah Lenore sich im Inneren um. Daß es hier derart luxuriös sein würde, hatte sie nicht erwartet. Der Schein zahlreicher Lampen fiel auf die dicken Teppiche und ließ die goldenen Vorhänge der Bettstatt leuchten.

Ashton beobachtete sie mit jenem jungenhaften Zögern, das so sehr einen Teil seines männlichen Charmes ausmachte. Wie konnte sie ihm irgend etwas abschlagen, wenn er sie auf diese Weise ansah? Aber sie mußte – zu seinem eigenen Besten.

»Ich liebe dich«, flüsterte sie mit einem zärtlichen Lächeln, »und ich bleibe noch ein Weilchen, aber ich brauche mehr Zeit, um Ordnung in meine Gedanken zu bringen.«

Ashton seufzte enttäuscht und nickte widerstrebend. Er wandte sich ab und zog sein Hemd aus. Die gebräunte Haut seines Oberkörpers glänzte im Licht der vielen Lampen. Sie errötete und senkte den Blick. Wenn er nur wüßte, wie sehr sie ihn begehrte!

Er ließ sich in einen Sessel fallen und zog sich mühsam die Stiefel aus. Dann stützte er die Ellbogen auf die Knie und ließ niedergeschlagen den Kopf hängen. Der Anblick schmerzte Lenore, doch sie kämpfte das aufsteigende Gefühl des Mitleids nieder; es barg eine gefährliche Sehnsucht. Mit federleichten Bewegungen zog sie die Bettvorhänge zurück und faltete die Tagesdecke zusammen. Anschließend schlug sie die Bettdecke auf und zog das Laken glatt. Dann trat sie zögernd einen Schritt zurück.

»Komm zu Bett, Ashton«, bat sie leise. Er hob den Kopf und blickte sie an, eine unausgesprochene Frage in den Augen, doch sie senkte verneinend den Blick. »Ich setze mich noch ein bißchen zu dir, aber dann muß ich zurück.«

Mit einem Seufzer stand er auf und ging unsicher zum Fußende des Bettes. Dort wandte er ihr den Rücken zu, ließ seine Hose auf die Füße fallen und setzte sich auf die Bettkante. Er unternahm keinen weiteren Versuch, sich ihren Wünschen zu widersetzen. Neugierig blickte Lenore ihn an und stellte fest, daß er die Augen geschlossen und die Brauen zusammengezogen hatte, als würde er von heftigen Kopfschmerzen geplagt.

»Ashton?« wisperte sie.

Seine dichten Wimpern hoben sich, und er fixierte sie mit einem unverhüllten Blick; dann atmete er heftig ein und aus und ließ sich langsam nach hinten auf die Kissen sinken. Lenore spürte, wie ihr heiß wurde, und das Blut schneller durch ihre Adern pulste, als ihre Augen über seinen nackt daliegenden Körper wanderten. Früher hatte sie ihn oft mit einem Gladiator verglichen, muskulös und bronzehäutig, und auch jetzt fand sie wieder, daß er mindestens so eindrucksvoll wirkte wie jene menschlichen Kampfmaschinen. Seine Nacktheit war kein ungewohnter Anblick für sie, doch nun merkte sie erst richtig, wie sehr sie ihn in der letzten Zeit vermißt hatte. Sie beugte sich vor, zog ihm die Hose ganz von den Füßen und hob seine langen Beine auf die Matratze. Sie bedeckte seine Blöße mit der Decke, bevor sie die ausgezogenen Kleidungsstücke glattstrich und sorgfältig auf einen stummen Diener hängte. Sie blies die Lampen aus, dann ging sie zurück zum Bett und setzte sich mit überkreuzten Beinen zu seinen Füßen unter den mächtigen Baldachin. Ihre Augen wanderten durch das nunmehr dunkle Zelt, und sie hatte das Gefühl, von der Finsternis verschlungen zu werden. Sie ließ sich zurücksinken, fest entschlossen, auf keinen Fall einzuschlafen, und zwang ihr Gedächtnis, sich zu erinnern...

»Hierhin will ich wandern – dorthin will ich segeln – rund um die Welt und wieder zurück. Die Hügel hinauf – und wieder hinab: Ewig will ich umherstreifen – bis ich zu Hause bin.«

Der Seewind zauste das rotblonde Haar mit seinem salzigen Atem und ließ die Locken und Schleifchen auf ihrem Kopf wild umhertanzen. Sie sah ihre Schwester weit voraus über den Strand tollen, kicherte und schob ihre kleine Hand in die weit größere, die ihren Arm streichelte. Der große Mann hob sie hoch und setzte sie sich auf die Schulter, was sie mit begeistertem Quietschen quittierte, vor allem, da er so tat, als wäre er ihr Pferdchen, und hinter ihrer Schwester hergaloppierte. Mit ihren dünnen Fingern hielt sie sich an seinem kräftigen schwarzen Haar fest, und sie wußte, ohne nach unten schauen zu müssen, daß die Augen in seinem kantigen Gesicht dunkelgrün waren...

Der Wald war dicht und wurde immer dunkler, als die beiden Mädchen sich langsam durch das Dickicht arbeiteten. Ihre Schwester, mittlerweile schon fünfzehn, legte den Finger an die Lippen, und sie hielten den Atem an. Sie verharrten, durchdrangen das Unterholz mit den Augen; dann sahen sie das Reh, an das sie sich herangepirscht hatten, witternd den Kopf heben. Seine Ohren zuckten, um alle Geräusche aufzunehmen, gleich darauf wandte es den Kopf. Seine großen Augen starrten einen Moment lang in das dichte Gestrüpp, ehe das Knacken eines Astes es so erschreckte, daß es mit einem Satz zwischen den Bäumen verschwand. Enttäuscht richteten die beiden Mädchen sich auf. Von dort, wo der Ast geknackt hatte, erscholl eine vertraute Stimme. »Lenore... Lierin...« Ein Mann in einem braunen Jagdanzug tauchte zwischen den Bäumen auf, eine lange Flinte im Arm. »Lenore... Lierin... Wo seid ihr?«

»Lierin?« flüsterte die Stimme dicht an ihrem Ohr, bevor rauhe Lippen über ihre Wangen streiften. Lierin...?«

»Ja?« seufzte sie, rollte sich herum und schmiegte sich dicht an den warmen Körper.

»Ich möchte dich lieben, Lierin...«

Die Worte sickerten in ihre Träume, und sie sah eine ferne Gestalt, die an der Reling eines Dampfers stand.

»Laß mich dich lieben, Lierin...«

»Ja«, hauchte sie.

Gefangen in den Tiefen der Phantasie, hieß sie seine Umarmung willkommen und legte sich zurück. Seine Hand wanderte ungeduldig von ihrer Taille nach oben, zerriß den Stoff. Sie blinzelte, und als seine Küsse ihre Brüste verbrannten, spürte sie mit rasendem Herzen, daß es kein Traum mehr war. Sie schüttelte den Kopf, doch die Bewegung wurde von der Dunkelheit verschluckt. Dann schien es auf einmal keine Rolle mehr zu spielen. Sie war, wo sie sein wollte – daheim!

Sie erzitterte unter der Leidenschaft seiner Liebkosungen, und ihrer beider Atem verschmolz, als ihre Lippen sich berührten und ihre Zungen sich erregenden Spielen hingaben. Er befreite sie ganz von ihrem Nachthemd. Langsam rollten sie über das Bett, während sich ihre Münder aufeinander preßten. Lenores lange Haare fesselten sie aneinander; sie bäumte sich über ihm auf, lehnte sich zurück, indes seine Lippen die Süße ihrer Brüste kosteten. Ihre schlanken Beine spreizten sich über ihm, und sie erschauerte, als ihre suchende Hand sein Glied fand und in sich aufnahm. Die glühende Hitze durchpulste sie, erweckte jede Faser in ihr zum Leben. Sie lehnte sich vor, fuhr ihm mit den Fingern durch die dichten Haare auf der Brust. Dann beugte sie sich noch tiefer, um ihn leidenschaftlich zu küssen, während er sich unter ihr wand und sie mit jeder Bewegung mehr erregte. Sie nahm und gab, und die sanften Stöße ihres Körpers raubten Ashton fast den Atem. Weiter und weiter trieben sie einander auf die Höhen der Lust, bis Zeit und Raum um sie versank und sie über die Grenzen der Gegenwart ins Reich der Seligkeit aufstiegen.

Später schlief sie in seinen Armen; ihr Kopf ruhte auf seiner breiten Schulter, das rotgoldene Haar fiel locker über die Kissen. Ashton atmete ihren Duft ein, in tiefen, regelmäßigen Zügen, und wagte nicht, sich zu rühren. Sein Herz jauchzte.

Drei Stunden später riß ihn ein Laut unbeherrschter Wut aus tiefstem Schlaf. Die Sonne war aufgegangen und schien durch den offenen Eingang des Zeltes. Ashton öffnete die Augen und bemerkte einen riesigen Schatten, der sich leicht gebückt Eintritt verschaffte. Malcolm Sinclair! Mit zwei großen Schritten war er am Bett, das Gesicht dunkelrot vor Wut, als er auf die schlafende Schönheit herabblickte, die friedvoll in den Armen des Besitzers der *River Witch* lag. Dann hefteten sich seine lodernden Augen auf Ashton Wingate, der ihn gelassen betrachtete.

»Sie... Bastard!« Wut und Verachtung verzerrten Malcolms Gesichtszüge, und er streckte die Hand aus, um die Decke zurückzureißen, doch ehe er sich versah, fand er seinen Arm gefangen im Eisengriff von Wingates langen, schlanken Fingern.

»Meine Frau ist im Augenblick nicht passend angezogen, um Besuch zu empfangen, Sinclair«, sagte Ashton knapp.

»Ihre Frau?!« Unter enormem Kraftaufwand gelang es Malcolm, sich zu befreien. Schläfrig öffnete Lenore die Augen. Als sie den Eindringling bemerkte, trat Furcht auf ihr Gesicht. Mit einer Mischung aus Haß und Abscheu ließ er seine Augen über ihren Körper wandern, der sich deutlich unter der dünnen Decke abzeichnete und ihn mit jeder Kurve, jeder üppigen Rundung zu verspotten schien. Es konnte kein Zweifel daran bestehen, daß sie nackt war. Was für einen Beweis brauchte er noch als die sanften Hügel ihrer Brüste, den Schwung ihrer schmalen Taille und die langen Beine, von denen eins unter Ashtons Oberschenkel verschwand und damit gewissermaßen den Besitzanspruch ihres Bettgefährten untermauerte. All das nahm Malcolm in sich auf und gelangte zu dem Ergebnis, daß er sie nie schöner gesehen hatte. Es trieb ihn an den Rand des Wahnsinns, daß ausgerechnet Wingate es ihr so angetan hatte, und mit ironisch verzerrten Lippen fragte er: »Haben Sie gut geschlafen, Madam?«

Lenore wußte nicht, was sie ihm darauf antworten sollte, und wandte das Gesicht ab, wobei sie Ashtons ruhigem Blick begegnete.

»Nachdem Sie jetzt Ihren kleinen Spaß gehabt haben, möchte

ich, daß Sie von hier verschwinden, *Mister* Wingate«, rief Malcolm giftig aus. »Sie haben mir genug Schaden zugefügt. Von nun an werde ich jeden Tag in der Hölle verbringen, bis ich weiß, ob Ihr widerwärtiges Verhalten irgendwelche Folgen gehabt hat.«

Lenores Wangen röteten sich wie im Fieber, als sie leise sagte: »Ich kann es dir genausogut jetzt gleich sagen, Malcolm. Noch in diesem Winter werde ich ein Kind von Ashton gebären.«

»Nein!« Malcolm stürzte vor, um sie aus dem Bett zu zerren, doch plötzlich weiteten sich seine Augen erschrocken, als er in die Mündung einer großen Pistole blickte, deren Lauf direkt auf seine Nase gerichtet war. Er wußte nicht, wo die Waffe gesteckt hatte, doch da war sie nun, und Malcolm trat der Schweiß auf die Stirn, als Ashton langsam mit dem Daumen den Hahn spannte.

»Ich habe Ihnen schon einmal gesagt, daß ich Sie umbringen würde, wenn Sie Lierin anrühren.« Ashton ließ die Drohung einen Moment wirken, ehe er den anderen mit dem Lauf der Pistole fortwinkte. »Und jetzt verschwinden Sie!«

»Ihr habt mich zum Hahnrei gemacht, alle beide!« schimpfte Malcolm und stolperte zurück. Ashton lächelte, schüttelte den Kopf und ließ die Pistole sinken. »Die ganze Zeit habt ihr euch hier im Lotterbett gesuhlt und mich dabei verspottet!«

»Ich habe ihn für meinen Mann gehalten!« Lenore richtete sich erregt auf, wobei sie ihren Busen mit der Decke verhüllte.

»Und sie *ist* auch meine Frau!« erklärte Ashton.

»Wenn sie Ihre Frau ist, warum, zum Teufel, hat sie dann mich geheiratet?« fragte Malcolm, kochend vor Wut.

»Das wüßte ich auch gern«, gab Ashton zur Antwort. »Ich kann einfach nicht verstehen, warum Lenore mit Ihnen vor den Altar getreten ist.«

»Aber *sie* ist Lenore«, rief Malcolm und deutete mit ausgestrecktem Arm auf die Frau an Ashtons Seite.

»Lierin«, korrigierte dieser beiläufig.

Frustriert knirschte Malcolm mit den Zähnen und zermarterte seinen Kopf nach einem Argument, das den anderen überzeugen konnte, fand jedoch keins. Er blickte Lenore an und forderte mit ausgestrecktem Zeigefinger: »Du kommst jetzt aus dem Bett da und begleitest mich nach Hause, wo du hingehörst.«

»Ich glaube, du solltest besser gehen, Malcolm«, antwortete sie.

»Was? Schämst du dich vor deinem eigenen Ehemann? Mich willst du fortschicken, während er dich anstiert, ohne daß es dir etwas ausmacht?«

Lenore erwiderte ruhig seinen Blick. »Ich meine, du packst besser deine Sachen und verläßt das Haus. Noch heute vormittag.«

Malcolm starrte sie mit weit offenen Augen an, trat einen Schritt zurück und schüttelte den Kopf. »Nein! Ich habe ein Recht, hier zu sein!« Er ließ sein Kinn vorschnellen, in Ashtons Richtung. »Er ist es, der verschwinden muß. Nicht ich!«

»Ich will kein Risiko mehr eingehen. Solange du hier bist, stellst du eine Gefahr für uns dar. Ich möchte mich in meinen eigenen vier Wänden sicher fühlen können. Ich trage ein Baby in mir, für das ich verantwortlich bin.«

»Und was ist mit ihm?« Malcolms Gesicht war krebsrot. »Wo bleibt er?«

»Wo er will«, antwortete Lenore schlicht. »Ich beabsichtige, mich von ihm nach England begleiten zu lassen. Als Kind hatte ich eine Amme, die mich sicherlich erkennen wird – vorurteilsfrei, denn sie hat nichts gegen Ashton.«

»Und wenn du herausfindest, daß du wirklich Lenore bist?«

»Ich werde eine ganze Weile brauchen, um meine Lage zu überdenken. Mit dir verheiratet zu sein und das Kind eines anderen Mannes zu gebären, läßt sich kaum miteinander vereinbaren.«

»Der Meinung bin ich auch!« schnaubte Malcolm.

Lenore ignorierte seinen Sarkasmus. »Nach dem, was eben vorgefallen ist, wäre es zu kompliziert, weiter im selben Haus mit dir zu leben. Daher muß ich dich noch einmal auffordern, auszuziehen, bevor ich zurückkomme.«

»Wenn ich jetzt gehe, dann bleibe ich nicht lange weg. Ich komme wieder!«

»Es gibt keinen Grund für dich, zurückzukommen, Malcolm. Sollte ich tatsächlich Lenore sein, ist es trotzdem aus zwischen uns. Ich werde mich scheiden lassen.«

»Damit du ihn heiraten kannst?« brüllte Malcolm. »Man wird sich in ganz Mississippi das Maul über dich zerreißen.«

»Das kann ich nicht ändern«, meinte Lenore gleichmütig. »Ich muß in erster Linie an das Kind denken.«

»Ja, ich nehme an, der kleine Bastard braucht einen Namen.«

Ashton maß den anderen mit einem eisigen Blick. »Sie gehen mit Ihren Beleidigungen genauso freigiebig um wie mit Ihren Drohungen, Malcolm, und ich habe von beiden die Nase voll.« Sein Daumen spielte wie zufällig mit dem Hahn der Pistole. »Ich denke, Sie sollten jetzt gehen. Was gesagt werden mußte, ist gesagt.«

Malcolm warf ihm einen letzten wütenden Blick zu, dann machte er gedemütigt auf dem Absatz kehrt und stapfte zum Haus zurück. Dabei murmelte er die ganze Zeit Verwünschungen vor sich hin und schmiedete Rachepläne. Er war noch nicht fertig mit *Mister* Wingate.

Ashton stand auf, schlang sich ein Handtuch um die Hüften und ging zum Zelteingang, um ihm nachzusehen. Er zog die Klappe zu, dann kehrte er zum Bett zurück. »Er wird wiederkommen, kein Zweifel«, murmelte er. »So schnell gibt der nicht auf.«

»Ich sehe keinen Grund für ihn, noch einmal hier aufzutauchen.« Lenore blickte Ashton fragend an. »Warum sollte er?«

»Es gibt eine ganze Menge Gründe, und jeder von ihnen hat mit dir zu tun.«

Sie lächelte. Ihre Augen funkelten vor Glück und Amüsement, als sie ihm die Hand auf den Oberschenkel legte. »Der Herr stehe uns bei, wenn er so hartnäckig ist wie Sie, *Mister* Wingate.«

Ashton erwiderte ihr Lächeln. »Ich habe nur um etwas gekämpft, das ich mehr als alles andere brauchte. Meine Königin!«

Sie kicherte leise. »Und jetzt, da du das Spiel gewonnen hast?«

Er zuckte mit den Schultern. »Bis ich endgültig gewonnen habe, dauert es noch etwas. Ein paar Schachzüge, dann erst kann ich meinen Sieg feiern.«

»Bestehst du immer noch darauf, daß ich Lierin bin?«

Er beugte sich zu ihr und küßte ihre nackte Schulter. »Ich kann mir nicht vorstellen, daß es dich zweimal gibt.«

Lenore lachte und hielt sich an seinem Arm fest, als der wachsende Druck seines Oberkörpers sie aus dem Gleichgewicht brachte. Ashton bedeckte ihren Hals mit Küssen. Sie warf den Kopf in den Nacken, während seine Lippen höher wanderten. Mit einer Hand stützte er sich ab, die andere legte er ihr auf den Rücken, um sie an sich zu pressen. Die Decke rutschte auf ihre Hüften herab, als sie ihm die Arme um den Hals warf und seinem leidenschaftlichen Kuß mit willig geöffneten Lippen begegnete.

Ashton warf einen Blick auf die kleine Standuhr, die das Innere seines Zeltes schmückte, und fragte sich, wie lange Lierin wohl brauchen würde, bis sie aus der Stadt zurückkehrte, wohin sie, ihr Vater und Mr. Evans mit der Kutsche gefahren waren. Sie hatte ihn zum Mittagessen eingeladen und gelacht, als er ihr versicherte, ihre Anwesenheit allein sei die Nahrung, die er benötigte, um nicht zu verhungern.

Sarah hatte den Aufbruch des Trios vom Zelteingang aus beobachtet. Sie wartete darauf, daß Ashton sich von Lierin verabschiedete und der Buchführung seine Aufmerksamkeit schenken konnte. Die *River Witch* hatte ihren Platz vor der Küste noch nicht wieder eingenommen, doch an Bord der *Gray Eagle* herrschte erhöhte Betriebsamkeit, denn Kapitän Meyers und die Mannschaft bereiteten ihren Aufbruch in die Karibik vor. Sarah würde ihre Arbeit in einer Kabine auf dem Dampfer fortsetzen, und wenn mit Lierin alles gutging, gedachte Ashton, beide Frauen mit nach Natchez zu nehmen. Zum erstenmal, seit sie sich in der Taverne in Under-the-Hill kennengelernt hatten, wagte Sarah, ihn nach der Frau zu fragen, die er liebte, und wie

Lierin oder Lenore in ihre derzeitige Lage geraten war. Ashton erzählte alles, was er wußte, und überließ es ihr, eventuelle Rückschlüsse zu ziehen.

Nachdem er geendet hatte, seufzte Sarah nachdenklich. »Es muß schrecklich sein, sich in einem solchen Alptraum gefangen zu sehen, nicht zu wissen, ob man gesund und Opfer einer Schurkerei geworden ist, oder wirklich krank und daher zu Recht eingesperrt.« Sie blickte auf ihre ineinander verschlungenen Hände hinunter. »Manchmal frage ich mich, ob mein Haß und mein Wunsch, mich zu rächen, nicht auch ihre Spuren in mir hinterlassen haben.« Sie hob den Kopf und blickte auf einen Punkt weit außerhalb ihres Gesichtsfelds. »Nur einen Moment lang sehe ich das Antlitz eines Mannes – und dann denke ich: Den kennst du! Das war er, der mitgeholfen hat, dein Leben in eine Hölle zu verwandeln. Er hat deinen Namen genommen und auf ein Blatt Papier gekritzelt! Und dann wurde alles, was mir gehörte, sein; er konnte damit anfangen, was er wollte, während er dich in die Arme des Teufels warf. Er hatte keinen Grund, auf mein Ableben zu warten, im Gegenteil, es amüsierte ihn, mich am Leben zu erhalten. Warum auch nicht? Er hatte ja schon alles mit einem Federstrich in seinen Besitz gebracht.« Sie zog die Augenbrauen zusammen. »Der Feder eines anderen. Nicht meiner!« Geistesabwesend strich sie sich mit der rechten Hand über den linken Oberarm und blinzelte, um die Tränen zurückzuhalten. Sie sah, daß Ashton sie mit leicht fragendem Blick anschaute, und sagte: »Entschuldigen Sie, Mr. Wingate. Ich rede zuviel.«

»Sie brauchen sich nicht zu entschuldigen, Sarah«, sagte Ashton teilnahmsvoll. »Es hört sich an, als könnte es Ihnen nicht schaden, sich mal richtig auszusprechen.«

»Aye, da haben Sie recht, Mr. Wingate.« Sie seufzte schwer. »Ich habe mitangesehen, wie mein Vater ruiniert, ja vielleicht ermordet worden ist, und dann hat man mich zu Unrecht eingesperrt.« Sie zögerte einen Augenblick lang, unsicher, ob sie fortfahren sollte. »Es handelte sich nicht um die Art Gefängnis, an die Sie jetzt vielleicht denken, Mr. Wingate. Es war die Hölle...

eine Hölle mit Ketten... und Peitschen... und Kellerasseln, die über das Essen krabbelten. Ein Mann wurde allein dafür bezahlt, daß er mich nicht entkommen ließ. Doch dann wurde er getötet, und ich weiß nicht einmal, warum – außer vielleicht, weil er angefangen hatte, Mitleid mit mir zu zeigen. Und jetzt sehe ich Dinge, die mir vertraut erscheinen, nicht ohne zu fürchten, daß anderen ähnliches wie mir widerfahren könnte, wenn ich meinen Mund nicht aufmache... Und doch bin ich meiner Sache nicht sicher, denn sehe ich wirklich, was ich zu sehen glaube?« Sie hob den Blick, und in ihren Augen stand ein Flehen, der verzweifelte Wunsch, daß er verstehen möge, was sie ihm zu sagen versuchte. »Verstehen Sie, Mr. Wingate? Ich war zu lange dort, viel zu lange.«

Ashton spürte, wie sich die Haare in seinem Nacken aufrichteten, und wußte nicht, was er sagen sollte. Sarahs Worte beunruhigten ihn, doch vermochte er nicht genau zu sagen, warum. Er merkte, wie ihre Redseligkeit ihr peinlich zu werden begann, und schenkte eine neue Tasse Kaffee ein, um die verlegene Pause zu überbrücken. Er goß etwas Sahne in die Tasse, ließ ein Stück Zucker hineinfallen und reichte sie ihr. Dankbar nahm sie den Kaffee entgegen. Als er die Tränen auf ihren Augen sah, stieg eine Welle von Mitleid in ihm auf. Er wartete, bis sie die Tasse abgesetzt hatte, dann ergriff er ihre Hände und hielt sie fest.

»Ist ja schon gut, Sarah«, tröstete er sie. »Ich habe genau zugehört, und ich glaube, ich fange an zu verstehen.«

Ängstlich suchten ihre Augen sein Gesicht ab. »Wirklich, Mr. Wingate?«

»Ja, Sarah, ich glaube schon.«

Als sie einige Zeit später gegangen war, wurde er von Unruhe befallen. Immer wieder sah er zur Uhr hinüber, schritt nervös im Zelt auf und ab und wünschte, daß Lierin zurückkommen möge. Schließlich kleidete er sich um, zog Reithosen, Hemd und Schaftstiefel an. Er hatte Lierin versprochen, heute nachmittag mit ihr auszureiten. Anschließend, war ihm eingefallen, konnten sie am späten Abend nackt in der Brandung baden und hinterher vielleicht am Strand miteinander schlafen. Die Vorstellung hatte ihn seit seinem Eintreffen hier mehr als einmal mit einem angenehmen Prickeln erfüllt, doch nun wollte er schon zufrieden sein, wenn sie überhaupt wiederkehrte – damit er sich um ihre Sicherheit nicht mehr zu sorgen brauchte.

Ruhelos bürstete er sein Haar und musterte sich dann in dem kleinen Spiegel, der über seiner Waschschüssel an einem der Stützpfeiler des Zeltes hing. Außerdem befand sich in diesem improvisierten, durch ein weißes Tuch vom Rest des Zeltes abgetrennten Toilettenraum noch eine Badewanne, ein stummer Diener und die Truhe mit seinen Kleidern.

Er bückte sich, um seinen Hut aufzuheben, der auf einem Koffer lag, und zuckte zusammen, als etwas Großes, Blitzendes an ihm vorbeiflog und ihn nur um Haaresbreite verfehlte. Klirrend zersprang der Spiegel, Scherben sirrten durch die Luft. Ashton fuhr hoch und starrte das Messer an, das jetzt in dem Holzpfosten steckte. Er riß es heraus und hörte die Angreifer im selben Augenblick hinter sich heranpoltern. Er packte auch die Pistole, die oben auf der Truhe lag, und wirbelte herum, wurde jedoch von zwei bulligen Gestalten über den Haufen gerannt, bevor er sein Ziel anvisieren konnte. Das weiße Laken wurde von der Leine gerissen und landete neben ihm auf dem Boden. Ein zweites Messer blitzte auf. Ein Arm holte aus, und Ashton riß das zusammengeballte Laken hoch, um den Stich wie mit einem Schild abzuwehren. Eine harte Faust traf ihn schmerzhaft in die Rippen, doch es gelang ihm, dem Angreifer den Lauf der Pistole gegen die Schläfe zu schmettern. Der Bandit brach bewußtlos zusammen. Jetzt hatte Ashton nur noch einen Gegner, aber schon sah er zwei weitere Männer durch den Zelteingang hereinstürmen. Er richtete die Pistole auf den Mann, der mit dem Messer auf ihn eingestochen hatte, und drückte ab. Der Angreifer taumelte zurück und blickte verwundert auf den rasch größer werdenden Fleck in seinem Hemd, ehe er in die Knie brach und tot liegenblieb.

Ashton ließ die nunmehr wertlose Pistole fallen und riß das

Messer aus dem Laken. Einer der beiden Neuankömmlinge stürzte sich auf ihn, ebenfalls mit einem Messer bewaffnet. Drei oder vier Schritte hinter dem Mann näherte sich der zweite, einen kurzen Enterhaken in der Hand.

Als der erste heran war, schmetterte Ashton ihm die Faust ins Gesicht. Er spürte, wie das Nasenbein des Angreifers brach. Der Mann geriet ins Stolpern, geblendet von plötzlichem Schmerz. Blut rann aus seinen Nasenlöchern. Ashton nutzte seinen Vorteil, hakte den rechten Fuß hinter das linke Bein seines Gegners und brachte ihn mit einem Ruck aus dem Gleichgewicht, so daß er rückwärts gegen seinen Kumpanen stürzte. Der Mann stieß einen lauten Schrei aus und versteifte sich, die Waffe entglitt seiner Hand. Langsam taumelte er wieder nach vorn. Der Enterhaken steckte tief in seinem Rücken, und als er zu Boden stürzte, riß sein Körpergewicht dem zweiten Mann das Heft aus der Hand.

Jetzt waren die Chancen etwas gerechter verteilt. Ashton wandte sich seinem letzten Gegner zu, der zurückwich und dabei eine lange schlanke Klinge aus dem Stiefelschaft zog. Seine Augen wanderten kurz zu einem Punkt hinter Ashton, ehe sie ein kaum verhülltes Leuchten zeigten. Der Mann aus Netchez erinnerte sich, daß er den einen der beiden ersten Angreifer nur bewußtlos geschlagen hatte, und warf sich gerade noch rechtzeitig zur Seite, als der Brigant sich von hinten auf ihn stürzen wollte. Er riß sein Messer hoch, und der Angreifer schrie wie ein abgestochenes Schwein, als er ihn an der linken Hüfte erwischte. Es war kaum mehr als eine Fleischwunde, doch der Verletzte gab auf der Stelle Fersengeld und verschwand aus dem Zelt.

Der letzte Mann griff an, bevor Ashton sich wieder gesammelt hatte, aber neuerlich fing das um den linken Arm geschlungene Laken den Stoß ab. Die wild funkelnden Augen des Banditen ließen keinen Zweifel an seiner Entschlossenheit. Ashton unterlief seine Klinge und hieb ihm den Knauf seines Messers gegen die Schläfe. Sie stürzten zu Boden, die Spitze des Stiletts bohrte sich in die mit Teppichen verkleideten Planken. Ashton landete einen weiteren Schlag, diesmal gegen das Kinn seines Gegners, doch es gelang dem anderen trotzdem, das Heft des Stiletts mit seinen dicken Fingern zu packen und die Waffe aus dem Boden zu ziehen.

Beide Männer sprangen auf, begannen einander zu umkreisen. Der bullige Bandit warf sich vorwärts, das Messer schoß durch die Luft, doch Ashton parierte geschickt. Als der Messerschwinger zurückwich, zierte ein rasch größer werdender Blutfleck seinen Ärmel. Nun gab es kein Ausruhen mehr für ihn. Ashton griff immer wieder an, machte Finten, parierte, stieß zu, bis die Verteidigung seines Gegners mehr und mehr zerbrach. Der Bandit begann zu schwitzen und erkannte, daß ihn nur noch ein winziger Fehler von seinem Ende trennte. Er versuchte, Ashton auf Distanz zu halten, doch sein Messer war zu klein und zu dünn; Ashton fuhr ihm in die Parade, täuschte und stach dann mit aller Kraft zu. Der bullige Bandit grunzte ungläubig, ließ seine Waffe fallen und verschränkte beide Arme vor dem Bauch. Zusammengekrümmt torkelte er aus dem Zelt ins grelle Sonnenlicht, wo er auf den Planken zusammenbrach.

Ashton blickte sich um und bemerkte plötzlich, daß die Zeltwände in Flammen standen. Das Knistern des Feuers erfüllte die Luft, dicker Rauch legte sich auf seine Atemwege. Ashton arbeitete sich auf den Ausgang zu und wollte gerade ins Freie treten, als er in die genau auf sein Gesicht gerichtete Mündung einer Pistole blickte. Darüber schwamm, von der rauchgeschwängerten Hitze verzerrt, das höhnisch grinsende Gesicht des Mannes, den er an der Hüfte verwundet hatte. Bevor er sich zurückwerfen konnte, explodierte das Pulver in der Waffe mit einem ohrenbetäubenden Krachen. Ein heißer Schmerz zog sich über Ashtons Rippen. Er preßte die Hand gegen die Wunde und spürte Blut, warm und klebrig. Er würgte, als ein neuer Rauchschwall ihn einhüllte. Nur mit Mühe konnte er die brennenden Augen offenhalten, und er sah, wie der Bandit eine zweite Pistole zog.

»Komm heraus und stirb, du Teufel!« Der Mann schwenkte die Pistole und brüllte vor Lachen. »Oder bleib drin und verbrenne! Eins ist so gut wie's andere, Hauptsache, du gehst dabei drauf!«

Hustend stolperte Ashton vom Eingang zurück, um seine eigene Pistole zu holen. Der Rauch wurde immer dichter. Einen Arm vor das Gesicht haltend, um sich gegen die Flammen zu schützen, lief er zu der Truhe. Die Wahl, vor die ihn der Mann gestellt hatte, gefiel ihm ganz und gar nicht, und er gedachte, eine dritte Möglichkeit zu schaffen. Er hob den schweren Deckel der Kommode an, holte seinen Derringer heraus und stolperte zum Zelteingang zurück. Er blinzelte, um besser sehen zu können, doch der Brigant war verschwunden. Vorsichtig schlich er hinaus auf die Plattform. Durch einen Tränenschleier sah er eine Kutsche vor dem Haus halten. Lierin sprang heraus und rannte auf ihn zu. So glücklich er war, sie zu sehen, so gefährlich war es in der Nähe des Zeltes für sie.

»Nicht! Lauf zurück, schnell!« rief er. Hinter ihm erklang ein irres Lachen, und er wirbelte herum.

»Du bist also herausgekrochen, du Teufel«, rief der Brigant mit einem schiefen Grinsen, als er hinter einem Busch dicht neben dem Zelt hervortrat. Er richtete die Pistole auf Ashtons Bauch. »Die Lady ist gerade rechtzeitig zurückgekommen, um dich ins Gras beißen zu sehen.« Die kleinen Schweinsäuglein streiften Ashtons Derringer mit einem kurzen Blick. »Ich habe mir schon gedacht, daß du dir so was holen würdest, aber du wirst keine Zeit haben, es zu benützen.«

Ashton hörte das Krachen einer Detonation und wartete auf den Einschlag der Kugel, den Schmerz, der seine Eingeweide zerreißen würde, doch seltsamerweise blieb er aus. Der Mann vor ihm öffnete den Mund und krümmte sich langsam zusammen, und einen Moment lang begriff Ashton nicht, bis er hinter dem Briganten einen großen dunklen Schatten herbeilaufen sah. Es war Hiram, eine Muskete in den Händen. Bei dem toten Banditen blieb der Kutscher einen Herzschlag lang stehen, dann blickte er Ashton mit großen Augen an.

»Der wollte Sie töten, Massa«, brachte er erstaunt heraus.

»Ja, Hiram, genau das hatte er vor.« Ashton seufzte erleichtert. »Aber du hast den Tag gerettet.«

Eine Sekunde lang war Lenores Herz stehengeblieben, doch nun schlug es wieder, nein, es donnerte in rasendem Tempo. Mit hoch über die Knöchel gerafften Röcken lief sie auf das brennende Zelt zu. Sie sah das blutbefleckte Hemd des Mannes, den sie liebte, und Furcht ballte sich in ihrem Herzen zusammen. Flackernde Bilder schossen ihr durch den Sinn, zahllose Impressionen, die miteinander verschmolzen, und alle hatten Ashton zum Inhalt. Gehend, sitzend, stehend, lachend, schlafend, er war da mit überwältigender Intensität, erfüllte ihr Gehirn, ihr Gemüt, ihre Seele bis in den letzten Winkel. Sie rannte, und in ihr lösten sich die kaleidoskopartigen Bilder ab, ein rasendes Karussell, das plötzlich stehenblieb und als letztes jene Szene aus ihrem Traum präsentierte, als sie mit Malcolm an seinem Grab gestanden hatte...

»Oh, Ashton, Ashton!« rief sie und warf sich ihm schluchzend in die ausgebreiteten Arme. Er drückte sie an sich, während sie von ihrer Furcht geschüttelt wurde. Sie spürte seine Lippen auf ihrem Haar, seine Stimme murmelte ihr beruhigende Worte ins Ohr. Dann keuchte sie erschrocken, als das Zelt mit einem brüllenden Fauchen endgültig in Flammen aufging. Rasch lief Ashton mit ihr aus der Gefahrenzone.

»Hol die Pferde aus dem anderen Zelt«, rief er Hiram zu und stürmte hinter dem Schwarzen her durch das niedrige Gestrüpp, um die Tiere in Sicherheit zu bringen.

Lenore hob ihre rechte Hand und starrte auf das Blut, das an ihrer Handfläche klebte. Ihr Herz schlug noch schneller. Alles rings umher schien zu verschwimmen, es wurde dunkel, als zöge sich ein Leichentuch um sie zusammen, bis sie nichts mehr wahrnahm als undurchdringliche Finsternis. *Mitten in tiefster Nacht... genau zur Geisterstunde, wenn Friedhöfe gähnen und die Hölle selbst die Pest auf die Erde atmet...*

Ein trüber Lichtfleck, der langsam größer wird!

Eine Flamme! Ein Feuer! Ein Kamin! Ein Herd mit Töpfen! Eine breite Hand, die nach einem Feuerhaken greift, ihn hochreißt und auf den Kopf eines völlig verängstigten Mannes niedersausen läßt! Wieder und wieder, bis der Mann leblos zusammenbricht. Ein Mann in einem Umhang, der sich langsam umdreht, den Feuerhaken erneut hochreißt, dann ein heißer, scharfer Schmerz in ihrem Rücken.

Sie rennt durch einen dunklen Gang! Schwere Schritte verfolgen sie! Der kalte Atem der Angst streicht über ihren Nacken! Eine Tür fällt hinter ihr ins Schloß, ein Riegel wird vorgestoßen! Sie klettert aus einem Fenster und rennt! Rennt! Nein, reitet!

Eine schmale Straße, Bäume… und dann ein Feuer! Das Heim, in dem die Frau gefangengehalten wurde! Nein! Hilfe! Eine schwarze Silhouette hinter ihr! Die Wälder, wieder Bäume! Schneller, schneller! Spring! Ja, und jetzt die Biegung da! Weiter! Nicht stürzen jetzt! Er wird dich fangen!

Da, ein offenes Feld! Los, spring! Donnernde Hufe neben ihr! Ein Pferdegespann! Es rast auf sie zu! *Neeeiiin!*

Und wieder Schwärze – tief, finster, undurchdringlich…

Siebzehntes Kapitel

Flatternd öffnete Lenore die Lider und starrte in ein besorgtes, rußverschmiertes Gesicht. Ein schwaches Lächeln trat auf ihre Lippen. Sie hob die Hand, und Ashton ergriff sie sacht und drückte einen zarten Kuß auf die schlanken Finger. Langsam ließ sie ihren Blick durch das Schlafzimmer schweifen. Sie lag voll angezogen auf ihrem eigenen Himmelbett. Neben Ashton stand Meghan und legte ihr ein feuchtes, kühles Tuch auf die Stirn. Robert Somerton hatte am Fußende des Bettes Stellung bezogen, hielt einen der Bettpfosten umklammert und wirkte völlig fassungslos. Als sie ihn ansah, schien etwas mit seinem Gesicht vorzugehen, als legte sich ein Schatten über seine Züge. Sie blinzelte, um besser sehen zu können, doch immer noch hatte sein Antlitz etwas Transparentes, schien sich zu verschieben, bis sein rundes Kinn kantig wurde, sein weißes Haar schwarz und die Farbe seiner Augen grün. Verwirrt runzelte sie die Stirn und blickte fort.

»Was ist geschehen?« fragte sie flüsternd.

»Ich glaube, du bist in Ohnmacht gefallen«, antwortete Ashton, schon etwas weniger besorgt.

»Aye, Ma'am, genauso war's«, pflichtete Meghan ihm bei.

»Aber wie bin ich hierhergekommen?«

»Mr. Wingate hat Sie getragen«, antwortete die Dienerin.

Lenore versuchte sich aufzurichten, mußte sich aber rasch wieder in die Kissen sinken lassen und die Augen schließen, denn der ganze Raum drehte sich um sie. Ashton legte ihr die Hand auf die Schulter und ermahnte sie so wortlos, ihre Kräfte nicht zu überschätzen. Sie blickte ihn an und fragte ängstlich: »Ist deine Wunde schlimm? Tut sie weh?«

»Nein, nur ein Kratzer, mein Liebling«, versicherte er. »Meghan wird sie mir gleich verbinden.«

Lenore seufzte erleichtert. »Du hast mir einen ganz schönen Schrecken eingejagt.«

»Das lag nicht in meiner Absicht«, murmelte er entschuldigend.

»In deiner vielleicht nicht, aber offenbar in der von jemand anderem! Dieser Mann wollte dich töten!«

»Den Eindruck hatte ich auch, Madam«, gab Ashton zu. »Er und noch ein paar andere.«

»Andere?« Sie überlegte und konnte sich erinnern, noch einen Körper auf der Holzterrasse liegen gesehen zu haben. »Sie waren zu zweit?«

»Ich glaube, ich habe vier gezählt«, antwortete er.

»Vier!« keuchte sie. »Wie hast du es da nur geschafft, zu entkommen?«

»Talent, Madam.« Seine Augen funkelten amüsiert. »Ich scheine eine gewisse Begabung für Schlägereien zu haben.«

Lenore quittierte seine gute Laune mit einem Stöhnen. »Oh, Ashton, du nimmst aber auch überhaupt nichts ernst. Weißt du nicht, daß diese Männer dich hätten umbringen können?«

»Ich glaube mich erinnern zu können, daß mir so was Ähnliches durch den Sinn gegangen ist, Madam.«

»Worauf hatten diese Banditen es wohl abgesehen?«

»Auf mein Herz, Madam.«

Sie blickte ihn fragend an. »Du meinst, es waren gar keine Diebe?«

»Mörder«, stellte er fest. »Jemand hat sie auf mich gehetzt.«

»Aber wer?« Ein Verdacht formte sich in ihr. »Malcolm?«

Jetzt schaltete Somerton sich in die Unterhaltung ein. Kopfschüttelnd sagte er: »Na, na, Mädchen, so was wirst du Malcolm doch wohl nicht zutrauen. Ich bin sicher, dahinter steckt dieser Titch, den sie auf der *River Witch* festgenommen haben, ganz bestimmt. Malcolm hat mir erzählt, was dort vorgefallen ist. Er hatte allen Grund, Wingate den Tod zu wünschen.«

»Aber Horace ist doch von Sheriff Coty in Gewahrsam genommen worden«, hielt Lenore entgegen.

Somerton breitete die Hände aus und zuckte mit den Schultern. »Na und? Als er die Diebe für gestern abend angeheuert hat, kann er gleichzeitig auch die Mörder für heute morgen bestellt haben.«

Ashton blickte Somerton scharf an. »Horace schwört aber, er sei unschuldig.«

»Und Sie glauben ihm das?« Somerton lachte abgehackt. »Dann müssen Sie aber ziemlich naiv sein.«

»Ich würde sagen, ich habe die Möglichkeit einfach noch nicht ausgeschlossen«, gab Ashton zurück. »Was mir nicht aus dem Kopf geht, ist die Frage, warum Marelda Horace verteidigt hat, und was sie damit meinte, als sie sagte, die Juwelen, die Malcolm Lierin geschenkt hat, wären vor einem Jahr oder so einer Freundin von ihr gestohlen worden. Sie sagte, als sie sie zum erstenmal gesehen habe, sei sie nicht sicher gewesen, doch nach einigem Nachdenken könnten keine Zweifel mehr daran bestehen.«

»Gestohlen?« Lenore berührte ihren Hals dort, wo sie das Gehänge getragen hatte, dann blickte sie Meghan an. »Hol die Juwelen, bitte. Jemand muß sie dem Sheriff bringen, damit er Marelda Behauptung überprüfen kann.«

Meghan ging zu der Kommode, öffnete ein Geheimfach und drehte sich gleich darauf mit offenem Mund um. »Sie sind nicht mehr da, Ma'am. Sie sind weg!«

Verwirrt schüttelte Lenore den Kopf. »Aber ich habe sie gestern abend selbst hineingelegt.«

»Aye, Ma'am, ich war ja dabei«, bestätigte Meghan genauso verwirrt.

»Hast du irgend jemanden in mein Zimmer gehen sehen, während ich weg war?« fragte Lenore.

»Mr. Sinclair war heute morgen ganz früh hier, ist aber gleich wieder wütend davongestürmt. Er war nicht sehr lange in Ihrem Zimmer, Ma'am.«

»Und er hat es nicht noch einmal betreten?«

»Nun ja, das weiß ich nicht genau, Ma'am. Als er vom Zelt zurückkam, hat er mich...« Sie streifte Somerton mit einem Seitenblick, als widerstrebe es ihr, in seiner Gegenwart fortzufahren. »Er sagte, Sie brauchten ein paar Kleider, und als ich sie geholt hatte, war er schon fort.«

»Und die beiden Wächter?« fragte Lenore. »Was ist mit denen?«

»Als ich bei Tagesanbruch herunterkam, haben sie im Salon geschlafen, Ma'am, und bei seinem Aufbruch hat Mr. Sinclair sie mitgenommen. Bis Sie heute nachmittag zurückgekommen sind, waren, abgesehen von Ihrem Vater und Mr. Evans, noch der Hausbursche, die Köchin und ich hier. Praktisch könnte jeder sie genommen haben.«

»Dann weiß allein der Himmel, wer sie jetzt hat. Malcolm ist weg, aber Mr. Evans kommt heute abend wieder!«

»Du wirst diesen Diebstahl doch nicht meinem Freund in die Schuhe schieben wollen«, protestierte Somerton. »Wenn du mich fragst, so hat jemand anderer hier seine Hand im Spiel. Während wir in der Stadt waren, blieb ja Zeit genug, die Juwelen zu stehlen.« Er warf Ashton einen scharfen Blick zu, hob dann aber rasch die Schultern. »Andererseits könnte natürlich auch einer von Titchs Männern die Kommode ausgeräumt haben, während die anderen mit Wingate beschäftigt waren. Du hast die Juwelen gestern abend getragen, er wußte also, daß du sie hattest. Wie auch immer, jetzt sind sie jedenfalls weg und tauchen wahrscheinlich nie wieder auf.«

Lenore richtete sich vorsichtig auf und bat Ashton, ihr aus dem Bett zu helfen. Auf der Kante blieb sie einen Moment lang sitzen, bis das Zimmer aufhörte, sich zu drehen. Ashton ergriff ihre Hand und fragte: »Geht es dir etwas besser?«

Sie nickte langsam und behutsam. »Ja, danke... Aber ich bin fürchterlich hungrig.«

Meghan kicherte und eilte zur Tür. »Ich sage der Köchin, daß es Ihnen bessergeht, Ma'am. Sie und der Mister können herunterkommen, wann immer es Ihnen paßt.«

Die Haushälterin verschwand, und Somerton folgte ihr widerstrebend zur Tür. »Ich ... eh ... ich denke, ich gehe auch nach unten.« Er blickte Ashton fragend an. Es mißfiel ihm, das junge Paar allein zu lassen. »Kommen Sie, Mr. Wingate?«

»In einer Sekunde«, antwortete Ashton und wartete darauf, daß Somerton sich entfernte und die Tür schloß.

Doch Lenores Vater schnaubte verächtlich. »Haben Sie nicht schon genug Leid über dieses Haus gebracht, auch ohne meine Tochter auf die Rolle einer Mätresse herabzuwürdigen?«

Ashton blickte Somerton kühl an. »Vielleicht sollte einer von uns jetzt tatsächlich gehen, Mr. Somerton. Wir scheinen einander nicht mehr viel zu sagen zu haben.«

Robert Somerton streifte seine Tochter mit einem Seitenblick. »Mir ist schon klar, wen von uns beiden meine Tochter gern gehen sehen möchte.«

Die Tür schlug hinter ihm zu, und Lenore beobachtete Ashton, während die Schritte ihres Vaters verklangen. Um den Zorn ihres Geliebten zu besänftigen, schlang sie ihm die Arme um den Nacken und küßte seine leicht gerunzelte Stirn.

»Achte nicht auf das, was er sagt«, flüsterte sie. »Ob Lierin oder Lenore, ich liebe dich.«

Sein Mund suchte ihre Lippen, und sie versanken in einen heißen, leidenschaftlichen Kuß. »Du hast zu viele Kleider an«, sagte er nach einer Weile und knabberte an ihrem linken Ohrläppchen.

Sie ließ sich in seine Arme sinken. Auf einmal kam ihr ein Gedanke. »Das Zelt ...?«

Ashton zuckte schwach mit den Schultern. »Weg, fürchte ich.«

»Oh!« Lenore war enttäuscht. »Es war so ... gemütlich dort draußen.«

Ashton grinste. »Das Zelt ist weg, Madam, aber das, was es gemütlich gemacht hat, können wir überall haben.« Spielerisch gab er ihr einen Kuß auf die leicht geöffneten Lippen, als er die Frage in ihren Augen sah. »Uns beide, mein Liebling. Mehr brauchen wir nicht, nirgendwo.«

»Ich könnte was zu essen brauchen«, neckte sie ihn.

Er mußte lachen, schnitt eine Grimasse und preßte eine Hand gegen die Seite. Lächelnd ermahnte er sie: »Foltert mich nicht mit Euren Witzen, Madam.«

Vorsichtig zog Lenore sein blutiges Hemd beiseite und untersuchte die Wunde. »Jemand muß sich um dich kümmern.«

Ashton fuhr sich mit der Hand durchs Haar und merkte, daß es nach Rauch roch. »Vor allem brauche ich ein Bad.«

»Dafür läßt sich ebenfalls sorgen. Ich sage Meghan sofort Bescheid.« Sie schob sich dicht an ihm vorbei vom Bett herunter und mußte, da er vor ihr stand, ihre Füße rechts und links von seinen auf den Boden setzen. Ihre Röcke blieben an einem der Pfosten hängen, und Ashton erspähte genug, um den Tunichtgut in sich zum Leben erwachen zu lassen. Rasch schob er die Hände unter ihre Unterröcke und erforschte die herrlichen Rundungen, die sich dort verbargen. »Könnten Sie vielleicht noch einen oder zwei Momente warten, Madam?«

Die funkelnden grünen Augen antworteten bereits, bevor Lenore kaum hörbar murmelte: »Ich glaube nicht, daß es auf einen oder zwei Momente ankommt.«

Ashton hob sie wieder aufs Bett und stellte wieder einmal sein Talent zum Aufknöpfen von Damenkleidern unter Beweis. »Ich dachte, du wärst hungrig.«

»Wer denkt schon ans Essen, wenn es was Besseres zu tun gibt?« fragte Lenore mit einem flirtenden Lächeln.

Sehr viel später entriegelte eine frisch gebadete und sorgfältig gekleidete Lenore die Tür zum Dachboden und stieg die steile Treppe hinauf. Das brennende Zelt hatte eine Handvoll Männer von der *Gray Eagle* an Land gelockt, doch waren sie inzwischen wieder zum Schiff zurückgekehrt, nachdem Ashton ihnen versichert hatte, daß niemand zu Schaden gekommen war. Allerdings hatte er sie beauftragt, die Umgebung des Hauses im Auge zu behalten. Jetzt lag er in Lenores Zimmer und ruhte sich aus. Sie selbst aber fand keine Ruhe, als wollte etwas hinter der Wand, die ihr Erinnerungsvermögen gefangenhielt, mit ihr Kontakt aufnehmen. Zwar wußte sie jetzt, was zu ihrem Zusammenstoß mit Ashtons Kutsche geführt hatte, doch war da immer noch der ermordete Mann – und der Anschlag auf ihr eigenes Leben. Es war ziemlich furchteinflößend, daß jemand sie tot sehen wollte. Wenn man sie ausschalten wollte, weil sie Zeugin eines Mordes gewesen war, dann trieb sich der Täter wahrscheinlich immer noch irgendwo draußen herum und wartete auf sie, ohne daß sie wußte, wer er war.

Auf dem Dachboden staute sich die Hitze, und Lenore begann zu schwitzen. Vorsichtig bahnte sie sich ihren Weg durch das Gerümpel. Sie wußte, weswegen sie hier war. Sie suchte das Porträt des Mannes, den sie gesehen hatte, als sie ihren Vater anblickte! Sie ergriff das gerahmte Gemälde, zog das Tuch herunter und betrachtete das kantige Gesicht. Jetzt erschien es ihr gar nicht mehr so streng, denn in ihren Träumen war es inzwischen fast zu einer liebgewordenen Erscheinung geworden. Mit zitternder Hand strich sie über die trockene Ölfarbe, streichelte das starke Kinn, und auf einmal sah sie vor ihrem geistigen Auge, wie dieses Gesicht lebendig und dasselbe Kinn von einer winzigen Hand liebkost wurde. Der Mann drückte dem kleinen Kopf, der sich an seine Brust schmiegte, einen Kuß auf den Scheitel, und Lenore blinzelte, als ihr die Tränen in die Augen stiegen, weil sie plötzlich die gleiche Zuneigung in sich verspürte, die jenes Mädchen damals empfunden hatte.

»Robert Somerton?« fragte sie flüsternd, ehe sie mit wachsender Selbstverständlichkeit erklärte: »Du bist mein Vater. Du bist Robert Somerton.«

Ihr Herz hüpfte vor Freude. Sie preßte das Gemälde an sich und tat einen Schritt auf die Falltür zu, doch etwas Schweres, Großes blockierte ihren Weg, und sie stolperte. Es war der riesige Koffer, den sie schon bei ihrem letzten Besuch auf dem Dachboden zu öffnen versucht hatte. Er war ihrem Gedächtnis völlig entfallen. Nachdenklich betastete sie die Lederriemen, die ihn verschlossen, und sah ein Bild in sich wachsen: Diener, die das schwere Stück auf den Gepäckträger einer Kutsche hievten, während sie und Malcolm auf der Veranda standen und abreisende Gäste verabschiedeten. Sie trug das blaßblaue Organdykleid, und allem Anschein nach handelte es sich um Hochzeitsgäste. Als sie dem letzten Paar lange genug nachgewinkt hatten, nahm Malcolm sie in die Arme, und sie küßten sich, bevor sie lachend wieder ins Haus zurückkehrten. Er ging in den Salon, während sie selbst die Treppe hinaufstieg – sie sah die Stufen deutlich vor sich –, dann fiel die Schlafzimmertür hinter ihr ins Schloß. Sie erblickte ihr eigenes Gesicht im Spiegel über dem Schminktisch. Sie sah nicht rundum glücklich aus, eher als sehnte sie sich nach etwas, das nicht sein konnte. Dann straffte sie sich, und ein entschlossener Ausdruck trat in die grünen Augen. Sie ordnete ihre Frisur, doch dann zuckte sie zusammen. Im Rahmen der offenen Verandatür stand ein Mann.

Sein Gesicht war nicht hübsch, doch kannte sie es aus zahllosen Alpträumen, nur daß er jetzt nicht schrie und auch nicht von einem Feuerhaken zu Tode geknüppelt wurde. Lenore spürte, wie in ihrer Brust ein Schrei aufzusteigen drohte, genau wie damals, als der Mann rasch ins Zimmer getreten war, wobei er sie mit einer ängstlichen, beinahe flehenden Geste gebeten hatte, ihn nicht zu verraten.

Seine Augen wirkten furchtsam, als er sich nervös umblickte... wie ein Frettchen. Dann eilte er zu ihrem Ankleidetisch und griff nach dem zusammengefalteten Bogen Pergament, den er ihr vorher gegeben hatte. Er öffnete ihn und nötigte sie, ihn zu lesen. Lenore verspürte ein Entsetzen, dessen Ursache sie sich nicht zu erklären vermochte. Der Mann drückte ihr noch weitere Gegenstände in die Hände, und mit jedem wuchs ihre Bestürzung, bis sie ihre Aufmerksamkeit wieder auf den Besucher konzentrierte. Er hob eine Hand, winkte ihr, ihm zu folgen... ihm zu folgen... zu folgen... zu folgen.

Lenores Lider flatterten, als die Vision langsam hinter einem nebelhaften Schleier verschwand und ihr Verstand in die Gegenwart zurückfand. Sie betrachtete den Koffer und wußte plötzlich, daß sie unbedingt hineinschauen mußte. Dazu brauchte sie aber entsprechendes Werkzeug, um den Schnappverschluß aufzubrechen. Sie beschloß, das Landschaftsbild im Salon durch das Porträt ihres Vaters zu ersetzen und anschließend mit dem Werkzeug wieder hier heraufzukommen.

Vorsichtig trug sie das Gemälde die Treppe hinunter und in den Salon. Wieder zog sie einen Stuhl an den Kamin, nahm die Landschaft vom Haken und hängte das Porträt auf. Sie stellte die Landschaft mit der Vorderseite zur Wand in eine Ecke und nahm in einem großen Ohrensessel Platz, um auf den Mann zu warten, der sich als ihr Erzeuger ausgab. Kaum eine halbe Stunde später erschien er im Salon, ein Buch vor der Nase.

»Ganz schön heiß heute«, bemerkte er, lockerte den Knoten seiner Krawatte und wischte sich den Schweiß von der Stirn. »Die Fische springen ja beinahe aus dem großen Kochtopf da draußen.«

Er kicherte über seinen eigenen Scherz, doch seine Heiterkeit verschwand nach und nach, als er merkte, wie Lenore ihn anstarrte. Er räusperte sich, ging zur Anrichte, um sich einen Whisky einzuschenken, und setzte sich auf die Couch. Dann erstarrte er, als sein Blick auf das Porträt fiel. Sein Unterkiefer klappte herunter.

»Großer Gott!« keuchte er. Er rutschte ein Stück vor, blickte Lenore an und stellte fest, daß sich der Ausdruck ihrer Augen nicht verändert hatte. Sein Gesicht bewölkte sich. Er legte die Stirn in Falten und schüttete hastig einen großen Schluck Whisky hinunter, ehe er sich mit dem Handrücken über den Mund fuhr.

»Können Sie mir eine Frage beantworten?« Lenores Stimme klang ruhig.

Nach einem weiteren schnellen Schluck fragte er zurück: »Was möchtest du wissen, Mädchen?«

»Wer sind Sie?«

Er rutschte unbehaglich hin und her. »Was meinst du damit, Tochter?«

»Ich glaube nicht, daß ich...«

»Daß du was?« Er schien verwirrt.

»Ihre Tochter bin.«

Er blickte sie neugierig an. »Aber natürlich bist du das.«

Langsam schüttelte sie den Kopf. »Nein, ich glaube nicht.«

»Was soll das? Hast du schon wieder Erinnerungslücken?« fragte er beinahe verärgert, ehe er mit einem gequälten Lachen hinzufügte: »Ich glaube, das hatten wir doch schon mal.«

»Ja«, stimmte sie ihm zu, »aber langsam fange ich an, etwas klarer zu sehen.« Sie hob die rechte Hand und deutete auf das Porträt, doch er weigerte sich, in die angegebene Richtung zu schauen, als fürchtete er sich vor dem Anblick. »Das ist mein Vater, nicht wahr?«

»Gütiger Himmel, Mädchen, du mußt den Verstand verloren haben«, brauste er auf.

»Habe ich das? Oder finde ich ihn langsam wieder?«

»Ich weiß nicht, was du meinst!« Er sprang auf und ging ruhelos hin und her. »Was ist nur in dich gefahren? Dieser verdammte Wingate betritt das Haus, und schon verstößt du alle, die dich lieben.«

»Der Name in dem Buch – das ist Ihrer, nicht wahr? Edward Gaitling, Schauspieler.«

Der weißhaarige Mann stöhnte und rang bestürzt die Hände. »Warum quälst du mich auf derart grausame Weise, Kind? Weißt du nicht, wieviel du mir bedeutest?«

»Tue ich das?« fragte sie zweifelnd.

»Natürlich!« Er warf die linke Hand hoch. »Ich bin dein Vater. Und ich mache mir Sorgen um meine Tochter.«

Wütend sprang Lenore auf. »Schluß mit dem Unsinn! Sie sind nicht mein Vater! Sie sind Edward Gaitling! Sie können allmählich mit dieser Posse aufhören.« Erneut deutete sie auf das Porträt über dem Kamin. »Das da ist mein Vater. Das ist Robert Somerton! Und ich will wissen, wer ich bin! Wenn ich wirklich Lenore Sinclair bin, warum dann der ganze Mummenschanz?«

Überrascht riß Gaitling die Augen auf. »Aber du *bist* Lenore, und Malcolm ist tatsächlich dein Ehemann.«

Sie schüttelte den Kopf, verwirrt und schmerzlich betroffen. Nichts hatte sie mehr gehofft, als daß er ihr eine andere Antwort gäbe. »Warum dann diese Verstellung? Warum haben Sie die Rolle meines Vaters gespielt?«

»Aber verstehst du das denn nicht, Kind?« Er eilte auf sie zu, eine Hand fast flehend erhoben. »Du warst da in Wingates Haus und dachtest, du seist Lierin und damit seine Frau, was er ja auch steif und fest behauptete. Da brauchten wir schon etwas Nachhaltigeres als Malcolms Wort, um das Gleichgewicht wiederherzustellen.«

»Aber warum konnte das nicht mein richtiger Vater tun?«

»Weil er in England ist, Mädchen, und Malcolm fürchtete sich vor dem, was zwischen dir und Wingate vorfallen könnte. Bis man deinen Vater benachrichtigt hätte und er hier eingetroffen wäre – du meine Güte! Bis dahin hättest du dem Mann ein Kind gebären können.«

Jetzt war sie es, die bestürzt die Hände rang. »Also hat Malcolm Sie angeheuert, damit Sie mir diese Komödie vorspielen.«

Edward Gaitling brachte es nur mit Mühe fertig, ihr kurz in die Augen zu sehen. »Ich schätze, ja, so war es.«

»Sie scheinen Malcolm gegenüber ausgesprochen loyal zu sein«, bemerkte sie distanziert. »Wie lange kennen Sie ihn schon?«

Gaitling nahm einen dritten Schluck, senkte das Glas und umklammerte es mit beiden Händen. »Eine ganze Weile, würde ich sagen.«

»Schon vor unserer Hochzeit?«

»Ich... eh... ich war... ich war lange Zeit fort«, antwortete er lahm.

»Dann hat man Sie von der Hochzeit gar nicht in Kenntnis gesetzt?«

»Nein, ich war nicht... Ich kann dir nicht alle Einzelheiten beschreiben.«

»Ich erinnere mich, zumindest teilweise«, sagte sie.

Edward Gaitlings Kopf ruckte hoch. »Oh? Aber ich dachte, du könntest dich an nichts erinnern.«

Lenore lächelte. »Ich habe Ihnen doch gesagt, langsam fange ich wieder an.«

Er runzelte besorgt die Stirn, ehe er rasch den Blick wieder sinken ließ. »Malcolm wird sich freuen, das zu hören.«

»Ich wüßte nicht, warum.«

»Wie?« Er blickte sie verwirrt an.

»Selbst wenn ich mein Gedächtnis vollständig wiedererlangte, würde es nichts mehr ändern. Ich weiß nicht mehr, warum ich ihn geheiratet habe, doch was immer einmal zwischen uns gewesen sein mag, es spielt keine Rolle mehr.«

Gaitlings Schultern sanken vor, und er seufzte tief. »Der arme Malcolm. Er liebt dich wirklich, weißt du.«

»Da bin ich mir gar nicht so sicher, und wenn auch... Ich habe mich entschieden.«

»Wirst du mit diesem Wingate nach Natchez zurückgehen?«

»Ich sehe keinen Anlaß, Sie über meine Pläne zu informieren.« Lenore zögerte einen Moment, ehe sie fortfuhr. »Ich möchte, daß Sie das Haus so schnell wie möglich verlassen. Es gibt für Sie keinen Grund mehr, noch länger hierzubleiben.«

Gaitling warf ihr einen überraschten Blick zu, doch dann nickte er widerstrebend, stellte sein Glas ab und ging zur Tür. An der Schwelle blieb er stehen und warf ihr noch einen langen Blick zu, dann verließ er den Raum. Lenore hörte, wie er die Treppe hinaufstieg, langsam und schwerfällig. Wenig später wurde die Tür seines Zimmers geöffnet und wieder geschlossen.

Stille breitete sich im Haus aus. In der Einsamkeit des Salons hob Lenore den Blick zu dem Porträt des Mannes, der ihr wirklicher Vater war, und fragte sich, wie er wohl sein mochte. Wenn sie die Bruchstücke ihrer Erinnerung richtig deutete, mußte er ein Mann sein, der seine Töchter aufrichtig liebte. Ashton würde auch so sein, dachte sie mit einem Lächeln. Ein guter Vater. Sein Herz war voller Liebe. Sie fragte sich, warum ihre Schwester nicht alles darangesetzt hatte, zu überleben und das Glück in Anspruch zu nehmen, das er einem Menschen zu geben vermochte.

Sie schüttelte den Kopf und versuchte die Gedanken zu verscheuchen, die sie quälten. Hatte sie das Recht, den Platz ihrer Schwester einzunehmen? Ashtons Verehrung für eine andere auszunützen, indem sie sie selbst genoß? Er hatte ihr versichert, daß er sie liebte, gleich ob Lierin oder Lenore, aber stimmte das? Nachdem sein Traum von einem grausamen Schicksal zerstört worden war, hatte er sich da nicht gar zu eilig auf die erste verfügbare Kopie gestürzt? Und benutzte sie seine Liebe zu ihrer Schwester nicht einfach nur, um eine Leere in sich selbst auszufüllen?

Edward Gaitling hatte sie mit einem Namen belegt: Mätresse! Die Geliebte des Mannes ihrer Schwester! Eine Ehebrecherin!

Eine niederdrückende Kälte umfing sie. Mit der Erkenntnis, daß der weißhaarige Mann nicht ihr Vater sein konnte, hatte sie zu hoffen begonnen, daß sie vielleicht doch nicht Lenore war. Hätte sie die Tatsachen so akzeptiert, wie sie zu sein schienen, dann wäre sie damit zufrieden gewesen, die flüchtigen Erinnerungen an ihre Heirat mit Malcolm als Wahrheit gelten zu lassen. Das blaue Gewand... die Hochzeitsgäste... der Koffer...

Lenore hob den Kopf. Sie mußte einfach wissen, was sich in dem Koffer befand. Sie begab sich auf die Suche nach Hammer und Meißel, nahm das Landschaftsbild unter den Arm und stieg ein weiteres Mal zum Dachboden hinauf. Jetzt, am späten Nachmittag, war die Hitze dort oben beinahe unerträglich, doch sie bearbeitete den Schnappverschluß mit wilder Entschlossenheit, ohne sich um die feuchte Schwüle und das an ihrem Rücken klebende Kleid zu kümmern. Endlich gab das Schloß nach, und sie hob den Deckel an. Als erstes fiel ihr Blick auf einen leeren Koffereinsatz, den sie im Geist sofort mit hübsch arrangierten Kleinigkeiten gefüllt sah. Unter dem hölzernen Fach mußten sich ihre Kleider befinden. Hastig nahm sie den Einsatz heraus und stellte ihn beiseite. Doch auf dem Boden des Koffers lagen nichts als große Steine. Verwirrt beugte sie sich vor, um einen davon umzudrehen, als ihr ein eigenartiger, widerwärtig süßlicher Geruch in die Nase stieg, der an verdorbenes Fleisch gemahnte. Ihre Augen wurden immer größer, als sie die dunkelroten Flecken an den Innenwänden des Reisekoffers bemerkte.

Mit einem Keuchen taumelte sie zurück und stieß sich den Kopf hart an einem niedrig angebrachten Balken. Ihr Magen rebellierte. Sie preßte sich die Hand auf den Mund. Um nicht noch einmal einen Blick in den Koffer werfen zu müssen, schloß sie die Augen und lehnte die Stirn gegen die hölzerne Verstrebung. Sie hatte eine Gänsehaut am ganzen Körper, und ihr Herz schlug schnell und unregelmäßig. Ein Schauer lief ihr über den Rücken. Sie wagte nicht zu denken und kniff die Augen noch fester zusammen, um sich vor dem Alptraum zu verschließen, in den sie plötzlich geraten war.

»Nein«, stöhnte sie, »nein, nein«, während der Mann wieder den Feuerhaken hob und mit mörderischer Grausamkeit niedersausen ließ. Sie duckte sich, wollte nichts mehr davon sehen, doch das Grauen war unnachgiebig, es sickerte in ihren Verstand, bis sie nichts anderes mehr sah als – Blut! Alles in ihr schrie angesichts des Entsetzlichen, dessen Zeugin sie geworden war. Dann drehte sich die große, breitschultrige Gestalt um, das Gesicht war wutverzerrt, die Augen brannten, und plötzlich wußte sie, wem sie gegenüberstand.

»Malcolm!« keuchte sie und riß die Augen auf.

»Du Miststück!« brüllte er von der Treppe her, und obwohl sie herumwirbelte, um wegzulaufen, war er schon im nächsten Moment hinter ihr, packte ihren linken Arm mit brutaler Gewalt und krallte die Finger in den schweren Knoten in ihrem Nacken. Er schüttelte ihren Kopf, bis sie das Gefühl hatte, ihr Genick würde brechen. Sie konnte nichts mehr sehen, und ein scharfer Schmerz schoß ihr durch den Kopf, doch sie weigerte sich, zu weinen oder um Gnade zu betteln.

»Du hast ihn umgebracht!« warf sie Malcolm vor. »Du hast ihn umgebracht und seine Leiche dann in meinem Koffer versteckt, um sie loszuwerden!«

»Du hättest eben nicht mit ihm von hier fortgehen dürfen«, knurrte er dicht an ihrem Ohr. »Du hättest ihm gar nicht erst zuhören dürfen! Ich habe unten auf dich gewartet... und gewartet... und gewartet. Die Zeit drängte, wir mußten an Bord des Schiffes gehen. Wir wollten nach Europa segeln, aber du bist einfach nicht heruntergekommen. Dann stürzte der Fahrer herein und sagte, jemand habe ihn niedergeschlagen und die Kutsche gestohlen, und als ich nach oben gerannt bin, konnte ich dich nicht finden.«

»Aber woher wußtest du, wohin ich verschwunden war?«

Malcolm lachte kalt. »Der Brief, den der Bastard dir geschrieben hatte, du hast ihn auf dem Ankleidetisch liegenlassen. Da wußte ich, wohin er dich verschleppt hatte. Nach Natchez, zu seiner Schwester, um dir den Beweis für seine Behauptungen zu liefern und sie mit Hilfe deiner Zeugenaussage zu befreien.« Ein kurzes, verächtliches Lachen unterbrach seine Worte. »Sarah! Noch so ein Miststück! Sie hat mir auch nicht getraut, aber sie hat mich geliebt. *Du* bist ja nur hinter diesem Teufel Wingate her.«

»Bigamist!« Die Sehnen an ihrem Hals traten hervor, als sie sich aus seinem Griff zu befreien versuchte, doch er riß ihren Kopf zurück an seine Schulter und preßte ihr den anderen Arm gegen die Kehle, so daß sie ihren Widerstand aufgeben mußte, wenn sie nicht erwürgt werden wollte. Ihr Zorn jedoch war nicht so leicht niederzukämpfen. »Mörder!«

Malcolm drehte ihr Gesicht mit dem Handgelenk zu sich herum und starrte ihr in die funkelnden grünen Augen. »Du brauchst nicht eifersüchtig zu sein, mein Kleines. Ich habe mich ihrer angenommen. Sie ist jetzt nur noch ein Haufen Asche.«

»Du hast das Irrenhaus in Brand gesteckt?« fragte Lenore entsetzt.

»Ich bin sehr gut, wenn es darum geht, Feuer zu legen«, prahlte er. »Es bereitet mir Spaß, meine Sache gut zu machen. Wann immer ich andere dafür bezahlt habe, daß sie mir einen ähnlichen Dienst erwiesen, ist die Sache fehlgeschlagen. Bei

Wingates Lagerhallen zum Beispiel. Ein guter Kniff, um ihn von Belle Chêne fortzulocken, damit dein Vater dich zur Abreise überreden konnte. Diese verdammten Schuppen sollten abbrennen, und zwar alle. Die Schuld hätte man dann Horace Titch in die Schuhe geschoben.«

Langsam brach die Wand zusammen, und durch die größer werdenden Risse rieselte das nackte Grauen. »Du hast Sarah einliefern lassen, nachdem wir uns begegnet waren, während ihr Bruder sich noch im Ausland aufhielt und ich mich in England befand. Ich weiß nicht, wie dein teuflischer Verstand auf Natchez kommen konnte, oder warum du sie nicht getötet hast.«

»Ich hatte mir die Sympathien der Familienanwälte erworben... Kein Wunder bei all den Widrigkeiten, die ich zu überwinden hatte, bis sie endlich eingeliefert werden konnte. Es wäre dumm gewesen, ihr Mißtrauen zu erwecken, besonders, da jede genauere Untersuchung des Unfalls, bei dem ihr Vater ums Leben kam, meine Schuld ans Tageslicht gebracht hätte. Die Anwälte waren bereit zu glauben, daß ihr Bruder niemals zurückkehren würde und ließen mich alles haben, was ich begehrte. Es war eine Enttäuschung, festzustellen, wie schnell sich der Reichtum der Familie verbrauchte. Ich hatte gerade begonnen, mir ein neues Betätigungsfeld zu erschließen, als ihr Bruder auftauchte... und dich mir wegnahm.«

»Wir waren doch gerade erst in Natchez angekommen und hatten vor, Sarah am nächsten Tag zu besuchen. Wie hast du alles so schnell arrangieren können?«

»Ihr habt den Fehler begangen, mit der Kutsche über Land zu reisen, meine Liebe. Ich hingegen bin erst mit einem Schiff und dann mit dem Raddampfer den Mississippi hinaufgefahren. Ihr mußtet die Pferde ausruhen lassen und euch für die Nacht ein Zimmer nehmen. Für mich gab es nicht die geringste Verzögerung.« Malcolm lockerte den Griff um ihren Arm und streichelte ihn sanft, während er murmelte. »Du hättest damals nicht in sein Zimmer gehen dürfen...«

»Ich habe Stimmen gehört, einen Streit...«

»Aye, und deine Neugier hätte dich beinahe ins Grab gebracht, meine Liebe. Wie sehr ich dich auch liebte, ich konnte niemanden am Leben lassen, der Zeuge meiner Morde gewesen war.« Die streichelnde Hand wanderte zu ihrer linken Brust. Ein Schauer durchlief sie. »Es wäre alles so einfach gewesen, wenn ich die Möglichkeit gehabt hätte, die Leiche des Burschen aus dem Weg zu schaffen, ohne daß du etwas merktest. Dann hättest du gedacht, er wäre einfach verschwunden, ohne dir Bescheid zu sagen. Und mit Sicherheit hättest du keine Gelegenheit erhalten, irgend etwas im Irrenhaus selbst in Erfahrung zu bringen, weil ich es ja abgebrannt hatte.«

»Ich verstehe wirklich nicht, was in deinem Kopf vorgeht, Malcolm«, sagte Lenore fassungslos. »Glaubst du denn im Ernst, du kannst ewig so weitermachen?«

»Ich bin sehr ehrgeizig, meine Liebe, und intelligent genug, um alles zu erreichen, was ich mir vorgenommen habe.«

»Wenn du so ungeheuer intelligent bist, dann erklär mir doch mal, wieso du meinen Koffer mit Steinen gefüllt und ihn dann hier versteckt hast, wo ich ihn entdecken konnte? Warum hast du ihn nicht einfach in den Fluß geworfen?«

»Oh, das ging leider nicht. Jedenfalls nicht, solange der Kutscher, den ich eingestellt hatte, mich die ganze Zeit beobachtete. Er hat mir geholfen, ihn aus dem Hotel zu tragen und bestand darauf, für das Gepäck zuständig zu sein, auch noch, als wir hier ankamen. Ich wollte nicht, daß die Diener den Koffer öffneten, also habe ich den Mann gebeten, ihn mit mir zusammen auf den Dachboden zu tragen. Hier schien er mir zunächst sicher aufbewahrt.«

»Aber die Leiche? Wann hast du dich ihrer entledigt?«

»Am ersten Abend der Rückreise. Ich mußte mich aus dem Gasthof schleichen und sie in den Wald schleppen. Dann habe ich den Koffer mit Steinen gefüllt, damit der Kutscher keinen Verdacht schöpft. Du kannst dir gar nicht vorstellen, wie sehr ich es bedauert habe, daß du ohne unseren Fahrer durchgebrannt bist.«

»Einen Mann, den du angeheuert hast!« gab sie zurück. »Selbst wenn er eingewilligt hätte, uns zu fahren, hätte er dabei eine derart breite Spur hinterlassen, daß du uns auf direktem Weg gefolgt wärst.«

»Die Loyalität meiner Männer war mir stets von unschätzbarem Nutzen«, meinte Malcolm hämisch.

»Halsabschneider! Diebe! Vergewaltiger!«

Ihr Zorn erheiterte ihn. »Hin und wieder muß ich ihnen das eine oder andere Vergnügen gönnen.«

»Warum hast du nicht zugelassen, daß sie über mich hergefallen sind? Warum hast du mich mit so großem Theater aus ihren Händen gerettet?«

»Tja, meine Liebe«, seufzte er. »Einige Vergnügungen möchte ein Mann sich selbst vorbehalten.«

»Damals hättest du mich mit Gewalt nehmen können. Warum hast du dir die Mühe gemacht, um mich zu werben, um meine Hand anzuhalten?«

»Ich wollte keine Krümel. Ich wollte den ganzen Kuchen. Als ich dich das erstemal gesehen habe, war ich von deiner Schönheit beeindruckt. Die anschließenden Nachforschungen ließen dich noch begehrenswerter erscheinen. Ich glaubte schon, dich aus den Augen verloren zu haben... doch zu meiner großen Freude hatten meine Männer dich gefangengenommen. Eigentlich wollten sie dich gegen ein Lösegeld wieder auf freien Fuß setzen, natürlich erst, nachdem sie sich deiner reihum bedient hätten.«

»Woran du sie gehindert hast.«

»Ich wollte, daß du einen guten Eindruck von mir gewinnst, verstehst du? Als ich dich gesund und munter wieder bei deinem Vater abgeliefert habe, war ich praktisch über Nacht zum Helden geworden.« Malcolm runzelte die Stirn. »Doch selbst da hast du mich noch nicht erhört. Es sah so aus, als wäre mein Plan gescheitert. Mein Antrag wurde abgelehnt, aber dann bist du nach Biloxi gezogen, und ich schöpfte neue Hoffnung.« Seine Finger schlossen sich wie Stahlklauen um ihren Oberarm, und er lächelte, als sie schmerzlich das Gesicht verzog. »Leicht hast du es mir trotzdem nicht gemacht. Du warst vollauf damit beschäftigt, deinen Mann zu betrauern.«

»Und ich hätte nie zulassen dürfen, daß du meine Zurückhaltung überwindest. Ich hätte mir eine ganze Menge Kummer erspart.« Sie widerstand dem Versuch, laut zu schreien, als seine Hand zu ihrer Kehle heraufwanderte. »Wenn du mich umbringen willst, Malcolm, dann los. Jetzt gibt es keinen Grund mehr, noch länger abzuwarten.«

»Ah, leider doch, meine Liebe.« Er kicherte amüsiert in sich hinein. »Den Grund, aus dem ich dich geheiratet habe. Dein beträchtliches Vermögen käme mir natürlich mehr als gelegen. Ich habe sämtliche Dokumente, die ich benötige, um zu beweisen, daß wir verheiratet sind. Sie werden mir Zugang zu allem verschaffen, was dir gehört. Es existiert sogar ein Testament...«

»Glaub nicht, daß ich irgendwas davon unterschreibe!«

»Das brauchst du auch nicht, meine Liebe. Samuel Evans ist auf seinem Gebiet recht ordentlich. Er hat die Dokumente verfaßt und ihnen den nötigen juristischen Anstrich gegeben. Sie mit deinem Namen zu unterschreiben, wird ein Kinderspiel für ihn sein. Daß er unsere Heiratsunterlagen frisiert hat, ist auch niemandem aufgefallen. Ich konnte ja nicht zulassen, daß dieser Teufel Wingate erfährt, wann wir vor den Altar getreten sind.«

»Trotz all deiner schönen Pläne und Winkelzüge wirst du dennoch keinen Penny erhalten, Malcolm. Wenn ich sterbe, fällt mit Ausnahme dieses Hauses alles an meinen Vater zurück. Es ist sein Vermögen, und er wird der alleinige Nutznießer sein.«

Malcolm betrachtete sie mit hochgezogenen Augenbrauen und einem süffisanten Lächeln. »Um diesen Punkt habe ich mich schon gekümmert. Just im Moment dürfte der Mann, den ich damit beauftragt habe, seine Mission erfüllen, und schon bald wird alle Welt vom Ableben deines Vaters erfahren.«

»Nein«, stöhnte Lenore leichenblaß und sank schlaff in seinen Armen zusammen.

»Aber, aber, meine Liebe, kein Grund zur Traurigkeit. Du kannst dir doch immer noch vormachen, er sei gar nicht tot, schließlich lebte er weit weg in England. Ich warte nur noch auf die Bestätigung von meinem Gefolgsmann, dann kann ich anfangen abzusahnen, denn dem Gesetz nach kriege ich alles, was er dir vererbt. In deiner Phantasie kannst du dir ja meinetwegen jederzeit ausmalen, er sei noch am Leben.«

Müde schüttelte sie den Kopf. »Und was hast du mit mir vor?«

»Oh, eine Weile werde ich dich noch bei mir behalten, nur um für alle Eventualitäten gewappnet zu sein, falls mit der Erbschaft etwas nicht wunschgemäß verläuft. Ich möchte nicht, daß Wingate mir erneut in die Quere kommt. Ich kenne etwas weiter oben ein kleines Irrenhaus, wo du gut aufgehoben sein wirst, bis du mir nicht mehr von Nutzen bist.«

»Und dann? Willst du es dann auch in Brand stecken?« fragte Lenore mit bitterem Sarkasmus.

»Durchaus möglich. So ein kleines Feuer erleichtert die Dinge ungemein.«

»Und es ist dir egal, wie viele Menschen dabei umkommen?«

»Diese armen bemitleidenswerten Wesen sind im Tod ohnehin besser dran.«

»Ich glaube nicht, daß dir da jeder zustimmen würde, Malcolm.«

»Ich weiß. Sarahs Wächter hat mich entdeckt und versucht, mich aufzuhalten. Ich habe ihn in der Küche getötet und dann ins Haus geschleift, damit er auch verbrennt. Natürlich hatte ich so oder so vorgehabt, ihn zu töten, es handelte sich also kaum um einen Verlust.«

»Du bist ein Teufel, Malcolm«, sagte Lenore. »Du bist durch und durch schlecht.«

Auf einmal schien Malcolm der Unterhaltung überdrüssig, und er zog Lenore mit sich zur Falltür. »Komm jetzt, ich will sehen, wo dein Liebhaber steckt.«

»Liebhaber?!« fragte sie scharf.

»Reg dich nicht auf. Ich möchte Wingates Gesicht sehen, wenn ich drohe, dir den Kopf abzuschießen.«

In plötzlicher Verzweiflung wollte sie sich losreißen, doch

seine Hand an ihrem Oberarm ließ nicht locker, und zu allem Übermaß preßte er ihr jetzt auch noch die Mündung einer Derringer unter das Kinn.

»Falls du denkst, ich würde nicht abdrücken, hast du dich geirrt. Samuel Evans arbeitet schon eine ganze Weile für mich, und er wird alles tun, was ich ihm sage – sogar einen Brief verfassen, in dem du mir erklärst, warum du dir das Leben genommen hast.«

Er zerrte sie zur Falltür, legte ihr einen Arm um die Taille, hob sie hoch und trug sie so die steile Treppe hinunter. Sie wagte nicht, sich zu wehren, denn wenn er das Gleichgewicht verlor, würden sie sich beide das Genick brechen. An der unteren Tür blieb Malcolm stehen und fragte dicht an ihrem Ohr: »Also, wo ist dein Liebhaber?«

Angst stieg in ihr auf. Doch sie sagte ruhig: »Ich wäre ja eine Idiotin, wenn ich dir das verraten würde.«

»Auch gut.« Er schien nicht im mindesten irritiert. »Dann wird es mir mein Vater sagen.«

»Dein Vater?« Sie blieb stehen, doch er drängte sie weiter. »Wer ist das denn?«

»Der Säufer«, sagte er höhnisch.

»Edward Gaitling ist dein Vater?« Ihre Überraschung hätte nicht größer sein können.

»Keiner, auf den ich besonders stolz bin, aber leider der einzige, den ich habe.«

»Und er weiß über all deine Taten Bescheid?«

»Über die meisten, nehme ich an. Einige werden kaum seinen Beifall finden, aber er hat eine ganze Menge wiedergutzumachen. Er hat meine Mutter sitzengelassen, als ich noch ein kleiner Junge war. Und erst nach ihrem Tod, ich war längst ein erwachsener Mann, ist er angekrochen gekommen und hat mich um Vergebung angefleht. Seitdem tut er Buße für seine Sünden.«

»Indem er weitere begeht?« Lenore lachte kurz und voller Verachtung. »Kein Wunder, daß er soviel trinkt. Es dauert vermutlich eine ganze Weile, bis er sein Gewissen eingeschläfert hat.«

»Pah! Er ist einfach zu zimperlich. Er wendet sich ab, damit er sich hinterher einreden kann, nicht gemerkt zu haben, was vorging. Er spielt den Unwissenden. Ich glaube, er fragt sich immer noch, wer Mary umgebracht hat, dabei weiß er doch, daß sie unsere Gespräche belauscht hat. Danach gab es keine Zweifel, daß sie aus dem Weg geschafft werden mußte, aber ich habe dafür gesorgt, daß es ihr Spaß gemacht hat. Bis auf die letzte Sekunde – vielleicht.«

Lenore erschauerte vor Entsetzen. Noch nie hatte sie einen Menschen von so teuflischer Bösartigkeit kennengelernt. Wenn jemand in ein Irrenhaus gehörte, dann er.

Malcolm öffnete die Tür zum Korridor und zerrte seine Gefangene mit sich, als wäre sie eine leblose Puppe. Im Erdgeschoß erklangen geschäftige Schritte; Meghan trällerte eine Melodie vor sich hin. Malcolm knurrte warnend und preßte seine Geisel so heftig an sich, daß ihr ein leiser Schmerzenslaut entfuhr. Ihre Finger verkrallten sich in seinem Ärmel, versuchten den Druck des Arms zu lindern, denn sie befürchtete, daß ihre Knochen der Belastung nicht gewachsen waren.

»Ich finde es so oder so heraus«, flüsterte Malcolm leise. »Du kannst dir einige Schmerzen ersparen, wenn du mir sagst, wo Wingate sich aufhält.«

»In meinem Schlafzimmer«, keuchte sie gequält.

»Wie bequem für dich, deinen Liebhaber im Bett zu verstauen, bis du bereit für ihn bist.«

Sie war nicht fähig, darauf etwas zu antworten. Er lockerte seinen Arm ein wenig, damit sie zu atmen vermochte, aber die Pistolenmündung befand sich immer noch an ihrem Unterkiefer, so daß sie nichts tun konnte, als ihm schweigend den Gang hinunter zu folgen. Die Schlafzimmertür war geschlossen.

»Ich bin direkt hinter dir«, sagte Malcolm flüsternd. »Solltest du versuchen, mir zu entwischen, kriege ich entweder dich oder ihn mit meiner Kugel. Hast du mich verstanden?« Er wartete, bis sie ihm mit einem zögernden Nicken geantwortet hatte. »Und jetzt mach die Tür auf, ganz vorsichtig.«

Ihre Hand zitterte, als sie den Türknopf umschloß und langsam drehte, bis das Schloß entriegelt war. Mit wild hämmerndem Herz schob sie die Tür nach innen und bewegte sich behutsam über die Schwelle. Ashton lag auf der Seite, mit dem Gesicht zur Tür. Offenbar hatte er geschlafen, doch bei ihrem Eintreten öffnete er die Augen. Er lächelte, als er sie erblickte, aber dann sah er den Derringer neben ihrem Gesicht und die große Gestalt hinter ihr. Ohne auf eine Erklärung zu warten, hechtete er zum Fußende des Bettes, wo er seinen eigenen Derringer abgelegt hatte.

»Ich bringe sie um!« bellte Malcolm und preßte Lenore die Pistole an den Hals. »Bei Gott, das tue ich!« Er wartete, bis Ashton begriffen hatte, daß es ihm ernst war, dann kommandierte er: »Ganz vorsichtig jetzt... Holen Sie die Waffe heraus, die Sie da versteckt haben. Legen Sie sie auf den Boden, und schieben Sie sie mir zu... langsam, sehr langsam. Wenn Sie eine einzige unnötige Bewegung machen, wird Lenore dafür bezahlen. Und falls Sie denken, ich würde es nicht fertigbringen, sie zu töten, dann lassen Sie sich mal von ihr erklären, wie viele Leute ich schon umgelegt habe.«

Ashton blickte Lenore an, und die Besorgnis in ihren Augen sagte ihm, daß sie es mit einem weit gefährlicheren Mann zu tun hatten, als er bisher angenommen hatte. Er holte die Pistole unter seinen Sachen hervor, legte sie auf den Teppich und versetzte ihr einen leichten Stoß, so daß sie in Malcolms Richtung rutschte.

Malcolm ergriff Lenores Handgelenk und gestikulierte mit dem Derringer. »Heb sie auf, und zwar so, daß du mit dem Finger nicht an den Abzug gerätst.« Er grinste zufrieden, als sein Befehl ausgeführt wurde, schob die zusätzliche Pistole in die Tasche und genoß die Macht, die ihm seine Waffe verlieh. »Seltsam, wie ihr zwei mich auf einmal respektiert. Vielleicht fangt ihr endlich an zu lernen.« Er legte seiner Geisel den Arm um die Schulter und winkte Ashton mit der Pistole. »Sie dürfen sich jetzt Ihre Hose anziehen. Obwohl meine Frau Ihren gegenwärtigen Zustand vorziehen mag, bin ich doch sicher, daß Meghan ziemlich schockiert wäre, wenn Sie mit nichts als einem Pflaster auf den Rippen hinuntergingen. Meine Männer hätten mir beträchtlichen Ärger erspart, wenn sie besser in Form gewesen wären.«

Ashton fuhr in seine Hose und fragte scharf: »Was wollen Sie?«

»Ich gedenke, Sie mit nach unten zu nehmen und dort gemeinsam mit Ihnen auf den Rest meiner Männer zu warten. Ich habe sie angewiesen, sich dem Haus mit größer Vorsicht zu nähern, damit auf Ihrem Schiff niemand mißtrauisch wird.«

»Und wenn sie da sind?« fragte Ashton und schnallte seinen Gürtel zu.

»Dann sind wir so viele, daß ich mich endlich auf eine Weise mit Ihnen beschäftigen kann, wie es mir schon die ganze Zeit vorschwebt. Ich habe Lenore einmal versprochen, daß ich Sie kastrieren würde, wenn ich euch beide noch einmal zusammen erwische.«

»Nein!« schrie Lenore auf und versuchte erneut, sich aus seinem Griff zu befreien.

»Ich weiß, wieviel dir dieser Körperteil bei ihm bedeuten muß, meine Liebe, aber du hättest mich eben nicht mit ihm betrügen dürfen.«

»Dich betrügen!« Wut flammte in ihr auf, und obwohl sein Arm sie zu zerquetschen drohte, ließ sie sich nicht beruhigen. Ashton trat einen Schritt vor, doch im nächsten Moment flog die Mündung des Derringers zu ihm herum und zwang ihn, stehenzubleiben. Sofort gab Lenore ihren Widerstand auf und flehte: »Nicht! Tu ihm nichts, ich mache, was du willst. Nur tu ihm nicht weh... bitte!«

»Deine Sorge um ihn ist rührend, meine Liebe.« Malcolms Stimme triefte vor Hohn. »Wenn du mir dieselbe Zuwendung erwiesen hättest, als noch Zeit dazu war, wäre dir ein Haufen Kummer erspart geblieben.«

»Und womit hättest du sie dir verdient?« fragte Lenore. »Mit deinen Lügen und Betrügereien?«

»Das waren doch bloß kleine Fische – ein bißchen Bigamie, mehr nicht«, entschuldigte Malcolm sich wegwerfend. »Aber jetzt ist Sarah tot, und die anderen Probleme haben wir auch bald aus der Welt geschafft.«

Ashton blickte Lenore fragend an. Weinend erklärte sie ihm: »Malcolm war bereits verheiratet, als er mit mir vor den Altar getreten ist. Er hat seine Frau ins Irrenhaus gebracht und es dann in Brand gesetzt, um sich ihrer zu entledigen.«

»Dann sind Sie also Sarahs Mann«, sagte Ashton nachdenklich. »Was sie hier gesehen hat, war überhaupt kein Phantasiegebilde.«

Malcolm runzelte die Stirn und starrte sein Gegenüber an. »Woher wissen Sie von Sarah?«

Ashton zuckte mit den Schultern. »Sie haben es nicht geschafft, sie umzubringen. Sie arbeitet jetzt für mich.«

»Das kleine Miststück!« fluchte Malcolm. »Sie hat mir dauernd Ärger gemacht.«

»Wenn Sarah Sie jemals in die Hände kriegt, Sinclair, dann wird Ihnen der Ärger, den Sie bisher hatten, wie ein Kinderspiel erscheinen«, meinte Ashton lakonisch. »Sie war nicht besonders glücklich darüber, ins Irrenhaus gesteckt worden zu sein.«

»Lenore wird es auch nicht sonderlich zu schätzen wissen«, antwortete Malcolm zynisch.

Ashton sah, in welcher Angst die Frau seines Herzens schwebte, doch im Moment konnte er nichts sagen oder tun, um sie zu trösten.

»Sie gehen jetzt vor uns die Treppe hinunter, Wingate«, befahl Malcolm, »und zwar ein gutes Stück vor uns. Sie können sich vorstellen, was aus ihrer Geliebten wird, wenn Sie mir zu entkommen versuchen oder sich eine plötzliche Bewegung leisten.«

»Sie erwarten doch nicht im Ernst, daß ihr Vater und die Dienerschaft zusehen, wie Sie uns als Geiseln halten.«

»Ashton, der Mann ist nicht *mein* Vater, er ist Malcolms Vater!«

»So ist es«, sagte Malcolm, »und inzwischen dürfte er die Diener auch schon eingesperrt haben.« Er winkte Ashton mit der Pistole zur Tür und folgte ihm selbst in einiger Entfernung, wobei er Lenore mit sich führte. »Gehen wir. Und nehmen Sie sich zusammen, falls unser Rotschopf hier Ihnen was bedeutet.«

Ashton schlenderte zur Tür und trat auf den Korridor, wobei er immer wieder einen Blick über die Schulter warf, um nach Lenore zu sehen. Wie schon vorher hielt Malcolm sie am Oberarm fest, während er mit der anderen Hand den Derringer auf Ashton richtete. Als er und seine Geisel das Erdgeschoß erreichten, war Ashton bereits beim Sofa im Salon. Auf Malcolms Befehl blieb er stehen und drehte sich mit dem Gesicht zur Tür.

Edward Gaitling kam herbeigelaufen, in der Hand eine lange Schnur. »Schnell jetzt«, verlangte Malcolm. »Sieh zu, daß du Wingate fesselst, und zwar sorgfältig. Wir dürfen keinen Fehler machen.«

Ashton blickte Gaitling direkt in die geröteten Augen, doch der Schauspieler senkte den Blick und trat hinter ihn. Er zog Ashton die Arme auf den Rücken und fesselte die Handgelenke aneinander.

»Die Fußgelenke auch«, befahl Malcolm. »Ich möchte nicht, daß der verdammte Bastard nach mir tritt.«

Gaitling stieß Ashton auf die Couch und warnte: »Sie wissen hoffentlich, daß es nicht gut für Sie wäre, wenn Sie mich anzugreifen versuchten.«

Malcolm grinste. »Wingate weiß, daß Lenore stirbt, wenn er auf dumme Gedanken kommt. Und jetzt tu schon, was ich dir gesagt habe.«

Draußen erklang das Geräusch von Schritten auf der Veranda, und alle im Raum lauschten mit angehaltenem Atem. Zwei hünenhafte Gestalten traten durch die Tür. Bei ihrem Anblick seufzte Malcolm erleichtert auf. Der eine der beiden Männer hatte verfilztes rotes Haar und trug zwei langläufige Pistolen im Gürtel. Der andere hielt eine Jagdflinte in der Hand, an seiner Hüfte hing eine Lederscheide mit einem Messer darin. Das ungepflegte schwarze Haar fiel ihm bis auf die Schultern.

Ashton musterte die beiden Männer, dann warf er Malcolm einen scharfen Blick zu. »Gehören die zu Ihren Leuten?«

Einer der beiden Gesellen bezog neben der Verandatür Posten, der andere neben der Tür zum Korridor. Malcolm erwiderte Ashtons Blick mit einem spöttischen Lächeln. »Was wäre wenn?«

Ashton deutete mit dem Kopf auf den kleineren der beiden Briganten. »Der da war unter den Piraten, die meinen Dampfer überfallen haben. Er hat auf mich geschossen, nachdem Lierin über Bord gegangen war.«

Malcolm lachte kurz. »Die Gelegenheit wird er bald noch einmal erhalten.«

»Und der andere Mann hat damals im Maschinenraum gearbeitet. Zweifellos hat er den Antrieb sabotiert, als die Piratenbarke in Sicht kam.«

»Sieh mal einer an, wie klug unser *Mister* doch ist«, meinte Malcolm höhnisch.

»Wenn es sich um Ihre Männer handelt, dann sind Sie der Anführer der Flußpiraten.«

Malcolm ignorierte Ashtons letzte Bemerkung und wandte sich an den rothaarigen Mann. »Wann werden die anderen eintreffen, Tappy?«

»Die ersten müßten jeden Moment hier sein, der Rest kommt später«, lautete die Antwort. »Ein paar bereiten das Schiff vor, damit es fertig ist, wenn Sie es brauchen.«

»Vor Einbruch der Dunkelheit können wir hier nicht weg«, sagte Malcolm. »Ich möchte vermeiden, daß Wingates Männer uns folgen.«

»Sie haben nur für den einen Mann eine ganze Armee mobilisiert?« fragte Tappy. »Dabei scheint er auch noch verwundet zu sein.«

»Wingate hat heute morgen vier von unseren Leuten umgebracht, und das ist alles, was er davongetragen hat. Ein Kratzer!« schnappte Malcolm. »Bei dem gehe ich nicht mehr das geringste Risiko ein. Robert Somerton war ein sehr reicher Mann, und ich werde nicht zulassen, daß irgend etwas mir meine Erbschaft vermasselt.«

»Was wollen Sie denn mit dem Burschen machen?« fragte der Schwarzhaarige mit einem lauernden Grinsen.

Malcolm lachte, als er die Ungeduld seines Gefolgsmannes bemerkte. »Na ja, Barnaby, ich dachte, es würde dir vielleicht Spaß machen, ihn ein bißchen aufzuschneiden, dann kann die Lady im wahrsten Sinne des Wortes sein Herz bei sich tragen, wenn sie ins Irrenhaus kommt.«

Ein plötzlicher Wutschrei zerriß die Luft, und Malcolm taumelte zurück, als ein spitzer Absatz sich brutal in seinen Fuß bohrte. Im nächsten Moment sah er sich bedrängt von einer fauchenden, kratzenden, beißenden Katze. Er gab einen Schmerzenslaut von sich, als ihre langen Nägel seine Wangen aufrissen. Blut quoll hervor. Mit einem heftigen Schlag warf er seine Angreiferin zu Boden. Ashton stieß ein Knurren aus und stürmte auf Malcolm zu, wurde aber erneut durch die schußbereite Pistole in Schach gehalten. Kein Zweifel, Edward Gaitling hatte vergessen, seine Füße zu fesseln.

»Na los doch, drücken Sie schon ab«, provozierte Ashton den Anführer der Flußpiraten. »Ich bin so oder so tot, aber wenn Sie mich erschießen, gehen Sie das Risiko ein, daß meine Männer den Schuß hören und an Land kommen, um herauszufinden, was vorgefallen ist. Machen Sie schon, sagen Sie ihnen, daß Sie hier sind.«

Barnaby trat zwischen die beiden Männer, legte Ashton eine mächtige Hand auf die Brust und schob ihn zur Couch zurück. »Verderben Sie mir bloß nicht den Spaß. Ich freu' mich nämlich schon sehr darauf, ein bißchen an Ihnen herumzuschnitzen, und bis dahin möchte ich nicht, daß Ihnen was passiert, damit Sie dann noch schön bei Kräften sind und richtig laut schreien.«

Malcolm preßte sich ein Taschentuch gegen die blutige Wange und starrte wütend auf die Frau hinunter, die ihn so unerwartet attackiert hatte. Dann wirbelte er zu seinem Vater herum. »Du blöder Saufkopf, ich habe dir doch gesagt, du sollst Wingates

Fußgelenke zusammenbinden. Kannst du denn nichts richtig machen?«

»Es tut mir leid, Marcus«, entschuldigte Gaitling sich beschämt. »Das alles ist für mich so ungewohnt.«

»Marcus?« fragte Ashton.

»Jawohl, Marcus Gaitling!« schleuderte Malcolm ihm entgegen. »Aber ich habe meinen Namen geändert, in Malcolm Sinclair, wie Sie wissen. Meine Mutter hieß Sinclair.« Er maß seinen Vater mit einem hämischen Blick. »So ist es mir lieber.«

Drei weitere Männer näherten sich auf dem Gang und betraten den Salon. Malcolm nickte ihnen zu, dann ergriff er seinen Vater, der Ashton gerade die Fußfesseln anlegen wollte, am Ellbogen und sagte: »Geh zu Meghan und sorg dafür, daß sie ein paar Sachen für ihre Herrin zusammenpackt. Ich schicke einen der Männer mit Lenore nach oben, damit er vor ihrer Tür Wache hält, während sie sich was Passendes für die Reise anzieht. Wenn wir mit der Kutsche durch Biloxi fahren, muß alles ganz normal wirken.«

Gaitling eilte aus dem Raum. Malcolm riß Lenore hoch und fauchte sie an: »Du gehst jetzt nach oben, und wenn du mir noch einmal irgendwelchen Ärger machst, gebe ich Barnaby die Erlaubnis, mit seiner Schnitzerei bei dir anzufangen. Haben wir uns verstanden?«

Sie nickte, warf Ashton noch einen besorgten Blick zu und verließ dann den Salon, nicht nur von einem, sondern sogar von zwei Männern eskortiert. Die beiden Männer bezogen an den Türen ihres Schlafzimmers Stellung, der eine auf der Veranda, der andere auf dem Gang. Als Meghan eintraf, hatte Lenore bereits einen Plan entwickelt. Während sie der Haushälterin die Einzelheiten erklärte, holte sie den Derringer, den Ashton ihr an Bord des Dampfers gegeben hatte, und sah nach, ob er geladen war.

»Sag dem Wächter draußen, ich hätte das Bewußtsein verloren, und wenn er sich über mich beugt, schlägst du ihn nieder.« Sie drückte der Dienerin einen Feuerhaken in die Hand, wobei sie innerlich von Abscheu geschüttelt wurde. »Es ist das einzige Gerät hier im Raum, mit dem wir ihn bewußtlos schlagen können, ohne daß der andere Wächter etwas merkt. Hast du verstanden, Meghan?«

Die Dienerin, deren Reaktionen durch keinerlei alptraumhafte Erinnerungen an Feuerhaken beeinträchtigt waren, antwortete: »Ma'am, wenn mein Leben davon abhängt – und ich habe allen Grund zu glauben, daß dem so ist –, werde ich es mit Begeisterung tun.«

Meghan griff nach der Eisenstange, und Lenore widerstand der Versuchung, ihr zu sagen, sie solle vorsichtig damit umgehen. Sie war nicht ganz sicher, wie sie darauf reagieren würde, ein zweites Mal zuschauen zu müssen, wie jemand mit einem Feuerhaken attackiert wurde, aber im Moment zählte nur Ashtons Leben. Außerdem gab es im ganzen Zimmer kein ähnlich geeignetes Instrument zur Erreichung ihres Ziels. Eine Lampe oder eine Vase wären vielleicht zerbrochen und hätten mit ihrem Klirren den Mann auf dem Gang alarmiert, und weder sie noch Meghan waren stark genug, um ein Stuhlbein in einen Knüppel zu verwandeln. Der Feuerhaken war und blieb die einzige Möglichkeit.

Lenore legte sich auf den Boden und nickte Meghan zu. »Ruf ihn jetzt herein … und mach deine Sache gut.«

Meghan riß die Verandatür auf und stürzte in gut gespielter Panik hinaus, um den draußen herumlungernden Briganten zu alarmieren. »Schnell, kommen Sie, meine Herrin ist hingefallen und hat sich den Kopf angeschlagen. Helfen Sie mir, sie aufs Bett zu heben.«

Tappy lief ins Zimmer, sah die liegende Gestalt und schob die Pistole, die er bei Meghans Auftauchen gezogen hatte, wieder in den Gürtel. Er bückte sich, um Lenore hochzuheben. Im nächsten Moment explodierte etwas in seinem Kopf, ein stechender Schmerz ging in Dunkelheit über, und er landete bewußtlos neben Lenore auf dem Boden.

»Das wär's, Ma'am.«

Lenore öffnete die Augen und überzeugte sich als erstes davon, daß der Mann noch atmete. Das tat er, womit sich aber ein weiteres Problem ergab, das gelöst werden mußte, ehe sie zum nächsten Punkt übergehen konnten.

»Wir müssen ihn fesseln und knebeln, sonst alarmiert er die anderen, wenn er aufwacht«, flüsterte sie Meghan zu. »Anschließend versuchst du Hilfe zu holen. Vielleicht haben sie Hiram nicht erwischt, lauf zu ihm. Er soll den Sheriff holen und so viele Männer, wie er auftreiben kann. Sag ihm, hier wimmelt es nur so von Piraten und Mördern.«

Besorgt musterte Meghan ihre Herrin, als Lenore dem Briganten die Pistole aus dem Gürtel zog. »Aber, Ma'am, was werden Sie denn tun? Wohin wollen Sie gehen?«

»Nach unten. Sie haben gedroht, Mr. Wingate zu foltern, falls ich ihnen nicht gehorche. Ich will versuchen, das Schlimmste zu verhüten und vielleicht kann ich ihnen dabei noch eine Überraschung bereiten, mit der sie nicht gerechnet haben.«

»Sie gehen zurück in die Höhle des Löwen?« fragte Meghan ungläubig. »Da kommen Sie wahrscheinlich nie wieder lebend heraus.«

Ein trauriges Lächeln trat auf Lenores Lippen, als sie das Bild eines großen, an einer Reling lehnenden Mannes vor sich sah. Sie wußte aus Erfahrung, daß ein Leben ohne ihn kaum noch als lebenswert bezeichnet werden konnte.

Die Sonne ging unter. Ashton hatte das Gefühl, daß die Zeit verrann wie der Sand in einem Stundenglas. Es waren so viele Männer, die ihn mit ihren Waffen bedrohten, daß nur ein Wunder ihm die Chance geben konnte, das Ruder wieder an sich zu reißen. Einmal sah er einen Hoffnungsschimmer, als eine Kutsche den Zufahrtsweg heraufratterte und Malcolm beunruhigt ans Fenster eilte. Doch dann lächelte der Anführer der Banditen erleichtert, und wenig später platzte ein stämmiger Mann in den Salon, an der Hand eine junge Frau, die sich verzweifelt wehrte.

»Schaut mal, wer mir in Biloxi über den Weg gelaufen ist.« Mit einem hämischen Lachen präsentierte der Mann den Anwesenden seine Gefangene. Ihr Gesicht war gerötet vor Wut, und die grünen Augen blitzten. Malcolm starrte sie wie vor den Kopf geschlagen an. Seine Gefolgsleute grunzten überrascht. Edward Gaitling sank auf die Couch, wahrscheinlich verwunderter als alle anderen.

Ashton sprang auf und trat einen Schritt vor, um besser sehen zu können. »Li... er...?« begann er, unterbrach sich dann aber. Die Gesichtszüge waren ähnlich, aber nicht so fein modelliert. Er schüttelte den Kopf, plötzlich ganz sicher. »Du bist nicht Lierin.«

»Natürlich nicht. Ich bin ihre Schwester, Lenore. Und wer sind Sie?« Die Frage wurde ohne jede Wärme gestellt. »Gehören Sie zu diesen Schurken, die uns gekidnappt haben, als wir das Schiff verlassen wollten?«

Ashton grinste und begann schließlich zu lachen. »Ich glaube, da hat mir doch jemand das falsche Porträt geschickt.« Dann wurde er wieder ernst. »Mrs. Livingston?«

»Ja«, antwortete sie. »Und wie lautet Ihr Name?«

»Ich bin dein Schwager, Ashton Wingate«, antwortete er.

»Ashton?« Ihre Augen weiteten sich überrascht. »Aber er ist tot.«

»Nein«, gab der Mann aus Natchez mit breitem Lächeln zurück. »Noch bin ich am Leben, wie du siehst.«

»Aber Lierin war sicher, daß Ashton den Tod gefunden hatte«, beharrte Lenore. »Sie hat ihn sterben sehen. Und Malcolm hat ihr das Grab gezeigt.«

Mit hochgezogenen Augenbrauen blickte Ashton zu Malcolm hinüber, dem es endlich gelungen war, den Mund zu schließen. »Mein Grab? Und wo soll das sein?«

»Lierin hat gesagt, Ashton sei in der Nähe der Stelle, an der die Piraten die *River Witch* überfallen hatten, beerdigt worden. Malcolm hat ihr das Grab gezeigt, kurz nachdem er zu ihrer Rettung herbeigeeilt war.«

»Ich fürchte, Malcolm hat uns alle hereingelegt – oder es zumindest versucht. Ich schwöre dir, daß ich den Namen Ashton Wingate trage und noch unter den Lebenden weile. Ich bin sicher, deine Schwester wird dir das bestätigen.«

»Wo ist sie? Wo ist Lierin?« fragte Lenore. »Ich will sie sehen.«

Beinahe triumphierend drehte Ashton sich zu Malcolm um. »Würden Sie einen Ihrer Männer bitten, *meine* Frau zu holen?«

Malcolm bedachte ihn mit einem finsteren Blick, dann winkte er dem rothaarigen Briganten, Ashtons Wunsch zu willfahren. »Hol sie herunter, und vergiß die Dienerin nicht.« Als der Mann den Raum verlassen hatte, musterte Malcolm Lenore, die sich gerade die Handschuhe auszog, neugierig. »Was hast du hier zu suchen?«

»Wir sind hergekommen, um nach Lierin zu sehen, Malcolm. Man hat versucht, meinen Vater umzubringen, und er begann, sich um Lierin Sorgen zu machen. Er ist mit dem Schiff bei den Inseln vorbeigekommen und hat mich mitgenommen.«

»Dein Vater ist auch hier?« fragte Malcolm verdutzt. »Wo denn?«

»In der Kutsche. Die Art, wie deine Schläger uns behandelt haben, erregte sein Mißfallen, und er versuchte, sich zu wehren. Daraufhin haben sie ihn bewußtlos geschlagen. Er ist noch nicht wieder zu sich gekommen.«

Malcolm starrte den Mann an, der sie hereingebracht hatte, und wies mit ausgestrecktem Arm auf die Veranda. »Hol Somerton, aber sofort, du Idiot! Er ist zu gefährlich, als daß man ihn allein dort draußen lassen könnte!«

Lenore betrachtete Malcolm erstaunt. »Bist du etwa der Anführer dieser Horde von Halunken?«

Ashtons Laune besserte sich von Minute zu Minute, und er ergriff die Gelegenheit beim Schopf. »Mit dieser Annahme hast du voll ins Schwarze getroffen, und falls du noch nicht wissen solltest, wie er wirklich heißt – sein Name ist Marcus Gaitling, Sohn von«, er drehte sich leicht, um mit dem Kopf auf den alten Säufer zu weisen, der mit geröteten Augen zu der jungen Frau aufsah,

»Edward Gaitling, Schauspieler.« Ein weiteres Nicken galt den anderen Männern im Raum. »Die Herren dort sind Malcolms Geschäftsfreunde, die ich dir auch gern vorstellen würde, nur hat Malcolm es unterlassen, mich in aller Form mit ihnen bekannt zu machen.«

»Hören Sie mit dem Unsinn auf«, schnappte Malcolm.

»Nur nicht nervös werden«, spöttelte Ashton.

Malcolm wirbelte zu ihm herum. »Sie haben nicht den geringsten Anlaß zur Freude, *Mister.* Sie mag Ihre Frau sein, aber das nützt Ihnen auch nichts mehr, ebensowenig wie ihr und dem Kind in ihrem Bauch. Sie werden nämlich in Kürze tot sein... und Lierin, wie gesagt, im Irrenhaus.«

Lenore blickte ihn entsetzt an. »Das meinst du doch nicht im Ernst!«

»Es tut mir leid, das sagen zu müssen, Madam, aber Malcolm schreckt vor nichts zurück, um an seine Ziele zu gelangen«, bemerkte Ashton. »Im Moment frage ich mich nur, wie er dich und deinen Vater aus dem Weg schaffen will.«

Malcolm lächelte maliziös. »Das soll meine geringste Sorge –«

»Hände weg, Sie Bandit!«

Beim Klang der donnernden Stimme zuckte Malcolm zusammen. Stiefeltritte ließen die Veranda erzittern, dann gab es ein lautes Krachen, als die Vordertür gegen die Hausmauer schlug.

»Ich kann allein gehen, verdammt noch mal! Ich will zu meiner Tochter! Wo ist Lierin?!«

Alle Glasscheiben im Salon begannen zu klirren, als die Schritte sich der Zimmertür näherten. Nicht einmal Malcolm hatte bei seinen ehrfurchtgebietenden Auftritten einen derartigen Lärm veranstaltet. Die Piraten wechselten irritierte Blicke, doch ehe Malcolm ihnen bedeuten konnte, hinauszulaufen und sich den Ankömmling vorzunehmen, platzte dieser schon herein.

Ashton hatte längst nicht mehr damit gerechnet, daß er Robert Somerton jemals kennenlernen würde, doch kaum hatte er die blitzenden grünen Augen und das graue Haar auf dem kantigen

Schädel gesehen, wußte er, daß es sich in der Tat um Lierins Vater handeln mußte. Einer der Briganten stürzte vorwärts, um den alten Mann zu packen, würde jedoch mit einer achtlosen Bewegung beiseite gefegt. Er prallte mit dem Rücken gegen die Wand und rutschte benommen zu Boden. Robert Somerton baute sich vor Malcolm auf und donnerte: »Ich will meine Tochter sehen, sofort.«

Der Bandit, der nach Lierin geschickt worden war, stürzte zur Tür herein, wich Somerton aus und flüsterte Malcolm etwas ins Ohr. Der Anführer der Piraten lief rot an. »Findet sie!« brüllte er. »Laßt die Hure nicht entwischen!«

Ashton warf einen Blick über die Schulter, als er auf der Veranda eine Bewegung wahrnahm, und sah gerade noch, wie ein wehender Rock hinter dem Rahmen der offenstehenden Tür verschwand. Ein weiterer Blick zeigte ihm, daß Malcolm vollauf damit beschäftigt war, seinen Männern Befehle zu erteilen. Unauffällig schlenderte er zur Tür, drehte sich um und hielt die gefesselten Hände über die Schwelle. Gleich darauf spürte er, wie unsichtbare Finger die Knoten lösten. Es war schon fast dunkel, und sie hatten nicht mehr viel Zeit, um die Piraten zu überwältigen. Überrascht spürte er, wie ihm eine Pistole in die Hand gedrückt wurde. Er schob sie hinten in den Hosenbund, dann räusperte er sich laut. »Vielleicht ist Lierin auf den Dachboden gestiegen, um sich zu verstecken. Sie war oft dort oben.«

Malcolm drehte sich um, sah, wie nah an der Tür Ashton sich befand, und brüllte: »Haltet den Kerl fest, bevor er –«

»Ich komme ja schon«, unterbrach Ashton ihn rasch und ging zurück zum Sofa, wobei er die Hände im Rücken gefaltet hielt.

»Ich habe das verdammte Miststück gewarnt, daß ich Sie in Stücke schneiden lassen würde«, knurrte Malcolm. »Ich glaube, es wird langsam Zeit, daß Barnaby seinen Spaß kriegt.«

»Also wirklich, Malcolm, du bist in letzter Zeit ein ausgesprochener Grobian geworden«, tadelte Lierin ihn und schwebte zur Verandatür herein. Sie hoffte inständig, daß sie etwas heiterer wirkte, als sie sich fühlte. Die Blockade ihres Erinnerungsvermögens war inzwischen ganz aufgehoben, und sie entsann sich ihrer gesamten Vergangenheit wieder in allen Einzelheiten. Die Augen der Piraten wanderten verwirrt zwischen Lierin und ihrer Zwillingsschwester hin und her, doch sie nahm keinerlei Notiz davon, während sie Malcolm weiterschalt. »Alles, was du neuerdings fertigbringst, ist, Leuten zu drohen. Dabei ist es dir seit der armen Mary nicht mehr gelungen, jemanden umzubringen...« Sie hörte, wie Edward Gaitling entsetzt die Luft einsog, und fragte sich, ob ihn endlich etwas, das sein Sohn getan hatte, zu schockieren vermochte. »Wenn du nicht aufpaßt, werden wir dich eines Tages nicht mehr ernst nehmen.«

»Du Miststück«, knurrte er. »Als ich dich das erstemal mit Wingate an Bord der *River Witch* sah, habe ich dich für einen Engel gehalten. Ich habe meinen Leuten aufgetragen, ihn umzubringen, damit ich dich für mich gewinnen konnte, aber du machst einem nichts als Ärger.«

»Tss, tss«, spottete sie und bewegte sich mit einem unschuldigen Schulterzucken durch den Raum, ihre rechte Hand hielt sie dabei unter einem Schal verborgen. Sie trat auf ihren Vater, der von einem Mann mit gezogener Pistole in Schach gehalten wurde, zu. Mit stolz funkelnden Augen unterzog Somerton seine Tochter einer kurzen Musterung, dann warf sie sich lächelnd in seine ausgebreiteten Arme. Dabei ließ sie den kleinen Derringer, den sie in der rechten Hand hielt, geschickt in seine linke Jackentasche gleiten. »Der ohne Hemd ist ein Freund von uns, Papa«, flüsterte sie ihm ins Ohr. »Alle anderen können in den Hades fahren.«

Robert Somerton drückte ihr einen Kuß auf die Stirn, dann löste er sich von ihr und marschierte auf Malcolm zu. »Ich will verdammt noch mal wissen, was hier vorgeht. Als Sie Lierin nach England begleitet haben, hieß es, Sie hätten sie aus den Händen der Mörder ihres Mannes befreit, und jetzt sieht es so aus, als wären *Sie* der Schurke in diesem Stück.«

»Das ist er auch«, nuschelte Edward Gaitling. Er stand an der Anrichte und schenkte sich ein Glas Whisky ein. »Mein Sohn hat die Gelegenheit beim Schopf gepackt und versucht, sich ins gemachte Bett zu legen. Möge er in der Hölle schmoren.«

Malcolms Augen loderten vor Wut, als er seinen Vater anstarrte. Dann drehte er sich wieder zu Somerton um. »Ihre Tochter wäre ertrunken, hätten meine Männer sie nicht gerettet. Sie haben sie in letzter Sekunde an den Haaren aus dem Wasser ziehen können, sonst wäre sie gegen die Barke geprallt und untergegangen. Statt mich zu beschimpfen, sollten Sie dankbar sein –«

»Dankbar?« unterbrach ihn Lierin. »Ich möchte wissen, wofür, du Schuft! Hättet ihr den Dampfer nicht angegriffen, wäre ich gar nicht erst in Gefahr geraten. Ihr habt auf meinen Mann geschossen, so daß ich denken mußte, er sei tot. Anschließend hast du dann so getan, als wärst du der große Retter, der tapfere Held, der sich allein mit einer ganzen Banditenhorde anlegt. Nach meiner sogenannten Rettung ist dir dann nichts Besseres eingefallen, als mich, die trauernde Witwe, zum Grab meines Mannes zu führen, auf dem ein von dir gekaufter Grabstein stand. Ein leeres Grab!«

»Das hätte ich jederzeit ändern können«, schnappte Malcolm. »Wärst du dann glücklicher gewesen?«

»Sag nur, du hättest es nicht versucht!« warf sie ihm vor. »Du hast deinen Banditen den Auftrag gegeben, ihn umzubringen, aber er war besser als sie alle zusammen.«

Barnaby grinste schmierig. »Wir werden sehen, wie gut er ist, wenn ich erst anfange, mein Messer an ihm zu wetzen.«

Lierin wirbelte zu dem bulligen Piraten mit dem zottigen Haar herum. »Sie blutrünstiger Widerling! Ich sorge dafür, daß Sie auf direktem Weg in der Hölle landen, und zwar schneller, als Sie es je für möglich gehalten hätten!«

»Teufel, was für ein feuriges Weib«, amüsierte sich der Bandit. »Zufälligerweise fließt in meinen Adern auch ein bißchen indianisches Blut, und wußten Sie, was die Indianer mehr als alles andere lieben?« Seine Augen glänzten. »Skalps! Jawohl, Lady, und Ihrer würde sich besonders gut an meinem Gürtel machen.«

Lierin lachte wegwerfend und zeigte ihm die kalte Schulter.

»Als du mich zum Haus meines Großvaters begleitet hast, ist uns etwas aufgefallen, was wir beide verwirrend fanden«, sagte sie, an Malcolm gewandt. »Lenores Porträt war verschwunden, und weder mein Vater noch Lenore wußten, was damit passiert sein konnte. Aber du wußtest es, stimmt's? Oder zumindest hast du es erraten. Du wußtest, daß Ashton noch am Leben war und daß man ihm vermutlich aus Versehen das falsche Porträt geschickt hatte. Als du also wieder ins Haus meines Großvaters zurückgegangen bist, wußtest du ziemlich genau, wo es sein mußte, und brauchtest daher gar nicht erst danach zu suchen. Statt dessen hast du nach weiterem Material geforscht, mit dessen Hilfe du mich davon überzeugen konntest, daß ich Lenore sei. Und ich glaube, du warst noch dort, als Ashton und ich uns im Haus umgesehen haben.«

»Stimmt genau«, sagte Malcolm herablassend. »Ich habe euch zwei gesehen, und das hat mich nur in meiner Absicht bestärkt, euch so schnell wie möglich wieder zu trennen. Dein Gedächtnisverlust war mein Glück, und ich gedachte das Beste daraus zu machen. Wingate hielt dich für tot, und so brauchte ich ihm bloß noch weiszumachen, daß er es bei dir mit Lenore zu tun hätte. Ich habe sogar dafür gesorgt, daß Samuel Evans den Namen auf der Heiratsurkunde änderte – Lenore statt Lierin Wingate.«

»Aber Ashton ließ sich nicht so leicht überzeugen, oder?« spottete Lierin. »Er hat deine Winkelzüge von Anfang an durchschaut und zu seinem Vorteil genutzt.«

»Trotzdem ist die Trophäe jetzt in Reichweite, meine Kleine«, antwortete Malcolm mit einem gehässigen Lachen. Der Gedanke an Ashtons kurz bevorstehendes Ableben verbesserte seine Stimmung ungemein, doch als er ihm ein überlegenes Lächeln zuwarf, entdeckte er in den Augen des anderen nichts als Belustigung in ihrer reinsten Form. Der Blick dieser Augen erschütterte seine Selbstsicherheit, und er fragte sich, ob es irgend etwas auf dieser Welt gab, das den Mann aus Natchez verunsichern konnte. Er unternahm einen neuen Versuch. »Wir lassen Wingate tot hier zurück, und einmal mehr wird man Mr. Titch die

Schuld geben. Der arme Horace, er war mir bei meinem Spiel von großem Nutzen. Ich werde ihn vermissen.«

»Möglicherweise ist der Sheriff gar nicht so leichtgläubig, wie Sie denken«, meinte Ashton. »Ich habe ihm erst gestern abend gesagt, daß mir alles eine Spur zu einfach aussieht und Horace vielleicht von den Dieben nur als Sündenbock benutzt wird.«

»Sie haben eine Falle für meine Männer aufgestellt, aber alles, was sich darin gefangen hat, war ein kleines Kaninchen«, frohlockte Malcolm. »Bald sind die Füchse los, und dann ist niemand mehr da – außer Ihrer mageren Beute.«

»Ich bin überzeugt, Sie haben sich auch den Schmuck zurückgeholt, den Lierin auf meinem Dampfer als Ihr Geschenk trug«, sagte Ashton.

Malcolm zuckte mit den Schultern und grinste. »Sie hat mir den Laufpaß gegeben. Warum nicht?«

Undeutlich erklang es von der Couch: »Marcus hat mir erzählt, sie wäre wirklich Lenore...«

»Es sieht so aus, als hätten Sie uns alle zum Narren gehalten«, sagte Somerton anklagend. »Sogar Ihren Vater. Sie haben wirklich alles versucht, um meine Tochter zur Frau zu bekommen.«

»Lierin hatte etwas, das ich in meinen Besitz bringen wollte.« Malcolm fuhr sich mit der Zunge über die fleischigen Lippen. »Reichtum. Die Verbindung mit ihr schien mir der beste Weg zu sein, ein wohlhabender Mann zu werden. Also habe ich ihr unablässig den Hof gemacht, und endlich willigte sie ein, mich zu heiraten.« Er runzelte die Stirn. »Doch in unserer Hochzeitsnacht hat sie mich verlassen... nur weil jemand behauptete, ich sei bereits verheiratet. Sie hat nicht einmal eine Sekunde lang daran gezweifelt, sondern dem Mann sofort geglaubt.«

»Weil er mir einen Beweis gezeigt hat!« rief Lierin. »Eure Heiratsurkunde, ein Medaillon mit einem Bild von dir und Sarah, und einen Brief an ihren Bruder, verfaßt von dem Mann, den du angeheuert hattest, damit er Sarah bewacht. Nur daß er angefangen hatte, sich Sorgen um sie zu machen, und es ihm ganz und gar nicht gefiel, was du ihr antatest. Ihr Bruder hat sich auf die Suche nach ihr begeben und festgestellt, daß du dir bereits ein neues Opfer gesucht hattest – mich. An dem Nachmittag, an dem die Hochzeitszeremonie stattfand, versuchte er, mich zu warnen, indem er mir einen Brief in die Hand drückte, aber ich war zu beschäftigt, ihn zu lesen... bis es zu spät war.«

»Und in der Hochzeitsnacht hast du mich dann verlassen«, brüllte Malcolm, als erlebte er aufs neue den Schmerz der Enttäuschung.

»Jawohl!« rief Lierin. »Und du ahnst gar nicht, wie froh ich bin, daß ich nie mit dir geschlafen habe!«

Ashton betrachtete die beiden Streithähne, die sich anfunkelten. Er begann zu schmunzeln. Robert Somerton ließ sich von seiner Miene anstecken und grinste ebenfalls. Lenore kicherte hinter vorgehaltener Hand, und gleich darauf mußte auch Lierin lachen, aber es war Ashtons Amüsement, das Malcolm am meisten aufregte.

Zähneknirschend stürzte er sich auf den Mann aus Natchez und packte ihn bei der Kehle. Er wollte gerade zudrücken, als er ein vertrautes Klicken vernahm und spürte, wie sich ihm etwas Hartes in den Bauch bohrte. Vorsichtig löste er sich von seinem Gegner und blickte an sich hinab, wo er den matt glänzenden Lauf einer Pistole sah. Nur mit Mühe vermochte er den Kopf wieder zu heben und Ashton in die Augen zu schauen. Furcht rumorte in seinen Eingeweiden.

»Pfeifen Sie Ihre Leute zurück, oder Sie sind ein toter Mann«, warnte Ashton ihn sanft.

Malcolm versuchte den Kopf zu schütteln, brachte aber nur ein fruchtloses Zittern zustande. Er hörte, wie ein weiterer Hahn gespannt wurde, und wollte schon erleichtert aufatmen, als er Barnaby brüllen hörte: »Woher hat der Schweinehund die Pistole? Los, schnappt ihn euch!«

Doch ehe jemand seinem Befehl folgen konnte, geschah das Wunder. Ein Dutzend Männer mit Pistolen und Gewehren stürmte durch die Verandatüren, an ihrer Spitze Sheriff Coty. Die Banditen versuchten, durch die Tür zum Korridor zu entwischen, doch hatte Coty auch dort schwerbewaffnete Männer postiert.

Lierin spürte, wie ihr Freudentränen über die Wangen liefen. »Meghan! Gott segne sie! Sie ist durchgekommen und hat uns gerettet!«

Sheriff Coty packte Malcolm am rechten Oberarm. »Sie haben eine Menge Ärger verursacht, wie ich höre. Ich bin sicher, Mr. Titch wird ausgesprochen erleichtert sein, wenn er hört, daß Sie wegen der Verbrechen verhaftet worden sind, deren man ihn beschuldigt hat.«

Während der Vertreter des Gesetzes Malcolm abführen ließ, trat Robert Somerton auf Ashton zu und streckte ihm die Hand entgegen. »Ich weiß nicht, wie Sie heißen, junger Mann, aber meine Tochter sagt, Sie seien ein Freund.«

Lierin lachte gelöst, hängte sich bei Ashton ein und nahm seine rechte Hand. »Etwas mehr noch als ein Freund, Papa.« Mit leuchtenden Augen erklärte sie ihrem aufmerksam lauschenden Vater: »Das ist mein Mann, Ashton Wingate, den ich von ganzem Herzen liebe.«

Überrascht hob Somerton die Brauen. Er starrte das junge Paar einen Moment lang an, und Tränen stiegen ihm in die Augen. Dann legte er seine rechte Hand auf ihre Hände und sagte: »Schön, daß ich dich endlich kennenlerne, mein Sohn, und noch schöner, daß du von nun an zur Familie gehörst.«

Lierin streichelte den nackten Arm ihres Mannes und sagte leise: »Ich bin so froh, daß du meiner Wahl zustimmst, Papa. Jetzt wird dein Enkel einen Namen und einen Vater haben, auf die er stolz sein kann – so wie ich stolz bin auf dich.«